HEYNE

Das Buch

Die Prinzessin Adrianne scheint ein glückliches und ausgefülltes Leben zu führen. Die ebenso schöne wie elegante Frau verbringt ihre Tage damit, Wohltätigkeitsgesellschaften zu unterstützen, nachts eilt sie von einer glamourösen Gala zur nächsten.

Doch die Wirklichkeit sieht anders aus. Seit zehn Jahren lebt Adrianne nur für ihre Rache. Als Kind mußte sie hilflos zusehen, wie ihr Vater, der Scheich Abdu Rahman, ihre Mutter, die legendäre Schauspielerin Phoebe Spring, mißhandelte und in die Alkoholabhängigkeit trieb. Doch nun weiß sie, wie sie ihren Vater für seine Grausamkeit bestrafen kann. Sie wird ihm nehmen, was ihm am meisten bedeutet: *Die Sonne und den Mond*, jenes berühmte Geschmeide von unschätzbarem Wert, das er einst ihrer Mutter geschenkt, bei ihrer Trennung jedoch behalten hatte. Als Adrianne zuschlagen will, trifft sie auf einen Mann, der ihr Geheimnis durchschaut zu haben scheint, und der seine eigenen, gänzlich privaten Gründe dafür hat, der Prinzessin näher zu kommen ...

Die Autorin

Nora Roberts, zählt zu den erfolgreichsten Autorinnen Amerikas. Seit 1981 hat sie über 100 Romane veröffentlicht, die in knapp 30 Sprachen übersetzt wurden. Für ihre internationalen Bestseller erhielt sie nicht nur zahlreiche Auszeichnungen, sondern auch die Ehre, als erste Frau in die Ruhmeshalle der Romance Writers of America aufgenommen zu werden. Nora Roberts lebt in Maryland.

Im Wilhelm Heyne Verlag liegen vor: *Der weite Himmel* (01/10533), *Die Tochter des Magiers* (01/10677), *Insel der Sehnsucht* (01/13019), *Das Haus der Donna* (01/13122), *Träume wie Gold* (01/13220), *die Unendlichkeit der Liebe* (01/13265), *Verlorene Seelen* (01/13363).

Die Roman-Trilogie: *Tief im Herzen* (01/10968), *Gezeiten der Liebe* (01/13062), *Hafen der Träume* (01/13148).

NORA ROBERTS

GEFÄHRLICHE VERSTRICKUNG

Roman

Aus dem Englischen von
Christine Roth

WILHELM HEYNE VERLAG
MÜNCHEN

HEYNE ALLGEMEINE REIHE
Nr. 01/12512

Titel der Originalausgabe
SWEET REVENGE

Umwelthinweis:
Dieses Buch wurde auf
chlor- und säurefreiem Papier gedruckt.

Taschenbuchausgabe 1/2003

Wilhelm Heyne ist ein Verlag des Verlagshauses
Ullstein Heyne List GmbH & Co. KG
Printed in Germany 2003
Umschlagillustration: Angelika Vogel, Berlin
Umschlaggestaltung: Hauptmann und Kampa
Werbeagentur, München – Zürich
Druck und Bindung: Elsnerdruck, Berlin

ISBN: 3-453-86318-6

http://www.heyne.de

Für Carolyn Nichols,
als Dank für ihre Unterstützung und ihre Freundschaft.

TEIL 1
DAS BITTERE

Die Weiber sind euere Acker,
geht auf eueren Acker, wann und wie ihr wollt.

Der Koran

Er war ihr Mann, aber er hat ihr Unrecht getan.

»Frankie und Johnny«

1. Kapitel

New York, 1989

Stuart Spencer haßte sein Hotelzimmer wie die Pest. Der einzige Vorteil, den sein Aufenthalt in New York mit sich brachte, war, daß seine Frau weit weg in London weilte und somit nicht über die Einhaltung seiner Diät wachen konnte. Er hatte sich beim Zimmerservice ein Club-Sandwich bestellt und ließ jeden einzelnen Bissen genüßlich auf der Zunge zergehen.

Spencer war ein korpulenter Mann mit beginnender Glatze, ohne jedoch die gutmütige Heiterkeit zu besitzen, die man von einem Mann seines Äußeren gemeinhin erwartet. Ihn plagte eine schmerzhafte Blase an der Ferse, und er litt an einem hartnäckigen Schnupfen, den er nicht loswurde. Nachdem er eine halbe Tasse Tee geschlürft hatte, kam er mit dem verschrobenen Chauvinismus, der vielen Engländern eigen ist, zu dem Ergebnis, daß die Amerikaner einfach nicht in der Lage waren, einen anständigen Tee zu kochen, sosehr sie sich auch darum bemühen mochten.

Alles, was er sich im Moment wünschte, war ein heißes Bad, eine gute Tasse Earl-Grey-Tee und ein anschließendes Nickerchen. Doch der rastlose Herr, der da am Fenster stand, so fürchtete er, würde ihn dazu zwingen, all dies aufzuschieben… vielleicht sogar für immer.

»*Hier* bin ich, verdammt noch mal.« Er bedachte Philip Chamberlain mit einem finsteren Blick, als dieser den Vorhang zur Seite schob.

»Wirklich, eine reizende Aussicht«, bemerkte Philip und starrte auf die Hausmauer gegenüber. »Verleiht dem Ort hier doch eine gewisse Behaglichkeit.«

»Philip, ich muß Sie wohl nicht daran erinnern, daß ich es verabscheue, im Winter den Atlantik zu überqueren. Außerdem wartet in London ein unerfreulicher Stapel Papierkram auf mich, und den größten Teil davon habe ich Ihnen und Ihren ungesetzlichen Machenschaften zu verdanken. Also, wenn Sie mir etwas mitzuteilen haben, dann bitte, spucken Sie es aus. Sofort, wenn es nicht zuviel verlangt ist.«

Philip blickte weiterhin aus dem Fenster. Er war nervös, was den Ausgang des informellen Treffens betraf, das er anberaumt hatte, aber nichts an seinem gleichgültigen Benehmen verriet die Anspannung, die auf ihm lastete.

»Ich muß Sie unbedingt zu einer Show mitnehmen, solange Sie in New York sind. In ein Musical. Sie werden ja richtig griesgrämig, auf Ihre alten Tage.«

»Also, spucken Sie's endlich aus.«

Philip ließ den Vorhang wieder zurückfallen und bewegte sich leichtfüßig auf den Mann zu, dem er die letzten Jahre unterstellt war. Sein Beruf verlangte vertrauenswürdige, athletische Grazie. Er war erst fünfunddreißig, konnte aber bereits auf ein Vierteljahrhundert Berufserfahrung zurückblicken. Obwohl in den Londoner Slums geboren und aufgewachsen, hatte er es schon immer verstanden, sich Einladungen zu den wichtigsten Partys der besseren Gesellschaft zu ergaunern. Und das war kein Kinderspiel gewesen, zumal in der Zeit, bevor das strikte Klassenbewußtsein der Engländer unter den Attacken der Mods und Rockers zusammengebrochen war. Das Gefühl eines knurrenden Magens war ihm ebenso vertraut wie der Anblick eines gutgefüllten Schälchens mit Beluga-Kaviar. Da er aber Kaviar bevorzugte, sah er zu, daß sein Leben letzteres mit einschloß. Er war gut, sehr gut in seinem Job, aber der Erfolg war nicht über Nacht gekommen.

»Ich habe einen rein hypothetischen Vorschlag für Sie, Stuart«, sagte Philip, nahm Platz und schenkte sich eine Tasse Tee ein. »Zunächst eine Frage: War ich Ihnen in den letzten Jahren eine Hilfe?«

Spencer nahm einen herzhaften Bissen von seinem Sandwich und hoffte, daß weder das Sandwich noch Philip ihm auf den Magen drücken würden. »Steuern Sie auf eine Gehaltserhöhung zu?«

»Auch kein schlechter Gedanke, aber darum geht es mir im Moment eigentlich nicht.« Wenn er wollte, konnte er ein hinreißendes Lächeln auf sein Gesicht zaubern, das stets den gewünschten Erfolg zeitigte. Und genau das tat er jetzt. »Die Frage lautet: Hat sich für Sie ein Dieb auf der Gehaltsliste von Interpol bezahlt gemacht?«

Spencer schnüffelte, kramte ein Kleenex aus der Tasche und schneuzte sich geräuschvoll die Nase. »Von Zeit zu Zeit.«

Philip fiel auf – und er fragte sich, ob Stuart es auch bemerkt hatte –, daß er diesmal nicht das Adjektiv »ehemaliger« vor das Wort »Dieb« gestellt hatte und daß Stuart ihn dahingehend auch nicht korrigiert hatte. »Sie sind mit Ihren Komplimenten ganz schön geizig geworden.«

»Ich bin nicht hier, um Ihnen mit Komplimenten zu schmeicheln, Philip, sondern allenfalls, um herauszufinden, was zum Teufel so wichtig sein könnte, daß Sie mich mitten in diesem verdammten Winter nach New York gehetzt haben.«

»Würden Sie Wert auf zwei legen?«

»Zwei was?«

»Diebe, Stuart.« Er nahm sich eines der kleinen Dreiecke von Spencers Teller und meinte: »Sie sollten das mal mit Vollkorntoast probieren.«

»Worauf wollen Sie hinaus?«

Für Philip stand in diesem Augenblick eine Menge auf dem Spiel, aber das war in seinem Leben schon immer so gewesen: Stets hing sein Glück an einem seidenen Faden und vom richtigen Handeln im richtigen Moment ab. Er war ein Dieb gewesen, ein ganz exzellenter Dieb, der Leute wie Captain Stuart Spencer auf tausend Umwegen immer wieder in Sackgassen gelockt, sie von London nach Paris, von Paris nach Marokko und von dort zu irgendeinem anderen Ort der Welt gehetzt hatte, wo die nächste Beute auf ihn wartete. Dann jedoch hatte er eine Wende um hundertachtzig Grad vollzogen, die Seiten gewechselt und von da ab für Spencer und Interpol gearbeitet, statt gegen sie.

Es war eine rein rechnerische Entscheidung gewesen; eine

Frage von finanziellen Vor- und Nachteilen. Worum es ihm jetzt ging, war eine eher persönliche Angelegenheit.

»Lassen Sie uns mal rein hypothetisch annehmen, ich würde einen absolut cleveren Dieb kennen, einen, der Interpol die letzten zehn Jahre erfolgreich an der Nase herumgeführt hat, einen, der vorhat, sich aus dem aktiven Geschäftsleben zurückzuziehen und seine Dienste im Austausch für gerichtliche Nachsicht anzubieten.«

»Sie sprechen vom Schatten.«

Mit übertriebener Akribie zupfte sich Philip die Toastkrümel von den Fingerkuppen. Er war ein überaus ordentlicher Mensch, teils aus Gewohnheit, teils aus Notwendigkeit. »Rein hypothetisch, wohlgemerkt.«

Der Schatten. Spencer vergaß seine schmerzende Ferse und die Unannehmlichkeiten der Zeitverschiebung nach dem langen Flug. Juwelen, deren Werte in die Millionen Dollar gingen, hatte dieser gesichtslose Dieb gestohlen, den man »den Schatten« nannte. Zehn Jahre lang hatte Spencer ihn verfolgt, gejagt, und immer wieder war er ihm entwischt. Seit acht Monaten hatte Interpol die Fahndung nach ihm verstärkt, war sogar so weit gegangen, einen Dieb zu engagieren, um einen anderen zu fangen – Philip Chamberlain, den einzigen Dieb, dessen Beute die des Schattens noch um einiges übertraf. Den Mann, dachte Spencer, und kalte Wut stieg in ihm hoch, dem er vertraut hatte.

»Verdammt, Sie wissen, wer er ist. Sie *haben* gewußt, wo er ist und wo wir ihn finden können.« Er schlug mit der Faust auf den Tisch. »Zehn Jahre. Zehn verdammte Jahre lang waren wir hinter dem Kerl her. Der Teufel soll Sie holen. Seit Monaten bezahlen wir Sie schon dafür, ihn zu finden, und Sie spielen mit uns Katz und Maus. Sie haben die ganze Zeit gewußt, wer er ist und wo er ist. Die ganze Zeit!«

»Vielleicht.« Philip spreizte seine langen, kunstfertigen Finger. »Vielleicht auch nicht.«

»Am liebsten würde ich Sie in einen Käfig sperren und den Schlüssel in die Themse werfen.«

»Aber das tun Sie nicht, weil ich der Sohn bin, den Sie nie hatten.«

»Ich habe einen Sohn, verflucht noch mal!«

»Aber keinen wie mich.« Philip lehnte sich bequem in seinen Stuhl zurück und fuhr fort: »Was ich Ihnen vorschlagen will, ist der gleiche Deal, den wir beide vor fünf Jahren abgeschlossen haben. Damals waren Sie der Meinung, daß es entscheidende Vorteile bringt, den Besten anzuheuern, anstatt den Besten zu jagen.«

»Wir haben Sie engagiert, den Schatten dingfest zu machen, und nicht, um über ihn zu verhandeln. Wenn Sie einen Namen haben, so will ich ihn wissen. Wenn Sie eine Beschreibung von ihm haben, dann her damit. Fakten will ich sehen, Philip, keine hypothetischen Vorschläge.«

»Sie haben nichts in der Hand«, stieß Philip hervor. »Absolut nichts, nach zehn Jahren. Wenn ich jetzt hier rausspaziere, haben Sie immer noch nichts.«

»Sie werde ich haben.« Spencers Stimme klang ausdruckslos, aber entschieden genug, daß Philips Augen schmal wurden. »Einem Mann Ihrer Lebensart würde es im Knast nicht gefallen.«

»Drohungen?« Ein rascher, doch sehr deutlicher Schauer durchzuckte Philips Miene. Er legte die Hände ineinander, bemühte sich um einen festen Blick, im Vertrauen darauf, daß sein Gegenüber nur bluffte. Philip bluffte nicht. »Ich habe einen Anspruch auf Straffreiheit, erinnern Sie sich? Das war Teil unserer Abmachung.«

»Sie waren es doch, der die Regeln geändert hat. Geben Sie mir den Namen, Philip, und lassen Sie mich meinen Job tun.«

»Sie denken kleinlich, Stuart. Deshalb haben Sie auch nur wenige Steinchen gefunden, wohingegen ich Ihnen das Zeug händeweise verschafft habe. Wenn Sie den Schatten einlochen, haben Sie nur einen Dieb gefaßt. Glauben Sie im Ernst, auch nur einen Bruchteil dessen zu finden, was er im Laufe der Jahre geklaut hat?«

»Das ist eine Frage der Gerechtigkeit.«

»Ja.«

Philips Tonfall hatte sich verändert, bemerkte Spencer, und zum ersten Mal während ihres Gesprächs senkte er seinen Blick. Aber nicht aus Scham. Spencer kannte Philip viel zu gut, um zu glauben, daß dieser Mann sich so leicht aus der Fassung bringen ließe.

»Es ist in der Tat eine Frage der Gerechtigkeit, aber darauf kommen wir noch.« Philip, zu nervös, um still sitzen zu bleiben, erhob sich wieder aus seinem Stuhl. »Als Sie mich für diesen Job abgeheuert haben, sagte ich zu, weil mich dieser spezielle Dieb interessiert hat. Das hat sich auch bis heute nicht geändert. Man kann sogar sagen, daß sich mein Interesse noch erheblich gesteigert hat.« Es war sinnlos, Spencer zu sehr zuzusetzen. Zugegeben, sie hatten im Laufe der Jahre eine wenn auch widerwillige Bewunderung füreinander entwickelt, doch Spencer war bisher nie vom Pfad der Tugend abgewichen und würde es auch zukünftig nicht tun. »Angenommen, rein hypothetisch selbstverständlich, ich würde tatsächlich die Identität des Schattens kennen. Weiter angenommen, ich würde unseren Gesprächen entnehmen können, daß Sie aus den Fähigkeiten dieses Individuums Nutzen ziehen möchten und ihm als kleine Gegenleistung eine reine Weste garantierten.«

»*Kleine* Gegenleistung nennen Sie das? Der Bastard hat sogar noch mehr Schaden angerichtet als Sie.«

Philips Augenbraue schoß in die Höhe. Mit einem leichten Stirnrunzeln wischte er sich einen Krümel von Ärmel. »Ich glaube nicht, daß es nötig ist, mich zu beleidigen. Niemand hat Diamanten von einem größeren Gesamtwert gestohlen als ich in meiner Laufbahn.«

»Sie sind stolz auf Ihre Karriere, nicht wahr?« Spencers Gesichtsfarbe wechselte zu einem alarmierenden Rot. »Das Leben eines gemeinen Diebes zu führen ist etwas, womit ich mich nicht brüsten würde.«

»Darin unterscheiden wir uns eben.«

»Durch Fenster klettern, in dunklen Hausecken Geschäfte abwickeln…«

»Bitte hören Sie auf, ich werde gleich sentimental. Nein, halten Sie lieber die Luft an, und zählen Sie ganz ruhig bis zehn, Stuart. Ich möchte nicht für einen bedrohlichen Anstieg Ihres Blutdrucks verantwortlich sein.« Er griff zur Teekanne. »Vielleicht ist gerade jetzt ein guter Zeitpunkt, Ihnen zu erzählen, daß ich in der Zeit, als ich Schlösser knackte, großen Respekt Ihnen gegenüber entwickelt habe. Wahrscheinlich würde ich jetzt immer noch mit Nacht- und Nebelaktionen mein Geld verdienen, wenn Sie mir nicht mit jedem meiner Einbrüche ein Stück näher auf den Pelz gerückt wären. Ich bedauere keine Sekunde des Lebens, das ich gelebt habe, ebensowenig wie ich es bedauere, die Seiten gewechselt zu haben.«

Stuart hatte sich soweit wieder beruhigt, um den Tee hinunterzustürzen, den Philip ihm eingeschenkt hatte. »Darum geht es doch gar nicht.« Aber er mußte sich eingestehen, daß ihm Philips Geständnis schmeichelte. »Tatsache ist, daß Sie jetzt für mich arbeiten.«

»Das habe ich nicht vergessen.« Philip wandte sich von ihm ab und schaute wieder versonnen aus dem Fenster. Es war ein eiskalter, klarer Tag, der seine Sehnsucht nach Frühling nur noch steigerte. »Nun, um Ihnen weiterhin als loyaler Untergebener zu dienen«, fuhr Philip gestelzt fort, wobei er sich abrupt umdrehte und Stuart mit festem Blick ansah, »erachte ich es als meine Pflicht, Unterstützung für Sie anzuwerben, falls ich auf einen passenden Kandidaten stoßen sollte.«

»Auf einen Dieb?«

»Ja, und einen ausgezeichneten dazu.« Wieder erhellte ein strahlendes Lächeln seine Miene. »Darüber hinaus bin ich bereit, meinen Kopf dafür zu verwetten, daß weder Ihre noch irgendeine andere Vollstreckungsbehörde einen Schimmer der wahren Identität dieses Diebes erhaschen wird.« Sein Lächeln verlor sich ein wenig, als er sich vorbeugte. »Weder jetzt, Stuart, noch später, das verspreche ich Ihnen.«

»Er wird wieder aktiv werden.«

»Nein, das wird er nicht.«

»Wie können Sie sich dessen so sicher sein?«

Philip faltete wieder die Hände. Sein Ehering glänzte matt. »Weil ich dafür sorgen werde. Höchstpersönlich.«

»In welchem Verhältnis steht er zu Ihnen?«

»Schwer zu erklären. Hören Sie mir zu, Stuart. Fünf Jahre habe ich nun schon für Sie und mit Ihnen gearbeitet. Einige meiner Aufträge waren gelinde gesagt schmutzig, die meisten jedoch waren schmutzig *und* gefährlich. Ich habe Sie nie um etwas gebeten, nun aber bitte ich Sie um eines: Straffreiheit für meinen hypothetischen Dieb.«

»Ich kann keine Garantie...«

»Ihr Wort ist mir Garantie genug«, unterbrach ihn Philip und brachte ihn so zum Schweigen. »Als Gegenleistung werde ich Ihnen den Rubens wiederbeschaffen. Und außerdem glaube ich Sie einer Belohnung versichern zu können, die genug politisches Gewicht besitzt, um eine gewisse heikle Situation zu entschärfen.«

Spencer hatte einige Schwierigkeiten, zwei und zwei zusammenzuzählen. »Im Mittleren Osten?«

Philip zuckte die Achseln und schenkte sich Tee nach. »Möglich.« Wie auch immer seine Antwort ausfallen würde, Philip war entschlossen, Stuart zu dem Rubens und zu Abdu zu führen. Doch wie gewöhnlich legte er erst kurz vor Schluß die Karten auf den Tisch. »Man könnte sagen, daß England mit den Informationen, die ich Ihnen geben werde, in der Lage sein wird, an den geeigneten Stellen Druck auszuüben.«

Spencer musterte sein Gegenüber mit einem harten Blick. Ihre Unterhaltung war weit über die Themen Diamanten und Rubine, Strafe und Verbrechen hinausgegangen. »Das ist eine Nummer zu groß für Sie, Philip.«

»Ihre Besorgnis ehrt mich.« Er stellte fest, daß sich das Blatt zu wenden begann, und lehnte sich ein wenig entspannter zurück. »Ich versichere Ihnen, daß ich sehr wohl weiß, was ich tue.«

»Das ist ein äußerst delikates Spiel, das Sie da spielen.«

Das delikateste überhaupt, dachte Philip bei sich, und das wichtigste für mich. »Ein Spiel, das wir beide gewinnen können, Stuart.«

Schwer atmend erhob sich Spencer aus seinem Stuhl, um eine Flasche Scotch zu öffnen. Er goß einen großzügigen Schluck in ein Whiskyglas, zögerte einen Moment und füllte dann ein zweites. »Nun gut, erzählen Sie mir, was Sie wissen, Philip. Ich werde sehen, was ich tun kann.«

Er überlegte einen Augenblick. »Ich lege das einzige, das mir wirklich etwas bedeutet, in Ihre Hände. Das dürfen Sie nie vergessen, Stuart.« Er schob seine Teetasse beiseite und griff nach dem Glas. »Ich habe den Rubens in der Schatzkammer König Abdus von Jaquir gesehen.«

Spencers bis dahin gleichgültig blickende Augen weiteten sich vor Erstaunen. »Und was zum Teufel haben Sie in der Schatzkammer des Königs zu suchen gehabt?«

»Das ist eine lange Geschichte.« Philip prostete Stuart zu und nahm dann einen tiefen Schluck. »Das beste wird sein, ich beginne ganz am Anfang, mit Phoebe Spring.«

2. Kapitel

Jaquir, 1968

Adrianne lag zusammengerollt auf der Seite und beobachtete hellwach vor Aufregung, wie die Zeiger der Uhr auf Mitternacht zutickten. Gleich hatte sie Geburtstag. Dann würde sie fünf Jahre alt sein. Sie drehte sich auf den Rücken und umarmte sich aus lauter Vorfreude selbst. Der ganze Palast lag in tiefem Schlummer, doch in wenigen Stunden würde die Sonne aufgehen und der Muezzin die Stufen der Moschee hochsteigen, um die Gläubigen zum Gebet zu rufen. Der Tag, der wundervollste Tag ihres Lebens, würde dann endlich beginnen.

Am Nachmittag würde es Musik und Geschenke für sie geben und Teller voller Schokolade. Die Frauen würden ihre schönsten Kleider tragen und tanzen. Alle würden kommen: Großmutter, um ihr Geschichten zu erzählen; Tante Latifa, die immer lächelte und niemals schimpfte, würde Duja mitbringen; Favel mit ihrem lustigen Lachen würde ihre Stute führen. Adrianne lächelte. Durch die Gemächer der Frauen würde helles, fröhliches Lachen erklingen, und jeder würde ihr sagen, wie hübsch sie sei.

Mama hatte ihr versprochen, daß es ein ganz besonderer

Tag sein werde. Ihr Festtag. Mit der Erlaubnis ihres Vaters würden sie nachmittags einen Ausflug zum Meer unternehmen. Sie hatte ein neues Kleid bekommen, ein wunderschönes gestreiftes Seidenkleid, das in allen Farben des Regenbogens schillerte. Die Unterlippe zwischen die Zähne geklemmt, drehte sich Adrianne zu ihrer Mutter hin.

Phoebe schlief, im Mondlicht schimmerte ihr Gesicht wie Marmor und sah auf einmal ganz friedlich aus. Adrianne liebte diese Tage, wenn ihre Mutter ihr erlaubte, zu ihr in dieses große, weiche Bett zu kriechen. Das war etwas ganz Besonderes. Dann kuschelte sie sich dicht an sie heran und lauschte den Geschichten, die Phoebe ihr von fremden Orten wie New York oder Paris erzählte. Manchmal kicherten sie auch wie kleine Gänschen.

Ganz behutsam, um sie nicht aufzuwecken, streichelte Adrianne über das Haar ihrer Mutter. Es faszinierte sie. Wie Feuer schimmerte es auf dem weißen Kopfkissen, ein gewaltiges, glühendes Feuer. Mit ihren fünf Jahren war Adrianne bereits Frau genug, um ihre Mutter um ihr Haar zu beneiden. Ihr eigenes Haar war fest und schwarz wie das der anderen Frauen in Jaquir. Nur Phoebe hatte rotes Haar und eine weiße Haut. Nur Phoebe war Amerikanerin. Adrianne war Halbamerikanerin, doch darin erinnerte Phoebe sie nur, wenn sie allein waren.

Solche Gespräche machten ihren Vater ärgerlich.

Adrianne hatte ein gutes Gespür entwickelt, wenn es darum ging, Themen zu vermeiden, die ihren Vater zornig machten; obwohl sie nicht ganz verstand, warum bei der Erwähnung, daß ihre Mutter Amerikanerin ist, die Augen ihres Vaters hart und seine Lippen schmal wurden. Sie war ein Movie-Star gewesen. Dieser Ausdruck verwirrte Adrianne immer ein wenig, aber sie liebte dessen fremdartigen Klang. *Movie-Star*. Bei diesen Worten dachte sie an geheimnisvolle Lichter an einem schwarzen Himmel.

Ihre Mutter war ein Star gewesen, und nun war sie eine Königin; die erste Frau von Abdu ibn Faisal Rahman al-Jaquir, dem Herrscher von Jaquir, dem Scheich der Scheichs. Ihre Mutter war die schönste aller Frauen, mit ihren großen blauen Augen und dem vollen, weichen Mund. Sie überragte die Frauen des Harems um Haupteslänge und ließ sie wie kleine Vögelchen erscheinen. Adrianne hatte nur einen Wunsch: ihre Mutter glücklich zu sehen. Mit ihren fünf Jahren hoffte Adrianne, nun endlich verstehen zu können, warum ihre Mutter oft so traurig war und heimlich weinte, wenn sie sich unbeobachtet fühlte.

In Jaquir wurden die Frauen beschützt und behütet. Diejenigen, die im Palast von Jaquir lebten, wurden von der Außenwelt abgeschirmt, und es war ihnen nicht gestattet zu arbeiten. Sie bekamen alles, was sie brauchten – schöne Kleider und die erlesensten Parfums. Ihre Mutter besaß traumhafte Roben und Juwelen. Sie besaß das berühmte Kollier *Sonne und Mond*.

Adrianne schloß die Augen, um das Bild dieses Kolliers am Hals ihrer Mutter herbeizuzaubern. Wie dieser große Diamant, genannt die *Sonne*, funkelte, und die unbezahlbare Perle, der *Mond*, schimmerte. Eines Tages, hatte ihr Phoebe versprochen, würde sie dieses Kollier tragen.

Wenn sie erwachsen war. Wohlig und zufrieden, dem ruhigen Atem ihrer Mutter lauschend, stellte Adrianne sich die Zukunft vor. Wenn sie erwachsen war, wenn aus dem kleinen Mädchen eine Frau geworden war, würde sie einen Gesichtsschleier tragen. Dann würde man einen Ehemann für sie auswählen und sie verheiraten. An ihrem Hochzeitstag würde sie *Sonne und Mond* tragen und eine gute, fruchtbare Frau werden.

Sie würde Feste für die anderen Frauen geben und eisgekühlte Torten und Pralinen herumreichen lassen. Ihr Ehemann würde so gutaussehend und mächtig sein wie ihr Vater. Vielleicht würde auch er ein König sein und sie auf Händen tragen.

Während sie dann langsam einschlummerte, drehte sie eine Locke ihres langen Haars um den Zeigefinger. Ihr Ehemann würde sie mit derselben Innigkeit lieben, die sie sich von ihrem Vater so sehr wünschte. Sie würde ihrem Gemahl prächtige Söhne schenken, viele prächtige Söhne, so daß die anderen Frauen sie mit Neid und Respekt betrachten würden. Nicht mit Mitleid. Nicht mit dem mitleidigen Lächeln, mit dem sie ihre Mutter stets bedachten.

Ein Licht weckte sie. Es fiel durch die geöffnete Tür und warf einen harten Streifen auf den Fußboden. Durch den hauchdünnen Vorhang, der das Bett einhüllte wie ein Kokon, sah sie einen Schatten.

Erst stieg Freude in ihr auf, ein schmerzlicher Ausbruch, den zu verstehen sie noch zu jung war. Doch gleich darauf kam Angst, die Angst, die stets der Liebe folgte, die sie spürte, wenn sie ihren Vater sah.

Er würde ärgerlich werden, wenn er sie hier entdeckte, im Bett ihrer Mutter. Das wußte sie, denn es war ein offenes Geheimnis im Harem, daß ihr Vater ihre Mutter nur selten besuchte, seit die Ärzte ihm eröffnet hatten, daß sie keine Kinder mehr bekommen könne. Adrianne glaubte, daß er Phoebe vielleicht nur betrachten wollte, weil sie so wunderschön war. Doch als er näher kam, schnürte ihr eine plötzliche Furcht die Kehle zu. Rasch schlüpfte sie aus dem Bett und verbarg sich im Schatten dahinter.

Abdu, seine Augen auf Phoebe gerichtet, zog den Vorhang beiseite. Er hatte sich nicht die Mühe gemacht, die Tür zu schließen. Niemand würde es wagen, ihn zu stören.

Bläuliches Mondlicht ergoß sich über Phoebes Haar und ihr schlafendes Gesicht. Sie sah aus wie eine Göttin, genau wie damals, als er sie zum erstenmal gesehen hatte. Dieses Gesicht mit seiner berauschenden Schönheit und dem erregenden Sex-Appeal hatte die ganze Leinwand ausgefüllt und zum Knistern gebracht. Phoebe Spring, die amerikanische Schauspielerin, die Frau, die die Männer wegen ihres sinnlichen Körpers und ihrer unschuldigen Augen gleichzeitig begehrten und fürchteten. Abdu war ein Mann, der nur das Beste, Größte und Teuerste gewöhnt war. Damals hatte er sie begehrt, wie er noch nie eine Frau zuvor begehrt hatte. Er hatte sie aufgespürt und ihr den Hof gemacht, wie es westliche Frauen lieben. Er hatte sie zu seiner Königin gemacht.

Und sie hatte ihn verzaubert. Um ihretwegen hatte er sein Erbe verraten und mit der Tradition gebrochen. Er hatte eine westliche Frau zur Gemahlin genommen, eine Schauspielerin, eine Christin. Und er war dafür bestraft worden. Sein Samen hatte in ihr nur ein einziges Kind gezeugt – ein Mädchen.

Doch sie erregte ihn noch immer. Ihr Leib war unfruchtbar, aber ihr Körper reizte ihn. Obgleich sich seine Faszination in Abscheu verwandelt hatte, begehrte er sie. Sie beschämte ihn, besudelte sein *sharaf*, seine Ehre, durch ihre Ignoranz gegenüber dem Islam, doch sein Körper verlangte nach ihr.

Wenn er seine Männlichkeit tief in den Körper einer anderen Frau versenkte, war es Phoebe, die er liebte; Phoebe, deren Haut er roch; Phoebe, deren Schreie er hörte. Das war seine heimliche Schmach. Allein dafür hätte er sie hassen können. Doch es war vielmehr die öffentliche Schande, die Tatsache, daß sie ihm nur diese einzige Tochter geboren hatte, die ihn dazu brachte, sie zu verachten.

Er wollte, daß sie litt, dafür bezahlte, genau wie er gelitten und dafür bezahlt hatte. Er griff nach dem Laken und zog es mit einem Ruck beiseite.

Phoebe erwachte, noch ganz benommen, doch ihr Herz begann schon wild zu klopfen. Sie sah ihn nur als Schatten über ihr stehen. Zuerst glaubte sie sich noch in dem Traum, den sie gerade geträumt hatte, in dem er zurückgekommen war, um sie so zu lieben, wie er sie einst geliebt hatte. Aber dann sah sie seine Augen und wußte, dies war kein Traum und keine Liebe.

»Abdu.« Sie dachte an das Kind und blickte rasch neben sich. Das Bett war leer. Adrianne war nicht mehr da. Phoebe schickte ein stummes Dankgebet gen Himmel. »Es ist spät«, begann sie, doch ihre Kehle war trocken und die Worte kaum hörbar. Unwillkürlich wich sie zurück; die seidenen Laken knisterten leise, als sie sich wie ein Embryo zusammenkrümmte. Er sagte kein Wort, streifte nur seine weiße *throbe* ab. »Bitte.« Obwohl sie wußte, daß es ihr nichts nützte, brach sie in Tränen aus. »Tu es nicht.«

»Eine Frau hat kein Recht, ihrem Mann seine Wünsche zu verweigern.« Der Anblick ihres reifen Körpers, der nun vor

Angst zitterte, vermittelte ihm ein Gefühl von Macht, das Gefühl, seine Geschicke in der Hand zu halten. Was immer sie sonst sein mochte, sie war sein Eigentum – sie gehörte ihm wie die Diamantringe an seinen Fingern und die Pferde in seinem Stall. Er packte sie am Träger ihres Nachthemds und stieß sie zurück.

Verborgen im Schatten neben dem Bett begann Adrianne zu zittern.

Ihre Mutter weinte. Sie kämpften, schrien Worte, die sie nicht verstand. Ihr Vater stand nackt im Mondlicht, seine dunkle Haut schimmerte unter einem Film feuchten Schweißes, der nicht von der drückenden Schwüle herrührte, sondern von seinem leidenschaftlichen Verlangen. Adrianne hatte noch nie zuvor den nackten Körper eines Mannes gesehen, geriet bei dem Anblick aber nicht außer Fassung. Sie wußte über Sex Bescheid und daß das Glied ihres Vaters, das so hart und bedrohlich wirkte, dazu bestimmt war, in den Körper ihrer Mutter einzudringen, um dort ein Kind zu zeugen. Sie wußte, daß man dabei Vergnügen empfand, daß die Frauen diesen Akt als höchste Lust ersehnten. Tatsächlich hatte sie dies in ihrem jungen Leben schon tausendfach gehört, denn im Harem wurde unaufhörlich über Sex gesprochen.

Aber ihre Mutter konnte keine Kinder mehr bekommen, und wenn man dabei doch Vergnügen empfinden sollte, warum weinte sie dann und bat ihren Vater, von ihr abzulassen?

Eine Frau mußte ihren Mann im Ehebett empfangen, dachte Adrianne, und ihre Augen füllten sich mit Tränen. Sie mußte ihm alles geben, was er verlangte. Sie mußte Freude darüber empfinden, daß sie begehrt wurde und seine Kinder austragen durfte.

Sie hörte das Wort *Hure*. Sie kannte es nicht, aber von den Lippen ihres Vaters klang es so schmutzig, daß sie es nie wieder vergessen würde.

»Wie kannst du es wagen, so etwas zu mir zu sagen?« Phoebes Stimme bebte unter ihren Schluchzern, während sie versuchte, sich von ihm zu befreien. Einst hatte sie seine

Umarmungen und das Schimmern seiner nackten Haut im Mondlicht geliebt. Jetzt empfand sie nur noch Angst. »Ich habe mich nie einem anderen Mann hingegeben. Nur dir. Du hast dir eine andere Frau genommen, sogar als wir schon ein Kind hatten.«

»Du hast mir nichts gegeben.« Er grub seine Hand in ihr Haar. Es faszinierte ihn, obwohl er die Farbe verabscheute. »Ein Mädchen. Das ist weniger als nichts. Ich brauche sie nur anzusehen, um die Schmach zu spüren.«

Sie schlug ihm ins Gesicht, fest genug, daß sein Kopf nach hinten schnellte. Selbst wenn sie schneller als er gewesen wäre, wohin hätte sie sich flüchten sollen? Sein Handrücken schmetterte über ihr Gesicht und ließ sie taumeln. Aufgestachelt durch Begierde und Wut, riß er ihr das Nachthemd vom Leib.

Sie hatte den Körper einer Göttin, einen Körper, von dem jeder Mann träumte. Ihr Herz raste vor Angst und brachte ihre üppigen Brüste zum Beben. Ihr sonst so blasser Teint glühte im Mondlicht und zeigte bereits die ersten dunklen Spuren seiner Schläge. Ihre Lippen waren aufgeworfen. Wenn Phoebe von Leidenschaft gefesselt war, konnten ihre Lippen wie Blitze zucken, im Einklang mit seinen Stößen. Schamlos. Sein Verlangen kam einem körperlichen Schmerz gleich, brannte, als hätten sich die Klauen des Teufels in seine Eingeweide geschlagen. Mitten in diesem heftigen Kampf löste sich eine Lampe aus der Halterung und zersplitterte auf dem Tischchen neben dem Bett.

Gelähmt vor Entsetzen mußte Adrianne mit ansehen, wie sich die Finger ihres Vaters in Phoebes entblößte, weiße Brüste gruben. Sie versuchte sich nach Kräften zu wehren und flehte ihn an, von ihr abzulassen. Ein Mann hatte das Recht, seine Frau zu schlagen. Sie durfte sich ihm nicht verweigern. So stand es im Gesetz. Und dennoch... Adrianne hielt sich die Ohren zu, um nicht die Schreie ihrer Mutter hören zu müssen, als sich ihr Vater über sie schob und gewaltsam in sie eindrang, wieder und immer wieder.

Tränenüberströmt kroch Adrianne unters Bett. Sie preßte die Hände so fest auf die Ohren, bis sie schmerzten, doch selbst dann hörte sie noch immer das tiefe Stöhnen ihres Vaters und das verzweifelte Schluchzen ihrer Mutter. Das Bett über ihr schwankte. Sie ringelte sich ein wie eine Schnecke, machte sich so klein wie möglich, so klein, daß sie nichts mehr hören würde, eigentlich gar nicht mehr da war.

Das Wort *Vergewaltigung* kannte sie nicht, aber nach dieser Nacht brauchte ihr niemand mehr dessen Bedeutung zu erklären.

»Du bist so still, Addy.« Phoebe bürstete mit zärtlichen, langsamen Bewegungen das hüftlange Haar ihrer Tochter. Addy. Abdu verachtete diesen Kosenamen und duldete auch das formellere Adrianne nur, weil seine Erstgeborene ein Mädchen war und gemischtes Blut besaß. Dennoch hatte er, um seinem Stolz Genüge zu tun, verfügt, daß seine Tochter neben diesem Namen auch einen arabischen Namen bekam. Auf allen offiziellen Dokumenten erschien »Adrianne« als Ad Riyahd An, woran sich noch die endlose Reihe von Abdus Familiennamen anschloß. Phoebe wiederholte den Kosenamen noch einmal und fragte dann: »Gefallen dir deine Geschenke nicht?«

»Doch, ich finde sie sehr schön.« Adrianne trug ihr neues Kleid, aber es gefiel ihr nicht mehr. Im Spiegel konnte sie hinter dem ihren das Gesicht ihrer Mutter sehen. Phoebe hatte zwar die Spuren der Schläge sorgsam mit Make-up abgedeckt, doch Adrianne blieben die dunklen Schatten nicht verborgen.

»Du siehst wunderhübsch aus.« Phoebe drehte ihre kleine Tochter zu sich herum, um sie zu umarmen. An einem anderen Tag hätte Adrianne nicht bemerkt, wie eng ihre Mutter sie an sich drückte, nicht die Verzweiflung in ihrer Stimme wahrgenommen. »Meine kleine Prinzessin. Ich liebe dich von ganzem Herzen. Mehr als alles auf der Welt.«

Sie duftete nach Blumen, duftete wie die vollreifen üppigen Blüten draußen im Garten. Tief sog Adrianne diesen Duft ein, als sie ihr Gesicht an Phoebes Brüste drückte. Sie küßte sie und erinnerte sich daran, wie grob und häßlich ihr Vater sie in der Nacht zuvor behandelt hatte.

»Du wirst nicht weggehen? Du wirst mich nicht verlassen?«

»Wie kommst du denn auf diesen Gedanken?« Mit einem halbherzigen Lachen drückte sie ihre Tochter auf Armlänge von sich weg, um sie anzusehen. Als sie ihrer Tränen gewahr wurde, erstarb ihr Lachen. »Oh, mein armer Liebling, was hast du denn?«

Traurig ließ Adrianne ihren Kopf auf Phoebes Schulter sinken. »Ich habe geträumt, daß er dich weggeschickt hat. Daß du fortgehst und ich dich nie wiedersehe.«

Phoebe zögerte einen Augenblick, bevor sie fortfuhr, ihre Tochter behutsam zu streicheln. »Das war doch nur ein Traum, mein Kleines. Ich werde dich nie verlassen.«

Adrianne kuschelte sich auf Phoebes Schoß und genoß die zärtlichen Tröstungen ihrer Mutter. Durch das Gitterwerk vor den Fenstern fielen warme Sonnenstrahlen ins Zimmer und brachen sich auf den bunten Mustern der Teppiche. »Wenn ich ein Junge wäre, dann würde Vater uns beide lieben.«

Kalte Wut stieg plötzlich in Phoebe hoch, die sie geradezu auf der Zunge schmecken konnte. Doch so schnell, wie sie gekommen war, verwandelte sie sich in Verzweiflung. Aber Phoebe war immer noch eine Schauspielerin. Wenn sie ihr Talent schon ansonsten nicht nutzen konnte, dann wenigstens dazu, das zu schützen, was ihr am nächsten stand. »Welch ein Unsinn, und auch noch an deinem Geburtstag. Was kann schon daran schön sein, ein Junge zu sein. Die können keine so hübschen Kleider tragen wie du.«

Adrianne kicherte über diese Vorstellung und schmiegte sich noch enger an ihre Mutter. »Wenn ich Fahid ein Kleid überziehe, sieht er aus wie eine Puppe.«

Phoebe preßte ihre Lippen aufeinander und versuchte den kommenden Schmerz zu ignorieren. Fahid. Fahid war der Sohn, den Abdus zweite Frau zur Welt gebracht hatte, nachdem sie versagt hatte. Nein, nicht versagt, ermahnte sie sich. Sie fing schon an, wie eine Moslemfrau zu denken. Wie könnte sie versagt haben, wenn sie gerade ihr wunderschönes Kind in den Armen hielt?

Du hast mir nichts gegeben. Ein Mädchen. Das ist weniger als nichts.

Alles, dachte Phoebe wütend. Ich habe dir alles gegeben.

»Mama?«

»Ich war in Gedanken.« Phoebe lächelte, als sie Adrianne sanft von ihrem Schoß schob. »Ich habe mir gerade überlegt, daß du noch ein Geschenk bekommen sollst. Ein ganz besonderes.«

»Ein besonderes?« Adrianne klatschte vor Freude in die Hände. Die Tränen waren vergessen.

»Setz dich hin und mach die Augen zu.«

Adrianne gehorchte sofort, und obwohl sie versuchte, still zu sitzen, zappelte sie ungeduldig auf dem Stuhl hin und her. Phoebe hatte die kleine Glaskugel im Schrank zwischen ihren Kleidern versteckt. Es war nicht einfach gewesen, sie ins Land zu schmuggeln, aber sie hatte gelernt, erfinderisch zu sein. Auch mit den Pillen war es nicht leicht gewesen, die kleinen, rosa Pillen, die es ihr ermöglichten, die Tage durchzustehen. Sie betäubten den Schmerz und erleichterten das Herz. Der beste Freund einer Frau. Weiß Gott, in diesem Land ist eine Frau wahrhaftig auf jeden Freund angewiesen. Wenn man die Pillen bei ihr entdeckte, würde man sie öffentlich hinrichten. Und wenn sie diese Pillen nicht hätte, wüßte sie auch nicht, ob sie ohne sie überleben würde.

Ein gefährlicher Kreislauf ohne Ende. Der einzige Mensch, der sie am Leben erhielt, war Adrianne.

»So, da ist es.« Phoebe kniete sich vor den Stuhl. Das Kind trug eine Saphirkette um den Hals und funkelnde Ohrringe. Phoebe dachte, nein, sie hoffte, daß dieses kleine Geschenk, das sie Adrianne nun geben wollte, ihr mehr bedeuten würde. »Jetzt kannst du deine Augen wieder aufmachen.«

Es war ein einfaches, beinahe lächerliches Geschenk. Für ein paar Dollar konnte man es in den Staaten vor Weihnachten in jedem x-beliebigen Laden kaufen. Adriannes Augen weiteten sich, als hielte sie ein magisches Zauberding in Händen.

»Das ist Schnee.« Phoebe schüttelte die Glaskugel nochmals, bis die weißen Flocken darin herumwirbelten. »In

Amerika schneit es im Winter. Nun, an den meisten Orten. Zur Weihnachtszeit schmücken wir kleine Bäumchen mit Lichterketten und bunten Glaskugeln. Tannenbäume, solche wie die hier. Als ich klein war, bin ich mit meinem Großvater auch auf einem solchen Schlitten gefahren, wie du ihn hier siehst.« Ihren Kopf an Adriannes Schulter gelehnt, betrachtete sie das kleine Pferdchen und den Schlitten in der Glaskugel. »Eines Tages, Addy, werde ich dir dies alles zeigen.«

»Tut das weh?«

»Schnee?« Phoebe lachte und schüttelte die Kugel wieder. Die Szene belebte sich aufs neue, und die Schneeflocken tanzten wieder um den kleinen, geschmückten Christbaum und das winzige Männchen auf dem roten Schlitten herum, der von einem braunen Pferdchen gezogen wurde. Nur eine Illusion. Alles, was ihr geblieben war, waren ihre Erinnerungen und ein kleines Mädchen, das sie beschützen mußte. »Nein. Schnee ist nur kalt und naß. Man kann daraus etwas bauen. Schneemänner, Schneebälle und Schneeburgen. Es sieht unheimlich schön aus, wenn Schnee auf den Bäumen liegt. Schau, genau wie hier.«

Adrianne nahm die Kugel und begann sie nun selbst zu schütteln. Das kleine braune Pferdchen hob ein Bein an, während die weißen Flocken langsam auf es niederrieselten. »Es ist wunderschön, viel schöner als mein neues Kleid. Ich möchte es gern Duja zeigen.«

»Nein.« Phoebe wußte genau, was passieren würde, wenn Abdu davon erführe. Diese Glaskugel war für ihn das Symbol eines christlichen Feiertags. Seit Adriannes Geburt war er regelrecht fanatisch geworden, was Religion und Tradition anbelangte. »Es ist unser Geheimnis, denk daran. Wenn wir beide allein sind, darfst du es dir ansehen, aber niemals, wenn irgend jemand anderer dabei ist.« Phoebe nahm ihr die Glaskugel aus der Hand und versteckte sie wieder in ihrem Schrank. »Jetzt ist es Zeit für deine Party.«

Trotz der zahlreichen Ventilatoren und der zugezogenen Vorhänge gegen die gleißende Sonne war es drückend heiß im Harem. Die gläsernen Filigranlampen spendeten gedämpftes, weiches Licht. Die Frauen trugen ihre schönsten und kostbarsten Gewänder. Ihre schwarzen *abaayas* hatten sie an der Tür abgelegt und sich innerhalb eines Augenblicks von schwarzen Krähen in buntschillernde Pfauen verwandelt.

Mit den Schleiern hatten die Frauen auch ihr Schweigen abgelegt und schnatterten nun vergnügt über Kinder, Sex, Mode und Fruchtbarkeit. Der Harem mit seinem schummrigen Licht und den dicken weichen Kissen war bald erfüllt vom schweren Duft der Frauen und der glimmenden Räucherkerzen.

Ihrem hohen Rang zufolge begrüßte Adrianne ihre Gäste mit einem Kuß auf beide Wangen, während grüner Tee und gewürzter Kaffee in kleinen, zerbrechlichen Täßchen ohne Henkel herumgereicht wurde. Es kamen Tanten und Cousinen und etliche rangniedrigere Prinzessinnen, die, genau wie die anderen Frauen, mit unverhülltem Stolz ihren Schmuck und ihre Kinder zur Schau trugen, die beiden wichtigsten Statussymbole im Leben einer Frau.

Adrianne erschienen sie wunderschön in ihren langen, raschelnden und vor allem farbenprächtigen Gewändern. Phoebe, die hinter ihr stand, kam sich angesichts dieser Kostümparade vor wie in einem Spielfilm über das 18. Jahrhundert. Sie nahm die auf sie gemünzten mitleidigen Blicke der Frauen mit derselben stoischen Ruhe entgegen, mit der sie auch deren blasierte Eitelkeiten ertrug. Sie war sich voll bewußt, daß sie hier eine Außenseiterin war, eine westliche Frau, der es nicht gelungen war, dem König einen männlichen Erben zu gebären. Es war gleichgültig, sagte sie sich, ob man sie hier akzeptierte oder nicht, solange die Frauen zu Adrianne nett waren.

Es hatte alles seine Richtigkeit. Adrianne war einfach ein Teil dieser Frauengesellschaft, zu der sie selbst nie gehören würde.

Hungrig stürzten sich die Frauen auf das Buffet, probierten alle Speisen und benutzten dazu so selbstverständlich ihre Finger wie Phoebe die kleinen silbernen Löffelchen. Wenn sie zu dick wurden, kauften sie sich einfach neue Kleider.

Einkaufen gehen, das war es, womit sich die arabischen Frauen den Tag vertrieben, genau wie sie es mit ihren rosa Pillen tat. Kein Mann, außer dem Ehemann oder den Brüdern, bekam je ihre lächerlichen Gewänder zu Gesicht. Wenn sie den Harem verließen, verhüllten sie sich wieder unter der *abaaya*, verbargen Gesicht und Haar unter einem Schleier. Außerhalb der Mauern herrschte *aurat*, da durften sie nichts von ihrem Körper zeigen.

Was spielten sie nur für seltsame Spiele! dachte Phoebe. Henna, Parfums und die protzigen Ringe. Glaubten sie wirklich, glücklich zu sein, wenn selbst sie, die es eigentlich nichts anging, die Langeweile in ihren Gesichtern erkannte? Sie betete zu Gott, daß sie diesen Ausdruck nie auf Adriannes Gesicht sehen möge.

Mit ihren fünf Jahren trat Adrianne schon recht selbstsicher auf und achtete darauf, daß ihre Gäste sich gut unterhielten und wohl fühlten. Mit ihnen sprach sie selbstverständlich Arabisch, leise und sehr melodisch. Adrianne hatte es bislang nicht fertiggebracht, ihrer Mutter zu erzählen, daß ihr Arabisch viel leichter fiel als Englisch. Sie dachte in Arabisch, fühlte Arabisch, und ihre Gedanken wie auch ihre Gefühle mußte sie oft erst ins Englische übersetzen, bevor sie diese ihrer Mutter mitteilen konnte.

Adrianne fühlte sich wohl in diesem Raum, genoß die Stimmen und Gerüche der Frauen. Die Welt, von der ihr ihre Mutter von Zeit zu Zeit erzählte, bedeutete ihr nicht mehr als ein Märchen. Schnee war nur etwas, das in einer bunten Glaskugel tanzte.

»Duja.« Adrianne rannte quer durchs Zimmer, um ihre Lieblingscousine zu begrüßen. Duja war beinahe zehn und – wofür Adrianne sie gleichzeitig beneidete und bewunderte – schon fast eine Frau.

Duja erwiderte ihre herzliche Umarmung. »Dein Kleid ist wunderschön.«

»Ich weiß«, entgegnete Adrianne, konnte es sich aber nicht verkneifen, bewundernd über Dujas Kleid zu streichen.

»Es ist aus Samt«, erklärte Duja mit wichtiger Miene. Daß der dicke Stoff bei dieser Hitze nahezu unerträglich war,

war für sie zur Nebensache geraten, als sie sich zuvor im Spiegel betrachtet hatte. »Mein Vater hat es für mich in Paris gekauft.« Sie drehte sich einmal im Kreis herum, ein schlankes, dunkles Geschöpf mit feingeschnittenen Zügen und hübschen, großen Augen. »Wenn er das nächste Mal dorthin fährt, nimmt er mich mit, das hat er mir versprochen.«

»Wirklich?« Adrianne unterdrücke einen Anflug von Neid, der in ihr hochwallte. Es war ein offenes Geheimnis, daß Duja der Liebling ihres Vaters, des Bruders des Königs, war. »Meine Mutter ist schon dort gewesen.«

Von Haus aus ein freundliches Kind und nun auch noch besonders glücklich über ihr Samtkleid, streichelte Duja liebevoll über Adriannes Haar. »Eines Tages wirst du auch einmal nach Paris fahren. Vielleicht reisen wir ja zusammen, wenn wir groß sind.«

Adrianne bemerkte, wie jemand an ihrem Kleidersaum zupfte. Es war Fahid, ihr Halbbruder. Sie hob ihn hoch, um sein kleines Gesichtchen mit Küssen zu bedecken und ihn dadurch zum Juchzen zu bringen. »Du bist das hübscheste Baby in ganz Jaquir.« Obwohl nur zwei Jahre jünger als sie selbst, hatte der pummelige Fahid fast ihr Gewicht. Heftig schnaufend schleppte sie den kleinen Kerl zum Buffet, um ihm einen besonderen Leckerbissen auszusuchen.

Auch die anderen Babys wurden geherzt und verhätschelt. Alle Mädchen bemutterten die kleinen Buben, streichelten und verwöhnten sie nach Strich und Faden. Von Geburt an lernten die Mädchen, ihre ganze Zeit und Kraft nur dazu zu verwenden, die Männer zu verwöhnen. Adrianne wußte nur, daß sie ihren kleinen Halbbruder anbetete und ihn immer zum Lachen bringen wollte.

Phoebe konnte dieses ganze Getue nicht ertragen. Sie beobachtete ihre Tochter dabei, wie sie das Kind der Frau, die ihren Platz im Bett und im Herzen ihres Ehemannes eingenommen hatte, liebkoste. Was bedeutete es schon, wenn es das hiesige Gesetz einem Manne erlaubte, sich vier Frauen zu nehmen? Schließlich war es nicht ihr Gesetz und nicht ihre Welt. Sechs Jahre lebte sie nun schon in dieser fremden

Welt; und sie könnte noch sechzig weitere hier verbringen, aber es würde niemals ihre Welt sein. Sie haßte die Gerüche, die schweren, unerträglichen Düfte, die ihr Tag für Tag den Atem nahmen. Phoebe preßte eine Hand an ihre Schläfe, hinter der ein beginnender Kopfschmerz sich pochend bemerkbar machte. Die Räucherstäbchen, die Blumen, die Parfumschwaden, die sich gegenseitig zu übertrumpfen suchten.

Sie haßte die Hitze, diese unerbittliche Hitze.

Sie wollte etwas trinken, aber nicht den üblichen Kaffee oder Tee, der immer bereitstand, sondern ein Glas Wein. Doch Wein war in Jaquir verboten. Vergewaltigung dagegen war erlaubt, dachte sie bitter, als sie ihre schmerzende Wange berührte. Vergewaltigung ja, aber Wein nicht! Kamelpeitschen und Schleier, Gebete und Polygamie, aber nicht ein Tropfen kühler Chablis oder ein Schlückchen trockener Sancerre.

Wie hatte sie dieses Land nur so wundervoll finden können, damals, als sie als Braut hierhergekommen war. Sie hatte die Wüste und das Meer gesehen, die hohen, weißen Mauern des Palastes, und sie hatte sich im geheimnisvollsten, exotischsten Ort der Welt geglaubt.

Damals war sie verliebt gewesen. Und Gott mochte ihr beistehen, sie war es immer noch.

In den Anfangszeiten ihrer Ehe hatte Abdu ihr all die Schönheiten seines Landes und die Reichtümer seiner Kultur gezeigt. Sie hatte ihre Heimat und ihre Gewohnheiten aufgegeben, um so zu werden, wie er es von ihr erwartete. Was er wollte, so stellte sich bald heraus, war die Frau, die er auf der Leinwand gesehen hatte, ein Symbol für Erotik und Unschuld, das zu verkörpern sie gelernt hatte. Phoebe hingegen war leider nur allzu menschlich.

Abdu hatte sich einen Sohn gewünscht. Sie hatte ihm eine Tochter geboren. Er hatte erwartet, daß sie ein Kind Allahs werde, aber sie war nun mal geprägt von ihrer eigenen Erziehung und würde es auch immer bleiben.

Sie wollte nicht darüber nachdenken, nicht über ihn, nicht über ihr Leben oder ihre Qual. Sie mußte dem Ganzen für eine kurze Weile entfliehen. Sie würde nur noch eine einzige kleine Pille einnehmen, sagte sie zu sich, nur um diesen Tag zu überstehen.

3. Kapitel

Kurz vor seinem dreizehnten Geburtstag war Philip Chamberlain bereits ein professioneller Dieb. Im Alter von zehn Jahren war er schon darüber hinausgewachsen, betuchten Geschäftsleuten auf ihrem Weg zur Bank, zu Börsenmaklern und Rechtsanwälten die prallgefüllten Taschen auszuräumen, oder achtlosen Touristen, die sich am Trafalgar Square tummelten, die Brieftaschen zu klauen. Man konnte ihn fast einen erstklassigen Dieb nennen, obgleich jeder, der ihm begegnete, in ihm nur einen hübschen, adretten und etwas schlaksigen Jungen sah.

Er besaß geschickte Hände, scharfe Augen und die athletischen Voraussetzungen für einen Fassadenkletterer. Mit seinen gewieften, cleveren und stets einsatzbereiten Fäusten hatte er es geschafft, sich nicht von einer der vielen Straßenbanden vereinnahmen zu lassen, die in den späten Sechzigern die Londoner Straßen unsicher machten. Noch fühlte er sich zu den Gruppen von Jugendlichen hingezogen, die Blumen streuten und indische Perlenketten um den Hals trugen. Der vierzehnjährige Philip war weder ein Mod noch ein Rocker. Er arbeitete nun nur noch für sich selbst und sah keinen Sinn darin, die Insignien irgendeiner Gruppe zu tragen. Er war ein Dieb und kein Schläger und hatte nur Verachtung übrig für die Halbstarken, die alte Omas überfielen und ihnen das Einkaufsgeld abnahmen. Er war ein Geschäftsmann und hatte für Jugendliche seiner Generation, die über Wohngemeinschaften diskutierten oder auf Secondhand-Gitarren herumklimperten und dabei von einer besseren Zukunft träumten, nur ein müdes Lächeln übrig.

Er hatte seine eigenen Pläne, große Pläne.

Und im Mittelpunkt dieser Pläne stand seine Mutter. Er

beabsichtigte, seine Von-der-Hand-in-den-Mund-Existenz baldmöglichst hinter sich zu lassen, und träumte von einem geräumigen Landhaus, einem teuren Wagen, eleganten Anzügen und exklusiven Partys. Und seit einigen Jahren hatte er auch begonnen, von eleganten Damen zu träumen. Doch im Augenblick war die einzige Frau in seinem Leben Mary Chamberlain, die Frau, die ihn geboren und alleine großgezogen hatte. Mehr als alles andere wünschte er sich, ihr das Beste angedeihen zu lassen, was das Leben zu bieten hatte, ihren glitzernden Modeschmuck durch echten zu ersetzen und sie aus der winzigen Wohnung am Rande von Chelsea herauszuholen, einer Gegend, die ganz plötzlich in Mode zu kommen schien.

Es war kalt in London. Der Wind peitschte nasse Schneeflocken in Philips Gesicht, als er zum Faraday's Cinema lief, wo Mary Chamberlain arbeitete. Er war ordentlich angezogen. Ein Straßenpolizist würde einem so adretten Burschen mit einem sauberen Kragen keinen zweiten Blick schenken. Er verabscheute sowieso geflickte Hosen und ausgefranste Ärmel. Ehrgeizig, unabhängig und immer ein Auge auf die Zukunft gerichtet, hatte Philip einen Weg gefunden, sich das Leben so einzurichten, wie er es sich wünschte.

Er war arm und vaterlos auf die Welt gekommen. Mit seinen vierzehn Jahren war er jedoch noch nicht erwachsen genug, um darin vielleicht auch einen Vorteil zu sehen, einen äußeren Umstand, der ihn stark gemacht hatte. Er verabscheute Armut – aber mehr als er je in der Lage sein würde auszudrücken, haßte er den Mann, der seine Mutter geschwängert und sie dann verlassen hatte. Seiner Meinung nach hatte seine Mutter etwas Besseres verdient. Und, bei Gott, er auch. Schon von frühester Jugend an hatte er seine flinken Finger und seinen klugen Verstand dazu benützt, sich und seiner Mutter das Leben sorgenfreier und angenehmer zu gestalten.

In seiner Hosentasche befanden sich ein mit Perlen und Brillanten besetztes Armband und die dazu passenden Ohrringe. Er war ein wenig enttäuscht gewesen, nachdem er den Schmuck mit seiner kleinen Lupe examiniert hatte. Die Brillanten waren nicht lupenrein, und der größte von ihnen hatte nicht einmal ein halbes Karat. Immerhin, die Perlen besaßen einen schönen Glanz, und er war sicher, daß ihm der Hehler in der Broad Street dafür einen guten Preis zahlen würde. Philip verstand es ebensogut zu handeln wie Schlösser zu knacken. Er wußte ganz genau, was die Klunker in seiner Tasche wert waren. Genug, um seiner Mutter zu Weihnachten einen neuen Mantel mit einem echten Pelzkragen zu kaufen und um darüber hinaus noch eine kleine Summe für seinen, wie er es nannte, Zukunftsfonds zurückzulegen.

Vor der Kinokasse des Faraday's hatte sich eine lange Warteschlange gebildet. Die Filmplakate kündigten Walt Disneys *Cinderella* an, daher bestand das Publikum hauptsächlich aus aufgeregten, quengelnden Kindern und den dazugehörigen genervten Müttern und Kindermädchen. Philip lächelte fröhlich, als er das Foyer betrat. Seine Mutter, so schätzte er, hatte diesen Film bestimmt schon ein dutzendmal gesehen. Nichts stimmte sie glücklicher als ein schönes Happy-End.

»Mum.« Er schlüpfte durch die schmale Tür des Kassenhäuschens und gab ihr einen Kuß auf die Wange. In der engen Glaskabine war es kaum wärmer als draußen auf der Straße. Er dachte an den roten Wollschal, den er in der Auslage bei Harrods gesehen hatte. Rot würde seiner Mutter fabelhaft stehen.

»Phil.« Wie immer trat ein Leuchten in ihre Augen, wenn Mary ihren Sohn ansah. Ein hübscher Junge mit seinem schmalen Schulbubengesicht und den goldblonden Haaren. Anders als vielen anderen Müttern versetzte es ihr keinen unangenehmen Schock, wenn sie in den Zügen ihres Sohnes den Mann wiedererkannte, den sie so innig, aber nur so kurze Zeit geliebt hatte. Philip gehörte ihr. Ihr ganz allein. Nie hatte er ihr auch nur einen Augenblick Schwierigkeiten gemacht, nicht einmal als Baby. Keine Sekunde ihres Lebens hatte sie es bedauert, ihn zur Welt gebracht zu haben, obwohl sie alleine dagestanden hatte, ohne Mann und ohne eigene Familie. Tatsächlich war es Mary damals nie in den

Sinn gekommen, eines dieser muffigen, fleischfarben getünchten Hinterzimmer aufzusuchen, wo sich die Frauen von ihrem Problem befreien lassen konnten, bevor es zu einem wurde.

Philip machte ihr große Freude, schon vom ersten Tag ihrer Schwangerschaft an. Wenn sie überhaupt etwas bedauerte, dann, daß Philip den Vater, den er nie gesehen hatte, aus tiefster Seele haßte und ihn in jedem Mann, der ihm begegnete, zu finden versuchte.

»Deine Hände sind ja eiskalt«, sagte er zu ihr. »Du solltest Handschuhe anziehen.«

»Die nützen auch nicht viel.« Mary lächelte ein wenig, als sie die junge Frau vor ihrer Kasse ansah, die ihren Jungen am Schlafittchen gepackt hatte. Ihren Philip hatte sie nie so gängeln müssen. »So, mein Schatz. Amüsier dich gut bei dem Film«, hörte Mary die Frau sagen.

Sie arbeitet zu viel, dachte Philip. Zu schwer und zu viele Stunden für das bißchen Geld. Obwohl sie nicht gern über ihr Alter sprach, wußte er, daß sie gerade mal dreißig war. Und sehr hübsch. Die sanften, mädchenhaften Züge seiner Mutter erfüllten ihn mit Stolz. Mary Chamberlain konnte sich bestimmt nicht viel leisten, doch das wenige, das sie besaß, wählte sie mit Geschmack aus und einem sicheren Gefühl für die Farben, die ihr standen. Sie liebte es, in Mode- und Filmzeitschriften zu blättern und die Frisuren auszuprobieren, die gerade en vogue waren. Sie mochte vielleicht ihre Strümpfe ausbessern, doch Mary Chamberlain war alles andere als eine ungepflegte Frau.

Er wartete immer noch darauf, daß ihr ein neuer Mann begegnete und ihr ein neues, besseres Leben bieten würde. Wie er sich in dem kleinen, engen Kassenhäuschen umsah, in dem es immer so abscheulich nach Autoabgasen roch, faßte er seinen Entschluß: Ab jetzt würde er selbst die Dinge in die Hand nehmen und ändern.

»Du solltest Faraday sagen, daß er dir mal einen anständigen Ofen hier reinstellen soll, anstelle von diesem alten, klapprigen Ding.«

»Nun mach mal keinen Wirbel, Phil.« Mary zählte zwei kichernden Mädchen das Wechselgeld hin, die ihrerseits eifrig dabei waren, mit Philip zu flirten. Mit einem kleinen Lachen schob sie ihnen die Münzen durch die halbrunde Öffnung in der Scheibe. Sie konnte ihnen nicht böse sein. Warum auch, sie hatte sogar die Nichte ihrer Nachbarn – und die war immerhin schon fünfundzwanzig – dabei ertappt, wie sie sich an Phil heranmachte. Tee hat sie ihm angeboten. Ihn gebeten, hereinzukommen und ihre quietschende Tür zu ölen. Quietschende Tür, so konnte man es auch nennen! Das nächste Wechselgeld schmiß Mary derart unfreundlich hin, daß das mondgesichtige Kindermädchen verärgert den Kopf schüttelte.

Schluß mit solchen Gedanken, auf der Stelle. Sie wußte, daß Phil sie eines Tages verlassen würde und daß es wegen einer anderen Frau geschehen würde. Aber bestimmt nicht wegen einer vollbusigen Ziege, die auch noch zwölf Jahre älter war als er. Nicht, solange sie, Mary Chamberlain, noch auf Erden weilte.

»Is' was mit dir, Mum?«

»Wie bitte?« Leicht errötend kehrte Mary wieder in die Wirklichkeit zurück. »Nein, nein, es ist nichts, mein Liebling. Möchtest du dir vielleicht den Film ansehen? Mr. Faraday hat sicher nichts dagegen.«

Solange er mich nicht sieht, bestimmt nicht, dachte Philip grinsend. Er dankte Gott dafür, daß er diesen Faraday schon seit geraumer Zeit von der Liste seiner möglichen Väter hatte streichen können. »Nein, danke. Ich bin nur vorbeigekommen, um dir zu sagen, daß ich noch ein paar Besorgungen machen muß. Soll ich dir was vom Markt mitbringen?«

»Nun, wie wär's mit einem schönen Huhn?« Abwesend hauchte Mary in ihre kalten Hände, als sie sich zurücklehnte. Es war verdammt kalt in dem Kassenhäuschen, und es würde noch viel kälter werden, denn der Winter hatte erst begonnen. Im Sommer war es da drinnen so heiß und stickig wie in einem dieser türkischen Dampfbäder, von denen sie gelesen hatte. Aber zumindest hatte sie Arbeit. Wenn eine Frau ihren Jungen allein großziehen muß und dazu noch keine besondere Schulbildung hat, muß sie eben nehmen, was sie bekommen kann, dachte sie. Sie langte nach ihrem Geldbeutel aus imitiertem Leder. Es wäre ihr nie in den Sinn gekommen, sich eine Pfundnote oder auch zwei aus der Kasse zu nehmen.

»Ich hab' selbst noch ein bißchen Geld einstecken.«

»Na gut. Aber paß auf, daß das Huhn auch frisch ist«, ermahnte sie Phil und schob einer entnervten Frau, die versuchte, zwei zankende Jungs und ein kleines Mädchen mit verheulten Augen in Zaum zu halten, vier Eintrittskarten zu.

In fünf Minuten würde die Vorstellung beginnen. Sie mußte noch weitere zwanzig Minuten in der Kasse bleiben, falls noch Nachzügler kämen. »Vergiß nicht, dir das Geld für das Huhn aus der Dose zu nehmen, wenn du heimkommst«, ermahnte sie ihn, wohl wissend, daß er es nicht tun würde. So ein guter Junge, stets legte er Geld in die Dose, anstatt sich welches rauszunehmen. »Aber sag mal, solltest du nicht in der Schule sein?«

»Heute ist doch Samstag, Mum.«

»Samstag. Ja, natürlich, du hast recht.« Sie versuchte, nicht zu seufzen, als sie ihren Rücken streckte, und griff nach einem ihrer schon sehr abgegriffenen Hochglanzmagazine. »Mr. Faraday will nächsten Monat ein Cary-Grant-Festival ansetzen. Er hat mich sogar gebeten, ihm bei der Auswahl der Filme behilflich zu sein.«

»Das ist aber nett.« Die kleine Lederbörse in seiner Tasche wurde merklich schwerer, und es drängte ihn, nach Hause zu kommen.

»Wir werden das Festival mit meinem Lieblingsfilm beginnen. *To Catch a Thief.* Er wird dir gefallen.«

»Möglich«, murmelte er und blickte in die arglosen Augen seiner Mutter. Wieviel wußte sie? fragte er sich. Niemals erkundigte sie sich nach der Herkunft der kleinen Geldbeträge, die er nach Hause brachte. Dabei war sie alles andere als dumm. Nur optimistisch, dachte er und gab ihr wieder einen Kuß auf die Wange. »Sollen wir uns den Film an deinem freien Abend nicht zusammen ansehen?«

»Oh, ja, das wäre schön.« Sie unterdrückte das Bedürfnis, ihm übers Haar zu streichen, weil sie wußte, daß es ihn verlegen machte. »Grace Kelly spielt mit. Stell dir vor, eine echte Prinzessin! Gerade heute morgen mußte ich daran denken, als ich diese Zeitschrift aufschlug und den Artikel über Phoebe Spring las.«

»Über wen?«

»Oh, Philip.« Sie schnalzte mit der Zunge und schlug die Seite auf. »Phoebe Spring. Die schönste Frau der Welt.«

»Meine Mutter ist die schönste Frau der Welt«, entgegnete er, weil er wußte, daß sie darüber verschämt lächeln und dabei rot werden würde.

»Du bist mir schon so ein Charmeur.« Und sie lachte tatsächlich, laut und herzlich, wie er es an ihr so liebte. »Schau sie doch einmal an. Sie war Schauspielerin, eine wunderbare Schauspielerin, und heiratete dann einen König. Nun lebt sie mit dem Mann ihrer Träume in dessen Märchenpalast in Jaquir. Genau wie im Film. Das hier ist ihre kleine Tochter. Die Prinzessin. Noch keine fünf Jahre alt, die Kleine, und schon eine richtige Schönheit, findest du nicht?«

Philip blickte gelangweilt auf das Bild in der Zeitschrift. »Ich weiß nicht, ein kleines Kind eben.«

»Seltsam. Das arme Mädchen hat so unglaublich traurige Augen.«

»Ach, was du wieder für Geschichten erzählst.« Seine Hand schloß sich um das Päckchen in seiner Hosentasche. Jetzt wollte er seine Mutter ihren Fantasien und Träumen über Hollywood, Prinzessinnen und weiße Limousinen überlassen. Aber er würde schon dafür sorgen, daß sie einmal in einer solchen fahren würde. Zum Teufel, er würde ihr eine kaufen. Heute mußte sie sich noch damit begnügen, über Königinnen zu lesen, aber eines Tages sollte sie wie eine Königin leben, so wahr er Phil Chamberlain hieß. »Ich gehe jetzt.«

»Mach dir einen schönen Nachmittag, mein Schatz.« Mary war schon wieder in ihre Zeitschrift versunken. So ein hübsches kleines Mädchen, dachte sie in einem Anflug mütterlicher Gefühle.

4. Kapitel

Adrianne liebte die *Suks*, den orientalischen Basar mit all seinen Geschäften. Bereits im Alter von acht Jahren kannte sie den Unterschied zwischen echten Brillanten und funkelnden Glassteinen, burmesischen Rubinen und Steinen minderer Qualität. Von Jiddah, ihrer Großmutter, hatte sie gelernt, so präzise wie ein eingefleischter Diamantenhändler die Steine nach Schliff, Reinheit und Farbe zu beurteilen. Mit Jiddah schlenderte sie stundenlang durch die Basare und bewunderte die besten Steine, die dort angeboten wurden.

Juwelen bedeuteten finanzielle Sicherheit für die Frauen, erklärte ihr Jiddah. Was hatten sie schon von Goldbarren oder Papiergeld, die im Banktresor eingeschlossen waren? Diamanten, Smaragde und Saphire konnte man sich anstecken und umlegen und so der Welt ihren Wert demonstrieren.

Nichts machte Adrianne mehr Spaß, als ihre Großmutter beim Feilschen in den Basaren zu beobachten, wo die anschwellende Hitze die stehende Luft zum Flimmern brachte. Oft gingen sie, begleitet von einer Schar schwarzgekleideter Frauen, die wie Raben hinter ihnen hertrippelten, durch die Suks, ließen Gold- und Silberketten durch ihre Hände gleiten, probierten Ringe mit erlesenen Edelsteinen an oder bewunderten einfach nur die kostbaren Juwelen, die hinter staubigen Glasscheiben funkelten. In diesen engen Gassen, wo sich die schwüle Hitze mit dem strengen Geruch von Tieren und Gewürzen mischte, patrouillierten die *matawain* mit ihren hennarot gefärbten Bärten, bereit, jede Verletzung der religiösen Vorschriften ohne Gnade zu bestrafen. Adrianne fürchtete sich nicht vor den *matawain*, wenn sie mit Jiddah zusammen war. Die ehemalige Königin genoß in Jaquir höchste Verehrung, hatte sie doch zwölf Kindern das Leben geschenkt. Wenn Adrianne mit ihr einkaufen ging, genoß sie die bunte Vielfalt der Marktgeräusche, das Geplapper der feilschenden Kunden, das Schreien eines Esels, das Klappern der Sandalen auf dem harten Lehmboden.

Wenn zum Gebet gerufen wurde, schlossen die Suks. Dann warteten die Frauen, während die Männer sich gen Mekka verneigten. Mit gesenktem Haupt lauschte Adrianne dann dem Klicken der Gebetsperlen, wie die anderen Frauen um sie herum. Sie ging noch nicht verschleiert, war aber auch kein Kind mehr. In diesen letzten Tagen des Mittelmeersommers wartete Adrianne gelassen auf den Wandel, der sich bald vollziehen würde.

Und das tat auch Jaquir. Obwohl das Volk mit Armut zu kämpfen hatte, schwelgte der Palast in Reichtum. Als erstgeborene Tochter des Königs hatte sie ein Anrecht auf die Symbole und Zeichen ihres Ranges. Doch Abdus Herz hatte sie damit nie gewinnen können.

Seine zweite Frau hatte ihm nach Fahid noch zwei Töchter geboren. Im Harem erzählte man sich, Abdu sei nach der Geburt der zweiten Tochter so wütend geworden, daß er Leiha beinahe verstoßen hätte. Doch der Kronprinz war ein starker und schöner Junge. Es gingen Gerüchte um, wonach Leiha bald wieder schwanger sein würde. Um sein Königsgeschlecht zu sichern, nahm Abdu sich noch eine dritte Frau und sorgte rasch dafür, daß sein Samen keimte.

Phoebe nahm nun jeden Morgen eine Pille. Sie flüchtete sich in ihre Träume, tagsüber genauso wie nachts.

Im Harem beobachtete Adrianne ihre Cousinen beim Tanzen, den Kopf auf die Knie ihrer Mutter gekuschelt, ihre Augenlider gegen den beißenden Qualm der Räucherstäbchen halb geschlossen. Der lange, schwüle Nachmittag dehnte sich unendlich. Sie hatte gehofft, sie würden einkaufen gehen, vielleicht ein wenig Seide oder eine Goldkette aussuchen, wie die, die Duja ihr am Tag zuvor gezeigt hatte, aber ihre Mutter war schon am Morgen so matt und lustlos gewesen.

Sie würden morgen einkaufen gehen. Heute kämpfte sich der Ventilator träge durch die rauschgeschwängerte Luft, während draußen die Trommeln einen langsamen Takt schlugen. Latifa hatte einen Katalog von Frederick's aus Hollywood in den Harem geschmuggelt. Kichernd beugten sich die Frauen über die glänzenden Seiten oder plauderten, wie üblich, über Sex. Adrianne war zu sehr an die offenherzigen Worte und freizügigen Beschreibungen gewöhnt, um sich um das Gerede zu kümmern. Sie mochte viel lieber den Tänzerinnen zusehen, ihren langsamen, sinnlichen Bewegungen, dem Fließen ihres schwarzen Haars, dem Drehen und Biegen ihrer Körper.

Sie ließ ihren Blick zu Meri schweifen, der dritten Frau ihres Vaters, die, offensichtlich stolz und zufrieden mit ihrem schwellenden Leib, in ihrer Nähe saß und sich über Geburten unterhielt. Leiha, die mit angespanntem Gesichtsausdruck ihre jüngste Tochter stillte, sah ebenfalls verstohlen zu Meri hinüber. Fahid, ihr robuster Fünfjähriger, kam auf sie zugetrottet und verlangte Aufmerksamkeit. Ohne einen Augenblick zu zögern, nahm Leiha das Baby ab und zog mit einem triumphierenden Lächeln ihren Sohn an die Brust.

»Kein Wunder, daß sie uns nur ausnutzen, wenn sie erwachsen sind«, murmelte Phoebe.

»Mama?«

»Ach, nichts.« Abwesend streichelte sie über Adriannes Haar. Die Schläge der Trommeln dröhnten in ihrem Kopf, monoton und endlos, wie die Tage, die sie im Harem verbrachte. »In Amerika werden alle Babys geliebt, egal ob Mädchen oder Junge. Von den Frauen wird auch nicht erwartet, ihr Leben nur damit zu verbringen, Kinder zu gebären.«

»Wie kann ein Geschlecht dann stark bleiben?«

Phoebe seufzte. Es gab Tage, an denen sie nicht mehr klar denken konnte. Das lag an den Pillen, denen sie andererseits für ihre Wirkung so dankbar war. Die letzten Packungen hatten sie einen Smaragdring gekostet, dafür hatte sie jedoch als Zugabe eine Flasche russischen Wodka erhalten. Sie teilte ihn sich streng ein, erlaubte sich nur jedesmal, wenn Abdu ihr Schlafgemach verlassen hatte, ein kleines Glas. Sie wehrte sich schon lange nicht mehr gegen Abdu, es war ihr gleichgültig geworden; sie ließ es über sich ergehen und dachte dabei nur an den Trost, den ihr das Glas Wodka danach bescheren würde.

Sie könnte ihn verlassen. Wenn sie nur den Mut dazu aufbrächte, könnte sie Adrianne nehmen und fliehen – zurück ins richtige Leben, wo Frauen nicht gezwungen werden, ihren Körper aus Scham zu verhüllen und sich den grausamen Launen der Männer zu unterwerfen. Sie könnte nach Amerika zurückgehen, wo sie geliebt wurde, wo Menschen sich in den Theatern drängten, um sie zu sehen. Sie könnte wieder spielen. Hatte sie das nicht täglich getan? In Amerika könnte sie Adrianne ein schönes Leben bieten.

Sie konnte nicht fliehen. Phoebe schloß die Augen und versuchte, das Schlagen der Trommeln aus ihrem Kopf zu verbannen. Um Jaquir zu verlassen, brauchte eine Frau die schriftliche Erlaubnis eines Mannes der Familie. Abdu würde ihr diese Erlaubnis niemals geben, denn er haßte sie gleichermaßen, wie er sie begehrte.

Sie hatte ihn bereits mehrmals darum gebeten, sie gehen zu lassen, aber er hatte abgelehnt. Eine Flucht würde Tausende von Dollar kosten – und ein Risiko bedeuten, das zu tragen sie nahezu bereit war. Aber gemeinsam mit Adrianne würde sie es niemals schaffen, das Land zu verlassen. Kein Schweigegeld wäre hoch genug, um die entsprechenden Leute dazu zu bringen, die Tochter des Königs außer Landes zu schmuggeln.

Außerdem hatte sie Angst. Angst davor, was er Adrianne antun würde. Er könnte sie ihr wegnehmen, dachte Phoebe. Und es gab keine Möglichkeit, ihn daran zu hindern; kein Gericht außer seinem, das sie um Hilfe bitten, keine Polizei, die sie einschalten könnte, die ihm nicht unterstand. Adriannes Wohl würde sie niemals aufs Spiel setzen.

Wie oft hatte sie schon an Selbstmord gedacht. Die letzte Fluchtmöglichkeit. Sie dachte daran auf eine Weise, wie sie früher an Sex gedacht hatte, als etwas, wonach man sich sehnt, ein Gefühl, das man hegt und in dem man verweilt. Manchmal, an schwülen, endlosen Nachmittagen starrte sie auf das Fläschchen mit den Pillen und fragte sich, wie es wäre, wenn sie alle auf einmal schluckte und dann für immer in die bunte Welt der Träume entgleiten würde. Sie war sogar so weit gegangen, die Pillen in ihre Hand zu schütten, sie zu zählen und sogar zu streicheln.

Aber da war Adrianne. Immer wieder Adrianne.

Also würde sie bleiben. Sie würde sich betäuben, damit sie die Tage ertragen konnte, und bleiben. Aber sie würde Adrianne etwas von sich mitgeben.

»Ich will in die Sonne«, sagte Phoebe ganz unvermittelt. »Laß uns hinaus in den Garten gehen.«

Adrianne wollte lieber bleiben, wo sie war, sich einlullen lassen von den Düften und den Klängen der Musik, aber sie erhob sich pflichtbewußt und folgte ihrer Mutter hinaus in den Garten.

Die Luft draußen war heiß und trocken. Wie immer reizte sie Phoebes Augen und entfachte in ihr das Verlangen nach der kühlen Brise des Pazifischen Ozeans. Früher einmal hatte sie ein Haus in Malibu besessen; dort war sie am liebsten an dem großen offenen Fenster gesessen, hatte das Kommen und Gehen der Wellen beobachtet.

Hier gab es Blumen, üppige, exotische Blumen, die einen betäubenden Duft verströmten. Der Garten war von hohen Mauern umgeben, um die Frauen daran zu hindern, die vorbeigehenden Männer in Versuchung zu führen. Das war die Anschauung des Islam. Die Frauen wurden nur als schwache Sexualobjekte betrachtet, ohne die Stärke oder den Intellekt, selbst auf ihre Ehrenhaftigkeit zu achten. Es waren die Männer, die hierfür sorgten.

Die Luft im Garten war erfüllt vom Gesang Tausender Vögel. Als Phoebe diesen Garten mit seinen vielfältigen Blumen und Düften zum ersten Mal betreten hatte, hatte sie geglaubt, in einer Filmkulisse zu stehen. Außerhalb dieser Mauern gab es nichts als Sand und Wüste, doch hier blühten Jasmin, Oleander, Hibiskus und sogar kleine Orangen- und Zitronenbäumchen. Sie wußte, daß diese Früchte ebenso bitter waren wie die Augen ihres Mannes.

Ohne es zu wollen, ging sie auf den Springbrunnen zu. Abdu hatte ihn ihr geschenkt, als er sie als seine Königin in sein Land brachte. Ein Symbol für den unendlichen Fluß einer Liebe. Die Liebe war schon lange versiegt, aber der Brunnen plätscherte munter weiter.

Sie war immer noch seine Frau, die erste von vieren, die

ihm das islamische Recht zusprach. Aber diese Ehe war zu einem Gefängnis für sie geworden. Den Brillantring um ihren Finger drehend, betrachtete sie die Wasserfontänen, die sich ins Brunnenbecken ergossen. Adrianne warf Steinchen hinein, um den prächtigen Karpfen zum Schwimmen zu bewegen.

»Ich mag Meri nicht«, begann sie. In einer derart beschränkten Welt wie einem Harem gab es wenig anderen Gesprächsstoff als die übrigen Frauen und Kinder. »Sie streckt immer ihren Bauch raus und grinst so.« Adrianne verzog ihr Gesicht zu einer Grimasse und brachte ihre Mutter zum Lachen.

»Ach, das tut gut.« Phoebe gab ihr einen Kuß auf den Scheitel. »Meine kleine Schauspielerin.« Sie hat die Augen ihres Vaters, dachte Phoebe, als sie Adrianne das Haar aus dem Gesicht strich. Diese Augen erinnerten sie an die Zeit, als Abdu sie noch mit Liebe und Wärme betrachtet hatte. »In Amerika würden die Leute Schlange stehen, nur um dich zu sehen.«

Adrianne lächelte geschmeichelt. »So wie bei dir damals?«

»Ja.« Irritiert wandte sie ihren Blick wieder dem Brunnen zu. Manchmal war es schwer, sich an die Frau zu erinnern, die sie einmal gewesen war. »Sie sind Schlange gestanden. Ich wollte die Menschen immer glücklich machen, Addy.«

»Als die Reporterin kam, sagte sie, man würde dich vermissen.«

»Reporterin?« Das war zwei oder drei Jahre her. Nein, noch länger. Vier Jahre vielleicht. Seltsam, wie rasch die Zeit verging. Abdu hatte diesem Interview damals zugestimmt, um die Gerüchte über ihre Ehe zum Schweigen zu bringen. Sie hätte nicht gedacht, daß sich ihre Tochter daran erinnern würde. Schließlich war sie zu der Zeit höchstens vier oder fünf Jahre alt gewesen. »Wie fandest du sie?«

»Ihre Aussprache war komisch, und sie redete viel zu schnell. Ihr Haar war ganz kurz geschnitten, wie bei einem Jungen, und sah aus wie Stroh. Außerdem war sie wütend, weil sie nur ein paar Fotos machen durfte und man ihr dann die Kamera weggenommen hat.« Phoebe hatte sich auf einer

Marmorbank niedergelassen, und Adrianne begann wieder, Steinchen ins Wasser zu werfen. »Dann sagte sie noch, du seist die schönste und meistbeneidete Frau der Welt, und fragte, ob du einen Schleier trägst.«

»Du vergißt auch gar nichts, nicht wahr?« Phoebe erinnerte sich ebenfalls genau an das Gespräch und daß sie sich eine Geschichte ausgedacht hatte wegen des Schleiers, den sie angeblich nur trage, um ihren hellen Teint vor der Sonne und dem Staub zu schützen.

»Es hat mir gefallen, wie sie über dich sprach.« Adrianne erinnerte sich auch daran, daß ihre Mutter geweint hatte, als die Reporterin gegangen war. »Wird sie wiederkommen?«

»Mag sein, eines Tages vielleicht.« Aber Phoebe wußte nur zu gut, wie schnell Menschen vergessen. Es gab neue Gesichter und neue Namen in Hollywood, und Phoebe kannte sogar einige von ihnen, da Abdu es ihr gestattete, ab und zu Briefe zu empfangen. Faye Dunaway, Jane Fonda, Ann-Margret. Attraktive junge Schauspielerinnen, die ihre Zeichen setzten und den Platz einnahmen, der einst ihrer gewesen war.

Sie berührte ihr Gesicht, wissend, daß nun Falten ihre Augen säumten. Einst hatte ihr Gesicht von allen Titelblättern gestrahlt. Frauen hatten ihr Haar gefärbt, um es wie das ihre aussehen zu lassen. Man hatte sie mit der Monroe, der Gardner und der Loren verglichen. Später wurde sie nicht mehr mit anderen verglichen; sie war zum Maßstab für andere avanciert.

»Einmal hätte ich beinahe einen Oscar gewonnen. Das ist die höchste Auszeichnung für einen Schauspieler. Aber obwohl es nicht geklappt hatte, war es eine wunderschöne Party gewesen. Jedermann lachte, plauderte und schmiedete neue Pläne. Es war alles so ganz anders als in Nebraska. Dort habe ich gelebt, als ich so alt war wie du heute.«

»Da, wo es Schnee gibt?«

»Ja.« Phoebe lächelte und breitete ihre Arme aus. »Ja, wo es Schnee gibt. Ich lebte dort bei meinen Großeltern, weil mein Vater und meine Mutter gestorben waren. Ich war sehr, sehr glücklich dort, obwohl es mir damals nicht immer bewußt war. Ich wollte Schauspielerin werden, wunderschöne Kleider tragen und von allen Menschen geliebt werden.«

»Also bist du ein Filmstar geworden.«

»Ja, das wurde ich.« Phoebe rieb ihre Wange an Adriannes Haar. »Mir kommt es vor, als sei dies alles schon hundert Jahre her. In Kalifornien schneite es nicht, dafür hatte ich dort das Meer. Kalifornien war für mich wie ein Märchen, und ich war die Prinzessin, von der ich in meinen Märchenbüchern gelesen hatte. Es war harte Arbeit gewesen, aber ich liebte das Leben dort über alles. Ich hatte ein Haus am Meer, ganz für mich allein.«

»Da mußt du aber einsam gewesen sein.«

»Nein, mein Schatz, ich hatte viele Freunde und Bekannte, mit denen ich plaudern konnte. Ich reiste an Orte, die ich mir nie hätte träumen lassen – Paris, New York, London... In London habe ich deinen Vater kennengelernt.«

»Wo ist London?«

»In England, in Europa. Du vergißt wohl, was du im Unterricht gelernt hast.«

»Ich mag den Unterricht nicht. Ich mag lieber Geschichten hören.« Trotzdem dachte sie scharf nach, denn sie wußte, wie wichtig Phoebe den Unterricht nahm, der auch ein Geheimnis zwischen ihnen beiden war. »Hm, in London lebt eine Königin, deren Gemahl nur ein Prinz ist.« Adrianne wartete, sicher, daß ihre Mutter sie diesmal korrigieren würde. Es war eine ganz komische Vorstellung für sie – eine Frau, die das Land regiert. Aber Phoebe lächelte nur leicht und nickte. »Es ist kalt in London, und es regnet oft. In Jaquir scheint immer die Sonne.«

»London ist eine wunderbare Stadt.« Phoebe besaß die Fähigkeit, sich im Geiste an irgendeinen Ort zu versetzen, einen realen oder imaginären, und tatsächlich alles dort deutlich sehen zu können. »Ich glaube, London ist die schönste Stadt, die ich jemals gesehen habe. Wir haben dort einen Film gedreht, und die Menschen drängten sich an den Absperrungen, um uns dabei zuzusehen. Sie riefen meinen Namen, und manchmal gab ich Autogramme oder ließ mich fotografieren. Dann lernte ich deinen Vater kennen. Er war ein gutaussehender Mann. Sehr elegant.«

»Elegant?«

Mit einem verträumten Lächeln schloß Phoebe die Augen. »Ich war damals ungeheuer nervös, weil er ein König war und man sich so streng an das Protokoll halten mußte, und wegen der vielen Fotografen um uns herum. Aber dann, nachdem wir uns unterhalten hatten, störte mich der ganze Trubel nicht mehr. Er führte mich zum Dinner aus und zum Tanzen.«

»Du hast für ihn getanzt?«

»Nein, mit ihm.« Phoebe setzte Adrianne neben sich auf die Bank. In ihrer Nähe summte eine Biene, trunken vom Blütennektar. Das Geräusch war Balsam für ihr Ohr, ihre Pillen verwandelten es in Musik. »In Europa und Amerika tanzen Männer und Frauen miteinander.«

Adrianne kniff mißtrauisch die Augen zusammen. »Das ist erlaubt?«

»Ja, natürlich, es ist erlaubt, mit einem Mann zu tanzen, sich mit einem Mann zu unterhalten, Auto zu fahren und ins Theater zu gehen. So viele Dinge sind dort erlaubt. Die Leute verabreden sich zu *dates*.«

»Zu was?« Adrianne kämpfte mit ihrem Englisch. »*Dates?* Das sind doch Datteln, oder nicht?«

Phoebe mußte wieder herzlich lachen und erinnerte sich dann, wie sie damals in Abdus Armen getanzt hatte und wie er sie dabei angelächelt hatte. Wie stolz seine Züge gewesen waren. Und wie zärtlich seine Hände. »Das sind andere *dates*. Es bedeutet, daß ein Mann eine Frau zum Ausgehen einlädt. Er kommt zu ihrem Haus und holt sie ab. Manchmal bringt er auch Blumen mit.« Rosen, dachte sie träumerisch. Abdu hatte ihr Dutzende weißer Rosen geschickt. »Dann gehen sie entweder zum Abendessen, besuchen eine Show oder sehen sich einen Film an. Sie können auch zusammen in eine kleine Tanzbar gehen.«

»Hast du mit meinem Vater getanzt, weil du ihn geheiratet hast?«

»Nein. Wir tanzten zusammen, verliebten uns ineinander

und haben dann geheiratet. Es ist ganz anders als hier, Adrianne, und so schwer zu erklären. An den meisten Orten der Welt geht es ganz anders zu als hier in Jaquir.«

Die schleichende Angst, die in ihr seit der Nacht schwelte, als sie mitansehen mußte, wie ihr Vater ihre Mutter vergewaltigt hatte, kam wieder hoch. »Du willst wieder dorthin zurückgehen?«

Phoebe nahm Adriannes Angst nicht wahr, spürte nur ihr eigenes Bedauern. »Es ist ein langer Weg dorthin, Addy. Viel zu weit. Als ich Abdu heiratete, habe ich dies alles hinter mir gelassen. Viel weiter, als ich damals begriffen habe. Ich liebte ihn, und er liebte mich auch. Der Tag, an dem wir geheiratet haben, war der glücklichste meines Lebens. Er machte mir *Sonne und Mond* zum Geschenk.« Ihre Hand griff an ihren Hals; sie spürte geradezu das Gewicht und die Kraft des Kolliers. »Wenn ich sie trug, fühlte ich mich wie eine Königin, und es schien mir, als seien alle Träume, die ich als junges Mädchen in Nebraska geträumt hatte, Wirklichkeit geworden. Er schenkte mir damals einen Teil von sich selbst, einen Teil seines Landes. Für mich bedeutete es alles Glück der Erde, als er mir diese Kette um den Hals legte.«

»Diese Steine sind die wertvollsten Kostbarkeiten von Jaquir. Das bedeutet, daß du ihm mehr wert warst als jede andere Frau in der Welt.«

»Ja, so war es einmal. Heute liebt er mich nicht mehr, Addy.«

Sie wußte es, hatte es immer gewußt, wollte es aber nie wahrhaben. »Du bist seine Frau.«

Phoebe sah auf ihren Ehering hinunter, ein Symbol, das ihr einst so viel bedeutet hatte. »Ja, eine von dreien.«

»Nein, er nimmt sich nur andere Frauen, weil er Söhne braucht. Ein Mann muß Söhne haben.«

Phoebe umschloß Adriannes Gesicht mit ihren Händen. Sie sah die Tränen und die Angst darin. Vielleicht hatte sie zu viel gesagt, aber es war zu spät, um die Worte zurückzunehmen. »Ich weiß, daß er dich nicht beachtet und daß dir das weh tut. Versuch zu verstehen, daß nicht du es bist, den er ablehnt, sondern ich.«

»Er haßt mich.«

»Nein.« Und er haßt seine Tochter doch, dachte Phoebe, als sei Adrianne zu sich heranzog. Sie fürchtete sich vor dem Anblick des kalten Hasses, der sich in Abdus Augen spiegelte, wenn er Adrianne ansah. »Nein, er haßt dich nicht. Er verabscheut mich – was ich bin und was ich nicht bin. Du gehörst mir. Nur das fühlt er, wenn er dich ansieht; er sieht nicht, daß du ein Teil von ihm bist, daß wahrscheinlich der beste Teil von ihm in dir steckt.«

»Ich hasse ihn.«

Ihre Angst wuchs, und sie blickte sich rasch um. Sie waren allein im Garten, aber die Luft trägt Stimmen mit sich fort, und es gibt immer Ohren, die sie hören. »So was darfst du nicht sagen. So was darfst du nicht einmal denken. Du kannst nicht verstehen, was zwischen Abdu und mir vor sich geht, Addy. Das sollst du auch gar nicht.«

»Er schlägt dich.« Sie rückte von Phoebe ab. Ihre Augen waren nun trocken und plötzlich sehr erwachsen. »Dafür hasse ich ihn. Er schaut mich an und sieht mich nicht. Deshalb hasse ich ihn.«

»Sch, sch…« Da sie nichts anderes tun konnte, zog Phoebe Adrianne wieder in ihre Arme und begann sie sachte zu wiegen.

Adrianne schwieg. Es war nie ihre Absicht gewesen, ihrer Mutter weh zu tun. Bevor sie die Worte ausgesprochen hatte, war ihr nicht einmal bewußt gewesen, daß sie diese die ganze Zeit schon in ihrem Herzen trug. Nun, da sie gesagt waren, akzeptierte sie deren Bedeutung. Sie hatte den Haß schon vor der Nacht, in der ihr Vater ihre Mutter mißbraucht hatte, in sich gespürt. Seither war er gewachsen, genährt von seiner Geringschätzung und Nichtbeachtung, den kleinen Verletzungen, die sie von seinen anderen Kindern abgrenzten.

Sie empfand Haß, und dieser Haß beschämte sie. Ein Kind sollte seine Eltern lieben. Daher sprach sie nicht mehr darüber.

Während der kommenden Wochen verbrachte sie mehr Zeit als je zuvor mit ihrer Mutter, ging mit ihr im Garten spazieren und lauschte ihren Geschichten von einer anderen Welt. Diese blieben ihr zwar weiterhin unverständlich, doch sie genoß sie genau wie die Geschichten von Drachen und Piraten, die ihre Großmutter ihr immer erzählte.

Als Meri ein Mädchen zur Welt brachte und gleich darauf von Abdu verstoßen wurde, war Adrianne glücklich.

»Ich bin froh, daß sie weg ist.« Adrianne spielte gerade mit Duja Karten. Nach vielen Debatten und Diskussionen war dieses Spiel jetzt im Harem erlaubt.

»Wo wird man sie hinschicken?« Obgleich Duja älter war als sie, gelang es Adrianne meistens, ihr Informationen aus der Nase zu ziehen.

»Sie wird ein Haus in der Stadt bekommen. Ein kleines.« Adrianne schnalzte mit der Zunge und hob mit flinken Fingern drei Hölzchen ab. Sie könnte ja Mitleid für Meri empfinden, aber die Exfrau des Königs hatte es sich selbst zuzuschreiben, daß sie unter den Frauen unbeliebt war.

»Ich bin froh, daß sie nicht weiterhin hier wohnt.« Duja warf ihr Haar zurück und wartete auf ihren Zug. »Nun müssen wir uns wenigstens nicht mehr ihre Prahlereien anhören, wie oft der König sie besucht und auf welche verschiedenen Weisen er sie begattet.«

Adrianne ging darauf nicht ein. Rasch blickte sie sich nach ihrer Mutter um; doch da sie Arabisch gesprochen hatten, war sie sicher, daß ihre Mutter nichts verstanden hatte. »Magst du Sex?«

»Natürlich.« Duja warf ihre Karten ab und betrachtete das Ergebnis. »Wenn ich heirate, wird mich mein Mann jede Nacht besuchen. Ich werde ihm so viel Vergnügen bereiten, daß er sich nicht nach einer anderen Frau sehnen wird. Ich werde meine Haut geschmeidig halten und meine Brüste fest. Und meine Beine geöffnet.« Sie lachte und hob vorsichtig die Karten ab. Adrianne bemerkte, wie eine davon kippte, ließ es jedoch durchgehen. Ihre Hände waren flinker und geschickter als Dujas, außerdem sollte ihre Cousine auch mal gewinnen. »Ich mag Sex nicht.«

»Komm, sei nicht albern. Alle Frauen lieben Sex. Das Gesetz hält uns von den Männern fern, weil wir zu schwach sind, unsere Begierde in Zaum zu halten. Wir hören erst damit auf, wenn wir so alt sind wie Großmutter.«

»Dann bin ich eben jetzt schon so alt wie sie.«

Die beiden lachten und konzentrierten sich wieder auf ihr Spiel.

Duja würde sie nicht verstehen, das wußte Adrianne. Mama verabscheute Sex, und sie war jung und wunderschön. Leiha hatte Angst davor, weil sie schon zwei Töchter geboren hatte. Adrianne wollte keinen Sex, weil sie gesehen hatte, wie abscheulich und grausam Sex war.

Dennoch gab es keinen anderen Weg, Babys zu bekommen, und sie liebte Babys über alles. Vielleicht würde sie ja einen netten Mann bekommen, der schon Frauen und Kinder hatte. Dann würde er von ihr keinen Sex verlangen, und sie könnte sich um die Kinder im Haus kümmern.

Als ihnen das Spiel langweilig geworden war, ging Adrianne zu ihrer Großmutter und setzte sich zu ihr auf den Schoß. Jiddah, die ehemalige Königin, war Witwe. Ihre Leidenschaft für Süßigkeiten hatte sie mit dem Verlust ihrer Zähne bezahlt, doch ihre Augen strahlten immer noch dunkel und klar.

»Da ist ja meine hübsche Adrianne.« Sie öffnete ihre Hand und bot ihrer Enkelin eine Praline an. Kichernd nahm Adrianne sie an. Da sie das glitzernde Papier ebenso liebte wie den Inhalt, wickelte sie es ganz langsam aus. Einer Gewohnheit folgend, die niemals ihre zärtliche Wirkung verfehlte, nahm Jiddah eine Bürste zur Hand und zog sie behutsam durch Adriannes Haar.

»Wirst du dir das neue Baby ansehen, Großmutter?«

»Selbstverständlich. Ich liebe alle meine Enkelkinder. Selbst die, die mir immer meine Schokolade mopsen. Warum schaut meine kleine Adrianne denn so traurig?«

»Glaubst du, daß der König meine Mutter verstoßen wird?«

Jiddah hatte mit Besorgnis bemerkt, daß Adrianne Abdu nicht mehr Vater nannte. »Das weiß ich nicht. Immerhin hat er es neun Jahre lang nicht getan.«

»Wenn er sie verstoßen sollte, müßten wir von hier fortgehen. Und ich würde dich sehr vermissen.«

»Und ich würde dich sehr vermissen, meine Kleine.« Dieses Kind war in vielen Beziehungen kein Kind mehr, dachte Jiddah und legte die Bürste beiseite. »Darüber sollst du dir keine Gedanken machen, Adrianne. Du wirst erwachsen. Eines nicht mehr allzu fernen Tages werde ich dich heiraten sehen. Dann werde ich Urenkel bekommen.«

»Und wirst ihnen Schokolade schenken und Geschichten erzählen.«

»Ja. *Inshallah.*« Sie drückte Adrianne einen Kuß aufs Haar. Es duftete zart und war schwarz wie die Nacht. »Und ich werde sie genauso lieben, wie ich dich liebe.«

Adrianne drehte sich um und legte ihre Arme um Jiddahs Nacken. Der Duft nach Gewürzen und Blüten, den sie verströmten, war genauso angenehm wie der Druck ihres schlanken Körpers. »Ich werde dich immer lieben, Großmutter.«

»Adrianne. *Yellah.*« Fahid zupfte an ihrem Rock. Sein Mund war noch verschmiert von einem früheren Besuch bei seiner Großmutter. Die seidene *throbe*, die seine Mutter für ihn entworfen hatte, starrte vor Flecken. »Komm schon«, wiederholte er auf arabisch und zerrte wieder an ihrem Rocksaum.

»Wohin denn?« Da sie stets in der Laune war, ihn zu verwöhnen, glitt sie vom Schoß ihrer Großmutter und kitzelte ihn am Bauch.

»Ich will den Kreisel.« Er wand sich wie ein Aal und quietschte vor Vergnügen, dann gab er ihr einen schmatzenden Kuß. »Ich will mit dem Kreisel spielen.«

Sie steckte sich noch eine Handvoll Bonbons ein und ließ sich dann von ihm fortziehen. Lachend und kichernd sausten sie durch die Korridore; Adrianne stöhnte und seufzte zum Spaß, während Fahid an ihrer Hand zerrte. Ihr Zimmer war kleiner als die meisten anderen, eine von vielen subtilen Verletzungen, mit denen ihr Vater sie strafte. Von dem einzigen kleinen Fenster aus sah man gerade noch in eine entlegene Ecke des Gartens. Trotzdem war es sehr schön eingerichtet, in den Farben Weiß und Pink, die sie sich selbst ausgesucht hatte. Auf einem Regal in der Ecke türmten sich ihre Spielsachen, viele davon hatte ihr eine Frau namens Celeste, die beste Freundin ihrer Mutter, aus Amerika geschickt.

Den Kreisel hatte sie schon sehr lange. Wenn man den Knopf oben hineindrückte, ließ er einen surrenden Ton hören und drehte sich so geschwind, daß seine bunten Farben nur so herumschwirrten. Fahid hatte den Kreisel schnell zu seinem Lieblingsspielzeug erkoren, weshalb ihn Adrianne vom Regal genommen und versteckt hatte.

»Ich will den Kreisel.«

»Ich weiß. Letztes Mal, als du ihn haben wolltest, hast du dir den Kopf angeschlagen, als du aufs Regal klettern und ihn dir holen wolltest, als ich nicht da war.« Und als der König davon erfahren hatte, bekam sie eine Woche lang Stubenarrest. »Mach deine Augen zu.«

Er grinste und schüttelte den Kopf.

Zurückgrinsend beugte sich Adrianne zu ihm hinunter, bis sich ihre Nasen berührten. »Mach die Augen zu, sonst gibt es keinen Kreisel.« Daraufhin kniff er die Augen zu. »Wenn du brav bist, darfst du ihn den ganzen Tag über behalten«, erklärte sie ihm und schlüpfte schnell unter ihr Bett, wo sie ihre kostbarsten Schätze aufbewahrte. Gerade als sie nach dem Kreisel greifen wollte, kam Fahid auch unters Bett gekrochen. »Fahid!« Mit der gespielten Wut, mit der Mütter ihre Lieblinge schelten, kniff sie ihn in die Backe. »Du frecher Schlingel!«

»Ich hab' dich so lieb, Adrianne.«

Wie immer schmolz sie augenblicklich dahin. Sie strich ihm das Haar aus der Stirn und tätschelte seine Wange. »Und ich liebe dich, Fahid. Selbst wenn du unartig bist.« Sie griff nach dem Kreisel und wollte wieder zurückkriechen, doch Fahid hatte bereits den Schneeschüttler entdeckt.

»Schöööön.« Begeistert grabschte er mit seinen klebrigen Fingern nach der Glaskugel. »Meins.«

»Die gehört nicht dir.« Sie packte ihn an den Knöcheln und zog ihn unter dem Bett hervor. »Es ist ein Geheimnis.« Sie setzten sich zusammen auf den Teppich, Adrianne legte ihre Hände um Fahids und schüttelte dann gemeinsam mit ihm die Kugel. Der Kreisel war vergessen, als sie den herumwirbelnden Schnee betrachteten. »Das ist mein kostbarster Schatz.« Sie hielt die Glaskugel hoch, so daß das Licht hindurchscheinen konnte. »Eine Zauberkugel.«

»Zauberkugel?« Sein Mund stand offen, als Adrianne die Kugel nochmals schüttelte. »Laß mich mal. Laß mich!« Er riß ihr die Kugel aus der Hand und stand auf. »Zauberkugel. Ich will sie Mutter zeigen.«

»Nein. Fahid, nein!« Adrianne stürzte hinter ihm her zur Tür.

Begeistert von dem neuen Spiel, rannte er mit seinen kurzen strammen Beinchen, so schnell er konnte. Sein Lachen hallte von den Wänden wider, als er, die Kugel wie eine Trophäe hochhaltend, durch die Gänge flitzte. Um das lustige Verfolgungsspiel weiterzuspielen, schlüpfte er in den Gang, der die Frauengemächer mit den Räumen des Königs verband.

Adrianne zögerte, hatte Bedenken weiterzugehen. Als Tochter des Hauses war es ihr strengstens verboten, den Gang zu betreten. Sie ging noch einige Schritte weiter, wollte Fahid mit dem Versprechen, ein anderes Spiel mit ihm zu spielen, zurücklocken. Doch als sein Lachen plötzlich erstarb, huschte sie trotzdem in den verbotenen Gang. Er kauerte mit zitternden Lippen zu Abdus Füßen.

Abdu sah so groß und stark aus, wie er mit gespreizten Beinen dastand und auf seinen Sohn herabblickte. Seine weiße *throbe* breitete sich auf dem Boden aus, wo Fahid gefallen war. Das Licht im Tunnel war schummrig, doch die Wut in seinen Augen entging Adrianne nicht.

»Wo ist deine Mutter?«

»Bitte, Sir.« Adrianne kam eilig näher. Sie hielt ihren Kopf unterwürfig gesenkt, während ihr das Herz bis zum Hals schlug. »Ich habe auf meinen Bruder aufgepaßt.«

Er starrte sie an, starrte auf ihr unordentliches Haar, den Staub auf ihrem Kleid, ihre schwitzenden, nervösen Hände. Er hätte sie mit einer Armbewegung zur Seite drängen können. Doch sein Stolz verbot ihm selbst diese Geste. »Das nennst du auf den Prinzen aufpassen?«

Sie schwieg, wissend, daß er keine Antwort erwartete. Sie hielt ihren Kopf weiterhin gesenkt, so daß sie den aufblitzenden Haß in seinen Augen nicht sehen konnte.

»Männer weinen nicht, und Könige schon gar nicht«, sagte er, wobei er sich zärtlich zu Fahid hinabbeugte und ihm half aufzustehen. Da erst sah er die Glaskugel, die Fahid noch immer mit seinen Händen umklammert hielt. »Wo hast du das her?« Seine Worte klangen wie Schwerthiebe. »Das ist verboten.« Er riß Fahid die Kugel aus der Hand, worauf dieser anfing zu heulen. »Willst du mir, willst du unserem Hof Schande bereiten?«

Da sie wußte, daß die Hände ihres Vaters schnell und hart zuschlagen konnten, stellte sich Adrianne zwischen ihn und ihren Bruder. »Sie gehört mir. Ich habe sie ihm gegeben.«

Sie duckte sich vor dem Schlag, der jedoch nicht kam. Anstelle von Haß begegnete ihr jetzt eisige Kälte. Adrianne mußte erfahren, daß Nichtbeachtung die schlimmste aller Strafen war. Ihre Augen wurden feucht, doch angesichts ihres Vaters hielt sie die Tränen zurück. Er wollte sie weinen sehen, das wußte sie. Wenn trockene Augen ihre einzige Wehr waren, so würde sie jetzt keine Träne vergießen.

»Du willst also meinen Sohn verderben? Gibst ihm christliche Symbole in Gestalt eines Spielzeugs? Von einer wie dir hätte ich einen solchen Verrat erwarten müssen.« Er schmetterte die Glaskugel gegen die Wand, wo sie in tausend Stücke zersprang. Verängstigt klammerte sich Fahid an Adriannes Beine. »Geh zurück zu den Frauen, wo du hingehörst. Von diesem Moment an ist es dir verboten, dich weiterhin um Fahid zu kümmern.«

Er schnappte sich seinen Sohn und ließ sie stehen. Fahid, das kleine Gesicht geschwollen und tränenüberströmt, streckte seine Arme nach ihr aus und rief verzweifelt ihren Namen.

5. Kapitel

Das Leben in Ungnade machte sie stark. Machte sie schweigsam. Und machte sie stolz. Die folgenden Monate verbrachte Phoebe in großer Sorge um Adrianne. Jahrelang hatte sie mit ihrer eigenen Unglücklichkeit gelebt wie mit einer Krücke, weil ihr keine andere Wahl blieb. Ihr »American way of life« hatte in dem Augenblick geendet, als sie das Land ihres Mannes betreten hatte. Von Anfang an war sie den Gesetzen und Traditionen von Jaquir ausgeliefert gewesen. Sie war eine Frau und als solche gezwungen, sich entgegen ihrer Überzeugung und ihren Bedürfnissen unterzuordnen.

In all den Jahren hatte Phoebe wenigstens einen Trost gehabt, der ihr über ihre Gefangenschaft hinweghalf: Adrianne war zumindest in ihren Augen mit dem Leben in Jaquir zufrieden gewesen. Sie besaß ein Erbe, einen Titel und eine Position, die ihr, obwohl sie beim König in Ungnade gefallen war, niemand nehmen konnte. Sie hatte eine Familie und viele Spielkameraden. Sie lebte in Sicherheit.

Phoebe wußte, daß mittlerweile Amerikaner und Europäer scharenweise, vom Öl angelockt, nach Jaquir und in den Mittleren Osten drängten. Und aufgrund dieser neuen Entwicklung kamen wieder Reporter auf sie zu, denen sie die Rolle der Märchenkönigin in der Wüste vorspielte. Abdu war scharf auf das Geld und die Technologie, die der Westen brachte, obwohl er gleichzeitig diese Menschen verachtete. Mit den westlichen Geschäftsleuten, die nach Jaquir strömten, hielt auch der Fortschritt Einzug im Land. Und mit der Zeit vielleicht auch mehr Freiheit für die Frauen. Sie klammerte sich an diese Aussicht – aber nicht mehr um ihretwillen, sondern zum Wohle Adriannes. Doch als die Monate verstrichen, mußte sie erkennen, daß, falls wirklich neue Freiheiten nach Jaquir dringen sollten, sie für Adrianne zu spät kommen würden.

Adrianne gehorchte schweigend, war dabei aber nicht mehr glücklich. Sie spielte mit den anderen Mädchen und lauschte weiterhin den Geschichten ihrer Großmutter, aber sie war nicht mehr jung. Phoebe sehnte sich mehr als je zuvor nach ihrer ursprünglichen Heimat. Sie träumte von einer Rückkehr, träumte davon, ihrer Tochter eine Welt jenseits der strengen Regeln und Beschränkungen von Jaquir zu zeigen.

Sie träumte davon, doch wirklich glauben konnte sie nicht daran. Daher flüchtete sie sich in eine Traumwelt, die sie sich mit Hilfe von Tranquilizern und verbotenem Alkohol erschuf.

Sie war keine anspruchsvolle Frau. Trotz ihres Erfolgs in der Glitzerwelt der Unterhaltungsindustrie war sie im Grunde die bescheidene Farmerstochter aus Nebraska geblieben. Während ihrer Zeit in den Filmstudios hatte sie die Folgen von Alkohol- und Tablettenmißbrauch erlebt. Doch in der für sie typischen Art und Weise verdrängte sie alles Unangenehme und klammerte sich an Illusionen.

In Jaquir wurde sie ein Opfer ihrer Sucht, war sich dessen aber nicht bewußt. Die Drogen halfen ihr, den Tag zu überstehen und die Nächte zu verschleiern. Sie lebte bereits genauso lange in Jaquir, wie sie in Kalifornien gelebt hatte, doch dank der Drogen verlor sie das Gefühl für Zeit und auch für die Tatsache, daß sie hier genauso zur Illusion geworden war wie die Frauen, die sie auf der Leinwand gespielt hatte.

In Abdus Gemächer gerufen zu werden, erfüllte Phoebe mit Angst. Private Gespräche gab es nicht mehr zwischen ihnen. In der Öffentlichkeit spielten sie, wenn er es wünschte, nach wie vor das Traumpaar. Die atemberaubende Filmschönheit und der attraktive König. Obgleich Abdu Kameras verabscheute, erlaubte er der Presse, sie gemeinsam abzulichten. Wohlüberlegt wandelte er auf dem schmalen Grad zwischen der Rolle des traditionellen Herrschers seines Landes und dem Symbol des Fortschritts. Dollar, deutsche Mark und Yen flossen in sein Land, im Austausch für Öl.

Abdu war ein Mann, der seine Ausbildung im Westen genossen hatte, nun mit Präsidenten und Premiers speiste und ihnen den Eindruck eines offenen und brillanten Geistes vermitteln konnte. Geboren und aufgewachsen in Jaquir, war er im islamischen Glauben erzogen worden. In seiner Jugend glaubte er noch, beide Kulturen miteinander verbinden zu können. Doch mittlerweile betrachtete er den Westen nur noch als Bedrohung, als Beleidigung Allahs. Dieser Glaube hatte sich durch Phoebe noch verstärkt. Sie war für ihn das Symbol für Verderbtheit und Unehrenhaftigkeit.

Er betrachtete sie, wie sie nun vor ihm stand, in einem schwarzen Gewand, das sie vom Hals bis zu den Knöcheln verhüllte. Von ihrem roten Haar, das sie unter einem Schal verborgen trug, war keine Strähne zu sehen. Ihr Teint war blaß, nicht mehr seiden wie früher, und ihre Augen trüb.

Drogen, dachte Abdu verächtlich. Er wußte davon, entschied sich aber, darüber kein Wort zu verlieren.

Unaufhörlich trommelte er mit einem Finger auf die Elfenbeinplatte seines Schreibtisches, wissend, daß jede Minute, die er sie warten ließ, ihre Furcht verschlimmerte. »Man hat dich nach Paris eingeladen, um an einer Wohltätigkeitsveranstaltung teilzunehmen.«

»Paris?«

»Es scheint, dort hat ein Revival deiner Filme stattgefunden. Wahrscheinlich finden es die Leute unterhaltsam, mit anzusehen, wie sich die Gemahlin des Königs von Jaquir vor ihnen produziert.«

Ihr Kopf schnellte hoch. Er lächelte sie an, wartete auf ihren Protest, um selbst diesen kleinen Widerstand niederzuschmettern. Doch sie sagte nur ganz ruhig: »Es gab eine Zeit, da hat es dem König von Jaquir gefallen, Phoebe Spring zu betrachten.«

Sein Lächeln verschwand. Er erinnerte sich an die Stunden, die er damit zugebracht hatte, sie nur zu betrachten, erinnerte sich, wie sehr er sie begehrt hatte, und verachtete sich nun dafür. »Man glaubt, daß deine Anwesenheit für die Gäste dieser Veranstaltung interessant sein könnte.«

Phoebe versuchte, Ruhe zu bewahren und ihre Stimme nicht zu erheben. »Du willst mir erlauben, nach Paris zu reisen?«

»Ich habe dort geschäftlich zu tun. Es wäre für dich als meine amerikanische Frau angebracht, mich zu begleiten und Jaquirs Verbindung zum Westen zu unterstreichen. Du verstehst, was von dir erwartet wird?«

»Ja, ja, selbstverständlich.« Allzugroße Freude wollte sie nicht zeigen, doch ein kleines Lächeln konnte sie sich nicht verkneifen. »Ein Ball? In Paris?«

»Ein Kleid ist schon in Auftrag gegeben. Du wirst *Sonne und Mond* tragen und dich so präsentieren, wie man es von der Gemahlin des Königs von Jaquir erwartet. Falls du mir Schande machst, wirst du ›indisponiert sein‹ und sofort nach Jaquir zurückgeschickt werden.«

»Ich verstehe.« Der Gedanke an Paris, nur der Gedanke allein, gab ihr neue Kraft. »Adrianne…«

»Man hat schon Arrangements für sie getroffen«, unterbrach er sie.

»Arrangements?« Sogleich kehrte die Angst zurück. Sie hätte daran denken müssen, daß, wann immer Abdu mit einer Hand gab, er mit der anderen nahm. »Welche Art von Arrangements?«

»Sie betreffen dich nicht.«

»Bitte.« Sie mußte behutsam vorgehen, sehr behutsam. »Ich möchte sie gründlich auf die Reise vorbereiten, damit sie das Königshaus von Jaquir angemessen repräsentiert.« Phoebe senkte demütig ihren Kopf, konnte es aber nicht verhindern, daß sich ihre Finger ineinander verkrampften. »Ich bin doch nur eine Frau, und sie ist mein einziges Kind.«

Abdu machte es sich in dem Sessel hinter seinem Schreibtisch bequem, ohne Phoebe ein Zeichen zum Setzen zu geben. »Sie wird in Deutschland zur Schule gehen. Wir glauben, daß dies für Mädchen ihres Rangs vor der Ehe das Beste ist.«

»Nein! Gütiger Gott, Abdu, schick sie bitte nicht so weit fort.« Ihren ganzen Stolz und ihre Vorsicht außer acht lassend, warf sie sich ihm zu Füßen. »Du kannst sie mir nicht wegnehmen. Sie ist alles, was ich habe. Dir ist es doch unwichtig, was mit ihr geschieht. Dir kann es doch gleichgültig sein, wenn sie bei mir bleibt.«

Energisch machte er sich von ihren Händen los, die sich an seiner *throbe* festgeklammert hatten. »Sie ist ein Mitglied des Königshauses von Jaquir. Die Tatsache, daß auch dein Blut in ihren Adern fließt, ist ein Grund mehr, sie von dir zu separieren und sie in angemessener Art und Weise auf ihre Vermählung mit Kadeem al-Misha vorzubereiten.«

»Vermählung?« Blind vor Angst krallte sie sich wieder an ihm fest. »Sie ist doch noch ein Kind. Selbst in Jaquir werden keine Kinder verheiratet.«

»Sie wird an ihrem fünfzehnten Geburtstag vermählt werden. Die Vorbereitungen hierzu sind beinahe abgeschlossen. Dann wird sie mir wenigstens als Frau eines Verbündeten von Nutzen sein.« Wieder griff er nach ihrer Hand, zog sie jedoch diesmal an seine Brust. »Du kannst mir dankbar sein, daß ich sie nicht einem Feind zur Frau gebe.«

Phoebe atmete stoßweise, ihr Gesicht ganz nah an dem seinen. In diesem Augenblick hätte sie ihn am liebsten mit bloßen Händen umgebracht, ihm die Fingernägel durchs Gesicht gezogen und zugesehen, wie das Blut herunterlief. Wenn es Adrianne geholfen hätte, hätte sie es getan. Doch Gewalt würde hier nicht fruchten, ebensowenig wie Vernunft. Wenn sie überhaupt etwas gegen Abdu ausrichten konnte, dann nur mit List.

»Verzeih mir.« Sie entspannte ihren Körper, ließ ihre Augen sich mit Tränen füllen, ließ sie schimmern. »Ich bin schwach und selbstsüchtig. Ich habe nur daran gedacht, mein Kind zu verlieren, nicht daran, wie großherzig es von dir ist, sie gut zu verheiraten.« Sie ließ sich wieder auf die Knie fallen, sorgsam darauf bedacht, eine unterwürfige Haltung einzunehmen. Dann trocknete sie sich die Augen, als käme sie wieder zur Besinnung. »Ich bin eine törichte Frau, Abdu, aber nicht zu töricht, um nicht dankbar zu sein. Adrianne wird in Deutschland lernen, eine perfekte Frau zu werden. Ich hoffe, daß du stolz auf sie sein kannst.«

»Ich werde ihr gegenüber meine Pflicht erfüllen.« Ungeduldig gab Abdu ihr das Zeichen, sich zu erheben.

»Vielleicht denkst du darüber nach, ihr zu gestatten, uns nach Paris zu begleiten.« Ihr Herz pochte gegen ihre Rippen, als sie die Hände vor der Brust faltete. »Viele Männer bevorzugen Frauen, die schon gereist und damit in der Lage sind, sie auf Geschäfts- oder Urlaubsreisen zu begleiten, Frauen, die ihnen eine Hilfe anstatt eine Last sind. Aufgrund ihrer Herkunft wird man eine Menge von Adrianne erwarten. Ich möchte nicht, daß sie dich enttäuscht. Die Erziehung, die du in Europa genossen hast, hat dir sicherlich ein besseres Verständnis der Welt und Jaquirs Platz darin ermöglicht.«

Sein erster Gedanke war gewesen, Phoebes Vorschlag kurzerhand abzulehnen, doch ihre letzten Worte waren auf fruchtbaren Boden gefallen. Er glaubte fest daran, daß sein Aufenthalt in Großstädten wie Paris, London und New York ihn zu einem besseren König gemacht hatte und zu einem ehrwürdigeren Sohn Allahs.

»Ich werde darüber nachdenken.«

Sie unterdrückte den Drang, weiter zu betteln, und senkte den Blick. »Ich danke dir.«

Phoebes Herz klopfte immer noch heftig, als sie in ihr Zimmer zurückkehrte. Sie brauchte einen Drink, eine Pille, Vergessen. Doch statt dessen legte sie sich auf ihr Bett und zwang sich nachzudenken.

All die Jahre, die sie damit vergeudet hatte, darauf zu warten, daß Abdu sich wieder in den Mann verwandelte, der er einst gewesen war, daß ihr Leben zurückkehrte! Sie war in Jaquir geblieben, weil er es so verlangt hatte, weil er Adrianne behalten hätte, wenn es ihr irgendwie gelungen wäre zu fliehen.

Weil sie schwach, verwirrt und ängstlich gewesen war, hatte sie zehn Jahre ihres Lebens in Gefangenschaft verbracht. Aber nicht Adrianne. Niemals Adrianne. Koste es, was es wolle, niemals würde sie tatenlos zusehen, wie man ihr Adrianne wegnahm und sie einem Fremden zur Frau gab, um ihr Leben als Gefangene an dessen Seite zu verbringen.

Der erste Schritt war Paris, sagte sie zu sich, als sie sich den Schweiß von der Stirn wischte. Sie würde Adrianne nach Paris mitnehmen und nie wieder nach Jaquir zurückkehren.

»Wenn ich nach Paris reise, werde ich Koffer voll wunderschöner Kleider einkaufen.« Duja beobachtete, wie Adrianne ein goldenes Armband anlegte, und versuchte, nicht neidisch zu sein. »Mein Vater sagt, wir werden in einem Restaurant mit Namen Maxim speisen, und daß ich alles bekomme, was ich mir wünsche.«

Adrianne drehte sich um. Ihre Handflächen waren jetzt ständig feucht vor Aufregung, aber sie wagte es nicht, sie an ihrem Kleid abzuwischen. »Ich werde dir ein Geschenk mitbringen.«

Duja hatte ihre Eifersucht vergessen und grinste. »Nur eines?«

»Ein ganz besonderes. Wir werden auf die Spitze des Eiffelturms fahren und ein Museum besuchen, wo Tausende von Gemälden hängen. Und dann…« Sie preßte eine Hand gegen ihren Magen. »Mir ist übel.«

»Wenn du krank bist, kannst du nicht verreisen, also wirst du nicht krank werden. Leiha ist schon ganz eingeschnappt.« Sie sagte dies nur, weil sie hoffte, daß Adrianne sich dann gleich besser fühlen werde. Die Diener hatten bereits das Gepäck abgeholt, daher legte Duja ihren Arm um Adriannes Schulter und begleitete sie hinaus. »Sie wollte auch gerne mitfahren, aber der König nimmt nur dich und deine Mutter mit. Leiha muß damit zufrieden sein, daß sie wieder schwanger ist.«

»Wenn ich Geschenke für Fahid und meine Schwestern kaufen kann, wirst du sie ihnen dann geben?«

»Aber ja.« Sie küßte Adriannes Wange. »Ich werde dich vermissen.«

»Wir kommen bald wieder.«

»Aber du bist doch noch nie fortgewesen.«

Die Frauen im Harem waren voller Aufregung über die Reise, die nur zwei von ihnen antreten durften. Umarmungen wurden ausgetauscht, Küsse und Gelächter. Phoebe stand da in ihrer *abaaya*, selbstverständlich verschleiert, die Hände ineinander verknotet, die Miene unbeweglich. Die Gerüche, die schweren, dunklen Gerüche des Harems lasteten so auf ihr, daß sie glaubte, sie wirklich zu sehen. Wenn es einen Gott gab, würde sie diese Frauen oder diesen Ort niemals wiedersehen. In diesem Augenblick war sie dankbar für den Schleier und den Schal. So mußte sie nur noch ihre Augen unter Kontrolle halten.

Eine Woge des Bedauerns brach überraschend über sie herein, als sie ihre Schwägerinnen, ihre Schwiegermutter und die angeheirateten Cousinen zum Abschied küßte. All die Frauen, mit denen sie beinahe ein Jahrzehnt lang zusammengelebt hatte.

»Adrianne muß am Fenster sitzen«, sagte Jiddah zu Phoebe, als sie beide küßte und umarmte. »Dann kann sie beim Start über ganz Jaquir schauen.« Sie lächelte, erfreut, daß ihr Sohn letztlich doch noch Interesse an seiner Tochter zeigte, die ihr heimlicher Liebling war. »Iß nicht zuviel Schlagsahne, mein kleines Schleckermäulchen.«

Adrianne grinste und stellte sich auf die Zehenspitzen, um ihrer Großmutter einen letzten Abschiedskuß zu geben. »Ich werde so viel essen, bis ich kugelrund bin. Du wirst mich nicht wiedererkennen, wenn ich zurückkomme.«

Jiddah lachte und tätschelte Adriannes Wange mit ihrer kunstvoll mit Henna bemalten Hand. »Ich werde dich immer erkennen. So, nun geh schon. Und komm wohlbehalten zurück. *Inshallah.*«

Sie verließen den Harem, gingen durch den Garten zu einem Tor, vor dem ein Wagen auf sie wartete. Adrianne war viel zu aufgeregt, um das Schweigen ihrer Mutter wahrzunehmen. Sie plapperte fröhlich über den Flug, über Paris, darüber, was sie sehen und einkaufen würden. Sie stellte eine Frage nach der anderen, ohne eine Antwort darauf abzuwarten.

Als sie endlich am Flughafen ankamen, war Adrianne krank vor Aufregung und Phoebe krank vor Angst.

Das Kommen und Gehen der Geschäftsleute aus dem Westen hatte die Ein- und Ausreiseformalitäten nur noch verschärft. Flugzeuge starteten und landeten viel öfter als früher, doch der Weitertransport auf dem Boden beschränkte sich auf wenige, enge Taxis, deren Fahrer kein Wort Englisch sprachen. Das kleine Abfluggebäude war restlos überfüllt; Frauen drängten zu einem Ausgang, die Männer zu dem anderen. Gestreßte Amerikaner und Europäer versuchten, ihr Gepäck im Auge zu behalten, das übereifrige Gepäckträger von hier nach da schleppten, während sie sich verzweifelt um Anschlußflüge bemühten, die oft tagelang Verspätung hatten. Oftmals saßen diese Zaren des Kapitalismus dort fest, gefangen in einer kulturellen Kluft, die sich im Laufe der Jahrhunderte zu einer Schlucht ausgewachsen hatte.

Die Luft vibrierte unter dem Dröhnen der Flugzeuge, der Kakophonie verschiedenartiger Sprachfetzen, die oft genug nicht verstanden wurden. Adrianne sah eine Frau neben einem riesigen Gepäckhaufen sitzen, ihr Gesicht feucht von Tränen und blaß vor Erschöpfung. Eine andere versuchte, ihre drei kleinen Kinder in Zaum zu halten, die die arabischen Frauen in ihren schwarzen Gewändern und Schleiern anstarrten und mit den Fingern auf sie zeigten.

»Das sind ja so viele!« murmelte Adrianne, als sie von ihren Leibwächtern durch die Menge geleitet wurden. »Weshalb kommen die denn alle hierher?«

»Wegen des Geldes.« Phoebe ließ ihre Augen von rechts nach links wandern. Es war heiß, so heiß, daß sie glaubte, in Ohnmacht zu fallen. Nur ihre Hände waren eiskalt. »Beeil dich.«

Sie nahm Adriannes Hand und zog sie nach draußen. Abdus silbern glänzendes, erst kürzlich mit Öl-Dollars bezahltes Privatflugzeug wartete.

Adriannes Mund wurde bei dessen Anblick ganz trocken. »Das ist aber winzig.«

»Keine Angst, ich bin doch bei dir.«

Das Innere der Kabine war sehr luxuriös ausgestattet. Die silbergrau bezogenen Sitze waren bequem gepolstert, der Boden mit einem blutroten Teppich ausgelegt. Die kleinen Lämpchen, die an jedem Sitz angebracht waren, trugen Kristallschirme. Die angenehm kühle Luft duftete nach Sandelholz, dem Lieblingsduft des Königs. Diener, die sich schweigend verbeugten, warteten darauf, ihnen Speisen und Getränke anzubieten.

Abdu war bereits an Bord und saß mit seinem Sekretär über einem Stapel Geschäftspapiere. Seine *throbe* hatte er mit einem in London geschneiderten Maßanzug vertauscht, trug dazu jedoch die arabische Kopfbedeckung. Er blickte nicht auf, als sie einstiegen und ihre Sitze einnahmen, sondern gab nur einem seiner Männer ein kleines Zeichen. Binnen Sekunden heulten die Motoren auf. Adriannes Magen tat einen kleinen Satz, als die Maschine vom Boden abhob.

»Mama.«

»Bald fliegen wir über den Wolken.« Phoebe sprach leise, dankbar dafür, daß Abdu von ihnen keine Notiz nahm. »Wie die Vögel, Addy. Sieh nur.« Sie berührte Adriannes Wange mit der ihren. »Jaquir wird immer kleiner.«

Adrianne hatte das Bedürfnis, sich zu übergeben, traute sich aber nicht wegen ihres Vaters. Entschlossen biß sie die Zähne zusammen, schluckte tapfer und beobachtete, wie die Erde unter ihnen verschwand. Nach einer Weile beruhigte sich ihr Magen. Nun war es Phoebe, die unentwegt plauderte. Ihre leise Stimme lullte Adrianne bald in einen erholsamen Schlaf. Während ihre Tochter an ihrer Schulter döste, starrte Phoebe auf die blauen Wellen des Mittelmeers und betete.

Paris war eine Augenweide. Adrianne klammerte sich an der Hand ihrer Mutter fest, als sie durch den Flughafen eilten. Sie hatte immer geglaubt, die Geschichten ihrer Mutter über andere Städte seien nichts weiter als Märchen. Als solche hatte sie sie geliebt und von ihnen geträumt. Nun war sie durch eine Tür in eine Welt getreten, die nur in ihrer Vorstellung existiert hatte.

Selbst ihre Mutter war anders. Sie hatte die *abaaya* und den Schleier abgelegt und trug nun ein elegantes, schmal geschnittenes Kostüm in der Farbe ihrer Augen. Ihr offenes, herrlich rotes Haar fiel ihr sanft über die Schultern. Sie hatte sogar mit einem Mann gesprochen, einem Fremden, als sie durch die Paßkontrolle gegangen waren. Angstvoll hatte Adrianne dabei ihren Vater beobachtet und auf ein strafendes Wort gewartet. Aber es geschah nichts.

Überall liefen Frauen herum, manchmal allein oder am Arm eines Mannes. Sie trugen Röcke und enge Hosen, die ihre Beine erkennen ließen. Sie gingen mit erhobenem Kopf umher, wiegten sich in den Hüften, aber niemand starrte sie deshalb an. Zu ihrem maßlosen Erstaunen sah sie, wie sich ein Paar umarmte und küßte, während andere Leute an ihnen vorbeigingen. Hier gab es keine *matawain* mit ihren Kamelpeitschen und hennaroten Bärten, die sie dafür unter Arrest stellten.

Die Sonne ging gerade unter, als sie das Flughafengebäude verließen. Adrianne wartete auf den Ruf zum Gebet, hörte jedoch nichts. Auch hier herrschte ein gewisses Chaos, aber es kam ihr schneller und irgendwie organisierter vor als das Durcheinander auf dem Flughafen von Jaquir. Menschen drängten sich in Taxis, Frauen und Männer gemeinsam, ohne Scham oder Heimlichkeiten. Phoebe mußte Adrianne geradezu in die wartende Limousine zerren, da sie vom Schauen gar nicht genug kriegen konnte.

Paris in der Abenddämmerung. Wann immer Adrianne an Paris dachte, würde sie sich stets an diesen ersten Augenblick erinnern, an den wunderbaren Zauber des Lichts zwischen Tag und Nacht. Prächtige alte Gebäude erhoben sich rechts und links der Straße, erglühten in Rosa und Gold und mattem Weiß in der untergehenden Sonne. Der große Wagen glitt geräuschlos, aber schnell über die Boulevards mitten ins Herz von Paris hinein. Aber es war nicht die Geschwindigkeit, die ihr den Atem raubte und sie schwindlig machte.

Sie dachte, hier müßte Musik zu hören sein. An einem solchen Ort mußte es Musik geben. Aber sie wagte nicht um Erlaubnis zu fragen, die Fenster öffnen zu dürfen. Statt dessen ließ sie die Musik in ihrem Kopf erklingen, als sie an der Seine entlangfuhren, großartige, kraftvolle Klänge.

Sie sah Paare Hand in Hand spazierengehen; das Haar

und die kurzen Röcke der Frauen flatterten im Wind, der nach Wasser und Blumen duftete. Das war der Duft von Paris. Sie sah Cafés, in denen sich die Menschen an winzigen Tischen drängten und aus Gläsern tranken, die rot und golden im Sonnenlicht schimmerten.

Hätte man ihr erzählt, das Flugzeug habe sie auf einen anderen Planeten und in eine andere Zeit entführt, sie hätte es bedingungslos geglaubt.

Als der Wagen vor einem Hotel anhielt, wartete Adrianne, bis ihr Vater ausgestiegen war. »Können wir uns später noch mehr anschauen?«

»Morgen.« Phoebe drückte ihre Hand so fest, daß sie wimmerte. »Morgen.« Sie versuchte, ihr Zittern zu verbergen, das sie trotz der milden Abendluft überfiel. Das Hotel sah aus wie ein Palast – und mit Palästen war sie fertig.

Mit ihrer Entourage von Dienern, Leibwächtern und Sekretären bezogen sie ein ganzes Stockwerk im Crillion Hotel. Zu Adriannes Enttäuschung wurden sie und ihre Mutter in eine Suite geführt und dort sich selbst überlassen.

»Können wir nicht ausgehen und in diesem Restaurant Maxim zu Abend essen?«

»Nicht heute, mein Liebling.« Phoebe lugte durch das winzige Sichtfenster in der Tür. Ein Leibwächter hatte bereits vor ihrer Tür Stellung bezogen. Selbst in Paris mußte sie wie im Harem leben. Sie war blaß, als sie sich zu Adrianne umwandte, aber sie versuchte zu lächeln und ihre Stimme fröhlich klingen zu lassen. »Wir werden uns etwas zum Essen aufs Zimmer bringen lassen. Alles, was du möchtest.«

»Hier ist es so ganz anders als in Jaquir.« Adrianne sah sich in der eleganten Suite um. Wie in den Frauengemächern daheim war es hier luxuriös und abgeschieden. Doch anders als zu Hause waren hier die Fenster auch am Abend weit geöffnet. Sie ging durch das Zimmer und blickte hinaus über das nächtliche Paris. Die Lichter waren angegangen und gaben der Stadt ein festliches, märchenhaftes Aussehen. Sie war in Paris, aber es war ihr nicht erlaubt, am Leben dieser großartigen Stadt teilzunehmen. Es war, als habe man ihr den kostbarsten Edelstein der Welt geschenkt, ihr auch gestattet, ihn für wenige Momente zu betrachten, aber ihn ihr dann wieder weggenommen und in einem Tresor verwahrt.

»Addy, du mußt ein wenig Geduld haben.« Wie ihre Tochter zog es auch Phoebe an die Fenster, angelockt durch die Lichter und das Leben in den Straßen. Ihr Verlangen danach war noch um vieles stärker als Adriannes, denn sie war einmal frei gewesen. »Morgen... morgen wird der aufregendste Tag deines Lebens sein.« Sie drückte Adrianne fest an sich. »Du glaubst mir doch, nicht wahr?«

»Ja, Mama.«

»Ich werde das tun, was für dich am besten ist, das schwöre ich.« Sie preßte Adrianne noch fester an sich, ließ sie dann aber ganz plötzlich los und lachte. »Nun sieh dir ein wenig die wunderschöne Aussicht an. Ich bin gleich zurück.«

»Wo gehst du hin?«

»Nur ins Zimmer nebenan, Ehrenwort.« Sie lächelte aufmunternd. »Schau nur aus dem Fenster, Baby. Paris ist um diese Abendstunden ein Traum.«

Phoebe schloß die Tür zwischen dem Salon und ihrem Schlafzimmer. Das Telefon zu benutzen war ein gewisses Risiko. Seit Tagen schon dachte sie über eine bessere Alternative nach. Und obwohl sie Entspannung bitter nötig gehabt hätte, hatte sie, seit sie von Abdu über diese Reise in Kenntnis gesetzt worden war, keine Pille und kein einziges Glas Alkohol angerührt. Ihr Kopf war so klar wie schon seit Jahren nicht mehr. So klar, daß es ihr weh tat. Dennoch sah sie keine andere Möglichkeit als das Telefon. Ihre einzige Hoffnung war, daß Abdu von einer Frau, die so lange seine Grausamkeiten ertragen hatte, keinen Verrat erwartete.

Sie hob den Hörer ab. Er fühlte sich seltsam an, wie etwas aus einer anderen Ära. Sie mußte beinahe laut auflachen. Immerhin war sie eine erwachsene Frau, die im 20. Jahrhundert lebte, und doch waren fast zehn Jahre vergangen, seit sie das letztemal ein Telefon angerührt hatte. Ihre Finger zitterten, als sie die Nummer wählte. Eine Stimme, die schnelles Französisch sprach, antwortete.

»Sprechen Sie Englisch?«

»Ja, Madam. Kann ich Ihnen helfen?«

Und es gab doch einen Gott, dachte sie, als sie sich auf der Bettkante niederließ. »Ich möchte ein Überseetelegramm aufgeben. Ein Blitztelegramm. In die Vereinigten Staaten. Nach New York.«

Adrianne stand am Fenster, preßte ihre Hände so fest gegen die Scheibe, als ob sie diese damit zum Verschwinden bringen und ein Teil der Welt werden könnte, die unten vorbeizog. Irgend etwas stimmt nicht mit ihrer Mutter. Ihre größte Angst war, daß Phoebe krank sein und man sie wieder nach Jaquir zurückschicken könnte. Sie wußte, daß sie nie wieder einen Ort wie Paris sehen würde, wenn man sie jetzt heimschickte. Nie wieder würde sie Frauen mit nackten Beinen und geschminkten Gesichtern sehen, oder solch prächtige, hohe Gebäude mit den vielen Lichtern. Ihren Vater, so glaubte sie, befriedigte es sicherlich, daß sie dies alles gesehen, aber nicht berührt, gerochen, aber nicht geschmeckt hatte – wieder eine andere Art, sie zu bestrafen, weil sie nur ein Mädchen war und noch dazu gemischtes Blut in ihren Adern hatte.

Als ob ihre Gedanken ihn herbeigewünscht hatten, kam er plötzlich durch die Tür herein und blieb mitten im Raum stehen. Adrianne drehte sich um. Sie war klein für ihr Alter und zart wie eine Puppe. Und doch waren da schon die ersten Anzeichen einer dunklen, sinnlichen Schönheit, die von ihrem Beduinenblut herrührte. Doch Abdu sah nur ein dürres Mädchen mit großen Augen und einem eigensinnigen Mund. Wie immer erstarrte sein Blick zu Eis, wenn er ihrer ansichtig wurde.

»Wo ist deine Mutter?«

»Nebenan.« Als er sich anschickte, ins nächste Zimmer zu gehen, machte Adrianne einen Schritt auf ihn zu. »Gehen wir heute abend aus?«

Er schenkte ihr einen kurzen, gelangweilten Blick. »Du bleibst hier.«

Weil sie noch jung war, blieb sie standhaft, wo andere sich verbeugend entfernt hätten. »Es ist doch noch nicht spät. Die Sonne ist gerade untergegangen. Großmutter hat mir erzählt, daß man abends in Paris viel unternehmen kann.«

Er blieb stehen. Nur selten wagte sie, ihn anzusprechen, aber noch seltener geruhte er ihr zuzuhören. »Du wirst auf dem Zimmer bleiben. Du bist nur hier, weil ich die Erlaubnis dazu gab.«

»Warum hast du es dann gestattet?«

Ihre unbefangene Kühnheit machte seinen Blick noch eisiger. »Meine Gründe haben dich nicht zu interessieren. Aber ich warne dich, wenn du mich weiterhin zu oft an deine Anwesenheit erinnerst, werde ich dich heimschicken.«

Adriannes Augen glühten vor Enttäuschung und Wut, weil sie nichts mehr verstand. »Aber ich bin doch deine Tochter, dein eigen Fleisch und Blut«, sagte sie leise. »Warum haßt du mich dann so?«

»Du bist ihre Tochter.« Damit wandte er sich um und ging auf die Tür zu, um sie zu öffnen. Im selben Moment kam Phoebe aus dem Zimmer. Ihr Teint war gerötet, ihre Augen weit aufgerissen wie die eines Rehs, das seine Jäger wittert.

»Abdu. Wolltest du mich sehen? Ich nahm nur ein Bad nach der Reise.«

Er bemerkte ihre Nervosität, roch ihre Angst. Es gefiel ihm, daß sie sich auch außerhalb der Haremsmauern nicht sicher fühlte. »Man hat ein Interview arrangiert. Wir werden uns hier um neun Uhr mit der Journalistin zum Frühstück treffen. Du wirst dich passend kleiden und zusehen, daß auch sie entsprechend angezogen ist.«

Mit einem Seitenblick auf Adrianne antwortete Phoebe: »Gewiß. Wenn du gestattest, möchte ich nach dem Interview gerne einige Einkäufe erledigen und vielleicht mit Adrianne ein Museum besuchen.«

»Zwischen zehn und vier Uhr nachmittags kannst du tun, was dir beliebt. Danach brauche ich dich.«

»Danke. Wir sind dir sehr dankbar für diese Reise nach Paris.«

»Sorge dafür, daß das Kind seine Zunge in Zaum hält, sonst wird es Paris nur vom Fenster aus sehen.«

Als er gegangen war, streckte Phoebe ihre zitternden Beine. »Addy, bitte, ärgere ihn nicht.«

»Ich darf mich wohl nur von ihm ärgern *lassen.*«

Phoebe bemerkte ihre Tränen und nahm sie in den Arm. »Du bist noch so jung«, flüsterte sie und schaukelte Adrianne auf ihrem Schoß. »Viel zu jung für all dies. Ich verspreche dir, ich werde es wiedergutmachen.« Dabei wurden ihre Augen schmal wie Schlitze. »Ich schwöre, ich werde alles wiedergutmachen.«

Noch nie hatte sie gemeinsam mit ihrem Vater gegessen. Mit der Unbekümmertheit ihrer acht Jahre war es für Adrianne kein Problem, die Worte des Vorabends zu vergessen und erwartungsvoll ihrem ersten Tag in Paris entgegenzusehen.

Wenn sie auch enttäuscht war, das Frühstück in der Suite einnehmen zu müssen, so sagte sie kein Wort. Sie freute sich viel zu sehr über ihr neues blaues Kleid und den farblich dazu passenden Mantel, um sich zu beklagen. In einer Stunde würde ihre Woche in Paris wirklich beginnen.

»Ich kann Ihnen gar nicht sagen, wie dankbar ich Ihnen für dieses Interview bin, Hoheit.« Die Reporterin nahm am Tisch Platz, offenbar ganz entzückt von Abdu. Adrianne hielt ihre Hände sittsam auf dem Schoß verschränkt und bemühte sich, die Reporterin nicht anzustarren.

Diese hatte sehr festes, langes Haar in der Farbe reifer Pfirsiche. Ihre Fingernägel waren rot lackiert, passend zu ihrem Lippenstift. Der Rock ihres sehr knapp geschnittenen Kostüms im selben Farbton spannte sich um ihre Hüften, als sie die Beine übereinanderschlug. Sie sprach fließend Englisch, mit einem rollenden, französischen Akzent. Für Adrianne war diese Frau so exotisch wie ein Paradiesvogel, und ebenso faszinierend.

»Das Vergnügen liegt ganz auf unserer Seite, Mademoiselle Grandeau.« Abdu winkte nach Kaffee, worauf sich ein Diener sofort gehorsam verbeugte und verschwand.

»Ich hoffe, Sie genießen Ihren Aufenthalt in Paris.«

»Ich bin immer gerne in Paris.« Abdu lächelte in einer

Weise, die Adrianne noch nie bei ihm gesehen hatte. Plötzlich wirkte er ganz nahbar. Doch dann glitt sein Blick über sie hinweg, als sei sie gar nicht da. »Meine Gemahlin und ich freuen uns schon darauf, an dem Ball heute abend teilzunehmen.«

»Die Pariser Gesellschaft ist ebenfalls sehr erfreut, Sie und Ihre bezaubernde Frau dort begrüßen zu dürfen.« Mademoiselle Grandeau wandte sich nun an Phoebe: »Ihre Bewunderer sind schon ganz aus dem Häuschen, wenn ich das so salopp ausdrücken darf, Hoheit. Sie haben sehr wohl gespürt, daß Sie Ihr Publikum Ihrer großen Liebe wegen verlassen haben.«

Der Kaffee brannte bitter in Phoebes Kehle, doch sie lächelte tapfer. Ihre kostbarsten Diamanten hätte sie jetzt für ein Glas Whisky gegeben. »Jeder, der jemals geliebt hat, wird verstehen, daß dafür kein Opfer und kein Risiko zu groß ist.«

»Darf ich Sie fragen, ob Sie es jemals bedauert haben, Ihre großartige Filmkarriere aufgegeben zu haben?«

Phoebe sah Adrianne an, und ihr Blick wurde weich. »Wie könnte ich das jemals bedauern, wo ich so viel dafür bekommen habe?«

»Es ist wie im Märchen, nicht wahr? Die wunderschöne Frau, die von einem Scheich in ein geheimnisvolles und exotisches Königreich entführt wird. Ein Reich«, fügte Mademoiselle Grandeau hinzu, »das jeden Tag durch seine Ölvorkommen noch wohlhabender wird. Was empfinden Sie«, fragte sie Abdu, »angesichts der vielen westlichen Geschäftsleute, die in Ihr Land strömen?«

»Jaquir ist ein kleines Land, das die fortschreitende Entwicklung begrüßt, die das Öl mit sich bringt. Dennoch ist es meine Pflicht als König, unsere Kultur zu bewahren, während sich unsere Pforten dem Fortschritt öffnen.«

»Offenbar hegen Sie eine gewisse Zuneigung für den Westen, da Sie eine Amerikanerin geheiratet haben. Ist es wahr, Königliche Hoheit, daß Sie noch eine andere Frau haben?«

Er nahm sich ein Glas Saft. Sein Gesichtsausdruck wirkte

leicht amüsiert, doch seine Finger umschlossen das Glas fester als nötig. Er haßte es, von einer Frau ausgefragt zu werden. »Meine Religion gestattet einem Mann, sich vier Frauen zu nehmen, solange er sie gerecht behandelt.«

»Sehen Sie angesichts der in Europa und Amerika immer stärker werdenden Frauenbewegungen ein Problem in dem Aufeinandertreffen der verschiedenen Kulturen für die Menschen der Länder, die nun in den Mittleren Osten drängen?«

»Wir unterscheiden uns sehr von der westlichen Kultur, Mademoiselle, in der Kleidung und in unserem Glauben. Die Menschen in Jaquir wären ebenso schockiert über die Tatsache, daß es in Ihrem Land einer Frau erlaubt ist, vor der Ehe mit einem Mann Vertraulichkeiten auszutauschen. Doch diese Unterschiede haben keinen Einfluß auf die finanziellen Interessen beider Seiten.«

»Nein.« Mademoiselle Grandeau hatte nicht die Absicht, über Politik zu diskutieren. Ihre Leser wollten wissen, ob Phoebe Spring noch immer so schön war wie früher und ihre Ehe noch so romantisch wie anfangs. Sie zerteilte ihre Crêpe und lächelte Adrianne dabei an. Das Mädchen war eine kleine Schönheit mit den dunkeln, geheimnisvollen Augen des Königs und dem sanft geschwungenen, vollen Mund ihrer Mutter. Obwohl ihr Teint ihre beduinische Abstammung verriet, hatte sie doch sehr viel Ähnlichkeit mit ihrer Mutter. Ihre Gesichtszüge waren feiner, nicht so ausgeprägt wie die der Frau, die man einst als die Amazone des Films bezeichnet hatte. Die klaren Linien, das weiche Profil und die gewisse Verwundbarkeit jedoch waren nicht zu übersehen.

»Prinzessin Adrianne, was empfinden Sie dabei, daß man Ihre Mutter als die schönste Frau betrachtete, die jemals auf einer Leinwand zu sehen war?«

Sie suchte nach Worten. Der kurze, harte Blick ihres Vaters hatte sie verunsichert. »Ich bin sehr stolz darauf. Meine Mutter ist die schönste Frau der Welt.«

Mademoiselle Grandeau lachte und nahm noch einen Happen von ihrer Crêpe. »Dem möchte ich nicht widersprechen. Vielleicht werden Sie eines Tages in ihre Fußstapfen treten, in Hollywood. Besteht die Möglichkeit, daß Sie wieder einen Film drehen, Hoheit?«

Phoebe nahm einen Schluck von ihrem Kaffee und betete, daß sie ihn bei sich behalten werde. »Meine Familie ist für mich das Wichtigste.« Unter dem Tisch berührte sie Adriannes Hand. »Selbstverständlich bin ich glücklich darüber, daß man mich hierher eingeladen hat. Doch meine Entscheidung habe ich, wie Sie richtig sagten, aus Liebe getroffen.« Über dem Tisch streifte sie Abdu mit ihrem Blick und sah ihm fest in die Augen. »Wenn eine Frau liebt, gibt es beinahe nichts, das sie nicht tun würde.«

»Hollywoods Verlust ist offensichtlich Jaquirs Gewinn. Es gibt eine Menge Spekulationen darüber, ob Sie heute abend das berühmte Kollier *Sonne und Mond* tragen werden. Es wird als eines der kostbarsten Schmuckstücke der Welt bezeichnet. Wie bei allen berühmten Juwelen ranken sich auch um *Sonne und Mond* Legenden, Geheimnisse und Romanzen, und die Leute hier können es kaum erwarten, dieses einzigartige Kollier zu sehen. Werden Sie es tragen?«

»*Sonne und Mond* ist das Hochzeitsgeschenk meines Gemahls. In Jaquir wird dieses als Brautpreis angesehen, eine Art Mitgift im umgekehrten Sinne. Das Kollier ist nach Adrianne das wertvollste Geschenk, das mir mein Gemahl gemacht hat.« Wieder warf sie Abdu einen herausfordernden Blick zu. »Ich bin stolz, es tragen zu dürfen.«

»Ich glaube, heute abend wird es keine Frau auf der Welt geben, die Sie nicht beneidet, Hoheit.«

Phoebe lächelte, immer noch heimlich die Hand ihrer Tochter haltend. »Ich kann nur wiederholen, daß ich mich auf den heutigen Abend freue wie schon lange nicht mehr. Es wird ein wunderbares Fest werden.« Noch einmal sah sie Abdu in die Augen. »*Inshallah*.«

Wie Phoebe erwartet hatte, wurden sie von zwei Leibwächtern und einem Fahrer begleitet, als sie das Hotel verließen. Sie war wie berauscht von ihrem ersten Sieg. An der Rezeption hatte sie sich ihren Paß aushändigen lassen, in dem Adrianne als mitreisendes Kind eingetragen war. Die Leibwächter hatten unterdessen arglos miteinander geplaudert, offenbar in der Annahme, sie würde sich nach irgendwelchen banalen Dienstleistungen erkundigen, und bemerkten nicht, wie der Empfangschef aus dem Büro zurückkehrte und ihr das in Leder gebundene Dokument aushändigte. Sie hätte vor Freude heulen können... und vor Stolz, doch sie nahm sich zusammen und ließ sich nichts anmerken. Sie hatte noch keinen realen Plan, nur eine zielstrebige, wenn auch riskante Absicht vor Augen. Neben ihr in der Limousine platzte Adrianne beinahe vor Aufregung. Sie waren wirklich in Paris und hatten etliche Stunden zur freien Verfügung, bevor sie wieder im Hotel sein mußten. Sie wollten auf den Eiffelturm fahren, ein Café besuchen und der Musik der Stadt lauschen, die bisher nur in ihrer Vorstellung existiert hatte.

»Wir gehen ein wenig einkaufen.« Phoebes Mund war so trocken, daß ihre Zunge am Gaumen klebte. »Schau, dort sind Chanel und Dior. Warte nur, bis du all die wunderschönen Kleider siehst, Addy. Die Farben. Die Stoffe. Aber du mußt immer ganz in meiner Nähe bleiben, hörst du, ganz dicht bei mir. Ich möchte dich nicht verlieren. Geh nicht zu weit weg. Versprich mir das.«

»Nein, mach' ich nicht.« Adrianne fühlte, wie sich ihre Nerven anspannten. Wenn ihre Mutter so mit ihr sprach – sehr schnell, sich ihre Worte beinahe überschlugen –, dann fiel sie kurz darauf stets in eine Depression. Dann wurde sie sehr still, zog sich ganz in sich zurück und nahm von niemandem mehr Notiz, was Adrianne stets ängstigte. In Erwartung dessen, was nun geschehen würde, plauderte Adrianne unentwegt weiter und wich keinen Zentimeter von Phoebes Seite, als sie von den Leibwächtern in die exklusivste Boutique Europas begleitet wurden.

Das war wieder ein neuer Traum, anders als Paris bei Sonnenuntergang. Die Salons waren hell erleuchtet, ausgestattet mit vergoldeten Tischchen und samtbezogenen Sesseln. Sie wurden mit einer Ehrerbietung von einem Raum in den anderen geführt, die Adrianne in ihrem Land noch nie zuteil geworden war. Sie wurde von eleganten Damen verwöhnt, die ihr Tee und Limonade und kleine, süße Kekse anboten, während Modelle mit schlanken Gliedern und zerbrechlich wirkenden Körpern die neuesten Kreationen vorführten.

Phoebe orderte überschwenglich Dutzende von Cocktailkleidern mit dünnen Trägern und Perlenstickereien, schmale Kostüme aus Wildseide und Leinen. Wenn ihr Plan gelang, würde sie nie auch nur ein einziges Teil dieser Kollektion tragen, die sie gerade so unbekümmert bestellte. Für sie bedeutete dies eine Art von Gerechtigkeit, die kleinste und süßeste Rache. Sie schwebte von Salon zu Salon, belud ihre schweigsamen Leibwächter mit Schachteln und Tüten.

»Vor dem Lunch gehen wir noch in den Louvre«, sagte sie zu Adrianne, als sie wieder die Limousine bestiegen. Sie warf einen Blick auf die Uhr, lehnte sich dann zurück und schloß die Augen.

»Können wir in einem Café Mittagessen?«

»Mal sehen.« Sie suchte Adriannes Hand. »Ich möchte, daß du glücklich bist, Liebling. Glücklich und in Sicherheit. Das ist das Allerwichtigste.«

»Mir gefällt es so gut hier mit dir.« Trotz der Kekse, der Limonade und des Tees war sie hungrig, wollte es aber nicht zugeben. »Hier gibt es so viel zu sehen. Als du mir von Orten wie diesen erzählt hast, habe ich geglaubt, du denkst dir Geschichten aus. Aber dies hier ist noch viel, viel schöner.«

Phoebe öffnete die Augen und sah aus dem Fenster. Sie fuhren gerade am Flußufer der romantischsten Stadt der Welt entlang. Beherzt kurbelte sie die Scheibe herunter und nahm einen tiefen Atemzug. »Addy, riechst du es?«

Lächelnd kuschelte sich Adrianne enger an ihre Mutter heran, um sich den Wind um die Nase streichen zu lassen. »Das Wasser?«

»Die Freiheit«, murmelte Phoebe. »Ich möchte, daß du diesen Augenblick nie vergißt.«

Als der Wagen anhielt, erhob sich Phoebe langsam und königlich aus den Polstern, die Leibwächter keines Blickes würdigend. Sie nahm Adriannes Hand und betrat den Louvre. Dort drängten sich Trauben von Menschen – Studenten, Touristen, Liebespaare. Adrianne war von ihnen genauso fasziniert wie von den Bildern, die ihre Mutter ihr zeigte, während sie langsam durch die Gänge schlenderten. Stimmen schallten von der hohen Decke zurück, eine Vielzahl von Tönen und Akzenten. Sie sah einen Mann, mit Haaren so lang wie die einer Frau und mit am Knie durchgewetzten Jeans, der einen unförmigen Rucksack über der Schulter trug. Als er bemerkte, daß sie ihn anstarrte, grinste er, winkte und machte dann mit zwei ausgestreckten Fingern das Peace-Zeichen. Betreten senkte Adrianne ihren Blick und schaute auf ihre Schuhe.

»So vieles hat sich verändert«, sagte Phoebe. »Ich komme mir vor wie in einer anderen Welt. Wie die Leute angezogen sind, wie sie reden. Ich komme mir vor wie Rip Van Winkle.«

»Wie wer?«

Mit einem Seufzer bückte sich Phoebe und schloß Adrianne in die Arme. »Ach, das ist nur eine Geschichte.« Beim Aufstehen sah sie nach den Wächtern. Gelangweilt trabten sie ein paar Schritte hinter ihnen her. »Hör zu, ich will, daß du jetzt genau das tust, was ich dir sage«, flüsterte Phoebe. »Stell keine Fragen, und bleib ganz dicht bei mir.« Bevor Adrianne noch antworten konnte, zog Phoebe sie mitten in eine Gruppe Studenten hinein. Rasch vorwärts drängend, ihre Ellbogen gebrauchend, wenn nötig, drängelte sie sich durch die Gruppe und lief dann einen langen Korridor entlang.

Hinter ihnen erhoben sich Stimmen. Ohne im Laufen innezuhalten, nahm sie Adrianne auf den Arm und rannte eine Treppe hinunter. Sie suchte nach einer Tür, irgendeiner Tür, die ins Freie führte. Wenn sie es bis zur Straße schaffte, irgendwie hier rauskäme und in ein Taxi springen könnte, dann hätten sie eine Chance. Wann immer ein Gang von dem Korridor abbog, folgte sie ihm, bahnte sich ihren Weg durch Gruppen von Besuchern und Museumsangestellten. Ganz gleich, ob der Weg sie aus dem Gebäude hinaus oder nur noch tiefer heineinführte – sie mußte die Leibwächter abschütteln. Als sie Schritte hinter sich hörte, stürzte sie blindlings weiter, wie ein Hase, der verzweifelt versucht, dem Fuchs zu entkommen.

Aus den Augenwinkeln sah sie die verschiedenen Farben der Gemälde aufleuchten. Ihr angestrengtes Atmen steigerte sich zu einem lauten Keuchen, als sie achtlos an den kostbarsten Kunstschätzen der Welt vorbeihastete. Die Leute starrten sie verwundert an. Ihr Haar hatte sich aus dem ordentlichen Knoten gelöst und flatterte nun rot und ungebändigt um ihre Schultern. Adrianne an sich gepreßt, fand sie eine Tür, die nach draußen führte. Das Herz schien ihr in der Brust springen zu wollen, aber Phoebe rannte unbeirrt weiter.

Sie konnte wieder das Wasser riechen und die Freiheit. Sie hielt kurz inne, holte tief Luft, eine wunderschöne, verängstigte Frau, die sich an ihr Kind klammerte. Sie brauchte nur die Hand heben, und schon hielt ein Taxi am Straßenrand. »Orly Airport«, stieß sie hervor, schaute schnell nach rechts und links, bevor sie Adrianne ins Wageninnere schubste. »Schnell, bitte beeilen Sie sich.«

»*Qui,* Madame.« Der Fahrer tippte sich kurz an die Mütze und gab dann Gas.

»Mama. Was ist los? Warum sind wir so schnell gerannt? Wo fahren wir denn hin?«

Erschöpft ließ Phoebe das Gesicht in ihre Hände sinken. Nun gab es kein Zurück mehr. »Vertrau mir, Addy. Ich kann es dir jetzt nicht erklären.«

Als Phoebe am ganzen Körper zu zittern begann, schmiegte sich Adrianne ganz dicht an sie an. So verließen sie Paris.

Adriannes Lippen bebten, als sie das Dröhnen der Flugzeuge vernahm. »Fliegen wir zurück nach Jaquir?«

Phoebe nestelte ihre Geldbörse hervor und zahlte dem Fahrer das Doppelte dessen, was er verlangte. Die Angst war immer noch da, ein scheußlich metallener Geschmack lag auf ihrer Zunge. Er würde sie auf der Stelle umbringen, wenn er ihrer jetzt habhaft werden würde. Sie töten – und dann seinen ganzen Haß an Adrianne auslassen.

»Nein.« Sie beugte sich zu Adrianne hinab, so daß ihre Gesichter auf gleicher Höhe waren. »Wir gehen nie wieder nach Jaquir zurück.« Ängstlich blickte sie über ihre Schulter, sicher, daß Abdu jeden Moment aus einem Wagen springen und ihre Worte Lügen strafen werde. »Ich bringe dich nach Amerika, nach New York. Glaub mir, Addy, ich tue das nur, weil ich dich liebe. Nun komm, beeil dich.«

Sie hastete mit Adrianne ins Abfluggebäude. Einen Augenblick lang verwirrten sie der Krach und die Hektik, die dort herrschten. Es lag schon Jahre zurück, seit sie das letzte Mal allein irgendwohin gegangen war. Selbst vor ihrer Ehe war sie immer in Begleitung zahlreicher Journalisten, Sekretäre und Ankleidedamen gereist. Das Chaos überwältigte sie nahezu, bis sie Adriannes kleine, verkrampfte Finger in ihrer Hand spürte.

Pan American. Sie hatte Celeste gebeten, für sie zwei Flugscheine am Pan-American-Schalter zu hinterlegen. Als sie durch die Halle rannte, schickte sie ein Stoßgebet zum Himmel, daß ihre Freundin alles hatte arrangieren können. Am Schalter angekommen, nahm sie ihren Paß aus der Handtasche und reichte ihn mit ihrem brillantesten Lächeln dem Angestellten.

»Guten Tag. Für mich sind zwei Tickets nach New York hinterlegt worden.«

Ihr Lächeln verzauberte ihn so, daß er blinzeln mußte. »*Qui*, Madame.« Er beugte sich über die Papiere, vollkommen gebannt von seinem Gegenüber. »Ich habe Ihre Filme gesehen, Madame. Sie sind großartig.«

»Danke sehr.« Sie spürte ihren Mut zurückkehren. Man hatte sie nicht vergessen. »Liegen die Tickets bereit?«

»*Pardon?* Oh, ja, selbstverständlich.« Er stempelte die Flugscheine und füllte sie aus. »Ihre Flugnummer«, sagte er und deutete auf den Flugschein. »Und hier der Ausgang. Sie haben noch 45 Minuten Zeit.«

Ihre Handflächen waren schweißnaß, als sie die Tickets an sich nahm und in ihre Handtasche steckte. »Danke sehr.«

»Einen Augenblick noch, bitte.«

Sie erstarrte zu Eis, bereit, sofort loszulaufen, und umklammerte Adriannes Hand.

»Würden Sie mir ein Autogramm geben?«

Sie preßte ihre Finger gegen die Augen und ließ ein entspanntes Lachen hören. »Aber natürlich. Sehr gerne. Wie ist Ihr Name?«

»Henry, Madame.« Er reichte ihr ein Stück Papier. »Ich werde Sie nie vergessen.«

Sie unterschrieb, wie sie es immer getan hatte, mit ihrer großzügigen, geschwungenen Handschrift. »Glauben Sie mir, Henry. Auch ich werde Sie nie vergessen.« Lächelnd reichte sie ihm das Autogramm. »Komm jetzt, Adrianne. Wir wollen unser Flugzeug nicht verpassen. Gott segne Celeste«, murmelte sie beim Gehen. »Sie wird uns in New York abholen, Addy. Sie ist meine beste Freundin.«

»Wie Duja?«

»Ja.« Um Fassung ringend, sah sie auf Adrianne hinunter und zwang sich wieder zu einem Lächeln. Ja, so wie Duja für dich. Sie wird uns helfen.«

Der Flughafen interessierte Adrianne nicht länger. Sie hatte Angst, weil das Gesicht ihrer Mutter so blaß war und ihre Hände zitterten. »Er wird sehr böse auf uns sein.«

»Er wird dir nichts tun.« Phoebe blieb wieder stehen und nahm Adrianne bei den Schultern. »Ich verspreche dir, daß er dir nichts tun wird, was immer auch geschieht.« Dann löste sich plötzlich die ganze Anspannung der vielen Tage und Nächte, die sie auf diesen Augenblick gewartet hatte. Eine Hand vor den Mund gepreßt, rannte sie mit Adrianne in die nächste Damentoilette und erbrach sich fürchterlich.

»Mama, bitte.« Krank vor Angst klammerte Adrianne sich an Phoebe, die über das Waschbecken gebeugt stand. »Wir müssen zurück, bevor er was merkt. Wir sagen einfach, wir haben uns verlaufen. Ich sage, es war meine Schuld.«

»Das geht nicht.« Phoebe lehnte sich gegen die Tür und wartete, bis die Übelkeit nachließ. »Wir können niemals wieder zurück. Er wollte dich wegschicken, Baby.«

»Weg?«

»Nach Deutschland.« Mit zitternder Hand kramte Phoebe ein Taschentuch hervor und tupfte sich den Schweiß von der Stirn.

»Ich wollte nicht, daß er dich wegschickt, dich an einen Mann verheiratet, der vielleicht genauso ist wie er.« Wieder einigermaßen gefaßt, kniete sich Phoebe vor Adrianne und schlang ihre Arme um sie. »Ich konnte einfach nicht tatenlos zusehen, wie du dasselbe Leben führen mußt, das ich gehabt habe. Das hätte mich umgebracht.«

Langsam wich die Angst aus Adriannes Gesicht. In dem engen Toilettenraum, in dem es noch nach Erbrochenem roch, überquerten sie beide die Schwelle zu einem neuen Leben. Ganz vorsichtig half Adrianne ihrer Mutter auf die Beine. »Geht es dir besser? Lehn dich an mich.«

Phoebe war noch eine Spur blasser, als sie einstiegen, als sie endlich angeschnallt auf ihrem Platz saßen und das Aufheulen der Triebwerke hörten. Ihr Herz schlug nicht mehr so schnell. Jetzt spürte sie nur noch ein Dröhnen im Kopf, das sie an den Harem und die niederdrückende Hitze dort erinnerte. Sie hatte noch den sauren Geschmack im Mund, als sie erschöpft die Augen schloß.

»Gnädige Frau? Darf ich Ihnen und dem kleinen Fräulein nach dem Start eine Erfrischung bringen?«

»Ja«, antwortete sie, ohne die Augen zu öffnen. »Für meine Tochter etwas Kühles und Süßes.«

»Und für Sie?«

»Scotch«, hauchte sie matt.

»Einen doppelten.«

6. Kapitel

Celeste Michaels liebte das Theater. Schon als kleines Mädchen hatte sie beschlossen, Schauspielerin zu werden – aber nicht irgendeine Schauspielerin, sondern ein Star. Sie hatte solange gebettelt und gejammert, ihre Eltern angefleht und bezirzt, bis diese sich bereit erklärten, sie Schauspielunterricht nehmen zu lassen, wobei sie der festen Überzeugung waren, daß dies nur eine Phase wäre, die irgendwann vorübergehen würde. Sie hielten an diesem Glauben noch fest, als sie Celeste zu Vorsprechterminen, Proben und Aufführungen in die verschiedenen Theater der Stadt begleiteten. Andrew Michaels, von Beruf Buchhalter, war ein kühler Rechner, der das Leben als korrekte Aufstellung von Gewinn und Verlust betrachtete. Nancy Michaels war eine hübsche Hausfrau, die es liebte, ausgefallene Desserts für kirchliche Wohltätigkeitsveranstaltungen zuzubereiten. Beide dachten auch dann noch, als das Theater bereits ihren Tagesablauf diktierte, daß die kleine Celeste irgendwann über ihre Vorliebe für klebrige Theaterschminke und Bühnenauftritte hinauswachsen würde.

Mit fünfzehn befand Celeste, daß Blond ihr besser zu Gesicht stünde, und färbte ihr dunkelbraunes Haar in einen goldenen Heiligenschein um, der bald ihr Markenzeichen werden sollte. Ihre Mutter hatte eine Szene gemacht, ihr Vater eine saftige Standpauke vom Stapel gelassen. Indes, ihr Haar blieb blond. Und sie hatte die Rolle der Marion in ihrer High-School-Produktion *The Music Man* ergattert.

Einmal beklagte sich Nancy bei Andrew, daß sie bestimmt mehr Einfluß auf Celeste gehabt hätte, wenn sich diese anstatt mit Shakespeare und Tennessee Williams mit Jungs und Alkohol beschäftigt hätte.

Nachdem sie ihr High-School-Diplom in der Tasche hatte, verließ Celeste tags darauf den kleinen idyllischen Vorort von New Jersey, in dem sie ihre Kindheit verbracht hatte, und zog nach Manhattan. Mit einer Mischung aus Erleichterung und Verblüffung verabschiedeten ihre Eltern sie am Bahnhof.

Sie sprach an diversen Theatern vor und kratzte genügend Geld für den Schauspielunterricht und die Miete ihrer kleinen Bude im vierten Stockwerk ohne Lift zusammen, indem sie sich vorwiegend von Hamburgern und Spiegeleier ernährte. Mit zwanzig heiratete sie, eine Beziehung, die mit großer Liebe begann und ein Jahr später mit Heulen und Zähneknirschen zu Ende ging. Doch da hatte Celeste schon aufgehört zurückzublicken.

Zehn Jahre später war sie eine der bekanntesten Bühnenschauspielerinnen geworden, die auf eine Reihe großartiger

Erfolge zurückblicken konnte, drei Tonys gewonnen hatte und in einem eigenen Penthouse am Central Park West residierte. Zum Hochzeitstag hatte sie ihren Eltern einen Lincoln geschenkt, die immer noch daran glaubten, daß sie eines schönen Tages, des Theaters überdrüssig, nach New Jersey zurückkehren und dort einen netten jungen Methodisten heiraten würde.

Gerade jetzt, als sie das Flughafengebäude durchquerte, kam ihr die relative Anonymität einer Bühnenschauspielerin gut zupaß. Wenn die Leute überhaupt von ihr Notiz nahmen, so sahen sie nur eine attraktive, gut gebaute Blondine von durchschnittlicher Größe. Sie erkannten in ihr nicht die sinnliche *Maggie the Cat* oder die leidenschaftliche *Lady Macbeth*. Nicht, solange Celeste es nicht wollte.

Sie blickte auf die Uhr und fragte sich zum hundertsten Mal, ob Phoebe wohl tatsächlich in dem Flugzeug saß.

Beinahe zehn Jahre, dachte sie, während sie sich hinsetzte und in ihrer Handtasche nach Zigaretten kramte. Sie waren sehr schnell enge Freundinnen geworden, damals, als Phoebe zu Dreharbeiten für ihren ersten Film nach New York gekommen war. Celestes Ehe war gerade in die Brüche gegangen, und sie hatte sich nicht sonderlich gut dabei gefühlt. Phoebe war für sie wie eine frische Brise gewesen, stets gut gelaunt und freundlich. Im Nu waren sie füreinander die unzertrennlichen Schwestern geworden, die beide nie gehabt hatten, reisten gemeinsam kreuz und quer durch die Lande oder vertelefonierten Unsummen, wenn sie voneinander getrennt waren.

Niemand hatte sich mehr gefreut, als Phoebe für den Oscar nominiert wurde. Niemand hatte lauter geklatscht, als Celeste ihren ersten Tony gewann.

Sie waren in vielen Dingen das genaue Gegenteil. Celeste war durchsetzungsstark und gewieft, Phoebe dagegen labil und vertrauensselig. Ohne es recht zu merken, hatte die eine der anderen das gegeben, was sie nicht besaß, woraus sich eine Freundschaft entwickelte, die beide hüteten wie ihren Augapfel.

Dann hatte Phoebe geheiratet und war in ihr Wüstenreich

abgeflogen. Nach einem Jahr kamen ihre Briefe nur noch sehr sporadisch, und bald darauf schlief ihre Korrespondenz ganz ein. Das hatte Celeste sehr weh getan. Sie hätte nie jemandem davon erzählt, doch daß Phoebe ihre Freundschaft nach und nach hatte ausklingen lassen, traf sie tief. Aber sie beklagte sich nie darüber. Ihr Leben war aufregend und ausgefüllt und verlief genau entlang der Route, die sie sich als kleines Mädchen in New Jersey vorgenommen hatte. Und dennoch gab es da einen verwaisten Platz in ihrem Herzen, der ihr Kummer machte. Über die Jahre hinweg hatte sie dem Mädchen, das sie als ihr Patenkind betrachtete, kleine Geschenke geschickt und sich über die knappen und formellen Dankesbriefe amüsiert, die Adrianne an sie gesandt hatte.

Sie würde das Mädchen gernhaben. Zum einen, weil sie mit dem Theater verheiratet war – und dieser Beziehung keine Kinder entspringen konnten. Zum anderen, weil Adrianne Phoebes Tochter war.

Celeste drückte ihre Zigarette aus und nahm dann aus einer Einkaufstüte eine rothaarige Porzellanpuppe heraus. Sie trug ein blaues Samtkleid mit weißen Spitzen. Celeste hatte sie ausgesucht, weil sie glaubte, das kleine Mädchen würde sich über eine Puppe freuen, die die gleiche Haarfarbe wie ihre Mutter hat. Ansonsten war sie völlig ratlos, was sie zu dem Kind oder zu Phoebe sagen sollte.

Als sie im Lautsprecher hörte, daß das Flugzeug gelandet war, sprang sie auf und ging nervös hin und her. Nun würde es nicht mehr lange dauern. Sie mußten nur noch aussteigen und die Paß- und Zollkontrolle hinter sich bringen. Es gab nicht den geringsten Anlaß, sich Sorgen zu machen.

Abgesehen davon, daß das Telegramm so wenig Informationen enthalten hatte.

Celeste erinnerte sich an jedes einzelne Wort und sagte sie im Geiste nochmals vor sich hin.

CELESTE. BRAUCHE DEINE HILFE. BITTE HINTERLEGE AM PAN-AMERICAN-SCHALTER IN ORLY ZWEI TIK-

KETS NACH NEW YORK FÜR DIE ZWEI-UHR-MASCHINE MORGEN NACHMITTAG, FÜR MICH UND ADRIANNE. HOL MICH AB, WENN DU KANNST. ICH HABE SONST NIEMANDEN. PHOEBE.

Sie erkannte sie sofort, als sie durch die Sperre kamen, den großen Rotschopf und das puppenhafte Mädchen. Sie gingen Hand in Hand ganz dicht nebeneinander her, ihre Körper berührten sich bei jedem Schritt. Sonderbar, dachte Celeste, sie hätte nicht sagen können, wer hier wen stützte.

Dann sah Phoebe auf. Eine ganze Palette von Gefühlen huschte über ihr Gesicht, als letztes sichtbare Erleichterung. Davor hatte Celeste nackte Angst in ihren Augen gesehen. Mit raschen Schritten ging sie auf die beiden zu.

»Phoebe.« In alter Freundschaft schloß Celeste sie in die Arme. »Ich freue mich so, dich wiederzusehen.«

»Celeste, Gott sei Dank! Oh, ich danke Gott, daß du hier bist.«

Phoebes Verzweiflung machte ihr mehr Sorgen als die Tatsache, daß ihre Worte durch den Alkohol so verzerrt klangen. Achtsam darauf bedacht weiterzulächeln, beugte sie sich zu Adrianne hinunter.

»Das ist also die kleine Adrianne.« Celeste strich ihr nur leicht mit der Hand über den Kopf, nachdem sie die Schatten unter Adriannes Augen und ihre Erschöpfung bemerkt hatte. Spontan kamen ihr Bilder von Überlebenden großer Katastrophen in den Sinn – der gleiche leere Gesichtsausdruck, Anzeichen eines Schocks. »Ihr habt eine lange Reise hinter euch, aber sie ist jetzt gleich zu Ende. Mein Wagen steht direkt beim Ausgang.«

»Das kann ich nie wieder gutmachen«, begann Phoebe.

»Sei nicht kindisch.« Sie drückte Phoebe noch einmal kurz an sich und reichte Adrianne dann die Tüte mit der Puppe. »Ich habe dir ein kleines Willkommensgeschenk mitgebracht.«

Adrianne schaute die Puppe an und brachte noch genug Kraft auf, um mit einem Finger über den Ärmel des Kleidchens zu streichen. Der Samt erinnerte sie an Duja, aber sie war zu müde zum Weinen. »Sie ist hübsch. Vielen Dank.«

Erstaunt hob Celeste eine Augenbraue an. Das Kind klang genauso fremdartig und exotisch, wie es aussah. »Jetzt holen wir erst mal euer Gepäck und fahren nach Hause, damit ihr euch ausruhen könnt.«

»Wir haben kein Gepäck.« Phoebe taumelte ein wenig und hielt sich an Celestes Schulter fest. »Wir haben gar nichts.«

»In Ordnung.« Die Fragen konnten bis später warten, beschloß Celeste und legte ihren Arm um Phoebes Taille. Ein rascher Blick sagte ihr, daß die Kleine alleine stehen konnte. »Laßt uns nach Hause fahren.«

Ganz anders als in Paris bekam Adrianne von der Fahrt nach Manhattan nahezu nichts mit. Die Limousine war leise und warm, aber sie konnte sich nicht entspannen. Wie schon auf dem langen Flug über den Atlantik hatte sie auch jetzt nur Augen für ihre Mutter. Sie klemmte sich die Puppe unter den Arm und hielt Phoebes Hand fest in der ihren. Sie war zwar zu müde, um Fragen zu stellen, jedoch jederzeit bereit wegzurennen.

»Es ist schon so lange her.« Phoebe blickte um sich, als sei sie gerade aus einer Trance erwacht. Ein kleiner Nerv neben ihrem Mund zuckte unaufhörlich, während ihre Augen von einem Fenster zum anderen wanderten. »Es ist anders. Aber es hat sich nichts verändert.«

»New York bleibt immer New York.« Sie stieß eine kleine Rauchwolke aus und bemerkte, wie Adrianne ihre Zigarette mit erstaunten Blicken musterte. »Addy, möchtest du morgen vielleicht ein wenig im Park spazierengehen oder einen Einkaufsbummel machen? Bist du schon einmal Karussell gefahren?«

»Was ist das?«

»Das sind hölzerne Pferde, auf denen man zu Musik im Kreis herum reiten kann. Bei mir gegenüber im Park steht eines.« Sie lächelte Adrianne an und merkte gleichzeitig, wie Phoebe bei jedem Halt zusammenzuckte. Wenn die Mutter das reinste Nervenbündel war, so war Adrianne ein Muster an Selbstbeherrschung. Was in Gottes Namen sollte sie mit einem Kind reden, das nicht einmal ein Karussell kannte? »Du hättest dir keinen besseren Zeitpunkt für einen Besuch in New York aussuchen können. Alle Geschäfte sind schon für Weihnachten dekoriert.«

Adrianne dachte an die kleine Glaskugel und an ihren Bruder. Plötzlich wünschte sie sich nichts sehnlicher, als ihren Kopf in den Schoß ihrer Großmutter legen und sich ausweinen zu können. Sie wollte wieder nach Hause, zu ihrer Großmutter und den Tanten und der vertrauten Umgebung und den Gerüchen des Harems. Aber es gab kein Zurück.

»Wird es schneien?« fragte sie.

»Früher oder später bestimmt.« Ihr Bedürfnis, das Kind aufzuheitern und zu beruhigen, erstaunte Celeste. Mütterliche Gefühle kannte sie an sich gar nicht. Die Art, wie Adrianne die Hand ihrer Mutter streichelte, war so traurig, so ernst. »Wir haben gerade ein Hoch, aber ich glaube nicht, daß es lang anhalten wird.«

Gütiger Gott, sie redete über das Wetter. Erleichtert beugte sie sich vor, als sie vor ihrem Haus ankamen. »So, da wären wir«, rief sie fröhlich. »Ich wohne seit knapp fünf Jahren hier, Phoebe. Es gefällt mir so gut, die müßten mich schon rauswerfen, freiwillig ziehe ich hier nicht aus.«

Sie führte die beiden an der Sicherheitskontrolle vorbei in die Lobby des eleganten Altbaus am Central Park West und schob sie sanft in den mit Holz verkleideten Aufzug. Für Adrianne war es eine langsame Fahrt ins Nichts, denn plötzlich befiel sie eine bleierne Müdigkeit. Im Flugzeug hatte sie gegen den Schlaf angekämpft, war immer wieder aus einem kurzen Schlummer aufgeschreckt, um sich zu vergewissern, daß Phoebe noch neben ihr saß. Nun, völlig erschöpft, trabte sie wie eine Aufziehpuppe zwischen den beiden Frauen in Celestes Penthouse-Wohnung.

»Ich werde mit dir eine große Stadtrundfahrt machen, wenn du dich ein wenig erholt hast.« Celeste warf ihren Mantel über einen Stuhl und fragte sich, was zum Teufel sie jetzt tun sollte. »Du mußt ja am Verhungern sein. Soll ich was kommen lassen oder schnell ein Omelette machen?«

»Ich bring' jetzt keinen Bissen runter.« Vorsichtig setzte sich Phoebe auf ein Sofa. Sie hatte das Gefühl, daß ihr jeder Knochen im Leib brechen würde, wenn sie sich zu schnell bewegte. »Addy, bist du hungrig?«

»Nein.« Beim bloßen Gedanken an Essen begann sich ihr Magen schon umzudrehen.

»Die Ärmste ist gewiß todmüde.« Celeste ging auf Adrianne zu und legte ihr einen Arm um die Schulter. »Wie wär's mit einem kleinen Nickerchen?«

»Geh ruhig mit Celeste«, sagte Phoebe, bevor Adrianne protestieren konnte. »Sie kümmert sich um dich.«

»Du gehst nicht weg?«

»Aber nein, ich bin hier, wenn du aufwachst.« Phoebe küßte sie auf beide Wangen. »Das verspreche ich dir.«

»Komm mit, Liebes.« Celeste mußte das erschöpfte Kind beinahe die lange Treppe hinauftragen. Irgendwelche Nichtigkeiten vor sich hin plappernd, zog sie ihr Mantel und Schuhe aus und brachte sie zu Bett. »Das war ein langer Tag für dich.«

»Wenn er kommt, weckst du mich dann, damit ich auf Mama aufpassen kann?«

Celeste zögerte kurz, bevor sie beruhigend über Adriannes Kopf streichelte. Die Haut unter ihren Augen war ganz verquollen vor Erschöpfung, aber die Augen selbst blickten wach und fordernd.

»Ja natürlich, mach dir keine Sorgen.« Da sie nicht wußte, was sie sonst tun sollte, gab sie ihr einen sanften Kuß auf die Augenbraue. »Ich liebe deine Mutter auch sehr, Kleines. Wir werden schon auf sie aufpassen.«

Zufrieden schloß Adrianne die Augen.

Celeste zog die Vorhänge zu und ließ die Tür offen. Als sie das Zimmer verließ, war Adrianne schon eingeschlafen, genau wie Phoebe, als Celeste leise die Treppe herunterkam.

Der Alptraum weckte Adrianne. Seit ihrem fünften Geburtstag suchte dieser Traum sie immer wieder heim: Sie träumte von ihrem Vater, wie er ins Schlafzimmer ihrer Mutter kam, von ihren Schreien, ihren Tränen und dem zersplitternden

Glas. Wie sie selbst unter das Bett kroch und sich die Ohren zuhielt.

Sie wachte tränenüberströmt auf, verbiß sich jedoch einen Schrei, denn sie wollte die anderen Frauen im Harem nicht wecken. Aber sie war nicht im Harem. Ihr Gefühl für Zeit und Ort war so durcheinandergeraten, daß sie sich erst einmal ein paar Minuten aufrecht hinsetzen mußte, bis sie Ordnung in ihre Gedanken gebracht hatte.

Richtig, sie waren mit dem kleinen Flugzeug nach Paris geflogen, und sie hatte sich gefürchtet. Die Stadt hatte ausgesehen wie im Bilderbuch, mit all den seltsam gekleideten Menschen und den bunten Blumenbeeten. Dann waren da die vielen Geschäfte, die Seiden- und Satinstoffe in den prächtigsten Farben. Mama hatte ihr ein pinkfarbenes Kleid gekauft mit einem weißen Kragen. Aber das hatten sie nicht mitgenommen. Sie waren auch nicht auf die Spitze des Eiffelturms gefahren. Doch sie waren im Louvre gewesen. Und dann waren sie gerannt. Mama hatte schreckliche Angst gehabt, und ihr war übel geworden.

Jetzt waren sie in New York, bei der blonden Dame mit der wunderbaren Stimme.

Sie wollte nicht in New York sein. Sie wollte in Jaquir sein bei Jiddah und Tante Latifa und ihren Cousinen. Schniefend rieb sich Adrianne die Augen und kroch aus dem Bett. Sie wollte nach Hause, in ihre vertraute Umgebung, wo eine Sprache gesprochen wurde, die sie verstand. Sie nahm die neue Puppe auf den Arm und stand auf, um ihre Mutter zu suchen.

Am Treppenabsatz hörte sie ihre Stimme. Leise ging sie einige Stufen hinunter, bis sie ihre Mutter und Celeste sehen konnte, die in einem großen, hellen Raum mit dunklen Fenstern saßen. Die Puppe fest an sich gedrückt, setzte sie sich auf eine Stufe und lauschte.

»Das kann ich nie wieder gutmachen.«

»Unsinn.« Mit einer theatralischen Geste wischte Celeste Phoebes Bedenken beiseite. »Wir sind doch Freundinnen.«

»Du kannst dir ja gar nicht vorstellen, wie sehr ich in den vergangenen Jahren eine Freundin gebraucht hätte.« Zu nervös, um ruhig sitzen zu bleiben, stand Phoebe auf und ging mit einem Drink in der Hand im Zimmer auf und ab.

»Nein, das kann ich wohl nicht«, sagte Celeste langsam, besorgt über die Nervosität, die sich in jeder Bewegung ihrer Freundin äußerte. Aber ich möchte es gern.«

»Ich weiß gar nicht, wo ich anfangen soll.«

»Als ich dich zum letztenmal sah, sahst du umwerfend aus in dieser weißen Wolke aus Seide und Tüll und dem kostbaren Kollier aus Tausendundeiner Nacht.«

»*Sonne und Mond.*« Phoebe schloß die Augen und nahm einen tiefen Schluck. »Das Wunderbarste, was ich je gesehen habe. Ich glaubte, es sei ein Geschenk – das kostbarste Zeichen der Liebe, von dem eine Frau nur träumen kann. Was ich nicht wußte, war, daß er mich damit gekauft hat.«

»Wovon sprichst du?«

»Das Leben in Jaquir werde ich dir nie begreiflich machen können.« Sie drehte sich um. Ihre leuchtendblauen Augen waren blutunterlaufen. Obwohl sie trank, seit sie aus ihrem unruhigen Schlaf erwacht war, konnte sie sich nicht entspannen.

»Versuch es.«

»Am Anfang war alles wunderschön. Zumindest wollte ich das glauben. Abdu war freundlich und aufmerksam. Und da war ich, das kleine Mädchen aus Nebraska, eine Königin. Weil es Abdu so viel zu bedeuten schien, versuchte ich mich den dortigen Sitten und Gebräuchen anzupassen – Kleidung, Benehmen, all diese Dinge. Als ich zum ersten Mal den Schleier anlegte, fühlte ich mich toll, richtig sexy und exotisch.«

»Wie in *I Dream of Jeannie?*« fragte Celeste lächelnd, erntete jedoch nur einen leeren Blick. »Verzeih mir. Das war ein schlechter Scherz.«

»Der Schleier störte mich nicht, wirklich. Der hatte nichts zu bedeuten, und Abdu bestand auch nur darauf, wenn wir in Jaquir waren. Wir reisten sehr viel im ersten Jahr unserer Ehe, und alles erschien mir wie ein großes Abenteuer. Während meiner Schwangerschaft wurde ich wie ein wertvolles Schmuckstück behandelt. Als es Komplikationen gab, hätte

Abdu nicht besorgter und aufmerksamer sein können. Und dann kam Adrianne zur Welt.« Sie sah in ihr Glas. »Ich brauche noch einen Drink.«

»Bitte, bedien dich.«

Phoebe ging zur Bar und füllte das Glas bis unter den Rand. »Ich war völlig überrascht, daß Abdu auf die Geburt seiner Tochter so enttäuscht reagierte. Sie war ein hübsches, gesundes Baby, ein kleines Wunder, zumindest für mich, da ich zweimal nur knapp einer Fehlgeburt entgangen war. Sicher, er hatte ständig von einem Sohn gesprochen, aber daß er dann tatsächlich so wütend werden könnte, weil es ein Mädchen war, das hatte ich nicht erwartet. Die Geburt war schon sehr schwer gewesen, hatte auch lange gedauert, doch seine Gefühle für das Baby gaben mir dann den Rest. Noch im Krankenhaus hatten wir einen fürchterlichen Streit. Aber es kam noch schlimmer, noch sehr viel schlimmer, als uns der Arzt anschließend mitteilte, daß ich keine weiteren Kinder mehr bekommen könne.«

Phoebe schenkte sich noch einen Drink ein und erschauderte, als der Alkohol in ihrem Inneren zu glühen begann. »Er hat sich verändert, Celeste. Er verachtete mich, nicht nur wegen der Tochter, die kein Sohn war, sondern vor allem, weil ich ihn dazu verleitet habe, sich seinen Pflichten und Traditionen zu entziehen.«

»Ihn verleitet? Dieses Ekel!« Celeste schlüpfte aus den Schuhen und kickte sie beiseite. »Dieser Mann hat dir nie eine Chance gegeben. Er hat dich mit Hunderten von weißen Rosen geködert, ganze Restaurants gemietet, damit er mit dir ungestört dinieren konnte. Und das nur, weil er dich begehrte, und er hat verdammt noch mal alles darangesetzt, dich auch zu bekommen.«

»Das bedeutete ihm alles nichts. Für ihn war ich so etwas wie eine Herausforderung, eine Herausforderung, die er nicht bestand, und dafür haßte er mich. Er betrachtete Adrianne als gerechte Strafe und nicht als ein Geschenk. Als Strafe dafür, daß er eine Frau aus dem Westen geheiratet hat, eine Christin, eine Schauspielerin. Nach Adriannes Geburt wollte er nichts mit ihr zu tun haben, und auch mit mir so wenig wie möglich. Ich wurde in den Harem abgeschoben und sollte ihm dankbar sein, daß er mich nicht verstoßen hatte.«

»Harem? Du meinst nur Frauen? Schleier und Granatäpfel?«

Phoebe hatte sich wieder hingesetzt und umklammerte ihr Glas mit beiden Händen. »Daran ist absolut nichts Romantisches. Die Frauengemächer. Du sitzt dort herum, Tag für Tag, endlose Stunden lang, und hörst dir die Gespräche über Sex, Kinderkriegen und Mode an. Dein Status hängt davon ab, wie viele Söhne du in die Welt gesetzt hast. Eine Frau, die keine Kinder bekommen kann, wird ausgeschlossen und höchstens noch bemitleidet.«

»Offenbar hat keine von denen Gloria Steinem gelesen«, warf Celeste ein.

»Die Frauen dort lesen überhaupt nicht. Sie arbeiten nicht, sie fahren nicht Auto. Es gibt absolut nichts anderes für sie zu tun als herumzuhocken, Tee zu trinken und zu warten, daß der Tag vorübergeht. Außer man geht im Pulk in den Basar zum Einkaufen, von Kopf bis zu den Füßen in schwarze Gewänder gehüllt, damit man ja keinen Mann in Versuchung führen kann.«

»Mein Gott, Phoebe, das ist ja furchtbar.«

»Das ist die Wahrheit. Überall laufen Religionspolizisten herum. Wer ein Tabu verletzt, was Falsches sagt oder die falsche Kleidung trägt, kann dafür ausgepeitscht werden. Man darf nicht einmal mit einem Mann sprechen, der nicht zur Familie gehört. Nicht ein einziges Wort.«

»Phoebe, wir schreiben das Jahr 1971.«

»Aber nicht in Jaquir.« Mit einem halbherzigen Lachen preßte sie ihre Hand gegen die Augen. »In Jaquir gibt es keine Zeit. Celeste, ich sage dir, ich habe beinahe zehn Jahre meines Lebens verloren. Manchmal kam es mir vor wie hundert Jahre, manchmal nur wie wenige Wochen. Ja, so war das dort. Da ich keine weiteren Kinder mehr bekommen konnte, nahm sich Abdu eine zweite Frau. Das Gesetz erlaubt das. Das Recht der Männer.«

Celeste nahm sich eine Zigarette aus der Porzellandose auf

dem Couchtisch und starrte sie eine Weile an, wobei sie zu verstehen versuchte, was Phoebe ihr soeben erzählt hatte. »Ich habe die Artikel gelesen. Es gab einige über dich und Abdu in den letzten Jahren. Aber da hast du nie über solche Dinge gesprochen.«

»Konnte ich ja nicht. Ich durfte ja auch nur mit der Presse sprechen, weil er sich dadurch Publicity für den Öl-Boom im Mittleren Osten versprach.«

»Verstehe«, bemerkte Celeste trocken.

»Du mußt dort gelebt haben, um das zu verstehen. Selbst der Presse ist es nicht gestattet, über das wahre Leben dort zu berichten. Jeder Versuch würde die freundschaftlichen Beziehungen sofort unterbrechen. Schließlich stehen Milliarden von Dollars auf dem Spiel. Abdu ist ein ehrgeiziger und sehr kluger Mann. Solange ich ihm irgendwie nützlich sein konnte, behielt er mich.«

Celeste zündete sich die Zigarette an und blies langsam den Rauch in die Luft. Sie war sich nicht ganz sicher, ob nicht die Hälfte dessen, was ihre Freundin da berichtete, als ein Produkt ihrer ungeheuren Einbildungskraft zu werten war. Falls etwas Wahres an der Sache war, selbst wenn die Hälfte stimmt, so blieb dennoch ein Punkt, den sie nicht verstehen konnte.

»Warum bist du dann geblieben? Wenn man dich so schlecht behandelt hat, wenn du so unglücklich gewesen bist, warum zum Teufel hast du dann nicht deine Sachen gepackt und bist gegangen?«

»Ich drohte damit zu gehen. Kurz nach Adriannes Geburt glaubte ich noch, meine Ehe retten zu können, wenn ich nur meinen Standpunkt behielt. Daraufhin hat er mich verprügelt.«

»Oh, mein Gott, Phoebe!« Betroffen ging Celeste auf sie zu.

»Es war schlimmer als alle Alpträume der Welt. Ich schrie und schrie, aber niemand half mir.« Sie schüttelte den Kopf und wischte sich die Tränen ab, die nun unaufhörlich über ihre Wangen strömten. »Niemand wagte es, mir zu Hilfe zu kommen. Er schlug mich, schlug auf mich ein, bis ich die Schläge nicht mehr spürte. Dann hat er mich vergewaltigt.«

»Das ist ja Wahnsinn!« Celeste legte Phoebe den Arm um die Schulter und führte sie zur Couch zurück. »Es muß doch irgendeine Möglichkeit gegeben haben, dich vor ihm zu schützen? Bist du nicht zur Polizei gegangen?«

Mit einem verächtlichen Lachen nippte Phoebe an ihrem Drink. »Ach, Celeste. In Jaquir ist es erlaubt, daß ein Mann seine Frau schlägt. Hinterher haben sich die anderen Frauen dann schon um mich gekümmert. Sie sind wirklich sehr freundlich zu mir gewesen.«

»Phoebe, warum hast du mir denn nicht geschrieben, hast mich nicht wissen lassen, was dort mit dir passiert? Ich hätte dir vielleicht helfen können. Ich hätte auf jeden Fall versucht, dir zu helfen.«

»Selbst wenn ich einen Brief hätte hinausschmuggeln können, du hättest mir trotzdem nicht helfen können. Abdu ist der alleinige Herrscher in Jaquir, hat alle Macht inne, die religiöse, politische und die gerichtliche. So etwas hast du noch nicht erlebt. Ich weiß, daß du dir mein Leben dort wahrscheinlich kaum vorstellen kannst. Natürlich begann ich davon zu träumen, das Land zu verlassen. Aber dazu hätte ich Abdus offizielle Erlaubnis gebraucht. Dann dachte ich an Flucht. Doch da war Adrianne. Mit ihr zusammen hätte ich nicht fliehen können, und ohne sie schon gar nicht. Sie ist mir das Allerwichtigste im Leben, Celeste. Ich glaube, ich hätte mein Leben schon ein dutzendmal weggeworfen, wenn Addy nicht gewesen wäre.«

»Wieviel weiß sie denn?«

»Ich bin mir nicht sicher. Sehr wenig, hoffe ich. Sie weiß um die Gefühle ihres Vaters für sie, aber ich habe versucht, ihr zu erklären, daß sie nur die Reaktion auf seine Gefühle für mich sind. Die Frauen im Harem liebten sie, und ich glaube, sie hat sich dort recht wohl gefühlt. Immerhin kannte sie es nicht anders. Er wollte sie fortschicken.«

»Fort? Wohin denn?«

»Nach Deutschland. Ins Internat. Da wußte ich, daß ich handeln *mußte*, und zwar sofort. Außerdem hat er Vorbereitungen getroffen, sie an ihrem fünfzehnten Geburtstag zu verheiraten.«

»Jesus. Das arme kleine Ding.«

»Ich konnte es nicht ertragen, konnte den Gedanken nicht ertragen, daß sie das durchmachen sollte, was ich erdulden mußte. Die Reise nach Paris war ein Zeichen. Jetzt oder nie. Ohne deine Hilfe wäre mir die Flucht nie geglückt.«

»Ich wünschte, ich könnte mehr für dich tun. Am liebsten würde ich den Bastard aufsuchen und ihn mit einem Buttermesser kastrieren.«

»Ich kann nicht zurückkehren, Celeste.«

Celeste musterte sie erstaunt. »Aber natürlich nicht!«

»Ich meine *niemals.*« Phoebe schenkte sich noch einen Drink ein und verschüttete dabei die Hälfte. »Wenn er kommen sollte, bringe ich mich lieber um, bevor ich mit ihm zurückgehe.«

»Sprich nicht von so was. Du bist jetzt in New York. In Sicherheit.«

»Aber Addy...«

»Auch sie ist hier sicher.« Celeste dachte an ihre dunklen, eindringlichen Augen und die tiefen Schatten darunter. »Da muß er es schon mit mir aufnehmen. Das erste, was wir tun werden, ist, uns an die Presse zu wenden, oder ans State Department.«

»Nein, nein, ich will keine Publicity. Um Addys willen möchte ich kein Risiko eingehen. Sie weiß ohnehin mehr, als sie verkraften kann.«

Celeste wollte dagegen protestieren, schwieg dann aber. »Du hast recht.«

»Ich muß das alles hinter mir lassen, wir beide müssen das alles vergessen. Ich möchte wieder arbeiten, wieder anfangen zu leben.«

»Warum fängst du nicht zuerst mit dem Leben an? Wenn du dich ein wenig gefangen hast, dann kannst du immer noch an die Arbeit denken.«

»Addy braucht einen Platz zum Wohnen, eine Schule, Kleider.«

»Das hat alles Zeit. Vorläufig bleibt ihr beide hier, erholt euch erst mal und gönnt euch ein wenig Zeit, um euch hier richtig einzuleben.«

Phoebe nickte, und die Tränen begannen wieder zu rollen. »Weißt du, was das Allerschlimmste ist, Celeste? Ich liebe ihn noch immer.«

Leise schlich Adrianne wieder die Treppe hinauf.

7. Kapitel

Breite Sonnenstrahlen schoben sich durch die Jalousien, als Adrianne erwachte. Ihre Augen waren vom Weinen verklebt, ihr Kopf jedoch war leicht. Immerhin war sie erst acht Jahre alt, und ihr erster Gedanke an diesem Morgen galt dem Frühstück. Rasch schlüpfte sie in das Kleid, das sie schon in Paris getragen hatte, und verließ das Zimmer.

Die Wohnung war viel größer, als sie ihr am Abend zuvor erschienen war. Etliche oben abgerundete Flügeltüren gingen von der Eingangshalle ab. Doch im Augenblick war sie viel zu hungrig, um auf Entdeckungsreise zu gehen, und machte sich statt dessen auf die Suche nach der Küche, in der Hoffnung, dort Obst und Brot zu finden.

Sie hörte Stimmen. Ein Mann und eine Frau. Dann Gelächter, fröhliches Gelächter. Die Leute unterhielten sich wieder, diskutierten, die Frau mit einer hohen, nörgelnden Stimme, der Mann mit einem seltsamen, englischen Akzent. Je länger sie miteinander sprachen, desto mehr lachten sie. Vorsichtig schlich sich Adrianne in Richtung der Stimmen und stand plötzlich in Celestes Küche.

Der Raum war leer, aber sie hörte noch immer ganz deutlich die Stimmen. Und jetzt sah Adrianne auch, woher die Stimmen kamen. Sie kamen aus einem kleinen Kasten, und in diesem Kasten waren Menschen. Begeistert ging sie auf dieses seltsame Ding zu und faßte es an. Die Menschen darin nahmen keine Notiz von ihr, sondern plapperten munter weiter.

Das waren ja gar keine Menschen, stellte Adrianne grinsend fest. Das waren Bilder von Menschen, die sich bewegten, die sprachen. Das bedeutete, daß die Leute in diesem Kasten Filmstars waren wie ihre Mutter. Fasziniert stützte sie sich mit den Ellbogen auf die Anrichte und starrte auf die flimmernde Mattscheibe. Das Frühstück war vergessen.

»Stellen Sie einfach alles dorthin. Oh, Adrianne, du bist schon wach?«

Adrianne stellte sich sofort aufrecht hin, auf eine Rüge gefaßt.

»Fein.« Celeste wartete, bis der Laufbursche die Tüten abgestellt hatte. »Nun habe ich außer *I Love Lucy* noch jemanden, der mir beim Frühstück Gesellschaft leistet.« Sie gab dem Burschen ein Trinkgeld. »Danke.«

»Ich habe zu danken, Miss Michaels.« Er winkte Adrianne kurz zu und war verschwunden.

»Deine Mutter schläft noch tief und fest, aber ich dachte mir schon, daß dich der Hunger bald aus den Federn treibt. Ich habe leider keine Ahnung, was junge Damen wie du zum Frühstück essen, deshalb habe ich dem Lebensmittelhändler die Wahl überlassen.« Sie fischte eine Packung Rice Crispies aus einer der Tüten. »Sieht nicht schlecht aus für den Anfang.«

Im Fernseher kündigte sich nun mit einem Inferno an Musik und Farben die Werbung an. Adrianne blieb mit offenem Mund davor stehen. Der »Weiße Tornado« wirbelte durch eine Küche und befreite den Herd von fettigen, gelben Schmutzrändern.

»Ganz lustig, nicht?« Celeste legte eine Hand auf Adriannes Schulter. »Ihr habt wohl kein Fernsehen in Jaquir?«

Viel zu abgelenkt, um darauf zu antworten, schüttelte Adrianne nur leicht den Kopf.

»Nun, die nächsten Tage kannst du dir alles ansehen, was dir gefällt. Im anderen Zimmer steht noch ein größerer Apparat. Diesen hier habe ich für meine Haushälterin angeschafft, damit es ihr nicht zu langweilig wird. Wie wär's nun mit einem kleinen Frühstück?«

»Bitte.«

»Rice Crispies?«

Adrianne hatte nur Augen für den Fernseher. Jetzt hüpften darin lustige kleine Leute mit großen weißen Hüten herum. »Ich mag Reis sehr gern.«

»Dieser hier ist ein bißchen anders. Komm, ich zeig's dir.« Mit einem Wink bedeutete Celeste ihr, sich doch an den Tisch zu setzen. Von hier aus konnte sie gleichzeitig den Fernseher und Celeste sehen. »Erst schüttest du die Körnchen in eine Schale. Dann...« Celeste machte es richtig Spaß, mit wichtiger Miene die Milch darüber zu gießen. »Nun hör genau hin.« Sie lockte Adrianne mit dem ausgestreckten Zeigefinger. »Na mach schon, leg dein Ohr ganz dicht an die Schüssel.«

»Es zischt.«

»Sie platzen, knacken und poppen«, verbesserte Celeste sie lachend, den Werbespot nachahmend, während sie Zucker darüber streute. »Zischende Frühstücksflocken würden sich bestimmt nicht gut verkaufen lassen. Versuch mal.«

Etwas zögernd tauchte Adrianne den Löffel in die Schüssel. Sie konnte nicht begreifen, wie man etwas essen konnte, das Geräusche machte, aber sie war zu gut erzogen, um unhöflich zu sein. Sie aß einen Löffel, dann zwei und sah dann Celeste zum ersten Mal richtig an. »Hmm, das schmeckt gut. Danke. Ich mag amerikanischen Reis.«

»Rice Crispies.« Celeste raufte sich zum Spaß das Haar. »Ich glaube, ich mach' mir auch eine Schüssel zurecht.«

Von allen Erinnerungen, die Adrianne an ihren ersten Tag in Amerika hatte, blieb ihr diese Stunde, die sie mit Celeste in ihrer Küche verbracht hatte, am deutlichsten im Gedächtnis. Es war gar nicht so viel anders als im Harem. Celeste war eine Frau, und sie unterhielten sich über Frauendinge: übers Einkaufen und die Lebensmittel, die Adrianne einzuräumen half. Da gab es Dinge wie Butter, die aus Erdnüssen gemacht war, oder Nudeln in Buchstabenform. Zu ihrer großen Beruhigung gab es auch in Amerika Schokolade.

Doch Celeste mit ihrem kurzgeschnittenen, goldenen Haar und den Hosen, die sie trug, war anders als die Frauen im

Harem. Adrianne mochte den Klang ihrer Stimme, die so melodisch in allen Tonlagen schwang, und die Art, wie sie mit ihren Händen und Armen, ja sogar mit ihrem ganzen Körper die Worte unterstrich.

Als Phoebe sich zu ihnen gesellte, saß Adrianne kerzengerade auf der Couch vor dem Fernseher und sah sich ihre erste Seifenoper an.

»Himmel, so lange habe ich ja schon seit einer Ewigkeit nicht mehr geschlafen. Hallo, mein Schatz.«

»Mama.« Augenblicklich sprang Adrianne auf und lief auf ihre Mutter zu.

Trotz ihrer hämmernden Kopfschmerzen nahm Phoebe sie in die Arme und wirbelte sie herum. »Hm, das ist ein schöner Tagesanfang.« Lächelnd lehnte sie sich zurück. »Und wie hast du deinen Tag begonnen?«

»Ich habe Rice Crispies gegessen und ferngesehen.«

Celeste zog an ihrer Zigarette und kam, eingenebelt von kleinen Rauchwolken, auf sie zu. »Wie du siehst, ist Adrianne schon eine richtige Amerikanerin. Wie geht's deinem Kopf?«

»Könnte schlimmer sein.«

»Wenn jemand einen Grund hatte, sich einen anzudüdeln, dann du.« Sie warf einen raschen Blick auf den Fernseher und fragte sich, ob dies wohl die passende Sendung für ein achtjähriges Mädchen war. Doch nach dem, was Phoebe ihr am Abend zuvor berichtet hatte, würde sie die *Sesamstraße* gewiß mehr aufregen als diese Krankenhausserie. »Nun, was hältst du von einer Tasse Kaffee und einem ordentlichen Frühstück, bevor wir uns auf den Weg machen?«

Das helle Tageslicht brannte in Phoebes Augen. Sie stellte sich daher mit dem Rücken zum Fenster. »Wir gehen aus?«

»Darling, du weißt, ich würde liebend gern meinen Kleiderschrank mit dir teilen, doch was ich besitze, paßt dir nicht und Adrianne schon gar nicht. Natürlich hast du jetzt eine Menge Dinge zu erledigen, aber ich denke, wir fangen einfach mit dem Wichtigsten an.«

Phoebe preßte ihre Hand vor die Augen und kämpfte gegen den Drang an, einfach wieder ins Bett zu gehen und sich die Decke über den Kopf zu ziehen. »Du hast recht. Addy, geh doch schon mal nach oben, kämm deine Haare und mach dich zurecht. Dann werden wir uns New York anschauen.«

»Wirklich?«

»Ja.« Phoebe gab ihr einen Kuß auf die Nasenspitze. »Na, nun lauf schon. Ich rufe dich, wenn wir hier fertig sind.«

Celeste wartete, bis Adrianne gegangen war. »Das Kind betet dich an.«

»Ich weiß.« Ihren hämmernden Kopfschmerzen nachgebend, ließ Phoebe sich auf die Couch fallen. »Manchmal denke ich, sie ist der Preis für alles, was ich durchgemacht habe.«

»Liebes, wenn dir nicht nach Ausgehen zumute ist…«

»Nein«, winkte Phoebe mit einer raschen Kopfbewegung ab. »Nein, du hast recht. Wir müssen mit dem Wichtigsten anfangen. Außerdem möchte ich Addy nicht hier in der Wohnung einsperren. Eingesperrt war sie ihr Leben lang. Aber das Problem ist, ich habe kein Geld.«

»Oh, wenn das alles ist.«

»Celeste, ich habe dich schon genug beansprucht. Viel Stolz besitze ich nicht mehr, aber den letzten Rest möchte ich mir bewahren.«

»Verstanden. Ich leih' dir was.«

»Als ich New York verließ, standen wir beide auf derselben Stufe.« Seufzend ließ sie ihren Blick durch das Zimmer schweifen. »Du hast dich nach oben gearbeitet – und ich nirgendwohin.«

Celeste setzte sich auf die Couchlehne. »Phoebe, du bist einen falschen Weg gegangen. Aber das passiert vielen Menschen.«

»Vielleicht.« Sie verspürte das dringende Bedürfnis nach einem Drink. Um sich abzulenken, dachte sie an Adrianne und das Leben, das sie ihr ermöglichen wollte. »Ich habe ein bißchen Schmuck. Das meiste mußte ich zurücklassen, aber ein paar Stücke konnte ich mitnehmen. Ich werde sie verkaufen und mich dann um die Scheidung bemühen. Mit Abdus Unterhaltszahlung kommen Addy und ich bestimmt gut über die Runden. Natürlich werde ich wieder anfangen zu arbeiten, also wird Geld nicht lange ein Problem sein.« Sie drehte sich wieder zum Fenster um und starrte in den wolkenlosen Himmel. »Sie soll alles haben. Nur das Beste. Das bin ich ihr schuldig.«

»Darüber machen wir uns später Gedanken. Im Moment, glaube ich, ist Addy schon mit ein paar Jeans und Turnschuhen gedient.«

Adrianne stand an der Ecke Fifth Avenue und 52. Straße, die eine Hand hielt die ihrer Mutter fest umschlungen, die andere drehte nervös an den Knöpfen ihres neuen Mantels. Wenn ihr Paris wie eine andere Welt vorgekommen war, so erschien ihr jetzt New York wie ein anderes Universum. Und sie war mittendrin.

Überall Menschen, Millionen von Menschen, und jeder sah anders aus. Hier gab es keine einheitliche Kleidung wie in Jaquir. Auf den ersten Blick war es oft schwierig, Männer und Frauen auseinanderzuhalten. Beide trugen ihr Haar lang. Und manche Frauen hatten Hosen an. In New York gab es weder ein Gesetz gegen Hosen noch gegen die anderen Kleidungsstücke, die Frauen trugen – die kurzen Röcke zum Beispiel, die ihnen bis weit über die Knie hinaufreichten. Sie sah Männer mit bunten Halsketten und Stirnbändern, Männer in grauen Anzügen und Mänteln. Manche Frauen waren in Nerzmäntel gehüllt, andere trugen enge Jeansjacken.

Egal, was sie anhatten, alle schienen es furchtbar eilig zu haben. Adrianne überquerte die Straße, rechts ihre Mutter, links Celeste, und versuchte, alles gleichzeitig im Auge zu behalten. Menschen überall, und die Geräusche ihrer Anwesenheit hallten aus allen Richtungen wider wie bei einer Zeremonie. Die Menschen gingen in Gruppen oder auch allein. Manche gekleidet wie Bettler, andere wie Könige. Tausende von Worten, Tausende von Stimmen drangen an ihr Ohr.

Und dann die Hochhäuser. Sie reckten sich hinauf in den

Himmel, höher als jede Moschee, höher als jeder Palast. Sie fragte sich, ob man sie zu Ehren Allahs erbaut hatte, aber wo blieben die Rufe zum Gebet? Menschen eilten scharenweise in die Gebäude, aber sie sah keines, das für Frauen verboten war.

Einige Ladenbesitzer bauten ihre Waren auf dem Gehsteig auf, doch wenn Adrianne stehenbleiben wollte, um sich die Sachen anzuschauen, zog ihre Mutter sie weiter.

Geduldig ging sie mit in die verschiedenen Geschäfte, aber plötzlich interessierten sie Einkäufe nicht mehr. Sie wollte raus auf die Straße, alles Neue in sich aufsaugen. Da gab es so viele Gerüche. Die stinkenden Auspuffgase der Autos, Busse und Lastwagen, die sich laut hupend zu Hunderten durch die Straßen quälten. Der scharfe, rauchige Geruch, der, wie sie erfuhr, von gerösteten Kastanien stammte. Und vor allem der intensive, typische Geruch, den die Menschen verströmten.

New York war eine schmutzige, oft gnadenlose Stadt, doch Adrianne sah weder den Unrat noch die abblätternden Fassaden. Was sie sah, war das Leben, das verschiedenartige, aufregende Leben, von dem sie nicht gewußt hatte, daß es existierte. Und sie wollte mehr davon.

»Turnschuhe.« Angenehm erschöpft sank Celeste im Schuhgeschäft Lord & Taylor auf einen der Stühle und lächelte Adrianne an. Das Gesicht des Mädchens, dachte sie, erzählte tausend Geschichten. Und alle handelten von Wundern. Sie war froh, daß sie den Fahrer weggeschickt und sich entschlossen hatten, zu Fuß zu gehen, obwohl ihre Füße brannten wie Feuer. »Na, wie gefällt dir unsere große, schreckliche Stadt, Addy?«

»Können wir uns noch mehr ansehen?«

»Aber ja.« Liebevoll strich sie Adrianne eine Haarsträhne aus der Stirn. »Wir können uns alles anschauen, was du sehen willst. Und wie geht's dir, Phoebe?«

»Gut.« Phoebe zwang sich zu einem Lächeln und öffnete ihren Mantel. Ihre Nerven waren arg strapaziert. Der ganze Trubel, der Krach, die vielen Menschen nach diesen endlosen Jahren des Schweigens und der Einsamkeit. Und die Entscheidungen. Hunderte von Entscheidungen mußten hier plötzlich von ihr getroffen werden. Sie brauchte einen Drink. Mein Gott, sie könnte einen Mord begehen für einen einzigen Drink. Oder eine Pille.

»Phoebe?«

»Ja. Was?« Mit einem tiefen Atemzug brachte sie sich in die Wirklichkeit zurück und lächelte Celeste entschuldigend an. »Tut mir leid. Ich war in Gedanken.«

»Ich sagte gerade, daß du müde aussiehst. Sollen wir die Einkäufe auf morgen verschieben?«

Phoebe wollte schon dankbar zustimmen, als sie den enttäuschten Blick ihrer Tochter bemerkte. »Nein. Ich muß nur mal kurz ausruhen.« Sie beugte sich zu Adrianne und gab ihr einen Kuß. »Macht es dir Spaß?«

»Es ist noch viel schöner als eine Party.«

Celeste lachte. »Liebes, ganz New York ist eine Party, die größte im ganzen Land.« Dann schlug sie die Beine übereinander und wandte sich mit einem koketten Lächeln an den Verkäufer. »Wir suchen für die junge Dame hier ein Paar Turnschuhe. Dort drüben habe ich ein Paar in Rosa gesehen, die mit den Blumen. Und vielleicht noch ein Paar in Weiß.«

»Gerne.« Er beugte sich hinunter und strahlte Adrianne an. Der Verkäufer roch wie die Minzcreme, die Jiddah manchmal aß, und hatte eine graue Strähne im Haar. »Welche Schuhgröße hat denn das kleine Fräulein?«

Er sprach mit ihr, hatte sie direkt angesprochen. Adrianne starrte ihn an und wußte nicht, wie sie darauf reagieren sollte. Schließlich war er kein Mitglied der Familie. Hilflos sah sie ihre Mutter an, doch Phoebes Augen blickten ins Leere.

»Vielleicht messen Sie besser nach«, schlug Celeste ihm vor und drückte beruhigend Adriannes Hand. Mit einer Mischung aus Belustigung und Sorge beobachtete sie, wie Adriannes Augen sich erschrocken weiteten, als der Verkäufer ihren Fuß in die Hand nahm und ihr den Schuh auszog. »Er mißt deinen Fuß, damit er weiß, welche Größe du brauchst.«

»Ganz recht.« Grinsend stellte er Adriannes Fuß auf die Meßplatte. »Stell dich mal hin, Kleine.«

Adrianne schluckte, tat aber dann, wie ihr geheißen, und schaute angestrengt über seinen Kopf hinweg, wobei sie leicht errötete. Ob der Schuhverkäufer so was wie ein Doktor war? fragte sie sich.

»So, das hätten wir. Wollen mal sehen, was wir auf Lager haben.«

»Warum ziehst du nicht auch den anderen Schuh aus, Addy? Dann kannst du mit den neuen ein paar Schritte herumgehen und sehen, ob sie passen.«

Adrianne beugte sich vor, um die Schnalle aufzumachen. »Ist es denn dem Schuh-Mann erlaubt, mich anzufassen?«

Celeste mußte sich das Lachen verbeißen. »Aber ja. Es ist doch sein Beruf, Schuhe zu verkaufen, die gut passen. Dazu muß er aber erst deine Füße messen. Und es gehört zum Service mit dazu, daß er dir hilft, die alten Schuhe aus- und die neuen anzuziehen.«

»Ein Ritual?«

Sprachlos lehnte sich Celeste zurück. »In gewisser Weise.«

Damit zufrieden faltete Adrianne ihre Hände im Schoß und saß lammfromm da, als der Verkäufer mit einem Stapel Schuhschachteln zurückkehrte. Mit feierlichem Gesicht beobachtete sie, wie er die pinkfarbenen Schuhe mit den Blumen aufschnürte, sie ihr anzog und mit einer Verbeugung zuschnürte.

»So, das wär's, mein Fräulein«, sagte der Verkäufer und tätschelte ihren Fuß. »Probier mal, ob sie passen.«

Auf Celestes Wink hin stand sie auf und machte ein paar Schritte. »Sie sind anders.«

»Wie anders?« fragte Celeste. »Gut oder nicht gut?«

»Gut.« Adrianne grinste über die Vorstellung, Blumen auf ihren Schuhen zu tragen, und hatte nichts dagegen, als der Verkäufer ihr mit dem Daumen auf die Zehen drückte.

»Ja, die müßten passen.«

Adrianne holte tief Luft und lächelte ihn an. »Sie gefallen

mir sehr gut. Vielen Dank.« Kichernd atmete sie wieder aus. Zum ersten Mal in ihrem Leben hatte sie mit einem Mann gesprochen, der nicht zur Familie gehörte.

Die drei Wochen, die Adrianne in New York verbrachte, gehörten zu den aufregendsten und auch traurigsten ihres Lebens. Es gab so viel zu lernen und so viel zu sehen. Ein Teil von ihr, der unter den strengen, unumstößlichen Anstandsregeln aufgewachsen war, verachtete die Unverfrorenheit dieser Stadt. Der andere Teil, der sich dem langsam öffnete, war hellauf begeistert davon. New York bedeutete für Adrianne Amerika. Und es sollte immer Amerika für sie bleiben, im Guten wie im Schlechten.

Die äußeren Umstände hatten sich verändert. Sie besaß zwar auch hier ein eigenes Zimmer, aber es war größer und heller als das, das man ihr im Palast ihres Vaters zugewiesen hatte. Und obgleich sie keine Prinzessin mehr war, wurde sie dennoch zärtlich geliebt. Immer noch schlüpfte sie ab und an nachts zu ihrer Mutter ins Bett, um sie zu trösten, wenn diese weinte, oder wachzuliegen, wenn sie schlief. Sie merkte, daß irgendwelche unbekannten Dämonen ihre Mutter beherrschten, und das machte ihr angst. An manchen Tagen schien Phoebe voller Kraft, Energie, Lebensfreude und Optimismus zu stecken. Dann sprach sie über ihre vergangenen Erfolge und von ihren zukünftigen. Unter fröhlichem Lachen wurden dann Versprechungen und Pläne gemacht. Zwei, drei Tage darauf war plötzlich wieder alles Leben aus ihr verschwunden. Dann klagte Phoebe über Kopfschmerzen oder Müdigkeit und verbrachte Stunden allein in ihrem Zimmer.

An solchen Tagen ging Celeste mit Adrianne zum Essen aus, im Park spazieren, oder sie besuchten ein Theater.

Selbst das Essen war hier anders, und ihr wurde erlaubt zu essen, was sie wollte und wann sie wollte. Rasch verfiel sie dem Reiz eines kräftigen Schlucks eiskalter Pepsi Cola direkt aus der Flasche. Sie verspeiste ihren ersten Hot Dog, ohne zu ahnen, daß er aus Schweinefleisch gemacht war, ein absolutes Tabu für Moslems.

Der Fernseher wurde ihr Lehrer und ihre liebste Unterhaltung. Filme, in denen Frauen Männer umarmten – auf offener Straße, und das ziemlich heftig – entsetzten und faszinierten sie gleichermaßen. Oft endeten sie wie im Märchen: Die Frauen und Männer verliebten sich oder verloren ihr Herz. Die Frauen suchten sich den Mann selbst aus, den sie heiraten wollten, und manchmal beschlossen sie auch, einfach nicht zu heiraten. Schweigend und staunend ließ sie die Filme auf sich einwirken. Bette Davis in *Jezebel,* Katharine Hepburns *Philadelphia Story* und, was sehr seltsam für sie war, Phoebe Spring in *Nights of Passion*. In dieser Zeit wuchs in ihr die Bewunderung für selbstbewußte Frauen, die sich in dieser von Männern beherrschten Welt sehr wohl behaupten konnten.

Doch es waren die Werbesendungen, in denen die Menschen so komisch gekleidet waren und in Sekunden ihre Probleme lösten, die sie noch mehr als die Komödien und Liebesdramen fesselten. Durch sie lernte sie das echte Amerikanisch, das ihr bald in Fleisch und Blut überging.

In diesen drei Wochen lernte sie mehr, als sie in drei Jahren Schule je hätte lernen können. Ihr Gehirn funktionierte wie ein Schwamm, der alles begierig aufsog.

Aber ihre Seele, die so eng mit Phoebe verbunden war, hatte arg zu leiden unter den Höhen und Tiefen dieser Zeit.

Und dann kam der Brief. Adrianne wußte von der Scheidung, denn sie hatte an der Gewohnheit festgehalten, abends heimlich auf der Treppe zu sitzen und die Gespräche zu belauschen, die Phoebe und Celeste nicht in ihrer Gegenwart führten. Dabei hatte sie erfahren, daß ihre Mutter die Scheidung eingereicht hatte. Und sie war froh darüber. Wenn sie geschieden waren, dann würde es keine Schläge und keine Vergewaltigungen mehr geben.

Als der Brief aus Jaquir ankam, hatte sich Phoebe sofort damit in ihr Zimmer verkrochen. Den ganzen Tag über war sie nicht wieder herausgekommen, hatte nichts gegessen und Celeste gebeten, sie allein zu lassen, als diese wiederholt an ihre Tür geklopft hatte.

Nun, kurz vor Mitternacht, schreckte Adrianne durch das

schrille Lachen ihrer Mutter aus einem unruhigen Schlaf auf. Auf Zehenspitzen schlich sie zu Phoebes Tür.

»Ich habe mir solche Sorgen um dich gemacht«, hörte sie Celeste sagen, die in ihrem raschelnden Seidenpyjama im Zimmer umherging.

»Verzeih mir Darling, aber ich brauchte einfach ein wenig Zeit.« Adrianne, ein Auge ans Schlüsselloch gepreßt, konnte sehen, wie ihre Mutter mit aufgelösten Haaren und glänzenden Augen in einem Stuhl lümmelte und mit ihren Fingern einen imaginären Rhythmus auf die Stuhllehne trommelte. »Abdus Nachricht hat mich schwer getroffen. Ich wußte, daß sie kommen würde, aber ich war noch nicht bereit dafür. Du kannst mir gratulieren, Celeste, ich bin jetzt eine freie Frau.«

»Wovon sprichst du denn?«

Mit eckigen Bewegungen erhob sich Phoebe aus dem Sessel, um ihr Glas neu zu füllen. Sie lächelte, prostete Celeste zu und nahm einen tiefen Schluck. »Abdu hat mich verstoßen, will sagen, wir sind geschieden.«

»Nach drei Wochen?«

»Das kann er binnen drei Sekunden tun, und er hat es getan. Natürlich müssen noch die üblichen Formalitäten erledigt werden, aber die Scheidung ist so gut wie vollzogen.«

Ein rascher Blick auf die Karaffe zeigte Celeste, wieviel Whisky Phoebe bereits getrunken hatte. »Warum gehen wir nicht hinunter und trinken eine Tasse Kaffee?«

»Das muß ich feiern.« Sie preßte das Glas gegen ihre Braue und fing an zu weinen. »Dieser Bastard hat mir nicht einmal die Chance gelassen, unsere Beziehung auf meine Art zu beenden. Kein einziges Mal in all den Jahren hab' ich etwas entscheiden können, nicht einmal jetzt.«

»Komm, setz dich hin.« Celeste streckte ihr die Hand entgegen, doch Phoebe schüttelte den Kopf und ging wieder zur Karaffe.

»Nein, ich bin schon in Ordnung. Ich will mich betrinken wie eine Memme.«

»Niemand, der das gewagt hat, was du gewagt hast, darf sich als Memme bezeichnen, Phoebe.« Celeste nahm ihr das

Glas aus der Hand und zog Phoebe aufs Bett. »Ich weiß, daß es hart für dich ist. Die Scheidung gibt dir im Moment das elende Gefühl, den Boden unter den Füßen verloren zu haben. Doch früher oder später wirst du wieder wissen, wo du stehst, glaub mir.«

»Es gibt keinen anderen für mich.«

»Das ist doch Unsinn. Du bist jung, und du bist schön. Diese Scheidung ist ein neuer Anfang, nicht das Ende.«

»Er hat mir etwas Wichtiges genommen, Celeste. Und das bekomme ich nie wieder.« Sie vergrub ihr Gesicht in den Händen. »Aber das ist jetzt gleichgültig. Das einzige, was zählt, ist Addy.«

»Addy geht es gut.«

»Sie braucht jetzt verschiedene Dinge, ganz dringend.« Phoebe suchte nach einem Taschentuch. »Ich muß sicher sein, daß gut für sie gesorgt ist.«

»Das wird geschehen.«

Phoebe trocknete sich die Tränen und holte tief Luft. »Es gibt keine Unterhaltszahlungen.«

»Wie meinst du das?«

»Ich meine, er wird keine finanziellen Vorkehrungen für Addy treffen. Nichts. Keine Stiftung, keine Alimente, nichts. Alles, was sie besitzt, ist ein wertloser Titel, den selbst er ihr nicht aberkennen kann. Er behält alles, was ich besaß, was er mir geschenkt hat. Selbst *Sonne und Mond*, das Kollier, mit dem er mich gekauft hat.«

»Das kann er doch gar nicht. Phoebe, du hast einen guten Anwalt. Es mag vielleicht ein wenig Zeit und Mühe kosten, aber um eine finanzielle Absicherung für euch beide wird Abdu sich nicht drücken können.«

»Doch, seine Bedingungen sind eindeutig. Wenn ich Geld von ihm verlange, wird er Adrianne holen.« Der Whisky hatte ihre Zunge schwer gemacht. Sie trank noch ein Glas, um sie wieder zu lösen. »Er kann das tun, glaub mir, Celeste. Er will sie gar nicht, und Gott allein weiß, was er ihr antun wird, wenn er ihrer habhaft werden sollte, aber wegnehmen wird er sie mir auf alle Fälle. Und nichts in der Welt stünde dafür, nicht *Sonne und Mond*, überhaupt nichts.«

Zum zweiten Mal nahm Celeste Phoebe das Glas aus der Hand und stellte es beiseite. »In Ordnung. Ich stimme dir zu, daß Adriannes Wohlergehen an erster Stelle steht. Was willst du also unternehmen?«

»Ich habe bereits etwas unternommen.« Sie war aufgestanden und ging in ihrem langen, weißen Morgenmantel durchs Zimmer. »Ich habe mich betrunken, mich übergeben und dann Larry Curtis angerufen.«

»Deinen ehemaligen Agenten?«

»Genau den.« Schwungvoll drehte sie sich um. Es war wieder Leben in Phoebe gekommen. Sie war zwar immer noch blaß, doch ihre Augen funkelten. »Er ist schon auf dem Weg hierher.«

Ihre Augen, dachte Celeste – sie lodern, wie ein Feuer, das zu schnell brennt. »Darling, bist du sicher, daß du bereit dazu bist?«

»Ich muß bereit sein.«

»Na gut.« Celeste hob abwehrend eine Hand. »Aber Larry Curtis? Man spricht nicht gerade gut von ihm.«

»In Hollywood wird immer viel geredet.«

»Ich weiß, aber… hör zu, er ist ein gutaussehender Typ und sehr clever, doch soweit ich mich erinnere, wolltest du dich von ihm trennen, bevor du dich damals aus dem Geschäft zurückgezogen hast.«

»Das ist Vergangenheit.« Phoebe griff wieder zu ihrem Glas. Sie fühlte sich, als könnte sie die Welt aus den Angeln heben, und gleichzeitig hundeelend. »Larry war damals gut für mich; und er wird wieder gut für mich sein. Ich plane ein Comeback. Ich werde wieder jemand sein.«

Adrianne konnte sich nicht erklären, warum ihr Larry Curtis erster Anblick unangenehm war und warum er sie an ihren Vater erinnerte. Rein äußerlich gab es absolut keine Ähnlichkeit. Curtis war untersetzt und ein gutes Stück kleiner als Phoebe. Sein blondes, gelocktes Haar reichte bis über den Kragen und umrahmte sein viereckiges, sonnengebräuntes Gesicht. Er hatte unentwegt gelächelt und dabei eine Reihe gleichmäßiger, weißer Zähne entblößt.

Adrianne hatte auch sein Kostüm gefallen. Für sie waren westliche Kleidungsstücke immer noch Kostüme. Er hatte ein lavendelfarbenes Hemd mit weiten Ärmeln getragen, dessen obere Knöpfe offenstanden, um die breite Goldkette darunter sehen zu lassen. Zu den kleingemusterten, an den Beinen ausgestellten Hosen trug er einen breiten, schwarzen Gürtel.

Ihre Mutter hatte sich sehr gefreut, ihn zu sehen, und ihn noch an der Tür ganz ungeniert umarmt. Adrianne hatte beschämt zur Seite geblickt, als Larry ganz selbstverständlich Phoebes Hintern tätschelte.

»Willkommen daheim, mein Herzblatt.«

»Oh, Larry, ich freue mich ja so, dich zu sehen.« Sie lachte und versuchte, unbeschwert zu klingen, doch Larry war gerissen genug, die Verzweiflung dahinter zu verspüren. Und sie auszunutzen.

»Schön, dich zu sehen, Baby. Laß dich mal anschauen.« Er hielt sie auf Armlänge von sich entfernt und musterte sie in einer Art und Weise von oben bis unten, die Adrianne die Schamröte ins Gesicht trieb. »Nicht schlecht. Hast ein paar Pfunde verloren, aber schlank ist gerade Mode.« Natürlich bemerkte er die Falten um Augen und Mund, aber ein wenig Make-up hier und dort, dachte er, und ein Weichzeichner würden das schon vertuschen.

Phoebe Spring war eine Goldgrube gewesen, bevor sie Hollywood verließ. Mit ein wenig Mühe und Cleverness würde sie auch wieder eine werden.

»Nun, Celeste.« Den Arm immer noch um Phoebes Schulter gelegt, drehte er sich schwungvoll herum. »Nett haben Sie's hier.«

»Danke.« Celeste hatte nicht vergessen, daß Phoebe ihn als Agenten wollte, vielleicht sogar brauchte. Er war tatsächlich für seine gewieften Schachzüge berühmt. Und hinter den Gerüchten, die sich um ihn rankten, steckte wahrscheinlich nichts weiter als das übliche Gerede. »Wie war Ihr Flug?«

»Butterweich.« Er grinste und ließ dabei seine Finger über Phoebes Arm gleiten. »Aber jetzt könnte ich einen Drink vertragen.«

»Ich bring' dir einen.« Phoebe eilte ihm derart ergeben zu Diensten, daß es Celeste schauderte. »Bourbon, nicht wahr?«

»Stimmt, mein Engel.« Er machte es sich auf Celestes weißem, langem Sofa bequem. »Und wen haben wir denn hier?« Er bedachte Adrianne mit einem breiten Grinsen, die stocksteif auf einem Stuhl in der Nähe des Fensters saß.

»Das ist meine Tochter.« Phoebe reichte ihm das Glas und nahm dann neben ihm auf dem Sofa Platz. »Adrianne, komm, sag Mr. Curtis guten Tag. Er ist ein sehr lieber alter Freund von mir.«

Widerstrebend und unbewußt sehr geziert, erhob sich Adrianne aus ihrem Stuhl und ging auf ihn zu. »Sehr erfreut, Sie kennenzulernen, Mr. Curtis.«

Er lachte und ergriff ihre Hand, bevor sie diese noch wegziehen konnte. »Diesen Mr.-Curtis-Quatsch vergessen wir besser gleich, Zuckerpüppchen. Wir sind doch praktisch eine Familie. Sag einfach Onkel Larry zu mir.«

Adriannes Augen wurden schmal. Sie mochte es nicht, wenn er sie anfaßte. Es war anders als bei dem Schuhverkäufer; seine Hände waren heiß und irgendwie habgierig. »Sind Sie der Bruder meiner Mutter?«

Larry ließ sich in die Kissen zurückfallen und grölte dabei, als habe sie einen irrsinnig komischen Witz gerissen. »Sie ist eine Wucht.«

»Addy nimmt alles sehr wörtlich«, erklärte Phoebe mit einem nervösen Seitenblick auf Adrianne.

»Wir werden gut miteinander auskommen.« Er nippte an seinem Drink und musterte Adrianne über den Rand des Glases, wie man einen neuen Wagen oder teuren Anzug betrachtet. Ausbaufähig, entschied er. Noch ein paar Jahre und ein paar Rundungen, dann ließe sich aus der Kleinen schon was machen.

»Adrianne und ich werden noch unsere restlichen Weihnachtseinkäufe erledigen.« Celeste streckte Adrianne auffordernd eine Hand entgegen, die sie sogleich dankbar ergriff. »Wir lassen euch beide nun allein, damit ihr euch in Ruhe unterhalten könnt.«

»Danke Celeste. Viel Spaß, Addy.«

»Zieh dich warm an, Zuckerpüppchen«, meinte Larry zu Adrianne. »Es ist kalt draußen.« Er wartete, bis die Tür hinter den beiden ins Schloß gefallen war, und lehnte sich dann lässig zurück. »Wie ich schon sagte, Liebling, es ist schön, dich wieder hier zu haben. Aber du bist an der falschen Küste.«

»Ich brauchte ein wenig Zeit.« Phoebe knotete ihre Finger ineinander. »Celeste war so wundervoll zu uns. Ich weiß nicht, was ich ohne sie getan hätte.«

»Dafür hat man doch Freunde.« Er tätschelte ihren Schenkel und stellte befriedigt fest, daß sie nichts dagegen hatte, als er seine Hand dort liegenließ. Im allgemeinen bevorzugte er schlankere Frauen, doch ihn interessierte in erster Linie nur der Sex. »Nun sag schon, Baby, wie lange hast du vor zu bleiben?«

»Ich bleibe für immer hier.« Bevor er den letzten Schluck Bourbon noch ganz ausgetrunken hatte, war Phoebe schon aufgesprungen, um ihm nachzuschenken. Diesmal machte sie sich auch einen Drink zurecht. Larrys eine Augenbraue schnellte kurz nach oben. Die Phoebe von früher hatte nie etwas stärkeres als Wein angerührt.

»Was ist mit deinem Scheich?«

»Ich habe die Scheidung eingereicht.« Sie feuchtete ihre Lippen an und blickte sich furchtsam um, als könne jemand sie für diese Aussage bestrafen. »Ich kann nicht mehr mit ihm leben.« Aus Angst, auch ohne ihn nicht leben zu können, nahm sie einen kräftigen Schluck. »Er hat sich so verändert, Larry. Ich mag gar nicht anfangen, dir zu erzählen, wie sehr. Wenn er mich hier findet…«

»Du bist jetzt in den Vereinigten Staaten von Amerika, Liebling.« Er zog sie dich an sich heran und ließ noch einmal seinen Blick über ihren Körper schweifen. Sie war gut in den Dreißigern, schätzte er. Älter als seine sonstigen Gespielinnen. Aber sie war unsicher. Er liebte es, wenn seine Frauen und seine Kunden unsicher waren. »Habe ich mich nicht immer um dich gekümmert?«

»Ja«, sagte sie, mit Tränen der Erleichterung in den Augen. Sie wußte, daß ihr Blick trübe geworden war. Aber das machte nichts, redete sie sich ein, als Larry ihren Rücken streichelte. Er würde sich um sie kümmern. »Ich möchte eine Rolle, Larry. Irgendeine für den Anfang. Ich muß doch an Adrianne denken. Sie braucht so viele neue Sachen. Wir haben doch nichts mitgebracht.«

»Überlaß das alles mir. Zunächst mal fangen wir mit einem Interview an, bevor du an die Westküste gehst. Die Königin ist heimgekehrt, so was in der Art.« Er tätschelte nachlässig ihren Busen und griff dann nach seinem Glas. »Sieh zu, daß sie ein Foto von dir und der kleinen Prinzessin bekommen. Kinder machen sich immer gut. Ich werde schon mal alles Nötige arrangieren, ein paar Gespräche und Verhandlungen führen. Vertrau mir. Binnen sechs Wochen fressen die uns alle aus der Hand.«

»Hoffentlich.« Sie kniff die Augen zusammen. »Ich bin so lange weggewesen, so viel hat sich inzwischen verändert.«

»Pack deine Sachen, damit du bis Ende der Woche startbereit bist.« Ihr Name allein würde das Kind schon schaukeln, entschied er. Wenn sie Erfolg hatte, würde er wieder einen kräftigen Reibach dabei machen. Außerdem war da noch die Kleine. Er hatte das sichere Gefühl, das Mädchen würde sich bald als sehr nützlich erweisen.

»Ich habe nicht viel Geld.« Entschlossen, ihre Scham zu verbergen, schob sie die Unterlippe vor. »Ich habe ein paar Schmuckstücke verkauft, und das reicht auch eine Weile, doch das meiste davon brauche ich, um für Adrianne eine gute Schule bezahlen zu können. Ich weiß, wie teuer das Leben in L. A. ist.«

Jawohl, das Mädchen würde sich tatsächlich als nützlich erweisen. Solange sie eine so wichtige Rolle für sie spielte, würde Phoebe alles mit sich machen lassen. »Hab' ich dir nicht gesagt, daß ich mich um dich kümmern werde?« Langsam zog er den Reißverschluß an ihrem Kleid auf.

»Larry…«

»Komm, mein Engel. Zeig mir, daß du mir vertraust. Ich besorge dir eine Rolle, ein Haus und eine schöne Schule für dein Töchterchen. Die beste. Das willst du doch, oder?«

»Ja, ich will das Beste für Addy.«

»Und für dich auch. Ich bringe dich wieder ganz groß raus. Falls du kooperativ bist.«

Was macht es schon für einen Unterschied, fragte sie sich, während er ihr das Kleid auszog. Abdu hatte ihren Körper genommen, wann immer er Verlangen danach verspürte, und ihr nichts dafür gegeben, weder ihr noch Adrianne. Von Larry bekam sie wenigstens das Versprechen, sich um sie zu kümmern, und vielleicht sogar ein wenig Zuneigung.

»Dein Busen ist immer noch ganz große Klasse, Baby.«

Phoebe schloß die Augen und ließ ihn gewähren.

8. Kapitel

Philip Chamberlain lauschte dem dumpfen Geräusch der hin und her fliegenden Tennisbälle und nippte an einem Gin Tonic. In Tennis-Weiß sah er besonders gut aus, zumal mit der frischen Sonnenbräune, die er sich in den drei Wochen, die er nun schon in Kalifornien weilte, zugelegt hatte. Er schlug die Beine übereinander und beobachtete den Court durch seine verspiegelte Sonnenbrille.

Sich mit Eddie Treewalter III. anzufreunden, war zwar kein reines Vergnügen für Philip gewesen, aber es hatte sich mit diversen Einladungen in Eddies Country Club doch einigermaßen bezahlt gemacht. Philip war zwar geschäftlich nach Beverly Hills gekommen, doch ein wenig Bewegung in der Sonne konnte kein Schaden sein. Nachdem er Eddie die letzten zwei Sätze ihres Matchs hatte gewinnen lassen, befand sich der junge Amerikaner in ausgelassener Stimmung.

»Na, wie wär's mit einem Happen, alter Junge?«

Philip nahm ihm den »alten Jungen« nicht übel. Offenbar glaubte Eddie, dies sei ein in England gebräuchlicher Ausdruck engster Freundschaft.

»Tut mir leid. Ich muß mich ohnehin schon beeilen, wenn ich noch rechtzeitig zu meiner Verabredung kommen will.«

»Ein denkbar ungünstiger Tag für Geschäfte.« Eddie setzte sich eine bernsteinfarbene Sonnenbrille auf. An seinem

Handgelenk funkelte eine dicke, goldene Uhr. Eine makellose Reihe weißer Zähne, die noch vor zwei Jahren in einer Spange gesteckt hatten, blitzte, wenn er lächelte. In seiner ledernen Tennistasche steckte ein Päckchen kolumbianischen Marihuanas.

Als Sohn eines des erfolgreichsten Schönheitschirurgen Kaliforniens hatte er bislang noch keinen einzigen Tag in seinem Leben gearbeitet. Treewalter II. straffte und verjüngte die Stars, während sein Sohn in den Colleges döste, aus Langeweile mit Drogen handelte und im Country Club die Damen verführte.

»Sehe ich Sie heute abend auf Stoneways Party?«

»Die würde ich mir nicht entgehen lassen.«

Eddie stürzte seinen Wodka auf Eis mit einem Zug hinunter und bestellte einen neuen. »Der Mann macht zwar lausige Bilder, aber wie man eine Party schmeißt, das weiß er. Gras und Koks wird es jedenfalls genug für eine ganze Armee geben.« Er grinste. »Oh, ich vergaß. Sie haben mit solchen Dingen nichts am Hut, nicht wahr?«

»Ich beschäftige mich tatsächlich mit anderen Dingen.«

»Jeder nach seinem Geschmack. Aber Stoneway serviert das Koks auf silbernen Tabletts, müssen Sie wissen.« Sein Blick fiel auf eine schlanke Blondine in hautengen Tennisshorts. »Die würde ich nicht von meiner Bettkante schubsen. Der kleinen Marci braucht man nur ein wenig Zucker in die Nase zu blasen, und schon fickt sie wie eine Wilde.«

»Sie ist doch noch ein Teenager.« Philip benutzte den Gin dazu, seinen Ekel über Eddies Überheblichkeit hinunterzuspülen.

»In dieser Stadt gibt es keine Teenager. Und weil wir gerade von leichter Beute sprechen...« Er deutete auf eine üppige Rothaarige. »Die gute, alte Phoebe. Sie heißt nicht umsonst Spring«, wieherte er. »Ich glaube, sogar mein alter Herr hatte schon mal das Vergnügen mit ihr. Ein bißchen abgewrackt zwar, aber die Titten sind noch ganz in Ordnung.«

Vielleicht, dachte Philip, war Eddies Freundschaft auszunützen, doch nicht den Preis wert gewesen. »Ich gehe jetzt besser.«

»Na denn. Hey, sie hat ja ihre Tochter mitgebracht.« Eddie leckte sich die Lippen. »Donnerwetter, das wird vielleicht einmal ein heißer Zahn, alter Freund. Allererste Sahne. Die ist bald fällig, würde ich sagen. Mama wird sie sicher nicht mit auf die Party nehmen, aber ewig kann sie sie auch nicht unter Verschluß halten.«

Seine Mißbilligung verbergend, sah Philip in ihre Richtung und spürte einen heftigen Stich in der Magengrube. Er erhaschte nur einen kurzen Blick auf ihr junges, feingeschnittenes Gesicht. Doch da war dieser dichte, schwarz glänzende Haarschopf. Und diese Beine. Philip konnte nicht umhin, sie anzustarren. Wahrhaft göttliche Beine. Er schnaubte, entsetzt über sich selbst. Das Mädchen war so jung, daß Marcia dagegen wie eine Frau in den besten Jahren wirkte. Abrupt stand er auf und drehte sich um.

»Ein bißchen zu jung für meinen Geschmack… alter Junge. Bis heute abend.«

Bastard, schimpfte Philip im stillen, als er sich vom Tisch entfernte. Ein, zwei Tage noch, dann würde er nicht mehr den »Kumpel« spielen müssen und konnte nach Hause fahren. Zurück nach London. Dort würde es kühl und grün sein, und er konnte sich den Smog von Los Angeles aus den Augen spülen. Er mußte noch ein paar Mitbringsel für seine Mutter besorgen. Mary würde sich riesig über eine Karte mit den Villen der Stars freuen.

Laß ihr ruhig ihre romantischen Vorstellungen von Hollywood, dachte er. Warum ihr erzählen, daß sich unter all dem Glitzer und Glamour widerwärtige Abgründe auftaten. Drogen, Sex und Betrug. Freilich nicht überall, aber oft genug, weshalb er im nachhinein froh darüber war, daß seine Mutter sich nie ihren Traum von einer Schauspielkarriere hatte erfüllen können. Gewiß, eines Tages würde er sie dennoch nach Hollywood einladen. Mit ihr in Grauman's Chinese Theater Mittag essen und sie ihre Füße in Marilyn Monroes Fußabdrücke stellen lassen. Er würde schon das Beste herausholen aus dieser Stadt, um seine Mutter zu beeindrucken und zu begeistern.

Ein Tennisball rollte direkt vor seine Füße, und er bückte

sich, um ihn zurückzuwerfen. Das Mädchen mit den atemberaubenden Beinen hatte nun eine große Sonnenbrille auf der Nase. Sie lächelte, und er spürte denselben Stich wie vorhin, als er ihr den Ball zuwarf.

»Danke.«

»Keine Ursache.« Die Hände in seine Hosentaschen vergrabend, verbannte Philip Phoebe Springs blutjunge Tochter in die hinterste Ecke seines Gedächtnisses. Er hatte einen Job zu erledigen.

Zwanzig Minuten später traf er in einem weiß lackierten Lieferwagen in Bel Air ein, auf dessen Seite in großen Lettern die Aufschrift *TEPPICHREINIGUNG* prangte. Eddies Mutter würde sehr ungehalten sein, wenn sie entdeckte, daß ihr Schmuck ebenfalls gereinigt werden sollte. Ohne Aufpreis, versteht sich.

Eine braune Perücke verbarg sein von der Sonne ausgebleichtes Haar. Angetan mit einem kessen Oberlippenbärtchen sprang Philip aus dem Lieferwagen. Er trug noch immer Weiß, diesmal jedoch einen Overall, den er ein bißchen ausgepolstert hatte, um dicker zu erscheinen. Zwei Wochen hatte er gebraucht, um die Villa der Treewalters auszukundschaften und sich über den Tagesablauf der Bewohner und Bediensteten zu informieren. Es blieben ihm exakt 25 Minuten Zeit, bis die Haushälterin von ihrem wöchentlichen Einkauf auf dem Markt zurückkehren würde.

Die Sache war fast zu simpel. Eine Woche zuvor hatte er sich einen Abdruck von Eddies Schlüsseln besorgt, als dieser zu bekifft gewesen war, um selbst die Haustür aufzuschließen. Im Haus schaltete Philip zunächst einmal die Alarmanlage aus und warf dann das Glasfenster in der Verandatür ein, um ein gewaltsames Eindringen vorzutäuschen.

Dann eilte er hinauf ins Schlafzimmer von Eddies Eltern und begann sogleich mit der Arbeit am Safe. Es freute ihn zu sehen, daß es dasselbe Modell war wie Mezzenis Safe in Venedig. Damals hatte er nur zwölf Minuten gebraucht, um ihn zu knacken und die liebenswerte italienische Matrone um die wertvollsten Smaragde Europas zu erleichtern. Doch das lag schon sechs Monate zurück. Und Philip war kein Mensch, der sich auf seinen Lorbeeren ausruhte.

Konzentration war alles. Obgleich Philip noch nicht einmal einundzwanzig war, verstand er es schon jetzt meisterhaft, sich ganz und gar auf eine Sache zu konzentrieren, sei es nun ein Safe, eine Alarmanlage oder eine schöne Frau. Drei unterschiedliche Herausforderungen, gewiß, aber jede barg ihren ganz eigenen Reiz.

Er hörte die ersten Metallstifte des Schlosses einrasten.

Bei dieser Arbeit ging er genauso sensibel und umsichtig vor wie beim Mixen eines Cocktails oder beim Liebesspiel mit einer schönen Frau. Er war sich selbst ein guter Lehrmeister gewesen. Wie man sich kleidete, wie man sprach, wie man eine Frau verführte, das alles hatte er sich selbst beibringen müssen. Seine Talente hatten ihm Tür und Tor geöffnet, Zutritt zur High-Society verschafft – und zu wohlgefüllten Tresoren. Er hatte seiner Mutter eine größere Wohnung mieten können, die nun ihre Nachmittage nicht mehr frierend oder schwitzend in Faradays Kinokasse verbringen mußte, sondern einkaufen oder zum Bridgespielen ging. Und er würde dafür sorgen, daß dies auch so bliebe. Freilich gab es auch andere Frauen in seinem Leben, doch seine Mutter war immer noch seine große Liebe.

Durch sein Stethoskop hörte er die nächsten Zuhaltungen einrasteten.

Auch für sich hatte er gut gesorgt, und er würde seine Lebensqualität noch steigern. Im Augenblick besaß er ein kleines, elegantes Stadthaus in London, doch bald, sehr bald würde er sich in der Peripherie nach einem adäquaten Landhaus umsehen. Mit Garten selbstverständlich. Er hatte eine Schwäche für kleine, schöne Dinge, die gepflegt werden wollten.

Philip kniete vor dem Tresor, drehte mit einer Hand behutsam an dem Kombinationsschloß, die Augen halb geschlossen, als lausche er einer Sinfonie oder genieße die Berührung einer erfahrenen Frau.

Die schwere Tresortür öffnete sich ohne das leiseste Geräusch.

In alle Ruhe faltete er die Samttasche auf, die er darin fand, und nahm sich Zeit, die Steine mit der Lupe zu untersuchen. Er wußte, daß nicht alles Gold ist, was glänzt. Oder ein Edelstein. Doch diese Steine hier waren echt. Kategorie D, zweifellos russisch. Er betrachtete den größten Saphir genauer. Seine Mitte war, wie bei einem Stein dieser Größe zu erwarten, leicht getrübt; seine Farbe ein wunderschönes und wertvolles Kornblau. Wie ein Arzt seinen Patienten untersucht, so untersuchte auch er jedes Armband, jeden Ring, jedes einzelne Stück sehr sorgfältig. Die Rubinohrringe fand er besonders gräßlich – und als ein Mann, der sich selbst als Künstler betrachtete, empfand er es geradezu als ein Verbrechen, aus diesen erlesenen Steinen derart unästhetischen Schmuck zu fabrizieren. Er nahm die Juwelen, die seiner groben Schätzung nach einen Wert von 35 000 Dollar haben mochten, aus dem Tresor. Künstler oder nicht, in erster Linie war er Geschäftsmann.

Zufrieden mit seiner Arbeit, legte er alles in die Mitte eines Aubusson-Teppichs und rollte diesen zusammen. Zwanzig Minuten später trug er den Teppich auf den Schultern in den Lieferwagen. Fröhlich pfeifend, setzte er sich hinters Steuer und startete den Motor. Als er um die Ecke bog, sah er die Haushälterin der Treewalters vom Markt zurückkehren.

Eddie hatte recht, dachte er, als er das Autoradio andrehte. Der Tag war wirklich zu schön zum Arbeiten.

Nichts war in Hollywood so, wie es nach außen hin zu sein schien. Zunächst glaubte sich Adrianne in einer Wunderwelt. Dieses Amerika war ganz anders als das Amerika in New York. Die Menschen kleideten sich eleganter, hatten es weniger eilig, und jeder schien hier jeden zu kennen. Adrianne kam sich vor wie in einem kleinen Dorf, und doch waren die Einheimischen längst nicht so freundlich, wie sie vorgaben zu sein.

Mit ihren vierzehn Jahren hatte Adrianne bereits gelernt, daß das Verhalten der Menschen oft genauso falsch war wie die Reklameschilder vor den Kinos. Und sie wußte auch, daß Phoebes Comeback gescheitert war.

Sie besaßen ein Haus, sie besuchte eine gute Schule, doch mit Phoebes Karriere war es stetig bergab gegangen. Nicht nur ihre äußere Schönheit war in Jaquir verblaßt; sie hatte auch ihr schauspielerisches Talent eingebüßt – und ihre Selbstachtung.

»Bist du noch nicht fertig?« Phoebe stürmte in Adriannes Zimmer. Ihre glänzenden Augen und die hektische Stimme verrieten Adrianne, daß ihre Mutter sich wieder mit einem neuen Vorrat an Amphetaminen versorgt hatte. Sie kämpfte gegen das Gefühl der Hilflosigkeit an und versuchte ein Lächeln. Einen neuen Streit, Tränen oder sinnlose Versprechungen ihrer Mutter könnte sie heute abend nicht ertragen.

»Gleich.« Adrianne befestigte den Kummerbund an ihrem Damenfrack. Sie wünschte, sie könnte ihrer Mutter sagen, wie gut sie aussähe, doch Phoebes Abendkleid ließ sie innerlich zusammenzucken. Es war viel zu tief ausgeschnitten und klebte an ihrem Körper wie eine goldene, zweite Haut. Larrys Wahl, dachte Adrianne. Larry Curtis war immer noch Phoebes Agent, ihr zeitweiliger Geliebter und ständiger Manipulator.

»Wir haben noch genügend Zeit«, sagte sie statt dessen.

»Oh, ich weiß.« Phoebe ging rastlos im Zimmer umher, in ihrem glitzernden Goldkleid, aufgeputscht durch die Pillen und ihre eigenen, unberechenbaren Stimmungsschwankungen. »Aber Premieren sind nun mal furchtbar aufregend. Die vielen Menschen, die Kameras.« Sie blieb vor Adriannes Spiegel stehen und sah sich selbst, wie sie früher ausgesehen hatte, ohne die sichtbaren Zeichen ihrer Krankheit und Enttäuschungen. »Alle werden dasein. Wie in alten Zeiten.«

Konfrontiert mit ihrem Spiegelbild, verfiel sie ins Träumen, wie sie es zu oft tat. Sie sah sich selbst im Rampenlicht stehen, umringt von Bewunderern und Freunden. Alle liebten sie, suchten ihre Nähe, wollten mit ihr sprechen und sie berühren.

»Mama.« Beunruhigt durch ihr plötzliches Schweigen, legte ihr Adrianne eine Hand auf die Schulter. Es gab Tage, da verlor ihre Mutter gänzlich den Bezug zur Wirklichkeit, und dieser Zustand dauerte manchmal Stunden. »Mama«, wiederholte sie und verstärkte ihren Griff aus Angst, Phoebe werde wieder in diesen langen schwarzen Tunnel hineingezogen und sich in ihren eigenen Fantasien verlieren.

»Was?« Phoebe tauchte blinzelnd aus ihren Gedanken auf und lächelte dann, als ihr Blick sich auf Adriannes Gesicht heftete. »Meine kleine Prinzessin. Du bist so erwachsen geworden.«

»Ich liebe dich, Mama.« Gegen ihre Tränen ankämpfend, schlang Adrianne die Arme fest um ihre Mutter. Im vergangenen Jahr hatten sich Phoebes Stimmungen mehr und mehr verschlechtert, glichen nun der Achterbahn, mit der sie einst in Disneyland gefahren waren. Ein ständiges Auf und Ab zwischen hoffnungsvollen Hochs und bodenlosen Tiefs. Sie konnte nie sicher sein, ob Phoebe morgens fröhlich lachen und wilde Versprechungen machen oder in Tränen ausbrechen und sich der Verzweiflung überlassen würde.

»Ich liebe dich, Addy.« Sie streichelte über Adriannes Haar und wünschte, die Farbe und der dunkle Glanz mögen sie nicht immer an Abdu erinnern. »Wir machen schon was aus uns, nicht wahr?« Sie wandte sich ab und begann, im Zimmer umherzugehen, umherzuschleichen, ohne Ziel.

»In ein paar Monaten werden wir zu meiner Premiere gehen. Oh, ich weiß, der Film ist nicht zu vergleichen mit diesem hier, aber diese Low-budget-Produktionen sind momentan sehr populär. Es ist, wie Larry schon sagte: Ich muß einfach immer verfügbar sein. Und mit der Publicity, die er plant...« Sie dachte an die Nacktaufnahmen, für die sie letzte Woche posiert hatte. Aber jetzt war nicht der richtige Moment, um ihr davon zu erzählen. Reine Geschäftssache, beruhigte sie sich und verknotete ihre Finger ineinander. Nur Geschäft.

»Ich bin sicher, es wird ein wunderbarer Film werden.« Doch die anderen Filme waren dies nicht, überlegte Adrianne. Die Kritiken waren verheerend gewesen. Sie hatte es gehaßt, ihre Mutter so sehen zu müssen, wie sie sich auf der Leinwand selbst beleidigte, ihren Körper benutzte anstelle ihres Talents. Selbst jetzt, nach fünf Jahren in Kalifornien, mußte sich Adrianne eingestehen, daß ihre Mutter nur eine Art der Gefangenschaft durch eine andere vertauscht hatte.

»Wenn der Film ein Erfolg wird, ein großer Erfolg, dann kaufen wir ein Haus am Strand, das verspreche ich dir.«

»Wir haben doch ein schönes Haus.«

»Ach, diese kleine Hütte…« Phoebe schaute hinaus in den kümmerlichen Garten, der zwischen ihnen und der Straße lag. Keine hohe Steinmauer, kein prächtiges Eingangstor, keine Blumenwiese. Sie wohnten am Stadtrand von Beverly Hills, am Rand des Erfolgs. Phoebes Name war in die B-Liste Hollywoods wichtiger Persönlichkeiten abgerutscht. Große Produzenten schickten ihr schon lange keine Drehbücher mehr zu.

Sie dachte an den Palast mit all seinem Luxus, aus dem sie Adrianne entführt hatte. Mit der Zeit war es leichter geworden, die Beschränkungen Jaquirs zu vergessen und sich dafür an die Annehmlichkeiten zu erinnern.

»Dieser Ort ist nicht der, den ich mir für dich gewünscht habe, nicht annähernd der, den du verdienst, aber eine Karriere erneut aufzubauen, dauert eben seine Zeit.«

»Ich weiß.« Zu oft schon hatten sie über dieses Thema gesprochen. »In einigen Wochen sind Schulferien. Ich dachte, wir könnten vielleicht nach New York fliegen und Celeste besuchen. Ein wenig Erholung täte dir gut.«

»Hmmm? Wir werden sehen. Larry verhandelt gerade über eine neue Rolle für mich.«

Adriannes gute Laune verflog zusehends. Man brauchte ihr nicht zu sagen, daß die Rolle mittelmäßig sein würde, daß ihre Mutter wieder Stunden außer Haus sein würde, um es den Männern recht zu machen, die nur ihren Körper ausbeuten wollten. Je mehr Phoebe versuchte, sich wieder an die Spitze zu arbeiten, desto tiefer fiel sie.

Phoebe wollte ihr Haus am Strand und ihren Namen in Großbuchstaben in der Zeitung lesen. Adrianne hätte etwas gegen Phoebes falschen Ehrgeiz unternehmen, vielleicht sogar dagegen kämpfen können, wenn ihre Mutter damit eigennützige Ziele verfolgt hätte. Aber alles, was Phoebe tat, tat sie aus Liebe zu ihr und aus dem Bedürfnis zu geben. Adrianne hatte keine Möglichkeit, ihrer Mutter vor Augen zu halten, daß sie auf dem besten Wege war, Mauern um sich zu errichten, welche genauso unüberwindbar waren wie die, aus denen sie einst geflohen war.

»Mama, du hast in den vergangenen Monaten keinen Tag wirklich frei gehabt. Wir könnten uns Celestes neues Stück ansehen, vielleicht einige Museen oder Ausstellungen besuchen. Es würde dir bestimmt guttun.«

»Es wird mir noch viel mehr Spaß machen, heute abend zu beobachten, wie sich alle um Prinzessin Adrianne scharen. Du siehst bezaubernd aus, mein Liebling.« Phoebe legte ihren Arm um Adriannes Schulter und ging mit ihr zur Tür. »Ich wette, den Jungs wird reihenweise das Herz brechen, wenn sie dich sehen.«

Adrianne zuckte die Achseln. Die Jungs oder ihre Herzen interessierten sie nicht.

»Ja, dieser Abend ist unser Abend. Schade, daß Larry wegmußte, jetzt haben wir keinen gutaussehenden Herrn, der uns begleitet.«

»Wir brauchen niemand anderen, wir haben doch uns.«

Adrianne war an Menschenmengen, Blitzlichter und Kameras gewöhnt. Phoebe machte sich oft Gedanken darüber, daß ihre Tochter zu ernst war, doch um deren Auftreten mußte sie sich nie sorgen. Trotz ihrer Jugend ging sie mit der Presse um wie ein Mitglied des Königshauses, lächelte, wenn es erforderlich war, beantwortete Fragen, ohne viel von sich preiszugeben, und verschwand dann ganz unauffällig im Hintergrund, wenn ihr der Rummel zuviel wurde. Es war allgemein bekannt, daß die Presse gnädiger mit Phoebe umging, als sie es verdient hätte, weil die Reporter ihre Tochter verehrten. Adrianne wußte dies und nutzte diesen Umstand nach allen Regeln der Kunst aus.

Sie stellte sicher, daß Phoebe zuerst dem angemieteten Wagen entstieg und daß sie Arm in Arm nebeneinanderstanden, wenn die Blitzlichter aufflammten. Jedes Bild, das an diesem Abend geschossen wurde, zeigte sie beide zusammen.

Phoebe war wieder zu vollem Leben erwacht. Doch das hatte Adrianne schon sooft beobachtet. Wenn es geschah, dann sah Adrianne all ihre Hoffnungen, daß sich Phoebe endlich vom Filmgeschäft zurückziehen möge, dahinschwinden. Jetzt erhellte Fröhlichkeit ihr Gesicht, sie war so glücklich, wie Adrianne sie nur ganz selten erlebte. Nun brauchte sie keine Pillen, keinen Whisky und auch nicht ihre Tagträume.

Die Menge um sie herum wurde immer dichter, die Musik lauter, das Blitzlichtgewitter heller. Für einen Moment war sie wieder ein Star.

Eng gegen die Absperrung gepreßt, warteten die Zuschauer darauf, einen Blick auf ihre Lieblingsstars zu erhaschen, gaben sich aber auch mit weniger bekannten Gesichtern zufrieden. In bester Laune beklatschten sie jeden Ankommenden, während gleichzeitig einige Geldbörsen geklaut wurden und etliche Drogenpäckchen ihren Besitzer wechselten.

Beglückt über die lächelnden Gesichter, hörte Phoebe auf zu winken und genoß den rauschenden Beifall, als sie zum Eingang des Theaters schritt. Sich bewußt im Hintergrund haltend, geleitete Adrianne sie ins Foyer, in dem sich bereits die Damen und Herren der Filmwelt drängten. Wie immer bei solchen Anlässen dominierten funkelnde Brillanten, tiefe Dekolletés und die neuesten Gerüchte.

»Meine Liebe, wie schön, dich hier zu sehen.« Althea Gray, eine attraktive Schauspielerin, die ihr Glück mit TV-Serien gemacht hatte, kam auf sie zu und hauchte Phoebe einen Kuß auf die Wange, ohne sie dabei zu berühren. Sie bedachte Adrianne mit einem ausdruckslosen Lächeln und einem herablassenden Klaps auf den Hinterkopf. »Niedlich wie immer, die Kleine. Ein Frack, was für eine witzige Idee.« Dabei fragte sie sich, wie lange es wohl dauern würde, für sich selbst einen anfertigen zu lassen.

Phoebe strahlte ob dieser freundlichen Begrüßung. Bei ihrer letzten Begegnung hatte Althea sie ganz brüsk abgefertigt. »Du siehst hinreißend aus, Althea.«

»Vielen Dank, Darling.« Sie wartete, bis einer der Fotografen seine Kamera auf sie gerichtet hatte, und tätschelte dann mit einem blasierten Lächeln Phoebes Wange. »Ich bin ja so froh, ein paar nette Gesichter in diesem Zirkus hier zu entdecken.« Sie zündete sich eine lange Zigarette an, so daß der große Smaragd an ihrem Finger im Scheinwerferlicht nur so funkelte. »Ich wollte mich eigentlich vor diesem Abend drücken, aber mein Manager hat darauf bestanden. Was treibst du denn so, Darling? Ich habe dich ja schon seit Ewigkeiten nicht mehr gesehen.«

»Ich habe gerade einen Film abgedreht.« Dankbar für ihr Interesse, lächelte Phoebe tapfer und ignorierte den Rauch, der ihr in den Augen brannte. »Einen Thriller«, fügte sie hinzu, wobei sie die billige Räuberpistole erheblich aufwertete. »Er wird im Winter in die Kinos kommen.«

»Wie schön. Ich mache jetzt, da ich den Klauen des Fernsehens entkommen bin, auch wieder einen Spielfilm. Dan Bitterman hat das Drehbuch geschrieben. Vielleicht hast du schon davon gehört. *Torment?*« Sie schenkte Phoebe einen gelangweilten, wissenden Blick. »Ich habe gerade den Vertrag für die Rolle der Melanie unterschrieben.« Sie wartete lange genug, bis sie sicher war, daß der Hieb saß, und lächelte dann wieder süßlich. »Ich muß mich wieder um meinen Begleiter kümmern, bevor er sich langweilt. Hat mich gefreut, dich zu sehen, Darling. Wir sollten irgendwann einmal zusammen essen.«

»Was ist denn los, Mama?« fragte Adrianne erstaunt.

»Nichts.« Phoebe zwang sich zu einem Lächeln, als sie jemand ihren Namen rufen hörte. *Melanie.* Larry hatte ihr diese Rolle versprochen. Er sagte, es gäbe nur noch einige Kleinigkeiten in dem Vertrag zu besprechen, und hatte ihr versichert, daß sie nach diesem Film wieder ganz oben sein würde.

»Möchtest du nach Hause gehen?«

»Heim?« Phoebe schraubte ihr Lächeln hoch, bis es beinahe zerplatzte. »Selbstverständlich nicht. Aber ich hätte gerne einen Drink, bevor wir hineingehen. Oh, da ist ja Michael.«

Sie winkte, bis Michael Adams, ihr erster Filmpartner, auf sie aufmerksam geworden war. Seine Schläfen zeigten ein erstes Grau, das zu überfärben er nicht für nötig gehalten hatte, sein Gesicht zeigte etliche Falten, die zu liften oder aufzupolstern er ebenfalls für überflüssig hielt. Sein Erfolg, davon war er stets überzeugt gewesen, kam nicht nur von seinen schauspielerischen Fähigkeiten, sondern auch daher, daß er genau wußte, wer er war. Selbst mit fünfzig – und einem ansehnlichen Bauchansatz – spielte er ausschließlich Hauptrollen.

»Phoebe.« Ehrliche Freude, aber auch eine Spur Mitleid schwang mit, als er sich zu ihr herabbeugte, um sie mit einem Kuß zu begrüßen. »Und wer ist diese hübsche junge Dame?« fragte er lächelnd, offenbar ohne Adrianne wiederzuerkennen.

»Hallo Michael.« Adrianne stellte sich auf die Zehenspitzen, um ihn auf die Wange zu küssen, eine Geste, an die sie sich immer noch nicht so recht gewöhnen konnte. Doch bei Michael hatte sie da keine Schwierigkeiten. Er war der einzige Mann, den sie wirklich gern hatte.

»Das kann unmöglich unsere kleine Addy sein. Mein Gott, du wirst allen unseren hoffnungsvollen Starlets die Schau stehlen!« Dann lachte er und kniff Adrianne dabei freundschaftlich ins Kinn. »Kompliment, Phoebe, das war wirklich das beste Stück Arbeit, das du geliefert hast.«

»Ich weiß.« Sie biß sich auf die Lippen, bevor sie zu zittern anfingen, und versuchte eine Lächeln.

Probleme, dachte er, als er Phoebes unnatürlich glänzende Augen sah. Aber Phoebe hatte schon immer Probleme gehabt. »Erzähl mir nicht, ihr beiden seid ohne männliche Begleitung hier.«

»Larry mußte leider wegfahren.«

»Aha.« Dies war nicht der richtige Zeitpunkt, mit Phoebe über Larry Curtis zu sprechen. »Wahrscheinlich kann ich euch nicht dazu überreden, einem einsamen, alten Mann Gesellschaft zu leisten, oder?«

»Sie sind doch nie einsam«, erwiderte Adrianne. »Erst letzte Woche las ich in der Zeitung, daß Sie mit Ginger Frye in Aspen geflirtet haben.«

»Fräulein Naseweis, in Wahrheit war ich nur eine Woche beim Skilaufen und bin glücklich, daß ich mit heilen Knochen davongekommen bin. Ginger war nur als mein ärztlicher Beistand dabei, für alle Fälle.«

Adrianne grinste frech. »Und, haben Sie den gebraucht?«

»Hier.« Michael zog einen Schein aus seiner Geldklammer. »Sei ein braves Mädchen und kauf dir eine Limonade.«

Kichernd schlenderte Adrianne von dannen.

Michael beobachtete sie und bewunderte die lässige Art, mit der sie sich ihren Weg durch die Menge bahnte. In einem oder zwei Jahren würden ihr alle Männer der Stadt, jeder Stadt, zu Füßen liegen. »Sie ist ein Prachtstück, Phoebe. Meine Tochter Marjorie ist siebzehn. Aber in den letzten drei Jahren habe ich sie ausschließlich in zerfetzten Jeans rumlaufen sehen. Sie tut alles mögliche, um mir das Leben schwer zu machen. Ich beneide dich.«

»Addy hat mir nie und nimmer auch nur den leisesten Kummer gemacht. Ich wüßte wirklich nicht, was ich ohne sie täte.«

»Sie liebt dich sehr, das spürt man.« Mit gedämpfter Stimme fuhr er fort: »Hast du noch einmal darüber nachgedacht, den Arzt aufzusuchen, den ich dir empfohlen habe?«

»Ich hatte noch keine Zeit«, wich Phoebe aus und wünschte, er würde sie kurz allein lassen, damit sie im Waschraum eine Pille schlucken konnte. »Und um die Wahrheit zu sagen, ich fühle mich viel besser. Außerdem wird die Analyse weit überschätzt. Manchmal glaube ich, die Filmindustrie ist nur dazu da, die Psychologen und Schönheitschirurgen durchzufüttern.«

Er verkniff sich ein Seufzen. Sie war von irgend etwas high und auf dem besten Weg abzustürzen. »Es schadet nie, mit jemandem zu reden.«

»Ich werde darüber nachdenken.«

Da Adrianne wußte, daß Michael die Gelegenheit nutzen und ihre Mutter auf eine Therapie ansprechen würde, ließ sie sich Zeit. Er hatte schon einmal mit Adrianne darüber gesprochen, damals, als er sie nach der Schule völlig verzweifelt vorgefunden hatte, weil Phoebe nicht ansprechbar gewesen war. Sie hatte einfach bewegungslos dagesessen und aus dem Fenster gestarrt.

Als Entschuldigung hatte sie Erschöpfung, Überarbeitung und die Einnahme von Beruhigungsmitteln angeführt, als sie wieder zu sich gekommen war. Michael hatte mit beiden über mögliche Hilfen gesprochen, aber Phoebe ließ sich damit Zeit. Gerade aus diesem Grund wollte Adrianne mit ihrer Mutter unbedingt nach New York zurückkehren, weit weg von Larry Curtis und den Drogen, mit denen er sie unablässig versorgte.

Adrianne mußte nicht erst erwachsen werden, um zu wissen, daß es in Südkalifornien »schneite«. Kokain war die Droge Nummer eins im Filmgeschäft. Am Drehort wurden die Teams damit ebenso selbstverständlich versorgt wie mit Lunchtüten. Bisher hatte Phoebe vom Kokain die Finger gelassen und die Hölle der Pillen der Kokshölle vorgezogen, doch Adrianne wußte, daß es nur eine Frage der Zeit war. Sie mußte Phoebe aus dieser Szene fortholen, bevor sie diese gefährliche Grenze überschreiten würde.

Adrianne nippte an ihrer Pepsi und schlenderte langsam durchs Foyer. Sie konnte nicht behaupten, daß sie alle Leute aus dem Kreis, den ihre Mutter gewählt hatte, ablehnte. Viele von ihnen waren wie Michael Adams, sehr talentiert, loyal ihren Freunden gegenüber, einer Branche ergeben, in der ein Termin den nächsten jagte und der sprichwörtliche Glamour nur selten zu finden war.

Und sie liebte diesen Glamour, die vornehmen Abendessen in eleganten Restaurants, die ausgefallenen Garderoben. Und sie kannte sich gut genug, um zu wissen, daß sie selbst Schwierigkeiten haben würde, sich mit Durchschnittlichem zufriedenzugeben. Doch ein extravagantes Leben auf Kosten der Gesundheit ihrer Mutter zu führen, das wollte sie auf keinen Fall.

»Mein Gott, hast du das Kleid gesehen?« Althea Gray zog an ihrer Zigarette und nickte in Phoebes Richtung. Adrianne blieb hinter ihr stehen. »Offensichtlich ist es ihr ein Bedürfnis, aller Welt zu zeigen, daß sie noch einen strammen Busen hat.«

»Nach ihren letzten Filmen«, meinte ihr Begleiter, »sollte doch niemand daran zweifeln können. Die hätten ihre Titten im Nachspann auch mit anführen sollen.«

Althea lachte. »Sie sieht aus wie eine Amazone, die ihren Frühling schon hinter sich hat. Stell dir vor, sie hat doch tatsächlich geglaubt, daß man ihr die Rolle der Melanie anbieten würde. Wo doch jeder weiß, daß sie nie wieder eine ernsthafte Rolle bekommt. Wenn es nicht so traurig wäre, könnte man direkt darüber lachen.«

»Früher hatte sie schon was«, gab der Mann an Altheas Seite zu bedenken. »Da gab es keine, die ihr das Wasser reichen konnte.«

»Wirklich, Darling«, zischte Althea und drückte ihre Zigarette aus. »Deine Ausflüge in die Vergangenheit langweilen mich zu Tode.«

»Aber sie sind bei weitem nicht so langweilig wie das geistlose Gezwitscher einer zweitklassigen Schauspielerin.« Adrianne hatte laut und deutlich gesprochen und zuckte auch nicht mit der Wimper, als sich alle Köpfe nach ihr umdrehten.

»Ach, meine Liebe.« Althea trommelte geziert mit dem Zeigefinger gegen ihre Unterlippe. »Kleine Gören haben große Ohren.«

Adrianne baute sich vor ihr auf. »Und mittelmäßige Talente ein großes Ego«, sagte sie ihr unverblümt ins Gesicht.

Als ihr Begleiter zu kichern wagte, bedachte Althea ihn mit einem vernichtenden Blick und warf den Kopf in den Nacken. »Zieh Leine, Küken. Das ist eine Unterhaltung unter Erwachsenen.«

»Wirklich?« Adrianne unterdrückte das Bedürfnis, ihrem Gegenüber die Pepsi ins Gesicht zu schütten, und nahm stattdessen einen kleinen Schluck. »Für mich hörte es sich ausgesprochen kindisch an, meine Liebe.«

»Unverschämte Göre.« Althea schüttelte den Arm ihres Begleiters ab, der sie zurückhalten wollte, und machte einen

Schritt auf Adrianne zu. »Man sollte dir mal ein paar Manieren beibringen.«

»Auf solche Manieren, die Frauen wie Sie haben, kann ich verzichten.« Sie streifte Althea mit einem verachtenden Blick und musterte dann die Leute, die sich um sie geschart hatten. Es war ein langer, fester Blick, kalt und wissend genug, um die Anwesenden verlegen zu machen. »Ich sehe hier niemanden, der mir etwas anderes als Heuchelei beibringen könnte.«

»Miese kleine Hure«, murmelte Althea, als Adrianne sich umdrehte und sie stehenließ.

»Halt den Mund, Althea«, beschied ihr ihr Begleiter. »Sie ist dir haushoch überlegen.«

»Baby, ich wünschte, du würdest mir erzählen, was du auf dem Herzen hast.«

Adrianne stieß die Tür auf, die in ihren kleinen Garten hinausführte. Es gab nur sehr wenig, was sie an Kalifornien reizte, doch sie hatte gelernt, wenigstens die Sonne zu schätzen. »Ich habe nichts. Es sind nur die vielen Hausaufgaben.« Sie hielt es für das beste, erst einmal in Ruhe über die Dinge nachzudenken, die sie am Abend der Premiere gehört hatte, und sie einstweilen für sich zu behalten. Natürlich waren ihr die Gerüchte nicht verborgen geblieben, daß Phoebe Nacktaufnahmen für ein Herrenmagazin gemacht hatte. Für zweihunderttausend Dollar hatte ihre Mutter ihre Selbstachtung verkauft.

Es war schwer, sehr schwer, diese Schmach mit Liebe zu rechtfertigen. Jahre hatte Adrianne dafür gebraucht, sich an diesen neuen Lebensstil zu gewöhnen. Sie war soweit gekommen, mit Gleichstellung von Mann und Frau aus ganzem Herzen zu begrüßen; die Freiheit und das Recht, eine eigenständige Person anstatt ein Symbol für Wehrlosigkeit und Leidenschaft zu sein. Sie wollte daran glauben, mußte daran glauben. Und dennoch hatte sich ihre Mutter ausgezogen, ihren Körper verkauft, so daß jeder Mann nur die Seiten eines Magazins aufzuschlagen brauchte, um sie zu besitzen.

Die Schule war zu teuer. Adriannes Blick blieb an den verblühten Rosen hängen, und sie dachte an den Nachhilfeunterricht, für den ihre Mutter bezahlte, damit sie in dieser exklusiven Privatschule bleiben konnte. Phoebe verkaufte ihren Stolz für die Ausbildung ihrer Tochter.

Und dann all die Kleider, auf deren Anschaffung Phoebe bestand. Und der Chauffeur – Chauffeur und Leibwächter –, den Phoebe für notwendig erachtete, um Adrianne vor Terroristen… und Abdu zu schützen. Der Mittlere Osten wurde inzwischen beständig von grausamen Gewalttaten heimgesucht, und ob Abdu sie nun anerkannte oder nicht, so war Adrianne immer noch die Tochter des Königs von Jaquir.

»Mama, ich habe mir überlegt, nächstes Jahr auf eine staatliche Schule zu gehen.«

»Eine staatliche Schule?« Phoebe sah gerade in ihrer Brieftasche nach, ob sie die Kreditkarte eingesteckt hatte. Seit Larrys Rückkehr war sie oft knapp mit Bargeld. »Das ist doch lächerlich, Addy. Ich möchte, daß du die *beste* Ausbildung erhältst.« Phoebe stutzte. Was hatte sie gerade in ihrer Brieftasche gesucht? Ach ja, die Kreditkarte. Kopfschüttelnd steckte sie sie zurück. »Bist du nicht glücklich dort? Deine Lehrer versichern mir immer wieder, wie klug du bist. Aber wenn du Schwierigkeiten mit deinen Mitschülerinnen hast, dann können wir ja eine andere Schule suchen.«

»Nein, die Mädchen sind nicht das Problem.« Adrianne hielt die meisten von ihnen für schnoddrig und selbstgefällig, aber ansonsten für harmlos. »Aber es ist doch eine Geldverschwendung, wenn ich an einer anderen Schule das gleiche lernen kann.«

»Ist das alles?« Lachend kam Phoebe auf sie zu und küßte sie. »Geld ist das letzte, worüber du dir Gedanken machen mußt. Für mich ist nur wichtig, und zwar sehr wichtig, daß ich dir das Beste bieten kann. Ohne… ach, das ist gleichgültig.« Sie küßte sie noch einmal. »Du wirst das Beste bekommen, und wenn du nächstes Jahr aus dem Fenster schaust, wirst du das Meer sehen.«

»Ich habe doch schon das Beste«, widersprach Adrianne. »Dich.«

»Ach, du bist so lieb. Willst du wirklich nicht mit in die Stadt kommen?«

»Nein. Ich habe am Montag eine Spanisch-Prüfung. Ich muß noch lernen.«

»Du arbeitest zuviel.«

Diesmal lächelte Adrianne. »Genau wie meine Mutter.«

»Dann brauchen wir beide eine Belohnung.« Phoebe öffnete wieder ihre Handtasche. Hatte sie ihre Kreditkarte dabei? »Komm, wir gehen in das italienische Restaurant, das du so gerne magst, und essen so viel Spaghetti, bis wir heimrollen.«

»Mit extra viel Knoblauch?«

»Genug, daß uns niemand zu nahe kommt. Hinterher gehen wir ins Kino und sehen uns *Star Wars* an, von dem gerade jeder spricht. Also, ich bin bis um fünf Uhr zurück.«

»Bis dahin bin ich fertig.«

Es wird alles gut werden, entschied Adrianne, als sie allein war. Phoebe ging es gut – ihnen beiden ging es gut, solange sie einander hatten. Sie schaltete das Radio an und drehte, bis sie eine Rocksendung gefunden hatte. Amerikas Musik. Adrianne grinste und trällerte mit Linda Ronstadt im Duett.

Sie liebte amerikanische Musik, amerikanische Autos, amerikanische Klamotten. Phoebe hatte dafür gesorgt, daß Adrianne die amerikanische Staatsbürgerschaft erhielt, aber als amerikanischen Teenager konnte sich Adrianne nicht sehen.

Sie war noch vorsichtig mit Jungen, während ihre Mitschülerinnen schon hemmungslos mit ihnen flirteten. Kichernd unterhielten sie sich über Zungenküsse und Petting. Zweifellos hatte keine von ihnen je dabei zusehen müssen, wie ihre Mutter vergewaltigt wurde. Selbst ihre engsten Freundinnen schienen die Rebellion gegen ihre Mutter zum höchsten Gut zu erheben. Doch wie könnte Adrianne gegen die Frau rebellieren, die ihr Leben aufs Spiel gesetzt hatte, damit sie es besser haben sollte?

Einige von ihren Klassenkameradinnen schmuggelten Pot in die Schule und rauchten es in der Toilette; sie nahmen Drogen als etwas völlig Selbstverständliches hin, während Adrianne eine Heidenangst davor hatte.

Und da war der Titel, der sie von ihren Mitschülerinnen abgrenzte. Nicht die Prinzessin machte den Unterschied, sondern etwas in ihrem Blut, eine tiefe Verbundenheit mit der Welt, in der sie die ersten acht Jahre ihres Lebens verbracht hatte. Eine Welt, die keine dieser privilegierten amerikanischen Girls je verstehen würde.

Sie teilte deren Kultur mit ihnen und war dankbar für viele Dinge, die für die anderen Mädchen ganz selbstverständlich waren. Doch es gab immer wieder Momente, da Adrianne den Harem und die Vertrautheit der Familie vermißte.

Sie dachte an Duja, die einen amerikanischen Ölmillionär geheiratet hatte, aber genauso aus ihrem Leben verschwunden war wie Jiddah oder Fahid oder die anderen Brüder und Schwestern, die zur Welt gekommen waren, nachdem sie Jaquir verlassen hatte.

Doch dann verscheuchte sie die Gedanken an die Vergangenheit und schlug ihre Schulbücher auf.

Mit lauter Musik und einer Tüte Kartoffelchips als Mittagessen verbrachte sie einen recht angenehmen Nachmittag. Ihr machte die Schule Spaß, noch etwas, das ihre Freundinnen nicht verstehen konnten. Sie betrachteten die Ausbildung als ein Recht oder vielmehr als lästige Pflicht und nicht als ein Privileg. Neun Jahre mußte Adrianne alt werden, bis sie lesen lernte, doch sie machte die verlorene Zeit mehr als wett, indem sie zu Phoebes anerkennendem Erstaunen eine der besten Schülerinnen wurde. Lernen war für Adrianne genauso faszinierend wie die hämmernden Rock 'n' Roll-Rhythmen, die aus dem Radio dröhnten.

Sie hatte große Träume. Mit vierzehn war sie fest entschlossen gewesen, Ingenieurin zu werden. Mathematik war für sie wie eine Sprache, und Algebra beherrschte sie fließend. Mit der Hilfe eines engagierten Lehrers hatte sie sogar die Infinitesimalrechnung in Angriff genommen. Und sie interessierte sich brennend für Computer und Elektronik.

Adrianne grübelte gerade über einer komplizierten Gleichung, als die Tür aufging.

»Oh, du bist ja schon zurück.« Ihr Lächeln erstarrte, als plötzlich Tony Curtis vor ihr stand.

»Hast du mich vermißt, Zuckerpüppchen?« Er warf seine Reisetasche in die Ecke und grinste sie an. Kurz vor der Landung hatte er sich noch schnell in der Flugzeugtoilette eine Nase Kokain genehmigt und fühlte sich prächtig. »Nun, wie steht's mit einem Kuß für Onkel Larry?«

»Meine Mutter ist nicht da.« Adrianne hörte sofort auf, mit den Füßen zu wippen und setzte sich kerzengerade hin. Mit ihren kurzen Shorts und den knospenden Brüsten, die sich unter ihrem T-Shirt abzeichneten, fühlte sie sich plötzlich mehr als unwohl und sehnte sich nach dem Schutz der *abaaya* und des Schleiers.

»Sie hat dich ganz alleine zurückgelassen?« Nur selten hatte er Adrianne ohne ihre Mutter angetroffen. Als wäre er hier zu Hause, ging er zum Schrank und holte sich eine Flasche Bourbon. Adrianne beobachtete in mit mißbilligendem Schweigen.

»Sie hat Sie nicht erwartet.«

»Ging alles schneller als gedacht.« Er nahm einen Schluck Bourbon und musterte dann ihre schlanken braunen Beine. Seit Monaten schon lechzte er danach, seine Hand zwischen ihre Schenkel zu schieben. »Kannst mir gratulieren, Süße. Hab' gerade einen Deal abgeschlossen, der mir die nächsten fünf Jahre satte Einnahmen bringt.«

»Herzlichen Glückwunsch«, erwiderte sie höflich und begann, ihre Bücher zusammenzupacken. Sie würde sich in ihr Zimmer flüchten und die Türe hinter sich absperren.

»So verbringst du also diesen herrlichen Samstag nachmittag.« Larry legte seine Hand auf die ihre. Adrianne hielt ganz still und wartete, bis das Hämmern in ihrem Kopf nachließ. Sie kannte die Anzeichen, wenn ein Mann eine Frau begehrte. Sie war damit aufgewachsen. Ihr Magen verkrampfte sich, als sie an ihm hochsah.

Er hatte sich seit ihrer ersten Begegnung nur wenig verändert. Er trug sein Haar etwas kürzer und statt den pastellfarbenen Hemden und dicken Goldketten nun Izod-Sportkleidung und Joggingschuhe. Doch ansonsten war er geblieben, was er immer war. Celeste hatte ihn einmal als schmierig bezeichnet. Als Adrianne ihn jetzt ansah, mußte sie tatsächlich an Schleim denken.

»Ich will meine Bücher aufräumen.« Sie hielt ihren Blick weiterhin fest auf ihn gerichtet, doch ihre Stimme bebte ein wenig vor Anspannung. Larry bemerkte dies mit Wohlgefallen.

»Du siehst hübsch aus inmitten all dieser Bücher. So studiert.« Er trank sein Glas aus, ließ aber seine Hand auf der ihren liegen. Sie ist aufgeregt, dachte er, als er ihren schnellen Puls unter seinen Fingern pochen spürte. Verängstigt und erregt. Genau, wie er es bei Frauen liebte. »Du bist erwachsen geworden, Zuckerpüppchen.« Ihr schwarzes, seidig glänzendes Haar reichte ihr bis zu den Hüften. Ihre Haut, frisch wie Morgentau, hatte die Farbe von Goldstaub, und ihre Augen, die so dunkel glänzten wie ihr Haar, waren vor Angst geweitet. Sie wußte genau, woran er in diesem Augenblick dachte. Und das erregte ihn, genau wie ihr straffer, noch nicht voll entwickelter Körper.

»Ich habe dich die ganzen Jahre über aufmerksam beobachtet, Baby. Du und ich, wir würden ein gutes Team abgeben.« Er leckte sich die Lippen und faßte sich dann mit der freien Hand ungeniert an den Schritt. »Ich könnte dir Dinge beibringen, die du in deinen Büchern vergeblich suchen wirst.«

»Sie schlafen doch mit meiner Mutter.«

Er bleckte die Zähne. Es gefiel ihm, wie sie die Dinge beim Namen nannte. »Das stimmt. Also bleibt es in der Familie.«

»Sie widern mich an.« Adrianne zog ihre Hand unter der seinen vor und hielt ihre Bücher wie ein Schild vor die Brust.

»Wenn ich das meiner Mutter erzähle…«

»Du wirst der alten Dame gar nichts erzählen.« Er grinste immer noch. Durch die Droge fühlte er sich groß und stark und unwiderstehlich sexy; der Alkohol gab ihm zudem Vertrauen, Stärke und Entschlossenheit. »Ich bin euer Brötchengeber, vergiß das nicht.«

»Sie arbeiten für meine Mutter, nicht meine Mutter für Sie.«

»Bleib auf dem Teppich, Kleine. Ohne mich würde Phoebe Spring nicht mal ein Angebot für einen 30-Sekunden-Werbespot für Mülltüten bekommen. Sie ist erledigt, und du und ich, wir wissen das. Durch mich habt ihr wenigstens noch ein Dach überm Kopf. Ich besorge ihr ab und zu einen Job und sorge dafür, daß die Presse nicht erfährt, daß deine Mutter tablettensüchtig ist und an der Flasche hängt. Du solltest wirklich ein wenig mehr Dankbarkeit zeigen, mein Schatz.«

Er stürzte sich so plötzlich auf sie, daß der Schrei ihr in der Kehle steckenblieb. Die Bücher flogen in hohem Bogen davon, als er sie über den Tisch zerrte. Sie bäumte sich auf, trat nach ihm und wehrte sich aus Leibeskräften, doch mehr als einen kleinen Kratzer auf seiner Wange konnte sie nicht ausrichten, bevor er ihre Hände zu fassen bekam.

»Du wirst dich jetzt ein wenig dankbar erweisen«, zischte er und preßte dann seine Lippen auf ihren Mund.

Übelkeit stieg in ihr hoch und brannte so heiß und bitter in ihrer Kehle, daß sie glaubte, ersticken zu müssen. Sie lag mit dem Rücken auf dem Tisch, er über sie gebeugt. Daß sie die Lippen keinen Spalt öffnete, störte ihn wenig, er begann, durch ihr T-Shirt an ihren Brüsten zu saugen. Schmerz, tiefer Schmerz durchzuckte sie, aber schlimmer noch war die Scham.

Sie schrie so laut sie konnte, drehte und wand sich verzweifelt, um ihren Peiniger abzuschütteln. Das Glas, das er auf dem Tisch abgestellt hatte, fiel krachend zu Boden. Das Geräusch splitternden Glases versetzte sie augenblicklich zurück nach Jaquir, zurück in das Schlafzimmer ihrer Mutter.

Durch ihre vor Entsetzen geweiteten Augen sah sie ihren Vater über sich, spürte, wie seine gierigen Hände an ihrem T-Shirt zerrten. Ihre Schreie erstarben zu Schluchzern, als seine Hand ihren Schenkel hinaufwanderte, in ihre Shorts glitt und seine Finger sich in ihr Innerstes bohrten.

Ihre verzweifelten Versuche, sich zu wehren, steigerten seine Erregung ins Unermeßliche. Ihr Körper war für ihn wie eine junge Frucht, fest, zart und saftig, schlank wie der eines Knaben, aber weich wie Butter. Sein Glied wurde hart und schwer. Es gab nichts Erregenderes als eine Jungfrau, dachte er, als er sie auf den Boden zerrte. Nichts annähernd so Erregendes. Keuchend knetete er ihre kleinen Brüste mit seinen groben Händen und beobachtete lustvoll, wie dicke Tränen über ihre Wangen kullerten. Ihr Widerstand ließ nach. Ohne große Anstrengung zog er sie wieder unter sich, als sie versuchte wegzukriechen.

Sie spürte ihn kaum noch. Ihr Körper hatte sich von ihrem Bewußtsein getrennt. Sie hörte jemanden weinen, doch es schien nicht von ihr zu kommen. Auch den Schmerz, gedämpft durch den Schock, spürte sie kaum noch.

Eine Frau war schwächer als ein Mann, war ihm verpflichtet und dazu bestimmt, sich von ihm führen zu lassen.

Dann war er verschwunden. Sie hörte Schreie, Gepolter, aber das betraf sie nicht. Sie drehte sich auf die Seite und ringelte sich zusammen wie ein Embryo.

»Du Schwein!« Phoebe hatte ihn an der Gurgel gepackt. Mit aufgerissenen Augen und entblößten Zähnen drückte sie zu. Hilflos taumelte Larry rückwärts. Gerade als es ihm gelang, ihre Hand abzuschütteln und wieder Atem zu holen, gruben sich ihre frisch manikürten Fingernägel wie Krallen in sein Gesicht und zerfurchten es bis zum Kinn.

»Verdammte Hure.« Mit einem lauten Schmerzensschrei stieß er sie von sich. »Sie wollte es. Sie hat es unbedingt gewollt.«

Wie eine Tigerin stürzte sich Phoebe wieder auf ihn, ließ ihn ihre Zähne und Nägel spüren. Sie zerrte an ihm, riß seine Kleider und seine Haut in Fetzen. An Gewicht und Größe waren sie beinahe gleich, doch Phoebe wurde von einer derart unsäglichen, übermenschlichen Wut getrieben, die nur ein Mord besänftigen konnte.

»Ich bring' dich um! Ich bring' dich um dafür, daß deine dreckigen Pfoten sich an meinem unschuldigen Kind vergriffen haben.« Ihre Zähne schlugen sich in seine Schulter, bis sie sein Blut auf der Zunge schmeckte.

Laut fluchend holte er mit der Faust aus und versetzte ihr einen Schlag gegen die Schläfe, der sie umwarf. »Du abgetakelte Schlampe.« Nun schossen auch ihm die Tränen in die Augen, Tränen des Selbstmitleids. Er schluchzte, völlig fassungslos, daß eine Frau ihn so verletzt hatte. Sein Gesicht blutete, und seine Brust und seine Arme fühlten sich wächsern an. Ein reißender Schmerz schoß durch sein Bein, als er versuchte, sich wieder aufzurappeln. »Eifersüchtig, wie, weil ich die Kleine mal antesten wollte?« Schniefend wischte er sich mit der Hand über die Nase und kramte dann nach einem Taschentuch, um das Blut zu stillen. »Du hast mir die Nase gebrochen, du verdammte Zicke.«

Taumelnd richtete sich Phoebe auf. Dabei fiel ihr Blick auf die Bourbonflasche, die offen auf der Anrichte stand. Sie griff danach, schmetterte sie zu Boden und hielt dann den abgebrochenen Flaschenhals in der Hand. Ihr schönes Gesicht war vor Wut verzerrt, auf ihrer Lippe war Blut, sein Blut. »Raus hier! Hau ab, bevor ich dich kurz und klein schlage.«

»Ich gehe.« Er hinkte zur Tür, das tropfende Taschentuch vor sein Gesicht gepreßt. »Wir sind fertig miteinander, Baby. Und wenn du glaubst, daß dich ein anderer Agent aufnimmt, dann wirst du dein blaues Wunder erleben. Du bist erledigt, mein Schatz. Ein Witz. Die halbe Stadt lacht sich über dich kaputt.« Als Phoebe auf ihn zustürmte, riß er die Tür auf. »Ruf mich bloß nicht an, wenn dir die Pillen oder das Geld ausgehen.«

Als die Tür ins Schloß fiel, schmetterte sie die Flasche dagegen. Sie wollte schreien, mitten im Zimmer stehenbleiben und nur schreien. Aber da war Adrianne. Phoebe beugte sich über sie und drückte sie ganz fest an sich.

»Ist gut, Baby, hab keine Angst mehr. Ich bin doch bei dir.« Zitternd schmiegte sich Adrianne an sie. »Ich bin ganz nah bei dir, Addy, ganz nah. Er ist weg und wird nie wiederkommen. Niemand wird dir mehr weh tun.«

Ihr T-Shirt war völlig zerfetzt. Phoebe schlang ganz zärtlich ihre Arme um Adrianne und wiegte sie sanft hin und her. Sie sah kein Blut. Er hatte sie nicht vergewaltigt. Gott weiß, was er mit ihr gemacht hatte, bevor sie kam, aber jedenfalls hatte er ihrem kleinen Mädchen keine Gewalt angetan.

Als Adrianne anfing zu weinen, schloß Phoebe die Augen und hörte nicht auf, sie zu wiegen. Die Tränen würden ihr guttun. Niemand wußte das besser als sie selbst. »Es wird alles gut werden, Addy. Das versprech' ich dir.«

9. Kapitel

Sie war achtzehn Jahre alt. Geduldig wartete Adrianne in dem ruhigen, in Pastelltönen gehaltenen Büro von Dr. Horace Schroeder, einem der führenden Spezialisten auf dem Gebiet der Psychopathologie in Amerika. Es war ihr Geburtstag, doch sie verspürte nicht die geringsten Anzeichen von Freude oder Aufregung.

Vor dem Fenster erstreckte sich ein langes, schmales Rasenstück, durchzogen von gepflasterten Wegen, auf denen Patienten spazierengingen oder von weißgekleideten Pflegern und Schwestern in Rollstühlen geschoben wurden. Die Zierkirschen vor einer kunstvoll beschnittenen Azaleenhecke standen in voller Blüte. Adrianne beobachtete die Honigbienen, die über die Blüten krochen und dann mit Nektar beladen weiterflogen. Die Sonne spiegelte sich im Wasser eines marmornen Vogelbads, doch die Rotkehlchen und Meisen, die in der nahegelegenen Eiche nisteten, hatten heute keine Lust zu baden.

Sie konnte über den Garten und die anschließende Baumreihe hinweg bis zu den Schatten der Catskills weit Richtung Norden blicken. Diese Hügelkette verlieh der Aussicht eine Art von Weitläufigkeit und Freiheit. Adrianne fragte sich, ob die vergitterten Fenster wohl den Ausblick beeinträchtigten.

»Oh, Mama.« Für einen Moment lehnte sie ihre Stirn an die kühle Glasscheibe, schloß die Augen und ließ die Schultern nach vorne fallen. »Wie konnte es nur soweit kommen?«

Als sie die Tür hörte, richtete sie sich rasch auf. Dr. Schroeder, der hereintrat, sah sich einer gefaßten, jungen Frau in einem hellblauen Kostüm gegenüber, die eine Spur zu dünn war. Sie hatte ihr Haar hochgesteckt, um größer und auch ein wenig älter zu wirken.

»Prinzessin Adrianne.« Er kam auf sie zu und ergriff die angebotene Hand. »Bitte verzeihen Sie mir, daß ich Sie warten ließ.«

»Es war nicht lange.« Für Adrianne waren fünf Minuten an diesem Ort schon viel zu lang. »Sie wollten mich noch sprechen, bevor ich meine Mutter abhole?«

»Ja. Bitte nehmen Sie Platz.« Er bot ihr einen der Ohrensessel an, die seinem Büro einen gemütlichen Anstrich geben sollten. Daneben stand ein antikes Tischchen, und darauf, in einer unauffälligen Box, eine Packung Kleenex. Adrianne erinnerte sich, wie sehr sie diese Taschentücher vor zwei Jahren gebraucht hatte. Nun faltete sie ihre Hände auf dem Schoß und schenkte Dr. Schroeder ein kleines Lächeln. Mit seinem langen, schmalen Gesicht und den Tränensäcken unter den braunen Augen sah er aus wie ein großer, trauriger Hund. »Darf ich Ihnen eine Tasse Kaffee oder Tee anbieten?«

»Nein, vielen Dank. Ich möchte Ihnen meinen Dank aussprechen für alles, was Sie für meine Mutter getan haben – und auch für mich.« Als er bescheiden abwinken wollte, hob sie bedeutungsvoll eine Hand. »Nein, es ist mir Ernst damit. Meine Mutter kommt wunderbar mit Ihnen zurecht, und daran liegt mir sehr viel. Außerdem weiß ich, daß Sie mehr als das Nötige unternommen haben, um Einzelheiten der Krankheit meiner Mutter vor der Presse geheimzuhalten.«

»Alle meine Patienten haben ein Anrecht auf Diskretion.« Er nahm Platz, aber nicht hinter seinem Schreibtisch, sondern in einem Sessel neben dem ihren. »Meine Liebe, ich weiß, wieviel Ihnen Ihre Mutter bedeutet und wie besorgt Sie um ihre Gesundheit sind. Daher bitte ich Sie, es sich noch einmal gründlich zu überlegen, ob Sie sie wirklich nach Hause nehmen möchten.«

Adrianne war auf alles gefaßt. Ihre Augen verrieten nichts, doch ihre Hände verkrampften sich in ihrem Schoß. »Wollen Sie damit andeuten, daß sie einen Rückfall hatte?«

»Nein. Nein, überhaupt nicht. Phoebes Fortschritte sind völlig zufriedenstellend. Die Behandlung und die Medikamente haben gut angeschlagen und ihren Zustand stabilisiert.« Er machte eine kurze Pause und atmete langsam aus. »Ich möchte unsere Unterhaltung nicht mit medizinischen Fachausdrücken strapazieren. Sie kennen sie ohnehin bereits alle. Aber ebensowenig will ich ihren Zustand oder die Prognose herunterspielen.«

»Das verstehe ich.« Adrianne unterdrückte das Bedürfnis aufzustehen und im Zimmer umherzugehen. »Dr. Schroeder, ich weiß, was meiner Mutter fehlt. Ich kenne die Ursache dafür, und ich weiß, was für sie getan werden muß.«

»Meine Liebe, die manische Depression ist eine sehr komplizierte und traurige Krankheit – sowohl für den Patienten als auch für dessen Familie. Sie wissen ja jetzt, daß die Depressionen und hyperaktiven Phasen abrupt einsetzen und abklingen können. Phoebe hat die letzten zwei Monate gut auf die Behandlung angesprochen, aber es waren eben nur zwei Monate.«

»Diesmal«, erinnerte ihn Adrianne. »In den vergangenen zwei Jahren hat sie ebensoviel Zeit in diesem Sanatorium verbracht wie zu Hause. Bisher habe ich nichts dagegen unternehmen können. Heute ist mein achtzehnter Geburtstag, Doktor. Dem Gesetz nach bin ich also volljährig. Somit kann ich die Verantwortung für meine Mutter übernehmen und werde dies auch tun.«

»Wir wissen beide, daß Sie schon vor langer Zeit diese Verantwortung übernommen haben. Dafür bewundere ich Sie mehr, als ich ausdrücken kann.«

»Daran ist nichts Bewunderungswürdiges.« Diesmal stand sie auf. Sie mußte die Sonne sehen, die Berge. Die Freiheit. »Sie ist meine Mutter. Nichts und niemand bedeutet mir mehr als sie. Und niemand weiß über ihr und über mein Leben besser Bescheid als sie. Sagen Sie mir, Doktor, hätten Sie an meiner Stelle weniger für sie getan?«

Er beobachtete sie genau, während sie ihn ansah. Ihre dunklen Augen wirkten sehr erwachsen, sehr entschlossen. »Ich hoffe nicht. Sie sind noch sehr jung, Prinzessin Adrianne. Und es ist sehr wahrscheinlich, daß Ihre Mutter für den Rest ihres Lebens intensive und ständige Pflege brauchen wird.«

»Die wird sie bekommen. Ich habe bereits eine der Krankenschwestern, die Sie mir empfohlen haben, engagiert. Und ich habe meine Termine so gelegt, daß meine Mutter keine Stunde am Tag allein ist. Außerdem wohnt die älteste Freundin meiner Mutter in unserer unmittelbaren Nachbarschaft.«

»Liebe und Freundschaft werden sicherlich eine ganz bedeutende Rolle für die geistige und auch emotionale Gesundheit Ihrer Mutter spielen.«

Adrianne lächelte. »Das ist die leichteste Übung.«

»Und sie muß einmal wöchentlich hierher zur Therapie gebracht werden.«

»Dafür werde ich sorgen.«

»Ich kann und will nicht darauf bestehen, daß Sie Phoebe noch für einen Monat oder zwei bei uns lassen. Aber ich lege es Ihnen wirklich sehr ans Herz. Zu Ihrem Wohl, wie auch zum Wohle Ihrer Frau Mutter.«

»Das kann ich nicht.« Da sie ihn sehr respektierte, lag ihr viel daran, daß er sie verstand. »Ich habe es ihr versprochen. Als ich sie letztens hierherbrachte, habe ich ihr geschworen, sie spätestens im Frühling wieder nach Hause zu holen.«

»Meine Liebe, ich muß Sie sicher nicht daran erinnern, daß Ihre Mutter im Koma lag, als Sie hier eintraf. Sie wird von diesem Versprechen nichts mehr wissen.«

»Aber ich.« Sie ging zu ihm hin und reichte ihm nochmals die Hand. »Danke für alles, was Sie für uns getan haben und sicherlich noch in Zukunft tun werden. Ich werde Mama jetzt mitnehmen.«

Er wußte, daß alle weiteren Ratschläge nichts fruchten

würden. Dr. Schroeder hielt ihre Hand einen Moment länger als nötig fest. »Rufen Sie mich jederzeit an, auch wenn Sie nur mit mir reden möchten.«

»Das tue ich gern.« Wieder standen ihr die Tränen in den Augen, wie beim ersten Mal, als sie mit ihm gesprochen hatte. »Ich werde sehr gut auf sie aufpassen.«

Und wer kümmert sich um dich? fragte sich Dr. Schroeder, als er sie in den Korridor hinausbegleitete.

Schweigend gingen sie nebeneinander her. Sofort tauchte wieder die Erinnerung an frühere Besuche und schwere Gänge durch diese breiten Korridore auf. Es war nicht immer so still hier gewesen. Manchmal hatte sie Schreie hinter den Türen gehört, oder schlimmer noch, irres Gelächter. Als sie ihre Mutter zum ersten Mal hier einlieferte, hatte sie ausgesehen wie eine zerbrochene Puppe, die Augen weit aufgerissen, der Blick starr, der Körper schlaff. Adrianne war damals erst sechzehn Jahre alt gewesen, doch sie hatte sich ein Zimmer in einem nahe gelegenen Motel gemietet, um ihre Mutter täglich besuchen zu können. Drei lange Wochen mußte sie warten, bis Phoebe zum ersten Mal wieder gesprochen hatte.

Panik. Adrianne spürte das gleiche Gefühl in sich aufsteigen wie damals, als sie so sicher gewesen war, daß ihre Mutter in diesem schmalen, weißen Bett sterben würde, auf der Intensivstation, umgeben von Fremden. Doch dann hatte sie endlich wieder gesprochen. Nur ein Wort. *Adrianne.*

Von da ab hatte sich ihr gemeinsames Leben schlagartig verändert. Adrianne hatte alles Menschenmögliche unternommen, damit Phoebe die beste ärztliche Pflege erhielt, die es gab. Alles, einschließlich eines Briefes an Abdu, in dem sie ihn um Hilfe bat. Als er ablehnte, hatte sie andere Möglichkeiten gefunden. Sie holte tief Luft, als sie um eine Ecke bogen. Und sie würde wieder andere Mittel und Wege finden.

Im Richardson Institut lebten die nicht gewalttätigen Patienten in geräumigen Zimmern, die elegant wie Suiten in einem Fünf-Sterne-Hotel eingerichtet waren. Im Gegensatz zum Ostflügel mit seinen Gittern und Schlössern, in dem

Phoebe im Jahr zuvor zwei grauenvolle Wochen hatte verbringen müssen, waren die Sicherheitsmaßnahmen hier bewußt unauffällig.

Adrianne fand ihre Mutter am Fenster sitzend vor, das rote Haar frisch gewaschen und sorgfältig aus dem Gesicht gekämmt. Sie trug ein hellblaues Kleid mit einem goldenen Schmetterling am Kragen.

»Mama.«

Phoebe drehte sich um. Ihr sorgfältig geschminktes Gesicht erstrahlte. Mit all ihrer schauspielerischen Kraft, die sie noch besaß, gelang es ihr, die Hoffnungslosigkeit zu verbergen, die sie ständig umfing, als sie mit ausgebreiteten Armen aufstand. »Addy.«

»Du siehst großartig aus.« Adrianne hielt sie fest umschlungen und atmete tief den Duft des Parfüms ein, das ihre Mutter angelegt hatte. Für einen Augenblick wünschte sie sich nichts sehnlicher, als in der Umarmung ihrer Mutter zu verharren, wieder ein Kind zu sein. Doch sie machte sich frei und lächelte, damit sie nicht merkte, wie sie sie musterte.

»Du siehst gut erholt aus«, sagte sie erleichtert.

»Ich fühlte mich wunderbar, besonders jetzt, da du hier bist. Es ist schon alles gepackt.« Nur mit Mühe konnte sie ihre Nervosität unterdrücken. »Wir fahren nach Hause, nicht wahr?«

»Ja.« Ihre Entscheidung war richtig gewesen, durchfuhr es Adrianne, als sie Phoebes Wange streichelte. Sie mußte es sein. »Möchtest du noch mit jemandem sprechen, bevor wir gehen?«

»Nein, ich habe mich schon verabschiedet.« Sie streckte ihre Hand aus. Sie wollte weg. So schnell wie möglich. Doch sie wußte auch, daß eine gute Schauspielerin Wert auf einen eleganten Abgang legen sollte. »Dr. Schroeder, wie nett von Ihnen, daß Sie gekommen sind. Ich möchte mich sehr herzlich bei Ihnen bedanken.«

»Passen Sie nur gut auf sich auf, das ist Dank genug.« Er hielt ihre Hand zwischen den seinen fest. »Sie sind eine außergewöhnliche Frau, Phoebe. Und Sie haben eine außergewöhnliche Tochter. Ich sehe Sie dann nächste Woche.«

»Nächste Woche?« Ängstlich griff Phoebe nach Adriannes Arm.

»Du wirst zur Therapie herkommen«, erklärte ihr Adrianne beruhigend. »Auf ambulanter Basis.«

»Aber wohnen werde ich zu Hause, mit dir.«

»Aber ja. Ich werde dich dann zur Therapiestunde herbringen. Es ist eine schöne Fahrt. Dann kannst du mit Dr. Schroeder alles besprechen, was dir am Herzen liegt.«

»In Ordnung.« Sie entspannte sich ein genug, um ein Lächeln zustande zu bringen. »Können wir gehen?«

»Laß mich deine Sachen tragen.« Adrianne nahm den kleinen Koffer hoch und drückte dann, weil sie das Gefühl hatte, Phoebe brauchte es, noch einmal aufmunternd ihre Hand. »Nochmals vielen Dank, Doktor. Heute ist ein herrlicher Tag«, begann sie, als sie den Korridor entlanggingen. »Die Fahrt hierher war wunderschön, die Bäume blühen, und die Wiesen sind voller Blumen.« Sie traten hinaus in den Sonnenschein und atmeten tief die würzige Luft ein. »Jedesmal, wenn ich hierherfahre, denke ich daran, wie schön es wäre, auf dem Land zu wohnen. Danke, Robert.« Der Fahrer hatte ihr den Koffer abgenommen. Dann stieg sie mit ihrer Mutter in die Limousine. »Und wenn ich wieder in New York bin, möchte ich gar nicht woanders leben.«

»Du bist glücklich dort.« Phoebe mußte heftig schlucken, als der Wagen das Institutsgelände verließ. Entkommen. Sie war wieder einmal davongekommen.

»Ich habe New York immer gemocht. Vom ersten Augenblick an. Erinnerst du dich noch an den ersten Nachmittag, als du, Celeste und ich kreuz und quer durch die Stadt spaziert sind? Ich dachte damals, das ist der wunderbarste Ort der Welt.«

»Wird Celeste dasein?« Celeste hatte die Tickets besorgt. Sie würde sie vom Flughafen abholen.

»Sie sagte, sie würde später vorbeikommen. Sie arbeitet gerade an einem neuen Stück.«

Blinzelnd heftete sich ihr Blick auf Adriannes Gesicht. Ihr kleines Mädchen war erwachsen geworden. Sie fuhren nur nach Hause, waren nicht auf der Flucht vor Abdu. Niemand würde Adrianne mehr etwas zuleide tun. »Ich bin so froh, daß du sie hattest, während... während ich krank war.« Dann sah sie aus dem Fenster. Adrianne hatte recht. Es war wirklich ein wunderschöner Tag. Vielleicht der schönste, den sie je erlebt hatte. »Jetzt fühle ich mich wieder viel besser«, sagte sie zu Adrianne gewandt und gab ihr lachend einen Kuß auf die Wange. »Tatsächlich habe ich mich nie besser gefühlt. Ich kann es kaum erwarten, wieder zu arbeiten.«

»Mama...«

Sie spürte ihren Adrenalinspiegel ansteigen wie Champagner in einem Glas, schnell und schäumend. »Bitte, sag mir nicht, daß ich mich ausruhen soll. Ich habe mich lange genug ausgeruht. Ich brauche nur ein gutes Drehbuch.« Sie faltete die Hände in der sicheren Annahme, daß bereits ein Skript auf sie wartete. »Es wird Zeit, daß ich mich wieder um mein kleines Mädchen kümmere. Sobald sich herumgesprochen hat, daß ich wieder verfügbar bin, werden die Angebote schon eintrudeln, keine Sorge.«

Sie war ganz optimistisch, was neue Rollen, Geschäftsessen mit Produzenten und Reisen, die sie gemeinsam mit Adrianne unternehmen würde, anbelangte, und sprach voller Begeisterung darüber. Adrianne sagte wenig. Sie wußte, daß diese Euphorie und das völlig unrealistische Planen genauso symptomatisch für die Krankheit ihrer Mutter waren wie die tiefen Depressionen. Doch angesichts der Leiden ihrer Mutter brachte Adrianne es nicht übers Herz, ihr diese Illusionen zu zerstören.

»Oh, ich möchte gar nicht daran denken, wie du hier ganz allein leben mußtest«, begann Phoebe, als sie die Wohnung betraten.

»Ich war fast nie allein.« Nachdem sie den Koffer abgestellt hatte, zog Adrianne ihre Kostümjacke aus. »Celeste war öfter hier als in ihrer eigenen Wohnung. Sie hat ihr Versprechen, sich um mich zu kümmern, sehr ernst genommen.«

Plötzlich blickten Phoebes Augen wieder sorgenvoll. Ohne

die Kostümjacke wirkte Adrianne viel jünger. So verletzbar. »Ich wußte, daß sie das tun würde. Ich habe mich fest darauf verlassen.«

»Nun, darüber müssen wir uns keine Gedanken mehr machen. Ab jetzt braucht Celeste mir nur noch eine Freundin zu sein. Oh, Mama.« Adrianne umarmte ihre Mutter und schwenkte sie vergnügt herum. »Es ist so schön, daß du wieder zu Hause bist.«

»Baby.« Phoebe nahm Adriannes Gesicht zwischen ihre Hände und beugte sich zurück. »Nein, du bist kein Baby mehr. Du bist heute achtzehn geworden. Ich hab's nicht vergessen. Leider konnte ich dir noch kein Geschenk besorgen, aber…«

»Doch, das hast du schon, und ich liebe es. Möchtest du es sehen?«

Angesteckt durch Adriannes fröhliches Lachen, sagte Phoebe leichthin: »Oh, mein Schatz, ich hoffe, ich habe dabei Geschmack bewiesen.«

»Den besten.« Sie zog Phoebe ins Wohnzimmer. Über dem kleinen offenen Kamin hing ein Porträt.

Phoebe war zweiundzwanzig Jahre alt gewesen, als das Foto, nach dessen Vorlage das Bild gemalt worden war, aufgenommen wurde. Es zeigte Phoebe auf dem Gipfel ihrer Schönheit, ein Gesicht, das die Männer erbeben ließ, und Augen, denen sie blind folgten. Auf ihrem Dekolleté schimmerte *Sonne und Mond*, wie Feuer und Eis.

»Oh, Addy.«

»Lieberitz hat es gemalt. Es ist der beste, ein wenig exzentrisch vielleicht, aber ein absoluter Meister. Er wollte es gar nicht mehr hergeben, als es fertig war.«

»Danke schön.«

»Es ist mein Geschenk«, erinnerte Adrianne sie scherzhaft. »Aber was ich mir am meisten wünsche, das ist dieser Schmuck.«

»Das Kollier.« Phoebes Hand glitt über ihren Hals und ihr Dekolleté. »Ich weiß noch genau, wie sich die Steine auf meiner Haut angefühlt haben, spüre noch immer ihr Gewicht. Diese Steine hatten etwas Magisches an sich.«

»Sie gehören immer noch dir.« Adrianne sah zu dem Porträt hoch und erinnerte sich. An alles. »Eines Tages wirst du sie zurückbekommen.«

»Eines Tages.« Lächelnd genoß sie den Augenblick. »Diesmal mache ich es besser. Das versprech' ich dir. Kein Alkohol, keine Pillen, kein Herumreiten auf alten Fehlern.«

»Genau das wollte ich hören.« Das Telefon klingelte, und Adrianne hob ab. »Hallo. Ja. Bitte schicken Sie sie herauf.« Damit legte sie den Hörer auf die Gabel und meinte weiterhin lächelnd: »Das ist die Schwester. Ich habe dir ja erzählt, daß Dr. Schroeder empfohlen hat, eine Schwester zu engagieren, zumindest vorübergehend.«

»Ja.« Phoebe wandte dem Porträt den Rücken zu und setzte sich hin.

»Mama, bitte, sieh das nicht so.«

»Wie soll ich was nicht sehen?« Phoebe zog die Schultern hoch. »Aber ich will nicht, daß sie diese verdammte weiße Uniform trägt.«

»In Ordnung. Dafür sorge ich schon.«

»Und sie darf mich nicht anstarren, wenn ich schlafe.«

»Niemand wird dich anstarren, Mama.«

»Sonst kann ich ja gleich wieder ins Sanatorium gehen.«

»Nein.« Adrianne wollte ihre Hand nehmen, doch Phoebe zog sie weg. »Dies ist ein Schritt nach vorne, nicht zurück. Sie ist eine ganz reizende Person, und ich bin sicher, daß du sie mögen wirst. Bitte... bitte, zieh dich nicht zurück«, beendete sie ihren Satz hilflos.

»Ich werde es versuchen.«

Und das tat sie. Während der nächsten zweieinhalb Jahre kämpfte Phoebe verzweifelt gegen eine Krankheit an, die sie immer wieder einholte. Sie wollte gesund und stark sein, doch es war einfacher, so viel einfacher, die Augen zu schließen und sich treiben zu lassen, zurück in glückliche Zeiten. Oder besser, in die Illusion glücklicher Zeiten.

Wenn sie in ihre Fantasiewelt abtauchte, sah sie sich von einem Engagement zum nächsten eilen, Filme drehen, Drehbücher besprechen. Tagelang konnte sie sich für die Scheinwirklichkeit begeistern, die sie sich in ihrer eigenen Gedankenwelt kreierte. Sie liebte es, sich Adrianne als glückliche junge Tochter aus besten Verhältnissen vorzustellen, die das sorgenfreie Leben leben konnte, das ihr gemäß ihrer Herkunft und ihres Standes gebührte.

Und plötzlich stürzte diese ganze wunderschöne Traumwelt in die grauenvolle, dunkle Tiefe einer Depression, die sie oft tagelang umfangen hielt. Dann trieben sie ihre Fantasien wieder zurück in den Harem, zu den verhaßten Gerüchen, dem schummrigen Licht, der bleiernen Hitze und den endlosen Stunden und Tagen voller Verzweiflung und Leere. Eingesperrt in diesem Gefängnis, hörte sie Adrianne ihren Namen rufen, sie anflehen, aber sie hatte nicht die Kraft zu antworten.

Wieder und wieder kämpfte sie sich aus dieser Dunkelheit zurück ans Tageslicht, und jedesmal wurde dieser Kampf mühevoller und schmerzhafter.

»Fröhliche Weihnachten.« Eingehüllt in einen Luchsmantel rauschte Celeste zur Tür herein, den Arm voller silbern glänzender Weihnachtspäckchen.

Adrianne sprang auf, um ihr die Geschenke abzunehmen, und musterte dabei den Pelzmantel mit einer Mischung aus Neid und Belustigung. »Ist das Christkind schon bei dir gewesen?«

»Nein, den hab' ich mir selbst geschenkt, als Belohnung für die achtmonatige erfolgreiche Spielzeit von *Windows.*« Sie streichelte kurz über den Kragen, bevor sie den Mantel auszog und über einen Sessel warf. »Phoebe, du siehst fantastisch aus.« Es war eine Lüge, aber eine gutgemeinte. Dennoch fand Celeste, daß ihre Freundin tatsächlich viel besser aussah als in den Wochen zuvor. Sie war nicht mehr so blaß, und Adrianne hatte eine Friseuse kommen lassen, die Phoebes Haar am Nachmittag gefärbt und frisiert hatte. Es wirkte beinahe so duftig und voll wie früher.

»Wie lieb von dir, daß du gekommen bist. Ich weiß, du hattest bestimmt noch Dutzende anderer Einladungen.«

»Ja, jede Menge, von unangenehm bis stinklangweilig.« Stöhnend ließ sich Celeste aufs Sofa sinken und streckte ihre immer noch festen, schlanken Beine aus. »Du weißt genau, daß ich mit niemandem lieber Weihnachten verbringe als mit euch beiden.«

»Nicht einmal mit Kenneth Twee?« fragte Phoebe und brachte ein Lächeln zustande.

»Alter Schnee, Darling.« Grinsend streckte sie die Arme aus und legte sie hinter den Kopf. »Ich habe beschlossen, daß Kenneth viel zu gesetzt und seriös ist.« Als sie Adrianne hinter sich bemerkte, rief sie aus: »Dieses Jahr hast du dich selbst übertroffen mit dem Christbaum.«

»Ich wollte etwas Besonderes machen.« Celeste reichte ihr die Hand und spürte, daß sie leicht zitterte.

»Das ist dir auch gelungen.« Celeste betrachtete den Baum genauer. Überall drehten sich kleine, handbemalte Holzfigürchen, Elfen tanzten an den Ästen, fliegende Rentiere und goldene Engelchen. »Ist das der Weihnachtsschmuck, den du für die Spendenaktion zugunsten mißhandelter Kinder gestiftet hast?«

»Ja. Ich glaube, der hat viel Anklang gefunden.«

»Sieht aus, als hättest du alles selbst aufgekauft.«

»Nicht ganz.« Lachend ging sie zum Christbaum hinüber, um einige Kugeln noch besser zu plazieren. »Wir haben mehr Geld eingenommen, als wir erwartet haben. Wirklich, die Aktion lief so gut, daß ich mir schon überlegt habe, sie ab jetzt jährlich durchzuführen.« Mit einem letzten prüfenden Blick wandte sie sich von dem glitzernden Baum ab. »Was hältst du von einem Eierflip?«

»Meine Liebe, du kannst wohl Gedanken lesen?« meinte Celeste und streifte sich die Schuhe ab. »Und ich wage kaum zu hoffen, daß eure Mrs. Granger noch einige dieser köstlichen Weihnachtsplätzchen übrig hat.«

»In der Küche steht ein ganzes Blech, heute morgen frisch gebacken.«

»Her damit.« Celeste klopfte auf ihren flachen Bauch. »Hab' mich gerade wieder im Fitneßclub angemeldet.«

»Bin gleich wieder da.« Mit einem besorgten Blick auf ihre Mutter eilte Adrianne in die Küche.

»Adrianne hofft, daß es noch schneit.« Phoebe starrte aus

dem Fenster. Das bunte Flackern der Lichterkette, die Adrianne um den Rahmen dekoriert hatte, verschmolz mit ihren Visionen. »Erinnerst du dich an das erste Weihnachten, kurz bevor wir nach Hollywood gegangen sind? Nie werde ich Addys Gesichtsausdruck vergessen, als wir den Baum anzündeten.«

»Ich auch nicht.«

»Ich habe ihr früher einmal eine Kugel geschenkt, eine dieser mit Wasser gefüllten Glaskugeln, in denen es schneit, wenn man sie schüttelt.« Abwesend drückte sie einen Finger gegen ihre Augenlider. Die Kopfschmerzen plagten sie nun ständig. »Ich hab' ihr vorgeschlagen, auszugehen und den Abend mit jungen Leuten zu verbringen.«

»Weihnachten ist doch mit der Familie am schönsten.«

»Du hast recht.« Phoebe warf ihr Haar zurück, entschlossen, sich fröhlich zu geben. »Sie ist neuerdings so beschäftigt mit ihrer Wohltätigkeitsarbeit und ihren gesellschaftlichen Verpflichtungen. Und dann sitzt sie auch noch stundenlang vor ihrem Computer. Keine Ahnung, was sie damit tut, aber offenbar macht es ihr Spaß.«

»Eigentlich wäre es an der Zeit, unsere Köpfe zusammenzustecken und sie mit einem netten, gutaussehenden Jüngling zu verkuppeln.«

Mit einem hellen Lachen streckte Phoebe beide Hände aus. »Das wäre was, nicht wahr? Bis wir uns versehen, sind wir beide Großmütter.«

»Sprich für dich, meine Liebe.« Celeste runzelte in gespielter Empörung die Stirn und klopfte mit dem Handrücken unten an ihr Kinn. »Für eine Großmutter bin ich noch etwas zu jung.«

»Weihnachtsgebäck, die Damen?« Adrianne brachte ein großes Tablett herein. »Was kichert ihr denn so?«

»Wir kichern nicht«, stellte Celeste richtig. »Deine Mutter und ich schmieden hochfliegende Pläne. Nein, sind das etwa Makronen?«

»Genau das richtige Gebäck für verwöhnte Gaumen.« Adrianne bot ihr ein Plätzchen an und schenkte dann die Eierflips ein. Sie waren nur mit Muskat gewürzt, enthielten keinen Tropfen Alkohol. »Auf ein gesegnetes Weihnachtsfest mit den zwei liebsten Menschen, die ich auf der Welt habe.«

»Und auf noch viele weitere«, fügte Celeste hinzu, bevor sie den ersten Schluck nahm.

Viele weitere. Die Worte hämmerten in Phoebes Kopf. Sie zwang sich zu einem Lächeln und führte das Glas an die Lippen. Wie konnte sie sich auf weitere Jahre freuen, wenn schon jeder einzelne Tag zur Qual wurde? Doch Adrianne sollte davon nichts wissen. Phoebe ließ den Blick zu ihrer Tochter wandern und bemerkte, daß diese sie sorgenvoll beobachtete. Es gelang ihr, noch eine Spur heiterer zu lächeln, doch ihre Hand zitterte leicht, als sie das Glas absetzte.

»Wir sollten ein wenig Musik machen.« Phoebe verschränkte ihre zitternden Finger. Selbst als Adrianne aufstand und die Stereoanlage einschaltete, ließ die Anspannung nicht nach. Es war, als würden sie hundert Augen anstarren und nur darauf warten, daß sie einen Fehler machte. Wenn sie nur einen Drink bekäme, einen einzigen Drink, dann würde das Hämmern in ihrem Kopf aufhören, und sie könnte wieder klar denken.

»Phoebe?«

»Was?« Sie zuckte zusammen, aus Angst, Celeste könnte ihre Gedanken erraten haben. Celeste bemerkte immer alles, verlangte so viel. Warum verlangte nur jeder soviel von ihr?

»Ich habe dich gefragt, was du von Adriannes Plänen für den Wohltätigkeitsball an Sylvester hältst.« Besorgt langte Celeste nach der Hand ihrer Freundin und drückte sie. »Es ist doch fantastisch, welchen Ruf sich Addy als Organisatorin erworben hat.«

»Ja.« *Stille Nacht.* War das nicht *Stille Nacht* im Radio? Phoebe erinnerte sich, wie sie Adrianne vor langen Jahren dieses Lied beigebracht hatte, in ihren einsamen, heißen Gemächern in Jaquir. Es war ein Geheimnis zwischen ihnen gewesen. Sie hatten so viele Geheimnisse miteinander gehabt. Genau wie heute, doch heute gehörten ihr diese Geheimnisse allein.

Alles schläft, einsam wacht. Sie mußte ruhig bleiben, denn sie wurde beobachtet.

»Ich bin sicher, daß es ein sensationeller Erfolg wird.« Celeste warf Adrianne einen Blick zu, dessen Bedeutung sie auch ohne Worte verstand.

»Das hoffe ich.« Aus alter Gewohnheit rückte sie ganz dicht an Phoebe heran und nahm ihre Hand. An guten Tagen war dieser kleine Kontakt alles, was ihre Mutter brauchte, um glücklich zu sein. »Wir hoffen, daß wir zweihunderttausend Dollar für die Obdachlosen zusammenbekommen. Ich hab' mir schon Gedanken darüber gemacht, ob ein Galadiner mit Champagner und Trüffeln angebracht ist zum Wohle der Obdachlosen in New York.«

»Alles, was Geld für einen guten Zweck einbringt, ist angebracht«, beruhigte sie Celeste.

Adrianne warf ihr einen schnellen, freudlosen Blick zu und wandte sich dann an Phoebe. »Ja, das glaube ich auch. Der Zweck heiligt die Mittel, wie man so schön sagt.«

»Ich bin müde.« Phoebe war es jetzt gleichgültig, wenn ihre Stimme quengelnd klang. Sie wollte nur weg, konnte die wachsamen Blicke und unausgesprochenen Erwartungen nicht mehr ertragen. »Ich glaube, ich werde zu Bett gehen.«

»Ich bring' dich hinauf.«

»Unsinn.« Phoebe bekämpfte ihren Mißmut, der sich wieder verflüchtigte, als sie Adriannes Gesicht sah. »Du und Celeste, ihr bleibt hübsch hier und genießt den Baum«, sagte sie und drückte Adrianne an sich. »Bis morgen, Baby. Wir stehen ganz früh auf und packen dann die Geschenke aus, genau wie früher, als du noch ein kleines Mädchen warst.«

»In Ordnung.« Adrianne hob ihr Kinn, küßte ihre Mutter und versuchte dabei zu ignorieren, daß Phoebes einst so fester Körper sich plötzlich so zerbrechlich anfühlte. »Ich liebe dich, Mama.«

»Ich liebe dich, Addy. Fröhliche Weihnachten.« Damit drehte sie sich zu Celeste um und streckte ihr beide Hände entgegen. »Schöne Weihnachten, Celeste.«

»Das wünsche ich dir auch, Phoebe.« Celeste hauchte ihr einen Kuß auf beide Wangen und zog sie dann, einem plötzlichen Impuls folgend, eng an sich. »Schlaf gut.«

Phoebe ging zur Treppe, hielt inne und warf noch einen Blick über die Schulter. Adrianne stand genau unter dem Porträt, das Phoebe Spring in der Blüte ihrer Jugend und Schönheit zeigte, unter der Kraft und dem Glanz von *Sonne und Mond*. Mit einem letzten Lächeln drehte sich Phoebe wieder um und ging allein hinauf.

»Noch einen Eierflip?« fragte Adrianne hastig. Bevor sie noch nach der Karaffe greifen konnte, griff Celeste nach ihrer Hand.

»Setz dich hin, Schatz. Vor mir mußt du nicht die Starke spielen.«

Es war ein herzzerreißender Anblick. Schicht für Schicht bröckelte der Panzer der Selbstbeherrschung von Adrianne ab. Zuerst bebten nur ihre Lippen, und ihre Augen wurden feucht. Doch dann schmolz ihre harterkämpfte Haltung binnen Augenblicken dahin. Adrianne ließ den Kopf in die Hände sinken und weinte ihre ganze Hoffnungslosigkeit aus sich heraus.

Schweigend saß Celeste neben ihr. Das Mädchen weint nicht genug, dachte sie. Es gibt Zeiten, da helfen Tränen mehr als aufmunternde Worte oder tröstende Umarmungen.

»Ich weiß nicht, warum ich plötzlich so heulen muß.«

»Weil es besser ist als Schreien.« Im ganzen Haus gab es keinen Tropfen Alkohol, nicht einmal medizinischen Alkohol. »Ich mach' dir einen Tee.«

Adrianne wischte sich die Tränen ab. »Nein, ich bin schon in Ordnung. Wirklich.« Sie lehnte sich zurück, um sich zu entspannen. Wie sie die Verkrampfungen in ihren Muskeln, ihrem Gehirn und ihrem Herzen lösen konnte, hatte sie sich selbst beigebracht. Das war eine Sache des Überlebens. »Ich fürchte, ich bin nicht gerade in Festtagsstimmung.«

»Vielleicht möchtest du mit einer guten Freundin reden?«

Mit geschlossenen Augen tastete Adrianne nach Celestes Hand. »Was würden wir nur ohne dich anfangen?«

»In letzter Zeit war ich dir doch keine große Hilfe, da habe ich meine ganze Zeit und Energie in das Stück gesteckt. Aber jetzt bin ich hier.«

»Es ist einfach so grauenvoll zu beobachten.« Adrianne ließ ihren Kopf auf die Rückenlehne sinken. Die Tränen hatten ihr Erleichterung verschafft, über deren Notwendigkeit sie sich gar nicht im klaren gewesen war. Es tat gut, so verdammt gut, den Druck los zu sein. »Ich kenne die Anzeichen. Sie dämmert wieder hinüber. Sie versucht, dagegen anzukämpfen. Es macht die Sache sogar noch schlimmer, zu wissen, wieviel Anstrengung sie das kostet. Seit Wochen kämpft sie nun schon gegen die Depression an und verliert.«

»Geht sie noch zu Dr. Schroeder?«

»Er möchte sie wieder in die Klinik einweisen.« Ungeduldig stand Adrianne von der Couch auf. Genug des Selbstmitleids. »Wir haben uns darauf geeinigt, bis nach Sylvester damit zu warten, da Mutter die Feiertage immer so viel bedeutet haben. Aber diesmal…« Ihr Blick fiel auf das Porträt. »Übermorgen fahre ich sie hin.«

»Es tut mir so leid, Addy.«

»Sie spricht dauernd von ihm.« An der Art, wie sich Adriannes Stimme veränderte, erkannte Celeste, daß sie von ihrem Vater sprach. »Zweimal habe ich sie letzte Woche weinen sehen. Über ihn. Die Tagschwester hat mir erzählt, daß Mutter sie fragte, wann er kommt. Sie wollte sich die Haare frisieren lassen, um hübsch für ihn auszusehen.«

Celeste verbiß sich einen Fluch. »Sie ist so verwirrt.«

Mit einem zynischen Lachen blickte Adrianne über ihre Schulter. »Verwirrt? Ja, sie ist verwirrt. Seit Jahren schon wird sie mit Medikamenten vollgepumpt, die sie daran hindern, abzusinken oder Höhenflüge zu unternehmen. Man hat sie festgebunden und durch Schläuche ernährt. Sie hat Stadien durchlaufen, da konnte sie sich nicht einmal alleine anziehen, und andere, da platzte sie vor Tatendrang. Warum? Warum ist sie *verwirrt*, Celeste? Wegen ihm. Alles nur wegen ihm. Eines Tages, das schwör' ich dir, wird er für alles bezahlen, was er ihr angetan hat.«

Die eiskalte Wut, die in Adriannes Augen aufgeblitzt war, ließ Celeste aufspringen. »Ich weiß, wie du dich fühlst. Nein, ich weiß es wirklich«, wiederholte sie, als Adrianne mutlos den Kopf schüttelte. »Ich liebe sie doch auch, und es tut mir weh, was sie durchmachen muß. Aber sich auf Abdu oder irgendeine Art von Rache zu konzentrieren, das ist nicht gut für dich. Und es wird dir auch nicht helfen.«

»Der Zweck heiligt die Mittel«, wiederholte Adrianne.

»Liebes, du machst mir Sorgen, wenn du so sprichst.« Obwohl sie sich nicht auf Abdus Seite schlagen wollte, wußte sie doch, daß mit Rache niemandem gedient war. »Ich weiß, daß er an den meisten von Phoebes Problemen die Schuld trägt, aber er hat in den letzten Jahren ein wenig seiner Schuld abgetragen, indem er dafür gesorgt hat, daß für ihren Lebensunterhalt und ihre Behandlung finanziell gesorgt wurde.«

Schweigend drehte sich Adrianne wieder zu dem Bild um. Jetzt war nicht der richtige Zeitpunkt, um Celeste zu gestehen, daß dies alles eine Lüge war. Ihre Lüge. Von Abdu war nie ein Dollar gekommen. Früher oder später würde sie ihr die Wahrheit sagen müssen, doch im Moment war sich Adrianne nicht sicher, ob es Celeste verkraften würde, wenn sie ihr gestände, woher das Geld wirklich stammte.

»Es gibt nur eine Art von Vergütung, mit der er mich befriedigen würde.« Adrianne verschränkte die Arme, als sie ein plötzlicher Schauder durchfuhr. »Ich habe ihr versprochen, daß sie es eines Tages zurückbekommen würde. Wenn ich *Sonne und Mond* in den Händen halte, wenn er weiß, wie sehr ich ihn hasse, dann können wir vielleicht reinen Tisch machen.«

TEIL 2
DER SCHATTEN

Selbst ein Schatten, jagt er Schatten.

Homer

Um einen Schlauen zu fangen, darf man keinen Dummen schicken.

Thomas Fuller

10. Kapitel

New York, Oktober 1988

Schwarze Handschuhe klammerten sich an das mit Knoten versehene Seil, hangelten sich Hand für Hand nach oben, die Handgelenke angespannt, aber dennoch flexibel. Das Seil selbst war dünn, aber fest wie Stahl. Und das mußte es sein. Fünfzig Stockwerke tiefer glänzten die Straßen von Manhattan im morgendlichen Regen.

Es war nur eine Sache der perfekten Kalkulation. Das Sicherheitssystem war gut, sogar perfekt, aber dennoch nicht unbezwingbar. Nichts war unbezwingbar. Die Vorbereitungsarbeiten hatten nur wenige Stunden in Anspruch genommen, einige Berechnungen mit Hilfe eines ausgeklügelten Computerprogramms. Den Alarm zu unterbrechen war der wichtigste Teil des Unternehmens gewesen. Über die Methode des Einbruchs hatten letztlich die Videokameras entschieden, die die Korridore überwachten. Von innen das Gebäude zu betreten war von vorneherein als Möglichkeit ausgeschieden. Aber es gab andere Wege; es gab immer andere Wege.

Der Regen hatte nachgelassen, es nieselte nur noch leicht, und es war kalt, doch der Wind hatte sich gelegt. Hätte es weiterhin so gestürmt, wäre die Gestalt, die dort oben an dem dünnen Stahlseil hing, gegen die Ziegelfassade des Gebäudes geschleudert worden. Weit unten spiegelten sich die Straßenlampen in dreckigen Ölpfützen und ließen graue Regenbogen entstehen; hoch oben am wolkenverhangenen Himmel war kein Stern zu sehen. Doch die schwarz maskierte Gestalt blickte weder nach oben noch nach unten. Auf den Brauen, die die enganliegende Mütze freiließ, hatte sich ein feiner Schweißfilm gebildet; kein Zeichen von Angst, sondern höchster Konzentration. Die schwarze Gestalt rutschte wieder ein kleines Stück hinunter, den Blick fest auf das Seil gerichtet, während sich die muskulösen Beine an der Ziegelmauer abstützten und um Balance kämpften. Selbst die Bewegungen der Fußgelenke mußten so perfekt koordiniert sein wie bei einem Sprinter oder Tänzer.

Absolute Körperbeherrschung und Konzentration waren für einen Dieb mindestens ebenso wichtig wie gutes Spezialwerkzeug zum Aufbrechen eines Schlosses oder zum Ausschalten einer Alarmanlage.

Um diese Stunde waren die Straßen wie leergefegt. Nur gelegentlich rollte ein verbeultes Taxi auf der Suche nach Kundschaft langsam am Bordstein entlang, oder es torkelte ein einsamer Betrunkener aus der weniger vornehmen Nachbarschaft vorbei. New York barg selbst um vier Uhr morgens ein gewisses Risiko. Wenn dort unten eine Parade mit Blasmusik vorbeigezogen wäre, hätte es keinen Unterschied gemacht. Für die schwarzvermummte Gestalt existierte nur das Seil. Ein falscher Griff, nur ein Moment der Unaufmerksamkeit hätte den sicheren Tod bedeutet.

Erfolg jedoch bedeutete... alles.

Zentimeter für Zentimeter rückte das Geländer der mit Dutzenden von Blumentöpfen vollgestellten Terrasse näher. Die Risse und Löcher in den Ziegeln, die winzigen Blasen im Mörtel waren schon deutlich zu sehen. Wenn der Betrunkene jetzt nach oben geschaut hätte, so wäre ihm die schwarze Gestalt wie ein winziges Insekt erschienen, das über die Fassade des Gebäudes kriecht.

Keiner hätte ihm geglaubt. Und am Morgen danach hätte er es selbst nicht mehr geglaubt.

Es war verlockend, sich zu beeilen, endlich den Krampf in den Schultern und den Schmerz in den Armen loszuwerden und die letzten Meter in einem Stück zu überwinden. Ruhig und geduldig hing die schwarze Gestalt zwischen Himmel und Erde und ließ sich während der letzten Meter von ihrem Instinkt leiten.

Schwarze Turnschuhe glitten über das Geländer, schwangen zurück, fanden Halt und standen dann fest auf dem Boden. Niemand hörte sie lachen, ein kurzes, befriedigtes Lachen.

Jetzt, mit festem Boden unter den Füßen, war Zeit, einen Blick auf New York zu werfen. Es war eine großartige Stadt, eine beliebte Stadt, und oftmals ein Zuhause für jemanden, der bisher kein richtiges gefunden hatte. Hier gab es Glanz und Elend, und was der Stadt an Mitleid mangelte, machte sie durch ihre ungeahnten Möglichkeiten wett.

Der Central Park war ein Meer aus Farben, eine majestätische Landschaft, besonders aus dieser Höhe und um diese Jahreszeit betrachtet. Das Laub der Bäume schimmerte golden, bronzen und scharlachrot, triumphierte in einem letzten grandiosen Farbenspiel, bevor der Wind aus Kanada angeprescht kam und alles Gold mit sich fortriß.

Central Park West war eine ruhige Gegend, gekennzeichnet durch Portiers, Herrschaften mit Hunden an der Leine, Doktoren und altes Geld. Obwohl mitten in der Stadt gelegen, spielte sich das richtige, das wahre Leben jedoch nicht dort ab, sondern eine kurze Taxifahrt entfernt in einer anderen Welt.

Hinter den Bäumen, hinter dieser Oase reckten sich Gebäude in den Himmel, die höher und glänzender waren als diese eleganten, alten Apartmenthäuser. Dort lag – vielleicht – die Zukunft. Sicherlich aber die Gegenwart. Wie dunkle Schatten ragten sie vielversprechend in der Dunkelheit auf. Alles, was man kaufen und verkaufen, verschieben und verschachern konnte, wurde in diesen Gebäuden oder in den Straßen davor feilgeboten. Jedes dieser Objekte der Begierde oder des Luxus hatte seinen Preis. New York akzeptierte das und schämte sich dessen nicht.

Die Stadt döste noch, sammelte Kraft für den anbrechenden Tag, doch ihre pulsierende Energie war auch um diese Zeit überall spürbar. Hier war alles möglich, der große Durchbruch oder das absolutes Scheitern – und sämtliche Nuancen dazwischen. Einige Bewohner der Stadt, wie dieser Dieb, hatten schon die ganze Palette dieser Möglichkeiten erfahren.

Leise schlich die schwarze Gestalt zur Balkontür und kniete sich davor nieder. Nun mußte nur noch das Schloß, das wie jedes Schloß nur scheinbar Sicherheit verhieß, überwunden werden. Aus der dunklen Ledertasche kam ein kleines Werkzeugmäppchen zum Vorschein.

Es war ein solides Sicherheitsschloß, doch eines, das dem Dieb vertraut war. Keine zwei Minuten verstrichen, bevor es den kundigen Händen nachgab. Nicht unbedingt eine Rekordzeit, doch schneller hätten es nur ganz wenige Spezialisten geschafft.

Als der Schnapper aufsprang, wurde das Werkzeug wieder ordentlich verstaut. Organisation, Beherrschung und Vorsicht waren unabdingbare Voraussetzungen für einen jeden Dieb, der nicht im Gefängnis landen wollte. Und dieser hier verspürte nicht das geringste Bedürfnis, durch vergitterte Fenster zu blicken. Es gab noch viel zuviel zu tun.

Doch alles zu seiner Zeit. Hinter dieser Tür warteten Brillanten, kalt wie Eis, und feuerrote Rubine. Juwelen waren das einzige Diebesgut, das zu stehlen sich lohnte. Sie besaßen Leben und Magie und Geschichte. Und, was vielleicht noch wichtiger war, ein gewisses Maß an Ehre. Selbst in der Dunkelheit blinkten, funkelten und lockten sie wie die Augen von Liebenden. Ein Gemälde, gleichwohl wunderschön, konnte nur aus der Entfernung betrachtet und bewundert werden. Bargeld war kalt, leblos und zweckmäßig. Juwelen hingegen wohnte fraglos eine gewisse Persönlichkeit inne.

Und für diesen Dieb war jede Beute etwas Persönliches.

Ohne einen Laut zu verursachen, huschten die Turnschuhe über den glänzenden Fußboden. Ein leichter, heimeliger Geruch nach Bohnerwachs lag in der Luft und vermischte sich mit dem würzigen Duft von Herbstlaub. Angeregt durch diesen Wohlgeruch hielt der Dieb einen Augenblick inne und nahm einen tiefen Atemzug. Aber nur einen kurzen Augenblick. In seiner großen Schultertasche befand sich eine leistungsstarke Taschenlampe, doch hier brauchte er sie nicht. Jeder Quadratzentimeter des Raumes war in seiner Erinnerung gespeichert. Drei Schritte, dann rechts. Sieben Schritte, dann nach links. Von dort führte eine gewundene Treppe hinauf in das Stockwerk darüber; das Geländer war mit handgeschmiedeten Blättern und Engeln aus Bronze verziert. In der Nische darunter stand auf einem hohen Marmorpodest eine präkolumbianische Skulptur von unschätzbarem Wert. Ohne sie zu beachten, huschte die schwarze Gestalt daran vorbei in die Bibliothek.

Der Safe befand sich hinter Shakespeares gesammelten Werken. Der Dieb tippte den Buchrücken von *Othello* an und wirbelte dann herum, als das Licht plötzlich anging.

»Wie sagt man so schön?« ertönte eine ruhige, wunderbar modulierte Stimme. »Sie sind verhaftet.«

Die Frau, die in der Türfüllung stand, trug ein rosa schimmerndes Negligé; auf ihrem blassen, eckigen Gesicht glänzte eine dicke Schicht Nachtcreme, und ihr silberblondes Haar war streng zurückgekämmt. Auf den ersten Blick hätte man sie für eine jugendliche Vierzigerin halten können. Fünfundvierzig Jahre gab sie zu, was noch immer fünf Jahre unter ihrem wahren Alter lag.

Sie war klein und unbewaffnet, wenn man von der Banane in ihrer Hand absah. Dramatisch warf sie den Kopf in den Nacken und zielte dann mit der Banane direkt auf ihr Gegenüber. »Peng.«

Mit einem ärgerlichen Brummen ließ sich der Dieb in einen ledernen Sessel fallen. »Verdammt, Celeste, was tust du denn hier mitten in der Nacht?«

»Essen.« Zum Beweis biß sie ein Stück von der Banane ab. »Und was schleichst du hier in der Bibliothek herum?«

»Ich übe.« Die Stimme klang tief, ein wenig rauh, aber unbestreitbar feminin. Langsam streifte sie die Handschuhe ab. »Ich hätte dich beinahe ausgeraubt.«

»Welch ein Glück, daß ich gerade über den Kühlschrank hergefallen bin.« Celeste schwebte durch den Raum, so wie sie schon über so viele Bühnen geschwebt war. Immer war ein Teil ihrer Rolle an ihr haften geblieben, von Lady Macbeth bis Blanche DuBois. Es war ihre eigene Charakterstärke gewesen, die Stärke des kleinen Mädchens aus New Jersey, das direkt auf den Broadway zusteuerte, die es Celeste Michaels erlaubte, noch über ihre größten Rollen zu dominieren.

»Adrianne, nicht daß ich dich maßregeln möchte, aber findest du es nicht ein wenig sonderbar, hier einzubrechen, wenn du einen Schlüssel hast?«

»Ich habe ihn nicht benutzt.« Schmollend zog sie sich die Mütze vom Kopf. Ihr Haar, beinahe ebenso schwarz wie die Mütze, fiel über ihre Schultern. »Ich bin übers Dach gekommen.«

»Du bist...« Celeste holte tief Luft und ließ ihren Satz unbeendet, denn Vorwürfe waren in diesem Fall sinnlos, wie sie wußte. Sie ließ sich Adrianne gegenüber in einen Sessel fallen. »Bist du übergeschnappt?«

Adrianne blieb ganz ruhig. Diese Frage hörte sie schließlich nicht zum ersten Mal. »Beinahe hätte es geklappt. Wenn du nur einen Funken Selbstbeherrschung gehabt hättest, hätte es geklappt.«

»Also ist es meine Schuld.«

»Ach, das ist doch jetzt egal, Celeste.« Adrianne beugte sich vor und ergriff die Hände der älteren Frau, die an der Rechten einen Brillanten und an der Linken einen dicken Rubin trug. Adriannes Hände waren schmucklos. Alle Ringe, die sie besaß, hatte sie schon lange vor Beginn ihrer Karriere verkauft. »Du kannst dir gar nicht vorstellen, was es für ein Gefühl ist, an einem Seil so hoch über der Stadt zu schweben. Es ist so ruhig, so einsam.«

»So hirnverbrannt.«

»Meine Liebe, du weißt, daß ich auf mich aufpassen kann.« Adrianne fuhr sich mit der Zungenspitze über die Oberlippe. Ihr Mund war so groß und schön geschwungen wie der ihrer Mutter. »Wunderst du dich gar nicht, warum deine Alarmanlage nicht funktioniert hat?«

Celeste zupfte ihr Negligé zurecht. »Das will ich gar nicht wissen.«

»Celeste.«

»Also gut, warum nicht?«

»Ich habe sie heute nachmittag ausgeschaltet, als wir zusammen gegessen haben.«

»Vielen herzlichen Dank. Nett von dir, mich hier, schutzlos der Unterwelt ausgeliefert, zurückzulassen.«

»Ich wußte doch, daß ich wiederkomme.« Adrianne, noch immer von innerer Unruhe getrieben, stand auf und ging im Zimmer umher. Sie war eine kleine, zierliche Person, die sich wie eine Tänzerin bewegte – oder wie ein Dieb. Ihr dunkles, glattes Haar, das ihr bis über die Schultern herabreichte, schwang bei jeder Bewegung elastisch auf und nieder. »Nachdem ich alles genau durchdacht hatte, war es ganz einfach. Ich habe die Alarmanlage so manipuliert, daß, als du sie angeschaltet hast, die Terrassentür ungesichert war. Vor ein paar Stunden bin ich wiedergekommen und habe mit dem Sicherheitsmann ein Schwätzchen gehalten. Übrigens, die Arthritis seiner Frau hat sich verschlimmert.«

»Tut mir leid, das zu hören.«

»Dann habe ich ihm erzählt, daß es dir auch nicht besonders gutgeht, und habe Blumen für dich abgegeben. Als er ans Telefon gerufen wurde, bin ich schnell die Treppen raufgehuscht.«

Celeste hob eine blonde Augenbraue, eine wirkungsvolle Geste, derer sie sich schon seit Jahrzehnten bediente. »Bis vor wenigen Minuten habe ich mich eigentlich ganz gut gefühlt.«

»Vom fünften Stock aus habe ich den Aufzug bis zum Dach genommen«, fuhr Adrianne in ihrem Bericht fort. »Das Seil hatte ich in meiner Tasche. Nun, und dann ging es auch schon los.«

»Fünfzig Stockwerke, Adrianne.« Selbst im nachhinein packte Celeste noch das kalte Entsetzen, wenn sie sich diesen Wahnsinn vorstellte. »Verdammt, wie hätte ich den Leuten erklären sollen, daß Prinzessin Adrianne nur trainiert hat, als sie vom Dach meines Hauses stürzte und am Central Park West aufs Pflaster schlug?«

»Ich bin aber nicht runtergefallen«, stellte Adrianne richtig. »Und wenn du nicht in der Küche rumgefuhrwerkt hättest, hätte ich deinen Safe leergeräumt, wäre wieder aufs Dach geklettert und verschwunden.«

»Wie rücksichtslos von mir.«

»Mach dir nichts draus, Celeste.« Adrianne tätschelte ihr versöhnlich die Hand und setzte sich dann zu ihr auf die Armlehne. »Schade, obwohl ich so gerne dein Gesicht gesehen hätte, wenn ich dir dein Rubinhalsband in den Schoß lege, muß ich mich eben damit zufriedengeben.« Adrianne kramte einen kleinen Lederbeutel aus ihrer Schultertasche, öffnete ihn und ließ die Brillanten herauskullern.

»Mein Gott!«

»Nicht übel, wie?« Adrianne hielt die Halskette gegen das Licht. Sie bestand aus einer Reihe geschliffener Brillanten, in deren Mitte sich ein großer Mittelstein befand, der sich großartig am Brustansatz einer Dame ausnehmen würde. Die Edelsteine strahlten ein kaltes, arrogantes Leben aus. Abschätzend drehte Adrianne das Kollier in ihren Händen.

»Alles in allem an die sechzig Karat; ein winziger rosa Schimmer in der Farbe. Exzellente Arbeit, geschmackvoll arrangiert. Macht selbst das Dekolleté dieser alten Krähe irgendwie interessant.«

Celeste sagte sich zwar, daß sie allmählich an derartige Geschichten gewöhnt sein müsse, hatte aber dennoch das unwiderstehliche Bedürfnis nach einem Drink. Seufzend erhob sie sich aus dem Sessel und ging hinüber zu ihrem französischen Rokokoschrank, in dem sie die alkoholischen Getränke aufbewahrte. Sie wählte eine Karaffe mit Brandy. »Welche alte Krähe meinst du denn, Addy?«

»Dorothea Barnsworth.« Noch einmal griff sie in ihre Tasche und brachte die passenden Ohrringe zum Vorschein. »Hm, auch nicht schlecht, was meinst du?«

Celeste würdigte die Steine im Wert von etlichen Tausend Dollar kaum eines Blickes. »Dorothea, ach ja. Der Schmuck kam mir gleich irgendwie bekannt vor.« Celeste hielt ihr ein Glas Brandy hin. »Ihre Villa auf Long Island ist die reinste Trutzburg.«

»Aber das Sicherheitssystem hat einige grobe Mängel.« Adrianne nippte an ihrem Drink. Nach der eisigen Kletterpartie verbreitete der Brandy eine wohlige Wärme in ihrem Innern. »Soll ich dir auch das Armband zeigen?«

»Das habe ich bereits gesehen, letzte Woche auf dem Herbstball.«

»Das war ein netter Abend.« Adrianne ließ die Ohrringe in ihrer freien Hand klimpern. Sie schätzte sie auf etwa zehn Karat pro Stück. Sie hatte immer eine Juwelierlupe in ihrer Tasche, von der sie in der Bibliothek der Barnsworth auch

Gebrauch gemacht hatte. Nur um sich zu vergewissern, daß sie Long Island nicht mit einer Tasche voll hübschem Modeschmuck verließ. »Beim Hehler bringen diese Klunker gut und gerne 200 000 Dollar.«

»Sie hat Hunde«, murmelte Celeste über ihren Brandy gebeugt. »Dobermänner. Fünf Stück.«

»Drei«, korrigierte Adrianne und warf einen Blick auf die Uhr. »Die sind jetzt bestimmt schon wieder aufgewacht. Celeste, ich bin am Verhungern. Hast du noch eine Banane für mich?«

»Wir müssen mal ein ernstes Wort miteinander reden.«

»In Ordnung. Du redest, und ich esse nebenbei.« Leise fluchend folgte Celeste Adrianne in die Küche. »Muß wohl an der vielen frischen Luft liegen. Himmel, war das kalt da draußen auf Long Island. Der Wind pfiff einem wirklich durch Mark und Bein. Oh, weil wir gerade davon sprechen, erinnere mich bitte an meinen Nerz, der liegt noch auf dem Dach.«

Das Gesicht in den Händen vergraben, ließ sich Celeste in den cremefarbenen Clubsessel vor dem Küchenfenster sinken. Adrianne machte sich inzwischen über den Kühlschrank her. »Addy, wie lang soll dies noch so weitergehen?«

»Was denn? Ah, Landleberwurst. Genau das richtige. »Sie hörte den langgezogenen Seufzer hinter sich und verbiß sich ein Grinsen. »Ich liebe dich, Celeste.«

»Ich dich auch, mein Schatz. Aber ich werde langsam alt. Denk bitte an mein Herz.«

Adrianne balancierte einen Teller in der Hand, auf dem sich Pastete, Weintrauben und hauchdünne Buttercracker türmten. »Du hast das größte und stärkste Herz von allen, die ich kenne.« Damit hauchte sie Celeste einen Kuß auf die Wange. Angenehm stieg der Duft ihrer Nachtcreme Adrianne in die Nase. »Mach dir keine Sorgen um mich, Celeste. Ich verstehe mich sehr gut auf mein Geschäft.«

»Ich weiß.« Wer hätte das gedacht? Tief durchatmend betrachtete Celeste die junge Frau, die ihr da gegenübersaß. Prinzessin Adrianne von Jaquir, Tochter von König Abdu ibn Faisal Rahman al-Jaquir und der bekannten Schauspielerin Phoebe Spring, mit ihren fünfundzwanzig Jahren Schirmherrin zahlloser Wohltätigkeitsveranstaltungen, Mitglied der Gesellschaft, Liebling der Klatschspalten… und eine Fassadenkletterin.

Wer würde das vermuten? Niemand. Mit dieser Gewißheit versuchte Celeste sich schon seit Jahren zu beruhigen, obwohl sie fand, daß Adriannes Äußeres doch etwas von einer Zigeunerin hatte. Aus dem bezaubernden kleinen Mädchen war eine attraktive Frau geworden. Den goldenen Teint, die dunklen Augen und das Haar hatte sie von ihrem Vater geerbt und von ihrer Mutter die kräftigen Gesichtszüge, die, etwas verfeinert, ihre doch recht kleine Statur wunderbar unterstrichen. Sie verkörperte eine gelungene Mischung aus Zartheit und Exotik mit ihrem grazilen Körper und den ausgeprägten Gesichtszügen. Der Mund war der Phoebes, und es versetzte Celeste jedesmal einen kleinen Stich, wenn sie ihn betrachtete. Die Augen – sosehr sich auch Adrianne gewünscht haben mochte, nichts von ihrem Vater geerbt zu haben – waren Abdus Augen: schwarz, mandelförmig und klug.

Von ihrer Mutter hatte sie die Großherzigkeit, die Wärme und die edle Gesinnung geerbt, von ihrem Vater die Entschlossenheit, die Stärke – und den Hang zur Rache.

»Adrianne, es gibt keinen Grund mehr für dich, damit weiterzumachen.«

»Doch, alle Gründe der Welt.« Adrianne schob sich einen Cracker in den Mund.

»Phoebe hat uns verlassen, Liebes. Und nichts kann sie uns zurückbringen.«

Für einen Augenblick, nur für einen kurzen Augenblick bekam ihr Gesichtsausdruck etwas Jugendliches und ungeheuer Verletzliches. Dann wurde ihr Blick wieder hart. Nachdenklich bestrich sie einen weiteren Cracker mit Pastete. »Ich weiß es, Celeste. Niemand weiß das besser als ich.«

»Ach Liebes.« Sanft streichelte Celestes Hand über Adriannes. »Sie war meine beste und liebste Freundin, genau wie du nun. Ich weiß, wie sehr du mit ihr und unter ihrer Krankheit gelitten hast, wie verzweifelt du versucht hast, ihr zu helfen. Aber jetzt ist es nicht mehr notwendig, solche Risiken einzugehen. Und auch vorher war es nicht nötig. Immerhin bin ich immer für euch dagewesen.«

»Ja.« Adrianne drehte ihre Hand um, so daß sich ihre Handflächen berührten. »Das warst du. Und ich weiß, daß du für alles aufgekommen wärst, wenn ich es zugelassen hätte – die Rechnungen, die Ärzte, die Medikamente. Ich werde nie vergessen, was du für mich und Mama getan hast. Ohne dich hätte sie nie so lange durchgehalten.«

»Sie hat nur für dich durchgehalten.«

»Ja, das ist wahr. Und was ich tat, was ich jetzt tue und in Zukunft tun werde, das tue ich allein für sie.«

»Addy…« Celeste verspürte eine Angst, die nicht von den Worten selbst herrührte; es war die kalte Sachlichkeit, mit der sie ausgesprochen wurden, die ihr die Kehle zuschnürte. »Addy, es ist nun über sechzehn Jahre her, daß du Jaquir verlassen hast. Und seit fünf Jahren ist Phoebe tot.«

»Und mit jedem Tag wächst die Schuld. Celeste, bitte, sieh mich nicht so an.« Adrianne grinste, versuchte, die trübe Stimmung zu verjagen. »Was wäre ich ohne dieses… dieses Hobby? Ich wäre genau das, was die Presse aus mir zu machen versucht, eine reiche, adlige Gesellschaftsbiene, die ein wenig in Wohltätigkeit macht und von Party zu Party flattert.«

Adrianne schnitt eine angewiderte Grimasse und wandte sich wieder der Pastete zu. »Wenn man den Klatschkolumnen glaubt, bin ich nur eines der vielen, zu Tode gelangweilten Jet-set-Mäuschen, die zuviel Zeit und Geld besitzen und nicht wissen, was sie damit anfangen sollen. Laß die Leute hier ruhig in dem Glauben – und die in Jaquir. Laß *ihn* in dem Glauben.« Celeste genügte ein Blick, um zu wissen, daß sie von ihrem Vater sprach. »Das macht es nur leichter, dieser oberflächlichen Bande ihre Klunker abzuluchsen.«

»Du brauchst doch jetzt das Geld nicht mehr, Addy.«

»Nein, das ist richtig.« Sie starrte in ihren Brandy. »Ich habe geschickt investiert und könnte recht gut von meinen Ersparnissen leben. Aber es geht mir nicht ums Geld, Celeste. Wahrscheinlich ging es nie darum.« Sie hob den Blick und starrte versonnen in die Ferne. Da war sie wieder, diese Hitze, diese beinahe furchteinflößende Glut der soeben gestohlenen Diamanten, die sie erschaudern ließ. »Ich war acht Jahre alt, als wir nach Amerika kamen. Und schon damals wußte ich, daß ich eines Tages zurückgehen und mir holen würde, was ihr gehört. Und mir.«

»Vielleicht bereut er heute, was er getan hat.«

»Ist er etwa zu ihrer Beerdigung gekommen?« Sie stieß die Frage aus wie einen Fluch und sprang gleichzeitig auf. »Ist es überhaupt in sein Bewußtsein gedrungen, daß sie gestorben ist? All die Jahre, all die entsetzlichen Jahre hat er sich nicht einmal dazu herabgelassen zu bemerken, daß sie lebt.« Um Fassung ringend, lehnte sie sich an die Anrichte. Als sie wieder sprach, klang ihre Stimme ruhig und gefaßt. »Genau betrachtet hat sie auch nie gelebt. Er hat sie umgebracht, Celeste, schon vor vielen, vielen Jahren, als ich noch zu klein war, um ihn daran zu hindern. Aber bald, sehr bald wird er dafür bezahlen.«

Celeste lief es kalt den Rücken runter. In ihrer Erinnerung tauchte Adrianne als achtjähriges Mädchen auf. Ihre Augen waren schon damals dunkel gewesen, ständig auf der Hut und viel zu erwachsen für ihr Alter. »Glaubst du, Phoebe hätte dies gewollt?«

»Ich bin sicher, sie würde die Ironie an der Sache sehr schätzen. Ich werde *Sonne und Mond* holen, Celeste. Genau wie ich es ihr versprochen – und mir geschworen – habe. Und er wird alles dafür geben, den Schmuck zurückzubekommen.« Lächelnd drehte sie sich um und erhob ihr Glas, um ihrer Freundin zuzuprosten. »Und bis dahin muß ich in Übung bleiben. Wußtest du, daß Lady Fume nächsten Monat in London einen Gala-Abend veranstaltet?«

»Addy...«

»Lord Fume, der alte Bock, hat über eine Viertelmillion für ihre Smaragde hingeblättert. Dabei sollte Lady Fume wirklich keine Smaragde tragen. Die machen sie blaß.« Lachend drückte Adrianne Celeste einen Kuß auf die Wange. »Gönn dir noch ein wenig Schönheitsschlaf, meine Liebe. Ich finde schon allein hinaus.«

»Durch die Vordertür?«

»Selbstverständlich. Und vergiß nicht unseren Lunch am Sonntag im Palm Court. Ich bezahle.«

Damit rauschte Adrianne hinaus. Doch bevor sie das Haus verließ, fuhr sie noch schnell hoch aufs Dach, um ihren Nerzmantel zu holen.

Die Kunst des Schminkens hatte Adrianne auf den Knien ihrer Mutter sitzend gelernt. Phoebe hatte es seit jeher fasziniert, wie ein paar Tupfer Farbe, einige gezielte Pinselstriche ein Gesicht schöner oder älter erscheinen lassen oder auch das Gegenteil bewirken konnten.

Und Celeste hatte Adriannes Kenntnisse später noch vertieft. Nach 25 Jahren auf der Bühne schminkte sie sich immer noch selbst und kannte jeden Kniff und jeden Trick. Adrianne machte ihren beiden Lehrmeisterinnen fürwahr alle Ehre, als sie sich in Rose Sparrow verwandelte, die Freundin des Schattens.

Die Verwandlung hatte eine Dreiviertelstunde in Anspruch genommen, und Adrianne war mit dem Ergebnis ihrer Arbeit sehr zufrieden. Mit Hilfe der Kontaktlinsen schimmerten ihre Augen nun in einem matten Grau, und ein wenig von der Spezialmasse hatte darunter dicke Tränensäcke entstehen lassen. Sie hatte ihre Nase ein Stück verlängert und die Wangenknochen aufgepolstert. Eine dicke Puderschicht verlieh ihrem sonst goldbraunen Teint ein fahles Aussehen. Die rote Perücke war handgeknüpft, sündteuer und hoch auftoupiert. An ihren Ohren baumelte billiger Modeschmuck. Adrianne steckte sich einen Streifen Kaugummi mit Erdbeergeschmack in den Mund und trat einen Schritt zurück, um ihr Werk im Spiegel noch einmal kritisch zu betrachten.

Ganz schön aufgedonnert, dachte sie und grinste schelmisch. Könnte nicht besser sein. Schwarzes Lastex spannte sich um ihre aufgepolsterten Hüften, und nadelspitze Pfennigabsätze machten sie ein paar Zentimeter größer. Ein billiger Kunstpelz, lässig über die Schultern geworfen, vervollständigte die Maskerade. Zufrieden setzte sie sich die straßbesetzte Sonnenbrille in Schmetterlingsform auf die Nase und verließ die Wohnung.

Sie nahm den Lieferantenaufzug. Eine kleine Vorsichtsmaßnahme; niemand würde hinter ihrer Maske Prinzessin Adrianne vermuten. Genau wie niemand hinter Prinzessin Adrianne den Schatten vermuten würde. Aber dennoch wollte sie verhindern, daß man Rose Prinzessin Adriannes Penthousewohnung verlassen sah.

Auf der Straße angekommen, nahm sie nicht wie sonst ein Taxi, sondern machte sich auf den Weg zur U-Bahn. In ihrer Kunstledertasche befand sich eine Handvoll Brillanten. Sie roch, als hätte sie in einer Wanne voll Billigparfum gebadet. Und das hatte sie auch.

Sie liebte diese U-Bahnausflüge in der Verkleidung von Rose. Niemand aus ihrem Bekanntenkreis würde sich an diesen unterirdischen Orten aufhalten. Hier war sie nur ein Passant unter vielen. So anonym, wie sie seit ihrer Geburt nie gewesen war. Ihre Absätze klapperten auf der Steintreppe, die nach unten führte, und das Geräusch erinnerte sie an das erste Mal, als sie die Straße verlassen und sich in den Untergrund begeben hatte. Sie war sechzehn gewesen und völlig verzweifelt; verängstigt, aber auch schrecklich aufgeregt.

Damals hatte sie nur darauf gewartet, daß eine Hand sie an der Schulter festhalten und die tiefe, kalte Stimme eines Polizisten sie auffordern würde, ihre Tasche zu öffnen. Damals hatten sich darin Perlen befunden, ein einzelner, 50 Zentimeter langer Strang milchiger japanischer Perlen. Die 5000 Dollar, die sie dafür bekam, hatten gerade für die Medikamente und die einmonatige Behandlung im Richardson-Institut gereicht.

Jetzt spazierte sie mit der Ungeniertheit jahrelanger Praxis durch die Drehkreuze am Eingang. Niemand würdigte sie eines Blickes. Die Erfahrung hatte Adrianne gelehrt, daß hier unten nur höchst selten einer den anderen ansah oder musterte. In New York gingen die Menschen ihren Geschäften nach, mit der Hoffnung oder der Entschuldigung, daß die anderen auch nichts anderes taten.

Lautes Rattern und ein plötzlicher Windstoß kündigten einen einfahrenden Zug an. Ein schwacher, aber nicht unangenehmer Geruch nach Schnaps und Moder zog über den Bahnsteig. Adrianne stieg mit einem großen Schritt über einen alten Kaugummi hinweg, der auf dem Boden klebte, und mischte sich dann unter die Leute, die auf die Bahn Richtung Stadtmitte warteten.

Neben ihr standen zwei Frauen, die fröstelnd die Schultern hochgezogen hatten und sich über ihre Männer beklagten.

»Also, sag' ich zu ihm, ich bin zwar deine Frau, aber noch lange nicht deine Putzfrau, Harry. Ich habe dir ewige Treue und Liebe geschworen, aber davon, daß ich deine Klamotten aufhebe, war nicht die Rede. Wenn ich das nächste Mal über deine stinkenden Socken stolpere, dann stopf' ich sie dir ins Maul, hab' ich zu ihm gesagt.«

»Gut so, Lorraine.«

Adrianne konnte dem nur beipflichten. Gut so, Lorraine. Laß den Kerl nur seine Socken selbst aufheben. Das war es, was sie an den amerikanischen Frauen so liebte. Die blickten nicht demutsvoll zu Boden, wenn der allmächtige Herr zur Tür hereingeschritten kam. Sie drückten ihm den Mülleimer in die Hand, damit er ihn ausleerte.

Vor ihnen kam die Bahn rumpelnd zum Stehen. Menschen drängten heraus und hinein. Adrianne stieg hinter den beiden Frauen ein. Ein kurzer Blick, dann ging sie quer durch den Waggon, um neben einem Rocker in einer mit Ketten besetzten Lederjacke Platz zu nehmen. Sie fand es immer schon klüger, sich einen Sitznachbarn zu suchen, der aussah, als habe er einen Colt im Hosenbund stecken.

Die Bahn fuhr ruckend an und nahm dann rasch Geschwindigkeit auf. Adrianne überflog erst die Graffitis und Reklamen an Wänden und Decke und musterte dann die Leute. Ein Mann in Anzug und Krawatte, eine Aktentasche unter den Arm geklemmt, las den neusten Roman von Ludlum. Eine junge Frau im Wildlederrock und mit kleinen schwarzen Stöpseln in den Ohren schaute versonnen aus dem Fenster und lauschte der Musik aus ihrem Walkman. Weiter hinten im Waggon hatte sich ein Mann über drei Sitze ausgestreckt, den Mantel über den Kopf gezogen, und schlief wie ein Toter. Die beiden Frauen waren immer noch mit Harry beschäftigt. Der Mann neben ihr schlug die Beine übereinander und rasselte dabei mit den Ketten.

An der nächsten Station stieg die Aktentasche aus, und drei junge Mädchen, die eigentlich in der Schule hätten sein müssen, drängten kichernd herein. Adrianne hörte sie darüber diskutieren, welchen Film sie sich jetzt anschauen sollten, und beneidete sie insgeheim. Sie war nie so jung gewesen und nie so frei.

An ihrer Haltestelle stand Adrianne auf, rückte ihre Tasche zurecht und stieg aus. Es war dumm, etwas zu bedauern, was unabänderlich hinter ihr lag.

Der Wind draußen war eiskalt, pfiff durch ihre dünnen Strumpfhosen und zerrte an ihrem fadenscheinigen Synthetikpelz. Aber dies war die Diamantengegend. Die Glut der Steine, die durch die dicken Schaufensterscheiben drang, war stark genug, um auch das kälteste Blut zum Sieden zu bringen.

Hin und wieder machte Prinzessin Adrianne hier einen Schaufensterbummel und ließ dabei die Herzen der Juweliere höher schlagen in der Hoffnung, sie würde ihnen das eine oder andere Schmuckstück abkaufen. Rose jedoch war rein geschäftlich unterwegs.

Und in der 48. bis 46. Straße zwischen der Fifth und Sixth Avenue wurden viele Geschäfte abgewickelt. Rasch und unauffällig wechselte hier die Beute der letzten Nacht ihren Besitzer. Steine, die so heiß waren, daß sie Löcher in die Taschen brannten, warteten darauf, an den Hehler gebracht, aus ihren Fassungen gebrochen und weiterverkauft zu werden. Juden mit ihren typischen Hüten und langen, schwarzen Mänteln huschten von Laden zu Laden, die Aktenkoffer voller Edelsteine. Wahre Vermögen befanden sich in den Taschen und Koffern der Herren, die über den schmalen Gehsteig eilten und auch nur jede zufällige Berührung mit einem anderen Passanten tunlichst zu vermeiden suchten.

Adrianne ließ dieselbe Vorsicht walten; sie hatte nie, auch nicht als Sechzehnjährige, Geschäfte auf der Straße gemacht. Sie zog es vor, ihre Geschäfte drinnen abzuwickeln.

Die Schaufenster buhlten geradezu um die Aufmerksamkeit der Käufer. Tiffany's und Cartier gestalteten ihre Auslagen mit mehr Raffinesse und Klasse und konnten auf die faschingsmäßige Dekoration verzichten, die hier die Leute unweigerlich anzog. Funkelnde Steine auf schwarzem Samt, Hunderte von Ringen und Halsketten. Ohrringe, Broschen, Armbänder, hochglanzpoliert und haufenweise, wurden hier so in den Fenstern plaziert, daß sich die Sonne darin spiegelte und die potentiellen Käufer geblendet stehenblieben. 25 Prozent Rabatt auf alles. Die Schnäppchen schlechthin.

Adrianne bog in die 48. Straße ein und schlüpfte in einen Laden.

Die Beleuchtung dort war stets gedämpft, das Ambiente ein wenig schäbig. Auf den ersten Blick schien es, als stehe der Laden kurz vor dem Bankrott. Auf den zweiten Blick ebenfalls. Jack Cohen hatte es immer für überflüssig gehalten, Geld in Äußerlichkeiten zu investieren. Wenn den Käufer ein bißchen Staub störte, dann sollte er ruhig zu Tiffany's gehen. Doch bei Tiffany's gab es keinen Rabatt und keine Ratenzahlung. Ein Verkäufer sah kurz auf, als Adrianne hereinkam, unterbrach aber nicht seine Werbesprüche, die er auf einen Kunden mit Hängeschultern und Aknepickeln am Kinn abfeuerte.

»Ein Ring wie dieser wird ihrer Angebeteten die Sprache verschlagen, Sie aber nicht die nächsten zehn Jahre in Schulden stürzen. Er ist sehr geschmackvoll und gleichzeitig so hochaktuell, daß die Glückliche damit sofort zu ihren Freundinnen rennen wird, um ihn vorzuführen.«

Während er seinen Spruch herunterrasselte, schielte er unauffällig in Richtung der Tür im rückwärtigen Teil des Ladens. Adrianne antwortete mit einem kaum merklichen Nicken und ging nach hinten. Das leise Surren sagte ihr, daß der Verkäufer den automatischen Türöffner bedient hatte. Hinter der Tür befand sich das sogenannte Büro. Auf einem Stahlschreibtisch aus Armeebeständen stapelten sich Berge von Aktenordnern und Papieren. Kisten und Schachteln türmten sich entlang der Wände, und es roch streng nach Knoblauch und Pastrami.

Jack Cohen war ein kleiner, dafür aber um so stämmigerer Mann, der zum Ausgleich für sein schütteres Haupthaar einen dicken Seehundschnauzbart trug. Das Geschäft mit Edelsteinen hatte er von seinem Vater übernommen, von dem er auch gelernt hatte, wie man Verhandlungen im Hinterzimmer zu einem erfolgreichen Ende bringt. Er brüstete sich gerne damit, einen Bullen von einem Kunden genauso sicher unterscheiden zu können wie einen Zirkon von einem Brillanten. Er wußte genau, von welchen Transaktionen er die Finger lassen mußte, welche Händler an einem schnellen Geschäft interessiert waren und wie man heiße Steine frisierte.

Als Adrianne eintrat, hielt er gerade ein kleines Briefchen in der Hand, ein gefaltetes Stück Papier, in dem man lose Steine aufbewahrte. Er nickte ihr kurz zu und schüttete dann etwa ein Dutzend kleiner Brillanten auf dem Schreibtisch aus. Mit einer Pinzette sortierte er sie und hielt sie dann gegen das Licht.

»Russisch«, sagte er. »Gute Qualität. D bis F, würde ich sagen.« Unter einer Lupe betrachtete er nun jeden einzelnen Stein genauer. »Ah, schön, sehr schön. V.S.I.«, womit er kleine Einschlüsse meinte. »Dieser Glanz.« Dann murmelte er irgendwas Unverständliches, schnalzte mit der Zunge und sortierte zwei Steine aus. »Gut, gut, ein interessantes Angebot, alles in allem.« Zufrieden füllte er die Steine wieder in das Papierbriefchen und ließ es so selbstverständlich in seiner Tasche verschwinden, wie eine Avon-Beraterin ihre Pröbchen verstaut. »Womit kann ich Ihnen heute dienen, Rose?«

Als Antwort griff sie in ihre Tasche, zog einen großen Lederbeutel hervor und leerte den glitzernden Inhalt auf seinen Schreibtisch aus. Cohens kleine blaue Äuglein blitzten auf wie Saphire.

»Rose, Rose, Rose, wenn Sie hier sind, wird der Tag erst richtig schön.«

Sie grinste, nahm ihre Sonnenbrille ab und lehnte sich mit der Hüfte an den Schreibtisch. »Echt super, was?« Der unverwechselbare Tonfall der Bronx schwang nun in ihrer

Stimme mit. »Hat mich fast umgehauen, als ich die Klunker gesehen hab'. Liebling, sagte ich, das sind die tollsten Steine, die ich je in der Hand hatte.« Ihr voller Mund verzog sich zu einer Schnute. »Schade, daß ich sie nicht behalten durfte.«

»Ich fürchte, die Dinger sind so heiß, die würden Ihnen ein Loch in die Haut brennen, Rose.« Er nahm wieder die Lupe zur Hand und untersuchte das Kollier Stein für Stein. »Wie lange hat er sie schon?«

»Sie wissen ja, über solche Dinge redet er nicht mit mir. Aber noch nicht lang. Sie sind doch echt, Mr. Cohen, oder? Wenn ich mir die großen Klunker so anschau', dann würd' ich nicht glauben, daß sie echt sind.«

»Sie sind echt, Rose.« Mit ihr hätte er vielleicht versucht, seine Spielchen zu treiben, aber nicht mit dem Mann, der ihn in regelmäßigen Abständen mit Ware versorgte. »V.V.-S.I., außerordentlich schöne Steine mit einem Hauch von Rosa. Eine exzellente Arbeit.« Behutsam legte er das Kollier beiseite und nahm sich das Armband vor. »Aber die Verarbeitung ist unwichtig. Uns interessieren nur die Brillanten.«

Mit einem ihrer knallrosa lackierten künstlichen Fingernägel tippte sie das Brillantkollier an. »Ich habe einen Faible für schönen Schmuck.«

»Haben wir das nicht alle? Damit verdienen wir beide ja auch unsere Brötchen.« Er atmete tief durch und examinierte dann die Ohrringe. »Ein wunderbares Set.« Unter einem beachtlichen Stapel von Papieren und Akten kramte er seine Rechenmaschine hervor. Während er leise Zahlen vor sich hin murmelte, huschten seine Finger flink über die Tasten. »Hundertfünfundzwanzig, Rose.«

Enttäuscht schob sie ihr Kinn vor. »Er sagte, ich müßte zweihundertfünfzig dafür bekommen.«

»Rose.« Cohen faltete die Hände vor seiner Brust und lehnte sich zurück. Mit seinen sanften blauen Augen und dem schütteren Haar sah er aus wie ein netter Onkel. Unter seinem verknautschten Jackett steckte eine 38er Automatik. »Wir beide wissen doch, daß ich erst mal einige Zeit auf den Steinen sitzen werde, sie sozusagen einlagern muß, bevor ich sie weiterverkaufen kann.«

»Er sagte aber zwei-fünfzig.« Ihre Stimme klang jetzt weinerlich. »Wenn ich nur mit der Hälfte zu Hause antanze, wird er sehr ungemütlich werden.«

Ächzend beugte sich Cohen nochmals über die Rechenmaschine. Er könnte ohne weiteres zweihundert bezahlen und trotzdem seinen Schnitt dabei machen, aber er liebte die zähen Verhandlungen mit Rose. Wenn sie nicht gerade im Auftrag dieses bestimmten Mannes kommen würde, hätte er die Verhandlungen bestimmt etwas persönlicher gestaltet. »Jedesmal, wenn Sie zu mir kommen, Rose, verliere ich Geld. Ich weiß nicht, was Sie an sich haben, aber ich mag Sie einfach.«

Augenblicklich erhellte sich ihre Miene. Sie kannte dieses alte Spiel. »Ich mag Sie auch, Mr. Cohen.«

»Wie wär's mit hundertfünfundsiebzig plus ein paar dieser hübschen kleinen Steinchen, die ich mir gerade angeschaut habe, als Sie hereinkamen? Das bleibt natürlich unter uns.«

Ihr Blick zeigte, daß sie mit der Versuchung haderte, doch dann meinte sie bedauernd: »Er wird es rauskriegen. Er kriegt immer alles raus und kann es nicht leiden, wenn ich von anderen Typen Geschenke annehme.«

»In Ordnung, Rose. Ich schneid' mir zwar dabei selbst ins Fleisch, aber machen wir zweihundert. Sagen Sie ihm, daß ein Set wie dieses ein zusätzliches Risiko mit sich bringt, und das kostet eben. In ein paar Stunden habe ich das Geld.«

»Okay.« Sie stand auf und zupfte ihren Mantel zurecht. »Ich werd' ihn schon beruhigen, wenn er sich über die Kohle aufregt. Er ist nie lange sauer. Kann ich das Zeug hierlassen, Mr. Cohen? Ich will damit nicht auf der Straße rumrennen.«

»Natürlich.« Sie beide wußten, daß er nicht auf die Idee kommen würde, seinen besten Lieferanten zu bestehlen. In seiner ordentlichen Handschrift füllte er einen Beleg aus und schob ihn ihr hin. Das galt als Quittung für jedes Geschäft, legal oder nicht. »Machen Sie doch einen kleinen Schaufensterbummel, Rose. Ich kümmere mich um alles weitere.«

Drei Stunden später warf Adrianne die Tasche, den Mantel und die Perücke auf ihr großes Messingbett in ihrem Schlafzimmer. Zuerst nahm sie die Kontaktlinsen heraus, reinigte sie und räumte sie weg, dann entledigte sie sich der falschen Fingernägel. Mit gespreizten Fingern fuhr sie sich durch ihr verdrücktes Haar und griff zum Telefon.

»Kendal und Kendal.«

»George jr., bitte. Prinzessin Adrianne am Apparat.«

»Sehr wohl, Hoheit, einen Augenblick.«

Mit einem Seufzer der Erleichterung schüttelte sie Rose' Schuhe ab, bevor sie sich aufs Bett setzte.

»Addy, wie schön, Sie zu hören.«

»Hallo George. Ich möchte Sie nicht aufhalten, ich weiß, wie beschäftigt ihr Anwälte seid.«

»Für Sie nehme ich mir immer gerne Zeit.«

»Das ist nett.«

»Und die Wahrheit. Eigentlich hatte ich gehofft, wir könnten diese Woche einmal zusammen Mittag essen. Privat, zur Abwechslung.«

»Mal sehen, was sich machen läßt.« Da er ein recht sympathischer Mann und nur ein klein wenig in sie verliebt war, meinte sie es auch so.

»Ich habe gelesen, Sie verloben sich mit einer deutschen Baronesse. Von Weisburg, wenn ich mich recht erinnere.«

»Ach wirklich? Nun ja, wir haben uns bei einer Wahlkampfparty letzten Monat fünf Minuten lang unterhalten. Übers Heiraten haben wir jedoch nicht gesprochen, soweit ich mich erinnere.«

Adrianne griff in ihre Tasche und zog ein verknittertes Bündel Hunderter heraus. Die Scheine waren gebraucht, die Seriennummern nicht registriert. Sie fühlten sich weich und griffig an und verströmten den typischen Geruch von Geld, das schon durch viele Hände gegangen war.

»George, ich möchte etwas für Frauen in Not spenden.«

»Für das Frauenhaus?«

»Genau. Die Spende soll selbstverständlich anonym bleiben und über Ihr Büro laufen. Ich werde noch heute 175 000 Dollar überweisen. Werden Sie alles weitere veranlassen?«

»Selbstverständlich, Addy. Sie sind sehr großzügig.«

Adrianne ließ die Scheine durch die Finger gleiten. Sie erinnerte sich an andere Frauen in Not. »Das ist doch das mindeste, was ich tun kann.«

11. Kapitel

Der Löwe hinter seinem Rücken brüllte mehr aus Langeweile denn aus Angriffslust. Philip steckte sich eine Erdnuß in den Mund, drehte sich aber nicht um. Es deprimierte ihn immer ein wenig, Raubkatzen in Käfigen eingesperrt zu sehen. Und obwohl sie ihm leid taten, wie eigentlich alle Kreaturen, die ihr Leben hinter Gittern verbringen mußten, genoß er einen Spaziergang durch den Londoner Zoo immer wieder aufs neue. Vielleicht tat es ihm auch gut, all die Käfige und Gitter zu sehen und darüber nachzudenken, daß er es in seiner langen Karriere stets vermeiden konnte, ein Gefängnis von innen kennenzulernen.

Das Stehlen als solches vermißte er nicht. Wenigstens nicht sehr. Es war all die Jahre eine gute, solide Beschäftigung gewesen, die ihm fraglos die Möglichkeit beschert hatte, ein angenehmes Leben zu führen. Und genau das war stets Philips Hauptanliegen gewesen. Natürlich zog er ein finanzielles Polster der Armut vor, doch letztlich ist es der Luxus, der die Seele eines Mannes besänftigt.

Von Zeit zu Zeit spielte er mit dem Gedanken, einen Thriller zu schreiben und als Vorlage einen seiner elegantesten Einbrüche zu nehmen. Die Trafalgi-Saphire vielleicht. Er hatte wunderschöne Erinnerungen an diesen speziellen Einbruch. Natürlich würden die Leser seine Geschichte als erfunden erachten. Die Wahrheit war eben oftmals viel merkwürdiger und beängstigender als die Fantasie. Nur schade, dachte er, daß sein gegenwärtiger Chef wohl kaum einen Sinn für diese Art von Humor entwickeln würde. Nun gut, dieses Projekt konnte er sich auch für die Zeit nach seiner Pensionierung aufsparen, wenn er irgendwo in Oxfordshire in seinem Landhaus saß, Jagdhunde züchtete und auf Fasanenjagd ging.

Er konnte sich sehr gut als Gutsherrn in schlammbedeckten Lederstiefeln und umgeben von einem treuen Dienerstab vorstellen – aber erst in einigen Jahrzehnten.

Er schnippte sich wieder eine Erdnuß in den Mund und ging weiter zu den Panthern. Rastlos und gereizt stolzierten sie in ihrem engen Käfig auf und ab, unfähig, ihre Gefangenschaft so stoisch zu akzeptieren wie andere Raubkatzen. Er mochte sie. Er liebte ihren eleganten, geschmeidigen Körper und ihre gefährlichen Augen. Oft war er mit einem Panther verglichen worden, von Kollegen, der Polizei, von Frauen. Das lag wohl an seiner Statur und der Art, sich zu bewegen, vermutete er, denn er war eher ein heller Typ.

Er knabberte weiter seine Erdnüsse und redete sich ein, daß ein Mann um die Fünfunddreißig an seine Gesundheit denken müsse. Zigaretten waren eine scheußliche Angewohnheit, und er hatte gut daran getan, die Finger davon zu lassen. Er war sehr stolz auf seine Leistung. Es war eine Schande, derart dem Tabak verfallen zu sein.

Dann setzte er sich auf eine Bank und beobachtete die anderen Zoobesucher. Da es für Oktober ungewöhnlich mild war, wimmelte es nur so von Kindermädchen und Sportwagen. Dabei fiel ihm eine hübsche, junge Brünette auf, die einen Dreikäsehoch an der Hand führte. Sie warf ihm ein Lächeln und einen koketten Augenaufschlag zu und war reichlich enttäuscht, als er ihr nicht folgte.

Was er sicherlich getan hätte, dachte Philip, wenn er keine Verabredung gehabt hätte. Frauen hatten Philip schon immer sehr interessiert, nicht nur, weil sie einen Großteil der von ihm begehrten Juwelen trugen oder besaßen, sondern weil sie eben Frauen waren. Mit ihrer samtenen Haut und dem duftigen Haar zählten die Frauen zu den wenigen Luxusgütern, die das Leben bereithielt. Er sah auf seine Uhr, gerade als der große Zeiger auf die Zwölf sprang. Es war genau ein Uhr. Philip war daher nicht überrascht, als sich ein untersetzter Herr mit beginnender Glatze neben ihm auf die Bank fallen ließ.

»Versteh' überhaupt nicht, warum wir uns nicht bei Whites treffen konnten.«

Philip hielt ihm die Tüte mit den Erdnüssen hin. »Zu stikkig dort. Ein bißchen frische Luft schadet Ihnen keineswegs, alter Freund. Sie sehen blaß aus.«

Captain Stuart Spencer brummelte etwas, nahm sich aber eine Nuß. Die Diät, mit der ihn seine Frau quälte, war mörderisch. Um ehrlich zu sein, eigentlich war er ganz froh, seinem Büro, dem Papierkram und dem Telefon für eine Weile zu entfliehen. Es gab Tage, da vermißte er den Außendienst, aber die waren Gott sei Dank nicht sehr häufig. Und wenn er ganz ehrlich war, dann mußte er zugeben, daß er für den tadellos gekleideten Mann neben ihm eine gewisse Zuneigung empfand. Und das trotz oder vielleicht auch gerade wegen der Tatsache, daß Spencer beinahe ein Jahrzehnt lang vergeblich versucht hatte, Philip hinter Schloß und Riegel zu bringen. Daher hatte es einerseits etwas permanent Störendes, andererseits aber auch etwas sehr Befriedigendes, mit einem Mann zusammenzuarbeiten, dem es gelungen war, den Fängen der Justiz immer wieder zu entkommen.

Als Philip sich entschlossen hatte, *für* und nicht mehr *gegen* das Gesetz zu arbeiten, war Spencer jedoch nicht so vermessen gewesen anzunehmen, daß der Dieb plötzlich seine Verbrechen bereuen würde. Philip ging es letztlich immer nur ums Geschäft. Es war schwer, diesen Mann nicht zu bewundern, der seine Entscheidungen exakt zum richtigen Zeitpunkt getroffen hatte und damit außerdem auf der Karriereleiter eine Stufe weiter nach oben geklettert war.

Trotz der milden Nachmittagssonne vergrub sich Spencer tief in seinen Mantel. Er hatte sich eine Blase an der linken Ferse gelaufen, einen Schnupfen eingefangen und stand kurz vor seinem 56. Geburtstag. Es kam ihm nicht leicht an, diesen Philip Chamberlain nicht um seine Jugend, seine Gesundheit und sein attraktives Äußeres zu beneiden.

»Verdammt blöder Platz, sich zu verabreden«, maulte Spencer nur, weil es ihm irgendwie wohl tat, sich zu beklagen.

»Noch eine Erdnuß, Captain?« Philip kannte Spencers Launen viel zu gut, um sich darüber aufzuregen. »Hier können Sie gemütlich sitzen und an all die hartgesottenen Burschen denken, die Sie hinter Gitter gebracht haben.«

»Wir haben Wichtigeres zu tun, als Erdnüsse zu kauen und uns die Affen anzuschauen.« Nichtsdestotrotz griff er nochmals in die Tüte. Der Geschmack der Nüsse und der Geruch der Tiere erinnerte ihn an seine sonntäglichen Zoobesuche als kleiner Junge. Doch dann räusperte er sich geräuschvoll, um seine sentimentalen Gefühle zu verscheuchen. »Letzte Woche hat es wieder einen Einbruch gegeben.«

Interessiert lehnte sich Philip zurück und stellte sich vor, wie es wäre, jetzt genußvoll an einer Zigarette zu ziehen. »Unser alter Freund?«

»Sieht so aus. Ein Anwesen auf Long Island, New York. Barnsworth – steinreiche Leute. Besitzen eine Kaufhauskette oder so was ähnliches.«

»Wenn Sie Frederick und Dorothea Barnsworth meinen, die besitzen tatsächlich eine Reihe sehr exklusiver Kaufhäuser in den Staaten. Um was hat man sie denn erleichtert?«

»Diamanten.«

»Die waren mir auch immer am liebsten«, entgegnete Philip, sich an alte Zeiten erinnernd.

»Ein Kollier, ein Armband. Versicherungswert eine halbe Million.«

Philip schlug die Beine übereinander. »Gut gemacht.«

»Verdammt unangenehme Sache.« Spencer schob sich noch eine Nuß in den Mund und schlug sich dann mit seinen abgetragenen Lederhandschuhen auf die Handfläche. »Wenn ich nicht mit Sicherheit wüßte, wo Sie sich letzte Woche aufgehalten haben, dann würde ich Ihnen jetzt einige gezielte Fragen stellen.«

»Sie schmeicheln mir, Stuart, nach so vielen Jahren.«

Spencer kramte seine Pfeife hervor, in erster Linie, weil er wußte, daß Philip gerade das Rauchen aufgegeben hatte. Er ließ sich Zeit mit dem Stopfen, lehnte sich dann gemütlich zurück und paffte Rauchwölkchen in die Luft. »Der Kerl ist ganz schön raffiniert. Ist rein und raus, ohne eine Spur zu hinterlassen. Die Hunde hat er betäubt. Dobermänner – gräßliche, gefährliche Bestien. Mein Bruder hatte mal einen – konnte ihn nicht ausstehen. Alarmanlage vom Feinsten, aber er ist einfach durch. Hat sich nur die Diamanten geschnappt. Wertpapiere, Aktien, eine Rubinbrosche und eine ausgesprochen häßliche Rubinkette hat er dagelassen.«

»Habgierig ist er ja nicht«, sinnierte Philip. Er wußte, wie verlockend, aber auch tollkühn es war, als Dieb habgierig zu sein. In den vergangenen sechs Monaten hatte er eine sehr persönliche Bewunderung für diesen speziellen Dieb entwickelt. Der hat Klasse, dachte er. Klasse, Stil und Köpfchen. Unwillkürlich mußte er grinsen. Sie hatten eine Menge gemein. »Wenn er gierig wäre, würde er mich längst nicht so sehr interessieren. Seit wann seid ihr Jungs von Interpol nun schon hinter ihm her?«

»Beinahe zehn Jahre.« Es fiel ihm nicht leicht, dies zuzugeben. Obwohl ihm doch der eine oder andere durch die Lappen ging, genoß er einen exzellenten Ruf in seiner Abteilung. »Der Mann hat kein festgelegtes Schema. Fünf Brüche in einem Monat, dann wieder ein halbes Jahr Pause. Aber wir kriegen ihn schon. Ein Fehler, ein einziger Fehler, dann ist er fällig.«

Philip klopfte sich ein wenig Staub vom Mantelsaum. »Haben Sie das von mir auch immer behauptet?«

Spencer blies absichtlich eine Rauchwolke in Philips Richtung. »Sie haben einen gemacht – das wissen wir beide.«

»Mag sein.« Das war genau der Grund, warum er aufgehört hatte, als er noch einen gewissen Vorsprung besaß. »Also glauben Sie, daß er noch in Amerika sitzt?« Philip hatte nichts gegen eine Reise in die Staaten einzuwenden.

»Nein, nicht direkt. Ich bin eher geneigt zu glauben, daß er so schlau ist, sich nicht im Dunstkreis der Ganoven dort aufzuhalten. Aber wir haben einen Mann in New York, für alle Fälle.«

So ein Pech. »Was wollen Sie dann von mir?«

»Es scheint, er hat es auf die ganz Reichen abgesehen und zögert nicht, auch wohlbekannte Stücke mitgehen zu lassen. Wenn er also doch eine Masche haben sollte, dann die, daß er Schmuckstücke bevorzugt, die jeder kennt. Die Stradford-Perlen, die Saphire der Lady Caroline.«

»Lady Caroline«, wiederholte Philip seufzend. »Darum beneide ich ihn wirklich.«

»Wir behalten daher die mondäneren Partys und Empfänge hier in Europa im Auge. Einen Agenten zu haben, der in diesen erlauchten Kreisen ein und aus geht, wäre sehr hilfreich.«

Philip grinste nur und überprüfte seine manikürten Nägel.

»Scheint so, als plane Lady Fume eine Gala.«

»Ja, ich habe schon eine Einladung bekommen.«

»Und zugesagt?«

»Noch nicht. Ich wußte nicht, ob ich zu der Zeit in London bin.«

»Sie werden hier sein«, erklärte ihm Spencer und nuckelte zufrieden an seiner Pfeife. »Dort werden die Klunker pfundweise herumgeschleppt werden. Wir wollen, daß Sie dabei sind, die Augen offenhalten und Ihre Finger hübsch bei sich behalten.«

»Captain, Sie wissen doch, daß Sie mir trauen können.« Er lächelte. Es war ein besonders gewinnendes Lächeln, das Frauen oft zu verwegenen Gedanken animierte. »Wie geht es denn Ihrem hübschen Fräulein Tochter?«

»Es gibt noch etwas, wovon Sie gefälligst die Finger lassen.«

»War nur eine rein platonische Frage, Ehrenwort.«

»Sie haben doch noch nie rein platonische Gedanken an eine Frau verschwendet.«

»Ertappt.« Philip knüllte die leere Papiertüte zusammen und warf sie in den Abfallkorb. »Ich hätte gerne den Bericht über diesen letzten Einbruch.«

Alter Gauner, dachte Spencer und schob die Pfeife zwischen die Lippen, um sein Grinsen zu verbergen. »Sie bekommen ihn morgen.«

»Gut. Wissen Sie, ich kann jetzt langsam nachvollziehen, wie Sie sich vor ein paar Jahren gefühlt haben. Es muß wie ein ständiger Juckreiz sein...« Seine mausgrauen Augen wanderten über die Käfige. »Ich ertappe mich neuerdings dabei, wie ich bei den unmöglichsten Gelegenheiten über ihn nachdenke; seinen nächsten Einbruch, wo er wohnt, was er ißt, wann er mit einer Frau im Bett liegt... na, ja.« Mit einem Kopfschütteln erhob sich Philip. »Ich freue mich auf den Tag, an dem ich ihn kennenlerne.«

»Möglicherweise könnte es eine turbulente Begegnung werden, Philip.« Vorsichtig, um seine Ferse zu schonen, erhob sich Spencer ebenfalls. »Der Herr könnte durchaus gefährlich sein.«

»Das können wir alle, unter gewissen Umständen. Guten Tag, Captain.«

Einige Tage, bevor Lady Fumes Gala stattfinden sollte, bezog Adrianne im Hotel Ritz in London Quartier. Sie stieg gern im Ritz ab, zum einen wegen seiner unaufdringlichen Eleganz, und zum anderen, weil ihre Mutter damals bei ihrer gemeinsamen Reise nach London dieses Hotel gewählt hatte. Das Connought war zwar berühmter, das Savoy vornehmer, aber irgendwie sagte ihr die Extravaganz des Ritz mit seinen goldenen Engeln an den Wänden am meisten zu.

Das Hotelpersonal kannte sie gut, und weil sie großzügige Trinkgelder gab und die Angestellten dort mit echter Herzlichkeit behandelte, war die Freundlichkeit nicht gespielt, mit der sie bedient wurde. Sie nahm eine Suite mit Aussicht auf den Green Park und erzählte dem Pagen so nebenbei, daß sie ein Paar Tage ausspannen und Einkäufe erledigen wolle.

Sobald sie allein im Zimmer war, vergeudete sie keine Zeit damit, ein erfrischendes Schaumbad zu nehmen, noch damit, sich umzuziehen, um beim Tee gesehen zu werden. Sie packte nur ihr silberfarbenes Valentino-Cocktailkleid mit dem atemberaubenden Ausschnitt aus – und einige Blaupausen, Grundrißpläne und detaillierte Beschreibungen einer bestimmten Alarmanlage. Diese hatten sie mehr gekostet als das Abendkleid. Sie nahm die Pläne mit ins Wohnzimmer und breitete sie auf einem Tisch aus, um zu sehen, ob sie das Geld wert waren, das sie dafür bezahlt hatte.

Das überaus elegante Stadthaus der Fumes aus der Zeit

König Eduards lag direkt am Grosvenor Square und bot eine herrliche Aussicht auf den Park. Adrianne bedauerte es, daß die Fumes die Gala nicht auf ihrem Kenter Landsitz veranstalteten, aber Bettler und Diebe durften nicht wählerisch sein. Sie hatte einmal ein furchtbar langweiliges Wochenende mit den Fumes in Kent verbracht und hätte die Pläne des Anwesens aus dem Kopf zeichnen können. Das Stadthaus in London kannte sie nicht, daher mußte sie sich mit den vorliegenden Informationen, die sie gekauft hatte, und mit ihren eigenen Beobachtungen bei der Gala begnügen.

Lady Fumes Smaragde würden ihr ein hübsches Sümmchen einbringen, dachte sie bei sich. Die knickrigen, überheblichen Fumes würden, ohne es zu wissen, eine erkleckliche Summe für die Witwen und Waisen in verschiedenen Städten stiften. Abgesehen davon kamen die Smaragde an Lady Fumes bleichem Dekolleté wirklich einer unverzeihlichen Verschwendung gleich.

Das Angenehme an den Fumes war, daß sie selbst für eine ordentliche Alarmanlage zu geizig waren. Sie hatten sich nur zu einem kostengünstigen Standardsystem durchringen können, das die Türen und Fenster absicherte. Bei Durchsicht der Pläne kam Adrianne zu dem Schluß, daß es selbst für einen durchschnittlichen Einbrecher ein leichtes war, sich Zutritt zu diesem Haus zu verschaffen. Und sie war besser als der Durchschnitt.

Ihre erste Aufgabe bestand darin, sich die Standorte der benachbarten Häuser anzusehen und die Gewohnheiten der Bewohner auszukundschaften. Adrianne verstaute die Pläne wieder sorgfältig, zog ein schwarzes Cape über und verließ das Hotel, um die Lokalitäten selbst in Augenschein zu nehmen.

Sie kannte London sehr gut, die Straßen, den Verkehr, die Clubs. Im Annabel's oder dem versteckt liegenden La Cave hätte man sie sofort erkannt und wie eine alte Bekannte begrüßt. An einem anderen Abend hätte sie einen Besuch dort sehr genossen – die Musik und den unvermeidlichen Klatsch. Aber diesmal war sie geschäftlich in London. Trotzdem war es unumgänglich, sich hier und dort sehen zu lassen, bevor sie die Stadt verließ. Das wurde von ihr als Prinzessin Adrianne einfach erwartet. Ebenso, daß sie genügend Aufsehen erregte, um danach ausreichend Gesprächsstoff zu haben. Doch heute abend hatte sie einen Job zu erledigen.

Zunächst einmal fuhr sie an dem Haus der Fumes vorbei, achtete darauf, wie viele Autos und Fußgänger dort vorbeikamen, schätzte die Entfernung des Hauses zu den Nachbarhäusern und zur Straße hin ab und beobachtete, ob bei den Fumes Licht brannte. Da nur das Foyer erleuchtet war, nahm sie an, daß die Herrschaften ausgegangen waren – ins Theater wahrscheinlich. Sie brauchte nur einmal um den Block zu fahren, um zu entscheiden, daß sie am besten über die Wiese zum Haus gelangte. Nachdem sie ihren Wagen in der Bond Street abgestellt hatte, setzte sie ihren Weg zu Fuß fort.

Die Schönwetterperiode der letzten Tage war zu Ende. In London herrschte nun wieder das übliche naßkalte Herbstwetter, das Adrianne für ihre Unternehmungen bevorzugte. Die meisten Londoner waren zu Hause geblieben oder drängten sich in den überfüllten Clubs; die Fußwege waren wie leergefegt, und das einzige, was man hörte, waren der Wind, der durch die Bäume rauschte, und das Rascheln des trockenen Laubs, das er vor sich hertrieb.

Schon zogen einige dünne Nebelschwaden über den Boden. Wenn sie Glück hatte, würde der Nebel später noch dichter werden. Doch jetzt war es noch klar genug, um die Zäune und Gärten der angrenzenden Häuser und die Fenster des Fumeschen Anwesens zu inspizieren, durch die sie möglicherweise einsteigen würde. Für diesen gemütlichen Spaziergang hatte sie dreieinhalb Minuten gebraucht, doch wenn es sein mußte, konnte sie den Weg in weniger als zwei Minuten zurücklegen. Sie pirschte sich noch näher an ihr Ziel heran und hielt nach etwaigen Störfaktoren wie kläffenden Hunden oder neugierigen Nachbarn Ausschau. Da bemerkte sie den Mann, der sie ganz unauffällig beobachtete.

Es war sowohl eine plötzliche Eingebung als auch sein untrüglicher Instinkt gewesen, der Philip in dieser Nacht nach draußen getrieben hatte. Es gab keine eindeutigen Anzeichen dafür, daß das Haus der Fumes das Ziel des Einbrechers war. Doch wenn dem so wäre, wenn er sich dieses Haus als Ziel ausgesucht hatte, dann würde er vor dem geplanten Einbruch ganz sicher in der Nähe des Hauses herumschleichen und sich mit der Umgebung vertraut machen.

Jedenfalls war er an diesem naßkalten Abend irgendwie rastlos und unzufrieden gewesen und hatte keine Lust verspürt, sich in Gesellschaft zu amüsieren. Es gab Zeiten, da vermißte er die Aufregung und die Vorfreude, die die Planung eines Einbruchs mit sich gebracht hatte. Bei der Arbeit an sich war er konzentriert und angespannt, da blieb ihm keine Zeit für irgendwelche Hochgefühle. Doch das Vorher und Nachher, das brachte den Kick. Er beneidete den Mann, den er suchte, um diesen köstlichen Nervenkitzel.

Und dennoch hatte er nach intensiven und praktischen Überlegungen die Entscheidung getroffen, aus diesem Job auszusteigen. Normalerweise bedauerte er seinen Entschluß auch nicht, außer in einer kalten, nebligen Nacht wie dieser, da er die angenehme Hitze von Diamanten, die in Samtkästchen hinter Tresortüren lagen, förmlich spüren konnte.

Dann sah er die Frau. Sie war klein und in einen schwarzen Umhang gehüllt, so daß er weder ihr Gesicht noch ihre Figur erkennen konnte. Doch ihre leichte, schwungvolle Art zu gehen und die unbekümmerte Lässigkeit, mit der sie ihre Hände in den Falten des Capes verschwinden ließ, deuteten darauf hin, daß es sich um eine junge Frau handeln mußte. Mit den Nebelschwaden, die ihre Beine umschmeichelten, und den Blättern, die hinter ihr über das Pflaster fegten, gab sie ein eindrucksvolles Bild ab. Doch seine romantischen Gedanken verflogen augenblicklich, als er sah, in welche Richtung diese Frau blickte. Exakt auf das Haus am Grosvenor Square, das auch er beobachtete.

Als sie ihn bemerkte, zögerte sie nur ganz kurz, so unmerklich, daß es wahrscheinlich seiner Aufmerksamkeit entgangen wäre, hätte er nicht darauf gewartet. Er blieb stehen, wo er war, seine Hände in die Taschen seiner Lederjacke vergraben, neugierig, was sie jetzt wohl tun würde. Sie ging weiterhin auf ihn zu, nicht schneller und nicht langsamer als zuvor. Als sie knapp neben ihm war, wandte sie ihm ihr Gesicht zu.

Ihre Züge waren fremdländisch und ihm dennoch entfernt vertraut. Keine Engländerin, dachte Philip.

»Guten Abend«, sagte er, in der Hoffnung, sie würde seinen Gruß erwidern.

Ihre Augen, so dunkel wie ihr Cape, blickten ihn geradewegs an. Bemerkenswerte Augen, dachte er, mandelförmig, mit dichten Wimpern und von der Dunkelheit leicht umschattet. Sie nickte nur und setzte ihren Weg fort.

Adrianne blickte sich nicht um, obwohl es sie beunruhigte, daß sie das Bedürfnis spürte, es zu tun. Es gab ein Dutzend harmloser Erklärungen dafür, warum dieser Mann ausgerechnet in dieser Nacht dort auf der Straße stand, und trotzdem spürte sie, wie sich ihr Rücken verspannte. Seine Augen waren wie der Nebel, grau und geheimnisvoll. Seine betont lässige Haltung kam ihr irgendwie zu wachsam vor, zu sehr auf dem Sprung.

Unsinn, redete sich Adrianne ein, als sie das Cape enger um ihren Hals zog. Er war nur ein Mann, der frische Luft schnappte oder auf eine Frau wartete. Vom Akzent her Engländer, ausgesprochen attraktiv mit grauen Augen und blondem Haar. Es gab keinen Grund, warum diese Begegnung sie beunruhigen sollte. Außer… daß dem tatsächlich so war.

In Anbetracht des langen Fluges und der Zeitverschiebung beschloß sie, früh schlafen zu gehen.

Vielleicht war es ein Fehler gewesen, sich nur mit einem Glas Wein im Magen ins Bett zu legen. Es wäre wahrscheinlich besser gewesen, wenn sie noch im Annabel's vorbeigeschaut, etwas gegessen und sich angenehm unterhalten hätte, bevor sie sich zu Bett begab. So hätte sie sich den Kopf freigemacht und jetzt an alte und neue Gesichter denken können, an die belanglosen Gespräche, die kleinen Flirts und das freimütige Lachen. Sie wäre vielleicht traumlos eingeschlafen. Doch als der Traum begonnen hatte, war es zu spät für solche Überlegungen gewesen.

Gerüche bleiben in unserem Gedächtnis am längsten haften, nur der Hauch eines Duftes kann lange verborgene Erinnerungen heraufbeschwören, lange vergessene Gefühle. Es war der Geruch von Kaffee, gewürzt mit Kardamom, der versuchte, sich gegen den aromatischen Duft schwerer Parfums durchzusetzen. Dieser Geruch, obgleich nur ein Produkt ihres Traums, versetzte sie untrüglich zurück in die Nacht vor ihrem fünften Geburtstag.

Sie erwachte von ihrem eigenen Schluchzen. Mit einem Ruck setzte sich Adrianne im Bett auf und preßte ihre Handflächen gegen die Augen, um den Traum zu verscheuchen. Wenn er so stark war wie in dieser Nacht, dann klang er für gewöhnlich lange nach. Sie atmete flach und spürte kalten Schweiß ihren Rücken hinaufkriechen, während sie angestrengt versuchte, sich zu vergegenwärtigen, wo und wer sie jetzt war.

Sie war nicht mehr das kleine Mädchen, das unter dem Bett zusammengekauert gebetet hatte, ihr Vater möge von ihrer Mutter ablassen. Das lag schon ein Leben lang zurück.

Sie stand auf, tastete nach dem Lichtschalter und ihrem Morgenmantel. Nach einem solchen Traum konnte sie die Dunkelheit nicht ertragen. Im Badezimmer kühlte sie sich ihr Gesicht mit kaltem Wasser, wissend, daß das Zittern noch einige Zeit anhalten werde. Wenigstens blieb sie diesmal vor der Übelkeit verschont, die meist mit ihren Alpträumen einherging.

Sie hatte fünfzig Stockwerke hoch über Manhattan an einem dünnen Stahlseil gehangen, war in Paris durch enge Gassen gerannt und in Louisiana durch einen Sumpf gewatet. Doch nichts, nichts jagte ihr mehr Angst ein als diese Erinnerungen, die ihre Träume zurückbrachten.

Solange ihre Hände noch zitterten, stützte sie sich am Waschbecken ab. Als sie sich beruhigt hatten, hob sie den Kopf, um sich im Spiegel zu betrachten. Sie war immer noch leichenblaß, aber die Angst war aus ihren Augen verschwunden. Das war immer das erste, das sie kontrollierte.

Auf den Straßen von London war es ruhig. Adrianne lehnte mit der Stirn am Fenster des Salons und genoß die Kühle. Die Zeit rückt näher, dachte Adrianne, und das Wissen darum erregte und ängstigte sie gleichermaßen. Das Datum stand schon fest, obwohl sie gegenüber Celeste kein Wort darüber hatte verlauten lassen. Sie würde nach Jaquir zurückgehen, um sich an dem Mann zu rächen, der ihre Mutter mißbraucht und erniedrigt hatte. Sie würde sich nehmen, was ihr gehörte. *Sonne und Mond.*

12. Kapitel

»Meine Liebe.« Adrianne hauchte einen Kuß auf Helen Fumes samtweiche Wange. »Verzeihen Sie mir die Verspätung.«

»Unsinn. Sie sind keineswegs zu spät.« Lady Fume trug ein knapp geschnittenes, grünes Seidenkleid, das nicht nur ihre Smaragde wirkungsvoll zur Geltung brachte, sondern auch ihren um zehn Pfund schlankeren Körper, das Ergebnis einer Schönheitskur, der sie sich gerade eben in der Schweiz unterzogen hatte. »Aber ich habe ein Hühnchen mit Ihnen zu rupfen.«

»Oh?« Adrianne öffnete ihr Cape.

»Wie ich höre, Sie sind schon seit Tagen in London und haben mich nicht einmal angerufen.«

»Ich habe mich versteckt«, schmunzelte Adrianne, als sie mit Schwung ihr Cape abnahm und dem wartenden Dienstmädchen aushändigte. »War momentan nicht gesellschaftsfähig.«

»Oh, ein keiner Zank mit Roger?«

»Roger?« Adrianne hakte sich bei ihrer Gastgeberin unter und begab sich in das weiträumige, im Schachbrettmuster geflieste Foyer. Wie die meisten Frauen nahm es auch Helen als gegeben hin, daß die Launen ihresgleichen von Männern bestimmt wurden. »Sie sind nicht auf dem laufenden, Helen. Roger ist schon seit Wochen passé. Ich bin wieder frei und ungebunden.«

»Das sollten wir schleunigst ändern. Tony Fitzwalter hat sich gerade von seiner Frau getrennt.«

»Oh, bitte, verschonen Sie mich. Es gibt nichts Schlimmeres als einen Mann, der gerade den heiligen Bund der Ehe gelöst hat.«

In Ballsaal drängte sich bereits eine bunte Gästeschar zwischen den elfenbeinvertäfelten Wänden. Musik erfüllte den Raum, heller Wein leuchtete in den Kristallgläsern, Parfumschwaden, Herren- und Damendüfte, überlagerten sich, und die kostbarsten Juwelen funkelten miteinander um die Wette. Millionenwerte, dachte Adrianne, wurden hier in Form von Edelsteinen und Edelmetallen zur Schau gestellt. Sie würde sich nur einen klitzekleinen Teil davon nehmen.

Die meisten Gesichter kamen ihr bekannt vor. Das war die Crux an diesen Partys. Immer die gleichen Leute, die gleichen Gespräche, die gleiche, untergründige Langeweile.

Unter der Gästeschar entdeckte sie auch den Earl, den sie ein halbes Jahr zuvor um einen mit Brillanten und Rubinen besetzten Ring erleichtert hatte, außerdem Madeline Moreau, die französische Exfrau eines Filmstars, der sie im Frühjahr einen Besuch abstatten wollte. Mit einem liebreizenden Lächeln für beide schnappte sie sich ein Glas Champagner von dem Tablett, mit dem die Kellner sich durch die Menge kämpften.

»Das haben Sie wieder zauberhaft arrangiert, Helen. Wie immer.«

»Ach ja, so viel Arbeit und Mühe, nur für ein paar Stunden«, beklagte sich Helen, die gewiß nicht mehr für den Abend getan hatte, als das Kleid anzuprobieren, das sie trug. »Aber ich liebe es einfach, Gesellschaften zu geben.«

»Man sollte genießen, was einem leicht von der Hand geht«, sagte Adrianne daraufhin, bevor sie an ihrem Champagner nippte. »Ach übrigens, Sie sehen hinreißend aus, Helen. Was haben Sie mit sich angestellt?«

»Ein kurzer Trip in die Schweiz.« Geschmeichelt ließ Helen eine Hand über ihre schlankgehungerte Hüfte gleiten. »Dort gibt es ein Kurhotel, das ist fantastisch. Sie lassen einen schier verhungern und so lange Gymnastik treiben, bis man sich dankbar auf jedes Blättchen und Körnchen stürzt, das sie einem vorsetzen. Und wenn man nahe daran ist, diesem ungastlichen Haus für immer den Rücken zu kehren, dann wird man mit Kosmetikbehandlungen, Massagen und dem exquisitesten römischen Dampfbad verwöhnt. Ein Erlebnis, meine Liebe, das ich so schnell nicht vergessen werde. Und eher bringe ich mich um, als daß ich mir diese Tortur noch einmal antun werde.«

Adrianne mußte einfach lachen. Helens leichte Plaudereien ohne jeden Tiefgang amüsierten sie immer wieder aufs neue. Es war wirklich schade, daß sie und ihr Gatte das Britische Pfund über alles stellten. »Gut zu wissen, dann werde ich mein Bestes versuchen, mir dieses Kurbad zu ersparen.«

»Übrigens, Sie dürfen es nicht versäumen, einen Blick auf das Armband der Komtesse Tegari zu werfen. Es stammt aus der Sammlung der Herzogin von Windsor. Damit hat sie mir tatsächlich die Schau gestohlen.«

Der flackernde Geiz in Helens Augen besänftigte ein wenig Adriannes schlechtes Gewissen. »Wirklich?«

»Sie ist viel zu alt für dergleichen, aber… ach, das ist eigentlich nebensächlich. Sie kenne doch beinahe alle der Anwesenden, Darling, also mischen Sie sich unters Volk, und amüsieren Sie sich. Ich muß leider meinen Pflichten als Gastgeberin nachkommen.«

»Selbstverständlich.« Sie benötigte nur fünfzehn Minuten, um den Safe im Schlafzimmer auszukundschaften. Vorausdenkend wie sie war, erschien es ihr nicht unklug zu sein, ein Schwätzchen mit Madeline Morcau zu halten, um herauszufinden, ob sie für das kommende Frühjahr schon Urlaubspläne hatte.

Philip sah sie, kaum daß er einen Fuß in den Ballsaal gesetzt hatte. Sie war der Typ Frau, der einem Mann einfach ins Auge stechen mußte. Sie paßte wunderbar in diese illustre Ansammlung der Schönen und Reichen. Und dennoch, für einen Mann, der von Berufs wegen und aus Leidenschaft aufs Beobachten trainiert war, wirkte sie eine Spur zu distanziert.

Sie trug einen schwarzen Kasack mit einem hohen, brillantenbesetzten Kragen, der an den Hüften eng anlag und dann in einen goldgesprenkelten Tüllrock auslief, der noch einen Blick auf ihre Beine zuließ. Nur die makellosesten Beine konnten sich dies erlauben. Während Philip an seinem Glas nippte, entschied er, daß die ihren tatsächlich dieser Forderung entsprachen.

Ihr Haar wurde von brillantenbesetzten Haarspangen zurückgehalten, die vortrefflich mit ihren funkelnden Ohrringen harmonierten. Inmitten seiner wohlwollenden Betrachtung wurde ihm plötzlich klar, wen er da vor sich hatte, und unwillkürlich begann er sich zu wundern.

Warum wohl war diese schöne Frau mutterseelenallein in einer naßkalten Nacht durch die Straßen spaziert, weit ab von den Restaurants, Clubs oder sonstigen Treffpunkten? Und wo hatte er ihr Gesicht schon einmal gesehen?

Zumindest eine Frage ließ sich ganz leicht lösen. Philip tippte dem Herrn neben ihm auf den Arm und nickte in Adriannes Richtung. »Die schlanke Dame mit den atemberaubenden Beinen. Wer ist sie?«

Der Mann, dessen größter Verdienst es war, ein Cousin zweiten Grades der Prinzessin von Wales zu sein, gab sofort Auskunft. »Prinzessin Adrianne von Jaquir. Eine Schönheit vom Scheitel bis zur Sohle, und eine Herzensbrecherin. Sie gestattet einem Mann nicht mehr als ein Mittagessen, und das auch nur, wenn sich der Glückliche schon etliche Jahre um sie bemüht hat.«

Na klar. Die Regenbogenblättchen, die seine Mutter mit Hingabe las, brachten immer wieder eine rührselige Geschichte über Adrianne von Jaquir. Sie war die Tochter eines arabischen Tyrannen und einer recht bekannten amerikanischen Filmschauspielerin. Hatte die Mutter nicht Selbstmord begangen? Irgendwie gab es da mal einen Skandal, aber Philip konnte sich nicht genau erinnern. Da er nun wußte, wer sie war, kam es ihm noch seltsamer vor, daß sie spät abends in der Nähe des Hauses ihrer Gastgeberin spazierengegangen war.

Philips Informant nahm sich ein Spießchen von dem Spezialitätenbuffet, das schon sehr geplündert war. »Soll ich Sie vorstellen?« Sein Angebot klang nicht sonderlich begeistert. Er hatte sich selbst um die scheue Adrianne bemüht und war abgewimmelt worden wie eine lästige Mücke.

»Nein, danke, das krieg' ich schon hin.«

Je länger Philip sie beobachtete, desto mehr drängte sich ihm der Schluß auf, daß sie nicht wirklich ein Teil dieser Gesellschaft war, sondern eher ein Beobachter wie er selbst. Neugierig geworden, kämpfte er sich durch die Menge, bis er neben ihr war.

»So sieht man sich wieder.«

Adrianne drehte sich um. Sie erkannte ihn sofort. Diese Augen hatte sie nicht vergessen. Blitzschnell überlegte sie, wie sie reagieren sollte, und lächelte dann. Es war klüger, darauf einzugehen, sagte ihr der Instinkt, als die Unbekannte zu spielen.

»Hallo.« Sie trank ihren Champagner aus und reichte ihm dann ihr leeres Glas. Sie legte genügend königliche Souveränität in diese Geste, um ihn auf Abstand zu halten. »Gehen Sie oft nachts spazieren?«

»Nicht oft genug, sonst wäre ich Ihnen vielleicht schon früher begegnet.« Unauffällig winkte Philip einen Kellner herbei. Er stellte das leere Glas auf das Tablett und nahm zwei volle. »Haben Sie jemanden besucht?«

Sie spielte kurz mit dem Gedanken zu lügen, entschloß sich dann aber, bei der Wahrheit zu bleiben. Wenn er sich über sie erkundigte – aber warum sollte er –, würde er sowieso die Wahrheit erfahren. »Nein, ich bin nur spazierengegangen. Mir war an diesem Abend nicht nach Gesellschaft.«

Ihm ebenfalls nicht, doch er hatte sie gefunden. »Ich sehe Sie noch genau vor mir – eingehüllt in einen schwarzen Umhang standen Sie da; Nebelschwaden strichen um Ihre Beine. Sehr mysteriös. Sehr romantisch.«

Eigentlich hätte sie diese kleine Unterhaltung amüsieren müssen, doch dem war nicht so. Es lag an der Art, wie er sie ansah, mit einem Blick, der ihr sagte, daß er, so viele Geheimnisse sie auch haben mochte, alle aufdecken würde, eines nach dem anderen. »Romantisch finde ich es nicht gerade, wenn einem die Zeitverschiebung zu schaffen macht. So geht mir das oft in der ersten Nacht nach einem Langstreckenflug.«

»Von?«

Sie musterte ihn über den Rand ihres Glases hinweg. »New York.«

»Wie lange werden Sie in London bleiben?«

Es war nur das übliche Partygeplauder, nicht mehr und nicht weniger, versuchte sich Adrianne zu beruhigen, obwohl sie zu gerne gewußt hätte, warum er sie dennoch so aus der Fassung brachte. »Noch einige Tage.«

»Fein. Dann können wir doch mit einem Tanz beginnen und uns bis zu einer Dinnereinladung vorarbeiten.«

Als er ihr das Glas aus der Hand nahm, protestierte sie nicht. Sie wußte, wie man mit Männern umging. Mit einem nichtssagenden Lächeln warf sie ihr Haar zurück. »Tanzen können wir.«

Sie ließ sich von ihm an den schwatzenden Grüppchen vorbei, die sich vor dem Orchester drängten, auf die Tanzfläche geleiten. Seine Hand überraschte sie. Er sah aus wie ein Mann, der an Dinnerjackets und Smokings gewöhnt war, und dennoch war die Innenfläche seiner Hand ungewöhnlich rauh und mit Hornhautschwielen bedeckt.

Hände wie ein Bauarbeiter, ein aristokratisches Gesicht und exzellente Manieren. Das war eine gefährliche Kombination. Adrianne versuchte, sich nicht zu verspannen, als er sie in seine Arme zog. Irgendwas hatte gefunkt, als sich ihre Körper berührten, etwas, das sie weder spüren noch beachten wollte. Sex-Appeal gehörte zwar zu ihrem Image, war jedoch eine reine Äußerlichkeit. Kein Mann hatte sie je besessen, und vor Jahren schon hatte sie beschlossen, daß es auch nie dazu kommen werde.

Adrianne spürte den Druck seiner Hand auf ihrem Rükken, mit der er sie führte, und die Muskeln an seiner Schulter, auf der ihre Linke ruhte. Sie wußte, wie sich ein männlicher Körper anfühlte, und es hatte sie stets unberührt gelassen. Bis jetzt. Die Band spielte ein langsames, gefühlvolles Stück. Ihr Mund war trocken, trotz des Champagners. Und gerade deshalb hob sie ihren Kopf und sah ihn direkt an.

»Sind Sie ein Freund von Lord und Lady Fume?«

»Ein Bekannter«, entgegnete Philip. Ihr Duft war einzigartig. Ein Duft, mit dem er gedämpftes Licht und stille Zimmerfluchten assoziierte, den blauen Dunst von Räucherkerzen und weibliche Geheimnisse. »Wir haben uns durch eine gemeinsame Freundin kennengelernt. Carlotta Bundy.«

»Ach, ja, Carlotta.« Sie paßte ihre Schritte den seinen an. Er tanzte so, wie er sprach, sanft und weich. Unter anderen Umständen hätte sie seine Anwesenheit vielleicht genossen. Doch wie alles andere an ihm machte sie auch seine Art, sich zu bewegen, nervös. »Ich glaube nicht, daß ich sie heute abend hier gesehen habe.«

»Nein, sie verbringt gerade ihre jüngsten Flitterwochen in der Karibik.« Um ihre Nahbarkeit auszuloten, zog er sie ein wenig näher an sich heran. Sie ließ es geschehen, doch ihr irritierter Blick entging ihm nicht. »Sind Sie morgen frei?«

»Ich habe es mir zur Gewohnheit gemacht, frei zu sein.«

»Gehen Sie mit mir Abendessen?«

»Warum?«

Das war keine schüchterne Frage, sondern eine sehr direkte. Wieder zog er sie ein Stück näher an sich heran, aber diesmal nur, um ihren Duft einzuatmen. »Weil ich gerne in Gesellschaft einer schönen Frau speise, besonders einer, die einsame Spaziergänge liebt.«

Sie spürte, wie seine Finger ganz vorsichtig mit ihren Haarspitzen spielten. Mit einem Blick hätte sie seine subtilen Flirtversuche beenden können. Aber sie ließ ihn gewähren. »Sind Sie ein Romantiker?« Sein Gesicht sprach dafür, dachte sie, poetisch, schmal, mit Augen, die sanft oder auch sehr intensiv blicken konnten.

»Ja, ich glaube schon. Und Sie?«

»Nein. Und ich gehe auch nicht mit Herren zum Essen, die ich nicht kenne.«

»Chamberlain, Philip Chamberlain. Soll ich Helen bitten, uns ganz formell bekanntzumachen?«

Der Name sagte ihr etwas, rief den Anflug einer schmerzlichen Erinnerung herauf, die aber sogleich wieder verblaßte. Sie beschloß, später genauer darüber nachzudenken, doch im Moment schien es ihr interessanter zu sein, das Spiel fortzusetzen. Das langsame Stück war zu Ende, und das Orchester spielte nun flottere Rhythmen. Er ignorierte den Wechsel und behielt sein Tempo bei. Warum deshalb ihr Puls schneller ging, wußte sie nicht. Fasziniert gab sie sich dem Rhythmus der Musik hin.

»Was würden Sie mir über Sie berichten?«

»Daß ich nicht verheiratet bin und überaus diskret, was meine geschäftlichen und privaten Beziehungen anbelangt. Daß ich sehr viel reise und eine mysteriöse Vergangenheit besitze. Daß ich überwiegend in London lebe und ein Landhaus in Oxfordshire besitze; ein leidenschaftlicher Spieler bin, der lieber gewinnt als verliert. Daß ich es nicht verschweige, wenn ich eine Frau anziehend finde.« Er führte ihre Hand an seine Lippen und hauchte ihr einen Kuß auf den Handrücken.

Sie bemühte sich, die Hitze, die durch ihren Arm schoß, zu ignorieren. »Tun Sie das, weil Sie aufrichtig sind oder weil Sie es eilig haben?«

Er lächelte sie an und hätte damit beinahe erreicht, daß ihre Lippen sich ebenfalls zu einem Lächeln kräuselten. »Ich würde sagen, das hängt von der jeweiligen Dame ab.«

Das war eine deutliche Herausforderung. Und sich der Herausforderung nicht zu stellen, war Adrianne schon immer ein gewisses Problem gewesen. Sie fällte ihre Entscheidung aus einem plötzlichen Impuls heraus, wohl wissend, daß sie sie bereuen würde.

»Ich wohne im Ritz«, ließ sie ihn wissen und entzog sich seinen Armen. »Paßt Ihnen acht Uhr?«

Philip ertappte sich dabei, wie er ganz automatisch in seiner Tasche nach dem nichtvorhandenen Zigarettenpäckchen nestelte, als sie durch die Menge davonschwebte. Wenn sie seine Gefühle schon nach einem Tanz so durcheinanderbringen konnte, war es hochinteressant zu erfahren, was sie mit ihnen einen ganzen Abend lang anstellen würde. Er winkte den Ober heran und nahm sich noch ein Glas Champagner.

Erst nach über einer Stunde gelang es Adrianne, sich unbemerkt davonzuschleichen. Sie war bisher nur ein einziges Mal im Hause der Fumes gewesen, aber sie besaß ein gutes

Erinnerungsvermögen, das sie mittels der Grundrißpläne nochmals aufgefrischt hatte. Das erste Problem bestand darin, Lady Fume, der allgegenwärtigen Gastgeberin, und den dienstbeflissenen Hausangestellten zu entrinnen. Schließlich versuchte sie es nach dem Motto »Frechheit siegt«. Die Erfahrung hatte sie gelehrt, daß sie mit dieser Methode selten falsch lag. Sie ging so selbstverständlich die Treppe nach oben, als habe sie jedes Recht der Welt, in einem fremden Haus herumzuspazieren.

Hier im zweiten Stock hörte man die Musik nur noch gedämpft, und in den Gängen roch es nach Zitronenöl, ein angenehmer Gegensatz zu dem schweren Duft der Treibhausrosen, der die unteren Räume erfüllte. Die Türen, die von den weißgetünchten Korridoren abgingen, waren in Wedgwood-Blau gestrichen. Adrianne hielt sich rechts, zählte vier Türen ab und klopfte dann zur Vorsicht leise an. Hätte jemand geantwortet, so hätte sie sich mit angeblichen Kopfschmerzen und der Suche nach Aspirin aus der Affäre ziehen können. Da jedoch niemand antwortete, vergewisserte sie sich noch einmal, daß sie allein war, und schlüpfte dann leise durch die Tür. Sie wartete einen Moment, nahm eine kleine Taschenlampe aus ihrem Abendtäschchen und ließ den schmalen Lichtstrahl durch den dunklen Raum gleiten.

Es war wichtig, den Standort jedes einzelnen Möbelstücks zu kennen, um beim nächsten Mal, wenn sie diesen Raum betrat, während ihre Gastgeber schliefen, nicht gegen einen Louis-Quinze-Tisch oder einen Queen-Anne-Sessel zu stoßen.

Sorgfältig prägte sie sich alle Einrichtungsgegenstände ein, während sie gleichzeitig zu dem Schluß kam, daß Lady Fume sich einen kreativeren Innenarchitekten leisten sollte. Glücklicherweise war das Versteck des Safes ebenso einfaltslos gewählt wie die Einrichtung. Er befand sich hinter einem ziemlich langweiligen Landschaftsbild an der Wand gegenüber dem Ehebett. Das Kombinationsschloß war kein sonderlich kompliziertes Modell, und sie schätzte, daß sie es in etwa zwanzig Minuten geknackt haben dürfte.

Leise arbeitete sie sich zu den Fenstern vor. Es waren die gleichen wie im Erdgeschoß und konnten, falls nötig, ohne große Schwierigkeiten aufgestemmt werden. Beim Anblick der ansehnlichen Staubschicht auf dem Fensterbrett schnalzte Adrianne mit der Zunge. Lady Fumes Haushälterin schien nicht sonderlich gewissenhaft zu sein.

Zufrieden machte sie einen Schritt zurück und hörte im selben Augenblick, wie sich der Türknauf drehte. Mit einem unterdrückten Fluch auf den Lippen stürzte Adrianne in den nächstgelegenen Kleiderschrank und verbarg sich zwischen den altmodischen Anzügen ihres Gastgebers.

Sie tat keinen Atemzug. Ihre an Dunkelheit gewöhnten Augen konnten durch die schräggestellten Lamellentüren des Schrankes beobachten, wie sich die Tür öffnete. Vom Korridor aus fiel ein matter Lichtstreifen ins Zimmer, der gerade so hell war, daß sie die eintretende Person klar und deutlich erkennen konnte. Es war Philip.

Adrianne biß die Zähne zusammen und verwünschte ihn im stillen, während sie gleichzeitig ihr Hirn nach einem triftigen Grund für seine Anwesenheit hier zermarterte. Er stand ganz einfach im Türrahmen und ließ seinen Blick langsam von einer Ecke des Raumes zur anderen schweifen. Auf der Hut, kam es ihr wieder in den Sinn. Zu sehr auf der Hut und zu gewandt. Und er sah gefährlich aus. Das mußte am Licht liegen, das vom Flur aus nur seinen Hinterkopf beleuchtete und sein Gesicht im Dunkeln ließ.

Ein gefährlicher Mann, dachte Adrianne, als sie durch die schmalen Spalten lugte. Gleichgültig wie ausgesucht seine Manieren waren oder wie kultiviert seine Unterhaltung, er würde auch auf der Straße seinen Mann stehen.

Adrianne wünschte ihn in die Hölle, als er geradewegs auf den Schrank starrte. Die Tatsache, daß er genauso wenig in diesem Zimmer verloren hatte wie sie, würde ihr auch nichts helfen, wenn er sie jetzt in Lord Fumes Kleiderschrank entdeckte. Sie verfluchte ihn nochmals und hielt den Atem an. Das zufällige Zusammentreffen in einer verlassenen Straße, die Eins-zu-einer-Million-Chance, ihm nochmals zu begegnen, damit hatte er es geschafft, ihr einen Strich durch das Vorhaben zu machen, das sie schon seit Wochen geplant hatte.

Dann grinste er, und dieses Grinsen beunruhigte sie noch mehr. Es war, als grinse er sie direkt an, durch die Schranktür hindurch, die sie voneinander trennte. Sie wartete nur noch darauf, daß er die Tür aufriß, und überlegte sich schon einige plausible Antworten auf seine unvermeidlichen Fragen, als er sich plötzlich abwandte, das Zimmer verließ und die Tür fest hinter sich ins Schloß zog.

Adrianne zählte zweimal langsam bis sechzig, bis sie aus ihrem Versteck kletterte. Umsichtig wie sie war, schüttelte sie ihren Rock auf und überprüfte den Sitz ihrer Frisur. Vielleicht war es gar nicht so unklug gewesen, seine Dinner-Einladung anzunehmen. Ihre innere Stimme sagte ihr, daß sie besser daran täte, ihn im Auge zu behalten, als zu versuchen, ihm aus dem Weg zu gehen.

Dieser Philip Chamberlain hatte sie gezwungen, ihre Pläne umzuwerfen. Sie blickte sich ein letztes Mal in dem dunklen Schlafzimmer um. Nun gut, dann würde Lady Fume ihre Smaragde eben behalten. Zumindest noch eine Zeitlang. Doch sie wollte verdammt sein, wenn diese Reise umsonst gewesen sein sollte, dachte sie und warf noch einen letzten, bedauernden Blick auf das Landschaftsbild.

Sie würde mit diesem Philip Chamberlain zum Abendessen ausgehen, anschließend in ihre Suite zurückkehren und in ihre Arbeitsklamotten schlüpfen. Madeline Moreau sollte ihre Saphire schon ein wenig früher als geplant loswerden.

13. Kapitel

Die Vorbereitungen für ihren Besuch bei Madeline Moreau nahmen viel Zeit in Anspruch; bis nach Mitternacht brütete Adrianne über den Plänen und war in den ersten Morgenstunden schon wieder auf den Beinen. Das Auftauchen dieses Philip Chamberlain mochte ihr zwar den Fume-Job vermasselt haben, doch das bedeutete noch lange nicht, daß der Schatten deshalb London mit leeren Händen verlassen mußte.

Als Diebin war Adrianne sehr erfolgreich. Ein Grund dafür war ihre Vorsicht. Ein anderer Grund, der vielleicht noch mehr zu Buche schlug, war ihre Flexibilität. Die Baupläne der Fumeschen Villa, die sie aus New York mitgebracht hatte, konnten warten. Die Witwen- und Waisenstiftung hingegen nicht.

Um Viertel vor neun Uhr morgens öffnete Lucille, Madelines Dienstmädchen, einem gutaussehenden, bärtigen jungen Mann im grauen Overall die Tür.

»Bitte, was wünschen Sie?«

»Kammerjäger. Schädlingsbekämpfung.« Adrianne grinste hinter ihrem sandfarbenen Bart hervor und bedachte Lucille mit einem kessen Augenzwinkern. Unter einer verbeulten Kappe trug sie eine strubbelige blonde Perücke, die ihre Ohren verbarg. »Hab' sechs Wohnungen auf der Liste heute morgen, und das hier ist Nummer eins.«

»Ungeziefer?« Lucille zögerte und errötete dann ein wenig unter den interessiert musternden Blicken des Kammerjägers. »Die Mademoiselle hat mir nichts von Ungeziefer gesagt.«

»Auftrag vom Hausmeister.« Adrianne hielt ihr ein rosafarbenes Formular hin. Sie trug reichlich verschlissene Arbeitshandschuhe, die bis über die Handgelenke reichten. »Hat ein paar Beschwerden gegeben. Mäuse.«

»Mäuse?« Lucille unterdrückte ein Kreischen und zog ihre Hand zurück. »Aber die Mademoiselle schläft noch.«

»Is' nicht mein Bier. Wenn Sie nich' wollen, daß Jimmy die kleinen Tierchen umbringt, dann trolle ich mich eben wieder.« Sie hielt dem Dienstmädchen noch mal das Papier unter die Nase. »Unterschreiben Sie hier. Da steht, daß Sie meinen Service nich' brauchen. Damit is' mein Boß aus'm Schneider, falls Ihnen irgendwelche Nagetiere die Beine hochkrabbeln.«

»Um Himmels willen, nein.« Unschlüssig begann Lucille an ihren Nägeln zu knabbern. Mäuse. Allein der Gedanke daran jagte ihr eine Gänsehaut über den Rücken. »Warten Sie hier. Ich werde die Mademoiselle wecken.«

»Nur keine Eile, ich werd' nach Stunden bezahlt.«

Sobald Lucille verschwunden war, stellte Adrianne den Behälter mit dem Vertilgungsmittel ab und unterzog den Raum einer raschen, routinierten Inspektion, indem sie Bilder anhob und Bücher verrückte. Unwillkürlich mußte sie grinsen, als sie Madelines Stimme aus einem Zimmer am Ende des Korridors vernahm. Offensichtlich war die Gnädigste nicht sonderlich erbaut über die Unterbrechung ihres Schönheitsschlafes. Als Lucille zurückkam, lehnte Adrianne am Türpfosten und pfiff ein Liedchen.

»Fangen Sie bitte in der Küche an. Mademoiselle möchte sich fertigmachen, bevor Sie sich die Schlafzimmer vornehmen.«

»Ganz zu Ihren Diensten.« Adrianne hob den Behälter auf. »Wollen Sie mir Gesellschaft leisten?«

Lucille klimperte mit den Wimpern. Er war klein und dürr, dachte sie. Hatte aber ein hübsches Gesicht. »Vielleicht. Wenn Mademoiselle weggegangen ist.«

»In Ordnung.« Pfeifend machte sich Adrianne auf den Weg in die Küche. Sobald die Luft rein war, schlüpfte sie in die kleine Abstellkammer. Die Alarmanlage, die sie dort vorfand und die ihrem Namen keine Ehre machte, veranlaßte sie zu einem enttäuschten Seufzer. Rasch, doch mit einem Ohr auf etwaige Geräusche lauschend, schraubte sie die Deckplatte ab. Mit einem Griff fischte sie einen Minicomputer von der Größe einer Kreditkarte und zwei Lüsterklemmen aus ihrer Tasche. Ruhig und sicher arbeitend, klemmte sie die Drähte ab und unterbrach so die Stromzufuhr.

Als sie das Klappern von Absätzen vernahm, schlüpfte sie schnell aus der Kammer und sprühte eine dicke Wolke des angeblichen Vertilgungsmittels in die Luft, das in Wahrheit ein harmloses Raumspray war.

»Warten Sie lieber noch eine Minute«, rief sie, als Lucille den Kopf in die Küchentür steckte. »Das Zeug muß sich erst setzen. Sonst sehn Ihre hübschen Augen gleich aus wie die von einem Karnickel.«

Hustend wedelte Lucille mit der Hand vor ihrem Gesicht herum. »Mademoiselle möchte wissen, wie lange Sie noch brauchen.«

»Eine Stunde, höchstens.« Dabei drückte sie nochmals auf die Pumpe, um Lucille zum Gehen zu animieren. Dann zählte sie bis fünf, schlich wieder in die Abstellkammer und trennte die Kabel ab. Sie brauchte keine zwei Minuten, um die Kabelenden mit ihrem Computer zu verbinden und den Sicherheitscode zu ändern. Unbemerkt in das Haus zu gelangen, sollte nun kein Problem mehr sein, dachte sie, als sie die Abdeckplatte wieder festschraubte. Jetzt mußte sie nur noch den Safe finden. Mit dem Metalltank über der Schulter ging sie zu Lucille.

»Wohin jetzt?«

»Ins Gästezimmer.« Lucille wollte gerade in die entsprechende Richtung deuten, als sie von einer französischen Schimpftirade unterbrochen wurde.

»Lucille! Verdammt noch mal. Wo hast du meine rote Tasche hingelegt? Muß ich denn alles selber machen?«

»Eine reizende Person«, bemerkte Adrianne. Lucille verdrehte nur die Augen und eilte davon. Wenn sich Madeline schon wegen einer Tasche so aufregte, würde sie beim Verlust ihrer Saphire sicherlich der Schlag treffen. Geiz zahlt sich eben nicht aus, überlegte Adrianne und machte sich dann auf die Suche nach dem Gästezimmer.

Zwanzig Minuten später hörte sie die Haustür zuschlagen. Nach weiteren zehn Minuten hatte sie den Safe in Madelines überladenem, ganz in Rot und Schwarz gehaltenem Schlafzimmer gefunden. Er stand auf dem Toilettentisch hinter einer Holzblende, vor der sich Tiegel und Flaschen türmten.

Standardkombination, murmelte Adrianne vor sich hin. Madeline hätte in ihre Sicherheit ebensoviel investieren sollen wie in ihre Garderobe. Den Tank erneut geschultert, verließ Adrianne das Zimmer und fand Lucille, die sie schon sehnsüchtig erwartete.

Das Mädchen hatte offenbar in ihrem teuersten Parfum gebadet.

»Sind Sie fertig?«

»Jede Maus, die jetzt noch versucht, hier reinzukriechen, fällt auf der Stelle tot um.«

Und jetzt geht es ihr an den Kragen, dachte Adrianne, als

Lucille sie erwartungsfroh anstrahlte. »Die Mademoiselle ist weg?«

»Vor einer Stunde wird sie nicht wieder hier sein.« Lucille machte einen Schritt auf sie zu, als wolle sie die Einladung bekräftigen. Beinahe hätte Adrianne laut losgeprustet, ermahnte sich jedoch, daß es darüber eigentlich nichts zu lachen gab.

»Schade, im Moment hab' ich leider keine Zeit. Aber später. Wann haben Sie Feierabend?«

»Das hängt von ihren Launen ab.« Schmollend spielte Lucille mit den Kragenenden von Adriannes Overall. Noch nie hatte sie ein Mann mit Bart geküßt. »Manchmal muß ich den ganzen Abend hierbleiben.«

»Irgendwann geht sie doch auch mal zu Bett, oder?« Da Adrianne schon Pläne für Madeline geschmiedet hatte, kam es ihr nur zupaß, Lucille in diese gleich miteinzubeziehen. »Wie wär's, sagen wir, um Mitternacht? Wir könnten uns dann im Bester's in Soho treffen. Auf einen Drink.«

»Nur ein Drink?«

»Mal sehen?« Adrianne grinste. »Ich wohne gleich um die Ecke vom Bester's. Vielleicht kommen Sie später noch zu mir hoch und geben mir… äh, Französischunterricht. Also dann, bis Mitternacht.« Sie gab Lucille zum Abschied einen aufmunternden Klaps und ging dann zur Tür.

»Mal sehen.«

Bevor sie endgültig das Haus verließ, drehte sich Adrianne noch einmal um und winkte freundlich.

Eine Stunde später bezahlte eine blonde Dame in einem pinkfarbenen Twinset im voraus zwei Dutzend rote Rosen und ein exquisites Champagner-Dinner für zwei Personen im Separé eines verschwiegenen Landgasthofes, der etwa eine Autostunde von London entfernt lag.

»Mein Chef erwartet allerbesten Service«, erklärte Adrianne, wobei sie sich sehr britisch gab, und drückte dem Manager ein Bündel Fünfpfundnoten in die Hand. »Und Diskretion, versteht sich.«

»Selbstverständlich.« Der Manager deutete eine kleine Verbeugung an, sorgsam darauf bedacht, nicht allzuviel Begeisterung zu zeigen. »Auf welchen Namen darf ich reservieren?«

In bester Celeste-Manier hob Adrianne eine Braue. »Mr. Smythe. Sorgen Sie dafür, daß um Mitternacht der Champagner bereitsteht, wohl temperiert.« Dabei fügte sie dem Betrag noch eine Zwanzigpfundnote hinzu.

»Ich werde mich persönlich darum kümmern.«

Kerzengerade und mit hocherhobenem Kopf ging Adrianne zu ihrem Wagen, den sie für den kurzen Landausflug angemietet hatte. Sie konnte sich ein kleines Grinsen beim besten Willen nicht verkneifen. Der erste Strauß Rosen mußte inzwischen bei Madeline abgegeben worden sein, zusammen mit der geheimnisvollen, sehr romantisch abgefaßten Einladung zu einem mitternächtlichen Dinner mit einem stillen Bewunderer.

Das Wissen um die kleinen menschlichen Schwächen war für Adriannes Unternehmungen ebenso wichtig wie ihre Fingerfertigkeit. Madeline Moreau war eine hundertprozentige Französin und zudem ausgesprochen eitel. Adrianne zweifelte keinen Augenblick daran, daß Madeline ihre Wohnung verlassen und in die Limousine steigen würde, die Adrianne schon bestellt hatte. Natürlich würde sie enttäuscht sein, wenn ihr anonymer Bewunderer durch Abwesenheit glänzte, doch der Dom Pérignon und ihre erwartungsvolle Neugier würden sie schon eine Weile beschäftigen. Daß Madeline vor zwei Uhr nachts nach Hause käme, war unwahrscheinlich. Dann jedoch würden ihre Saphire bereits in Adriannes Tasche klimpern – und die Wände unter einem von Madelines berüchtigten cholerischen Wutanfällen erbeben.

Als Adrianne in ihr Hotel zurückgekehrt war, ging sie rasch noch einmal ihre Aufzeichnungen durch und checkte den Zeitplan. Die zweite Rosensendung mit einem dümmlichen Liebesgedicht und der nochmaligen Bitte um ein romantisches Dinner zu zweit mußte jeden Augenblick an Madelines Tür abgegeben werden.

Dem würde sie nicht widerstehen können. Adrianne hielt ein Streichholz an ihre Notizen und beobachtete, wie sie

Feuer fingen. Auf ihre Menschenkenntnis konnte sie sich verlassen, beruhigte sie sich. Philip Chamberlains Auftauchen mochte purer Zufall gewesen sein, doch der Schatten bevorzugte exakte Kalkulationen. Zufrieden mit sich und ihrer Entscheidung verzogen sich Adriannes Mundwinkel zu einem amüsierten Schmunzeln. Durch Philip kam sie zu dem besten Alibi überhaupt. Man würde sie mit ihm zum Abendessen ausgehen und wieder nach Hause kommen sehen. Und daß man sie beim Verlassen der Suite um Mitternacht nicht erkannte, dafür würde sie schon sorgen.

Adrianne war bester Stimmung, als sie sich zum Dinner umkleidete. Das kleine Schwarze, das sie gewählt hatte, war knapp geschnitten und bestach durch eine in allen Farben schimmernde Perlenbordüre an einer Schulter. Sie steckte sich königsblaue, in Gold gefaßte Ohrringe an, die jeder, der kein Experte war, für echte Saphire gehalten hätte. Sie stahl nur vom Feinsten, nur die kostbarsten Juwelen, doch selbst besaß sie wenig Schmuck. Ihr Interesse galt ausschließlich *Sonne und Mond*.

Einen Schritt zurücktretend, musterte sie sich mit einem langen, strengen Blick. Ihr Äußeres war ihr sehr wichtig. Sie war zufrieden mit ihrer Entscheidung, ihr Haar lockig zu tragen, änderte jedoch ihre Meinung über die Farbe des Lippenstifts und wählte einen etwas dunkleren Ton. Ja, dachte sie, so ist es gut, dadurch wirkte sie eine Spur kühler. Philip Chamberlain mochte ein gefährlicher Mann sein, aber wenn er glaubte, sie sei eine leichte Beute, so hatte er sich gründlich geirrt.

Als der Portier Philip meldete, war sie fertig und freute sich sogar auf den Abend. Sie bestand darauf, Philip in der Halle zu treffen.

Diesmal war er nicht so formell gekleidet. Der graue italienische Anzug war salopp geschnitten und nur einen kleinen Ton heller als seine Augen. Anstelle von Hemd und Krawatte trug er einen schwarzen Rollkragenpullover, der sein blondes Haar vorteilhaft zur Geltung brachte. Er sah sehr gut aus, zu gut, dachte Adrianne. Ihr Lächeln wurde daraufhin eine Spur reservierter.

»Sie sind pünktlich.«

»Und Sie wunderschön.« Er reichte ihr eine einzelne rote Rose.

Sie kannte die Männer zu gut, um sich von einer Rose beeindrucken zu lassen, doch ihre Lippen kräuselten sich zu einem verhaltenen Lächeln.

Philip nahm Adrianne den Zobel ab, den sie über dem Arm trug, legte ihn ihr mit einer nonchalanten Bewegung um die Schultern und fuhr dann mit zwei Fingern an ihrem Haaransatz entlang, um einige Strähnen, die sich unter dem Kragen verfangen hatten, hervorzuziehen. Ihr Haar war so kräftig und glänzend wie der Pelz.

Ganz unerwartet breitete sich ein Gefühl von Wärme in ihrem Inneren aus. Entschlossen, derartige Gefühle zu ignorieren, blickte Adrianne über ihre Schulter. Ihre Gesichter berührten sich beinahe, und als sich ihre Blicke trafen, ließ sie es zu, daß sich ihre Lippen ein klein wenig vorwölbten.

Sie wußte genau, dachte Philip, wie man einen Mann, mit einem einzigen Blick, einer kleinen Bewegung aus der Fassung bringt. Und gleichzeitig wunderte er sich, wie sie wohl mit diesen Augen zu dem Ruf gelangen konnte, absolut unerreichbar zu sein.

»Ungefähr vierzig Kilometer östlich von London gibt es einen Landgasthof. Ruhig, gemütlich, mit vorzüglichem Essen.«

Sie hatte ein schickes Nobelrestaurant im Stadtzentrum erwartet. War es möglich, daß er denselben Gasthof ausgesucht hatte, in dem Madeline um Mitternacht auf ihren mysteriösen Verehrer wartete? Philip bemerkte den Anflug eines Lachens in ihren Augen und fragte sich nach dem Grund dafür.

»Sie sind ein Romantiker.« Elegant entwand sie sich seinen Händen, die noch immer auf ihrer Schulter ruhten. »Aber ich habe nichts gegen eine kleine Spazierfahrt einzuwenden. Unterwegs können Sie mir dann ein wenig über Philip Chamberlain erzählen.«

Lächelnd nahm er ihren Arm. »Ich fürchte, dafür reichen vierzig Kilometer nicht aus.«

Als Adrianne im Fond des Rolls-Royce Platz genommen hatte, ließ sie den Zobel von ihren Schultern gleiten. Die kühle Herbstluft kam nicht gegen ihre innere Hitze an. Der Wagen war kaum aus der Parkbucht geglitten, da zauberte Philip schon eine Flasche Dom Pérignon aus einer Kühlbox hervor.

Zu perfekt, dachte sie und kämpfte gegen ein Lächeln an. Eine rote Rose, Champagner, der elegante Wagen, ein lauschiger Abend auf dem Lande. Arme Madeline, amüsierte sie sich im stillen, als sie Philips Profil betrachtete.

»Haben Sie Ihren Aufenthalt in London genossen?« Mit einem leisen Plop entfernte Philip den Korken. Gegen die gedämpfte Stille im Wageninneren hörte sich das Zischen des Champagners, der im Flaschenhals hochsprudelte, beinahe aufregend an.

»Ja, ich bin immer gerne hier.«

»Und was treiben Sie so?«

»Treiben?« Sie nahm das Glas, das er ihr reichte. »Einkaufen. Freunde besuchen. Spazierengehen.« Sie gestattete ihm, ihr einen Löffel Kaviar auf einen Cracker zu häufen. »Und was machen Sie?«

Bevor er antwortete, sah er ihr dabei zu, wie sie an dem kleinen Snack knabberte. »In welcher Beziehung?«

Adrianne schlug die Beine übereinander und lehnte sich bequem zurück. Sie entsprach genau dem Image, das sie vermitteln wollte; eleganter Pelz, Seidenstrümpfe und glitzernde Juwelen. »Nun, Arbeit, Vergnügen oder was immer.«

»Ich versuche immer genau das zu tun, was mir gerade am meisten Vergnügen bereitet.«

Sie fand es seltsam, daß er ihre Frage nicht ausführlich beantwortete. Die meisten Männer brauchten nur eine klitzekleine Ermunterung, und schon ließen sie sich lang und breit über ihre Arbeit, ihre Hobbys und vor allem ihre Person als solche aus. »Sie erwähnten Glücksspiele.«

»So, tat ich das?«

Er beobachtete sie weiterhin auf eine Art und Weise, die sie irritierte, wenn nicht gar aus der Fassung brachte. Es schien ihr, als wisse auch er ganz genau, daß der Rolls-Royce im Grunde eine Bühne war, auf der sie beide Theater spielten. »Ja. Welches Spiel bevorzugen Sie?«

Er grinste vielsagend. Es war das gleiche Grinsen, das er damals aufgesetzt hatte. »Riskante Spiele. Noch etwas Kaviar?«

»Danke.« Sie spielten tatsächlich ein Spiel, da war sich Adrianne nun sicher. Noch kannte sie zwar die Regeln nicht, wußte nicht, welcher Preis sie am Ende erwartete, aber das Spiel hatte begonnen, soviel stand fest. Alles war vom Feinsten, der Kaviar, selbstverständlich Beluga, der Champagner und der Wagen, der sie geräuschlos aus London entführte. Versonnen fuhr sie die Nähte der Armlehne nach, die sie von Philip trennte. »Ihre riskanten Spiele scheinen sich auszuzahlen.«

»Gewöhnlich.« In Verbindung mit Adrianne war er sich dessen absolut sicher. »Was machen Sie, wenn Sie nicht durch London spazieren?«

»Dann gehe ich woanders spazieren, woanders einkaufen. Wenn eine Stadt mich zu langweilen beginnt, gibt es immer eine andere.«

Er hätte ihr diese Antwort geglaubt, wenn er nicht dieses leidenschaftliche Flackern in ihren Augen bemerkt hätte. Sie war keine dieser gelangweilten jungen Damen, die zuviel Geld und zuviel Zeit besaßen. »Gehen Sie nach New York zurück, wenn Ihnen London über ist?«

»Ich habe mich noch nicht entschieden.« O Gott, wie trübselig mußte dieses Leben sein, das zu führen sie Philip vorgaukelte.

»Vielleicht suche ich mir ein wärmeres Plätzchen für die Ferien.«

Sie machte sich lustig über ihn, dachte Philip. Er sah es an ihren Augen und hörte es an ihrer Stimme. Ob sie das, was ihm auf der Zunge lag, wohl auch lustig finden würde, fragte er sich und warf ihr den sprichwörtlichen Ball zu.

»In Jaquir ist es immer heiß.«

Was er jetzt in ihren Augen las, war keine Heiterkeit, sondern Wut, jäh auflodernde, leidenschaftliche Wut, die sie ebenso schnell zu verbergen suchte. »Ja.« Ihre Stimme klang ruhig und desinteressiert. »Aber ich ziehe die Tropen der Wüste vor.«

Er wußte, daß er hier weiterbohren konnte, und wollte dies gerade tun, als das Autotelefon summte. »Verzeihung«, murmelte er und nahm den Hörer ab. »Chamberlain.« Er erlaubte sich nur einen leisen Seufzer. »Hallo Mama.«

Adrianne runzelte skeptisch die Stirn. Irgendwie hatte sie nicht damit gerechnet, daß er eine Mutter haben könnte, und schon gar nicht eine, die ihn im Auto anrief. Amüsiert füllte sie erst sein, dann ihr Glas nach.

»Nein, ich hab's nicht vergessen. Es bleibt bei morgen. Nichts Besonderes, ich bin sicher, du wirst wundervoll aussehen. Aber nein, ich bin nicht ärgerlich. Auf dem Weg zum Abendessen.« Er streifte Adrianne mit einem Blick. »Ja, mache ich. Nein, brauchst du nicht. Mama...« Wieder ein unterdrückter Seufzer.

»Ich glaube wirklich nicht, daß... Ja, natürlich.« Er legte den Hörer auf sein Knie. »Meine Mutter. Sie möchte Ihnen gerne guten Tag sagen.«

»Oh.« Verwirrt starrte Adrianne auf den Apparat.

»Sie ist ganz harmlos.«

Adrianne kam sich ein wenig albern vor, als sie zum Hörer griff. »Hallo.«

»Hallo, meine Liebe. Ein toller Wagen, nicht wahr?«

Diese Stimme hatte nichts von Philips Sanftheit, und der Akzent ging stark in Richtung Cockney. Automatisch ließ Adrianne einen Blick durch den Rolls schweifen und lächelte. »Ja, das stimmt.«

»Ich fühl' mich darin immer wie eine Königin. Wie heißen Sie, Liebes?«

»Adrianne, Adrianne Spring.« Sie merkte gar nicht, daß sie ihren Titel weggelassen und statt dessen den Mädchennamen ihrer Mutter benutzt hatte, wie sie es Freunden gegenüber häufig tat. Philip war es jedoch nicht entgangen.

»Ein hübscher Name. Sie werden einen schönen Abend haben. Er ist ein guter Junge, mein Phil. Und sieht auch noch blendend aus, hab' ich recht?«

Heiterkeit blitzte in Adriannes Augen auf, und sie lächelte

Philip offen an. Es war das erste Mal, daß sie ihm gegenüber ihr warmherziges Wesen zeigte. »Das tut er, wirklich.«

»Lassen Sie sich nicht zu rasch von ihm betören, Liebes. Er kann ein verdammter Schlingel sein.«

»Tatsächlich?« Adrianne musterte Philip über ihr Champagnerglas hinweg. »Ich werde es mir zu Herzen nehmen. Hat mich gefreut, mit Ihnen zu plaudern, Mrs. Chamberlain.«

»Nennen Sie mich einfach Mary. Kommen Sie doch mal mit Phil zum Tee, auf einen netten Plausch.«

»Ja, gerne. Gute Nacht.« Immer noch grinsend gab sie Philip den Hörer zurück.

»Wir sehen uns morgen, Mama. Nein, sie ist nicht hübsch. Sie schielt, hat ein Doppelkinn und Warzen im Gesicht. Also, schau weiter Fernsehen. Ich liebe dich auch.« Er legte auf und nahm erst einmal einen großen Schluck. »Verzeihung.«

»Aber warum denn?« Der Anruf hatte ihre Gefühle für ihn verändert. Es würde nicht leicht sein, einem Mann die kalte Schulter zu zeigen, der seiner Mutter soviel Liebe und Zuneigung entgegenbrachte. »Sie klingt reizend.«

»Ist sie auch. Sie ist meine große Liebe.«

Einen Augenblick lang schwieg Adrianne nachdenklich. »Das glaube ich Ihnen.«

»Es ist so.«

»Und Ihr Vater? Ist er auch so nett?«

»Das weiß ich nicht.«

Wenn sie ihn richtig verstanden hatte, wollte er nicht weiter über dieses Thema sprechen. »Warum haben Sie ihr gesagt, daß ich schiele?«

Lachend nahm er ihre Hand und führte sie an seine Lippen. »Zu Ihrem eigenen Besten, Adrianne.« Sein Blick hielt den ihren gefangen, während seine Lippen ganz sachte ihren Handrücken berührten. »Sie wünscht sich sehnsüchtig eine Schwiegertochter.«

»Aha, verstehe.«

»Und Enkelkinder.«

»Verstehe«, wiederholte sie und entzog ihm ihre Hand.

Der Gasthof war tatsächlich der, den sie für Madeline ausgesucht hatte, weil er ein ruhiges, abgelegenes, aber schrecklich romantisches Lokal war. Der Geschäftsführer, mit dem sie nachmittags gesprochen hatte, begrüßte sie mit einer Verbeugung und ohne die geringsten Anzeichen des Erkennens.

In der Gaststube gab es einen offenen Kamin, der so groß war, daß man darin einen ganzen Ochsen braten konnte, und in dem jetzt hinter einer messinggefaßten Glasscheibe dicke Holzscheite glühten und dabei einen tiefen Summton verbreiteten. Kleine, vielfach unterteilte Fenster hielten die Herbstböen ab, die von der Küste herüberwehten. Die wuchtigen viktorianischen Möbel, die Anrichten, in denen das Silber und Kristall nur so funkelte, gaben dem großen Raum eine gemütliche Atmosphäre.

Sie hatten die Spezialität des Hauses gewählt, Beef Wellington, das sie nun im Schein flackernder Kerzen, die in schweren Zinnhaltern steckten, genossen; dabei wurden sie von einem alten Mann auf der Geige musikalisch begleitet.

Sie hätte nicht gedacht, daß sie sich in Philips Gesellschaft so entspannen, mit ihm lachen und bei einem Glas Brandy seinen Geschichten lauschen könnte. Sie sprachen über alte Filme, für die sie beide schwärmten, wobei er geschickt das Thema Phoebe und ihre Tragödie umging. Sie sprangen eine Generation weiter zurück zu Hepburn, Bacall, Gable und Tracy.

Es beeindruckte sie, wie er sich an ganze Dialoge erinnern und sie mit der passenden Mimik wiedergeben konnte. Sie hatte ihr Englisch im Kino und vor dem Bildschirm gelernt und dabei ihr Talent, verschiedene Dialekte nachzuahmen, entdeckt. Da Phoebe ihr schon von klein auf die Liebe zur Fantasie vermittelt hatte, konnte sie nicht umhin, eine gewisse Verbundenheit mit Philip zu spüren.

Im Laufe der Unterhaltung stellte sich heraus, daß er ein leidenschaftlicher Gärtner war und diesem Hobby auf seinem Landsitz und in dem Gewächshaus neben seinem Londoner Stadthaus begeistert nachging.

»Ich kann mir Sie nur schwer beim Umgraben und Unkrautzupfen vorstellen. Aber immerhin erklärt das Ihre Schwielen.«

»Schwielen?«

»An Ihren Händen«, sagte sie und bedauerte im selben Moment ihren Ausrutscher. Was nur eine locker dahingesagte Beobachtung sein sollte, erschien bei Kerzenlicht und Violinenbegleitung über die Maßen persönlich und intim. »Sie passen irgendwie nicht zu Ihrer sonstigen Erscheinung.«

»Mehr als Sie ahnen«, murmelte er. »Jeder hat so seine kleinen Geheimnisse und legt sich, vielleicht um diese zu verbergen, ein bestimmtes Image zu, nicht wahr?«

Sie glaubte eine absichtliche Zweideutigkeit aus seiner Antwort herauszuhören und überspielte die Situation geschickt mit einer Bemerkung über die Gärten des Buckingham Palace.

Sie waren beide viel gereist, hatten dieselben Städte und Länder besucht. Wie sich beim Brandy herausstellte, waren sie vor fünf Jahren zur selben Zeit in Rom im Excelsior abgestiegen. Worüber nicht gesprochen wurde, war, daß Adrianne damals in Rom weilte, um eine Contessa um ihre Brillanten und Rubine zu erleichtern und Philip dort einen seiner letzten Einbrüche tätigte, um an die ungeschliffenen Diamanten eines Filmmoguls heranzukommen. Versonnen hingen beide für einen Augenblick ihren jeweiligen Erinnerungen nach.

»Ich habe damals eine ausgesprochen angenehme Zeit in Rom verbracht«, kam Adrianne nochmals auf das Thema zurück, als sie zum Wagen zurückkehrten. Eine angenehme Zeit, die ihr rund 350 Millionen italienische Lira eingebracht hatte.

»Ich ebenfalls.« Philips Ausbeute hatte sich sogar auf über die Hälfte mehr belaufen, nachdem er die Steine in Zürich zu Geld gemacht hatte. »Schade, daß wir uns nicht schon damals kennengelernt haben.«

Adrianne nahm wieder ihren Platz im Fond ein. »Ja.« Es hätte ihr sicher gefallen, mit ihm eine Flasche Rotwein zu trinken und durch die engen, alten Gassen Roms zu schlendern. Doch im nachhinein war sie froh, ihm dort nicht begegnet zu sein. Er hätte sie sicherlich genauso abgelenkt, wie er es, wie sie zugeben mußte, jetzt tat. Sein Knie berührte wie zufällig das ihre, als der Wagen anfuhr. Wie gut, daß sie an diesem Abend noch zu arbeiten hatte.

»In Rom kenne ich ein Café, in dem man das beste Eis der Welt ißt.«

»San Felippo«, entgegnete Adrianne lachend. »Ich weiß. Ein Besuch, und ich muß drei Tage fasten.«

»Vielleicht treffen wir uns eines Tages dort.«

Sein Finger fuhr ganz sacht über ihre Wange und erinnerte sie an das Spiel, das sie spielten, und daran, daß es nichts einbrachte, es zu sehr zu genießen. Eigentlich sehr zu ihrem Bedauern. »Vielleicht«, entgegnete sie und wich zurück.

Sie hatte sich nur wenig bewegt, doch Philip spürte, wie sich der Abstand zwischen ihnen vergrößerte. Eine seltsame Frau, überlegte er. Das exotische Aussehen, dieser verführerische Mund, das merkwürdige Aufblitzen, das er von Zeit zu Zeit in ihren Augen erkannte. Alles echt, aber doch trügerisch. Sie gehörte nicht zu den Frauen, die sich willig und ergeben in die Arme eines Mannes schmiegten, sondern zu den wenigen, die einen Mann mit einem Wort oder einem Blick kaltstellen konnten. Eigentlich hatte er bisher Frauen bevorzugt, mit denen er eine offene, unkomplizierte sexuelle Beziehung pflegen konnte. Und doch mußte er feststellen, daß ihn die Gegensätze in Adrianne nicht nur interessierten, sondern regelrecht anzogen.

Ebenso wie Adrianne wußte auch Philip, wie wichtig die Wahl des richtigen Zeitpunktes war. Daher wartete er mit seinem nächsten Schritt, bis sie London erreicht hatten.

»Was haben Sie eigentlich gestern abend in Fumes Schlafzimmer gemacht?«

Um ein Haar hätte Adrianne die Beherrschung verloren. Der unterhaltsame Abend, seine angenehme Gesellschaft und der Brandy hatten sie ihre Vorsicht vergessen lassen. Doch aufgrund ihres jahrelangen Trainings gelang es ihr, ihm nur einen mäßig interessierten Blick zuzuwerfen. »Wie bitte?«

»Ich fragte, was Sie während des Balls im Schlafzimmer der Fumes zu suchen hatten?« Dabei spielte er ganz unbeteiligt mit einer ihrer Locken. Sie hat Haare, dachte er, in denen könnte sich ein Mann verlieren. Darin ertrinken.

»Was veranlaßt Sie zu dieser Annahme?«

»Keine Annahme. Ich weiß es. Ihr Geruch ist sehr individuell, Adrianne. Unverwechselbar. Ich habe Sie schon in dem Moment gerochen, als ich die Tür öffnete.«

»Wirklich?« Umständlich schlüpfte sie in ihren Pelz und suchte währenddessen nach einer passenden Antwort. »Man könnte ebensogut fragen, was Sie dort zu suchen hatten.«

»Gewiß, das könnte man.«

Nach einer längeren Pause beschloß Adrianne, daß es sein Interesse nur noch steigern würde, wenn sie nicht antwortete. »Wenn es Sie interessiert, ich bin nach oben gegangen, um einen losen Saum festzustecken. Sollte ich mich geschmeichelt fühlen, daß mein Parfum einen so bleibenden Eindruck bei Ihnen hinterlassen hat?«

»Nein, das nicht, aber es sollte Ihnen schmeicheln, daß ich mir nicht die Freiheit herausnehme, Sie eine Lügnerin zu nennen«, entgegnete er leise. »Andererseits neigen schöne Frauen häufig dazu, die Unwahrheit zu sagen.«

Er berührte ihr Gesicht, aber nicht mehr neckend und flirtend wie vorher, sondern diesmal besitzergreifend. Seine Hand umschloß ihr Kinn, seine Finger spreizten sich über ihre Wangen, so daß Zeigefinger und Daumen ihre Lippen wie ein Rahmen umgaben. Unglaublich weich, unglaublich begehrenswert, war sein erster Gedanke. Dann bemerkte er etwas, das ihn überraschte. Was jetzt in ihren Augen aufblitzte, war weder Ärger noch Humor oder kühle Distanz. Es war Angst, ein kurzes Aufflackern nur, aber ganz deutlich zu erkennen.

»Wenn ich lüge, Philip, dann stelle ich es schon etwas raffinierter an.« Oh, Gott, nur eine kleine Berührung, und schon zitterte sie, wurde unsicher und spürte eine Art Begehren in sich aufsteigen. Energisch straffte sie ihren Rücken und setzte sich gerade hin. Ihre Gefühle gerieten immer außer Kontrolle. Nur mit äußerster Mühe brachte sie ein kühles Lächeln zustande. »Mir scheint, wir sind da.«

»Warum haben Sie Angst davor, daß ich Sie küssen könnte, Adrianne?«

Warum erkannte er so klar, was sie vor allen anderen Männern so wirkungsvoll verbergen konnte? »Sie täuschen sich«, entgegnete sie mit ruhiger Stimme. »Ich will es ganz einfach nicht.«

»Nun muß ich Sie wirklich eine Lügnerin schimpfen.«

Adrianne holte tief Luft und atmete dann ganz langsam, ganz vorsichtig aus. Niemand wußte besser als sie selbst, wie vernichtend es sein konnte, wenn sie in Wut geriet.

»Ganz wie Sie meinen. Es war ein reizender Abend, Philip. Gute Nacht.«

»Ich bringe Sie zu Ihrer Suite.«

»Danke, nicht nötig.«

Der Chauffeur hielt ihr bereits die Tür auf. Ohne Philip noch einen weiteren Blick zu gönnen, stieg sie aus dem Wagen und eilte mit wehendem Mantel ins Hotel.

Adrianne wartete genau bis Mitternacht, bevor sie das Hotel durch den Lieferanteneingang wieder verließ. Sie trug immer noch Schwarz, doch diesmal einen wollenen Rollkragenpullover, enge Leggings und eine schwarze Lederjacke. Ihr Haar hatte sie sorgfältig unter eine enganliegende Mütze gesteckt und diese tief in die Stirn gezogen. Ihre Füße steckten in Lederstiefeln mit weicher Gummisohle, und eine große Umhängetasche baumelte an ihrer Schulter.

Einige hundert Meter vom Hotel entfernt hielt sie ein Taxi an, fuhr einige Straßen weiter, stieg dann wieder aus und wechselte dann noch zweimal den Wagen, bis sie sich einen Kilometer von Madelines Wohnung endgültig absetzen ließ. Sie war dankbar für den Nebel, der jetzt kniehoch durch die Straßen kroch. Es war, als watete sie durch einen seichten Fluß, denn der Nebel, der sich vor ihr teilte und um ihre Beine wirbelte, hinterließ kleine Wassertröpfchen auf ihren Stiefeln. Ihre Schritte auf dem Pflaster waren kaum zu hören. Vor Madelines Haus wurde der Schein der Straßenlaterne beinahe vollständig vom Nebel verschluckt.

Die Straße war leer, die Häuser dunkel.

Ein letzter Blick über die Schulter, dann kletterte sie behende über die niedrige Mauer an der Rückseite und huschte durch den handtuchgroßen Garten zur westlichen Seite des Gebäudes. Die Hauswand war mit dichtem Efeu bewachsen, der einen modrigen Geruch verströmte. Im Schatten des dunklen Blätterwerks blieb Adrianne stehen und spähte noch einmal nach rechts, dann nach links.

Ein Nachbar, der an Schlaflosigkeit litt und zufällig in ihre Richtung sah, könnte sie entdecken, aber vor vorbeifahrenden Autos war sie sicher. Routiniert, beinahe mechanisch, entrollte sie ihr Seil.

Sie brauchte nur wenige Minuten, um die Hausmauer hoch bis in den zweiten Stock und zu Madelines Schlafzimmerfenster zu gelangen. Die kleine Lampe, die auf dem Nachttisch brannte, ermöglichte es Adrianne, den Raum klar und deutlich zu überblicken. Der Unordnung nach, die dort herrschte, hatte sich Madeline offenbar sehr viel Mühe gemacht, ein geeignetes Kleid für diesen Abend auszuwählen.

Arme Lucille, dachte sie, während sie den Glasschneider aus ihrer Tasche holte. Zweifellos würde sie am nächsten Morgen den Zorn ihrer Herrin ausbaden müssen.

Sie benötigte nur ein kleines Loch, ihre Hand war sehr schmal. Um das ausgeschnittene Glasstück von außen abzunehmen, benutzte sie einen speziellen Gummisauger. Selbstverständlich trug sie Handschuhe, als sie durch die runde Öffnung griff, um den Fenstergriff umzulegen. Acht Minuten nach ihrer Ankunft kroch Adrianne durch das Fenster.

Sie blieb einen Moment stehen und lauschte. Da waren nur die leisen, knackenden und knisternden Geräusche, die für ein so altes Haus nicht ungewöhnlich waren. Die antike Perserbrücke vor dem Bett schluckte jeden ihrer Schritte, als sie zu Madelines Toilettentisch schlich. Mit einem Griff hatte sie die Blende gelöst. Dann kniete sie sich bequem vor dem

Tisch, nahm ihr Stethoskop zur Hand und machte sich an die Arbeit.

Das Öffnen eines Safes war eine langwierige Arbeit und durfte wie die meisten Tätigkeiten, die ihr Job verlangte, nicht übereilt werden. Bei ihrem ersten Einbruch waren die Bewohner zu Hause gewesen, und ihre schweißnassen Hände hatten so gezittert, daß sie doppelt soviel Zeit wie geplant gebraucht hatte, um den Safe zu knacken. Doch nun waren ihre Hände trocken und ruhig.

Die erste Zuhaltung des Schlosses schnappte ein.

Unten hörte sie einen Wagen vorbeifahren und hielt einen Moment inne. Sie atmete tief ein und warf einen Blick auf die Uhr. Fünf Sekunden, zehn Sekunden, dann konzentrierte sie sich wieder auf den Safe.

Sie dachte an den großen Saphir in der Mitte des Kolliers. In seiner jetzigen Verarbeitung wirkte es viel zu überladen. Einen Stein dieser Größe in eine derart extravagante und filigran gestaltete Kette einzuarbeiten, war schlicht und einfach eine Verschwendung. Ebenso wie dieses Kollier am Halse dieser selbstsüchtigen und nur auf ihren Vorteil bedachten Frau. Doch in den Händen eines Hehlers erfüllte es seinen Zweck. Sie schätzte, daß der große und die kleinen Saphire des Kolliers zusammen mindestens 200 000 Pfund wert waren, vielleicht sogar 250 000. Sie würde bestenfalls die Hälfte davon bei Lieferung erhalten.

Die zweite Zuhaltung rastete ein.

Adrianne sah nicht auf die Uhr, spürte sie doch, daß sie gut in der Zeit lag – ebenso wie ihr das Kitzeln in den Fingerspitzen sagte, daß sie gleich am Ziel sein würde. Ihr war ziemlich warm in der Lederjacke, aber das war nebensächlich. In wenigen Augenblicken würde sie Saphire für eine Viertelmillion Pfund in Händen halten.

Die dritte und letzte Zuhaltung rastete ein.

Adrianne war zu routiniert, um sich zu übereilter Hast hinreißen zu lassen. Sie verstaute erst das Stethoskop, bevor sie die Safetür öffnete. Im Schein ihrer Taschenlampe inspizierte sie den Inhalt. Die Papiere und Ordner interessierten sie ebensowenig wie die ersten drei Schmuckschatullen, die sie öffnete. Die Amethyste waren zwar recht hübsch und auch die Perlen und Diamantohrringe nicht ohne Wert, aber es war der Saphir, weswegen sie gekommen war. Tiefblau schimmerten ihr die Saphire des Kolliers entgegen, das in einem hellen Samtnest lag. Sie besaßen genau jenen intensiven Farbton, der die besten siamesischen Saphire auszeichnet. Der Stein in der Mitte hatte gut und gerne ein Gewicht von zwanzig Karat und war umgeben von kleineren Diamanten und Saphiren.

Doch dies war weder der Ort noch der Zeitpunkt für eine eingehende Taxierung. Damit mußte sie warten, bis sie wieder in ihrem Hotelzimmer war. Da Lucille sicher auch nicht ewig auf ihren Kammerjäger warten würde, zog es Adrianne vor, das Haus verlassen zu haben, bevor das Mädchen zurückkehrte. Sollte es sich bei dem Stein um eine Imitation handeln, dann hatte sie ihre Zeit verschwendet. Nochmals hielt sie das Kollier gegen das Licht. Nein, da müßte sie sich schon sehr täuschen.

Nachdem die Schatulle in ihrer Tasche verschwunden war, schloß sie die Safetür und drehte das Kombinationsschloß einige Male herum. Sie wollte nicht, daß Madeline schon vor ihrem Morgenkaffee einen Schock bekam.

Im Dunkeln durchquerte sie die Wohnung und ging in die Abstellkammer, wo sie sorgfältig die Kabel der Alarmanlage aus ihrem Computer löste und dann einfach baumeln ließ.

So geräuschlos, wie sie gekommen war, verließ sie das Haus.

Mit einem tiefen Atemzug sog sie die kalte, feuchte Nachtluft ein und mußte sich zwingen, nicht laut herauszulachen.

Es fühlte sich gut an, verdammt gut. Dieser Augenblick ließ sie alles andere vergessen. Nie könnte sie Celeste mit Worten dieses teils sexuelle, teils intellektuelle Prickeln beschreiben, das sie durchströmte, wenn sie einen Job erfolgreich beendet hatte. Jetzt konnten sich ihre Muskeln wieder entspannen und ihr Herz rasen. In diesen wenigen Sekunden fühlte sie sich unverwundbar. Kein Glücksmoment ihres sonstigen Lebens konnte sich damit messen.

Adrianne gestattete es sich, einige Augenblicke in diesem

köstlichen Gefühl zu schwelgen, huschte dann durch den kleinen Garten, kletterte wieder über die Mauer und verschwand im Nebel.

Philip hätte nicht genau sagen können, warum er, abgesehen davon, daß er nicht einschlafen konnte, nochmals hinausgegangen war. Eine Ahnung, ein unbestimmtes Gefühl hatte ihn getrieben und an den Ort geführt, wo er Adrianne zum ersten Mal begegnet war. Aber nicht wegen ihr, versicherte er sich, sondern wegen der Fumes und weil es eine Nacht war, die geradezu zum Stehlen einlud.

Das stimmte allerdings nur zum Teil. Er war doch auch wegen Adrianne gekommen. Allein in seinem Haus, rastlos und unbefriedigt, war es ihm nicht gelungen, ihr Bild aus seinen Gedanken zu verbannen. Ein Spaziergang durch die nächtlichen, vertrauten Straßen würde ihm einen klaren Kopf verschaffen. Glaubte er jedenfalls.

Er war das, was seine Mutter wahrscheinlich als »verknallt« bezeichnet hätte. Und warum auch nicht? Sie war unnahbar, exotisch und rätselhaft. Und eine Lügnerin. Wer könnte schon einer Frau mit solchen Qualitäten widerstehen? dachte er und verspürte das brennende Bedürfnis nach einer Zigarette.

Vielleicht hatte ihn sein Spaziergang deshalb ganz automatisch zu ihrem Hotel geführt. Kaum war er um die Ecke gebogen, da sah er sie schon den Gehsteig verlassen und die einsame Straße überqueren. Sie trug wieder Schwarz, diesmal jedoch nicht das romantische Cape, sondern eine schwarze Lederjacke, enge Hosen und eine Mütze, unter der sie ihr Haar verborgen hatte. Ihre Art zu gehen verriet ihm sofort, daß es Adrianne war. Beinahe hätte er ihr ein Hallo zugerufen, doch ein instinktives Gefühl hielt ihn zurück. Während er sie noch beobachtete, schlüpfte sie durch den Lieferanteneingang und war verschwunden.

Philip ertappte sich dabei, wie er sehnsüchtig zu ihrem Fenster hochstarrte. Lächerlich, schalt er sich, blieb jedoch noch eine ganze Weile so stehen, wippte auf den Fersen hin und her und dachte nach.

14. Kapitel

Adrianne hatte es vorgezogen, an diesem Morgen auf ihrem Zimmer zu frühstücken. Während sie die Schlagzeilen der Morgenzeitung überflog, löffelte sie pochierte Eier und genoß ihre zweite Tasse Kaffee. Der einzige Nachteil an ihrem Doppelleben war der, daß sie die aufregenden Erlebnisse mit niemandem teilen konnte. Da war keiner, mit dem sie einen komplizierten Plan besprechen oder ausarbeiten konnte, niemand, der ihren Nervenkitzel oder den plötzlichen Adrenalinstoß verstehen konnte, der sie überkam, wenn sie an einem Gebäude herunterkletterte oder ein raffiniertes Alarmsystem ausschaltete. Niemand aus dem Kreis ihrer Freunde konnte die messerscharfe Konzentration nachvollziehen, die es erforderte, wenn ein Sicherheitsbeamter plötzlich seine Runde änderte. Es gab niemanden, mit dem sie hätte feiern können, niemanden, mit dem sie dieses unbeschreibliche Hochgefühl hätte teilen können, das sie überfiel, wenn sie ein Vermögen an Edelsteinen in Händen hielt und wußte, sie hatte es geschafft.

Statt dessen blieben ihr einsame Mahlzeiten in unpersönlichen Hotelsuiten.

Nicht ohne Humor erkannte sie die Ironie an der Sache. Wie könnte sie bei einem Mittagessen im Kreise ihrer Freundinnen, die sich über Hobbys oder Liebhaber unterhielten, zum besten geben, daß sie gerade ein aufregendes Wochenende in London verbracht hatte – um einen Saphir von der Größe eines Vogeleis zu stehlen?

Sie komme sich vor wie Clark Kent, hatte sie einmal Celeste erklärt. Adrianne konnte sich gut vorstellen, wie frustriert dieser hartnäckige Reporter mit seiner dicken Hornbrille und den guten Manieren gewesen sein mußte.

Zu wenig Schlaf, beschloß Adrianne. Wenn sie anfing, sich mit Comic-Figuren zu vergleichen, war es an der Zeit, sich selbst den Kopf zurechtzurücken. Sie mochte zwar einsam sein, aber sie wurde auch begehrt.

Auf alle Fälle mußte sie sich jetzt ankleiden. Sie überlegte, ob Madeline schon aufgestanden war oder ob bereits jemand das kaputte Fenster bemerkt hatte. Adrianne hatte die herausgeschnittene Glasscheibe sorgsam wieder eingesetzt, um Zugluft zu vermeiden. Falls Lucille nicht gerade die Fensterbretter abstaubte, konnten noch Tage vergehen, bis jemand das beschädigte Fenster bemerkte.

Aber das interessierte sie kaum. Auf Rose Sparrow wartete Arbeit an diesem Morgen, und auf Prinzessin Adrianne um sechs Uhr abends das Flugzeug.

Im selben Moment, als Adrianne mit ihrer roten Perücke, Lederminirock und pinkfarbenen Strümpfen das Hotel verließ, betrat Philip dasselbe. Schulter an Schulter gingen beide durch die Doppeltür. Als sie Philip auch noch eine Entschuldigung für den winzigen Rempler murmeln hörte, klappte ihr vor Erstaunen die Kinnlade herunter. Hätte er sie angesehen, genauer angesehen, dann wäre sie wohl nicht so einfach davongekommen. Doch so unterdrückte sie ein Glucksen und preßte nur ein »Kein Problem, Meister« heraus, und zwar in ihrem breitesten Cockney.

Der Portier bedachte sie mit einem mißbilligenden Blick. Zweifellos hielt er sie für eine kleine Angestellte, die die Nacht mit einem wohlhabenden, aber nicht sehr wählerischen Geschäftsmann verbracht hatte. Zufrieden mit ihrer Aufmachung, wiegte sich Adrianne noch ein wenig mehr in den Hüften, als sie zur U-Bahn hinabstolzierte. Sie wollte die Bahn zum West End nehmen, wo ein Mann namens Freddie einen diskreten Umschlagplatz für heiße Steine unterhielt.

Um zwei Uhr nachmittags betrat sie wieder ihre Suite, einen dicken Packen Zwanzigpfundnoten in der Tasche. Freddie war überaus großzügig gewesen, weshalb sie annahm, daß er bereits einen Kunden mit einem Faible für Saphire an der Hand hatte. Alles, was sie nun noch zu tun hatte, war, das Geld auf ihr Schweizer Konto einzuzahlen und ihren Londoner Anwalt mit einer anonymen Spende an die Witwen- und Waisenstiftung zu beauftragen.

Abzüglich ihrer Kommission, überlegte Adrianne, während sie die rote Perücke in ihren Koffer stopfte. Zehntausend Pfund erschienen ihr durchaus angebracht. Sie stand gerade im Unterrock vor dem Spiegel und entfernte die letzten Rest von Rose' grellem Make-up, als ihr Türsummer brummte. Hastig zog sie sich einen Morgenmantel über, bevor sie antwortete.

»Philip«, rief sie erstaunt.

»Fein, daß ich Sie jetzt antreffe.« Damit trat er gleich einen Schritt in ihr Zimmer, um ihr erst gar nicht die Gelegenheit zu geben, ihm die Tür vor der Nase zuzuknallen. »Habe es heute schon einmal versucht, aber Sie waren ausgegangen.«

»Ich hatte geschäftlich zu tun. Wollten Sie etwas Bestimmtes?«

Er starrte sie verblüfft an. Eine reichlich lächerliche Frage für eine Frau, die, nur mit einem hauchdünnen Seidenmorgenmantel bekleidet, einem Mann gegenübersteht. »Ich dachte, vielleicht hätten Sie Zeit, mit mir zu Mittag zu essen.«

»Oh. Sehr nett von Ihnen, aber ich reise noch heute ab.«

»Zurück nach New York?«

»Ja, für ein paar Tage. Ich führe den Vorsitz bei einer Wohltätigkeitsgala und habe auch sonst noch allerlei zu erledigen.«

»Verstehe.« Sie trug keinerlei Make-up. Dadurch wirkte sie zwar jünger, aber nicht weniger anziehend. »Und dann?«

»Dann?«

»Sie sagten ein paar Tage.«

»Ach so. Dann fahre ich nach Cozumel, Mexiko. Da findet Weihnachten eine Benefiz-Modenschau statt.« Sie hatte kaum ausgesprochen, da bedauerte sie es schon. Normalerweise erzählte sie niemandem von ihren Plänen. »Es tut mir leid, Philip, ich bin gerade beim Packen.«

»Lassen Sie sich nicht stören. Haben Sie was dagegen, wenn ich mir einen Drink nehme?«

»Bedienen Sie sich«, erwiderte sie kurz angebunden und begab sich wieder ins Schlafzimmer. Die Perücke war bereits in einer Tüte ganz unten im Koffer verstaut, das Geld in ihrer großen Umhängetasche. Sie sah sich rasch im Zimmer um, und da sie nichts Verdächtiges feststellen konnte, fuhr sie mit Packen fort.

»Schade, daß Sie schon so bald abreisen«, sagte Philip von

der Tür aus. »Jetzt verpassen Sie die ganzen aufregenden Neuigkeiten.«

»Oh.« Die Art und Weise, wie sie ihre Pullover zusammenlegte, verriet Philip, daß sie solche Dinge immer selbst erledigte.

»Offenbar haben Sie noch nichts von dem Einbruch letzte Nacht gehört.«

Völlig gelassen nahm sie den nächsten Pullover zur Hand.

»Nein. Wirklich? Wo denn?«

»Bei Madeline Moreau.«

»Oh, mein Gott.« Angemessen schockiert drehte sich Adrianne zu Philip um, der, mit einem Glas Whiskey in der Hand, lässig am Türstock lehnte und sie eine Spur zu interessiert beobachtete. »Arme Madeline. Was hat man ihr denn gestohlen?«

»Ihr Saphirkollier«, murmelte er. »Sonst nichts.«

»Nur?« Wie einer Ohnmacht nahe sank sie aufs Bett. »Aber das ist ja furchtbar. Wenn man bedenkt, daß wir vor ein paar Tagen noch alle bei den Fumes gewesen sind. Und da hat sie die Kette mit dem Saphir noch getragen, nicht wahr?«

»Ja.« Er nahm einen Schluck. Sie hielt sich wacker, dachte er. Verdammt wacker. »Ja, das ist richtig.«

»Sie muß am Erdboden zerstört sein. Ob ich Sie wohl anrufen soll, überlege ich gerade. Aber vielleicht möchte sie jetzt mit niemandem sprechen.«

»Nett von Ihnen, daß Sie sich solche Gedanken machen.«

»Nun, in Zeiten wie diesen muß man doch zusammenhalten. Bestimmt ist sie gut versichert, aber andererseits hängt eine Frau doch sehr an ihrem Schmuck. Ich glaube, ich werde mir auch einen Drink einschenken, und dann können Sie mir ja ausführlich berichten, was sich zugetragen hat.«

Als sie an ihm vorbei in den Salon gegangen war, setzte er sich auf ihr Bett. Dann rümpfte er plötzlich angewidert die Nase. Das Zimmermädchen muß ja einen scheußlichen Geschmack haben, was Parfum angeht, dachte er, als ihm eine Duftwolke von Rose in die Nase fuhr. Der Ledermini, der neben dem Koffer lag, kam ihm irgendwie bekannt vor.

Nicht unbedingt Adriannes Stilrichtung, wunderte er sich und überlegte, wieso er glaubte, diesen Rock schon einmal gesehen zu haben.

»Hat die Polizei schon eine Spur?« fragte Adrianne, als sie mit einem Glas Wermut auf Eis aus dem Salon zurückkehrte.

»Kann ich nicht sagen. Offenbar ist der Täter durch ein Fenster in der zweiten Etage eingestiegen und hat den Safe, der sich im Schlafzimmer befand, geknackt. Wie man hört, war Madeline gestern abend auf dem Land. Ganz zufälligerweise in demselben Lokal, in dem auch wir gespeist haben.«

»Sie machen Witze. Seltsam, daß wir sie nicht gesehen haben.«

»Sie kam erst später. Ein regelrechtes Katz-und-Mausspiel, könnte man sagen. Der Gauner war so clever, die Dame unter dem Vorwand eines romantischen Dinners mit einem unbekannten Verehrer aus dem Haus zu locken.«

»Jetzt machen Sie aber wirklich Witze«, entgegnete sie lachend, wurde dann jedoch wieder ernst, da er nicht darauf reagierte. »Wie schrecklich für Madeline.«

»Und ihr Ego.«

»Das auch.« Sie erschauderte angemessen. »Wenigstens war sie nicht im Haus, als es passierte. Er hätte sie umbringen können.«

Philip nippte an seinem Whiskey. Er war mild und lieblich. Ganz so wie der Schatten. Er konnte nicht umhin, beide zu bewundern. »Das glaube ich nun wieder nicht.«

Adrianne schenkte der Art, wie er das sagte, keine Beachtung, ebensowenig seinem Blick. Sie stellte ihr Glas ab und packte weiter. »Sagten Sie, er hat nur ein Kollier mitgenommen? Das ist doch merkwürdig, finden Sie nicht? Sie hatte doch sicherlich noch andere Pretiosen in ihrem Safe.«

»Man muß wohl annehmen, daß der Dieb nur an dem Saphir interessiert war.«

»Ein exzentrischer Dieb also?« Grinsend ging sie zu ihrem Schrank. »Es tut mir wirklich leid für Madeline, aber ich bin sicher, die Polizei wird den Kerl bald ausfindig machen.«

»Früher oder später bestimmt.« Er trank sein Glas aus.

»Sie suchen nach einem jungen Mann mit Bart. Man nimmt an, er hat sich unter dem Vorwand, einer obskuren Mäuseplage Einhalt gebieten zu müssen, Zutritt zu der Wohnung verschafft. Scotland Yard geht davon aus, daß er dabei die Wohnung ausgekundschaftet und die Alarmanlage so manipuliert hat, daß er oder sein Komplize später ungehindert einsteigen konnten.«

»Klingt ja sehr kompliziert.« Adrianne schüttelte verständnislos den Kopf. »Sie scheinen ja über eine Menge Informationen zu verfügen.«

»Beziehungen.« Dabei spielte er mit dem Glas in seiner Hand. »Man muß ihn wirklich bewundern.«

»Einen Dieb? Warum?«

»Perfektion. Stil. Die Idee, Madeline aus dem Haus zu locken, spricht für seinen Einfallsreichtum. Sehr elegant. Ich bewundere beides.« Er stellte das Glas beiseite. »Haben Sie letzte Nacht gut geschlafen, Adrianne?«

Sie blickte ihn über die Schulter hinweg an. Seltsame Frage, dachte sie. Was bezweckte er damit? »Warum, sollte ich nicht?«

Er hielt den Minirock hoch und musterte ihn stirnrunzelnd. »Ich für meinen Teil jedenfalls nicht. Bin noch spazierengegangen und zufällig hier vorbeigekommen. Muß so gegen eins, Viertel nach eins gewesen sein.«

Adrianne verspürte das Verlangen nach einem weiteren Wermut. »Tatsächlich? Vielleicht zuviel Champagner. Ich persönlich schlafe wunderbar nach ein paar Gläschen.«

Er blickte ihr direkt in die Augen, als er sagte: »Komisch. Das Teil entspricht eigentlich nicht Ihrem sonstigen Stil, oder?«

Sie nahm ihm den Rock aus der Hand und legte ihn in den Koffer. »Eine Laune. Es war nett von Ihnen, daß Sie mir die Neuigkeiten überbracht haben.«

»Das gehört zum Service.«

»Ich möchte Sie ja nicht hinauswerfen, Philip, aber ich muß mich jetzt wirklich fertig machen. Mein Flugzeug geht um sechs Uhr.«

»Wir sehen uns wieder.«

Adrianne hob eine Braue, wie sie es von Celeste gelernt hatte. »Das kann man nie wissen.«

»Ich werde Sie wiedersehen«, bekräftigte er und erhob sich. Er verstand es, sich rasch und ohne Vorwarnung zu bewegen. Ihr blieb noch Zeit, das Kinn zur Seite zu drehen, als seine Hand sich um ihren Nacken legte, aber keine Zeit, um seine Lippen, die sich unvermittelt auf die ihren preßten, abzuwehren.

Das hätte vielleicht die Dinge verändert. Sie wollte daran glauben, daß es die Dinge verändert hätte. Wenn sie nur einen Moment Zeit gehabt hätte, sich zu besinnen, dann hätte sie seinen Kuß abgewehrt. Doch dann hätte sie nie erfahren, wie weich und erfahren seine Lippen waren.

Er verstärkte den Druck seiner Finger an ihrem Hals. Das hätte eigentlich ausreichen müssen, daß sie sich von ihm abwandte. Statt dessen lehnte sie sich ihm ein wenig entgegen. Es war nur die Spur eines Einverständnisses, doch weit mehr, als sie je einem Mann entgegengebracht hatte.

Es geschah aus einem Impuls heraus, ungeplant, ohne die Folgen zu bedenken. Er wollte sie einfach spüren. Andere Frauen hätte sich entweder völlig an ihn geschmiegt oder aber ihn empört von sich gestoßen. Adrianne stand einfach nur da, als habe sie der natürliche Kontakt zwischen Mann und Frau völlig geschockt. Ihr Zögern und ihre offensichtliche Verwirrung bildeten einen starken Kontrast zu ihrem heißen Mund. Ihre Lippen waren weich, zart und offen, und ein schwaches, unterdrücktes Stöhnen entschlüpfte ihnen. Dieser winzige, leidenschaftliche Seufzer bewegte ihn mehr als alle seine vielfältigen Erfahrungen auf diesem Gebiet.

Sie war ganz blaß geworden, und Philip erkannte das Aufflackern von Furcht in ihren Augen, als sie einen Schritt zurückwich. Der Drang, sie jetzt zu nehmen, sich mit ihr wie wild über die ordentlich zusammengelegten Kleidungsstücke auf dem Bett zu wälzen, war übergroß. Ihre Geheimnisse blieben weiterhin Geheimnisse, und sein Wunsch, diese zu enträtseln, wurde stärker denn je.

»Bitte gehen Sie.«

»In Ordnung.« Um sich noch etwas Gutes zu tun, nahm er

ihre Hand. Sie zitterte ein wenig in der seinen. Das war echt, dachte er. Keine Täuschung, kein Spiel. »Aber wir sind noch nicht fertig miteinander.« Obwohl ihre Finger sich steif machten, führte er sie an seine Lippen. »Nein, wir sind noch nicht fertig. Und ich glaube, wir wissen das beide. Guten Flug, Adrianne.«

Sie wartete, bis sie allein war, bevor sie sich setzte. Sie wollte diese Gefühle nicht, dieses Verlangen. Weder jetzt noch später. Nie.

»Du erzählst mir nicht alles, Adrianne. Das spüre ich.«

»Alles worüber?« Adrianne ließ ihren Blick durch den Ballsaal des Plaza schweifen. Das Orchester stimmte die Instrumente, die Blumen waren frisch. An einer Wand hatten sich die Ober und Serviererinnen aufgestellt, in perfekt gebügelten Uniformen, aufrecht und mit zurückgezogenen Schultern, wie eine Gruppe Marines bei der Inspektion durch ihren Kommandeur.

In wenigen Momenten würden sich die beiden Flügeltüren für die Crème der Gesellschaft öffnen. Die Leute kamen, um zu tanzen, zu trinken und um sich fotografieren zu lassen. Und das war Adrianne recht. Der Tausender pro Nase, den sie für diese Privilegien berappten, bedeutete einen weiteren Schritt auf dem langen Weg zu einer neuen Kinderstation eines Provinzkrankenhauses, das sie unterstützte.

»Vielleicht hätte ich Weihnachtssterne als Dekoration nehmen sollen«, überlegte sie laut. »Die wirken ein wenig festlicher, und Weihnachten steht ohnehin vor der Tür.«

»Adrianne.«

Die Ungeduld in Celestes Stimme ließ Adrianne lächeln, als sie sich ihr zuwandte. »Ja, Darling?«

»Was genau ist in London passiert?«

»Hab' ich dir doch schon erzählt.« Langsam und prüfend ging sie nochmals an den Tischen vorbei. Nein, mit den Astern lag sie richtig. Die violette Tönung der Blüten hob sich wunderbar von den pastellgrünen Tischdecken ab. Und festlich oder nicht, Weihnachtssterne gab es um diese Zeit überall.

»Was hast du in deinem Bericht ausgespart, Addy?«

»Celeste, wirklich, du lenkst mich im Moment fürchterlich ab, und es geht gleich los.«

»Es ist alles perfekt wie immer.« Entschlossen packte Celeste Adriannes Arm und zog sie weiter von den befrackten Orchestermusikern weg. »Ist etwas schiefgelaufen?«

»Nein, nichts.«

»Du bist irgendwie so gereizt, seit du wieder hier bist.«

»Ich stecke seither auch bis zum Hals in Arbeit«, verteidigte sich Adrianne und hauchte Celeste einen Kuß auf die Wange. »Du weißt, wie wichtig diese Veranstaltung für mich ist.«

»Ja, das weiß ich.« Einlenkend nahm Celeste Adriannes Hand. »Niemand macht die Sache so gut wie du, und keinem bedeutet sie so viel wie dir. Weißt du, wenn du dich so auf diese Art von Arbeit konzentrierst, ihr genausoviel Energie und Einsatz widmest wie deinen anderen Geschäften, dann wäre es nicht nötig…«

»Nicht heute abend, bitte.« Das einfachste Mittel, diese unerwünschte Unterhaltung zu beenden, war, das Zeichen zum Öffnen der Türen zu geben. »Vorhang auf, Celeste, es geht los.«

»Addy. Du läßt es mich doch wissen, wenn du in Schwierigkeiten steckst?«

»Du wirst die erste sein, die es erfährt.« Mit einem strahlenden Lächeln auf den Lippen entschwebte Adrianne, um die ersten Gäste zu begrüßen.

Es war nicht schwierig, die Partygäste bei Laune zu halten. Das Buffet mußte erstklassig sein, die Musik laut und der Wein in Strömen fließen. Adrianne wanderte von Tisch zu Tisch und von einer Gruppe zur nächsten. Sie schlängelte sich elegant an rauschender Seide, knisterndem Taft und schimmerndem Samt vorbei, den Kreationen von Saint Laurent, Dior und de la Renta.

Zum Essen kam sie nicht, aber sie tanzte, wenn es sich nicht vermeiden ließ, und sie flirtete und machte Komplimente. Sie erkannte Lauren St. John unter den Gästen, die bedauernswerte zweite Gemahlin eines Hotel-Moguls, an deren Dekolleté eine neue Kreation aus Diamanten und Rubinen funkelte. Als Lauren sich in die Damentoilette begab, folgte Adrianne ihr.

Dort trugen gerade zwei Schauspielerinnen ein primitives, erbittertes Wortgefecht aus. Über einen Mann, wie Adrianne hörte, als sie in einer der Kabinen verschwand. Typisch. Sie konnten nur von Glück sagen, daß *People* einen männlichen Reporter geschickt hatte, der zu diesen Örtlichkeiten keinen Zutritt hatte. Freilich, wenn die Aufwartefrau ein gutes Gedächtnis hatte, könnte sie sich sehr wohl einen Fünfziger verdienen, indem sie die Geschichte an ihn weitergab. In der Nachbarkabine hörte Adrianne Lauren schnaufen und vermutete, sie versuchte gerade angestrengt, sich ihren engen Rock über die Hüften zu ziehen. Genau zum richtigen Zeitpunkt verließ Adrianne ihre Kabine und wartete an den Waschbecken. Als Lauren zu ihr stieß, verließen die beiden Starlets türeschlagend den Waschraum, eine nach der anderen.

»Glauben Sie auch, daß sich die beiden über den Kerl gestritten haben, den ich meine?« fragte Lauren beim Händewaschen.

»Hörte sich so an.«

»Er ist verdammt sexy, dieser Bastard. Glauben Sie, daß er sich von ihr scheiden läßt?« Sie holte einen Parfumflakon aus ihrer Tasche, schnüffelte daran und sprühte sich dann großzügig ein.

»Möglich.« Adrianne ging zu dem beleuchteten Schminktisch und klappte ihre Puderdose auf. »Die Frage ist, warum läßt sie ihn nicht laufen?«

»Weil er der beste Lover weit und breit ist... sagt man.« Lauren nahm auf einem der weißen Polsterhocker Platz und hantierte mit ihrem Lippenstift. »In seinem letzten Film bekommen wir eine Kostprobe seines... Talents zu sehen. Ich persönlich hätte nichts gegen einen Probehappen einzuwenden.« Sie kramte eine silberne Bürste mit Monogramm aus der Tasche und glättete ihren perfekten blonden Kurzhaarschnitt.

»Eine Frau kann Sex haben, ohne sich zu erniedrigen.«

Adrianne stellte diese These sehr überzeugend in den Raum, obgleich sie sich über den Wahrheitsgehalt nicht ganz sicher war.

»Gewiß, aber manche Männer sind schon ein wenig Erniedrigung wert.« Lauren beugte sich zum Spiegel vor und begutachtete ihre Augen, wobei sie befriedigt feststellte, daß ihr bis zum Liften noch einige Jährchen blieben. »Welches Herz gedenken Sie diese Woche zu brechen, Darling?«

»Ich gönne mir eine Pause.« Adrianne benutzte ihre Finger, um sich ein paar Haarsträhnen aus der Stirn zu streichen, und holte dann ebenfalls ihr Parfum aus der Tasche. »Lauren, Ihre Halskette ist wirklich hinreißend. Ist sie neu?« Sie wußte bereits, wann sie gekauft wurde und zu welchem Preis. Und sie hatte auch schon darüber nachgedacht, wie lange Lauren sie noch besitzen würde.

»Ja.« Lauren drehte sich ins Licht, damit die Steine angemessen zur Geltung kamen. »Charlie hat sie mir zu unserem Hochzeitstag geschenkt, letzte Woche.«

»Und alle sagten, die Ehe würde nicht halten«, murmelte Adrianne leise und wandte sich dann Lauren zu, um die Kette näher in Augenschein zu nehmen. »Eine wunderschöne Arbeit, wirklich.«

»Siebzig Karat Diamanten, die Rubine haben achtundfünfzig. Natürlich aus Burma.«

»Natürlich.« Das war es, was für Lauren zählte. Adrianne verachtete diese Art von Besitzgier, andererseits kam sie ihr auch sehr gelegen.

»Und da sind nicht einmal die Ohrringe mitgerechnet.« Lauren drehte ihren Kopf hin und her, damit Adrianne sie gebührend bewundern konnte. »Gott sei Dank bin ich groß genug, um solchen Schmuck tragen zu können. Grauenhaft, wie sich gerade die kleinsten Frauen mit Schmuck behängen. Manchmal sehen sie aus, als würden sie jeden Moment unter der Last zusammenbrechen. Je älter sie werden, desto mehr Klunker drapieren sie um ihren Hals – damit kaschieren sie dann ihr Doppelkinn. Aber Sie…« Lauren beäugte Adriannes Kollier näher, das aus Saphiren und Diamanten mit Brillantschliff bestand. »Sie wissen immer genau, was Ihnen steht, und verstehen es auch zu tragen. Das ist ein sehr niedliches Kollier.«

Adrianne erwiderte darauf nichts und lächelte nur. Wären die Steine echt, würde sie gerade gut und gerne hunderttausend Dollar um den Hals tragen. Doch in dieser Ausführung war die Kette für weniger als ein Prozent dieser Summe zu haben. »Danke.« Adrianne hob sich und strich ihr Kleid glatt. Der weite silberne Rock kontrastierte sehr hübsch mit dem knappen Oberteil aus royalblauem Samt. »Ich muß mich wieder um meine Pflichten kümmern. Wir sollten demnächst zusammen Mittag essen und die Modenschau besprechen.«

»Gerne.« Lauren schielte nach dem Dollar, den Adrianne für die Aufwartefrau hingelegt hatte. Das war genug für sie beide, entschied sie und verstaute ihr Parfum in der Tasche.

Charles und Lauren St. John, sinnierte Adrianne. Die Benefiz-Modenschau mit Starbesetzung würde in ihrem neu eröffneten Hotel in Cozumel stattfinden. Was das nicht praktisch? Jeder, der Rang und Namen besaß, würde dort sein. Sogar sehr praktisch. Es war ohnehin immer von Vorteil, in der Menge zu stehlen. Verschmitzt lächelnd, dachte Adrianne an Laurens Hochzeitsgeschenk. Sie mußte dieses Mittagessen sehr bald arrangieren.

»Gilt dieses Lächeln mir?«

Als Adrianne sich in Philips Umarmung wiederfand, verschwand nicht nur ihr Lächeln, sondern auch die Kontrolle über ihre Kinnlade, die einfach herunterklappte. Bevor sie noch in irgendeiner Weise reagieren konnte, hatte er sie schon geküßt, doch ein wenig zu hart und zu lange für einen gewöhnlichen Begrüßungskuß. Dann gab er sie frei, hielt aber ihre Hände weiterhin fest in den seinen.

»Haben Sie mich vermißt?«

»Nein.«

»Gut, daß ich weiß, daß Sie eine gewohnheitsmäßige Lügnerin sind.« Er ließ seinen Blick über ihre bloßen Schultern schweifen, die blauen Steine an ihrem Hals und zurück zu ihrem Gesicht. »Sie sehen fantastisch aus.«

Sie mußte etwas unternehmen, und zwar schnell. Schlimm

genug, daß die Leute sie beobachteten, doch schlimmer, viel schlimmer war es, daß das Herz ihr bis zum Hals klopfte. »Es tut mir leid, Philip, dies hier ist eine geschlossene Gesellschaft. Ich bin sicher, Sie haben keine Karte gekauft.«

»Sehr richtig, ein ungebetener Gast, aber mit Geschenken in der Tasche.« Er zog einen Scheck aus der Innentasche seines Dinnerjackets. »Für Ihre ehrenwerte Sache, Adrianne.«

Die Summe auf dem Scheck zeigte das Doppelte des Eintrittspreises. Obgleich sie ihn in diesem Moment verabscheute, mußte sie seine Großzügigkeit bewundern. »Danke sehr«, murmelte sie und ließ den gefalteten Scheck in ihrer Abendtasche verschwinden.

Er freute sich, daß sie ihr Haar offen trug, und darauf, seine Finger darin zu vergraben. »Wollen wir tanzen?«

»Nein.«

»Angst, daß ich wieder Hand an Sie lege?«

Ihre Augen waren nur noch schmale Schlitze, aus denen ihm unverhohlene Wut entgegenblitzte. Er lachte sie aus. Das war etwas, das sie sich von niemandem gefallen ließ. »Wieder?« Doch ihre Stimme klang nicht so eisig wie beabsichtigt.

Diesmal lachte er wirklich laut heraus. »Adrianne, Sie sind köstlich. Wissen Sie eigentlich, daß Sie mir nicht aus dem Sinn gehen?«

»Offenbar haben Sie ansonsten zu wenig zu tun. Also, wenn Sie mich jetzt entschuldigen möchten, ich habe nämlich etwas zu tun.«

»Addy.« Immer zur rechten Zeit am rechten Ort, schob sich Celeste an ihre Seite. »Du hast mich noch gar nicht deinem Freund vorgestellt.«

»Philip Chamberlain«, preßte sie zwischen zusammengebissenen Zähnen hervor. »Celeste Michaels.«

»Ich habe Mrs. Michaels schon Dutzende Male auf der Bühne bewundert«, begann Philip und gab ihr einen vollendeten Handkuß. »Seit Jahren schon bricht sie mir das Herz.«

»Schade, daß ich das erst jetzt erfahre.« Mit geschultem Blick erfaßte Celeste die Situation. Wenn es einen Mann gab, der eine Frau nervös machen konnte, dann dieser hier. »Haben Sie Addy in London kennengelernt?«

»Ja. Leider konnte sie nicht länger bleiben.« Ganz nebenbei ließ er eine Hand über Adriannes Schulter zu ihrem Nacken gleiten. »Sie weigert sich auch, mit mir zu tanzen. Vielleicht geben Sie mir die Ehre?«

»Aber sicher.« Celeste hakte sich bei Philip ein und warf Adrianne einen raschen boshaften Blick zu. »Sie haben sie erzürnt.«

»Das will ich doch hoffen.«

Celeste legte ihre Hand auf seine Schulter. »Addy ist nicht leicht aus der Fassung zu bringen.«

»Das scheint mir auch so. Sie mögen Sie sehr.«

»Ich liebe sie über alles. Und deshalb werde ich auch ein sehr wachsames Auge auf Sie haben, Mr. Chamberlain.«

»Philip.« Er veränderte ihre Tanzposition so, daß er Adrianne beobachten konnte, die gerade mit einer runzeligen Lady sprach. »Sie ist eine faszinierende Frau, so ganz anders, als es zunächst den Anschein hat.«

Bei Celeste begannen alle Alarmglocken zu klingeln, als sie ihr Gegenüber intensiver musterte. »Sie sind sehr scharfsinnig. Tatsache ist, daß Adrianne eine überaus sensible und leicht verwundbare Frau ist. Sollte ich herausfinden, daß sie jemand verletzt, wäre ich sehr unglücklich. Und ich bin überhaupt nicht sensibel, Philip. Im Gegenteil, ich kann sogar sehr ungemütlich werden.«

Er schaute lächelnd auf sie herab. »Haben Sie schon einmal mit dem Gedanken gespielt, sich auf eine Affäre mit einem jüngeren Mann einzulassen?«

Sie lachte und faßte die Frage als Kompliment auf. »Sie sind ein Charmeur. Und da Sie mir sympathisch sind, möchte ich Ihnen einen kleinen Rat geben. Charme zieht bei Addy überhaupt nicht. Wenn, dann möglicherweise Geduld.«

»Den Rat nehme ich dankend an«, entgegnete Philip und beobachtete Adrianne, wie sie mit einer Hand nach ihrem Dekolleté tastete und es nackt fand. Einen Augenblick lang war sie völlig überrascht und verwirrt, doch dann hatte sie sich wieder unter Kontrolle und schleuderte einen wütenden

Blick in seine Richtung. Seine Antwort darauf war ein breites Grinsen und ein bestätigendes Nicken. Ihre Kette mit den falschen Diamanten und Saphiren ruhte seit einer geraumen Weile in seiner Jackentasche.

Dieser Bastard. Dieser gemeine, niederträchtige Kerl. Er hatte sie bestohlen. Er hatte ihr die Kette direkt vom Hals genommen, und sie hatte, außer ihrem Herzklopfen, nichts gemerkt. Und dann hatte er sie auch noch verspottet, ihr geradewegs in die Augen geschaut und frech gegrinst.

Dafür würde er bezahlen, schwor sich Adrianne und stopfte ihre Handschuhe in die Abendtasche. Und zwar noch heute nacht.

Ein kühnes Unterfangen, gewiß, zumal ihr keine Zeit blieb, sich eine ausgeklügelte Strategie zu überlegen. Alles, was sie wußte, war, daß er sie bestohlen, ausgelacht und herausgefordert hatte. Und Celeste hatte ganz unbedarft verlauten lassen, daß Philip im Carlyle Hotel wohnte. Das genügte ihr.

Sie hatte genau eine Stunde Zeit, um ihr Abendkleid mit ihrer Arbeitskluft zu vertauschen. Den Gedanken, den Nachtportier zu bestechen, verwarf sie gleich wieder. Das Personal des Carlyle war für seine Aufrichtigkeit bekannt. Sie mußte sich anderweitig Zutritt zu seinem Zimmer verschaffen.

Adrianne betrat das Foyer. Am Eingang tat nur ein einziger Nachtportier Dienst, ein junger Mann. Adrianne dankte dem Himmel für diesen Glücksfall und taumelte an die Rezeption.

»Bitte«, begann sie in einem holprigen Englisch mit französischem Akzent. »Zwei Männer, draußen. Haben versucht, mich...« Zitternd und schwankend preßte sie eine Hand gegen die Stirn. »Ich muß ein Taxi rufen. Wie dumm von mir, zu Fuß zu gehen. Wasser, *s'il vous plait*. Kann ich ein Glas Wasser haben?«

Diensteifrig kam der Portier hinter dem Empfangspult hervorgestürzt, um sie zu einem Stuhl zu führen. »Sind Sie verletzt?«

Langsam hob sie den Kopf und sah ihn mit feuchten Augen und einem hilflosen Blick an. »Nein, ich habe nur Angst. Sie haben versucht, mich in ein Auto zu zerren, und es war niemand da, niemand, um mir…«

»Keine Sorge. Hier sind Sie sicher.«

Er war so jung, dachte Adrianne, als sie sich an ihn lehnte. Und sein Mitleid auszunutzen war mehr als einfach. »Vielen Dank. Sie sind so freundlich so nett. Würden Sie mir ein Taxi rufen? Aber erst ein Glas Wasser, bitte, oder besser einen Brandy.«

»Selbstverständlich. Sie können ganz beruhigt sein. Bin in einer Minute wieder zurück.«

Und mehr als diese Minute brauchte sie auch nicht. Sobald er außer Sichtweite war, stand sie auf, sprang über die Empfangstheke und befragte den Hotelcomputer. Sein Zimmer lag auf der 20. Etage, erfuhr sie und grinste höhnisch. Und er lag sicherlich schlafend in seinem Bett, auf ihren nächsten Zug wartend. Daß dieser so schnell erfolgte, damit rechnete er gewiß nicht.

Sie lag wieder ausgestreckt in dem Sessel, die Augen geschlossen und eine Hand gegen ihr Herz gedrückt, als der Portier mit einem Glas Brandy zurückkehrte.

»Wie nett von Ihnen.« Sie achtete darauf, daß ihre Hand leicht zitterte, als sie den Drink entgegennahm. »Ich muß nach Hause«, wisperte sie und wischte sich eine Träne von den Wimpern. »Hinter meiner eigenen Tür werde ich mich wohler fühlen.«

»Soll ich die Polizei benachrichtigen?«

»Nein«, erwiderte sie mit einem tapferen Lächeln. »Ich habe sie gar nicht erkannt. Es war zu dunkel. Gott sei Dank konnte ich mich hierher flüchten.« Nachdem sie ihm das Glas zurückgegeben hatte, rappelte sie sich mühsam hoch. »Sie waren so freundlich zu mir, das werde ich Ihnen nie vergessen.«

»Aber das war doch eine Kleinigkeit«, erwiderte er, während er sich vor Stolz doch ein wenig aufplusterte.

»Für mich war es sehr viel.« Adrianne lehnte sich an ihn, als er sie hinausbegleitete. Das Taxi, das sie schon vorher bezahlt hatte und das einen Block weiter wartete, fuhr nun langsam vor dem Hotel vor. »*Merci bien.*« Adrianne drückte ihm einen Kuß auf die Wange, bevor sie in das Taxi stieg. Sobald sie außer Sichtweite waren, nahm Adrianne wieder ihre gewohnte, aufrechte Haltung an. »Halten Sie bitte an der nächten Ecke an.«

»Soll ich warten?«

»Nein, nicht nötig.« Sie gab ihm zwanzig Dollar. »Vielen Dank.«

»Stets zu Diensten, Mylady.«

Fünfzehn Minuten später stand Adrianne vor Philips Zimmertür. Der Weg durch den Lieferanteneingang und mit dem Serviceaufzug in die 20. Etage war reine Routinesache. Nun ging es nur noch um das Sicherheitsschloß und die Sperrkette. Daß sie so lange für das Öffnen der Tür brauchte, daran waren nur ihre Ungeduld und ihre maßlose Wut schuld.

In Philips Suite war alles still. Weil er die Jalousien im Salon nicht heruntergelassen hatte, reichte ihr das Licht, das von draußen hereinschien, um sich zurechtzufinden. Sie benötigte keine fünf Minuten, um festzustellen, daß sich in diesem Raum nichts von Wert befand.

Im Schlafzimmer war es dunkel. Adrianne entschied sich für ihre kleine Taschenlampe, hielt jedoch den Lichtstrahl vom Bett entfernt, obwohl sie ihm nur zu gerne mitten ins Gesicht geleuchtet und ihn zu Tode erschreckt hätte. Doch sie gab sich damit zufrieden, ihm ihre Kette wieder abzunehmen und dazu die mit Diamanten besetzten Manschettenknöpfe, die er an diesem Abend getragen hatte.

Leise begann sie den Raum zu durchsuchen. Es wäre zu schade, wenn er die Sachen im Hotelsafe deponiert hätte. Doch so schätzte sie ihn eigentlich nicht ein. Zum einen war er erst gegen drei Uhr morgens ins Hotel zurückgekehrt, und zum anderen machte ihm sicherlich die Zeitverschiebung nach dem langen Flug zu schaffen. Adrianne vermutete deshalb, daß er alles in eine Schublade gesteckt und dann sofort zu Bett gegangen war.

Unter seinen ordentlich zusammengelegten Turnbull-

Hemden fand sie ihre Annahme bestätigt. Im Schein der Taschenlampe glitzerte dort tatsächlich ihre Halskette. Daneben lag eine Herrenschmuckschatulle mit Monogramm aus Krokoleder, in der sie außer den Manschettenknöpfen, die sie suchte, noch andere fand, eine Krawattennadel mit einem besonders edlen Topas und eine Reihe weiterer Gegenstände männlicher Eitelkeit, alle ausgesprochen geschmackvoll und teuer.

Zufrieden steckte Adrianne die Schatulle und ihre Kette in die mitgebrachte Tasche. Wirklich schade, dachte sie, daß sie sein Gesicht am nächsten Morgen nicht sehen konnte. Damit drehte sie sich um und stand direkt vor ihm.

Ihr blieb nicht einmal Zeit, Luft zu holen, als er sie mit gekonntem Griff über seine Schulter hob. Mit aller Kraft versuchte sie sich zu wehren, strampelte aber nur hilflos in der Luft herum. Als er sie mit Schwung auf sein Bett warf, blieb ihr endgültig die Luft weg. Ein mattes Fluchen war ihre einzige Gegenwehr, als er ihr die Arme festhielt und sich mit seinem ganzen Körpergewicht auf sie legte.

»Guten Morgen, Darling«, sagte er und preßte seinen Mund auf ihre Lippen. Er spürte, wie ihre Arme versuchten, ihn wegzudrücken, wie ihr Körper sich immer noch gegen ihn aufbäumte, als ihr Mund sich schon entspannte und sich ein wenig öffnete. Durch ihre Nähe erregt, küßte er sie leidenschaftlicher als beabsichtigt.

Dann beugte er sich zurück, hielt ihre Handgelenke mit einer Hand umfaßt und tastete mit der anderen nach dem Lichtschalter. Im Schein der Lampe kam er zu dem Schluß, daß es ihm sehr behagte, wie sie so auf seinem Bett lag.

Adrianne war sich ihrer Lage wohl bewußt. Selbst schuld, dachte sie verächtlich, während sie zwischen Zorn und Erbitterung schwankte. Seit beinahe zehn Jahren schon stahl sie, immer nur das Beste, und stets mit kühlem Verstand und perfekter Logik. Und jetzt hatte man sie zum ersten Mal dabei ertappt, nur wegen dieser lächerlichen, wertlosen Kette – und ihres gekränkten Stolzes. Jetzt blieb ihr nur noch der Angriff als Verteidigung.

»Laß mich sofort los.«

»Keine Chance.« Ihre Hände noch immer fest im Griff, strich er ihr mit seiner freien Hand das Haar aus dem Gesicht. »Du mußt zugeben, daß dies ein sehr cleverer Trick war, dich ins Bett zu locken.«

»Ich bin wegen meiner Kette gekommen, nicht um mit dir ins Bett zu steigen.«

»Du kannst ja zwei Fliegen mit einer Klappe schlagen«, entgegnete er grinsend. Ihre Wut gab ihr soviel Kraft, daß sie sich aus seiner Umklammerung freimachen konnte. Die folgenden dreißig Sekunden vergingen in einem erbitterten, schweigenden Kampf um Überlegenheit. Sie war sehr wendig und verdammt viel stärker, als es zunächst den Anschein hatte. Das merkte Philip ganz deutlich, als sie einen gezielten Schlag gegen seinen Solarplexus landete. Diesmal klemmte er ihre Hände zwischen ihren Körpern ein und beugte sich zu ihr hinunter, bis sich ihre Gesichter beinahe berührten. »Okay, wir besprechen das später.«

Das war nicht die kühle Prinzessin Adrianne, die jetzt zu ihm aufblickte, sondern die Frau, die er hinter ihrer Fassade erwartet hatte, leidenschaftlich, lebhaft... und kompliziert. »Du hast mich reingelegt, du Bastard.«

»Schuldig in beiden Anklagepunkten. Es überrascht mich, daß du wegen dieser Kette Kopf und Kragen riskierst. Sie ist doch nur ein paar hundert Pfund wert. Ein Erinnerungsstück, Addy?«

Nach Luft japsend, versuchte sie, einen klaren Gedanken zu fassen. Entweder hatte er Augen wie ein Luchs oder er besaß eine Juwelierslupe. »Warum hast du sie dann genommen?«

»Reine Neugier. Warum trägt Prinzessin Adrianne bunte Glassteine spazieren?«

»Ich gebe mein Geld für nützlichere Dinge aus.« Seine Brust war nackt. Sie konnte jeden Schlag seines Herzens an ihrer Hand fühlen. »Wenn du mich gehen läßt, dann nehme ich meine Kette, und wir vergessen das Ganze. Auf eine polizeiliche Anzeige verzichte ich ebenfalls.«

»Mach einen anderen Vorschlag.«

Allmählich hatte sie sich wieder in der Hand, und, so hoffte sie, auch ihre Gefühle unter Kontrolle. »Was willst du von mir?«

Auf diese Frage hin zog er affektiert eine Braue hoch und musterte sie ganz ungeniert von oben bis unten. »Ach nein, lassen wir das besser«, entschied er. »Es wäre zu einfach.«

»Ich werde mich nicht dafür entschuldigen, daß ich hier eingedrungen bin, um mir mein Eigentum zurückzuholen.«

»Und was ist mit meiner Schmuckschatulle?«

»Das war Rache.« Ein Anflug von leidenschaftlicher Wut flackerte in ihren Augen auf, nur ganz kurz, aber sehr intensiv. »Ich glaube ganz fest an Rache.«

»Das ist in Ordnung. Möchtest du einen Drink?«

»Ja.«

»Aber dann will ich dein Wort, daß du bleibst, wo du bist«, forderte er lächelnd. Er konnte förmlich sehen, wie sich ihre Gedanken drehten und wendeten und schließlich Form annahmen. »Du könntest weglaufen, Adrianne, und da ich für eine Verfolgungsjagd nicht passend gekleidet bin, hättest du sogar eine Chance. Heute. Aber es gibt immer ein Morgen.«

»Versprochen«, stimmte sie zu. »Ich kann wirklich einen Drink brauchen.«

Er stand auf und gab ihr dadurch Gelegenheit, sich ebenfalls von seinem Bett zu erheben und auf einen Sessel zu setzen. Er trug kein Oberteil, nur seine Schlafanzughose, die ihm gefährlich tief auf den Hüften saß. Adrianne brachte ihre Kleidung in Ordnung und zog die Handschuhe aus, während sie Philip die Drinks einschenken hörte.

»Scotch. Ist das genehm?«

»Danke.« Sie nahm das Glas und trank einen Schluck. Philip setzte sich auf die Bettkante.

»Ich hoffe, ich bekomme eine Erklärung.«

»Da muß ich dich enttäuschen. Ich wüßte nicht, warum?«

»Du hast meine Neugier entfacht, meine Liebe.« Er reckte sich übers Bett und angelte auf dem Nachttisch nach Zigaretten. »Weißt du eigentlich, daß ich mir das Rauchen abgewöhnt hatte, bis ich dir begegnete?«

»Tut mir leid.« Sie lächelte. »Aber das ist schließlich reine Willenssache.«

»Oh, am Willen liegt's nicht.« Er musterte sie wieder von oben bis unten. »Aber ich benütze ihn für andere Dinge. Nun, meine Frage lautet, warum stiehlt eine Frau wie du?«

»Ich stehle doch nicht, ich nehme mir nur, was mir gehört.«

»Madeline Moreaus Saphir gehörte dir aber nicht.«

Wenn sie nicht so hart an ihrer Selbstbeherrschung gearbeitet hätte, hätte sie sich jetzt sicherlich an ihrem Whiskey verschluckt. »Was hat das eine mit dem anderen zu tun?«

Während er sie beobachtete, blies Philip nachdenklich Rauchkringel in die Luft. Adrianne war keine Amateurin, ging es ihm durch den Kopf, und schon gar keine Anfängerin. »Komm, du hast ihn doch, Addy. Oder weißt zumindest, wer ihn gestohlen hat. Der Name Rose Sparrow, sagt der dir zufällig was?«

Nach außen hin gelassen, nippte sie weiter an ihrem Glas, doch ihre Handflächen waren schweißnaß. »Sollte er?«

»Es war der Rock«, grübelte Philip laut vor sich hin. »Ich habe eine Zeitlang gebraucht, bis ich draufgekommen bin. Du hast mich zu sehr abgelenkt. Aber als ich unseren gemeinsamen Freund Freddie besuchte, da hat er von einer Rose gesprochen und sie sogar beschrieben. Und da fiel mir wieder der Ledermini ein, den du damals gerade eingepackt hast. Den, der so gar nicht deinem sonstigen Stil entsprach.«

»Wenn du weiter um den Brei herumreden willst, dann gehe ich lieber. Ich bin nämlich todmüde.«

»Setz dich.«

Auf diesen Ton hätte sie sonst nie reagiert, doch in diesem Falle schien es ihr einfacher zu sein nachzugeben. »Wenn ich dich richtig verstanden habe, so scheinst du tatsächlich anzunehmen, daß ich etwas mit dem Einbruch bei Madeline zu tun habe.« Sie stellte ihren Scotch ab und bemühte sich, ihre Schultern zu entspannen. »Aber warum sollte ich? Meinst du, ich brauche das Geld?«

»Es ist keine Frage des Brauchens, sondern des Motivs.«

Unangenehm pochte der Puls in ihrer Halsschlagader.

Adrianne schenkte dem keine Beachtung, sondern sah ihm weiterhin fest in die Augen. »Bist du von Scotland Yard?«

Lachend drückte er die Zigarette aus. »Nicht direkt. Kennst du das Sprichwort: ›Wenn man einen Schlauen fangen will, darf man keinen Dummen schicken‹?«

Als bei ihr der Groschen fiel, tat er das laut und deutlich. Sie hatte schon von dem legendären Dieb gehört, der nur unter dem Kürzel P. C. bekannt war. Man sagte ihm nach, er sei charmant, rücksichtslos und ein wahrer Meister seines Fachs. Spezialisiert auf Diamanten. Es hieß, er habe den Wellingford-Diamanten gestohlen, einen 75karätigen Solitär, absolut lupenrein, allererste Qualität. Dann habe er sich zur Ruhe gesetzt. Adrianne hatte sich unter diesem P. C. immer einen älteren Mann vorgestellt, einen klugen, gerissenen Veteranen. Sie langte nach ihrem Glas.

Es entbehrte nicht einer gewissen Ironie, daß sie sich offenbar in Gesellschaft eines Kollegen befand, noch dazu des besten der Gilde, doch nach Fachsimpeln stand ihr jetzt nicht der Sinn.

»Willst du etwa damit sagen, daß du ein Dieb bist?«

»War.«

»Interessant. Dann nehme ich an, du hast Madelines Saphiranhänger gestohlen.«

»Vor ein paar Jahren hätte ich das vielleicht getan. Doch darum geht es jetzt nicht. Tatsache ist, daß du dabei deine Hand im Spiel hattest, Addy, und ich will wissen, warum.«

Sie stand auf und ließ den Rest Whiskey in ihrem Glas kreisen. »Philip, falls ich aus irgendeinem verrückten Grund in die Sache verwickelt wäre, ginge dich das immer noch nichts an.«

»Dein Titel nützt dir gar nichts, hier zwischen uns beiden, ebensowenig wie irgendwelche Gespreiztheiten. Entweder erzählst du die Geschichte mir – oder meinen Vorgesetzten.«

»Welche da wären?«

»Ich arbeite für Interpol.« Er beobachtete sie, wie sie das Glas an ihre Lippen führte und es mit einem Schluck leerte. »Sie schreiben zahlreiche Diebstähle, die in den letzten zehn Jahren begangen worden sind, einem einzigen Täter zu, einem sehr wachsamen Täter. Der Moreau-Saphir steht ganz unten auf der Liste.«

»Interessant. Aber was hat das bitte mit mir zu tun?«

»Wir können ja eine Besprechung anberaumen. Vielleicht gelingt es mir, die Sache so zu deichseln, daß ich dich da raushalten kann.«

»Das ist sehr galant von dir«, meinte sie zynisch. »Oder besser gesagt, wäre, falls du recht hättest.« Obwohl sie wußte, daß es ihr gewaltig an den Kragen ging, lächelte sie zuversichtlich. »Kannst du dir vorstellen, wie sich meine Freunde amüsieren würden, wenn ich ihnen erzähle, daß man mich beschuldigt hat, mit einem Dieb unter einer Decke zu stecken? Von diesem Thema könnten wir wochenlang zehren.«

»Verdammt noch mal, siehst du denn nicht, daß ich dir nur helfen will?« Dabei war er aufgesprungen, hielt sie an den Armen fest und schüttelte sie. »Wegen mir brauchst du hier keine Schau abzuziehen. Außer uns beiden ist niemand hier. Ich habe dich in der Nacht des Einbruchs vor dem Hotel gesehen. Du warst schwarz angezogen und bist durch den Lieferanteneingang geschlüpft. Ich weiß, daß du was mit dem Verkauf der Steine zu tun hattest. Du steckst da irgendwie mit drin, Addy. Ich kenn' das Geschäft, Himmel noch mal. Ich weiß, wie es funktioniert.«

»Du hast doch keinen einzigen konkreten Beweis, den du deinen Vorgesetzten anbieten könntest.«

»Noch nicht. Das ist aber nur eine Frage der Zeit. Und niemand weiß besser als ich, wie die Zeit gegen einen arbeitet. Wenn du in Schwierigkeiten steckst, wenn du ein paar Steine verkaufen mußtest, um dein Gesicht zu wahren, dann werde ich der letzte sein, der das an die große Glocke hängt. Sprich dich aus, Addy. Ich möchte dir wirklich helfen.«

Es war lächerlich, aber er klang wirklich so, als ob er es ernst meinte. Ein Teil von ihr, den sie seit Jahren unterdrückte, wollte ihm glauben. »Warum?«

»Frag nicht so dumm«, murmelte er und brachte sie mit einem Kuß zum Schweigen.

Ihre anfängliche Gegenwehr erstarb in einem Seufzen. Die

Leidenschaft, die sie schmeckte, war nicht weniger lebendig als die Leidenschaft, die sie in sich spürte. Seine Hände gruben sich in ihr Haar, grob, besitzergreifend, als er ihren Kopf nach hinten zog, um sie anzusehen. Zum ersten Mal ließ sie ihre Hände wandern, über einen männlichen Körper streichen. Ihr Verlangen, das sich anfangs als wohltuende Wärme in ihrem Bauch ausgebreitet hatte, verwandelte sich rasch in Hitze, in Glut und dann in sengendes Feuer.

Er wußte, daß es verrückt war, sie so zu begehren, seine Prioritäten zu vergessen und nur in ihr versinken zu wollen. Aber sie war so weich und gleichzeitig so stark, zitterte und begehrte ihn gleichermaßen. Der Duft ihrer Haut raubte ihm den Verstand und ließ ihn schwindeln, als sie auf das Bett taumelten.

Er vergaß Finesse und Stil, gab sich ganz seiner explodierenden Lust hin. Wer immer sie war, welche Geheimnisse sie auch verbergen mochte, er begehrte sie in diesem Augenblick mehr als je zuvor. Er hatte Diamanten wegen ihres Feuers, Rubine wegen ihres vornehmen Glanzes, Saphire wegen ihrer blauen, eisigen Glut begehrt. Adrianne vereinigte all diese Qualitäten in sich, die er vorher nur in den gestohlenen Edelsteinen gefunden hatte.

Sie war klein und beweglich. Ihr Haar umgarnte ihn, als sie über das Bett rollten, umhüllte ihn mit seinem Duft. Auf ihrer Zunge lag noch der Geschmack des Whiskeys, und er ließ sich davon berauschen. In ihrem Entgegenkommen lag eine Verzweiflung, die ihn nach und nach jeglicher Selbstkontrolle beraubte.

Als er seine Hand unter ihren Pullover gleiten ließ, um nach ihren festen Brüsten zu tasten, spürte er ihr klopfendes Herz.

So war es noch nie gewesen. Jahr für Jahr, immer wieder hatte sie sich eingeredet, daß es nie so sein könnte. Nicht für sie. Zum ersten Mal begehrte sie einen Mann rückhaltlos. Zum ersten Mal war sie ganz Frau. Wollte nehmen und genommen werden. Als ihr Körper dem seinen antwortete, übermächtiges Verlangen spürte und nach Erleichterung brannte, brach die Angst durch.

Sie sah das Gesicht ihrer Mutter, tränennaß. Und sie konnte das Stöhnen ihres Vaters durch ihre kleinen Händchen hören, die sie auf die Ohren gepreßt hatte.

»Nein!« Wie ein Schrei entrang sich das Wort ihrer Kehle, als sie Philip von sich stieß. »Rühr mich nicht an. Tu's nicht.«

Es war mehr Reflex denn Absicht, als er ihre Hände packte, die sich anschickten, auf ihn einzuschlagen. »Verflucht noch mal, Adrianne.« In blinder Wut preßte er sie an sich, bittere Vorwürfe lagen ihm auf der Zunge. Doch sie erstarben, bevor er sie noch aussprechen konnte. Die Tränen, die ihr in die Augen schossen, waren echt, und auch die Angst, die sich darin spiegelte.

»Ist ja schon gut. Beruhige dich.« Er lockerte seinen Griff und bemühte sich, die Stimme nicht zu erheben. Sie war wie eine Berg-und-Talbahn, und er war sich nicht sicher, ob er wirklich eine Fahrt damit wagen sollte. »Hör auf«, herrschte er sie an, als sie weiterhin versuchte, auf ihn einzuschlagen. »Ich will dir doch nicht weh tun.«

»Laß mich gehen.« Ihre Kehle war wie zugeschnürt, und selbst das leise Wispern schmerzte sie. »Faß mich nicht an.«

Wieder flackerte Zorn in ihm auf, gegen den er ankämpfen mußte. »Ich tue Frauen keine Gewalt an«, sagte er dann mit ruhiger Stimme. »Es täte mir leid, wenn ich dich falsch verstanden hätte, aber wir beide wissen, daß dem nicht so war.«

»Ich habe dir bereits zu verstehen gegeben, daß ich nicht gekommen bin, um mit dir zu schlafen.« Sie entwand ihm eine Hand, dann die andere. »Wenn du glaubst, daß ich mich auf den Rücken schmeiße, weil dich nach Unterhaltung gelüstet, dann hast du dich geirrt.«

Langsam rückte er von ihr ab. Er hatte sich wieder in der Hand. »Jemand muß dir sehr weh getan haben.«

»Die Sache ist die, ich habe einfach kein Interesse.« Bevor er sie wieder berühren konnte, war sie vom Bett aufgesprungen und schnappte sich ihre Tasche.

»Die Sache ist eher die, daß du Angst hast.« Auch er war jetzt vom Bett aufgestanden. Er wußte noch nicht, daß die Laken nach ihr duften würden und ihr Bild ihn den Rest der Nacht über verfolgen sollte. »Vor mir, frage ich mich, oder vor dir selbst.«

Ihre Hände zitterten, als sie sich die Tasche um die Schulter hängte. »Die Selbstgefälligkeit der Männer ist immer wieder erstaunlich. Auf Wiedersehen, Philip.«

»Eine Frage noch, Adrianne.« Sie war schon an der Tür, hielt jedoch inne und drehte sich um. »Wir sind allein, niemand hört mit. Sag mir die Wahrheit, bitte. Ich möchte sie wissen. Nur für mich. Ganz privat. Bist du wegen eines Mannes in die Sache verwickelt?«

Sie hätte nicht auf seine Frage reagieren sollen. Sie hätte ihm ihr kühlstes Lächeln zeigen, gehen und seine Frage unbeantwortet im Raum stehen lassen sollen. Sie fragte sich später immer wieder, warum sie es nicht getan hatte. »Ja.« Sie sah wieder ihren Vater vor sich, wie er die weiten, sonnendurchfluteten Hallen entlanggeschritten war, ohne den Tränen ihrer Mutter und ihrem eigenen leisen Weinen Beachtung zu schenken. »Ja, wegen eines Mannes.«

Seine Enttäuschung war so groß und so sengend wie seine Wut. »Bedroht er dich? Oder erpreßt er dich?«

»Das sind jetzt schon drei Fragen.« Sie schaffte es tatsächlich, ihn anzulächeln. »Aber ich werde sie dir beantworten. Und das ist die Wahrheit, die reine Wahrheit. Alles, was ich getan habe, habe ich freiwillig und gerne getan.« Bei dieser Gelegenheit griff sie in ihre Tasche und holte seine Schmuckschatulle heraus. Einem plötzlichen Impuls folgend, warf sie sie ihm vor die Füße. »Ganovenehre, Philip. Zumindest heute.«

15. Kapitel

»Ist es nicht herrlich, meine Liebe?« flötete Lauren St. John, die um die Ecke des Pools auf Adrianne zugewirbelt kam, um sie zu begrüßen. Dabei achtete sie darauf, daß sie dem Kameramann ihre Schokoladenseite zuwandte und sich so hinter Adrianne stellte, daß man die fünf Pfund, die sie seit Thanksgiving zugenommen hatte, nicht sofort bemerkte. »Alles klappt wie am Schnürchen, nicht wahr?«

Adrianne prostete ihr mit ihrem Margarita-Cocktail zu. »Genau nach Plan.« Auf der Poolterrasse tummelten sich an die hundert geladene Gäste, und drinnen im Ballsaal weitere fünfzig, die die Klimaanlage der frischen Meeresbrise vorzogen. Adrianne warf noch einen raschen, wehmütigen Blick in Richtung Strand, bevor sie sich Lauren zuwandte. »Das Hotel ist wirklich bezaubernd, Lauren, und ich bin sicher, die Modenschau wird ein voller Erfolg werden.«

»Ist sie bereits. Allein die Presse ist schon eine Million wert. Die Leute von *People* sind gekommen. Wir kriegen drei Doppelseiten. Daß ich letzte Woche bei *Good Morning America* eingeladen war, wissen Sie doch bereits.«

»Sie haben hinreißend ausgesehen.«

»Oh, vielen Dank.« Mit einem gekonnten Hüftschwung drehte sie sich jetzt für eine andere Kamera in Position. »Möchten Sie nicht lieber ein Glas Champagner, Adrianne? Die Margaritas servieren wir eigentlich nur des Ambientes wegen.«

Laurens Fünftausend-Dollar-Kopie eines mexikanischen Bauernkleides sollte wohl ebenfalls dem Ambiente dienen, ging es Adrianne durch den Kopf. »Nein, danke.«

Kritisch betrachtete sie die Gästeschar. Viele der Anwesenden kannte sie näher, andere nur aus der Presse. Die Reichen, Mächtigen und Berühmten hatten sich hier versammelt. Journalisten und Fotografen schlängelten sich durch die Menge, nichts entging ihren wachsamen Augen, jede Designerbrille wurde schriftlich und bildlich dokumentiert. Die Gäste waren in ihrer besten Freizeitkleidung erschienen, von winzigen Bikinis unter flatternden Überwürfen bis hin zu bauschigen Seidenröcken. Und keine der Damen hatte ihren Schmuck zu Hause gelassen. Diamanten und Edelmetalle schimmerten in der tropischen Sonne um die Wette. Zwei Tage lang war die kleine Insel Cozumel nicht nur ein Paradies für Sonnenanbeter, sondern avancierte zu einem Eldorado für Diebe. Wäre Adrianne auf einen dicken Fang ausgewesen, sie hätte nur durch die Gästeschar flanieren und die Steine abpflücken müssen.

Fast so gefahrlos wie Blumenpflücken, sinnierte Adrianne,

zumal wenn man Mitglied dieses erlesenen Zirkels war. Interpol hatte zweifellos einige Agenten auf Cozumel postiert, Philip war sie jedoch noch nicht begegnet. Zum Glück.

»Ich habe gehört, die neue Kollektion ist ganz besonders gelungen.« Adrianne drehte sich um und schenkte einem Fotografen ein routiniertes Lächeln.

»Sie hätten überhaupt nichts hören dürfen. Die Kollektion wird strenger bewacht als die Kronjuwelen. Top secret, sozusagen, das heizt die Spannung und die Neugier an. Übrigens, was halten Sie von der Idee, den Laufsteg direkt über den Pool zu legen?«

»Fantastisch.«

»Warten Sie nur, bis Sie das Finale sehen«, sagte Lauren und fuhr dann leise flüsternd fort: »Die Mädchen, die die Badeanzüge vorführen, springen anschließend kopfüber in den Pool.«

»Nein, wie aufregend.«

»Ich wollte den Pool ja mit Champagner füllen lassen, aber Charlie wollte davon nichts hören. Aber im Ballsaal habe ich eine Champagner-Fontäne durchsetzen können. Und die Piñata, die müssen Sie später unbedingt mitmachen. Wirklich ein amüsanter Brauch. Du da…« Laurens Blick heftete sich auf eines der Serviermädchen. Das strahlende Lächeln auf ihrem Gesicht machte einem harten Zug Platz. »Du bist hier, um die Drinks anzubieten, nicht um damit herumzuspazieren.« Sofort setzte sie wieder ihr Partylächeln auf. »Wovon sprach ich gerade? Ach, die Piñata. Als Charlie und ich letztes Jahr hier waren, sind wir zu einer solchen Fiesta gegangen. All die kleinen Schmutzfinken, die da mit Knüppeln auf einen Pappmaché-Esel eingedroschen haben. Wenn er dann zerbricht…«

»Ich kenne das Spiel, Lauren.«

»Na dann. Ich dachte mir, ich passe diesen Brauch ein wenig unserem Geschmack an, und ließ dafür diesen tollen Papagei entwerfen. Der ist bis zum Hals mit falschen Klunkern und Glasperlen gefüllt. Das wird ein tolles Bild abgeben, in *Entertainment Tonight*.«

Adrianne mußte sich bei der Vorstellung, wie später die

Schönen und die Reichen auf Knien am Boden herumrutschten und Glassteine einsammeln würden, auf die Lippen beißen, um nicht laut loszuprusten. »Das wird ein Spaß werden.«

»Dazu sind wir ja hier. Diese Benefiz-Gala soll so schnell niemand vergessen. Ach, das Buffet, das kann ich wirklich empfehlen, obwohl ich nichts als Ärger mit den Angestellten hatte.« Sie winkte fröhlich einer Gruppe an der anderen Seite des Pools zu. »Aber was soll's. Sind eben Mexikaner.«

Adrianne trank zur Beruhigung ihrer Nerven einen großen Schluck Margarita. »Schließlich sind wir hier auch in Mexiko.«

»Ja, sicher, aber ich verstehe trotzdem nicht, wieso sie sich kein bißchen Mühe geben, unsere Sprache zu lernen. Schnattern immer irgendwelches unverständliches Zeug. Und faul sind sie auch. Sie machen sich ja keinen Begriff, wie mühselig es ist, die Leute bei der Stange zu halten. Aber sie sind billig. Lassen Sie es mich bitte wissen, wenn Sie mit dem Service hier unzufrieden sind. Christie, meine Teuerste, Sie sehen zauberhaft aus.« Kaum war die langbeinige Blondine an ihnen vorbeigestakst, fuhr Lauren abfällig schnaubend fort: »Über *die* könnte ich Ihnen Dinge erzählen.«

»Ich bin sicher, daß Ihnen gerade eine Menge im Kopf herumschwirrt.« Und wenn ich noch länger mit dir rede, dann fange ich an zu schreien, dachte Adrianne im stillen.

»Oh, Sie haben ja keine Vorstellung. Nicht die geringste. Ach, wie ich Sie um Ihr ruhiges Leben beneide. Dennoch, es wird bestimmt die tollste Hoteleröffnung der Saison werden.«

Überzeugt, daß Lauren ihr kleines Wortspiel nicht verstanden hatte, mußte Adrianne ein aufkommendes Grinsen unterdrücken.

»Ich hoffe, es war kein Fehler, die Eröffnungsfeier auf den Nachmittag anstatt wie üblich auf den Abend zu verlegen. Ich finde, Nachmittagsgeschichten sind irgendwie… salopper.«

»Das Inselleben ist ohnehin salopp.«

»Mmmm.« Laurens Blick heftete sich auf einen jungen Film-Beau, der, in kurzen Shorts und nach Sonnenöl duftend, an ihnen vorbeischlenderte. »Diese lässige Sportmode hat schon was. Ich habe gehört, er soll eine ungeheure Ausdauer haben.«

»Wie geht es Charlie?«

»Was?« Lauren konnte ihren Blick nicht von dem gutaussehenden Salonlöwen loseisen. »Gut. Sehr gut. Ach, ich bin ja so nervös. Das muß einfach ein grandioser Erfolg werden.«

»Das wird es. Sie werden Tausende Dollars für die Leukämieforschung sammeln.«

»Hm? Ach ja, das auch. Aber eigentlich sind die Leute ja nicht gekommen, um an so scheußliche Krankheiten zu denken. Zu deprimierend. *Hier* zu sein, das ist wichtig. Habe ich erwähnt, daß die Herzogin von York sich persönlich entschuldigt hat?«

»Nein.«

»Schade, daß sie nicht kommen konnte, aber wir haben ja Sie als Vertreterin des Hochadels bei uns.« Damit nahm sie Adriannes Arm und drückte ihn vertraulich. »Oh, da ist Elizabeth. Ich muß ihr guten Tag sagen. Amüsieren Sie sich, meine Liebe.«

»Das werde ich«, murmelte Adrianne. »Mehr als du dir vorstellen kannst.«

Leute wie die St. Johns änderten sich nicht. Adrianne verschwand hinter einem Trompetenbaum, um wenigstens für ein paar Momente die Sonne und die Musik zu genießen. Eine Anlage wie El Grande brachte sicherlich der gebeutelten mexikanischen Wirtschaft einige Jobs, genau wie diese Modenschau einige Dollar für wohltätige Zwecke einbringen würde. Für Lauren und andere Frauen ihrer Sorte waren solche Veranstaltungen nebensächlich. Oder schlimmer noch: Sprungbretter für ihre eigenen Ambitionen.

Die St. Johns interessierten in erster Linie die St. Johns – Geld, Status, Ruhm. Adrianne nippte an ihrem Drink und beobachtete, wie Lauren um den Pool herumflatterte.

Nun denn, sie sollte ihre Presse bekommen. Und zwar

mehr, als ihr lieb war. Der sensationelle Diebstahl der Lauren-Diamanten würde gute Auflagen bringen, überlegte Adrianne schmunzelnd.

»Spielst du Greta Garbo, oder darf ich mich zu dir setzen?«

»Marjorie!« Diesmal war es aufrichtige Freude, die Adrianne zeigte, als sie aufsprang. Marjorie, die Tochter des Schauspielers Michael Adams, der ihr und Phoebe damals in Hollywood ein so lieber Freund gewesen war, hatte sich, nachdem sie sich aus der Filmwelt zurückgezogen hatten, ebenfalls mit Adrianne angefreundet. »Ich wußte gar nicht, daß du kommen wolltest!«

»Ein ganz spontaner Entschluß.« Marjorie, schlank und blond, ein typisches California-Girl, erwiderte Adriannes Umarmung.

»Hast du Michael mitgebracht? Ich habe ihn schon seit einem Jahr nicht mehr gesehen.«

»Leider nicht. Daddy dreht gerade irgendwo in Ontario einen Film, mitten in der Pampa.« Sie schaute sich um und lächelte. »Es gibt doch nichts Schöneres als Palmen.«

»Er hört wohl nie auf. Sag ihm ganz liebe Grüße von mir, wenn du ihn siehst.«

»Ja, übermorgen. Ich werde Weihnachten mit ihm dort oben verbringen.« Marjorie schüttelte ihre blonde Mähne und ließ sich in einen Stuhl fallen. »Fruchtsaft, bitte«, bestellte sie bei einem vorbeieilenden Kellner. »Einen doppelten.« Dann streckte sie ihre Beine aus und seufzte tief. »Was für ein Affenzirkus hier.«

»Ach, lassen wir das Thema«, meinte Adrianne mit einem verständnisinnigen Grinsen. »Aber was machst du eigentlich hier? Modenschauen sind doch sonst nicht dein Fall.«

»Tja, Sehnsucht nach den Tropen – und nach Keith Dixon.«

»Keith Dixon?«

»Ich weiß ja, daß er Schauspieler ist.« Marjorie hob abwehrend ihre Hand. »Deshalb habe ich mir auch Zeit gelassen, aber…«

»Ist es ernst?«

Langsam drehte sie ihre Hand um und ließ einen lanzettenförmig geschliffenen Diamantring sehen. »Könnte man sagen.«

»Ihr seid verlobt.« Als Marjorie ihren Zeigefinger auf die Lippen legte, hob Adrianne zwar eine Braue, dämpfte aber ihre Stimme. »Ein Geheimnis? Weiß es Michael?«

»Ja, seinen Segen haben wir. Die beiden verstehen sich so gut, die brauchen mich gar nicht. Komisch, nicht wahr?«

»Komisch, daß sie sich verstehen?«

»Nein, komisch, daß ich mir immer Freunde und Liebhaber gesucht habe, die meinem Vater nicht gefielen.«

Adrianne lehnte sich zurück. »Muß ganz schön anstrengend gewesen sein.«

»Das stimmt. Aber mit Keith war es die einfachste Sache von der Welt.«

»Warum dann die Heimlichkeiten?«

»Um den Klatschkampagnen noch ein wenig zu entfliehen. Aber es handelt sich ohnehin nur noch um ein paar Tage. An Weihnachten heiraten wir. Ich wünschte, du würdest dabeisein. Aber ich weiß ja, wie du zu Weihnachten stehst. Willst du heute abend mit uns zusammen essen, im Dorf?«

»Ja, sehr gerne. Er muß dich sehr glücklich machen«, fügte sie hinzu. »Du siehst blendend aus, Marjorie.«

»Es geht mir besser.« Sie holte sich eine Zigarette aus der Tasche ihres Leinenrocks. Das war das einzige Laster, das sie sich noch erlaubte. »Wenn ich manchmal so zurückdenke, kann ich nicht glauben, was ich Daddy angetan habe, und auch mir selbst. Heute wiege ich hundertzwanzig Pfund.«

»Das freut mich für dich.«

»Ich habe ein Foto aus der Zeit aufbewahrt. Das, was die Zeitungsreporter beim Verlassen der Klinik vor drei Jahren von mir geschossen haben. Zweiundachtzig Pfund. Ich habe ausgesehen wie ein Gespenst.« Sie kreuzte ihre langen, wohlgeformten Beine. »Das erinnert mich immer daran, daß ich Glück habe, überhaupt noch zu leben.«

»Michael ist sehr, sehr stolz auf dich. Als wir uns das letztemal sahen, hat er ausschließlich von dir gesprochen.«

»Ohne ihn hätte ich es nicht geschafft – nachdem ich endlich kapiert hatte, daß er nicht mein Feind ist.« Sie nahm dem Kellner den Saft ab und gab ihm eine Fünfdollarnote. »Du hast mir auch sehr geholfen. Auf den Nachwuchs der Hollywoodstars«, rief sie aus und stieß mit Adrianne an. »Daß du mich damals im Krankenhaus besucht hast, mit mir geredet hast, obwohl ich nichts hören wollte, mir erzählt hast, wie schlimm es für dich war, zusehen zu müssen, wie deine Mutter sich selbst verloren hat. Addy, ich hab' dir nie sagen können, wieviel mir das damals geholfen hat.«

»Das brauchst du auch nicht. Michael war einer der wenigen Menschen, die sich wirklich um meine Mutter gesorgt haben. Er konnte ihr nicht helfen, aber er hat es versucht.«

»Ich habe immer geglaubt, daß er ein wenig in sie verliebt war. Und sie in ihn. Ich hab' dich wirklich gehaßt, als wir klein waren«, lachte Marjorie und drückte ihre Zigarette aus. »Daddy hat pausenlos von dir geschwärmt, was für eine Musterschülerin du warst, wie wohlerzogen und höflich.«

»Wie grauenhaft«, erwiderte Adrianne.

»Also inhalierte, rauchte und schluckte ich alles, was mir an Drogen unter die Finger kam, heiratete einen Widerling, wohl wissend, daß er mich schlecht behandeln würde, und benahm mich grundsätzlich in der Öffentlichkeit daneben. Ich tat einfach alles, um meinem Vater das Leben schwerzumachen – und brachte mich dabei fast um. Die Magersucht war das letzte.«

»Betonung auf ›letzte‹.«

»Ja.« Marjorie lächelte, dasselbe selbstkritische Lächeln, das ihren Vater berühmt gemacht hatte. »Ach, genug davon. Wußtest du, daß Althea hier ist?«

»Althea Gray? Nein.«

»Doch, wirklich. Sie steht...« Marjories Blick glitt suchend über die Gästeschar und fand dann sein Ziel. »Da drüben.«

Adrianne setzte sich erst die Sonnenbrille auf, bevor sie in die angegebene Richtung schaute. Die Schauspielerin war in der Tat anwesend: in einem knappen Oberteil und einem superkurzen pinkfarbenen Mini.

»Sieht aus, als hätte sie im Kleiderschrank ihrer halbwüchsigen Tochter gekramt. Aber sie hat gar keine.«

»Althea liebte es schon immer, ihre Vorzüge zur Schau zu stellen«, entgegnete Adrianne.

»Ihre letzten beiden Filme waren Flops – Riesenflops.«

»Habe ich gehört.« Es interessierte sie nicht. Sie hatte sich schon vor einigen Jahren an Althea gerächt. Ein besonders schön gearbeitetes Schmuckset aus Opalen und Diamanten hatte sich zu einer anonymen Spende für den Retired Actors' Fund gewandelt.

»Sie hat sich ihre Oberschenkel vor einigen Monaten absaugen lassen.«

»Aha«, murmelte Adrianne, konnte aber nicht umhin, einen genaueren Blick auf Altheas Beine zu werfen.

»Ich habe das Trinken, die Drogen und die Männer aufgegeben, Addy, also laß mir doch dies kleine Vergnügen. Oh, ich habe noch einen anderen Klatsch aus der großen, weiten Welt das Glamour gehört – über den früheren Agenten deiner Mutter. Larry Curtis.«

Adriannes Lächeln gefror.

»Es scheint, die Gerüchte über seine Vorliebe für blutjunge Mädchen entsprechen der Wahrheit. Man hat ihn letzte Woche dabei erwischt, wie er einen neuen Schützling *vorsprechen* ließ. Sie war erst fünfzehn.«

Übelkeit stieg in ihrer Kehle hoch. Ganz vorsichtig stellte sie ihren Drink ab. Mit gläserner, weit entfernter Stimme hörte sie sich fragen: »Er wurde geschnappt, hast du gesagt?«

»In flagranti, vom Vater des Mädchens persönlich. Der Dreckskerl hat sich dabei den Kiefer gebrochen. Zu schade, daß ihm nicht jemand seine Eier, auf die er so stolz ist, um den Hals gebunden hat. Aber wie es aussieht, wird er kein Bein mehr auf den Boden bekommen. Hey!« Erschrocken setzte sich Marjorie auf. »Du bist ja weiß wie die Wand.«

Adrianne wollte keine Erinnerung an Larry aufkommen lassen. Sie schluckte, kämpfte gegen den Kloß in ihrem Magen an. »Wahrscheinlich zuviel Sonne.«

»Komm, gehen wir in den Schatten, bevor die Show losgeht. Kannst du aufstehen? Ich habe ja was gegen Klischees, Addy, aber du siehst aus, als hättest du gerade einen Geist gesehen.«

»Nein, mir geht's gut, ehrlich.« Sie durfte sich nicht runterziehen lassen. Larry Curtis gehörte der Vergangenheit an. All dies war lange vorbei. Sie stand auf und ging mit Marjorie zu den Stühlen, die unter einem roten Vordach aufgestellt waren.

»Um nichts in der Welt möchte ich diese Vorstellung vermissen.«

»Verspricht eine tolle Show zu werden.«

Und das wurde sie tatsächlich. Adrianne sah, wie Lauren das mit tropischen Blüten üppigst dekorierte Podium betrat, und dachte dabei an ihren eigenen Auftritt, den sie für den nächsten Tag geplant hatte.

Adriannes Suite im El Grande war ganz in Pastelltönen gehalten und besaß riesige Panoramafenster, die zu einem Balkon hinausführten, der einem einzigen Blumenmeer glich. Es gab einen gutbestückten Kühlschrank, eine kleine Bar, eine Badezimmerflucht mit Spiegelwänden und Whirlpool und einen abschließbaren Safe. Die Suite war nicht ohne, doch Adrianne bevorzugte die Räume im El Presidente, die sie unter dem Namen Lara O'Connor gemietet hatte.

Nicht ohne Bedauern hatte sie Rose Sparrow in den Ruhestand geschickt.

Im El Presidente bewahrte Adrianne ihre Arbeitsutensilien auf. Wenige Stunden nach der Modenschau saß sie dort an einem kleinen Tischchen vorm Fenster und aß eine Kiwi, während sie die Pläne des El Grande studierte. Sie war sich noch nicht sicher, für welche der beiden Möglichkeiten, dort einzusteigen, sie sich entscheiden sollte. Als Perfektionistin, die sie war, arbeitete sie beide Weg genauestens aus.

Neben ihr klingelte das Telefon. »*Hola. Si.*« Adrianne lehnte sich in ihrem Sessel zurück. Aha, ihr Kontaktmann hatte Angst. Ihrer Erfahrung nach versuchten solche Leute immer dann besonders cool zu klingen, wenn sie nervös waren. »Ich werde da sein, genau wie besprochen. Wenn Sie mir nicht trauen, amigo, können Sie gerne aussteigen. Es gibt auch noch andere Käufer.« Sie wartete und trank einen Schluck Wasser, das mittlerweile lauwarm geworden war. »Sie kennen seinen Ruf. Wenn der Schatten ein Geschäft abschließt, dann liefert er auch. Soll ich ihm vielleicht ausrichten, daß sie an seiner Fähigkeit, die Transaktion auszuführen, zweifeln? Ich glaube doch nicht, oder? *Hasta manana.*«

Sie legte den Hörer auf die Gabel und stand auf, um sich zu strecken und die Verspannungen in Rücken und Nacken zu lockern. Die Nerven. Ärgerlich schloß sie die Augen und ließ ihren Kopf langsam von einer Seite zur anderen kreisen. Sie konnte sich nicht erinnern, irgendwann in den letzten Jahren so nervös gewesen zu sein.

Der Job war Routine – beinahe zu einfach. Und dennoch...

Philip, dachte sie. Er hatte sie aus dem Konzept gebracht. Es beunruhigte sie, daß er nicht auf der Insel war. Und sie wäre schrecklich wütend gewesen, wenn er hier aufgetaucht wäre.

Er konnte ihr gar nichts beweisen, versuchte sie sich zu beruhigen, als sie die Balkontüren weit öffnete. Und bald, sehr bald, würde sie das, was sie sich vorgenommen hatte, auch beendet haben.

Die Sonne stand am westlichen Himmel und ergoß ihre goldenen Strahlen über das Meer. In wenigen Stunden würde der Mond aufgehen, kalt und weiß.

Sonne und Mond. Adrianne stand am Balkongeländer und beugte sich vor. Symbole für Tag und Nacht, für Stetigkeit, für die Ewigkeit. Ich hole sie bald zurück, Mama, schwor sie schweigend. Dann werden wir beide, hoffentlich, unseren Frieden finden.

Der Abendwind wehte über ihr Gesicht, warm und zärtlich. Der Duft Tausender Blüten erfüllte die Luft, stieg aus dem Boden, war überall. Sie hörte die Wellen am Strand aufschlagen und zurückrollen, vermischt mit dem Lachen und den Rufen der Menschen, die am Strand spazierengingen oder zwischen den Riffs schnorchelten.

Einsamkeit. Adrianne kniff die Augen ganz fest zusammen, konnte das Gefühl jedoch nicht abwehren. Die Feiertage. Sie konnte es auf die Weihnachtstage schieben und auf die damit verbundenen Erinnerungen. Sie konnte es auf das Zusammentreffen mit Marjorie schieben und ihre Leidenschaft, die sie sich so viele quälende Jahre hindurch erhalten hatte. Aber es war mehr. So viel mehr als nur das. Sie war nicht nur eine Frau, die allein auf einem Balkon stand. Wie viele Leute sie auch kannte oder wie sehr sie sich auch beschäftigte, sie war allein, immer und überall.

Niemand kannte sie wirklich. Nicht einmal Celeste verstand die Fragen und die Probleme, mit denen sie fortwährend zu kämpfen hatte. Sie war Prinzessin eines Landes, das nicht mehr ihre Heimat war. Sie war eine Besucherin in einem Land, das ihr stets fremd sein würde. Sie war eine Frau, die sich fürchtete, eine Frau zu sein. Eine Diebin, die Gerechtigkeit wollte.

In diesem Augenblick, da der warme Wind ihr Haar umschmeichelte und der Geruch des Meeres und der Blüten sie umfing, da wünschte sie sich jemanden, an den sie sich hätte anlehnen können.

Sie drehte sich um und ging nach drinnen. Gut, sie hatte niemanden, aber dafür besaß sie etwas anderes. Die Gedanken an ihre Rache.

16. Kapitel

Geschäfte standen an diesem Morgen nicht auf dem Plan. Adrianne wollte sich in der tropischen Sonne braten und in dem kristallklaren Wasser am Riff schnorcheln, wollte unter einer Kokospalme dösen und so wenig wie möglich nachdenken.

Es war Heiliger Abend. Einige der Gäste waren bereits wieder abgereist – nach Chicago, Los Angeles, Paris, New York, London. Doch die meisten waren im El Grande geblieben, um Weihnachten mit Piña coladas statt Rumpunsch zu feiern, unter Palmen anstatt unter Tannenbäumen.

Adrianne verbrachte die Feiertage nie in New York. Sie konnte den Anblick von Schnee oder den Blick in die Schaufenster von Macy's oder Saks nicht ertragen. Weihnachten in New York war ein Ereignis, und es hatte sie als Kind maßlos fasziniert.

Sie konnte sich ganz genau daran erinnern, wie sie zum ersten Mal die eleganten viktorianischen Puppen gesehen hatte, die sich in den Schaufenstern von Lord & Taylor's drehten, während der schneidend kalte Wind durch ihren pelzbesetzten Mantel gepfiffen und es überall nach heißen Maroni gerochen hatte. In New York würden jetzt an jeder Ecke Glöckchen bimmeln und in jedem Geschäft Weihnachtsmelodien erklingen. Über dem Eingang zu Cartier würde wieder eine riesige Schleife prangen. Die Menschenmenge, die sich um diese Zeit wie ein zäher Brei durch die Fifth Avenue wälzte, war so dicht, daß sie einen mitriß, wenn man nicht aufpaßte.

Faszinierend. Es gab keine andere Stadt in der Welt, die in der Weihnachtszeit so faszinierend und heiter war wie New York. Für Adrianne jedoch gab es um diese Zeit keinen deprimierenderen Ort.

Weihnachten zu feiern war in Jaquir verboten gewesen, und selbst Touristen und westlichen Arbeitern war es nicht gestattet, öffentlich zu feiern. Es gab keinen Weihnachtsschmuck, keine Lieder, nicht einmal einen einzigen Tannenzweig. Keine kleinen Glaskugeln, in denen der Schnee aufwirbelte. Das Gesetz verbot alles.

Adrianne hatte viele Erinnerungen an Weihnachten, einige schöne, einige traurige. Sie wußte, daß sie sich damit auseinandersetzen mußte, aber nicht in New York, wo sie ihren letzten Christbaum geschmückt und verzweifelt versucht hatte, ihre Mutter in die Festvorbereitungen mit einzubeziehen. Es war in New York gewesen, wo sie ihre letzten bunten Päckchen gepackt hatte, Geschenke, die Phoebe niemals ausgepackt hatte.

Es war in New York gewesen, wo sie vor fünf Jahren ihre Mutter tot auf dem Boden im Badezimmer aufgefunden hatte, in den frühen Morgenstunden des Weihnachtstages. Dieses letzte Weihnachten, als sie und Phoebe und Celeste zusammengesessen, Eierflips getrunken und den Weihnachtsliedern aus dem Radio gelauscht hatten. Als ihre Mutter so früh zu Bett gegangen war.

Woher Phoebe den Scotch oder die hellblauen Pillen gehabt hatte, das wußte Adrianne bis heute nicht. Woher auch immer, sie hatten jedenfalls ihren Zweck erfüllt.

Daher flüchtete sie an Weihnachten, wohl wissend, daß es eine Flucht war, nach Monte Carlo, Aruba, Maui – überall dorthin, wo die Sonne schien und es heiß war. Manchmal arbeitete sie dann, manchmal tat sie gar nichts. Auf dieser Reise würde sie beides tun, und morgen früh, wenn die Glokken Weihnachten einläuteten, würde ihre Arbeit getan sein.

Es lag nicht an ihrer nervösen Stimmung, daß sie beschloß, den Tag nicht in der Anlage der St. Johns zu verbringen. Sie wollte einfach allein sein, anonym. Nach den letzten zwei Tagen hatte sie erst einmal die Nase voll von Cocktailpartys und Small talk am Pool. Sie verbrachte den Tag am Strand vor dem El Presidente, aber nicht als Prinzessin Adrianne oder als Lara O'Connor, sondern als Adrianne Spring.

Durstig und mit müden Beinen paddelte sie an den Strand. Die Maske und die Flossen in der Hand, schlenderte sie zu dem strohgedeckten Sonnenschirm, unter dem sie ihre Sachen abgelegt hatte, ohne von den zwei Männern Notiz zu nehmen, die ganz in der Nähe in der Sonne lagen, Dos Equis schlürften und nach einem Flirt Ausschau hielten.

»Adrianne.«

Noch damit beschäftigt, sich mit einem Handtuch die Haare trockenzurubbeln, sah Adrianne eine Frau auf sich zukommen. Sie war schlank und braungebrannt, und die zwei schmalen Stoffstreifen, die ihren Körper bedeckten, ließen Adriannes Bikini wie einen Taucheranzug wirken. Ihr Haar war dunkel und kinnlang geschnitten. Im ersten Augenblick reagierte Adrianne mißmutig auf die Störung, dann aber erkannte sie die Frau.

»Duja?« Mit einem fröhlichen Auflachen warf Adrianne ihr Handtuch weg und ging mit ausgebreiteten Armen auf ihre Cousine zu. »Bist du es wirklich?« Sie umarmten sich, küßten sich innig die Wangen und traten dann beide einen Schritt zurück, um sich genauer zu betrachten.

»Das ist ja nicht zu glauben!« Dujas dunkle, melodische Stimme erweckte augenblicklich lange verdrängte Erinnerungen in Adrianne, schöne und traurige. Endlose, schwüle Nachmittage im Harem, die schattige Laube im Garten, wo sie beide als Mädchen den Geschichten einer alten Frau gelauscht hatten. »Wie lange ist es her?«

»Sieben Jahre, oder acht. Was machst du hier?«

»Schmollen, bis jetzt jedenfalls. Wir waren in Cancún, und J. T. beschloß hierherzusegeln, weil er glaubte, daß die Tauchgründe hier besser seien. Stell dir vor, beinahe wäre ich am Hotelpool geblieben. Bist du allein?«

»Ja.«

»Komm, ich lade dich auf einen Drink ein. Wir haben uns sicher viel zu erzählen.« Sie hakte sich bei Adrianne unter und ging mit ihr zur Bar. »Ich habe immer von dir in der Zeitung gelesen, Prinzessin Adrianne wohnte der Ballett-Premiere bei, Prinzessin Adrianne nahm am Frühlingsball teil. Ich nehme an, du warst viel zu beschäftigt, um mich in Houston zu besuchen.«

»Ich konnte nicht. Als Mama noch lebte, war es sehr schwierig zu reisen. Danach...« Sie beobachtete Duja, die sich eine dünne, braune Zigarette ansteckte. »Ich glaubte, es nicht verkraften zu können, dich oder irgend jemanden aus Jaquir zu sehen.«

»Ich habe mit dir gelitten.« Duja ging auf Phoebes Tod so diskret und zartfühlend ein, wie sie ihre Hand streichelte. »Deine Mutter war immer sehr nett zu mir. Ich habe schöne Erinnerungen an sie. *Dos margaritas, por favor*«, bestellte sie beim Barkeeper und warf dann Adrianne einen kurzen Blick zu. »Ist das recht?«

»Ja, danke. Es ist alles so lange her. Es kommt mir so unwirklich vor.«

Duja zog an ihrer Zigarette und blies den Rauch in die Luft. »Ja, der Harem liegt schon weit zurück.«

Nicht weit genug, dachte Adrianne. »Bist du glücklich?«

»Ja.« Duja schlug ihre langen, braunen Beine übereinander und flirtete ganz nebenbei mit einem Mann auf der anderen Seite der runden Bar. Sie war durstig, gut gebaut und sich ihrer Ausstrahlung wohl bewußt. »Ich bin frei.« Lachend ergriff sie ihr Glas. »J. T. ist ein wunderbarer Mann, sehr nett, sehr amerikanisch. Ich habe meine eigenen Kreditkarten.«

»Mehr braucht es nicht?«

»Es hilft. Außerdem liebt er mich und ich ihn auch. Ich weiß noch, wie verängstigt ich war, als mein Vater beschloß, mich mit ihm zu verheiraten. Denk nur daran, was man uns alles über die Amerikaner erzählt hat.« Sie seufzte und drehte sich auf dem Barhocker um, um die Sonnenbadenden am Pool zu beobachten. »Wenn ich mir vorstelle, ich müßte im Harem sitzen, schwanger mit meinem sechsten oder siebten Kind, und mir Gedanken machen, ob mein Gemahl mit mir zufrieden ist oder nicht.« Sie leckte das Salz vom Rand ihres Glases. »Ja, ich bin glücklich. Diese Welt ist ganz anders als die, die wir als Kinder gekannt haben. Amerikanische Männer erwarten von ihren Frauen nicht, daß sie schweigsam in der Ecke sitzen und ein Baby nach dem anderen gebären. Ich liebe meinen Sohn, aber ich bin auch froh, nur ein Kind zu haben.«

»Wo ist er?«

»Bei seinem Vater. Er ist genauso verrückt aufs Tauchen wie J. T. Und er ist ein echter Amerikaner. Baseball, Pizza, Skateboardfahren. Manchmal denke ich zurück und frage mich, wie mein Leben verlaufen wäre, wenn das Öl nicht J. T. nach Jaquir gebracht hätte… und mich zu ihm.« Sie zuckte mit den Schultern und blies süßlich riechenden Rauch aus, der Adrianne an die Nachmittage im Harem erinnerte und an das dumpfe Schlagen der Trommeln. »Aber ich denke nicht oft zurück.«

»Ich freue mich für dich. Als Kind habe ich oft zu dir aufgeblickt. Du warst immer so gelassen und wohlerzogen und so schön. Ich dachte, das käme, weil du einige Jahre älter warst als ich, und glaubte, ich würde später auch einmal so werden wie du.«

»Für dich war alles viel schwieriger. Du wolltest es deinem Vater recht machen, aber du hast immer zu deiner Mutter gehalten. Heute weiß ich, wie unglücklich sie gewesen sein mußte, als der König sich eine zweite Frau nahm.«

»Das war der Anfang vom Ende für sie.« Bitterkeit stieg in ihr hoch, und sie nahm einen Schluck, um sie wegzuspülen. »Gehst du je zurück?«

»Ja, einmal im Jahr besuche ich meine Mutter. Ich bringe ihr heimlich Filme für ihren Videorecorder mit und rote Seidenunterwäsche. Es hat sich nichts verändert«, sagte sie und beantwortete damit Adriannes unausgesprochene Frage. »In Jaquir bin ich die ordentliche, gehorsame Tochter, mit zurückgebundenen Haaren und verschleiertem Gesicht. Ich trage meine *abaaya*, sitze im Harem und trinke grünen Tee. Komisch, wenn ich dort bin, dann kommt mir das alles ganz richtig und in Ordnung vor.«

»Wie meinst du das?«

»Schwer zu erklären. Wenn ich nach Jaquir fahre, wenn ich meinen Schleier anlege, fange ich an, mich wie eine Frau aus Jaquir zu fühlen, wie eine Frau aus Jaquir zu denken. Was für Amerika ganz normal scheint, kommt mir in Jaquir total fremd vor. Wenn ich wieder abreise, fallen der Schleier und damit all diese Gefühle von mir ab, zusammen mit den Verboten.«

»Das verstehe ich nicht. Es ist, als sei man zwei Personen in einer.«

»Sind wir das nicht? Wie wir erzogen wurden, und wie wir jetzt leben? Bist du nie wieder dort gewesen?«

»Nein. Aber ich erwäge es.«

»Wir fahren dieses Jahr nicht. J. T. hat Bedenken wegen der Unruhen im Persischen Golf. Bislang hat sich Jaquir noch erfolgreich den Auseinandersetzungen entziehen können, aber wie lange noch?«

»Abdu versteht es, sich seine Feinde auszusuchen, und seine Freunde.«

Dujas Augenbraue zuckte nach oben. Selbst nach all den Jahren hätte sie den König nie bei seinem Vornamen genannt. »J. T. hat vor kurzem genau das gleiche gesagt.« Unsicher geworden, wechselte Duja das Thema. »Weißt du, daß dein Vater Risa verstoßen hat? Sie war unfruchtbar.«

»Ich habe davon gehört.« Sie spürte einen Anflug von Mitleid für die letzte Frau ihres Vaters.

»Er hat sich eine neue genommen, vor wenigen Monaten erst.«

»So bald?« Adrianne nahm wieder einen Schluck, einen großen diesmal. »Das wußte ich nicht. Leiha hat ihm doch sieben gesunde Kinder geschenkt.«

»Fünf davon waren Mädchen.« Duja zuckte mit den Achseln. Adrianne schien es nichts auszumachen, über ihre Halbgeschwister zu sprechen. »Die zwei ältesten sind bereits verheiratet.«

»Ja, ich weiß. Ich bekomme ab und zu Nachricht.«

»Der König verteilt seine Töchter sehr geschickt, hat eine in den Iran geschickt, die andere in den Irak. Die nächste ist erst vierzehn. Sie soll angeblich nach Ägypten oder Saudi-Arabien verheiratet werden.«

»Er liebt seine Pferde mehr als seine Töchter.«

»In Jaquir sind Pferde auch wichtiger.« Duja bestellte noch zwei Drinks.

Von seinem Fenster im fünften Stockwerk aus hatte Philip einen exzellenten Blick auf den Pool, die Gärten und das Meer. Er beobachtete Adrianne schon, seitdem sie aus dem Wasser gekommen war. Durch seinen Feldstecher konnte er sogar die Wasserperlen erkennen, die auf ihrer Haut glitzerten.

Über die Frau, mir der sie an der Bar sprach, konnte er nur Vermutungen anstellen. Auf jeden Fall keine Kontaktperson, dessen war er sich sicher. Dazu hatte er in Adriannes Gesicht zuviel Überraschung und Freude gesehen, als sich die beiden Frauen trafen.

Eine alte Freundin vielleicht, oder eine Verwandte. Adrianne war nicht zum Strand gekommen, um sie zu treffen. Er konnte sich irren, aber er glaubte doch, daß sie allein sein wollte, genau wie die ein oder zwei Male zuvor, als er ihr vom El Grande aus gefolgt war.

Einerseits tat es ihm leid, die Festivitäten der letzten Tage dort verpaßt zu haben, aber andererseits war es ihm klüger erschienen, sich im Hintergrund zu halten.

Ganz langsam blies er eine blaue Rauchwolke aus und wartete, bis Spencer sich meldete.

»Spencer.«

»Hallo, Captain.«

»Schießen Sie los, Chamberlain, was geht dort vor sich?«

»Sie haben meinen Bericht, den ich dem Kontaktmann in New York gegeben habe, erhalten?«

»War ja unglaublich aufschlußreich.«

»Diese Dinge brauchen ihre Zeit.« Er heftete seinen Blick auf Adriannes nasses Haar, das ihr über den Rücken fiel. »Oft mehr als uns lieb ist.«

»Ihre verdammten Philosophien können Sie sich schenken. Ich will Fakten.«

»Natürlich.« Philip nahm den Feldstecher und richtete ihn auf Adriannes Gesicht. Sie lachte gerade. Jetzt war nichts Kühles und Dekadentes mehr an der Art, wie sie ihre Lippen kräuselte. Etwas widerwillig schwenkte er das Glas auf ihre Begleiterin. Eine Verwandte, entschied er nun. Etwas älter, sehr amerikanisch. Am ihrem Ringfinger blitzte ein Diamantring auf. Und verheiratet.

»Also.« Die Ungeduld in Spencers Stimme war so deutlich zu hören wie das Nuckeln an seiner Pfeife.

»Dem letzten Report ist leider nicht viel Neues hinzuzufügen.« Zu seinem eigenen Vergnügen richtete er den Feldstecher wieder auf Adrianne. Sie hatte eine unglaubliche Haut – von einem Goldbraun, wie man es auf alten Gemälden sah. Es war dumm, aber im Moment hatte er das Bedürfnis, diese wunderschöne Haut zu retten. »Wenn unser Mann in New York war, so ist er uns wieder entwischt. Die einzige Spur, die ich ausmachen konnte, führt nach Paris. Vielleicht sollten Sie dort einige Leute in Bereitschaft abstellen.« Tut mir leid, alter Knabe, dachte er im stillen, ich brauche ein wenig Zeit.

»Warum Paris?«

»Die Gräfin Tegari. Sie verbringt mit ihrer Tochter dort die Ferien. Die alte Dame hat sich einige kostbare Stücke aus der Windsor-Kollektion geschnappt. Wenn ich heute noch im Geschäft wäre, würden mich diese Klunker ganz schön anmachen.«

»Mehr können Sie wohl nicht tun, wie?«

»Im Augenblick nicht.«

»Wo zum Teufel sind Sie überhaupt, und wann kommen Sie zurück?«

»Ich nehme mir die Feiertage frei, Stuart. Im neuen Jahr können Sie mit mir rechnen. Grüße an die Familie«, fuhr er unbeirrt von Spencers Protestausbruch fort. »Fröhliche Weihnachten.«

Ja, sie hatte tatsächlich eine unbeschreibliche Haut, ging es ihm wieder durch den Sinn. Und sie gefiel bestimmt nicht nur ihm.

Da Adrianne keine höfliche Ausrede einfiel, die Einladung ihrer Cousine zu einem Dinner an Bord ihrer Yacht auszuschlagen, beschloß sie, früher als geplant ihren Coup zu landen. Teilweise freute sie sich sogar auf den Abend, darauf, sich entspannt zurückzulehnen und zu beobachten, ob diese Mischung von Kultur und Tradition tatsächlich funktionieren konnte. Außerdem hätte sie dann ein bombensicheres Alibi, falls ein solches erforderlich werden sollte.

Adrianne benutzte ihre Räume im El Presidente zum Umziehen. Das war eine kleine Vorsichtsmaßnahme, aber eine, die sich lohnte. Alles hing im Moment vom richtigen Timing ab. Ein Blick auf die Uhr sagte ihr, daß die St. Johns augenblicklich im Fiesta-Raum damit beschäftigt sein dürften, die Presse mit Cocktails bei Laune zu halten. Dadurch blieb ihr über eine Stunde Zeit, bis sich Lauren in die Präsidentensuite begeben würde, um sich für die Weihnachtsgala umzuziehen.

Adrianne würde dort spät aufkreuzen, nach dem Dinner mit ihrer Cousine. Falls Lauren an diesem Abend ihre Rubine tragen sollte, würde dies ein interessantes Ablenkungsmanöver erfordern.

Es war nur ein kurzer Weg dorthin, der Abend war lau, und die Sonne würde erst in zwei Stunden untergehen. Als Adrianne in den Parkplatz des El Grande einbog, trug sie eine große Sonnenbrille, einen Schlapphut und einen langärmligen Überwurf. So wie sie aussah, würde man sie bestimmt für eine amerikanische Touristin mit einem seltsamen Geschmack, was Kleidung anbetraf, halten. Und gerade das war auch ihre Absicht.

Mit einer Strohtasche über der Schulter schlenderte sie durch den Haupteingang. Weder rechts noch links blickend, steuerte sie geradewegs auf den Aufzug zu. Während sie nach oben fuhr, hielt sie den Lift zwischen zwei Etagen an, entledigte sie sich des Umhangs und stopfte diesen zusammen mit der Brille und dem Hut in ihre Strohtasche. Das alles steckte sie in einen Wäschesack. Dann straffte sie die Zimmermädchenuniform, die sie unter dem Umhang schon angezogen hatte.

Kaum dreißig Sekunden später fuhr der Lift wieder weiter nach oben in die letzte Etage. Sie hatte sich eine Perücke aufgesetzt, schwarz mit grauen Strähnen, und darüber ein Haarnetz gezogen. Auf ihre Wange hatte sie sich eine lange, dünne Narbe gemalt. Falls ihr jemand begegnen und hinterher befragt werden sollte, würde er sich nur an ein Zimmermädchen mittleren Alters mit einer Narbe auf der Backe erinnern.

Die Hotelwäsche wurde in einem Abstellraum am Ende des Flurs aufbewahrt. Falls nötig, hätte sie das Schloß mit einer Haarnadel öffnen können. Doch sie benutzte dafür den Dietrich aus der kleinen Werkzeugtasche, die sie um ihren Oberschenkel geschnallt hatte. Adrianne warf den Sack in einen leeren Wäschewagen und klemmte sich einen Stapel Handtücher unter den Arm. Gerade als sie den Wagen aus dem Abstellraum schieben wollte, hörte sie den Fahrstuhl.

Mit gesenktem Kopf schob sie den Wäschewagen langsam den Flur entlang.

»*Buenas tardes*«, murmelte sie, als ein Paar an ihr vorbeiging, das nach Chlor und Sonnenöl roch. Am Morgen hatte sie noch mit diesen Leuten beim Frühstück zusammengesessen. Sie erwiderten ihren Gruß nicht, sondern diskutierten weiter darüber, wo sie in der kommenden Woche zum Skilaufen hinfahren sollten.

Vor der Präsidentensuite angekommen, klopfte Adrianne ein paarmal an die Tür und rief dann in gebrochenem Englisch: »Zimmerservice. Frische Handtücher.« Sie wartete und zählte langsam bis zehn.

Mit demselben Dietrich machte sich Adrianne an dem Türschloß zu schaffen. Erstaunlich, dachte Adrianne, wieviel Vertrauen die Leute in einen Schlüssel hatten. Eines Tages vielleicht, wenn sie sich zur Ruhe setzte, würde sie einige Abhandlungen über dieses Thema schreiben. Jetzt aber schob sie den Wäschewagen durch die Tür und stellte ihn dahinter quer.

Falls etwas schiefgehen sollte, würde ihr dieses Hindernis einen wertvollen Vorsprung geben.

Sehr luxuriös, fand sie, als sie sich in der Suite umblickte. Die St. Johns hatten wahrlich keine Kosten gescheut. Für die Inneneinrichtung hatten sie Pfirsich- und Cremetöne gewählt, die sehr geschmackvoll mit den schwarzen Lackmöbeln kontrastierten, dicke, flauschige Teppiche und ein ausladendes Sofa. Die Blumen waren frisch, ein Zeichen dafür, daß das Zimmermädchen schon aufgeräumt hatte, obwohl Laurens Kleider achtlos über Stühle und Tische geworfen waren.

Persönlich bevorzugte Adrianne die in hellem Orange und Gold gehaltene Ausstattung im El Presidente. Jemand sollte Charlie beibringen, daß die Leute nicht nur zum Entspannen auf die Insel kommen, sondern auch, um zur Abwechslung einmal etwas primitiver zu leben.

Über das neue Hotel wußte Adrianne schon recht gut bescheid, einmal durch die Pläne und zum anderen durch ihren zweitägigen Aufenthalt dort. Die restlichen Informationen hatte sie Lauren beim Lunch im Russian Tea Room aus der Nase gezogen. Die Rechnung hatte sie beglichen, das mindeste, was sie tun konnte, um sich zu revanchieren.

Zur Vorsicht ging sie einmal kurz durch die ganze Suite. Das Badezimmer war identisch mit dem ihren, wie sie schon auf den Plänen gesehen hatte. Ein Haufen nasser Handtücher auf dem Boden und der Duft nach Norell sagten ihr, daß Lauren vor dem Treffen mit der Presse ein Bad genommen hatte.

Nachdem sie sich vergewissert hatte, daß außer ihr niemand im Zimmer war, ging sie direkt zu dem Schrank im Ankleidezimmer. Und da war auch der Safe, den Charlie als zusätzliche Annehmlichkeit in jedem Zimmer seiner Hotels hatte installieren lassen.

Dieser ließ sich nicht mittels einer Zahlenkombination öffnen, sondern ganz einfach mit einem Schlüssel, der jedem Gast ausgehändigt wurde. Nicht nur, daß es keine Alarmanlage gab, jedes Kind mit ein bißchen Geschick und einem Schraubenzieher konnte den Safe in weniger als einer halben Stunde problemlos aufbrechen.

Adrianne hob ihren Rock hoch und holte aus der kleinen Tasche einen Schlüssel. Es war der Schlüssel zu ihrem eigenen Zimmersafe eine Etage tiefer.

Er paßte in das Schloß, ließ sich aber nicht umdrehen. Sie suchte eine passende Feile aus und begann ihn zurechtzuschleifen. Das erforderte viel Geduld. Sie konnte immer nur einen Zahn bearbeiten, mußte den Schlüssel wieder einführen und ausprobieren. Zusammengekauert am Boden hokkend, arbeitete sie langsam und konzentriert. Sekunde für Sekunde, Minute für Minute. Ab und an hörte sie eine Tür schlagen oder den Aufzug summen. Dann wartete sie mit angehaltenem Atem, bis die Schritte sich wieder entfernt hatten.

Wie immer verspürte sie eine ungeheure Befriedigung, als das Schloß endlich aufsprang. Sie legte den Schlüssel oben auf den Safe und nahm eine der Schmuckschatullen heraus. Sie enthielt einen sehr langen Strang wunderschöner Perlen. Adrianne klappte die Schatulle wieder zu und legte sie an ihren Platz zurück. Dann fand sie Diamanten, klein, aber fein, in einer eleganten Halskette verarbeitet. Für Lauren fiel das unter Alltagsschmuck, vermutete sie. Adrianne legte diese ebenfalls wieder zurück und entdeckte dann das Diamant- und Rubinset.

Mit Hilfe ihrer Lupe examinierte sie drei Steine der Halskette. Burmesisch, wie Lauren gesagt hatte, große Steine, von tiefdunkler Farbe, mit einem lieblichen Satinglanz und sehr wenig Schatten oder Einschlüssen. Die Diamanten waren erstklassig, V.S.I., ihre Farbe spielte ganz leicht ins Gelbliche. Sehr leicht fehlerhaft, aber exzellent geschliffen. Sie ließ die Kette und die dazu passenden Ohrringe und das

Armband in ihre Tasche gleiten, legte die Schatulle zurück und schloß den Safe wieder ab. Ein Blick auf die Uhr sagte ihr, daß ihr noch ausreichend Zeit blieb, in ihr Hotel zurückzufahren und sich für das Dinner mit ihrer Cousine umzukleiden.

Da hörte sie plötzlich, wie die Tür aufgeschlossen wurde.

»Verdammt, räum das Ding aus dem Weg.«

Einen unhörbaren Fluch auf den Lippen, beeilte sich Adrianne zu gehorchen. »Verzeihung, Señora. Frische Handtücher, *por favor*.«

»Dann gib schon eins her. Scheiße.« Lauren zerrte ein Handtuch vom Wagen und begann damit auf einem Flekken, so groß wie ein Teller, herumzutupfen. »So ein verfluchter Tölpel, kippt mir ein ganzes Glas Rumpunsch über meinen Rock.«

Adrianne mußte sich vorsehen, daß sie nicht laut auflachte. Die Rubine wogen schwer in ihrer Tasche. »Señora. *Aqua*… äh Wasser? Kaltes Wasser?«

»Das ist doch Seide, du Idiotin.« Lauren richtete sich auf und warf Adrianne einen wütenden Blick zu. Sie sah nur ein Zimmermädchen, ein ältliches und offenbar nicht sonderlich kluges. »Was verstehst du schon von Seide? Gott! Auf dieser verdammten Insel gibt es keine einzige ordentliche Reinigung. Warum hat Charlie bloß nicht in Cancún gebaut.« Sie hob den De-la-Renta-Rock hoch. »Zweitausend Dollar hat das Teil gekostet, verdammt, und jetzt kann ich es in den Müll schmeißen.« Vor Wut schäumend zerrte sie an ihrem Reißverschluß. »Hast du nichts zu tun?« Wir bezahlen dich stundenweise. Verschwinde hier, aber ein bißchen dalli, und verdien dir deine Pesos.«

»*Si*, Señora St. John. *Gracias. Buenas tardes.*«

»Und sprich verdammt noch mal Englisch.« Lauren schob Adrianne durch die Tür und knallte diese hinter ihr zu.

Genau wie Adrianne war auch Philip ein Meister darin, sich in Geduld zu üben. Er hatte seinen Wagen auf den Parkplatz des El Grande gefahren und sich derart plaziert, daß er sowohl Adriannes Jeep als auch den Hoteleingang beobachten konnte. Es war brütend heiß. Der Schweiß lief ihm über den Rücken, und sein Baumwollhemd klebte unangenehm an der Sitzlehne. Er nuckelte an einer Dose Pepsi und schwor sich, keine Zigarette mehr zu rauchen, bis Adrianne wieder aus dem Hotel kam. Er wollte sich noch eine Weile von ihr fernhalten. Früher oder später würde sie ihn ohnehin zu dem Mann führen, den Philip ob seines Könnens bewunderte und ob Adriannes Loyalität beneidete.

Er mußte gut sein, verdammt gut sogar, ging es Philip durch den Kopf, wenn er die Stirn hatte, am hellichten Tag einen Einbruch in diesem Hotel zu wagen. Aber andererseits wußte Philip nur zu gut, daß der Schatten ein absolutes As war. Der Moreau-Diebstahl war der letzte einer langen Liste von perfekt geplanten Einbrüchen gewesen.

Aber er hatte immer noch nicht herausgefunden, welche Rolle Adrianne dabei spielte. Ablenkung? Informantin? Aufgrund ihrer gesellschaftlichen Position wäre es für sie ein leichtes, den Schatten mit den nötigen Insider-Informationen zu versorgen.

Sie lachte, als sie aus dem Hotel auf die Straße trat. Er würde den Grund für ihre Heiterkeit schon rausfinden, schwor er sich, und alles andere, was er über sie wissen wollte. Zunächst aber folgte er ihr in sicherem Abstand.

Philip wartete vor dem El Presidente, bis sie wieder herauskam. Er schätzte, daß sie sich tüchtig beeilen mußte, um rechtzeitig zu der Party der St. Johns im El Grande zu erscheinen. Ob sie den Fahrstuhl benutzte oder über die Auffahrt kam, von seiner Position aus hatte er sie im Auge. Die Sonne ging gerade unter, als sie auftauchte, gelassen und selbstbewußt in einem bauschigen, rückenfreien Sommerkleid. Sie steuerte nicht den Parkplatz an, sondern spazierte in Richtung Strand. Genügend Abstand haltend, sah er sie auf einen der Piers hinausgehen und auf einer weißen, schlanken Yacht verschwinden, die den Namen *The Alamo* trug.

Sie wurde von der Frau, mit der sie nachmittags an der Bar gestanden hatte begrüßt, außerdem von einem glatzköpfigen, rotgesichtigen Mann und einem dünnen kleinen Jungen. Er sah, wie Adrianne dem Buben die Hand reichte, dann auflachte und ihn herzlich umarmte, während die untergehende Sonne ein wahres Feuerwerk in ihrem Haar verursachte.

Falls das ein geschäftliches Treffen war, überlegte Philip, dann wollte er Egon heißen. Er warf seine Pläne über den Haufen und machte sich auf den Weg zu ihrem Zimmer.

Es lag schon Jahre zurück, seit er zum letztenmal ein Schloß geknackt hatte. Wie Fahrradfahren oder Liebe machen war es etwas, das man nicht verlernte – und das einem, nachdem es vollbracht war, ungeheuere Befriedigung verschaffte.

Sie war sehr ordentlich, bemerkte Philip, als er durch ihre Suite schlich. Er hatte sich schon gefragt, wie sie lebte, wenn sie allein war. Da gab es keine Kleider, die achtlos über einen Stuhl geworfen waren, keine Schuhe, die mitten im Zimmer herumlagen. Die Fläschchen auf ihrem Toilettentisch waren zugeschraubt und in Reih und Glied aufgestellt. Die Kleider in ihrem Schrank hingen fein säuberlich auf Kleiderbügeln. Für das heiße Klima hier hatte sie bequeme Freizeitkleidung gewählt. Der Duft ihres Parfums erfüllte den ganzen Raum.

Eine Weile blieb er sinnierend stehen, riß sich aber dann aus seinen Tagträumen und machte sich daran, ihr Zimmer zu inspizieren.

Weshalb belegte sie eine Suite in einem zweiten Hotel? fragte er sich. Warum unter falschem Namen? Er beschloß, nicht eher das Zimmer zu verlassen, bis er die Antwort wußte.

Ihr Schminkkoffer hätte ihn normalerweise nicht interessiert, aber andererseits hatte er sie noch nie mehr als ein wenig Lidschatten und Lippenstift tragen sehen. Und in den drei Tagen in Mexiko hatte sie am Abend nur das Nötigste an Make-up aufgelegt. Wozu also brauchte eine Frau, die sich ihrer natürlichen Schönheit sehr wohl bewußt war und diese nur selten zusätzlich betonte, einen voll ausgestatteten Schminkkoffer?

Er fand genügend Stifte und Make-up, um eine ganze Broadway-Show damit auszustatten. Nun erst recht neugierig geworden, hob er den ersten Einsatz hoch und fand Modelliermasse, falsche Wimpern und Kleber. Sonderbar, die Dame liebte es anscheinend, sich zu maskieren. Dann entdeckte er Lauren St. Johns Juwelen.

Gut? Hatte er geglaubt, der Schatten sei gut? Der Mann war ein Genie. In kürzester Zeit war es ihm gelungen, sich zu den Räumen der St. Johns Zutritt zu verschaffen, die Steine an sich zu nehmen und dann Adrianne auszuhändigen – und das alles, ohne auch nur ein einziges Mal in Erscheinung zu treten.

Sie hatte sie in einer Klappdose versteckt, die früher einmal eine Palette Lidschattenpuder enthalten hatte. Als Philip die Juwelen in seinen Händen hielt, spürte er die wohlbekannte Versuchung, den lockenden Sirenengesang, der von diesen Edelsteinen ausging. Kriege waren deswegen geführt worden, Leben verloren und Herzen gebrochen. Sie wurden aus der Erde gegraben, aus Felsen geschlagen, dann geschliffen, poliert und verkauft, um Dekolletés, Handgelenken und Fingern Glanz zu verleihen. Sie waren Kultgegenstände, von denen man immer noch glaubte, sie könnten negative Einflüße oder ein Unglück abwehren.

Er verstand auch warum, als die blutroten Rubine und die Diamanten in seiner Hand glitzerten und ihm zuwisperten.

Er hätte sie haben können, sie einfach in seine Tasche stecken und weggehen können. Immer noch kannte er die entsprechenden Leute, bei denen er sie zu Geld machen und anschließend als freier Mann und um einiges reicher davongehen konnte. Eine reizvolle Vorstellung, fraglos. Die Versuchung war in der Tat groß, aber nicht des Geldes wegen, sondern allein um der Steine willen. Sie fühlten sich heiß an in seiner Hand, feminin, und verspotteten ihn in einer gewissen Weise.

Mit einem schweren Seufzer legte er sie zurück. Pech, daß er mittlerweile eine gewisse Loyalität zu Spencer entwickelt hatte. Obwohl es ihm jetzt mehr um Adrianne ging. Er würde warten und beobachten, was sie mit den Steinen anfing und mit wem sie Verbindung aufnahm.

Er klappte den Schminkkoffer zu und stellte ihn wieder an

seinen Platz. Nachdem er beschlossen hatte, das Dinner ausfallen zu lassen, holte er sich ein Kissen, legte es in den unbenutzten Einbauschrank im Salon und ließ sich darauf nieder, um auf Adrianne zu warten.

Er war eingenickt, aber da er den leichten Schlaf besaß, der Dieben und Helden gemein ist, war er sofort hellwach, als er hörte, wie die Tür aufgesperrt wurde. Durch den Spalt zwischen den beiden Schranktüren beobachtete er sie.

Adrianne schien völlig entspannt zu sein. Auf ihre Gefühlsschwankungen achtzugeben, war eine weitere Aufgabe, die er sich gestellt hatte. Das Licht der Deckenbeleuchtung, die sie angeknipst hatte, fiel über ihren Rücken, als sie ins Schlafzimmer ging. Philip vernahm das Rascheln ihres Kleides und stellte sich vor, wie das Kleid an ihrem Körper herabglitt. Eine Vorstellung, die dem Ernst der Sache nicht gerade dienlich war. Die Bügel im Schrank quietschten, als sie ihr Kleid aufhängte. Nur mit einem kurzen Kimono bekleidet, den sie noch nicht zugebunden hatte, ging sie an der Tür zum Salon vorbei ins Badezimmer. Von der Wölbung ihrer Brüste abwärts konnte Philip ihren schlanken, unbedeckten Körper sehen. Ihre Bewegungen schienen sehr energisch, ganz anders als die einer Frau, die sich anschickte, zu Bett zu gehen. Er verfluchte die Wand zwischen ihnen, als er sie mit den Flaschen auf ihrem Toilettentisch hantieren hörte.

Lange Zeit war es still, dann schnappte eine Dose auf oder zu, und ein Wasserhahn rauschte. Kurz darauf hörte er, wie ihre Zimmertür sich leise öffnete und dann mit einem Klick ins Schloß fiel.

Er wartete fünf Sekunden, dann nochmals fünf, bevor er aus seinem Versteck kroch. Auf der Treppe mußte er an sich halten, um ihr nicht hinterherzuhasten. Unten angekommen dachte er schon, er hätte sie verloren. Die einzige Frau, die er sah, war eine dauergewellte Blondine mit breiten Schultern und einem ausladenden Becken. Angestrengt hielt er nach Adrianne Ausschau. Doch plötzlich wirbelte er auf dem Absatz herum und musterte die blonde Frau genauer. Es war ihre Art sich zu bewegen, die ihn auf des Rätsels Lösung gebracht hatte. Befriedigt lächelnd sah er ihr hinterher, wie sie den Parkplatz überquerte.

Es war Adrianne, aber er bezweifelte, daß sie zu einem Maskenball unterwegs war.

Als sie nach San Miguel fuhr, hielt er sich etwa eine halbe Meile hinter ihr. Es herrschte nicht viel Verkehr, abgesehen von einigen Taxen, die zwischen der Stadt und dem Hoteldistrikt pendelten. Zu seiner Linken breitete sich dunkel das Meer aus, und die Lichter eines Kreuzfahrtschiffes, das am Horizont dahinglitt, funkelten wie Juwelen. Es war kurz vor Mitternacht, kurz vor Beginn des Weihnachtstages. Die Kinder lagen längst in ihren Betten und träumten sicherlich vom kommenden Weihnachtsmorgen. Die Touristen feierten in den morgigen Festtag hinein. Die Geschäfte hatten schon geschlossen, aber aus den Bars und Restaurants erklang immer noch überall Musik.

Adrianne parkte ihren Wagen auf der gegenüberliegenden Seite des Hauptplatzes. Sie wollte ihr Geschäft so schnell wie möglich abwickeln. Das wünschte sie sich zumindest. Als sie an diesem Abend auf der Yacht ihrer Cousine gesessen, Duja im Kreis ihrer Familie beobachtet und mit ihr Erinnerungen an ihr Leben in Jaquir ausgetauscht hatte, war sie zu dem Entschluß gelangt, daß dies ihr letzter Coup sein sollte. Wenn sie erst die Steine zu Geld gemacht hatte und Gras über die Sache gewachsen war, dann würde sie sich auf den Weg nach Osten, zur Stätte ihrer Kindheit machen. Und zu *Sonne und Mond*.

Auf dem Platz hatte offenbar ein Fest stattgefunden. Gerade eben wurden die bunten Papiergirlanden zusammen mit den kleinen Plastikspielsachen aus den Knallbonbons, die beim Aufreißen verlorengegangen waren, zusammengefegt und der Platz mit Wasser saubergespritzt. Es roch nach feuchtem Staub. Der Mond stand klar und weiß am Himmel, und die Sterne verbreiteten einen rötlichen Schimmer. Die langen Wedel der Palmen wiegten sich leise rauschend im lauen Abendwind. Adrianne liebte diese für tropische Inseln so typische Stimmung.

Schnellen Schritts ging sie durch eine Allee, in der die Musik vom Hauptplatz nur noch ganz gedämpft zu vernehmen war. Noch eine Ecke weiter, und sie befand sich bei den Holzbuden, wo bei Tag die Händler lauthals um die Gunst der Touristen wetteiferten. Wenn man ein gutes Auge besaß und schnell schaltete, konnte man das eine oder andere gute Schnäppchen machen. Diverses Kunsthandwerk aus Leder wurde hier angeboten, wie Gürtel, Taschen und Sandalen. Holzkästchen mit geschnitzten Vögeln als Griff oder auch die neuesten amerikanischen Schallplatten, all dies war für ein paar tausend Pesos zu haben. Die schwarzen Korallen, für die die Insel berühmt war, lagen überall auf den Verkaufstischen ausgebreitet. Daneben gab es Silberschmuck in Hülle und Fülle, blauschillernde Abalonemuscheln in allen möglichen Verarbeitungen und bestickte Baumwollkleider.

Nun waren der Markt verlassen und die Waren hinter diversen Garagentüren verstaut. An Weihnachten wurde nicht gehandelt, zumindest nicht mit Touristen.

Adrianne hielt inne und wartete.

»Sie sind pünktlich, Señorita.«

Die Stimme gehörte einem kleinen, schmächtigen Mann mit pockennarbigem Gesicht, der soeben aus dem Schatten heraustrat. Die Flamme seines Feuerzeugs, dessen Hülle mit Türkisen eingelegt war, leuchtete auf, als er sich eine Zigarette ansteckte. Adrianne konnte die Wülste einer alten Narbe auf seinem Handrücken erkennen.

»In Geschäftsdingen bin ich immer pünktlich.« Adrianne hatte sich einen leichten Texas-Slang zugelegt. »Haben Sie die vereinbarte Summe dabei?«

»Haben Sie die Ware?«

Sie wußte, mit welcher Sorte Mensch sie es zu tun hatte. »Erst will ich das Geld sehen.«

»Wie Sie wünschen.« Mit einem Schlüssel sperrte er eine der Verkaufsbuden auf. Die große Holzklappe öffnete sich unter lautem Quietschen und Schnarren. Das Innere der Bude war vollgestopft mit billigem Silberschmuck, der an den Wänden drapiert war oder in staubigen Schaukästen lag. Es roch nach überreifen Früchten und schalem Zigarettenrauch. Der Mann kramte zwischen Kisten und Schachteln und förderte schließlich aus dem heillosen Durcheinander eine kleine Tasche zutage. »Einhundertfünfzigtausend amerikanische Dollar. Mein Auftraggeber wollte nur hunderttausend bezahlen, aber ich konnte ihn beschwatzen.«

»Gut für uns beide.« Adrianne zog sich dünne Gummihandschuhe über und holte ein kleines Päckchen aus ihrer Tasche. »Sie wollen sicherlich die Steine überprüfen, aber ich kann Ihnen versichern, daß sie echt sind.«

»Selbstverständlich. Sie werden natürlich auch das Geld nachzählen wollen, obwohl ich ebenfalls versichern kann, daß die Summe vollständig ist.«

»Selbstverständlich.« Vorsichtig, sich gegenseitig nicht aus den Augen lassend, tauschten sie Geld und Schmuck. Adrianne blätterte die Scheine durch, bevor sie ein kleines Prüfset aus der Tasche holte und eine Fünfzigdollarnote darüberzog. »Die sind auch echt. Es ist eine wahre Freude, mit Ihnen Geschäfte zu machen.«

»Das Vergnügen liegt ganz auf meiner Seite.« Er ließ die Lupe und die Steine in seiner Tasche verschwinden. Die Klinge des Messers, das er plötzlich in der Hand hielt, funkelte trotz der Dunkelheit. »Ich nehme das Geld wieder an mich, Señorita.«

Adrianne starrte das Messer an und sah ihm dann direkt in die Augen. Es war immer wichtig, die Augen seines Gegenübers zu beobachten. »Ist das die Art, wie ihr Auftraggeber Geschäfte macht?«

»Das ist meine Art, Geschäfte zu machen. Er kriegt das Halsband, ich die Kohle, und Sie, mein hübsches Fräulein, Sie behalten Ihr Leben.«

»Und wenn ich Ihnen das Geld nicht gebe?«

»Dann verlieren Sie Ihr Leben, und ich behalte das Geld trotzdem.« Das Messer vor sich, trat er einen Schritt auf sie zu. »Es wäre doch jammerschade, mutterseelenallein in der Heiligen Nacht an einem so düsteren Ort sein Leben auszuhauchen.«

Vielleicht war es nur ein Reflex, ihr eigener Überlebensinstinkt. Vielleicht waren es auch seine Worte, die Adriannes Erinnerungen an den grauenvollen Tod ihrer Mutter zurückbrachten. Wie auch immer, als er nach dem Päckchen greifen wollte, ignorierte Adrianne das blitzende Messer und rammte ihm ihr Knie genau mitten zwischen die Beine. Das Messer fiel klirrend zu Boden, und Sekunden später auch er.

»Schweinehund«, zischte sie, als sie das Messer mit einem gezielten Tritt in die Dunkelheit kickte. »Tja, Hochmut kommt vor dem Fall, mein Lieber.«

»Gut gemacht«, sagte Philip hinter ihr. Vorsichtshalber hielt er zur Abwehr eine Hand hoch, als Adrianne herumwirbelte. In der anderen hatte er eine 38er Automatik. Er würde wohl keinen Gebrauch davon machen müssen, dachte er, denn der Mann am Boden würgte nur und erbrach sich. »Erinnere mich bitte daran, beim nächsten Rendezvous mit dir vorne verstärkte Unterhosen zu tragen, Darling. Jetzt schnapp dir die Steine, und dann laß uns zusehen, daß wir hier wegkommen.«

»Was zum Teufel tust du denn hier?«

»Ich wollte dir gerade das Leben retten, aber das hast du ja selbst besorgt. Die Juwelen, Addy. Mir steht nicht der Sinn danach, Weihnachten in einem mexikanischen Gefängnis zu verbringen.«

Sie schnappte sich den kleinen Beutel und ging langsam hinter ihm her. »Und mir steht der Sinn danach, dich zur Hölle fahren zu sehen.«

Philip sicherte seine Pistole, bevor er sie wieder einsteckte. »So wie die Dinge stehen, würden wir uns dort mit Sicherheit über den Weg laufen. Ich für meinen Teil hätte nichts dagegen, dieses Vergnügen noch etwas aufzuschieben.« Damit nahm er sie am Arm und wirbelte sie herum. »Bist du denn von allen guten Geistern verlassen, allein hierherzukommen und mit einem solchen Kerl zu verhandeln?«

»Ich weiß genau, was ich tue und wie ich es zu tun habe. Wenn du willst, kannst du mich ja gleich hier an Ort und Stelle verhaften. Aber dann werde ich dafür sorgen, da du dich absolut lächerlich machst.«

Einen Moment lang ließ er seinen Blick auf ihr ruhen. Selbst unter der fingerdicken Schminke konnte er die Frau erkennen, die ihm schon so vertraut war. »Daran zweifle ich keinen Augenblick. Wir nehmen meinen Wagen.«

»Ich fahre selbst.«

»Nun mal langsam.«

»Wohin fahren wir überhaupt?«

»Zunächst einmal zurück ins Hotel, damit du diese lächerliche Perücke absetzen kannst. Du siehst ja aus wie eine Straßennutte.«

»Vielen Dank.«

»Dann werden wir diese wunderschönen Steinchen dorthin zurückbringen, wo sie hingehören.«

Sie überquerten gerade den Hauptplatz, als Adrianne plötzlich wie angewurzelt stehenblieb und ihn anstarrte. »Jetzt bist du wohl von allen guten Geistern verlassen.«

»Darüber können wir später diskutieren. Dir mag es ja egal sein, aber was mich betrifft, so möchte ich lieber einige Kilometer zwischen mir und diesem Ort hier bringen, bevor dein Freund sich wieder erholt hat.«

Als er sie mit sanfter Gewalt zu seinem Wagen schob, schlug die Uhr gerade Mitternacht.

17. Kapitel

Die Fahrt zurück zum El Presidente hatte sie keineswegs beruhigt. Im Gegenteil, Adrianne kochte beinahe vor Wut, als sie in ihre Suite stürmte und die Tür hinter sich zuknallte. Derart die Beherrschung zu verlieren, kam bei einer Frau wie Adrianne, die es sich zur Gewohnheit gemacht hatte, ihre wahren Gefühle stets unter Verschluß zu halten, nur ganz selten vor. Doch es gab Gelegenheiten, und es gab Menschen, die eine Ausnahme rechtfertigten.

»Verdammt noch mal, Philip. Seit wir uns zum ersten Mal begegnet sind, hast du mir nichts als Schwierigkeiten eingebracht. Du schnüffelst herum, mischt dich in meine Angelegenheiten und verfolgst mich.« Sie riß sich die Perücke vom Kopf und schleuderte sie Richtung Sofa. Billig glitzernd wie der Tanga einer Stripperin, segelte sie auf den Teppich.

»Und das ist nun der Dank für mein Bemühen.«

»Falls du versuchen solltest, mit deinen beschränkten Mitteln den Helden zu spielen, so laß dir sagen, daß ich Helden verabscheue.«

»Ich werde es mir merken.« Leise zog er die Tür hinter seinem Rücken ins Schloß. Er war schon immer der Ansicht gewesen, daß es nichts Erregenderes gab als eine wütende Frau.

Adrianne zupfte sich indessen die billigen Goldohrringe ab und warf sie an die Wand. »Ich hasse Männer!«

»Prima.«

Vor Zorn bebend, zog sie die falschen Fingernägel ab und ließ sie Stück für Stück auf den Boden segeln. »Und dich ganz besonders.«

»Ich lasse mich gerne von einer schönen Frau aus der Masse hervorheben.«

»Hast du nichts Interessanteres zu tun, als mir meine Arbeit zu vermasseln?«

»Im Augenblick nicht«, entgegnete er und sah ihr dabei zu, wie sie ihr Haar schüttelte. Das Schönheitsmal, das sie sich an den rechten Mundwinkel gemalt hatte, wirkte nun genauso unpassend wie der violette Lidschatten, den sie großzügig aufgetragen hatten. »Adrianne, mein Schatz, was hast du nur mit deinem Gesicht angestellt?«

Mit einem entnervten Aufseufzen verschwand sie im Badezimmer. »Hättest du vielleicht die Güte, endlich zu verschwinden?« schnappte sie, als sie merkte, daß er keine Anstalten machte zu gehen. »Ich habe einen langen Tag hinter mir.«

»Das habe ich bemerkt.« Er schnüffelte an ihr. Das Parfum, Rose' billiger Kaufhausduft – oder besser gesagt Lauras –, schrie förmlich nach einer Dusche. Er lachte nur, als sie nach ihm schlug wie nach einer lästigen Fliege. »War das eine Cousine von dir, mit der du heute nachmittag an der Bar gestanden bist?«

Mit zusammengebissenen Zähnen machte sie sich daran, die Modelliermasse von ihrem Gesicht zu ziehen. »Du hast hinter mir herspioniert. Das ist ja wirklich das allerletzte.«

»Findest du? Also, wegen deiner Bikinis brauchst du dich nicht zu schämen. Mir persönlich hat der rote am besten gefallen, aber der blaue mit den kleinen Sternchen hatte auch seinen Reiz.«

»Du bist widerlich.« Mit einer speziellen Abschminkcreme beseitigte sie die letzten Reste der Modelliermasse. »Aber das überrascht mich nicht. Bist du mit deinem Fernglas hinter deinem Fenster gehockt?« Als er daraufhin nur grinste, zupfte sie wütend ein Kleenex nach dem anderen aus der Box. »Du mußt deinen Job sehr lieben.«

»In der Tat, in letzter Zeit hatte er fraglos nicht nur Schattenseiten. Du machst das sehr gekonnt«, kommentierte er ihre Bemühungen, die letzten Reste von Laura abzuwischen.

»Freut mich zu hören.« Lässig entfernte sie die blitzblauen Kontaktlinsen. Er wunderte sich, daß ihre Wut sie nicht zum Schmelzen gebracht hatte. »Wenn du mich jetzt bitte entschuldigen willst, ich möchte mich gerne umziehen.«

»Darling, solange die St.-John-Juwelen noch anhängig sind, werde ich dich keine Sekunde aus den Augen lassen.« Er machte es sich auf der Armlehne eines Sessels bequem. »Ich würde dir zu etwas Schwarzem raten. Juwelen zurückzubringen erfordert genausoviel Vorsicht, wie sie zu stehlen.«

»Ich bringe sie nicht zurück.«

»Nein, du nicht«, stimmte er ihr zu. »Ich bringe sie zurück, und du begleitest mich dabei.«

Adrianne ließ sich auf den nächsten Sessel plumpsen. Sie war nahe daran, wie ein kleines Mädchen zu schmollen, ein Luxus, den sie sich nur selten erlaubte. »Warum sollte ich?«

»Aus zwei Gründen.« Auf dem Tisch stand ein schon etwas angewelktes Gesteck aus orangefarbenen und scharlachroten Blüten. Philip zog eine Blüte heraus und wedelte damit unter seiner Nase herum. Selbst verwelkt war deren Geruch noch erträglicher als dieses Billigparfum, in dem Adrianne gebadet zu haben schien. »Erstens könnte ich dir ernstliche Unannehmlichkeiten bereiten, falls du dich weigerst, mit mir zusammenzuarbeiten.«

Mit einem recht uneleganten Schniefen versank sie noch tiefer in ihrem Sessel. »Wie furchtbar.«

Er bedachte sie mit einem kühlen Blick, unter dem sie sich schon wieder kampfbereit aufrichten wollte. Trotzig beließ sie es dabei, ihre Beine auszustrecken. »Und zweitens«, fuhr er unbeirrt fort, »wenn sich hier ein Einbruch in großem Stil ereignet, noch dazu einer, der diese typische Handschrift trägt, dann bin ich zum einen nicht in der Lage, dich vor den folgenden Konsequenzen zu schützen; und andererseits wäre dadurch die falsche Fährte, die ich zu deinem persönlichen Schutz gelegt habe, für die Katz.«

»Wovon sprichst du denn überhaupt?«

»Erst heute nachmittag habe ich meine lieben Kollegen auf eine Odyssee nach Paris geschickt.«

Jetzt richtete sie sich tatsächlich auf. »Weshalb denn?«

Ihre immer gleiche Frage begann ihn zu langweilen, genauso wie ihn sein eigenes Warum langweilte. »Ich wollte dir Gelegenheit geben, die Sache zu erklären – und zwar mir.«

Sie starrte ihn nur an, länger als es für beide erträglich war, dann senkte sie den Blick und betrachtete ihre Hände. »Ich verstehe dich nicht.«

Kein Wunder. Er verstand sich ja selbst nicht. Ungeduldig schob er die Blumen beiseite. »Dafür ist später noch Zeit. Jetzt würde ich vorschlagen, daß du dich langsam in Bewegung setzt. Ich möchte die Angelegenheit endlich über die Bühne bringen.«

Sie blieb noch einen Augenblick sitzen. Es wäre einfacher für sie gewesen, wenn er sie angebrüllt, ihr Anschuldigungen und Vorwürfe ins Gesicht geschleudert hätte. Statt dessen war er die Ruhe selbst, reagierte ganz logisch und überlegte, was getan werden mußte. Verdammt, irgendwie schaffte er es, daß sie sich ihm verpflichtet fühlte.

»Ich wußte gar nicht, daß du auf der Insel bist.«

»Du kennst mich eben nicht. Nun, dafür kenne ich dich besser, als du glaubst.« Gelassen übersah er das kurze Aufflackern in ihren Augen. »Leute aus unserer Branche wissen eben, wie man Nachforschungen anstellt.« Er ließ sie nicht aus den Augen, während er erneut eine Blüte aus dem Gesteck zupfte und damit gegen seine Handfläche trommelte. »Unter den gegebenen Umständen erschien es mir am vernünftigsten, die Festivitäten bei den St. Johns sausen zu lassen und dich statt dessen aus sicherer Entfernung zu beobachten. Kannst du dir meine Verzückung vorstellen, als ich feststellte, daß du in diesem Hotel ebenfalls eine Suite unterhältst?«

Abgesehen davon hatte er eine ganze Menge mehr über sie herausgefunden. Gut möglich, daß sie ihn eines Tages dafür hassen würde. »Für mich haben Spione immer zur Gattung der niederen Lebensformen gezählt. Wie Schlangen und Kröten.«

»Welch eine Ansprache – nachdem ich versucht habe, für dich Sir Galahad zu spielen.«

»Ich habe dich nie um einen Gefallen gebeten.«

»Das stimmt.«

»Und ganz sicher werde ich mich nicht bei dir dafür bedanken.«

»Mir bricht das Herz.«

Betont langsam schlug sie die Beine übereinander. »Du warst es, der seine Nase in gewisse Angelegenheiten gesteckt hat, was weder gewollt noch nötig und schon gar nicht erwünscht war. Ich bin bisher ganz gut ohne deine Hilfe zurechtgekommen.«

»Wenn Sie recht haben, Königliche Hoheit, haben Sie recht. Dem gemeinen Untertan gebührt es, daß man ihn mit Füßen tritt.«

»Das hat nichts mit Rang oder Stand zu tun. Und es wird dir verdammt noch mal nicht gelingen, daß ich mich irgendwie schuldig fühle.«

Oho, es war ihm bereits gelungen, stellte er überrascht fest – und lächelte sie an.

Sie trommelte mit den Fingern auf die Armlehne. »Ich nehme an, wenn die Steine nicht zurückgebracht werden, kommst du ganz schön in Schwierigkeiten.«

»Wie kommst du denn darauf? Nur weil ich fast fünfzehn Jahre lang ein Meisterdieb war und Interpol nach Paris gehetzt habe, während hier Diamanten im Wert von einer halben Million Dollar gestohlen wurden, trotz meiner Anwesenheit?«

»Okay, ich habe verstanden.« Sie erhob sich, nahm ein schwarzes Hemd und eine schwarze Hose aus dem Schrank und sah ihn dann auffordernd an.

Philip drückte umständlich seine Zigarette aus. »Wenn du dich genierst, dann zieh dich doch in der Ankleide um.«

»Ein Gentleman vom Scheitel bis zur Sohle«, murmelte sie, drehte sich um und ging.

»Inzwischen kannst du mir ja die Pläne geben, damit ich mich ein wenig vorbereiten kann.«

Die Kleiderbügel schepperten, als sie sich aus Lauras Verkleidung kämpfte. »Ich muß dir überhaupt nichts geben.«

»Vielleicht sollte ich reinkommen und dir beim Umziehen helfen, dabei können wir ja über die Pläne diskutieren.«

Vor Wut zerbrach sie einen Plastikbügel in zwei Teile. »Sie haben eine Suite in der obersten Etage. Vier Zimmer, zwei Bäder. Im Schrank im Ankleidezimmer befindet sich der Safe. Läßt sich mit einem Schlüssel öffnen.«

»Den du hast?«

»Selbstverständlich.«

»Praktisch. Und wie kommt man rein?«

Adrianne ordnete gerade ihr Haar, das noch unter dem Hemdkragen steckte. Es ging ihr nicht um die Juwelen, sagte sie sich. Nur um das Geld. Und nachdem sie dieses schon hatte, konnte sie es sich ja leisten, kooperativ zu sein.

»Ich habe heute abend Plan B benutzt. Wollte nämlich das Abendessen mit meiner Cousine und deren Familie nicht absagen. Zimmermädchenuniform. Wäschewagen. Die St. Johns haben unterdessen die Presse mit einer Cocktailparty verwöhnt.«

Sie hatte sie selbst gestohlen! Aufgeregt warf Philip die Blume in die Ecke und wanderte im Zimmer umher. »Irgendwelche Probleme?«

»Nichts, was ich nicht im Griff gehabt hätte. Lauren kam plötzlich ins Zimmer geschneit, als ich gerade fertig war, aber die macht sich nicht die Mühe, einen Dienstboten genauer anzusehen.«

»Ganz schön abgeklärt, die Dame.«

»Soll das ein Kompliment sein?« Energischen Schrittes kam sie aus der Ankleide heraus.

»Nur eine Beobachtung. Da die Zimmermädchen um diese Zeit normalerweise nicht aufräumen, hätte dein Plan auch in die Hosen gehen können. Und wie lautete Plan A?«

Mit einigen gekonnten Windungen um ihr Handgelenk befestigte sie ihr Haar zu einem Knoten. »Durch die Luftschächte. Sie sind zwar schmal, aber man kommt durch. In der Badezimmerdecke ist eine Luftklappe.« Mit zusammengekniffenen Lidern musterte sie abschätzend seine Figur. »Wird ganz schön eng werden für dich.«

»Das habe ich gerne.« Er zog seine Pistole aus der Tasche.

»Was hast du vor?«

Er hörte nicht die leiseste Andeutung von Angst in ihrer Stimme, obwohl seine Automatik ein besonders häßliches, gedrungenes Modell war. Noch spürte er etwas von der Abscheu, die Frauen normalerweise beim Anblick einer Waffe befällt, die in erster Linie zum Töten bestimmt ist. Statt dessen erinnerte ihn ihre Reaktion wieder deutlich daran, mit welcher Perfektion sie ihr Ziel getroffen und mit welcher Schlagkraft sie ihren »Geschäftspartner« zu Boden geschickt hatte, als dieser es wagte, nach eigenen Regeln zu spielen.

»Bei der Arbeit schleppe ich kein überflüssiges Gewicht mit«, entgegnete er und ließ die Waffe in einer Schublade verschwinden.

»Sehr klug«, kommentierte sie achselzuckend. »Bewaffneter Raub kostet gleich ein paar Jährchen mehr.«

»Unsinn. An Knast habe ich nie gedacht. Ich wollte es nur vermeiden, diese wunderschönen Steine mit Blut zu beschmutzen.«

Sie musterte ihn wieder eingehend, diesmal mit mehr Interesse. Arrogant war er nicht, entschied sie. Er meinte, was er sagte. »Wenn wir das schon tun müssen, dann laß es uns schnell hinter uns bringen. Es geht mir nämlich ganz schön gegen den Strich.«

Er wußte genau, wie sie sich jetzt fühlte. Er holte das Kollier heraus und ließ die glutrot glänzenden Steine langsam über seinen Handrücken gleiten. »Hübsch, nicht wahr? Ich persönlich ziehe ja Diamanten vor, aber irgendwie entbehren diese farbigen Steine auch nicht einer gewissen Eleganz. Du hast sie sicher geprüft, nehme ich an.«

»Natürlich.« Sie zögerte einen Moment, doch dann gewann ihr wahres Ich die Oberhand. Sie kannte das Gefühl, so ein Vermögen an Edelsteinen in Händen zu halten. »Möchtest du sie dir genauer ansehen? Ich habe eine Lupe.«

Es war verlockend. Zu verlockend. »Ist in diesem Fall nicht nötig.« Nicht ohne Bedauern legte er das Kollier zurück und konzentrierte sich wieder auf ihr Vorhaben. »Wir brauchen eine Taschenlampe, ein zusätzliches Paar Handschuhe und natürlich den Schlüssel.«

Adrianne richtete ihr Einbruchswerkzeug her. »Eigentlich hatte ich mir den Abend anders vorgestellt.«

»Betrachte es einfach als Weihnachtsgeschenk für die St. Johns.«

»Die verdienen ein solches Geschenk nicht. Er ist ein Trottel und sie eine gewinnsüchtige Abstauberin.«

Philip ließ den Schlüssel in seine Hosentasche gleiten. »Leute, die im Glashaus sitzen...«

Er nahm ihren Arm und geleitete sie hinaus.

An der anderen Seite des El Grande gab es einen zusätzlichen Eingang, der über eine kurze Steintreppe führte. Zahlende Gäste benutzen ihn nicht. Er war nur für das Personal gedacht, das über diesen Weg das Hotel betreten konnte, ohne durch die elegante Lobby gehen zu müssen.

Die Müllcontainer standen nur wenige Schritte vom Personaleingang entfernt. Obwohl der Deckel geschlossen war, drang dennoch ein grauenvoller Gestank nach Verfaultem aus dem Container, den die Hitze noch intensivierte und der Wind überall verteilte, so daß einem die Augen tränten.

»Beinahe so betörend wie Rose' Parfum«, witzelte Philip. »Du hast doch ein Zimmer hier. Warum steigen wir nicht von dort aus in den Schacht?«

»Weil es heute nacht im El Grande einiges zu stehlen gibt.

Es ist durchaus möglich, daß sich außer uns noch mehr Diebe hier einquartiert haben. Und falls es tatsächlich eine Untersuchung geben sollte, dann wäre es mir lieber, sie fingen hier draußen an und nicht drinnen.

»Aha, Madame beugen vor«, meinte er zynisch und begutachtete eingehend das Werkzeug, das sie auspackte. »Sehr hübsch. Chirurgenstahl?«

»Gewiß.«

»Erlaube mal.«

Er wählte einen passenden Dietrich aus und arbeitete damit geschickt an dem Schloß. Wie geschickt er das machte, konnte Adrianne bei einem Blick über seine Schulter feststellen. Mit einem Ohr dicht am Schloß, bewegten sich seine Finger mit einer Leichtigkeit und Präzision, die einem Geigenvirtuosen alle Ehre gemacht hätten; wie von Zauberhand gab das Schloß binnen Sekunden seinen Bemühungen nach. Adrianne hatte sich immer als eine hervorragende Schlosserin gesehen, mußte sich jetzt aber wohl oder übel eingestehen, daß er noch um einige Klassen besser war als sie.

»Wie lange bist du schon nicht mehr im Geschäft?«

»Fünf Jahre. Beinahe.« Er legte den Dietrich wieder in die Werkzeugtasche, bevor er die Tür aufstieß.

»Du hast deine Fingerfertigkeit nicht verloren.«

»Vielen Dank.«

Gemeinsam betraten sie die Unterwelt des Hotels. Die Räume waren feucht und muffig, aber das war immer noch erträglicher als der Müllgestank draußen. Adrianne ließ den Strahl ihrer Taschenlampe über den nackten Betonboden und die ungeweißten Wände wandern. Zur Verschönerung hatte jemand das Poster eines, wie Adrianne vermutete, mexikanischen Popstars an die Wand geheftet. Die achtlos im Raum verteilten Stühle waren offenbar nicht zum längeren Verweilen gedacht. An der niedrigen Decke baumelte eine nackte Glühbirne.

»Man möchte doch annehmen, daß er wenigstens einen Bruchteil seines Profits dazu verwenden würde, die Arbeitsbedingungen seiner Angestellten dem zwanzigsten Jahrhundert anzupassen.«

Die Augen eines Geckos, der über die Wände huschte, blinkten im Schein ihrer Taschenlampe auf.

»Wir werden die Diskussion über die soziale Verantwortung der St. Johns auf später vertagen. Wohin jetzt?« Ihrem Fingerzeig folgend, ging er in Richtung einer Nische, die in einen großen Heizungs- und Versorgungsraum mündete. Die riesigen Heißwasserbereiter verrichteten laut summend ihre Arbeit. Die gewaltige Klimaanlage dröhnte brummend dagegen an und erinnerte Philip plötzlich an die Eisblumen auf den Fensterscheiben seines Landhauses in Oxfordshire, wo Weihnachten wirklich Weihnachten war. Stirnrunzelnd studierte er das Lüftungssystem. Sie hatte recht gehabt, es würde verdammt eng werden.

»In Ordnung. Hilf mir hoch, dann werde ich dich nach oben ziehen.« Er streckte die Hand nach der Taschenlampe aus.

Adrianne dachte an die qualvollen Arbeitsbedingungen in dem Versorgungsraum. Die mexikanische Wirtschaft war am Boden, und die Menschen kämpften ums Überleben. Sie könnte die St.-John-Juwelen noch einmal verkaufen und den Gewinn katholischen Wohlfahrtsverbänden zukommen lassen. »Ich nehme nicht an, daß du bereit bist, deine Absicht noch einmal zu überdenken. Die Steine könnten einen sehr viel nützlicheren Zweck erfüllen, als Laurens faltiges Dekolleté zu schmücken. Wir teilen sechzig-vierzig.«

»Sechzig-vierzig?«

»Schließlich habe ich die ganze Arbeit erledigt«, stellte sie klar. »Ich finde, das ist nur recht und billig.«

Er wünschte, sie hätte dies nicht vorgeschlagen – wünschte es wirklich. Das machte das Ganze nur noch schwieriger, besonders für einen Mann, der dazu geboren war, zu nehmen und wieder zurückzugeben. Es ging ihm nicht ums Geld, sondern ums Prinzip. Leider hatte er in den letzten Jahren auch noch andere Prinzipien entwickelt. Kein leichtes Zugeständnis. Er dachte an Spencer, wie er hinter seinem Schreibtisch saß und an seiner Pfeife nuckelte.

»Die Lampe«, wiederholte er.

Resigniert zuckte sie die Achseln und reichte sie ihm. »Es

wäre ein viel vernünftigerer Deal als dieser, aber mach, was du willst.«

»Du sagtest oberste Etage. Welches Zimmer?«

»Das letzte im Westflügel. Es ist das Eckzimmer.«

»Hast du einen Kompaß?«

»Nein«, grinste sie. »Weißt du etwa nicht, wo Westen ist?«

Das kratzte doch irgendwie an seinem britischen Stolz. »Ich habe immer einen Kompaß benutzt.«

Immer noch grinsend, faltete sie ihre Hände vor dem Bauch. »Allez-hopp, Darling! Ich werde dich führen.«

Er ignorierte ihren Spott und stellte seinen Fuß in ihre Hände. Bevor sie noch sein volles Gewicht spürte, war er schon oben und zwängte sich behende durch die schmale Öffnung. Ein paar Flüche später hatte er sich in eine geeignete Position gebracht und streckte ihr beide Hände entgegen. Sie griff danach. Ihre Finger verhakten sich und hielten einander fest – und für einen Moment auch ihrer beider Blicke. Dann zog er sie zu sich hoch.

Auf Knien kriechend, leuchtete Philip mit der Lampe den Tunnel ab. Er kam sich vor wie in einem Metallsarg. »Gut, daß ich auf die Weihnachtstorte verzichtet habe.«

»An den Ecken wird es ein bißchen eng«, warnte sie ihn, nicht ohne Vergnügen. »Vielleicht hätten wir ein wenig Schweinefett für dich mitbringen sollen.«

Die beengten Verhältnisse erlaubten es ihm zu seinem Leidwesen nicht, sich umzudrehen und ihr einen entsprechenden Blick zuzuwerfen. »Mit etwas Zeit hätte ich einen ausgeklügelteren Plan entworfen.«

»Ich habe alle Zeit der Welt.«

Philip holte statt einer Antwort nur tief Luft. »Bleib dicht hinter mir, wir haben noch einen langen Weg vor uns.«

Es war tatsächlich ein langer Weg, und ein mühsamer dazu. Mehr als einmal wurde der mit Metallplatten verkleidete Luftschacht so eng, daß Philip sich drehen und winden mußte wie eine Schlange, die sich unter einen Felsen zwängt. Meter für Meter rutschten sie auf dem Bauch vorwärts, um ihr Gewicht gleichmäßig zu verteilen. Ihr Ausflug mußte absolut geräuschlos vonstatten gehen. Wenn sie an vergitterten Öffnungen vorbeikrochen, hörten sie Stimmen, Gelächter und zuweilen Wasserrauschen aus einer Dusche oder Badewanne. Einmal mußte Adrianne genau über einer solchen Öffnung mit dem Gesicht nach unten liegenbleiben, als der Gast aus dem vierten Stock ins Badezimmer kam, um zu gurgeln. Hätte der Bewohner von Nummer 422 beim Gurgeln mit Pfefferminzmundwasser die Augen geöffnet, als er den Kopf in den Nacken legte, so hätte ihn eine hübsche Überraschung erwartet.

Mühsam unterdrückte sie ein Kichern, als sie in die nächste Etage robbten. Jedesmal, wenn sich der Weg gabelte, zwickte sie Philip in den entsprechenden Fuß, um ihm die Richtung zu weisen. In Gedanken hatte sie diesen Weg schon ein dutzendmal gemacht. Dreißig anstrengende Minuten später erreichten sie die richtige Lüftungsklappe und blickten direkt in das hellrosa gestrichene Badezimmer der St. Johns.

»Bist du sicher?« flüsterte Philip.

»Natürlich bin ich sicher.«

»Es wäre sehr unprofessionell, wenn wir die Juwelen in den falschen Safe zurücklegten.«

»Ich sagte doch, daß ich mir sicher bin«, wisperte sie zurück. »Siehst du diesen gräßlichen Morgenmantel mit dem Pfauenmuster, der dort an der Tür hängt?«

Er mußte seine Knie gegen seine Brust quetschen, um hinzusehen. »Was ist damit?«

»Den habe ich Lauren zum Geburtstag geschenkt.«

Philip sah ihn sich genauer an. »Du kannst sie nicht ausstehen, hab' ich recht?«

»Sie tyrannisiert ihre Angestellten, feuert sie nach Lust und Laune, und in den drei Jahren, die ich sie jetzt kenne, hat sie noch keinen Penny Trinkgeld in einem Restaurant gelassen.« Sie reichte ihm einen kleinen Schraubenzieher. »Willst du das übernehmen?«

Einen Augenblick lang blieb er bewegungslos sitzen. Dann wischte er ihr ganz unvermittelt einige Staubflusen von der Wange. »Warum machst du es nicht?«

Achselzuckend hantierte sie leise und routiniert mit dem

Schraubenzieher. Als die Schrauben und das Werkzeug in ihrer Tasche verstaut waren, hob er das Gitter hoch. Er grübelte immer noch über ihre Worte nach. Wieso war es für Adrianne so bedeutsam, wie Lauren St. John ihre Angestellten behandelte?

Aber jetzt war nicht die Zeit, sich darüber Gedanken zu machen, entschied er und legte das Gitter beiseite.

»Warte hier«, sagte er.

»Oh, nein. Ich komme mit.«

»Das ist nicht nötig.«

Adrianne legte eine Hand auf seinen Arm. »Woher soll ich denn wissen, daß du den Schmuck wirklich zurückbringst?«

»Gütiger Himmel!« machte er seiner Entrüstung Luft und schlüpfte, ohne das geringste Geräusch zu verursachen, durch die Öffnung. Sekunden später folgte Adrianne ebenso geräuschlos. Automatisch griff er nach ihrer Hüfte, um sie aufzufangen. Während sich seine Hände um ihren Körper legten, schoß ihm plötzlich der Gedanke durch den Kopf, daß er diese Nacht gerne auf eine andere Art und Weise mit ihr verbracht hätte.

Sie hatten beide schon einen Schritt in Richtung Schlafzimmer gemacht, als ein Geräusch sie innehalten ließ. Adrianne konnte nichts weiter tun, als ihre Hände auf den Mund zu pressen und beten, daß sie nicht laut auflachen würde.

Ganz offensichtlich verbrachten die St. Johns die ersten Stunden des Weihnachtsmorgens in leidenschaftlicher Umarmung. Die Sprungfedern quietschten. Lauren stöhnte. Charlie keuchte.

»Wir wollen sie nicht stören«, murmelte Philip, als er in der Dunkelheit des Flurs verschwand.

Die Liebesgeräusche im Nachbarzimmer schwollen rhythmisch an und verebbten wieder, während Adrianne und Philip vor dem Safe knieten. Angesichts der Lautstärke ihres Stöhnens, malte sich Philip aus, hätten sie wie Angehörige eines Sonderkommandos in die Suite stürmen, den Safe aufsprengen und unter lautem Hurra wieder verschwinden können, ohne das Treiben der St. Johns zu stören. Irgendwie konnte Philip nicht umhin, Charlies Kondition zu bewundern, zumal in Anbetracht der schrillen Kommandos, mit den Lauren ihn anfeuerte.

Philips Handflächen begannen in den hauchdünnen Gummihandschuhen zu schwitzen, aber nicht aus Nervosität, sondern aus purem Neid, als Laurens Stöhnen in einem Lustschrei gipfelte und das Keuchen danach munter weiterging. Dann mußte er Adrianne die Taschenlampe aus der Hand nehmen, denn sie leuchtete, geschüttelt von unterdrücktem Gekicher, nur noch sinnlos in der Gegend herum.

»Nimm dich zusammen«, sagte er.

»Verzeihung. Ich habe mir Charlie gerade nackt vorgestellt.«

»Bitte, nicht auf leeren Magen.« Er fand die Schatulle, die Adrianne zurückgelassen hatte, und legte die funkelnden Rubine und Diamanten hinein. Es schmerzte, mußte er feststellen, es schmerzte sogar ganz gewaltig, diese prachtvollen Juwelen zurückzugeben. Doch das lenkte ihn wenigstens davon ab, nicht selbst aufzustöhnen, als Laurens Lustschreie sich wieder zu einem wilden Kreischen steigerten, und Adriannes Hüfte sich gleichzeitig gegen die seine preßte.

Rasch erhob er sich, zog sie durch den Flur und hinein ins Bad. »Hoch.« Auf seinen schroffen Tonfall hin schob Adrianne trotzig ihr Kinn vor.

»Du verstehst es wirklich perfekt, jemandem den Spaß zu verderben.« Sie stand auf einem Hocker und schlüpfte ohne seine Hilfe durch den Lüftungsschacht. Philip steckte gerade mit dem halben Oberkörper in der Öffnung, als er vor der Badezimmertür Schritte hörte. Er klappte sich wie ein Springmesser zusammen, gerade noch rechtzeitig, bevor die Tür aufging.

»Gütiger Himmel«, hörten sie Charlies Stimme, der völlig erledigt am Waschbecken lehnte und sich die wenigen Haare, die er noch besaß, aus der Stirn strich. Über ihm blieb Philip und Adrianne nichts anderes übrig, als unbeweglich wie Salzsäulen abzuwarten. Er drehte den Wasserhahn auf und trank, als sei er am Verdursten. Dann beobachtete Philip ihn dabei, wie er sich mit einer Hand an der Wand abstützte und seine Blase entleerte. Der Geruch nach Sex und Urin drang bis in den Schacht hinauf. Aus dem Schlafzimmer hörten sie Laurens nörgelnde Stimme.

»Komm wieder ins Bett. Ich habe noch eine Überraschung für dich.«

Nackt, dickbäuchig und jenseits der Blüte seiner Jugend, schüttelte er nur den Kopf. »Bei aller Liebe, Frau. Ich bin doch kein Kaninchen.« Das sagte er jedoch ganz leise, knipste dann das Licht aus und trabte zurück zu seiner Teuersten.

Die Arme um ihre Knie geschlungen, hockte Adrianne da und wippte vor und zurück. Dieses Schauspiel machte den Verlust der Juwelen wieder wett... beinahe jedenfalls.

»Ein wenig mehr Würde, Eure Hoheit, wenn ich bitten dürfte«, spottete Philip und schraubte das Gitter wieder an. »Jetzt laß uns von hier verschwinden.«

Es war nicht das gleiche heitere Gefühl wie nach einem erfolgreichen Einbruch, aber es kam diesem schon sehr nahe. Zum ersten Mal hatte Adrianne ihre Pläne, ihre Gedanken und ihre Fertigkeiten mit einem Partner geteilt. Die ganze Fahrt zum El Presidente über kicherte und gackerte Adrianne, befreite sich von dem Lachen, das sie während ihres langen Wegs zurück durch den Schacht krampfhaft unterdrückt hatte. Sie lachte noch, als Philip ihr in ihre Suite folgte.

»Unglaublich. Einfach unglaublich.« Kichernd ließ sich Adrianne in den nächsten Sessel plumpsen, streckte die Beine aus und entspannte sich. Ihre Wangen glühten. Das war eine Seite an ihr, die Philip bislang noch nicht kennengelernt hatte. Nachdem sie ihre Schuhe ausgezogen und achtlos weggeschubst hatte, lächelte sie Philip an. »Das Ganze war so unglaublich komisch, daß ich beinahe nicht mehr sauer auf dich bin.«

»Fein, dann kann ich heute gut einschlafen.«

»Bist du immer so mißgelaunt nach einem Coup?«

Er war nicht mißgelaunt, ganz im Gegenteil. Es war ein Fehler gewesen, sie bei ihrem Rückzug als erste auf den Weg zu schicken. So mußte er hinter ihr herkriechen, immer ihr hübsches, in den engen Hosen ausgesprochen aufreizendes

Hinterteil vor Augen. Unfähig, ruhig sitzenzubleiben, lief er wie ein Tiger im Zimmer auf und ab.

»Ich habe mein Abendessen ausfallen lassen, weil ich auf dich gewartet habe.«

»Oh.« In ihrer Stimme schwang ein wenig Mitgefühl mit. »Ich fürchte, um diese Zeit gibt es keinen Zimmerservice mehr. Aber ich habe noch etwas Schokolade.«

»Her damit.«

Ihn hungern zu lassen, dazu fühlte sich Adrianne im Moment viel zu wohl, und sie brachte aus der Tiefe ihrer Tasche einen Schokoriegel zum Vorschein, den sie ihm zuwarf. »Ein Schluck Wein ist auch noch da.«

Philip wickelte den für seine Ansprüche viel zu dünnen Riegel aus. »Schade, ohne Mandeln.«

»Ich mache mir nichts aus Nüssen.«

»Das hast du ja hinreichend bewiesen, als du deinem Freund das Knie zwischen die Beine gerammt hast.«

»Sehr geschmackvoll.« Sie verteilte den Wein auf zwei Gläser und reichte ihm eines. »Eigentlich sollte ich nicht mehr böse auf dich sein. Immerhin habe ich ja das Geld.«

Er erwischte ihr Handgelenk, bevor sie sich wieder hinsetzen konnte. »Ist das Geld so wichtig?«

Sie dachte an das Frauenhaus, für das sie das Geld verwenden wollte. »Ja, das ist es.«

Er ließ sie los und tigerte wieder durchs Zimmer. »Was hast du denn davon, Addy? Läßt er dir ab und zu ein paar Tausender zukommen? Bist du ihm irgendwie verpflichtet? Liebst du ihn? Die Schuld oder die Liebe muß verdammt groß sein, denn soweit ich bislang sehen konnte, geht er keinerlei Risiko ein, während du immer wieder Kopf und Kragen riskierst.«

Langsam schlürfte sie den warmen Wein und beobachtete Philip dabei, wie er im Zimmer herumging. Wie ein Panther, dachte sie, der rastlos an den Gitterstäben seines Käfigs vorbeistreicht. »Wer«, fragte sie leise, »ist *er*?«

»Das frage ich dich«, entgegnete er und wirbelte zu ihr herum. Keiner der beiden hatte bemerkt, wie überreizt seine Geduld und seine Selbstkontrolle mittlerweile war. Es war die pure Eifersucht, die an seinem Nervenkostüm nagte. Und er wollte verdammt sein, wenn er jetzt auch nur eine weitere Stunde warten würde, um herauszufinden, auf wen er eigentlich eifersüchtig war. »Ich will wissen, wer er ist, warum du dich mit ihm eingelassen hast und warum du ihm stehlen hilfst.«

Sie ließ ihn nicht aus den Augen, während er nach seinen Zigaretten kramte, sich eine herausnahm und die Schachtel auf den Tisch warf, und sagte dann leise: »Ich helfe niemandem stehlen.«

»Mein Bedarf an Spielchen ist für heute abend gedeckt.«

»Ich habe dir schon einmal gesagt, ich tue das, was ich tue, aus eigener Wahl.«

»Du hast mir auch gesagt, daß du es wegen eines Mannes tust.«

»Ja, aber nicht aus den Gründen, die du dir vielleicht vorstellst. Ich werde von keinem Mann erpreßt, von keinem bezahlt und schlafe auch mit keinem.« Sie setzte sich wieder und lehnte sich zurück. »Ich arbeite allein, für mich. Ich habe keinen Partner und bin niemandem etwas schuldig.«

Beim Ausatmen blies er langsam eine blaue Rauchwolke aus. Es schien, als könne er seine Ungeduld abschütteln wie eine lästige Hand, die ihn an der Schulter hielt. An deren Stelle trat nun eine intensives Interesse. »Willst du mich allen Ernstes glauben machen, daß du, du ganz allein für den Diebstahl von Juwelen in Millionenhöhe während der letzten neun Jahre verantwortlich bist?«

»Ich will dich überhaupt nichts glauben machen. Du hast mich nach der Wahrheit gefragt, und ich habe beschlossen, sie dir zu erzählen.« Stirnrunzelnd betrachtete sie den Wein in ihrem Glas. »Ist ja auch nicht so wichtig, denn du hast keinerlei Beweise, die du gegen mich anführen könntest. Deine Vorgesetzten werden glauben, daß du völlig übergeschnappt bist. Außerdem habe ich bereits beschlossen, daß dieser Coup der letzte dieser Phase meiner Karriere sein wird.«

»Das alles ist doch lächerlich. Du bist doch noch ein Kind gewesen, als die Diebstähle begannen.«

»Sechzehn, als ich anfing, wenn du es genau wissen willst. Blutige Anfängerin«, fuhr sie fort, als er sie fassungslos anstarrte, »aber ich habe schnell gelernt.«

Ihr dünnes Lächeln verschwand. Sie stellte ihr Glas so energisch auf dem Tisch ab, daß es schepperte. »Das geht dich nichts an.«

»Komm, das haben wir doch schon hinter uns, Adrianne.«

»Das ist meine private Geschichte.«

»Du hast keine mehr, die mich nicht mit einbezieht.«

»Eine unerhörte Anmaßung, Philip.« Sie erhob sich und ließ ihren Blick von oben auf ihm ruhen. Wenn nötig, konnte sie sich so hoheitsvoll benehmen, wie es ihrem Titel anstand. »Nicht, daß es kein vergnüglicher Abend gewesen wäre, aber ich muß mich nun wirklich zurückziehen. Ich bin erschöpft.«

»Schlaf dich morgen früh aus; wir sind noch nicht fertig.« Mit einem Blick auf die Uhr fuhr er fort: »Oh, ich muß dringend telefonieren. Ich habe einen Freund in Paris, der in der Lage ist, eine solche Show abzuziehen, daß Interpol dort noch einen oder zwei Tage beschäftigt sein wird.« Ohne um Erlaubnis zu fragen, ging er in ihr Schlafzimmer, wo der Apparat stand.

Als er zurückkam, schlief sie tief und fest.

Er blieb stehen und betrachtete sie, wie sie zusammengerollt wie ein Kätzchen auf dem Sofa lag, die eine Hand unter ihrem Kopf, die andere locker an ihrer Seite. Das Haar fiel ihr übers Gesicht, und als er es zurückstrich, blieb ihr Atem langsam und gleichmäßig. Nun wirkte sie nicht mehr abgeklärt und kühl, sondern jung und verletzbar. Er wußte, daß er sie wecken und ihr Fragen stellen sollte, gerade jetzt, wo ihre Gegenwehr schwach war. Statt dessen knipste er das Licht aus und ließ sie schlafen.

Der Morgen graute schon, als er sie hörte. Das Licht war noch düster und milchig, doch mit Hilfe der aufgehenden Sonne würde es bald hell und leuchtend ins Zimmer scheinen. Philip lag ausgestreckt auf ihrem Bett, seine Schuhe und sein Hemd hatte er achtlos auf den Boden geworfen. Sofort war er hellwach, wußte genau, wo er sich befand, und saß schon aufrecht im Bett, bevor er noch realisierte, daß es nicht das Licht war, das ihn geweckt hatte, sondern ein Schluchzen.

Leise ging er ins Nebenzimmer und fand sie zusammengekrümmt auf dem Sofa liegend, ganz so als ob sie sich gegen eine drohende Gefahr schützen wollte oder große Schmerzen litt. Erst als er sich neben sie hingekauert hatte und gerade ihre feuchte Stirn streicheln wollte, bemerkte er, daß sie noch schlief.

»Addy«, sagte er leise und rüttelte sie, zunächst sanft, dann etwas energischer, als sie sich dagegen wehrte. »Addy, wach auf.«

Sie schreckte so heftig hoch, als ob er sie geschlagen hätte, und drückte sich dann mit vor Schreck weit aufgerissenen Augen in ihre Kissen. Er sprach weiterhin leise und beruhigend auf sie ein, hielt sich jedoch, einem inneren Instinkt folgend, etwas fern von ihr. Allmählich entschleierte sich ihr Blick, und er sah den Kummer in ihren Augen.

»Du hast schlecht geträumt«, murmelte er und nahm ihre Hand. Ihre Finger zitterten, doch für einen Moment, einen ganz kurzen Moment nur, umklammerte sie seine Hand und hielt sich daran fest. »Ich bring' dir ein Glas Wasser.«

Auf der Kommode stand noch eine verschlossene Flasche Mineralwasser. Philip ließ Adrianne nicht aus den Augen, während er den Verschluß aufschraubte und ihr ein Glas einschenkte. Sie setzte sich langsam auf und ließ ihre Stirn auf die angezogenen Knie sinken. Übelkeit stieg in ihr hoch, gegen die sie mit langen, tiefen Atemzügen versuchte anzukämpfen.

»Danke.« Sie langte nach dem Glas und hielt es mit beiden Händen fest. Ihr Kummer ließ nach, doch an dessen Stelle trat nun ein Gefühl von Scham. Sie sagte nichts, wünschte nur, er würde sie allein lassen, um ihr Gelegenheit zu geben, sich wieder zu fassen.

Doch als er sich neben sie auf die Couch setzte, da mußte sie das Bedürfnis unterdrücken, ihren Kopf an seine Schulter zu betten und sich von ihm trösten zu lassen.

»Sprich, Addy.«

»Es war nur ein Traum, genau wie du gesagt hast.«

»Du hast doch Kummer.« Ganz behutsam strich er ihr über die Wange. Diesmal schreckte sie nicht zurück, sondern schloß nur ihre Augen. »Du erzählst mir alles, und ich höre zu.«

»Ich brauche niemanden.«

»Schön, aber ich gehe erst, wenn du mit mir gesprochen hast.«

Abwesend starrte sie auf das Wasser in ihrem Glas. Es war lauwarm und schmeckte schal und konnte den ätzenden Druck in ihrem Magen nicht lindern. »Meine Mutter starb an Weihnachten. Und nun laß mich bitte allein.«

Wortlos nahm er ihr das Glas ab und stellte es auf den Tisch. Ebenso wortlos schloß er sie in seine Arme. Sie versteifte sich und drückte ihn weg, doch das ignorierte er. Statt tröstender Worte, die sie verabscheut hätte, strich er nur ganz zärtlich über ihr Haar. Halb seufzend, halb schluchzend ließ sie sich an seine Brust sinken.

»Warum tust du das?«

»Meine gute Tat für heute. Nun erzähl schon.«

Sie sprach nie darüber. Es tat zu weh. Aber jetzt, mit geschlossenen Augen, den Kopf an seine Schulter gebettet, sprudelten die Worte nur so aus ihr heraus. »Ich fand sie kurz vor Sonnenaufgang. Sie war nicht gestürzt. Sie sah aus, als sei sie einfach zu schwach zum Stehen gewesen und habe sich niedergelegt. Vielleicht hat sie versucht, kriechend Hilfe zu holen. Vielleicht hat sie nach mir gerufen, aber ich habe sie nicht gehört.« Unbewußt bewegte sich ihre Hand an seiner Schulter. Ihre Finger öffneten und schlossen sich, wieder und wieder. »Du hast bestimmt darüber gehört oder gelesen. Selbstmord.« Dieses letzte Wort hatte einen schrillen Beiklang, so als ob ihre Lippen brannten, als sie es aussprach. »Aber ich weiß, daß es kein Selbstmord war. Sie war so lange krank gewesen, hatte so schrecklich gelitten. Sie suchte nur ein wenig Frieden, wollte einfach nur schlafen. Sie hätte sich niemals das Leben genommen, schon gar nicht, da sie wußte…, daß ich sie finden würde.«

Philip hörte nicht auf, ihr über den Kopf zu streichen. Er kannte die Geschichte, wußte von dem Skandal. Von Zeit zu Zeit tauchte die Story wieder in der Presse auf, und immer mehr Geheimnisse rankten sich um ihren angeblichen Freitod. »Du hast sie am besten gekannt.«

Sie beugte sich zurück, um ihn anzusehen, in seinem Gesicht zu lesen, bevor sie sich wieder an seine Brust schmiegte. Noch nie hatten sie Worte derart getröstet. »Ja, ich habe sie wirklich gekannt. Sie war so freundlich und liebevoll. Und unglaublich bescheiden. Niemand hat wirklich verstanden, daß der Glamour zu ihr als Schauspielerin gehörte, sie aber als Person nicht daran interessiert war. Sie vertraute den Menschen, aber den falschen. Das hat sie am Ende das Leben gekostet.«

»Meinst du damit deinen Vater?«

Seine Frage war wie ein Schnitt mit dem Messer, und zwar so scharf und präzise, daß Adrianne den Schmerz erst fühlte, als die Wunde zu bluten begann. »Er hat sie gebrochen.« Jetzt entzog sie sich ihm, setzte sich aufrecht hin, schlang die Arme um ihre Schultern und wiegte sich langsam vor und zurück. »Stück für Stück. Tag für Tag. Und er tat es mit Vergnügen.« Ihre Stimme klang nun nicht mehr schwach, sondern klar wie die Glocken, die am Hauptplatz die Weihnachtsnacht eingeläutet hatten, es lag nur keine Freude darin. »Er hat die Frau geheiratet, die damals zu den schönsten ihrer Zeit gezählt hatte. Eine Frau aus dem Westen. Eine Schauspielerin, die die Männer vergötterten. Sie verliebte sich in ihn, gab ihre Karriere auf, ihre Heimat und ihre Kultur, und da fing er an, sie zu zerstören, da sie alles verkörperte, was er an einer Frau begehrte… und haßte.«

Adrianne ging zum Fenster. Die Sonne wurde intensiver und sandte glitzernde Funken auf das ruhende Meer. Der Strand war noch leer.

»Sie verstand keine Grausamkeit. Sie selbst besaß keine. Es gab so viel, was ich erst viele Jahre später erfuhr, als die ganze Wahrheit in ihrer Verzweiflung und Verwirrung aus ihr herausbrach. In Jaquir hat sie mir noch viel anvertraut, weil ich die einzige war, mit der sie offen sprechen konnte.«

»Warum hat sie ihn nicht früher verlassen?«

»Um das zu begreifen, müßtest du mehr über Jaquir und meine Mutter wissen. Sie hat ihn geliebt. Selbst als er sich eine zweite Frau genommen hatte, nachdem sie ihn mit der Geburt einer Tochter beleidigt hatte, liebte sie ihn noch. Er verletzte und erniedrigte sie, aber sie liebte ihn dennoch. Wie ein Vogel im goldenen Käfig verbrachte sie ihre Tage im Harem, während seine zweite Frau seinen Sohn unter dem Herzen trug, und sie liebte ihn immer noch. Er schlug sie, und sie akzeptierte die Schläge. Sie konnte keine Kinder mehr bekommen und fühlte sich schuldig. Fast zehn Jahre lang blieb sie bei ihm, verschleiert und mißbraucht, während er ihr Selbstbewußtsein, ihr Selbstvertrauen und ihre Selbstachtung zunichte machte. Der Schaden war groß, aber sie hielt aus. Wegen mir. Sie hätte vielleicht fliehen können, aber sie dachte in erster Linie an mein Wohl.«

Adrianne holte tief Luft und starrte mit blinden Augen auf den nun gleißenden Sand. »Alles, was sie tat, alles, was sie nicht tat, geschah zu meinem Wohl.«

»Sie liebte dich.«

»Ja, vielleicht mehr als sie wollte, mehr als gut für sie war. Jahr für Jahr harrte sie dort aus, weil sie mich nicht verlassen wollte. Er schlug sie. Er erniedrigte sie. Er nahm sie mit Gewalt. Einmal war ich dabei, lag zusammengerollt unter dem Bett meiner Mutter und hielt mir mit beiden Händen die Ohren zu, um ihr Flehen und ihre Schreie nicht zu hören. Von da an haßte ich ihn.«

Sein Blick wurde hart, als er dies hörte. Das Mitleid, das er für sie empfunden hatte, verwandelte sich in eine dumpfe, heftige Wut. Sie war doch noch ein kleines Mädchen. Er wollte sprechen, hielte sich dann aber zurück. Es gab keine Worte, die diese Art von Schmerz hätten besänftigen können.

»Ich weiß nicht, ob sie jemals den Mut aufgebracht hätte, ihn zu verlassen. Dann teilte ihr Abdu eines Tages mit – ich war damals acht –, daß er mich in ein Internat schicken wolle. Ich sollte mit dem Sohn eines seiner Verbündeten verlobt werden.«

»Mit acht?«

»Mit der Hochzeit wollte man bis zu meinem fünfzehnten Geburtstag warten, aber die Verlobung war ein geschickter politischer Schachzug. Damals mußte noch eine Menge ihrer schauspielerischen Qualitäten in ihr gesteckt haben. Sie akzeptierte seine Entscheidung und schien sich sogar darüber zu freuen. Und sie überredete ihn dazu, mich auf ihre geplante Reise nach Paris mitzunehmen, damit ich ein wenig die Welt kennenlernte. Als zukünftige Ehefrau sollte ich mich auch außerhalb Jaquirs zu benehmen wissen. Sie überzeugte ihn, daß sie sich über sein Interesse an meiner Zukunft freute und mit der Hochzeit einverstanden sei. In meinem Heimatland ist es nichts Ungewöhnliches, daß junge Mädchen mit fünfzehn heiraten.«

»Ob sie wollen oder nicht?«

Sie mußte lächeln. Das klang so britisch. »In Jaquir werden die Frauen immer noch von den Familien verheiratet, von der Bauerntochter bis zur Prinzessin. Der einzige Zweck dieser Ehen ist es, die Sippe zu stärken und Sex zu legitimieren. Liebe und freie Partnerwahl spielen dabei keine Rolle.«

Die Sonne stieg langsam höher. Adrianne beobachtete einen jungen Mann, der sich, den Rücken voller Sand, erschöpft den Strand entlangschleppte. »In Paris gelang es ihr, mit Celeste Kontakt aufzunehmen. Celeste besorgte uns dann zwei Flugtickets nach New York. Außerhalb von Jaquir gab sich Abdu stets betont fortschrittlich, weshalb er uns auch gestattete, einkaufen zu gehen und Museen zu besuchen. Meine Mutter durfte ihr Haar offen tragen und den Gesichtsschleier ablegen. Im Louvre haben wir dann die Leibwächter abgehängt.«

Adrianne preßte die Handballen gegen ihre Augenlider. Sie waren geschwollen und juckten im grellen Sonnenlicht. »Sie hat sich nie wieder erholt – und nie aufgehört, ihn zu lieben.« Sie nahm ihre Hände vor den Augen und ließ sie einfach fallen, bevor sie sich zu ihm umdrehte. »Das hat mich gelehrt, daß eine Frau, die bedingungslos liebt, verliert. Und ich habe gelernt, daß man, um zu überleben, sich ausschließlich auf sich selbst verlassen muß.«

»Es sollte dich aber auch gelehrt haben, daß manchmal die Liebe keine Grenzen kennt.«

Ein plötzlicher Kälteschauer jagte ihren Arm hinauf. Seine Augen blickten sie ruhig und offen an. Sie erkannte etwas in seinem Blick, das sie nicht sehen wollte, ebensowenig wie sie darüber nachdenken wollte, warum sie ihm mehr von sich erzählt hatte als je einem anderen Menschen zuvor. »Ich brauche jetzt eine Dusche«, sagte sie unvermittelt und ging hinter ihm vorbei zum Badezimmer. Etwas ließ sie kurz innehalten, bevor sie die Tür fest hinter sich ins Schloß zog.

18. Kapitel

Adrianne war überzeugt, daß Philip gegangen war. Lange blieb sie unter der Dusche stehen und ließ die heißen Wasserstrahlen auf ihre Haut prasseln. Die höllischen Kopfschmerzen, die sie gerade noch geplagt hatten, ließen nach, und das dumpfe Pochen, das wußte sie, würde mit Hilfe von Aspirin ganz verschwinden. Adrianne hatte irgendwie das Bedürfnis, sich etwas Gutes zu tun. Sorgfältig cremte sie deshalb ihren ganzen Körper mit einer duftenden Bodylotion ein und schlüpfte dann in einen bequemen Hausmantel. Sie wollte sich gemütlich auf die Terrasse legen und ihr Haar von der Sonne trocknen lassen.

Der Strand konnte warten. An diesem Morgen, beschloß sie, war es besser für sie, allein zu bleiben, ohne die lästigen Cocktail-Kellner, die ihr ständig Drinks anboten, und die übrigen Feriengäste, die neben ihr herumbrüllten, mit Wasser spritzten oder sich in der Sonne rösten ließen. Sie verbrachte den Weihnachtsmorgen immer allein, ging wohlmeinenden Freunden und gesellschaftlichen Verpflichtungen aus dem Weg. Die Erinnerungen an das letzte Weihnachten mit ihrer Mutter waren nicht mehr so klar und schmerzlich wie in früheren Jahren, doch den Anblick von glitzernden Christbaumkugeln konnte sie noch immer nicht ertragen.

Phoebe hatte stets einen weißen Engel auf die Spitze des

Weihnachtsbaumes gesetzt. Jahr für Jahr, seit ihrem ersten Weihnachtsfest in Amerika. Außer dem letzten, als sie so tief in dem schwarzen Tunnel gefangen war, daß sie sich darin verlor.

So betrachtete Adrianne die Krankheit ihrer Mutter – als einen langen, schwarzen Tunnel, ein Labyrinth von Irrwegen und Sackgassen. Sie nahm lieber zu dieser irgendwie greifbaren Vorstellung Zuflucht, und nicht zu den nackten, gefühllosen Terminologien in den Lehrbüchern über Geisteskrankheiten, die sie zur Genüge gewälzt hatte. Ja, dieses Bild war immer noch besser als all die Diagnosen und Prognosen, die ihr diverse angesehene Fachärzte in nach altem Leder riechenden Besprechungszimmern unterbreitet hatten.

Es war dieser Tunnel gewesen, der ihre Mutter im Laufe der Zeit tiefer und tiefer in sein Inneres eingesaugt hatte. Doch immer wieder hatte Phoebe die Kraft gefunden, sich aus diesem Sog zu befreien. Bis sie zu schwach geworden war – oder das Dunkel des Tunnels ihr erträglicher erschienen war als das Licht an dessen Ende.

Mag sein, daß die Zeit tatsächlich Wunden heilt, aber vergessen läßt sie einen nicht.

Adrianne fühlte sich besser, nachdem sie ihre Gefühle in Worte gekleidet hatte, obwohl sie es bereits bedauerte, Philip soviel von sich offenbart zu haben. Aber sie redete sich ein, daß es eigentlich keine Rolle spielte, da sich ihre Weg in Kürze ohnehin trennen würden und, was immer sie gesagt, was immer sie mit ihm geteilt hatte, mit der Zeit an Bedeutung verlieren würde. Wenn er freundlich zu ihr war, wo keine Freundlichkeit von ihm erwartet wurde, sei's drum. Wenn sie Verlangen gespürt hatte, wo keines existieren konnte, so würde sie darüber hinwegkommen. Zu lange hatte sie sich selbst unter Kontrolle gehabt, zu achtsam hatte sie ihre Gefühle vor anderen verborgen, als daß er daran etwas ändern konnte.

Von nun an würde sie all ihre Gedanken und Gefühle nur noch auf eine Sache konzentrieren: auf Jaquir – und auf ihre Rache.

Doch als sie die Badezimmertür öffnete, war er immer noch da, stand barfuß und ohne Hemd an der Tür und sprach in fließendem Spanisch mit einem weißbefrackten, freundlich dreinblickenden Zimmerkellner. Sie beobachtete Philip dabei, wie er ihm ein Bündel Banknoten in die Hand drückte – genug offenbar, daß der Kellner sich freuen konnte, heute gearbeitet zu haben, trotz des Feiertages.

»*Buenas dias*, Señora. Fröhliche Weihnachten.«

Sie machte sich nicht die Mühe, seine Annahme bezüglich ihrer Beziehung zu Philip zu korrigieren oder darauf hinzuweisen, daß Weihnachten seit Jahren alles anderes als fröhlich für sie war. Statt dessen schenkte sie ihm ein Lächeln, das ihn mindestens so erfreute wie die Pesos, die schon in seiner Tasche verschwunden waren.

»*Buenas dias. Felices Navidad*«, erwiderte Adrianne seinen Gruß und wartete dann mit verschränkten Händen, bis sich die Tür hinter ihm geschlossen hatte. »Weshalb bist du noch hier?« wollte sie von Philip wissen, als sie allein waren.

»Weil ich Hunger habe.« Langsam schlenderte er auf die Terrasse hinaus und setzte sich. Offensichtlich äußerst zufrieden mit sich und der Welt, schenkte er sich eine Tasse Kaffee ein. Es gab verschiedene Mittel und Wege, das Vertrauen eines anderen zu erringen. Bei einem Vogel mit gebrochenem Flügel brauchte man dafür Geduld, Fürsorge und eine sanfte Hand. Bei einem reizbaren Pferd, das die Peitsche kennengelernt hatte, benötigte man milde Sorgfalt und mußte das Risiko eingehen, von ihm getreten zu werden. Bei einer Frau brauchte es dazu ein gewisses Maß an Charme. In Adriannes Fall war er bereit, alle Möglichkeiten auszuschöpfen.

Sie folgte ihm nach draußen, die Stirn in Falten gelegt. »Vielleicht mag ich gar nicht frühstücken.«

»Kein Problem. Ich schaffe deins auch noch.«

»Oder Gesellschaft haben.«

»Ich hab' nichts dagegen, wenn du an den Strand gehst. Sahne?«

Dem duftenden Kaffee oder der warmen Morgensonne hätte sie ja noch widerstehen können. Ganz sicher sogar.

Doch dem Omelette konnte und wollte sie nicht widerstehen.

»Ja.« Mit einer Haltung, als gewähre sie ihm eine Audienz, nahm sie an dem kleinen Tisch Platz. Philips Mundwinkel verzogen sich zu einem Grinsen.

»Wünschen Eure Hoheit Zucker?«

Ihre Augen verengten sich zu Schlitzen. Wut begann wieder in ihnen aufzuflackern. Doch im nächsten Moment wurden sie wieder klar und lächelten. »Ich gebrauche meinen Titel nur bei offiziellen Anlässen oder in Gegenwart von Idioten.«

»Wie schmeichelhaft für mich.«

»Ganz und gar nicht. Ich bin immer noch am Überlegen, ob du zu den Idioten zählst oder nicht.«

»Ich gebe dir den Tag heute frei, damit du dir darüber klarwerden kannst«, konterte er und zerteilte sein Omelette. Ein würziger Geruch stieg daraus empor. Genauso war Adrianne, dachte er bei sich; außen zart und weich, doch innen feurig und voller Überraschungen. »Da ich bislang immer damit beschäftigt war, dich zu beobachten, hatte ich noch gar keine Zeit, mich dem Meer und der Sonne zu widmen.«

»Das tut mir aber unendlich leid.«

»Danke. Aber du könntest mir zumindest dabei Gesellschaft leisten.« Er bestrich einen Toast mit Erdbeermarmelade und reichte ihn ihr. »Außer du hast Angst, dich mit mir zu vergnügen.«

»Warum sollte ich?«

»Weil du weißt, daß ich mit dir schlafen möchte, und du Angst hast, daß es dir Spaß machen könnte.«

Sie biß in den Toast und versuchte, keinerlei Regung zu zeigen. »Ich habe dir doch bereits erklärt, daß ich keineswegs die Absicht habe, mit dir ins Bett zu steigen.«

»Nun, dann werden dich ein paar Stunden in der Sonne auch nicht aus dem Konzept bringen.« Als sei damit alles geregelt, konzentrierte er sich wieder auf sein Frühstück. »War das ernst gemeint, was du heute nacht gesagt hast?«

Das Omelette linderte ihre Kopfschmerzen, und die Sonne

tat ihr übriges, um sie ganz verschwinden zu lassen. »Was meinst du?«

»Daß dies dein letzter Coup war.«

Sie nahm die Gabel und klopfte damit ihr Ei auf. Adrianne hatte es bislang perfekt verstanden, andere Menschen zu belügen, und daß Philip sie vielleicht durchschauen könnte, auf den Gedanken kam sie gar nicht. »Ich sagte, es war der letzte Coup in dieser Phase meiner Karriere.«

»Will heißen?«

»Genau dies.«

»Adrianne.« Jetzt war es an der Zeit, dachte er, Geduld und eine feste Hand zu demonstrieren. »Ich habe eine Verpflichtung meinen Vorgesetzten gegenüber. Und ich habe den Wunsch, dir zu helfen.« Er bemerkt sehr wohl, daß sie auf der Hut war, aber sie zog ihre Hand nicht zurück, als er die seine darüberlegte. »Wenn du aufrichtig zu mir bist, dann finde ich einen Weg, beidem gerecht zu werden. Wenn nicht, dann könnte ich bald genauso in der Tinte sitzen wie du.«

»Du wirst überhaupt nicht in der Tinte sitzen, wenn du mir die Dinge überläßt. Ich kann dir versichern, Philip, dies hier ist eine rein private Angelegenheit und etwas, was weder dich noch Interpol in irgendeiner Weise betrifft.«

»Es muß mich aber betreffen.«

»Warum?«

»Weil ich dich gern habe.« Er verstärkte den Druck seiner Hand, als ihre immer mehr zu zucken begann. »Sehr sogar.«

Es wäre ihr lieber gewesen, wenn er eine der üblichen, leicht zu ignorierenden Nettigkeiten gesagt hätte, die Männer gemeinhin von sich geben, wenn sie eine Frau attraktiv finden. Seine Worte waren zu schlicht, zu direkt und zu aufrichtig. »Anders wäre es mir lieber.«

»Mir auch, aber wir sitzen nun mal beide im selben Boot.« Er gab ihre Hand frei und widmete sich dann wieder so gelassen wie möglich seinem Frühstück. »Ich werde es dir leicht machen. Fangen wir damit an, wie du auf diese Art Broterwerb gekommen bist.«

»Du läßt mir also keine Ruhe, bis ich dir alles erzählt habe, nicht wahr?«

»Genau. Noch Kaffee?«

Sie nickte. Das spielte nun auch keine Rolle mehr, entschied sie. Abgesehen davon kannte er diese Art von Arbeit, hatte die gleichen Hochgefühle, die gleichen Empfindungen und Erfolgserlebnisse durchlebt. »Ich habe dir doch erzählt, daß meine Mutter lange Zeit krank gewesen war.«

»Ja.«

»Nun, da waren Arztrechnungen, Medikamente und Behandlungen zu bezahlen. Und sie ist oft recht lange in einem Sanatorium untergebracht gewesen.«

Natürlich wußte er das. Jeder, der in den letzten zehn Jahren in Zeitschriften geblättert hatte, wußte von der Tragödie um Phoebe Spring. Dennoch wollte er die Geschichte gerne von Adrianne selbst hören, in ihren Worten und mit ihren Gefühlen. »Was fehlte ihr denn genau?«

Dies zu beantworten fiel ihr immer am schwersten. Am besten, sie erzählte es ihm gleich, dann war es heraus. »Bei ihr wurde eine manische Depression diagnostiziert. Es gab Zeiten, da redete sie wie ein Wasserfall und schmiedete die kühnsten Pläne. Dann konnte sie vor lauter überschäumender Energie nicht stillsitzen, nicht schlafen und nicht essen; es war, als habe sie ein Gift im Körper, das sie innerlich anheizte. Darauf folgte dann ein Tief. Sie sprach kein Wort, saß nur da und starrte vor sich hin, erkannte niemanden mehr, nicht einmal mich.«

Sie räusperte sich und trank einen Schluck Kaffee. Diese Erinnerungen an ihre Mutter waren die schlimmsten – wie sie neben ihr gesessen und ihre Hand gehalten hatte, mit ihr gesprochen, ja sie angefleht hatte, und als Antwort darauf nur einen leeren Blick von ihr bekam. In solchen Zeiten war sie in dem Tunnel gefangen gewesen, versucht, sich dem Dunkel und der Stille zu überlassen.

»Das muß schrecklich für dich gewesen sein.«

Sie sah ihn nicht an, konnte es nicht. Statt dessen blickte sie hinaus auf das Meer, das ruhig und so unglaublich blau unter einem wolkenlosen Himmel schimmerte. »Für sie war es schrecklich. Im Laufe der Jahre ist sie alkohol- und tablettensüchtig geworden. Es hat schon in Jaquir angefangen – Gott weiß, wie sie dort an die Pillen gekommen ist – und ist dann hier eskaliert, als sie versuchte, in Hollywood wieder Fuß zu fassen. Ich kann dir nicht sagen, ob ihre Geisteskrankheit für ihre Trunksucht verantwortlich war oder umgekehrt. Ich weiß nur, daß sie, solang es ihr möglich war, gegen beide Krankheiten ankämpfte. Doch als wir nach Kalifornien gingen, gab es dort nicht die passenden Drehbücher und Rollen für sie, und diesen Mißerfolg konnte sie nicht verkraften. Sie bekam schlechte Ratschläge, an die sie sich klammerte wie eine Ertrinkende. Ihr Agent war ein Schwein.«

Ihre Stimme wurde eine Spur härter, dehnte sich ein wenig, geriet aber nicht ins Wanken. Doch diese kleine Unsicherheit ließ Philip sofort aufhorchen. Mit zusammengekniffenen Augen musterte er sie fragend. »Was hat er getan? Dir angetan?«

Ihr Kopf schoß daraufhin in die Höhe. Für einen kurzen Moment waren ihre Augen glasklar, dann trübte sich ihr Blick wieder.

»Wie alt warst du damals?« fragte er vorsichtig, während sich seine Finger um die Gabel klammerten.

»Vierzehn. Es war nicht so schlimm, wie du vielleicht denkst. Mama kam zurück, bevor er mich… als ich mich gerade gegen ihn wehrte. So habe ich sie noch nie erlebt. Sie war unglaublich stark, wie die sprichwörtliche Tigerin, die ihre Jungen verteidigt.« Die Erinnerung daran schmerzte sie, daher beließ sie es bei der Andeutung. »Viel wichtiger aber ist, er hat sie heruntergezogen, sie benutzt und ausgebeutet; und meine Mutter hatte während der langen Jahre in Jaquir soviel einstecken müssen, daß sie sich nicht mehr aus diesem Sumpf herausziehen konnte.«

Er ließ es gut sein, weil er wußte, daß er ihr Vertrauen nur gewinnen konnte, wenn er sie nicht allzusehr bedrängte. »Ihr seid nicht in Kalifornien geblieben?«

»Nein, gleich nach dem Zwischenfall mit ihrem Agenten sind wir erneut nach New York gezogen. Dort ging es ihr besser, viel besser. Sie sprach davon, es wieder am Theater zu versuchen. Die Bühne. Begeistert sprach sie von den Rollenangeboten, die sie bekommen würde. Nur, es kamen keine, oder keine interessanten, doch das wußte ich damals nicht, weil ich glaubte, glauben wollte, daß nun alles gut war. Doch dann kam ich eines Tages von der Schule nach Hause, kurz nach meinem sechzehnten Geburtstag, und fand sie in einem verdunkelten Zimmer sitzend vor. Sie antwortete mir nicht, als ich mit ihr sprach. Ich schüttelte sie und brüllte sie an. Nichts. Ich kann es dir gar nicht beschreiben: Es war, als sei sie innerlich schon gestorben.«

Philip schwieg, verschränkte nur seine Finger mit den ihren. Adrianne starrte auf ihre ineinandner verwobenen Hände. So eine einfache Geste, sinnierte sie, die einfachste Form menschlichen Kontakts. Sie hatte nicht gewußt, wie tröstlich das sein konnte.

»Ich mußte sie in ein Sanatorium geben. Es war das erstemal. Nach einem Monat war kein Geld mehr da. Daraufhin kam sie wieder nach Hause. Ich gab die Schule auf und suchte mir einen Job. Sie hat es nie gemerkt.«

Sie hätte zur Schule gehen, sich amüsieren und mit schlaksigen, jungen Burschen ausgehen müssen. »Gab es denn niemanden, keine Angehörigen, an die du dich hättest wenden können?«

»Ihre Eltern waren früh gestorben. Sie wurde von ihren Großeltern aufgezogen, die aber starben, als ich noch ein Baby war. Sie bekam eine kleinere Summe aus einer Versicherung ausbezahlt, doch das Geld wurde nach Jaquir geschickt, wo es wahrscheinlich heute noch liegt.« Sie tat diesen Teil ihrer Erzählung ab, als sei er unwichtig. »Ich hatte nichts dagegen zu arbeiten. Es machte mir sogar mehr Spaß als die Schule. Doch das wenige, das ich verdiente, reichte kaum für die Miete und das Essen, geschweige denn für Medikamente und die Behandlungen. Also begann ich zu stehlen. Und mit Erfolg.«

»Hat sie dich denn nie gefragt, woher das Geld kam?«

»Nein. Diese letzten Jahre hat sie meist in einer Art Dämmerzustand verbracht. Sie glaubte oft, noch immer Filme zu drehen.« Ein Lächeln breitete sich über ihrem Gesicht aus. Sie beobachtete, wie eine Möwe in die Wellen stürzte, wieder auftauchte und dann laut schreiend davonflog. »Schließlich vertraute ich mich Celeste an; sie wurde fuchsteufelswild, als sie das hörte. Sie wäre für alle Unkosten aufgekommen, aber das konnte ich nicht zulassen. Ich fühlte mich für meine Mutter verantwortlich. Auf alle Fälle habe ich nie jemanden bestohlen, der es nicht verdient hätte.«

»Wonach hast du das beurteilt?«

»Ich habe mir meine Opfer immer sehr sorgfältig ausgesucht und nur den Allerreichsten etwas weggenommen.«

»Das ist nie verkehrt«, meinte Philip ironisch.

»Und den Geizhälsen. Lady Caroline zum Beispiel.«

»Ja, die Diamanten.« Philip strich sein Haar zurück und steckte sich eine Zigarette an. »Zwanzig Karat, beinahe lupenrein. Um diese Steine habe ich meinen Kollegen immer beneidet.«

»Das war auch ein toller Job.« Sie legte die Ellbogen auf den Tisch und stützte ihr Kinn auf die Handflächen. »Sie bewahrte sie in einer Stahlkammer auf, die erstklassig gesichert war. Wärmesensoren. Bewegungsdetektoren. Infrarot. Sechs Monate brauchte ich, um einen Plan auszuarbeiten.«

»Und wie hast du's dann geschafft?«

»Sie hatte mich übers Wochenende eingeladen. Also brauchte ich mir über das hauseigene Alarmsystem keine Gedanken mehr zu machen. Ich arbeitete mit Magneten und einem Minicomputer. Im ersten Stock hatten sie Lichtschranken installiert, aber unter denen konnte man leicht durchkriechen. Der Tresor selbst war mit einem Zeitschloß gesichert, aber ich überlistete den Computer, indem ich ihn sechs Stunden vorstellte. Dazu hatte ich eine Vorrichtung aus einem Wecker und einigen Mikrochips gebastelt. In der Stahlkammer mußte ich zwei Alarmsysteme kurzschließen und die Kameras ausschalten. Dann hatte ich freie Bahn. Als ich wieder in meinem Zimmer war, löste ich mittels einer Fernsteuerung den Alarm aus.«

»Du hast Alarm ausgelöst, während du noch im Haus warst?«

»Warum denn nicht?« Sie bekam wieder Appetit und strich sich noch einen Marmeladetoast. »Ich habe die Diamanten in einem meiner Cremetöpfe versteckt, aber man hat mein Zimmer nicht durchsucht.«

»Selbstverständlich.«

»Schließlich hat mich der Alarm um vier Uhr morgens aus dem Tiefschlaf gerissen; und ich war – wie Lady Caroline – zu Tode erschrocken!«

Philip beobachtete sie, wie sie herzhaft in ihren Toast biß. »Ganz schön abgeklärt.«

»Sie hat kein Mitleid verdient. Vierzig Millionen Pfund ist die Dame schwer und spendet davon gerade mal ein halbes Prozent für wohltätige Zwecke.«

Philip stutzte. »Wählst du danach deine Opfer aus?«

»Ganz richtig. Ich weiß, was es heißt, arm zu sein, bedürftig zu sein und diese Bedürftigkeit zu hassen. Ich habe mir geschworen, das nie zu vergessen.« Sie rollte die Schultern, als ob sie gegen einen alten Schmerz ankämpfte. »Als meine Mutter starb, habe ich weiterhin gestohlen.«

»Warum?«

»Aus zwei Gründen. Erstens, weil ich dadurch Gelegenheit hatte, das Geld von Leuten gerecht zu verteilen, die auf ihren Reichtümern hockten und sie in dunklen Tresoren stapelten. Madeline Moreaus Saphir zum Beispiel verwandelte sich in eine großzügige Spende für die Witwen- und Waisenstiftung.«

Philip schnippte seinen Zigarettenstummel über die Terrasse und nahm dann einen großen Schluck von dem inzwischen kalt gewordenen Kaffee. »Willst du mir vielleicht erzählen, daß du ein weiblicher Robin Hood warst?«

Adrianne dachte kurz über seine Frage nach. Es war ein interessanter und reizvoller Vergleich. »Sozusagen, aber der Ehrlichkeit halber muß ich zugeben, daß es auch für mich ein gutes Geschäft war. Ich gestattete mir nämlich eine kleine Kommission. Stehlen ist ein kostspieliges Unterfangen, wenn man die ganzen Werkzeuge, Apparaturen und vor allem die Zeit einrechnet, aber es hilft einem auch, den äußeren Schein zu wahren. Abgesehen davon möchte ich nicht arm sein.«

»Ich für meine Person ebenfalls nicht.« Er pflückte eine Blume aus der Schale und zwirbelte ihren Stengel zwischen den Fingern. »Wie hoch war denn deine Kommission?«

»Das war unterschiedlich, bewegte sich aber meist zwischen fünfzehn und zwanzig Prozent, je nach den entstandenen Unkosten. Nehmen wir zum Beispiel die St.-John-Juwelen: mein Flugticket, die Hotelkosten – diese hier. Die Rechnung für das El Grande würde ich vernachlässigen.«

»Natürlich.«

»Dazu kommt meine Verpflegung, die Zimmermädchen-Uniform und die Perücke – oh, und einige Ferngespräche. Die Einkäufe und Ausflüge gehen natürlich zu meinen Lasten.«

»Selbstverständlich.«

Sie sah ihm direkt in die Augen. »Du kannst darüber eigentlich nicht richten, Philip, nachdem du ja selbst einen Großteil deines Lebens als Dieb verbracht hast.«

»Ich richte ja gar nicht, ich wundere mich nur. Erst erzählst du mir, daß du all diese Coups allein durchgezogen hast…«

»Das stimmt. Du vielleicht nicht?«

»Ja, aber…« Er hielt eine Hand hoch. »In Ordnung. Aber jetzt willst du mir weismachen, daß du all die Jahre über den ganzen Gewinn außer den fünfzehn bis zwanzig Prozent Kommission weggegeben hast.«

»Mehr oder weniger.«

»Das sind achtzig Prozent der Gewinne für wohltätige Zwecke.«

»Auf meine Weise bin ich eben ein Menschenfreund.« Dann grinste sie. »Und ich habe Spaß an meiner Arbeit. Du kennst das Gefühl, wenn man Millionenwerte in Händen hält. Wenn man die funkelnden Diamanten auf seinen Handflächen betrachtet und weiß, daß sie einem gehören, weil man clever ist.«

»Ja.« Er verstand sie nur zu gut. »Ich kenne das Gefühl.«

»Und wenn einem in einer kalten Nacht der Wind ins Gesicht bläst, während man an einer Fassade hochklettert; wenn die Hand ruhig ist wie ein Stein und der Verstand messerscharf arbeitet. Das erwartungsvolle Gefühl der Vorfreude – wie vor dem Öffnen einer Flasche Dom Pérignon, kurz bevor der Korken aus der Flasche schießt und der köstliche Inhalt heraussprudelt.«

Er fummelte eine neue Zigarette aus der Packung. Es war sogar noch mehr als das. Für ihn war es vergleichbar mit dem Augenblick, bevor der Samen und zugleich damit die ganze Leidenschaft aus einem herausbricht und sich in den Leib einer Frau ergießt. »Ich weiß, daß das einen süchtig machen kann. Aber ich weiß auch, daß die Zeit zum Aufhören gekommen ist, wenn man ganz oben ist.«

»So wie bei dir?«

»Sehr richtig. Ein kluger Spieler weiß ganz genau, wann die Einsätze zu hoch werden und er den Tisch wechseln muß.« Er stieß eine Rauchwolke aus. »Du hast mir jetzt einen der Gründe genannt, Addy. Und wie lautet der andere?«

Sie antwortete nicht gleich, sondern stand erst auf, ging an die Brüstung und blickte hinaus aufs Meer. Sie konnte nicht behaupten, daß sie ihm vertraute. Warum sollte sie auch? Andererseits, Gleiches zieht sich an, wie man so schön sagt. Er war ein Dieb gewesen, und vielleicht steckte in ihm immer noch genügend von einem Dieb, um das, was sie vorhatte, gutzuheißen, ohne das Warum zu verstehen.

»Zunächst mußt du mir etwas versprechen.« Sie drehte sich um, so daß die warme Meeresbrise ihr volles, schwarzes, duftendes Haar erfaßte und aus ihrem Gesicht wehte.

»Was denn?« Etwas in ihren Augen, etwas an der Art, wie sie dastand, ließ ihn stutzen. Ihm wurde plötzlich klar, daß er ihr in diesem Augenblick alles versprechen würde, eine Erkenntnis, die einem Mann den Boden unter den Füßen wegziehen konnte.

»Daß das, was ich dir jetzt sagen werde, unter uns bleibt. Daß kein Wort davon deinen Vorgesetzten zu Ohren kommt.«

Er hatte die Augen wegen der blendenden Sonne zusammengekniffen, beobachtete sie aber dennoch ganz genau. »Müssen wir darüber denn noch ein Wort verlieren?«

»Ich weiß nicht.« Sie zögerte einen Augenblick, versuchte, ihn abzuschätzen. Sie konnte ihm eine Lüge auftischen oder dies zumindest versuchen, fragte sich dann aber, ob es nicht sicherer war, die Wahrheit zu sagen. Solange er ihr auf den Fersen war, würde sie niemals nach Jaquir kommen, um sich zu holen, war ihr gehörte. »Ich weiß, was du früher gemacht hast, Philip, und habe dich nicht nach deinen Gründen dafür gefragt.«

»Möchtest du sie hören?«

Die Überraschung stand ihr klar im Gesicht geschrieben. Sie hatte nicht erwartet, daß er ihr so bereitwillig Rede und Antwort stehen würde. »Vielleicht ein andermal. Ich habe dir heute morgen mehr von mir und meinem Leben erzählt als je einem anderen Menschen zuvor. Selbst Celeste kennt nur Bruchteile davon. Ich möchte niemanden in mein Privatleben einbeziehen.«

»Es ist zu spät, um Gesagtes rückgängig zu machen, und reine Zeitverschwendung, selbiges zu bedauern.«

»Ja.« Sie drehte sich um und schaute wieder aufs Meer hinaus. »Das mag ich an dir. Romantiker hin oder her, jedenfalls bist du ein praktisch veranlagter Mensch. Wieviel Fantasie hast du?«

Philip erhob sich jetzt ebenfalls und lehnte sich an die Brüstung, doch sie waren immer noch eine Tischbreite voneinander entfernt. »Genug, um zu sehen, daß sich unsere Wege immer wieder kreuzen – gleichgültig wie unangenehm es auch für uns beide sein mag.«

Adrianne fröstelte plötzlich, obwohl sie mitten in der Sonne stand. Das Schicksal war etwas, das man nicht beeinflussen konnte. »Das mag schon sein, aber darum geht es nicht. Du hast mich gefragt, warum ich nicht mit dem Stehlen aufgehört habe, und das will ich dir jetzt erklären. Es war die Übung, das Training könnte man sagen, für den wichtigsten Coup meines Lebens. Für den größten Coup überhaupt.«

Er spürte, wie sich sein Magen verkrampfte. Aus Angst, stellte er fest, aus sicherer, nackter Angst. Um sie. »Wie meinst du das?«

»Hast du je von *Sonne und Mond* gehört?«

Jetzt schoß die Angst direkt in seine Kehle und brach aus ihm heraus. »Großer Gott. Du mußt den Verstand verloren haben!«

Sie lächelte nur. »Dann hast du davon gehört.«

»Es gibt niemanden in unserer Branche, der nicht von diesem Kollier gehört hätte, oder davon, was 1935 passierte, als jemand auf die wahnwitzige Idee kam, es stehlen zu wollen. Man hat dem Dieb die Kehle aufgeschlitzt, nachdem man ihm zuvor beide Hände abgehackt hatte.«

»Und sein Blut ergoß sich über *Sonne und Mond*.« Sie zuckte mit den Schultern. »Das sind Ammenmärchen.«

»Das ist kein Spiel.« Er machte einen Satz auf sie zu, packte sie an den Schultern und schüttelte sie so energisch, daß sie beinahe das Gleichgewicht verloren hätte. »In diesem Land werden Diebe nicht in ein gemütliches Gefängnis gesperrt. Um Himmels willen, Adrianne! Niemand sollte besser als du wissen, wie grausam die Strafe deines Vaters wäre.«

»Ich will Gerechtigkeit, und ich werde sie bekommen.« Sie machte sich von ihm frei. »Seit meinem ersten Diebstahl, um meine Mutter aus der Anstalt herauszuholen, habe ich mir das geschworen. Das Kollier gehörte ihr, es war ihr Hochzeitsgeschenk. Der Brautpreis. Nach in Jaquir geltendem Recht bleiben alle Hochzeitsgeschenke im Besitz der Frau, auch nach dem Tod des Ehemanns oder einer Scheidung. Jegliches Vermögen der Frau, egal aus welchem Stand sie kommt, geht in den Besitz des Ehemannes über, und er kann darüber verfügen, wie es ihm beliebt. Aber der Brautpreis gehört der Frau; und deshalb gehört *Sonne und Mond* meiner Mutter. Er hat sich geweigert, ihr ihr Eigentum zu geben, also werde ich es mir holen.«

»Aber was nützt es ihr denn jetzt noch?« Er wußte, daß er grob war, zu grob, fand aber keinen anderen Weg. »Und wenn es dir auch noch so weh tut: Sie ist tot.«

»Glaubst du vielleicht, das wüßte ich nicht?« Was jetzt in ihren Augen aufleuchtete, war kein Schmerz, sondern leidenschaftlicher Haß. »Nur ein einziger, ein winziger Stein dieses Kolliers hätte sie über Jahre am Leben erhalten, hätte für die besten Ärzte und die beste Behandlung gereicht. Er wußte, wie verzweifelt wir waren. Er wußte es, weil ich meinen Stolz begraben und ihn in einem Brief um Hilfe gebeten habe. Er antwortete mir, daß die Ehe aufgelöst sei und damit auch seine Verpflichtungen uns gegenüber. Wegen ihrer Krankheit und weil ich noch ein Kind war, hatten wir nicht die Möglichkeit, nach Jaquir zurückzufahren und vor Gericht die Herausgabe des Kolliers zu fordern.«

»Was immer er dir und deiner Mutter angetan haben mag, ist Vergangenheit. Es ist zu spät, das Kollier kann nichts mehr daran ändern.«

»O nein, Philip.« Ihre Stimme hatte sich verändert. Der Haß darin war noch spürbar, doch es war jetzt ein kalter Haß, ein tödlicher Haß. »Für Rache ist es nie zu spät. Wenn ich ihm das Kollier wegnehme, den Stolz Jaquirs, wird mein Vater leiden. Freilich nicht so, wie sie gelitten hatte, niemals, aber doch genug. Und wenn er weiß, wer es hat, wer es ihm gestohlen hat, wird meine Rache nur noch süßer sein.«

Wahren Haß kannte er bei sich selbst nicht. Nie hatte er aus einem anderen Grund gestohlen als zu überleben, oder besser gesagt, angenehmer zu überleben. Aber er erkannte wahren Haß und war überzeugt davon, daß dies das stärkste Gefühl ist, zu dem ein Mensch fähig sein kann. »Hast du eine Vorstellung davon, was mit dir passiert, wenn man dich schnappt?«

Ihre Augen waren unbeweglich und sehr dunkel, als sich ihre Blicke trafen. »Sicher eine bessere als du. Ich weiß, daß mir mein Titel und meine amerikanische Staatsangehörigkeit keinerlei Schutz bieten. Wenn ich dafür bezahlen muß, dann soll es so sein. Es gibt eben Dinge, für die kein Risiko zu groß ist.«

Sein Blick ruhte nun auf ihrer Haut, die in der Sonne golden schimmerte. »Ja«, stimmte er ihr zu. »Die gibt es.«

»Ich weiß genau, wie ich es anstellen werde, Philip. Schließlich hatte ich zehn Jahre Zeit, um dieses Unternehmen zu planen.«

Und ihm blieben nur Wochen oder vielleicht nur wenige

Tage, um sie davon abzubringen. »Ich möchte mehr darüber wissen.«

»Mal sehen. Ein andermal vielleicht.«

Ein plötzlicher Stimmungsumschwung ließ ihn lächeln. »Bald. Aber für heute, würde ich sagen, haben wir genug geredet. Was hältst du davon, schwimmen zu gehen?«

Sie vertraute ihm nicht. Irgend etwas an diesem Lächeln war ihr nicht geheuer. Es war wohl am besten, wenn sie ihn – so wie er sie – nicht aus den Augen ließ. »Gute Idee. Wir treffen uns in einer Viertelstunde am Strand.«

Adrianne war so lange allein gereist, daß sie ganz vergessen hatte, wie schön es sein konnte, kleinere Vergnügungen mit einem anderen Menschen zu teilen. Das Wasser war erfrischend kühl und klar, wie flüssiges Glas, durch das sie hindurchschwimmen und die Welt um sich herum beobachten konnte. Die Korallen leuchteten golden, orange und dunkelrot wie ein Wald im Herbst, und die hellrosa Tentakel der Seeanemonen wiegten sich sanft in der Strömung. Fische in allen erdenklichen Farben schossen blitzschnell hin und her, knabberten an Schwämmen und stöberten im Sand nach Freßbarem.

Nur mit Taucherbrille und Schnorchel bewaffnet, konnte sie auf den Grund tauchen, wo winzige, neugierige Clownfischchen an ihren Fingerspitzen nagten oder ein Schwarm sie träge umkreiste. Gemeinsam schwammen sie weiter hinaus, wo sich die Wasserfarbe änderte, und tauchten vom Riff aus in zwanzig Meter Tiefe hinab. Unter Wasser verständigten sie sich mit Handzeichen oder einer Berührung am Arm. Mehr brauchte es nicht, um sich zu verstehen und zu wissen, daß dieser Nachmittag nur ihnen beiden allein gehörte.

Adrianne wollte gar nicht genauer nachforschen, warum sie sich in seiner Gesellschaft so wohl fühlte – so entspannt, wie an dem Abend, den sie gemeinsam in dem kleinen Landgasthof verbracht hatten. Sie war keine Frau, die viele Freunde und Freundinnen um sich scharte. Die meisten Menschen, die ihren Lebensweg kreuzten, betrachtete sie nur als Bekannte. Wenn sie aber eine Freundschaft einging, so brachte sie sich selbst rückhaltlos mit ein und wählte daher diese Menschen sehr sorgfältig aus. Obwohl sie ihm nicht vollständig vertraute, empfand sie doch eine freundschaftliche Zuneigung zu ihm und fühlte sich trotz gewisser Bedenken in seiner Gegenwart ausgesprochen wohl.

Jetzt war sie keine Prinzessin und auch keine Meisterdiebin; jetzt war sie nur eine Frau, die die Sonne und die Wunder des Meeres genoß.

Sie tauchte auf, lachte übermütig und balancierte mit einer Flosse auf einem Korallenstumpf. Das Wasser strömte aus ihrem Haar und perlte glitzernd an ihrer Haut ab. Sie schob ihre Maske auf die Stirn und grinste Philip an, der neben ihr aufgetaucht war.

»Was ist denn so lustig?« Er schüttelte seinen Kopf und schob ebenfalls seine Taucherbrille zurück.

»Dieser Fisch mit den großen Glotzaugen. Ich mußte dauernd an Lord Fume denken.«

Er hob gespielt mißbilligend eine Braue und suchte auch auf der Koralle Halt. »Machst du dich immer über deine Opfer lustig?«

»Nein, eigentlich nicht. Aber in diesem Fall kann ich mir eine gewisse Belustigung nicht verkneifen. Ah, die Sonne ist herrlich.« Mit geschlossenen Augen legte sie den Kopf in den Nacken und hielt ihr Gesicht der Sonne entgegen. Philip sah sie an und mußte instinktiv an Meerjungfrauen und Sirenen denken. »Aber du mit deinem blassen, englischen Teint solltest nicht so lange in der Sonne bleiben.«

»Machst du dir Sorgen über mich?«

Als sie ihre Augen wieder öffnete, war anstelle der Vorsicht Heiterkeit getreten. Ein Fortschritt, dachte Philip, wenn auch nur ein kleiner. »Ich möchte nicht für etwaige Hitzepickel verantwortlich sein.«

»Ich stelle mir gerade vor, daß London vielleicht soeben im Schnee versinkt und die Familien sich gemütlich um die Weihnachtsgans versammeln.«

»In New York brutzelt die Gans noch im Rohr.« Sie schöpfte eine Handvoll Wasser und ließ es durch ihre Finger laufen. »Wir hatten immer einen Truthahn. Mama liebte den

Geruch, wenn er im Ofen schmorte.« Sie schüttelte die Erinnerung ab und brachte ein Lächeln zustande. »Einmal versuchte sie selbst einen zu braten, so wie es ihre Großmutter damals in Nebraska gemacht hatte. Aber sie stopfte so viel Fülle in den Vogel, daß er durch die Hitze im Rohr platzte. Das arme Vieh sah fürchterlich aus.« Sie legte eine Hand über die Augen und schaute hinaus auf den Horizont. »Schau, da kommt ein Schiff.«

Sie drehte sich um, um besser sehen zu können, und rutschte dabei von der Koralle ab, genau in seine Arme. Wasser plätscherte über ihre Schultern und über ihre Brüste, als er sie hochhob und zu sich heranzog. Vergeblich versuchte sie ihn wegzudrücken, doch er hielt sie fest umklammert, während ihre Füße vergeblich nach Grund suchten und sie gezwungen war, sich an seinen Schultern festzuhalten.

Adrianne sah, wie sich seine Augen verdunkelten; es war, als ob sich der Mond hinter einer Wolke versteckte. Sein Atem strich sanft über ihre Lippen hinweg, während seine Hände unter Wasser über ihre Haut glitten. Als er sich zu ihr vorbeugte, drehte sie ihren Kopf zur Seite, so daß seine Lippen ihre Wange streiften, ganz zart und geduldig. Ein Gefühl drängenden Verlangens durchzuckte sie wie ein stechender Schmerz, ausgelöst von Angst, aber auch sinnlicher Begierde.

»Du schmeckst nach Meer«, sagte er. »Kühl und unbezwingbar.« Seine Lippen tasteten sich zu ihrem Ohr vor, und ihre Finger krallten sich in sein Fleisch; er hörte sie nach Atem ringen und spürte einen Schauder durch ihre beiden Körper jagen. »Adrianne.«

Sie zwang sich, ihn anzusehen. Dem Unvermeidlichen ins Auge zu blicken, das war immer ihre Devise gewesen. Die Sonne verfing sich in seinem hellen Haar, und die reflektierenden Strahlen blendeten sie. Irgendwo hinter ihnen schalt eine Mutter ihre Kinder. Doch die Laute drangen nur gedämpft an ihr Ohr, wurden von ihrem eigenen Herzschlag übertönt.

Philip lächelte sie an. »Ganz ruhig«, meinte er, während

seine Finger an ihrer Wirbelsäule entlangglitten. »Ich wollte dich nicht untergehen lassen.«

Doch genau das tat er. Als seine Lippen sich auf die ihren legten, ging sie unter, schneller und tiefer, als jede Vorsicht gebot. Obwohl ihr Kopf über Wasser und in der Sonne blieb, fühlte sie sich in die Tiefe gezogen, ihr Herz raste, und ihr Atem stockte. Seine Lippen schmeckten nach Salz und Sonne, als sie die ihren sanft überredeten, sich zu öffnen. Sanft. Die Tatsache, daß er sie nicht bedrängte, nichts forderte, hätte sie beruhigen müssen. Doch statt dessen bebte sie innerlich vor unbezwingbarer Lust und Begierde.

Er hielt sein Verlangen in Zaum. Wenn er seine Leidenschaft jetzt auch in Ketten legte, so tröstete er sich damit, daß der Zeitpunkt kommen werde, wo er seinen Gefühlen freien Lauf gewähren würde. Sie brauchte mehr als nur Leidenschaft. Er mußte ihr mehr als das geben. Prüfend knabberte er ein wenig an ihrer vollen Unterlippe und bekam ein leises Stöhnen zur Antwort. Wissend, daß alle Selbstkontrolle irgendwo ein Ende hatte, drückte er sie von sich weg. Ihre Augen waren verschleiert. Ihre Lippen überreif. Und seine Nerven ziemlich angekratzt.

»Wir wär's mit einem Drink?«

Sie blinzelte ihn an. »Was?«

Er gab ihr einen Kuß auf die Nasenspitze und bemühte sich, seine Hände ruhig zu halten. »Ich sagte, laß uns etwas trinken gehen, damit ich mir meine blasse, englische Haut nicht verbrenne.«

»Oh.« Sie kam sich vor, als lasse bei ihr gerade die Wirkung einer Droge nach. Einer Droge, die süchtig macht. »Ja.«

»Gut. Wer als letzter an der Bar ist, zahlt.« Damit ließ er sie los und schwamm davon. Adrianne, völlig unvorbereitet, ging jetzt wirklich unter. Als sie auftauchte, war er schon auf halbem Weg zum Strand. Selbst als sie ihre Maske aufsetzte, um ihm hinterherzupaddeln, mußte sie noch lachen.

Sie tranken angenehm saure, geeiste Margaritas und lauschten den drei Marimba-Spielern, die hingebungsvoll Weihnachtslieder schmetterten. Mit großem Appetit verschlangen sie Käse-Enchiladas in feurig-scharfer Sauce. Den größten Teil des Nachmittags noch vor sich, fuhren sie kreuz und quer über die Insel, wobei sie keine noch so schmale Staubstraße ausließen. Sie kamen an alten Steinmonumenten vorbei, die Adrianne an alte Kulthandlungen und noch ältere Gottheiten erinnerten.

Er war entschlossen, für sie diesen Tag so angenehm wie möglich zu gestalten und sie den Kummer vergessen zu lassen, der sie im Morgengrauen überwältigt hatte. Er stellte die Notwendigkeit, sie zu behüten und zu trösten, nicht länger in Frage. Wenn ein Mann die meiste Zeit seines Lebens mit Frauen verbracht hat, so erkennt er die Richtige.

Übermütig steuerte er den Jeep über eine Reihe von Schlaglöchern, so daß der Wagen Bocksprünge veranstaltete wie ein störrischer Esel. Adrianne lachte und deutete auf das nächste Loch. Die Straße führte sie an die nördliche Spitze der Insel, wo ein Leuchtturm stand. Dort lebte eine Familie, die in Gehegen zerzauste Hühner hielt. Eine magere Katze lag ausgestreckt vor der Kühlbox, aus der sie kalte Getränke an vorbeikommende Touristen verkauften, natürlich doppelt so teuer wie im Dorf. Bewaffnet mit zwei Flaschen Wasser ließen sie sich auf einem Bündel getrocknetem Seegras nieder und betrachteten die aufsprühende Gischt. Das Meer war an dieser Stelle sehr wild, die Wellen klatschten donnernd an die Felsen und sprudelten zischend aus Höhlen und Kanälen hoch, die Ebbe und Flut in das Gestein gegraben hatten.

»Erzähl mir von deinem Haus.«

»In London?«

»Nein.« Adrianne schlüpfte aus ihren Sandalen. »Das auf dem Land.«

»Du würdest es als sehr britisch bezeichnen.« Es war ein weiteres Zeichen für ihren gemeinsamen Fortschritt, daß sie nicht mehr zurückzuckte, wenn er ihr Haar berührte. »Das würde in der Zeit König Edwards erbaut, ein schmucker Backsteinbau mit drei Stockwerken. Es gibt eine Ahnengalerie, doch da ich meine Vorfahren nicht kenne, habe ich einige Bilder dazugekauft.«

»Von wem?«

»Von Antiquitätenhändlern. Onkel Sylvester zum Beispiel – ein sehr mürrischer Vertreter aus der Viktorianischen Epoche, nebst seiner Gemahlin, Tante Agatha. Die mit dem Puddinggesicht.«

»Puddinggesicht«, kicherte Adrianne. »Das ist wirklich britisch.«

»Wir sind, was wir sind. Dann gibt es etliche Vettern und Basen, einige davon sehr distinguiert, und natürlich die üblichen, finster dreinblickenden Herren. Außerdem natürlich die Urgroßmama; sie war nicht gerade prüde und heiratete gegen alle Einwände in unsere Familie ein, die sie dann auch mit eiserner Hand regierte.«

»Du hast es wohl bedauert, keine große Familie zu haben.«

»Wahrscheinlich, ja. Wie dem auch sei, die gekauften Familienmitglieder machen sich sehr hübsch in der Galerie. Der Salon führt in den Garten hinaus. Passend zum Haus habe ich den Garten sehr gediegen bepflanzt. Rosen, Rhododendron, Spanischer Flieder und Lilien. Eingesäumt ist er mit Eibenhecken, in der westlichen Ecke stehen einige Eschen an einem kleinen Bach, der quer durch den Garten fließt. Außerdem wachsen dort wilder Thymian und Veilchen, die Blüten so groß wie mein Daumen haben.«

Sie konnte sie förmlich riechen. »Warum hast du es gekauft? Du machst mir nicht den Eindruck eines Mannes, der gemütliche Abende vor dem Kamin liebt oder einsame Waldspaziergänge unternimmt.«

»Die Zeit kommt schon noch. Ich habe es gekauft, um gewappnet zu sein, wenn ich beschließen sollte, mich zur Ruhe zu setzen und ein Stützpfeiler der Gesellschaft zu werden.«

»Ist das dein Ziel?«

»Mein Ziel war schon immer Komfort und Behaglichkeit gewesen«, entgegnete er und leerte seine Flasche. »Schon als Junge habe ich gelernt, daß ich, wenn ich auf den Straßen Londons Komfort finden wollte, nehmen mußte, was ich bekommen konnte, und vor allem flinker als die anderen sein mußte.«

Er bohrte die Flasche neben sich in den Sand. »Und ich war flinker.«

»Du warst eine Legende. Nein, grins mich nicht so an, das warst du. Jedesmal, wenn etwas Spektakuläres gestohlen wurde, hieß es sofort, das war ein P.-C.-Coup. Die De-Marco-Sammlung, zum Beispiel.«

Er grinste trotzdem und beobachtete die Gischt, die hinter ihrem Rücken hochspritzte. »Neugierig, wie?«

»Hast du sie gestohlen?« Sie setzte sich aufrecht hin. Philip lächelte nur in sich hinein und kramte nach einer Zigarette. »Nun, warst du es?«

»Die De-Marco-Juwelen«, murmelte er nachdenklich. »Mit die kostbarste Sammlung von Diamanten und Edelsteinen in Mailand – oder auf der Welt, wenn man so will.«

»Ich kenne sie. Warst du es?«

Philip brachte sich erst einmal umständlich in die richtige Sitzposition, ähnlich einem Geschichtenerzähler vor einem knisternden Kaminfeuer. »Für diese Ausstellung hatte das Museum die modernste Alarmanlage installieren lassen. Lichtschranken, Wärmesensoren, Auslöser, die auf Gewichtsschwankungen reagieren. Sechs Meter im Umkreis der Exponate stand der Fußboden unter Strom. Die Juwelen selbst lagen unter einer Glaskuppel, die als absolut bruchsicher galt.«

»Das weiß ich alles.« Die Gischt benetzte ihr Haar. »Wie hast du es angestellt? Ich habe Dutzende widersprüchlicher Berichte gehört.«

»Hast du den Film *Royal Wedding* gesehen, den, wo Fred Astaire an der Decke tanzt?«

»Ja, aber das war doch nur ein Trick. Ich gebe ja zu, daß du clever bist, aber so clever nun auch wieder nicht.«

»In das Gebäude reinzukommen, war nur eine Frage der richtigen Uniform und der korrekten Identifikationsnummer. Nachdem ich drin war, blieben mir zwei Stunden Zeit, bis der Wächter seine Runde machte. Ich benötigte nur eine halbe Stunde, um die Wand hoch- und die Decke entlangzukriechen.«

»Wenn du mir nicht verraten willst, wie du es gemacht hast, dann sag es doch gleich.«

»Will ich aber. Hast du keinen Durst mehr?« Er nahm ihr

die Flasche aus der Hand und trank sie leer. »Saugnäpfe. Natürlich nicht die gewöhnliche Haushaltsausführung, aber das gleiche Prinzip. Jetzt weiß ich endlich, wie sich eine Fliege fühlen muß.«

»Du hast dich damit an der Decke halten können?«

»Mehr oder weniger. Natürlich hätten sie nicht die ganze Zeit über gehaftet, daher schraubte ich mit Hilfe von Knebelbolzen ein Trapez an die Decke. Ich sehe mich heute noch an den Knien über all den funkelnden Juwelen baumeln. Das war ganz schön anstrengend, und ich durfte dabei keinen Tropfen Schweiß vergießen. Für die Glaskuppel benutzte ich einen in Styropor verpackten Diamantbohrer, um keinen Lärm zu verursachen. Als ich eine Öffnung in das Glas gebohrt hatte, begann erst die eigentliche Arbeit. In meiner Tasche hatte ich Steine, die exakt dasselbe Gewicht hatten wie die Exponate. Die tauschte ich dann Stück für Stück aus. Dazu muß man verdammt schnell sein und eine ruhige Hand besitzen. Wenn sich das Gewicht nur für den Bruchteil einer Sekunde verändert, wird der Alarm ausgelöst. Ich brauchte fast eine ganze Stunde dafür, und das, wie gesagt, kopfüber hängend. Das Blut rauschte in meinem Kopf, und meine Finger wurden taub. Als ich fertig war, schwang ich am Trapez hin und her und landete dann außerhalb des Alarmfelds. Meine Beine fühlten sich an, als schieße jemand giftige Pfeile hinein. Ich konnte kaum kriechen. Das war der schlimmste Teil der ganzen Unternehmung, und einer, den ich nicht einkalkuliert hatte.« Im nachhinein konnte er darüber lachen. »Ich hockte zusammengekrümmt am Boden und klopfte mit der Hand gegen meine Beine, um die Blutzirkulation wieder in Gang zu bringen. Und dabei stellte ich mir bildhaft vor, wie sie mich jetzt gleich schnappen würden, und zwar nicht, weil ich versagt hatte, sondern weil mir meine verdammten Beine eingeschlafen waren.«

Adrianne lag ausgestreckt auf dem Seegras und lachte mit ihm über seine Schilderung. »Was hast du dann gemacht?«

»Ich sah mich schon im Knast, habe dann aber einen schnellen, wenngleich sehr uneleganten Abgang hingelegt, meist auf allen vieren kriechend. Als endlich Alarm gegeben wurde, lag ich bereits gemütlich ausgestreckt in meiner Hotelbadewanne.«

Als er aus seinen Erinnerungen aufgetaucht war und sie ansah, lächelte sie. »Du vermißt es, stimmt's?«

»Zuweilen, ja.« Er schnippte seine Zigarette in die Gischt. »Aber ich bin in erster Linie Geschäftsmann, Addy, und es war an der Zeit, sich aus dem Geschäft zurückzuziehen. Spencer, mein jetziger Boß, war mir zu oft zu knapp auf den Fersen gewesen.«

»Sie wußten, wer du bist, und haben dich trotzdem engagiert?«

»Nun, besser ein Wolf im eigenen Gehege als in freier Wildbahn, haben sie sich wohl gedacht. Früher oder später wird man nachlässig. Nur ein kleiner Fehler, und es ist aus.«

Sie drehte sich zum Meer um und betrachtete die tosenden Wellen. »Ich habe nur noch einen einzigen Job zu erledigen und keineswegs vor, nachlässig zu werden.«

Er erwiderte darauf nichts. Mit ein bißchen Zeit und Geduld, so dachte er, würde es ihm schon gelingen, ihr dieses Vorhaben auszureden. Und wenn reden nichts hilft, so gab es andere Hindernisse, die er ihr in den Weg legen konnte. »Was hältst du von einer Siesta und einem anschließenden Weihnachtsessen?«

»Gute Idee.« Sie stand auf und ging barfuß zum Auto, ihre Sandalen in der Hand. »Diesmal fahre ich.«

Vielleicht war es töricht, sich soviel Umstände zu machen, doch sie konnte nicht widerstehen. Es tat ihr gut, lange in einem duftenden Ölbad zu liegen und sich anschließend mit wohlriechendem Puder einzustäuben. Das waren die typischen Schönheitszeremonien der Frauen, die sie im Harem zu schätzen gelernt hatte. Sie genoß es, sich ausgiebig Zeit für ihre Körperpflege zu nehmen, obgleich man die Verabredung mit Philip nicht als ein Rendezvous bezeichnen konnte. Sie war sich sehr wohl bewußt, daß er sie hauptsächlich deshalb so bereitwillig begleitete, um sie zu beobachten. Sie hätte ihm erklären können, daß sie weiter nichts auf der Insel zu tun habe, aber warum hätte er ihr glauben sollen. Auf alle Fälle kam seine Begleitung ihren Absichten sehr gelegen. Das jedenfalls redete sie sich ein, als sie für den Abend ein duftiges, weißes, rückenfreies Kleid mit weitem Rock wählte. Sie wollte ihm ebenso großzügig ihre Zeit widmen wie er ihr. Denn dann würde er sicher nicht Wache stehen, wenn sie das Land heimlich verließ... und zwar schon morgen.

Pläne mußten zu Ende geführt werden, Pläne, die sie schon seit zehn Jahren verfolgte. Gleich nach Silvester wollte sie nach Jaquir fahren. Sie legte Ohrringe an, die so kalt waren wie ihre Gedanken und so falsch wie der Eindruck, den sie ihrem Vater von sich vermitteln würde.

Doch heute abend wollte sie die träge Stimmung eines tropischen Sonnenuntergangs und das Gemurmel des Meeres genießen.

Sie war bereits fertig, als Philip an ihre Tür klopfte. Auch er hatte sich für Weiß entschieden, nur sein Oberhemd zeigte einen leichten Blauschimmer, der elegant mit seinem Sakko kontrastierte.

»Es hat schon was für sich, den Winter in den Tropen zu verbringen«, sagte er und streifte mit der Hand über ihre nackten Schultern. »Hast du ein wenig geruht?«

»Ja.« Sie erzählte ihm nicht, daß sie unterdessen schnell zum El Grande gefahren war und ihre Sachen zusammengepackt hatte. Bei seiner Berührung fühlte sie die deprimierende Verwirrung eines Pferdes, das hart an die Kandare genommen wird und dem gleichzeitig die Sporen gegeben werden. »Und wie es einem braven Touristen zusteht, habe ich dabei nur an die nächste Mahlzeit gedacht.«

»Sehr gut. Bevor wir gehen, möchte ich dir etwas geben.« Er zog ein kleines Samtkästchen aus der Sakkotasche. Diesmal machte sie einen Satz rückwärts, als ob sie tatsächlich die Sporen spürte.

»Nein.« Ihre Stimme klang kälter, als sie beabsichtigt hatte, aber er ließ sich davon nicht entmutigen, sondern drückte ihr das Kästchen in die Hand.

»Es ist nicht nur ungezogen, ein Weihnachtsgeschenk abzulehnen, es bringt überdies auch noch Unglück.« Höflich wie er war, verschwieg er, daß es ihm nur mit viel Bestechungsgeld und guten Worten gelungen war, einen Juwelier zu überreden, sein Geschäft am Feiertag für ihn zu öffnen.

»Das war doch nicht nötig.«

»Sollte es denn?« konterte er. »Na, komm schon, Adrianne. Eine Dame deines Standes sollte doch wissen, wie man ein Geschenk höflichst entgegennimmt.«

Er hatte recht, natürlich, und sie benahm sich wie eine Idiotin. Sie klappte das Kästchen auf und betrachtete die Brosche, die in einem weißen Satinnest ruhte. Nein, sie ruhte nicht, dachte sie, sie lauerte dort wie der Panther, den sie darstellte, pechschwarz, exakt modelliert mit feurigen Rubinaugen.

»Sie ist wunderschön.«

»Hat mich an dich erinnert. Etwas, das wir gemeinsam haben.« Er befestigte sie an ihrem Kleid mit der Routine eines Mannes, der so was nicht zum erstenmal tat.

Locker bleiben, ermahnte sie sich und lächelte. »Das Geschenk eines Fassadenkletterers für einen anderen?« Doch ganz unbewußt streichelten ihre Finger über die Brosche.

»Von einer rastlosen Seele für eine andere«, berichtigte er sie, nahm ihr das Kästchen ab, steckte es wieder in seine Tasche und nahm ihre Hand.

Sie genossen den Abend mit köstlich zubereitetem Hummer und einem herb-fruchtigen Wein, während Mariachis an den Tischen vorbeischlenderten und sentimentale Lieder von Liebe und Sehnsucht trällerten. Von ihrem Platz am Fenster aus konnten sie die Leute beobachten, die über die Strandpromenade flanierten, und die kleinen Jungen, die, auf ein paar Münzen hoffend, am Taxistand herumlungerten, um den Touristen die Türen aufzuhalten.

Während sie aßen, ging die Sonne in einem spektakulären Feuerwerk der Farben unter, worauf wenig später der Mond majestätisch am Horizont emporkletterte.

Sie erkundigte sich nach seiner Kindheit und war angenehm überrascht, als er diesem Thema nicht auswich oder es mit einem Scherz abtat.

»Meine Mutter arbeitete an einer Kinokasse. Das war nicht

schlecht für micht, da ich jederzeit umsonst ins Kino gehen und mir alle Filme anschauen konnte, die ich sehen wollte, manchmal den ganzen Nachmittag lang. Abgesehen davon reichte ihr Verdienst gerade für die Miete einer schäbigen Zweizimmerwohnung in Chelsea. Mein Vater war ins Leben meiner Mutter geschneit, um dann sofort wieder zu verschwinden, als sie merkte, daß ich unterwegs war.«

Adrianne spürte einen Stich in der Herzgegend und wollte nach seiner Hand greifen, doch er erhob sein Glas. Der Moment verstrich. »Es war bestimmt nicht leicht für sie. Ganz allein.«

»Ich bin sicher, daß es die Hölle für sie war, aber genau weiß ich es nicht. Sie steckte immer voller Optimismus. Sie ist ein Mensch, der mit dem zufrieden sein kann, was er besitzt, und sei es noch so wenig. Sie ist übrigens eine große Bewunderin deiner Mutter. Als ich ihr erzählte, daß ich Phoebe Springs Tochter zum Abendessen ausgeführt habe, hat sie mir eine einstündige Gardinenpredigt gehalten, weil ich dich ihr nicht vorgestellt habe.«

»Mama hatte die Gabe, alle Menschen für sich einzunehmen.«

»Hast du dich je mit dem Gedanken getragen, als Schauspielerin in ihre Fußstapfen zu treten?«

Jetzt war es ein leichtes für sie zu lächeln. »Tat ich das nicht?«

»Wieviel davon ist gespielt, frage ich mich.«

»Gespielt?« Sie breitete in einer unwissenden Geste die Hände aus. »Soviel eben nötig ist. Weiß deine Mutter von deiner – heimlichen – Beschäftigung?«

»Meinst du Sex?«

Er war sich nicht sicher, ob sie diesen Scherz lustig finden würde, doch sie lachte und beugte sich dann zu ihm vor, daß das Kerzenlicht sich in ihren Augen spiegelte. »Nicht Nebenbeschäftigung, Philip, Beschäftigung.«

»Ach so. Nun, darüber sprechen wir nicht. Aber meine Mutter ist nicht dumm. Noch etwas Wein?«

»Einen kleinen Schluck, bitte. Philip, denkst du manchmal daran, wieder in deinen alten Job zurückzukehren, noch einen letzten, spektakulären Coup zu planen? Einen, der dir deinen Lebensabend versüßt?«

»Sonne und Mond?«

»Das ist meine Geschichte«, erwiderte sie reichlich brüsk.

»*Sonne und Mond*«, wiederholte er leiste und betrachtete sie amüsiert. »Zwei faszinierende Steine in einem Kollier. Die *Sonne*, ein zweihundertachtzig Karat schwerer Diamant, River-Qualität, absolut lupenrein, brillantweiß und der Legende nach ein Stein mit einer bewegten Vergangenheit. Gefunden wurde er im 16. Jahrhundert in der Nähe von Deccan in Indien, der Rohdiamant hatte ein Gewicht von über 800 Karat. Zwei Brüder entdeckten den Stein, und wie bei Kain und Abel ermordete der eine den anderen, um sich des Fundes zu bemächtigen. Anstatt ins Land Nod verbannt zu werden, erwarteten den überlebenden Bruder in seiner Heimat Not und Elend. Seine Frau und seine Kinder ertranken und ließen ihn mit dem kalten Trost des Steines zurück.«

Philip trank einen Schluck Wein und schenkte, als Adrianne nichts erwiderte, ihre Gläser nach. »Der Sage nach wurde der Mann verrückt und bot den Stein dem Teufel an. Ob dieser ihn annahm oder nicht, ist nicht bekannt. Er jedoch wurde später ebenfalls ermordet, und der Stein begann seine Reise. Istanbul, Siam, Kreta und Dutzende andere exotische Orte, jedesmal eine blutige Spur von Betrug und Mord hinter sich lassend. Bis er 1876, als die Götter versöhnt waren, den Weg nach Jaquir fand.«

»Mein Ururgroßvater kaufte ihn für seine Lieblingsfrau.« Adrianne ließ ihren Zeigefinger wieder und wieder den Rand ihres Weinglases entlanggleiten. »Für den Gegenwert von eineinhalb Millionen Dollar. Der Diamant war sehr viel mehr wert, doch ihm haftete dieser schlechte Ruf an.« Jetzt hielt sie inne. »Zu dieser Zeit gab es Menschen in Jaquir, die nicht einmal ihr täglich Brot hatten.«

»Er war bestimmt nicht der erste Herrscher, den solche Dinge nicht interessierten, und sicherlich nicht der letzte.« Er unterbrach sich und betrachtete sie, während der Kellner ihre Teller abräumte. »Der Rohdiamant wurde von einem Venezianer geschliffen, der aus Nervosität oder mangelndem

Geschick mehr von dem Stein abschliff, als nötig gewesen wäre. Man hackte ihm die Hände ab und hängte sie ihm um den Hals, bevor man ihn in die Wüste verbannte. Doch der Stein überlebte, um mit einer ebenso alten Perle gepaart zu werden, die man im Persischen Golf gefunden hatte. Diese Perle war absolut ebenmäßig und rund und besaß einen unbeschreiblichen Glanz, schimmerte wie 250 Karat reinsten Mondlichts. Ein Diamant funkelt, eine Perle schimmert, und der Legende nach kämpft der Zauber der Perle gegen den Zauber des Diamanten. Zusammen sind sie wie Krieg und Frieden, wie Feuer und Schnee.« Er erhob sein Glas. »Oder wie Sonne und Mond.«

Adrianne nahm einen Schluck Wein, um ihre trockene Kehle zu befeuchten. Das Gespräch über das Kollier erregte sie ebenso, wie es sie betrübte. Sie sah das Kollier genau vor sich, am Hals ihrer Mutter, und sie konnte sich vorstellen, annähernd vorstellen, wie es sich in ihrer Hand anfühlen mochte. Zauber oder nicht, Legende hin oder her, sie würde es sich holen.

»Du hast deine Hausaufgaben gut gemacht.«

»Ich weiß alles über *Sonne und Mond*, genau wie ich alles über den Kohinoor oder den Pitt weiß, Steine die ich bewundere, die ich sogar begehre, für die ich aber niemals mein Leben aufs Spiel setzen würde.«

»Wenn das Motiv nur Geld oder Besitz ist, kann man selbst diesen Diamanten widerstehen.« Sie wollte aufstehen, aber er hielt sie an der Hand fest. Sein Griff war fester als nötig, und auch seine Augen blickten nicht mehr amüsiert.

»Wenn das Motiv Rache ist, dann sollte man erst recht widerstehen.« Ihre Hand drehte und wand sich eine Weile, blieb dann aber regungslos in seiner liegen. Kontrolle, dachte er, konnte sowohl ein Segen als auch ein Fluch sein. »Rache vernebelt den Verstand und beeinträchtigt das klare Denken. Jede Form von Leidenschaft führt unweigerlich zu Fehlern.«

»Ich habe nur eine Passion.« Das Kerzenlicht schien auf ihr Gesicht und warf tiefe Schatten unter ihre Wangenknochen. »Und ich hatte zwanzig Jahre Zeit, diese zu pflegen und in die richtigen Bahnen zu lenken. Nicht alle Leidenschaften müssen glühend und gefährlich sein, Philip. Manche können kalt wie Eis sein.«

Als sie dann aufstand, sagte er kein Wort, schwor sich aber, ihr das Gegenteil zu beweisen, bevor der Abend noch zu Ende war.

19. Kapitel

Philip war ein Mann, dachte Adrianne, der sich schwer einschätzen ließ. Gerade noch ernst und auf eine Sache konzentriert, konnte er schon im nächsten Moment komische Witze reißen. Auf dem Rückweg zum Hotel unterhielt er sie mit amüsanten Geschichten über gemeinsame Bekannte, so als habe dieser Augenblick im Restaurant, da er ihre Hand genommen und ihr tief in die Augen geblickt hatte, nie existiert. Jetzt gab es für sie nur noch den Mondschein und den warmen Abendwind, der das Gespräch über das Kollier und das Blut, das seinetwegen vergossen wurde, weit fort wehte.

Adrianne war nun klargeworden, wie Philip in den erlauchten Zirkel der Reichen und Verwöhnten geraten war. Nichts an ihm erinnerte mehr an den vaterlosen Straßendieb aus Chelsea, noch erkannte man in ihm den berechnenden, trittsicheren Fassadenkletterer. Statt dessen vermittelte er den Eindruck eines kultivierten, leicht gelangweilten und überaus charmanten Mannes, der planlos in den Tag hinein lebte. Doch das war er bei Gott nicht.

Seltsamerweise konnte sie sich trotz dieses Wissens in seiner Gegenwart entspannen. Ein Grund hierfür war sicherlich seine Gabe, eine Frau für einige Momente innerlich zum Erglühen zu bringen und diese erotische Spannung gleich darauf wieder durch eine witzige Bemerkung in wohltuende Heiterkeit umzuwandeln. Als die Limousine vor ihrem Hotel parkte, spürte sie ein echtes Bedauern, daß der Abend sich nun dem Ende zuneigte und ihnen nur noch die wenigen Schritte zu ihrer Zimmertür blieben.

»Ich war wirklich verärgert, als du hier aufgetaucht bist«, ließ sie ihn wissen, während sie in ihrer Tasche nach dem Zimmerschlüssel kramte.

»Du warst stinksauer, möchte ich sagen.« Er nahm ihr den Schlüssel aus der Hand und sperrte auf.

»Na gut.« Daß diese Berichtigung sie amüsierte, sah Philip ihrem Lächeln an. »Ich ändere nicht oft meine Meinung, aber heute abend habe ich deine Gesellschaft wirklich genossen.«

»Freut mich zu hören, um so mehr, als ich nicht vorhabe, dich von derselben zu befreien.« Während er das sagte, nahm er sie am Ellbogen und geleitete sie in ihr Zimmer.

»Falls du befürchtest, ich könnte mich davonstehlen und mir die St.-John-Juwelen wieder zurückholen, bist du falsch gewickelt.«

Lässig warf er ihren Zimmerschlüssel auf die Kommode und ihre Tasche gleich hinterher. »Meine Anwesenheit hier hat im Moment nichts mit Juwelen zu tun.« Bevor sie ihm entwischen konnte, legte er ihr die Hände auf die Schultern und ließ sie mit erschreckender Zärtlichkeit ihre Arme hinuntergleiten. Ihre Finger verschränkten sich, als sei es die natürlichste Sache der Welt.

»Nein.«

Er führte erst ihre eine Hand an seine Lippen, dann die andere. »Nein, was?«

Wie eine Rakete schoß die Hitze in ihre Fingerspitzen. Es war eine Sache, das zu ignorieren, was man nie gebraucht hat, aber eine ganz andere, Gefühlen zu widerstehen, die plötzlich in einem aufwallen. »Ich möchte, daß du gehst.«

Während er ihre eine Hand noch festhielt, strich er ihr mit seiner anderen die Haare von den Schultern, wobei seine Fingerspitzen ganz sacht über ihren Nacken glitten. Er spürte ein leichtes Zucken, war sich aber nicht sicher, ob es sich dabei um seine oder ihre Reaktion handelte. »Das würde ich vielleicht tun, wenn ich dir glauben könnte. Weißt du, daß man dich als absolut unerreichbar bezeichnet?«

Das wußte sie nur zu gut. »Willst du mich deshalb? Weil ich unerreichbar bin?«

»Das wäre vielleicht ein Grund gewesen.« Seine Finger spielten mit ihrem Haar. »Früher.«

»Ich habe kein Interesse, Philip. Ich dachte, das hätte ich dir schon klargemacht.«

»Dein Talent zu lügen ist eine Eigenschaft von dir, die ich sehr bewundere.«

Er war ihr sehr nahe gekommen, näher als er sollte. »Ich weiß nicht, was ich noch tun muß, um dich davon zu überzeugen, daß du deine Zeit vergeudest.«

»Dazu braucht es nicht viel, wenn man es ernst meint. Du besitzt die Gabe, Addy, Männer mit einem Blick zu beglücken, der auch den heißblütigsten Verehrer in einen Eisblock verwandelt. Aber im Moment siehst du mich nicht so an.« Er umfaßte ihren Nacken. Obwohl sie sich steif machte, bemerkte er, wie sich ihre reifen, vollen weichen Lippen zitternd öffneten. Selbst ein völlig übersättigter Mann hätte sich nach diesen Lippen verzehrt.

Adrianne spürte, wie ihr Herz einen Satz tat und dann wild zu hämmern begann, als seine Lippen die ihren berührten. Sie hob eine Hand, um ihn wegzudrücken. Reiner Selbstschutz. Doch ihre Finger gruben sich in den Stoff seines Hemdes und hielten sich fest. Das war Verlangen.

Zusammen mit dem Verlangen empfand sie aber auch ein gewisses Bedauern, das sie überraschte.

»Ich kann dir nicht geben, was du erwartest. Ich bin nicht wie andere Frauen.«

»Nein, das bist du nicht.« Instinktiv wanderten seine Finger ihren Nacken hinab, zärtlich, tröstend, während seine Lippen gleichzeitig ihren Nerven übel mitspielten. »Und ich wünsche mir von dir nicht mehr, als du mir geben kannst.«

Als sich seine Lippen stärker auf die ihren preßten, stöhnte sie leise auf. Es lag gleichzeitig Verzweiflung und Verwunderung in diesem Stöhnen. Einen Augenblick lang, nur einen winzigen Augenblick, ließ sie sich gehen. Ihr Körper schmiegte sich gegen den seinen, ihre Lippen teilten und ihr Herz öffnete sich. Ihre Schönheit und ihre Hingabe ließen ihn erbeben.

Dann entwand sie sich seiner Umarmung und trat einen Schritt zurück. »Philip, Liebe und Sex – diese Dinge sind nichts für mich.« Sie faltete ihre Hände, um sie ruhig zu halten.

»Vielleicht war das wirklich so.« Wieder legte er seine Hände auf ihre Schultern. »Bis jetzt.«

Sie war stolz. Dieser Stolz hatte ihr all die unsteten und verwirrenden Jahre zu meistern geholfen. Und weil er stark war, konnte sie ihm auch ohne Scham gestehen: »Ich habe noch nie mit einem Mann geschlafen. Und habe es auch nie gewollt.«

»Ich weiß.« Sie wich, wie er es erhofft hatte, zurück. »Ich habe das heute morgen begriffen, als du mir von deinem Vater erzählt hast, wie du beobachten mußtest, was zwischen ihm und deiner Mutter passierte. Es gibt nichts, was dies ungeschehen machen oder dir deine Erinnerung daran erleichtern könnte – außer, daß solche Dinge nicht so ablaufen müssen, nicht so ablaufen dürfen.«

Er berührte sie wieder, diesmal ganz sanft an der Wange. Damit wollte er sowohl ihre als auch seine Reaktion prüfen. Sie schloß ihre Augen und erlaubte sich, das wohltuende Gefühl seiner Finger auf ihrer Haut auszukosten, das Verwirrspiel ihrer Nerven und das Wachsen ihrer Begierde zu spüren. Sie war immer eine Frau gewesen, die sich ihrer selbst, ihrer Gefühle und ihres Schicksals voll bewußt gewesen war. Heute nacht, so schien es, sollte er ein Teil von all dem werden.

»Ich habe Angst.«

Behutsam zog er die zwei Elfenbeinkämme aus ihrem Haar. »Ich auch.«

Auf diese Antwort hin öffnete sie die Augen. »Das glaube ich dir nicht. Warum solltest du Angst haben?«

»Weil du mir sehr viel bedeutest.« Er legte die Kämme beiseite, um seine Hände in ihrem Haar zu vergraben. »Weil dies mir so viel bedeutet.« Er zog sie enger an sich heran, ermahnte sich, weiterhin zärtlich und behutsam vorzugehen, und nicht ihre Stärke, sondern ihre Zerbrechlichkeit zu sehen. Sie besaß beides, und beides hatte ihn vom ersten Augenblick an für sie eingenommen. »Wir können unsere Gefühle die ganze Nacht analysieren, Addy, oder du kannst dich einfach von mir lieben lassen.«

Sie hatte keine Wahl – hatte nie eine gehabt. Adrianne glaubte an das Schicksal. Es war ihr ebenso bestimmt, Jaquir zu verlassen, wie dorthin zurückzukehren. Und es war ihr bestimmt, diese Nacht, diese eine Nacht zumindest, mit Philip zu verbringen und zu erfahren, was Frauen dazu brachte, ihr Herz und ihre Freiheit an einen Mann zu verlieren.

Sie erwartete Leidenschaft, wußte, dies war die wilde Ekstase, von der sich die Männer irgendwie Erleichterung verschaffen mußten. Sie hatte eine ganze Menge über Sex gelernt, anfangs aus den freizügigen Gesprächen im Harem und später von den romantisch verklärten Plaudereien bei Teepartys. Frauen waren ebenso begierig nach Sex, wenn auch nicht immer wie die Männer in der Lage, ihren Hunger danach zu befriedigen. Ihre Vorstellung von Sex beschränkte sich seit ihrer Kindheit auf ein Verknoten von Gliedmaßen, ein Schwall von Geräuschen und wilden Bewegungen, etwas, dem man sich am besten im Dunkeln hingab.

Als sein Mund sich wieder über dem ihren schloß, war sie bereit, sich in das Unvermeidliche zu fügen.

Aber es war nur die Andeutung eines Kusses, eine zarte, verhaltene Berührung ihrer beider Lippen. Ihre Augen blinzelten überrascht, als ihr bewußt wurde, daß er sie beobachtete.

Er sah, wie sich ihre Verwirrung, aber auch ihr Verlangen mit jedem Augenblick steigerte, da er mit ihren Lippen spielte. Da war kein Bedürfnis, sie gierig zu verschlingen und zu besitzen. Jetzt nicht. Nicht bei ihr. Was immer er sich an Liebeskünsten angeeignet und an Geduld antrainiert hatte, in dieser Nacht würde er es anwenden. Seine Finger nestelten zärtlich in ihrem Haar und gaben ihnen beiden Zeit, sich auf das Unerwartete einzustellen.

Als er sie dann wieder berührte, machte sie sich nicht mehr steif. Ihr Körper schien nun bereit, sich streicheln und entdecken zu lassen. Er schüttelte sein Jackett ab, und sie zögerte nicht länger, ihre Hände über seine Schultern und seinen Rücken wandern zu lassen. Sie wollte nicht länger warten, wollte endlich auch seine Haut berühren, zerrte an seinem Hemd und ließ dann ihre Hände unter dem dünnen Stoff über seine Schultern gleiten.

Sie hörte, wie er unter ihrer Berührung nach Atem rang. Der Druck seiner Lippen wurde fester, und sein Herz begann schneller zu schlagen. Sie konnte nicht wissen, wieviel Beherrschung es ihn kostete, sie behutsam zu entkleiden und seine Hände in Zaum zu halten, die gierig zugreifen und sie auf der Stelle nehmen wollten. Ein kurzer Schauer durchzuckte ihren Körper, als sie schließlich nackt vor ihm stand. Das Rascheln ihres herabfallenden Kleides hallte wie ein Echo in seinen Ohren wider.

Ihre Haut schimmerte seidig im matten Mondlicht, das die Spitzen ihrer Haarsträhnen versilberte, die nun über ihre nackten Brüste fielen. Er kannte das Gefühl des Verlangens, aber er wußte nicht, daß dieses Gefühl so berauschend sein konnte – so berauschend, daß seine Hände zitterten, als er sein Hemd aufknöpfte, und seine Kehle sich zusammenschnürte, als er sie aufs Bett legte.

Auch sie hatte Verlangen kennengelernt, aber ihr Verlangen hatte sich bisher immer auf einen klar vorgezeichneten Weg und auf ein bestimmtes Ziel beschränkt. Sicherheit, Reputation, Wiedergutmachung. Nun erfuhr sie, daß es auch andere Arten von Verlangen gab, die auf verworrenen Pfaden zu ganz anderen Zielen führten. Sie hatte noch immer Angst, aber nicht mehr vor ihm. Jetzt fürchtete sie sich nur noch vor sich selbst und vor dem Preis, den sie für dieses unbekannte Gefühl zu zahlen bereit war.

Er zeigte ihr, was es hieß zu erglühen, ganz langsam, während es einen nach mehr Hitze verlangte. Sie hörte sich seufzen und spürte, wie ihr Körper, dem dieses Vergnügen so lange versagt gewesen war, unter seinen kundigen Händen erbebte, sich entspannte und hingab. Wie von einem Zauber gebannt, nahm sie wahr, wie die Leidenschaft von ihr Besitz ergriff, wie unter seinen Zärtlichkeiten ihre Vorsätze dahinschmolzen und so lange unterdrückte Ahnungen aufkeimten.

Er nahm, wie sie es erwartet hatte, aber er gab auch. Und sie spürte keinen Schmerz. Sie war sich so sicher gewesen, daß es weh tun würde. Doch seine Hände liebkosten ihren Körper wie ein warmer Sommerregen. Selbst als sich seine Lippen über ihren Brustwarzen schlossen und ihr Körper mit einem Aufbäumen darauf reagierte, spürte sie nur ein überwältigendes Wohlgefühl.

Sie duftete nach Rauch, Seide und Geheimnissen. Eine Mischung, die einen Mann zum Wahnsinn treiben mußte. Sie berührte ihn, aber nur ganz vorsichtig. Obwohl ihre Antwort auf seine Zärtlichkeiten eigentlich keinen Wunsch mehr offenließ, spürte er dennoch in ihrem Innersten einen letzten Rest an Widerstand. Ihre Gefühle trieben auf einen Gipfel zu, den sie, wie er wußte, noch nie erklommen hatten. Ihr Verstand sperrte sich noch dagegen, unsicher ob des Preises, den sie dafür bezahlen mußte. Wo ungeheure Lust sich entfaltete, spürte er gleichzeitig ungeheure Verletzbarkeit. Zärtliche Worte murmelnd, neckten seine Lippen die ihren. Sie öffneten sich, und ihre Zunge begann sachte forschend in seinem Mund zu kreisen.

Diese Empfindungen waren ihr gänzlich unbekannt und dennoch… vertraut. Wie sein Körper sich an ihren drängte, sich ihm anpaßte und darüberschob, war weder fremd noch beängstigend, wie sie es erwartet hatte. Sie empfand auch nicht das Gefühl der Entweihung, auf das sie vorbereitet war, als er sie an Stellen berührte, die noch nie ein Mann berührt hatte.

Dann steigerten sich ihre Empfindungen, überflügelten die angenehme Erregung und die zwanglosen Entdeckungen. Ihr Atem wurde flach, und sie rang nach Luft. Ihre Haut, die durch jede seine Berührungen noch sensibler wurde, brannte wie Feuer, das auch der kühle Abendwind, der durch die geöffneten Fenster blies, nicht lindern konnte. Hilfloses Ausgeliefertsein. Eine Situation, die sie, wie sie sich geschworen hatte, niemals zulassen würde, schon gar nicht ausgelöst durch die Hände eines Mannes. Sie wehrte sich gegen dieses Gefühl, wehrte sich gegen ihn, auch noch als die Hitze immer stärker wurde, sich auf einen Punkt konzentrierte und ihr Innerstes versengte.

Jetzt kam der Schmerz, aber er war anders als alle Schmerzen, die sie je erfahren hatte. Sie kämpfte dagegen an, und gleichzeitig kämpfte sie dafür. In einem verzweifelten Versuch, ihr Gleichgewicht wiederzufinden, klammerte sie sich an die Laken.

Langsam und behutsam tasteten sich seine Hände an ihren Schenkeln hoch, spürten das Zucken jedes einzelnen Muskels und fanden sie schließlich, heiß und feucht und bereit. Ein letzter Widerstand, dann ein Ringen um Atem, als sich ihre Erregung in Ekstase steigerte. Ihr Körper krümmte sich zusammen und entspannte sich dann unter einem erstaunten Seufzer der Erleichterung.

Von diesem Moment an war sie gefangen, gierig nach allen nur erdenklichen Empfindungen, lechzend nach allem, was er sie lehren konnte. Das Blut raste in ihren Adern, kochte und brodelte, als sie ihn mit ihren Armen und Beinen umschlang. Es war ein Gefühl von Freiheit, das sie zugleich mit ihm umarmte. Und Vertrauen. Sich diesem Gefühl bereitwillig hinzugeben, und damit auch ihm, war eins.

Es war ein Schock, als er in sie glitt, und zugleich ein unsägliches Wohlgefühl. Wie hätte er ihr erklären sollen, daß er in diesem Moment, da sich ihr Körper an den seinen preßte, viel verwundbarer war, als sie es jemals gewesen war, und dennoch bereit, jedes Risiko einzugehen.

Schweigend lag sie später neben ihm. Was geschehen war, hatte nicht allzuviel Bedeutung, redete sie sich ein. Konnte nichts ändern. Sie wußte, es war töricht, sich jetzt anders zu fühlen. In ihrer Heimat wäre eine Frau ihres Alters schon lange verheiratet und hätte, so die Götter ihr gnädig waren, schon einigen Kindern das Leben geschenkt. Was in dieser Nacht geschehen war, war etwas ganz und gar Natürliches. Eine Frau wurde dazu geboren, einem Mann Vergnügen zu bereiten und Söhne zu schenken.

Sie dachte wie eine Frau aus Jaquir! Diese Erkenntnis hinterließ einen bitteren Geschmack in ihrem Mund, der stark genug war, den Geruch des Mannes neben ihr zu überdecken. Sie schickte sich an, von ihm abzurücken, zu fliehen. Da legte er den Arm über sie.

Auf seinen Ellbogen gestützt, betrachtete er ihr Gesicht. Noch immer ruhten Geheimnisse darin und, unter der sanften Glut gestillter Leidenschaft, Vorbehalte, die er nur erahnen konnte.

»Habe ich dir weh getan?« Dies war nicht sein erster Gedanke gewesen, aber er war ebensowenig wie sie in der Lage, seine Geheimnisse zu offenbaren.

»Nein, überhaupt nicht.«

Sanft berührte er ihr Gesicht. Sie drehte sich nicht weg, aber sie erwiderte seine Zärtlichkeit auch nicht. Ihre Wangen waren ein wenig kühl, deshalb deckte er sie mit dem Laken zu und wartete, daß sie etwas zu ihm sagte, ihm einen Hinweis darauf gab, wie sie sich fühlte oder was sie brauchte. Das Schweigen dehnte sich aus, lastete bald wie eine dunkle Wolke über ihnen.

»Du wirst mich nicht vergessen, weißt du das?« flüsterte er, um den Bann zu brechen. »Den ersten Liebhaber vergißt man nie.«

In seinen Worten lag genug Schärfe, um sie merken zu lassen, daß er mit etwas hinterm Berg hielt; doch daß er verletzt war, auf diesen Gedanken kam sie nicht. »Nein, ich werde dich nicht vergessen.«

Unvermittelt faßte er sie an den Schultern und zog sie zu sich heran, daß sie quer über ihm lag und ihr Haar auf seine Brust fiel. Ihre Blicke trafen sich. Es lag eine unausgesprochene Herausforderung darin, von beiden erkannt und akzeptiert. »Wir wollen das lieber sicherstellen«, meinte er augenzwinkernd, bevor er sie küßte.

Die Sonne stand schon hoch am Himmel, als sie erwachte. Ein dumpfer, aber gleichzeitig wunderbar süßer Schmerz lähmte ihren Körper, als wolle er sie an die vergangene Nacht erinnern. Eigentlich wollte sie darüber lächeln, sich wieder gemütlich in die Kissen kuscheln und diesen wohltuenden Schmerz wie ein vollbrachtes Werk auskosten, sich daran erfreuen wie an einem Säckchen, gefüllt mit edelsten Diamanten. Doch ganz tief in ihrem Innersten gab es noch immer eine Stimme, die ihr einzureden versuchte, daß eine Frau, die sich im Bett unterworfen hat, damit einen großen Teil ihrer Stärke verloren hat.

Er lag schlafend neben ihr. Sie hatte nicht erwartet, daß er über Nacht bleiben, geschweige denn sie die ganze Nacht über in seinen Armen halten würde. Und sie hatte nicht geglaubt, daß es so angenehm sein könnte, nachts wach zu liegen, seinem gleichmäßigen Atem zu lauschen und sein Gesicht im ersten Morgenlicht zu betrachten.

Ein Gefühl von Zärtlichkeit durchströmte sie, das sie sogleich wegzudrängen versuchte. Ihre Fingerspitzen kribbelten, wollten über seine Wange streichen und mit seinen Locken spielen. Wie befriedigend mußte es sein, ihn jetzt zu berühren, ganz so als ob das, was in der Nacht zwischen ihnen geschehen war, tatsächlich wirklich und bedeutungsvoll gewesen sei.

Ganz vorsichtig öffnete sie ihre zusammengeballten Finger und streckte sie nach ihm aus. Kaum hatte sie seine Wange berührt, da blinzelte er. Ruckartig zog Adrianne ihre Hand zurück.

Selbst im Schlaf reagierte Philip blitzschnell. Er bekam Adrianne am Handgelenk zu fassen und zog ihre Hand an seine Lippen. »Morgen.«

»Guten Morgen.« Verlegenheit. Sie kam sich ungeheuer linkisch, verlegen und töricht vor. »Wir haben länger geschlafen, als ich beabsichtigt hatte.«

»Dazu sind Ferien auch da.« Mit einer einzigen, katzenhaften Bewegung rollte er sich auf sie und vergrub sein Gesicht in ihrer Halsbeuge.

Sie schloß ihre Augen. Es war schwierig – viel schwieriger, als sie je vermutet hatte –, dieses Bedürfnis zu geben zu unterdrücken. Wenn überhaupt möglich, so begehrte sie ihn jetzt noch viel mehr als in der Nacht zuvor. Mit der Liebe war es wie mit anderen Genüssen auch; einmal auf den Geschmack gekommen, konnte man sich deren verlockenden Reizen nicht mehr entziehen.

»Möchtest du frühstücken«, fragte sie, um einen lockeren Tonfall bemüht.

Nachdem er aufgehört hatte, an ihren Lippen zu knabbern, lehnte er sich zurück. »Hungrig?«

»Am Verhungern.«

»Soll ich den Zimmerservice rufen?«

»Ja – nein«, stotterte sie und haßte sich bereits für ihr feiges Ablenkungsmanöver. »Ich möchte lieber erst duschen und mich umziehen. Außerdem habe ich mit dem Gedanken gespielt, tauchen zu gehen, nach Palancar.«

»Hast du ein Boot gemietet?«

»Noch nicht.«

Als er sich aufsetzte, drehte sie sich ein wenig zur Seite, so daß sich ihre Körper nicht mehr berührten. »Das kann ich ja dann tun. Ich werde auch duschen gehen und dich dann in einer Stunde im Frühstücksraum treffen. Danach können wir gleich losgehen.«

»Perfekt.« Sie brachte ein Lächeln zustande. »Vielleicht brauche ich ein wenig länger; ich muß unbedingt Celeste anrufen.«

»Aber nicht sehr viel länger.« Er küßte sie, und weil sie ihren Frühstücksvorschlag zutiefst bedauerte, ergab sie sich seinen Küssen. Mit einem beglückten Seufzer zog er sie an sich. »Ein Mensch kann es tagelang ohne Essen aushalten.«

Ihr Lachen klang ein wenig angespannt. »Ich nicht.«

Sie wartete, bis er gegangen war, zog dann ihre Knie an und ließ ihren Kopf darauf niedersinken. Es sollte sie nicht bekümmern. Das zu tun, was notwendig war, sollte einen nicht bekümmern. Und dennoch brach es ihr das Herz. Energisch fegte sie die Laken beiseite, sprang aus dem Bett und tat, was getan werden mußte.

Eine Verspätung von einer Viertelstunde mußte er ihr wohl oder übel zugestehen, dachte er bei sich, als er am Fenster saß und den Sonnenanbetern beim Einölen zusah. Er wußte, daß es Frauen gab, die es nicht so genau mit der Zeit nahmen. Doch nach einer Weile erinnerte er sich daran, daß Adrianne nicht zu dieser Sorte Frauen gehörte. Ungeduldig rührte er in seiner zweiten Tasse Kaffee. Ein Mann war in schlechter Verfassung, wenn er anfing, die Minuten zu zählen. Philip schnappte sich die Rose, die er neben ihr Gedeck gelegt hatte. Demnach war er in der schlechtesten Verfassung überhaupt.

Die vergangene Nacht hatte ihm weitaus mehr bedeutet als nur Leidenschaft und Erleichterung. So vieles war ihm klargeworden und hatte sich als unabänderliche Tatsache in seinen Gedanken manifestiert. Er hatte nicht nach einer Frau gesucht, wäre nie auf die Idee verfallen, nach einer Frau zu suchen, die so perfekt zu ihm paßte. Aber jetzt gab es kein Zurück mehr. Auch für sie nicht, überlegte er, als er sich eine Zigarette ansteckte. Sie mochte ruhig glauben, daß sie ihr Leben wieder an dem Punkt aufnehmen konnte, an dem sie vor ihm gestanden hatte, aber da würde er sie schon eines Besseren belehren.

Er hatte seine Entscheidung getroffen, wahrscheinlich die erste in seinem Leben, die nicht eigennützig war oder auf Profit abzielte, aber er hatte sie nun mal getroffen. Und, zum Teufel damit, er würde hier nicht den ganzen Morgen herumsitzen und warten, bis sie aufkreuzte, damit er sie davon überzeugen konnte, daß es die richtige war.

Nachlässig drückte er seine Zigarette im Aschenbecher aus, wo sie noch weiterglimmte, ließ seinen Kaffee stehen und verließ eiligen Schrittes den Frühstücksraum. Vor ihrer Zimmertür angekommen, durchfuhr ihn plötzlich ein ungutes Gefühl. Liebeskranker Idiot, schimpfte er sich, war dabei aber angenehm berührt. Er klopfte lauter an als nötig und drehte dann den Türknauf, als er keine Antwort bekam. Es war abgeschlossen, aber er hatte seinen Zimmerschlüssel in der Tasche sowie eine Kreditkarte und eine dünne Münze. Ohne nach rechts oder links zu blicken, machte er sich an die Arbeit.

Die Tür war noch nicht ganz aufgeschwungen, da wußte er schon Bescheid. Fluchend stürzte er auf den Schrank zu und riß die Türen auf. Er war – bis auf ihren Duft, der ihm entströmte – leer. Alle Flaschen und Tiegel waren von ihrem Toilettentisch verschwunden.

Philip knallte die Schranktür zu und bohrte die Hände in seine Jackentaschen. Maßlose Wut stieg in ihm hoch und gleichzeitig das elende Gefühl von Hilflosigkeit. Er war nie ein gewalttätiger Mensch gewesen, doch in diesem Augenblick hätte er ihr mit Genuß den Hals umdrehen können. Wissend, daß ihn seine Mordgelüste auch nicht weiterbrachten, ging er zum Telefon und wählte die Nummer der Rezeption.

»Wann hat Lara O'Connor das Hotel verlassen?« Das wirst du mir büßen! hämmerte es in seinem Kopf, während er auf die Antwort wartete. »Vor vierzig Minuten? Danke sehr.«

Sie mochte ja versuchen, vor ihm davonzulaufen, dachte er, als er den Hörer auflegte. Aber sie würde nie schnell genug sein.

Während Philip noch mit seinen Rachegedanken beschäftigt war, ließ Adrianne ihre Sitzgurte einschnappen. Ihre Augen hatte sie hinter einer dunklen Sonnenbrille verborgen, obwohl sie nicht gerötet waren. Tränen hatte sie sich nicht gestattet. Aber das Bedauern, das sie verspürte, konnte sie nicht aus ihrem Blick verbannen. Er würde wütend auf sie sein, schrecklich wütend. Doch dann würde er weitermachen – so wie sie es tat, es tun mußte. Für Gefühle, besonders für diese, die er ihr entlockt hatte, war kein Platz in ihrem Leben. Solange sie nicht *Sonne und Mond* in ihren Händen hielt, gab es für sie nur eins – Rache.

20. Kapitel

In London hatte es geschneit. Grauer Schneematsch lag auf den Straßen, und auf den Gehsteigen türmten sich Schneehaufen, schwarz wie Kohlenberge und ebenso unansehnlich. Doch der Schnee auf den Dächern der Häuser war noch blütenweiß und glitzerte sogar im flauen Sonnenlicht. Ein schneidender Wind zerrte an den Mänteln und Hüten der Fußgänger, die mit gesenkten Köpfen und hochgezogenen Schultern durch die Straßen eilten und alles festhielten, was wegzuwehen drohte. Es war diese Art Kälte, die einem durch Mark und Knochen ging und nach heißem Grog verlangte. Noch vor wenigen Stunden hatte Philip in der mexikanischen Sonne geschwitzt.

»Hier ist der Tee, Liebling.« Mit kleinen, raschen Schritten kam Mary Chamberlain in ihren gemütlichen Salon getrippelt. Philip wandte sich vom Fenster ab und nahm ihr das Tablett aus der Hand, auf dem sich sämtliche Lieblingsnaschereien seiner Kindheit türmten. So trübe seine Stimmung auch war, er mußte einfach lächeln. Mary hatte stets versucht, ihn zu verwöhnen, ob Geld im Haus war oder nicht.

»Das reicht ja für eine ganze Armee.«

»Du mußt deinem Gast ja etwas anbieten können, wenn er kommt.« Sie setzte sich an den kleinen Teetisch und schenkte den Tee ein. Zur Feier des Tages hatte sie das Meißener Service aus dem Schrank geholt: feinstes Porzellan, mit hellrosa Blumen und goldenen Blättern, von Hand bemalt. Sie fühlte sich immer ein wenig wie eine Lady, wenn sie es benutzte, und das liebte sie. »Bevor er kommt, sollten wir beide ein Täßchen zusammen trinken und etwas plaudern.«

Sie gab ihm einen Schuß Sahne zu seinem Tee und erinnerte sich, daß er keinen Zucker mehr nahm, seit er zwölf war. Die Tatsache, daß er jetzt schon die Dreißig hinter sich hatte, versetzte sie immer wieder in Erstaunen. Sie selbst fühlte sich kaum einen Tag älter. Wie jede Mutter glaubte auch sie, ihr Sohn sei zu mager, und legte ihm gleich zwei Stückchen Kuchen auf den Teller.

»So, bitte.« Zufrieden rührte sie eine üppige Portion Zukker in ihren Tee. Es ging doch nichts über eine Tasse süßen, heißen Tee an einem solch frostigen Winternachmittag. »Ist es nicht gemütlich?«

»Hmmm?«

»Trink deinen Tee, mein Lieber. Der Klimawechsel ist immer ein tüchtiger Schock für den Körper.« Und was immer ihn noch bedrücken mochte, würde sie früher oder später schon erfahren.

Ganz in Gedanken kam er ihrer Aufforderung nach und musterte sie über den Rand seiner Teetasse hinweg. Sie hatte etwas zugenommen in den letzten Jahren. Aber es stand ihr recht gut, fand er. Sie war immer ein wenig zu dünn gewesen, als er klein war. Ihr Gesicht war hübsch gerundet, und wenn ihre Haut auch die jugendliche Frische eingebüßt hatte, so besaß sie fraglos den Glanz einer reifen Frau. Ein paar kleine Fältchen, zugegeben, aber die kamen nicht nur von den Jahren, sondern auch vom Lachen. Mary hatte schon immer gern und viel gelacht. Ihre Augen waren noch immer klar und kornblumenblau. Sein Äußeres hatte er nicht von seiner Mutter geerbt, sondern von dem Mann, der in ihr Leben getreten und bald darauf wieder daraus verschwunden war. Als Kind hatte ihn dies sehr bedrückt, so sehr, daß er jeden Mann, vom Briefträger bis zum Adeligen, auf etwaige Ähnlichkeiten hin gemustert hatte. Bis zum heutigen Tag war er sich nicht sicher, was er damals getan hätte, wenn er bei einem Mann solche entdeckt hätte.

»Du hast eine andere Frisur.«

Mary schüttelte ihr Haar auf, eine Geste, die ebenso kokett wie natürlich wirkte. »Ja. Und, was meinst du dazu?«

»Daß du hinreißend aussiehst.«

Sie lachte, ein volles, herzliches und fröhliches Lachen. »Ich habe einen neuen Friseur. Sein Name ist Mr. Mark, kannst du dir das vorstellen?« Sie rollte mit den Augen und leckte sich ein wenig Zuckerguß vom Finger. »Er flirtet so nett mit einem, dem muß man einfach ein Extra-Trinkgeld geben. Die Mädchen sind ganz verrückt nach ihm, aber ich glaube, er ist vom anderen Ufer.«

»Was, aus Amerika?«

Lächelnd schüttelte sie den Kopf. Ihrem Phil hatte schon immer der Schalk im Nacken gesessen. »Ja. Und nun…« Sie machte es sich mit ihrer Teetasse im Sessel bequem. »Erzähl mir von deinem Urlaub. Hoffentlich hast du kein Wasser getrunken. Man liest so schlimme Dinge darüber. Hast du dich gut amüsiert?«

Er dachte daran, wie er sich durch Luftschächte gezwängt, in Schränken versteckt und Liebe gemacht hatte, wunderbar zwanglose Liebe mit Adrianne. »Ja, doch, kann man sagen.«

»Es gibt doch nichts Schöneres als einen Winterurlaub in den Tropen. Ich weiß noch zu gut, wie du mit mir nach Jamaika geflogen bist, mitten im Februar. Ich kam mir richtig dekadent dabei vor.«

Diese Reise war ein Nebeneffekt der De-Marco-Beute gewesen. »Und hast die Einheimischen nur so herumgehetzt.«

»Dabei dachte ich, ich hätte mich wie eine vornehme englische Dame benommen.« Darüber mußte sie wieder kichern. Wenn Mary etwas nie sein würde, dann eine Dame. »Ich trage mich mit dem Gedanken an eine Kreuzfahrt. Vielleicht auf die Bahamas.« Dann sah sie Chauncy herumstreichen, den dicken Kater, der ihr vor einigen Jahren zugelaufen war. Bevor er auf das Tablett springen konnte, schüttete sie ihm freiwillig ein wenig Sahne in eine Untertasse. »Dieser reizende Mr. Paddington hat mich eingeladen.«

»Was?« Schlagartig aus seinen Träumereien geweckt, starrte Philip sie an. Neben ihm schlabberte der Kater gierig die Sahne auf. »Wiederhol das noch mal.«

»Ich sagte, daß ich mit Mr. Paddington vielleicht auf die Bahamas fliege. Chauncy, du bist wirklich ein alter Gierhals.« Trotzdem ließ sie ein Stückchen Kuchen auf die Untertasse fallen, das er mit einem Bissen herunterschlang.

»Mit diesem alten, schleimigen Tattergreis willst du eine Kreuzfahrt machen? Das ist doch absurd.«

Mary haderte mit sich und einem weiteren Stück Kuchen. »Mr. Paddington ist ein sehr respektables Mitglied unserer Gemeinde. Benimm dich nicht wie ein Trottel, Phil.«

»Ich möchte nicht mit ansehen müssen, wie meine Mutter auf hoher See diesem Herrn zum Opfer fällt.«

»Oho – was für ein reizender Gedanke.« Lachend beugte

sie sich zu ihm vor und tätschelte seine Hand. »Tröste dich, mein Liebling, in die Verlegenheit werde ich dich nicht bringen. Nun, warum erzählst du mir nicht, was du auf dem Herzen hast? Ich hoffe, es ist eine Frau.«

Ungeduldig schob er Tee und Kuchen von sich weg, stand auf und marschierte durchs Zimmer. Wie immer hatte Mary den Christbaum mit allem Klimbim aufgeputzt, der ihr unter die Finger kam. Da baumelten Rentiere aus Plastik fröhlich neben kostbaren Porzellanengeln. Philip zupfte ein paar Lamettafäden von einem Zweig und ließ sie durch die Finger gleiten.

»Ach, nur geschäftliche Dinge.«

»Ich habe noch nie erlebt, daß du wegen Geschäften so rastlos im Zimmer herumrennst. Könnte es das nette Mädchen sein, mit dem ich kürzlich am Telefon gesprochen habe? Phoebe Springs Tochter?« Als er das Lametta in zwei kleine Teilchen zerriß, rieb sich Mary vergnügt die Hände. »Oh, das ist ja wunderbar.«

»Daran ist nichts Wunderbares.« Damit ließ er sich in seinen Sessel plumpsen. »Warum grinst du denn so?«

»Ich glaube, du bist verliebt. Endlich. Und, wie fühlt man sich dabei?«

Finsteren Blicks musterte er den Kater, mehr als geneigt, ihm einen ordentlichen Tritt zu versetzen. »Beschissen.«

»Gut, gut. Genauso sollte es sein.«

Er konnte nicht anders, er mußte lachen. »Du bist mir immer ein großer Trost, Mum.«

»Wann kann ich sie kennenlernen?«

»Ich weiß nicht. Da gibt es ein Problem.«

»Selbstverständlich. Das gehört dazu. Wahre Liebe schafft immer Probleme.«

Er bezweifelte, daß sich irgendein anderes Liebespaar mit einem 280karätigen Diamanten und einer unbezahlbaren Perle herumschlagen mußte. »Erzähl mir, was du über Phoebe Spring weißt.«

»Oh, sie war göttlich. Es gibt heute keine Schauspielerin, die sich mit ihr vergleichen könnte, mit ihrer Ausstrahlung – ihrer Präsenz.« Die Erinnerung an diese Frau ließ sie seufzen. Sie selbst hatte oft von einer Schauspielkarriere geträumt und davon, ein Star zu werden. Doch dann kam Philip zur Welt, und sie begnügte sich damit, Kinokarten zu verkaufen, anstatt selbst über die Leinwand zu flimmern. Aber ihrem Traum nachzutrauern, das wäre ihr nie in den Sinn gekommen. »Weißt du, die meisten Filmstars sehen heutzutage wie ganz gewöhnliche Leute aus – ein bißchen hübscher vielleicht, ein bißchen eleganter, aber mit etwas Mühe kann das jeder. Phoebe Spring war nie gewöhnlich. Warte, ich zeig' dir was.«

Schon war sie aufgesprungen und im Nebenzimmer verschwunden. Philip hörte sie in Schachteln herumkramen, dann einen dumpfen Schlag. Er schüttelte nur den Kopf. Seine Mutter war eine leidenschaftliche Sammlerin, hob alles und jegliches auf. Von bunten Glasscherben über Stoffreste bis zu Schubladen voll alter Kinokarten.

In ihrer Wohnung in Chelsea saßen und standen auf allen Fensterbrettern Dutzende von Gipstieren. Da Haustiere nicht erlaubt waren, hatte sich Mary eben mit diesen Figürchen beholfen. Er konnte sich noch gut daran erinnern, wie sie stundenlang dagesessen und hingebungsvoll Fotos von der englischen Königsfamilie und den damaligen Hollywoodgrößen ausgeschnitten und in Alben geklebt hatte. Sie dienten seiner Mutter, die außer ihm niemanden auf der Welt hatte, als Ersatz für das traditionelle Familienalbum.

Den Staub von einem großen, roten Sammelalbum pustend, kam sie ins Zimmer zurück. »Du weiß doch, daß ich meine Lieblingsschauspieler in Büchern verewigt habe.«

»Deine Staralben.«

»Ja.« Ohne sich ihrer Marotte im geringsten zu schämen, setzte sich Mary hin und schlug das Buch auf. Als Chauncy auf ihren Schoß sprang und sich auf dem Buch niederlassen wollte, bedeutete sie ihm, daß das *pfui* sei, und setzte ihn behutsam wieder auf den Boden. »Da ist ja Phoebe Spring. Schau, dieses Foto muß von der Premiere ihres ersten Films stammen. Damals war sie nicht älter als zwanzig.«

Philip stand auf und setzte sich zu ihr auf die Stuhllehne.

Die Frau auf dem Bild hatte ihre Hand auf den Arm eines Mannes gestützt, aber der verschwand regelrecht neben ihr. Man sah nur sie. Ihr Kleid war ein Fantasiegebilde aus Ziermünzen, die mit ihrem vollen, dunklen Haar, das ihr bis über die Schultern fiel, um die Wette glitzerten. Selbst auf dieser alten Schwarzweißaufnahme war ihre ungeheure Ausstrahlung spürbar – diese unschuldig blickenden, aufregenden Augen und dieser Körper, der alles versprach.

»Mit diesem Film wurde sie zum Star«, murmelte Mary und blätterte gedankenversunken weiter. Von Phoebe Spring gab es etliche Fotos, einige davon waren Studioaufnahmen, andere Schnappschüsse. Doch alle zeigten eine Schönheit. Wenn diese alten Bilder sich auch teilweise an den Ecken aufrollten, so strahlten sie noch immer Phoebes ungeheuren Sex-Appeal aus. Neben die Fotos hatte Mary Zeitungsartikel geklebt, die sie aus der Regenbogenpresse und Filmmagazinen ausgeschnitten hatte. Geschichten über Phoebes angebliche Affären mit Produzenten, Regisseuren und Politikern.

»Das Bild hier stammt von der Oscar-Preisverleihung, als sie für ihre Rolle in *Tomorrow's Child* nominiert worden war. Schade, daß sie nicht gewonnen hat, aber immerhin wurde sie von Cary Grant begleitet, und das heißt ja schon was.«

»Ich hab' den Film gesehen. Sie verliebt sich in den falschen Mann, bekommt ein Kind von ihm und muß dann gegen ihn und seine reiche Familie um ihren Unterhalt kämpfen.«

»Ich habe jedesmal Rotz und Wasser geheult bei dem Film. Sie war so tapfer und wurde so schlecht behandelt.« Mary seufzte noch einmal mitfühlend und blätterte dann auf die nächste Seite.

Dort klebte ein Bild von Phoebe in einem cremefarbenen Satinkleid, wie sie graziös vor der Königin knickste, und ein anderes, auf dem sie mit einem dunkelhäutigen, sehr markant aussehendem Mann im Frack tanzte. Philip wußte sofort, daß dies Adriannes Vater sein mußte. Die Augen, der Körperbau und die Hautfarbe sagten alles.

»Und der?«

»Das ist ihr Gemahl. König Abdu von Soundso. Sie hat nur einmal geheiratet, mußt du wissen. Oh, die Zeitungen und Magazine waren damals voll davon – wie sie sich kennengelernt haben, hier in London, bei den Dreharbeiten zu *White Roses*. Bei beiden war es Liebe auf den ersten Blick. Er schickte ihr jeden Tag zwei Dutzend weiße Rosen, bis er ihre Hotelsuite in ein einziges Blumenmeer verwandelt hatte. Er reservierte ein ganzes Restaurant für ein Dinner zu zweit. Daß er ein König war, machte das Ganze noch viel romantischer und aufregender.«

Mary bekam selbst nach einem Vierteljahrhundert beim Betrachten dieser Bilder noch feuchte Augen. »Die Leute verglichen sie mit Grace Kelly und Rita Hayworth, und dann hat Phoebe tatsächlich ebenfalls der Filmwelt den Rücken gekehrt und diesen Abdu geheiratet und ist ihm in sein Königreich gefolgt.« Sie deutete mit der Hand so ungefähr Richtung Osten.

»Jaquir.«

»Ja, genau. Es war wie im Märchen. Hier ist ein Foto von ihrer Hochzeit. Sie sieht doch aus wie eine richtige Königin, nicht wahr?«

Phoebes Hochzeitskleid war atemberaubend, ein Traum aus Spitze und Seide. Selbst unter dem Tüllschleier verborgen, funkelte ihr Haar noch wie ein Leuchtfeuer. Sie sah so glücklich aus und so verdammt jung. In ihrem Arm trug sie einen riesigen Strauß weißer Rosen. Und an ihrem Hals schimmerten, glitzerten, ja glühten beinahe *Sonne und Mond*.

Beide, der Diamant und die Perle, ruhten dicht aneinandergeschmiegt zwischen einer doppelreihigen, schweren Goldkette. Die Fassungen waren sternförmig, nach alten Mustern feinstens ziseliert und unbeschreiblich schön.

Obwohl Philip sich schon seit geraumer Zeit zur Ruhe gesetzt hatte, juckte es ihn plötzlich in den Fingerspitzen, und sein Puls ging schneller. Dieses Schmuckstück in Händen zu halten, es nur für einen Augenblick zu besitzen, mußte einem das Gefühl bescheren, die ganze Welt zu besitzen.

»Nach ihrer Hochzeit gab es nur noch sehr wenige Berichte über sie und beinahe gar keine Fotos mehr. Irgendein komisches Gesetz dort drüben verbietet anscheinend Aufnahmen der Königsfamilie. Erst hieß es, sie sei schwanger, und dann, daß sie Mutter eines Mädchens geworden war. Das muß deine Adrianne gewesen sein.«

»Ja.«

»Man sprach noch hin und wieder von ihr, aber dann hörte man immer weniger, bis sie einige Jahre später mit ihrer Tochter in New York auftauchte. Anscheinend war die Ehe nicht besonders glücklich, und sie hat ihn verlassen, um in ihre Heimat zurückzukehren und wieder an ihre Karriere anzuknüpfen. Hier ist ein Interview mit ihr kurz nach ihrer Ankunft, aber sie sagt nicht viel mehr, als daß sie die Schauspielerei vermißt hat.«

Sie blätterte die Seite um und zeigte ihm ein anderes Foto. Auf diesem war Phoebe immer noch sehr schön, aber der Glanz und die Eleganz waren aus ihrem Gesicht verschwunden. Statt dessen verriet es nun Anspannung und Nervosität. Neben ihr stand Adrianne. Sie war damals so um die acht Jahre und sehr klein für ihr Alter. Kerzengerade stand sie da und starrte in die Kamera, doch ihre Augen waren außergewöhnlich wachsam. Sie hielt sich an der Hand ihrer Mutter fest – oder Phoebe an der ihren.

»Wirklich traurig. Phoebe hat nie wieder einen guten Film gemacht. Nur solche, wo sie sich auszieht und so weiter.« Sie blätterte weiter zu einer Phoebe, die dunkle Ringe unter den Augen hatte und Kleider trug, die so knapp geschnitten waren, daß ihr immer noch straffer Busen vorteilhaft zur Wirkung kam. Aber ihr Blick war leer, und ihr Lächeln spiegelte abgrundtiefe Verzweiflung wider. Die Unschuld zu ersetzen war keine leichte Aufgabe. »Sie hat dann Titelfotos für dieses Männermagazin gemacht, du weißt schon«, fuhr Mary fort und rümpfte dabei mißbilligend die Nase. Sie war zwar alles andere als prüde, doch irgendwo gab es für sie eine Grenze. »Und hat ein Verhältnis mit ihrem Agenten gehabt, neben anderen, wohlgemerkt. Es wurde gemunkelt, daß dieser Typ auch auf ihre

Tochter scharf gewesen sein soll. Eine Schweinerei für einen Mann in seinem Alter.«

In Philips Magen ballte sich ein Knoten zusammen. »Wie hieß er denn?«

»Oh, Gott, ich kann mich nicht erinnern. Vielleicht steht er hier irgendwo.«

»Kann ich das Buch mitnehmen?«

»Natürlich. Ist es wichtig für dich?« Sie legte ihre Hand auf seine, als er das Buch zuklappte. »Wer oder was immer auch ihre Eltern gewesen sind, ändert nichts an ihrer Person.«

»Das weiß ich.« Er hauchte ihr einen Kuß auf die Wange. »Aber sie muß das auch wissen.«

»Sie hat Glück, daß sie dich kennengelernt hat.«

»Ja.« Er grinste und küßte sie noch einmal. »Ich weiß.«

Als es an der Tür klingelte, sah Philip auf die Uhr. »Das muß Stuart sein, pünktlich wie immer.«

»Soll ich den Tee aufwärmen?«

»Nein, danke, er ist noch heiß genug«, antwortete er und ging zur Tür. »Stuart.«

Das Gesicht vom eisigen Wind gerötet, trat Spencer ein. »Elendige Kälte. Heute abend soll es wieder schneien. Mrs. Chamberlain.« Er nahm ihre ausgestreckte Hand und schüttelte sie. »Schön, Sie wieder einmal zu sehen.«

»Sie kommen gerade recht zum Tee. Genau das richtige bei einem solchen Wetter. Phil wird Ihnen einschenken. Entschuldigen Sie mich, ich muß noch ein paar Dinge erledigen.« Damit schlüpfte sie in den schwarzen Nerzmantel, den ihr Sohn ihr zu Weihnachten geschenkt hatte. »In der Küche steht noch mehr Kuchen.«

»Danke, Mum.« Philip schlug ihr den Mantelkragen hoch. »Du siehst aus wie ein Filmstar.«

Ein schöneres Kompliment hätte er ihr nicht machen können. Mit einem kleinen Klaps auf seine Wange ging sie hinaus.

»Reizende Frau, Ihre Mutter.«

»Ja. Sie überlegt sich gerade, mit einem Gemüsehändler namens Paddington eine Kreuzfahrt zu machen.«

»Gemüsehändler? Warum nicht.« Spencer faltete seinen Mantel zusammen und legte ihn ordentlich über eine Stuhllehne, bevor er seine Aufmerksamkeit dem Teetablett zuwandte. »Sie wird schon wissen, was sie tut.« Er goß sich selbst Tee ein. »Ich dachte, Sie wollten über Weihnachten Urlaub machen?«

»Mache ich auch.«

Spencer runzelte leicht die Stirn und legte sie dann richtig in Falten, als Philip sich eine Zigarette aus der Packung fischte. »Hatten Sie nicht das Rauchen aufgegeben?«

»Hatte ich.«

Spencer träufelte etwas Zitrone in seinen Tee. »Höchste Zeit, daß ich Sie in Paris unterbringe.«

Obwohl Philip über die laufenden Ereignisse im Bilde war, setzte er sich bequem hin, um Stuarts Bericht zu lauschen.

»Wie Sie richtig vermutet haben, hatte er es auf die Gräfin abgesehen. Wir haben einen Agenten als Küchenhilfe in ihr Haus eingeschleust und zwei weitere in der Nähe postiert. Unser Mann muß Wind davon bekommen haben, denn er hatte es plötzlich sehr eilig. Hat den Alarm ausgelöst. Das ist etwas ganz Neues bei ihm.«

Philip schenkte sich noch mal Tee nach und warf dem Kater einen warnenden Blick zu. »In der Tat.«

»Unsere Männer draußen haben ihn sogar ganz kurz gesehen. Auch etwas ganz Neues. Doch ihre Beschreibung ist leider mehr als vage. Beide behaupten, er kenne Paris wie seine Westentasche, aber das sagen sie vielleicht nur, weil er ihnen entwischt ist.«

»Und die Juwelen der Gräfin?«

»In Sicherheit.« Spencer seufzte zufrieden. »Wir haben ihm seinen Job dort ordentlich versaut.«

»Vielleicht sogar mehr als das.« Philip bot Spencer Kuchen an. Er zögerte kurz, nahm sich dann ein Stück. »Mir sind da einige Gerüchte zu Ohren gekommen.«

»Als da wären?«

»Vielleicht ist auch nichts Wahres dran, aber man weiß ja nie. Wußten Sie, daß unser Mann eine Komplizin hat?«

»Eine Frau?« Spencer vergaß seinen Kuchen und zog sein Notizbuch aus der Tasche. »Da steht nichts von einer Frau.«

Philip schnippste die Asche von seiner Zigarette. »Deshalb sind Sie ja auch auf meine Wenigkeit angewiesen, Spencer. Ich habe zwar keinen Namen, aber sie ist eine Rothaarige, ein bißchen nuttig und gerade schlau genug, um seine Anweisungen auszuführen.« Innerlich mußte er grinsen, als er daran dachte, wie wütend Adrianne über diese Charakterisierung sein würde. »Auf alle Fälle hat sie mit einem meiner Kontaktmänner gesprochen.« Etwaige Fragen abwehrend, hielt er seine Hand hoch. »Sie wissen ja, daß ich keine Namen nennen kann, Stuart. Das ist ein Teil unserer Abmachungen.«

»Ja, einer, den ich zutiefst bedauere. Wenn ich an all die kleinen Ganoven und zwielichtigen Gestalten denke, die ich von der Straße pflücken könnte… aber egal. Und, was hat die Dame gesagt?«

»Daß der Schatten – wissen Sie, daß man ihn ›den Schatten‹ nennt?«

»Wie romantisch!«

»Also, angeblich kommt der Schatten allmählich in die Jahre; außerdem soll ihm seine Arthritis schwer zu schaffen machen.« Philip krümmte seine Finger zu einer Faust. »Das ist mit die größte Angst eines jeden Künstlers, sei er nun Musiker, Maler oder ein Dieb. Fingerfertigkeit ist für diese Berufe das A und O.«

»Ich vergehe vor Mitleid.«

»Nehmen Sie doch noch ein Stück Kuchen, Captain. Es geht die Kunde, daß der Schatten sich zur Ruhe setzen will.«

Spencer, den Kuchen schon fast im Mund, hielt plötzlich in seiner Bewegung inne. Seine Augen weiteten sich und nahmen einen gläsernen Ausdruck an. Philip kam er in diesem Augenblick vor wie eine hungrige Bulldogge, die gerade in einen saftigen Knochen beißen will und merkt, daß dieser Leckerbissen aus Plastik ist. »Was meinen Sie mit ›zur Ruhe setzen‹? Ich will verdammt sein, wenn er in diese Lage kommen sollte. Noch vor zwei Tagen, in Paris, wäre er uns beinahe ins Netz gegangen.«

»Wie gesagt, es ist nur ein Gerücht.«

»Mist, verdammter.« Spencer ließ seinen Kuchen auf den Teller zurückfallen und leckte sich die Finger ab.

»Vielleicht macht er ja auch nur Urlaub.«

»Und was schlagen Sie vor?«

»Warten, bis er sich wieder rührt, falls er das tut.«

Spencer kaute auf dieser Information herum wie auf einem zähen Stück Fleisch. »Es könnte was bringen, sich auf die Frau zu konzentrieren.«

»Möglich.« Mit einem Schulterzucken tat Philip seine Vorbehalte kund. »Aber nur, wenn Sie Zeit haben, alle rothaarigen Flittchen in Amerika und Europa zu überprüfen.« Er griff nach seiner Teetasse. »Ich weiß, es klingt frustrierend, Stuart, aber ich fürchte, nach dem gescheiterten Coup in Paris hat unser Mann endgültig die Nase voll.« Er durfte nicht vergessen, seinem alten Freund André einen Scheck zu schicken, und zwar einen dicken Scheck. Er war es, der dafür gesorgt hatte, daß die Agenten in Paris wenigstens etwas zu berichten hatten. »Die nächsten Wochen muß ich mich um einige persönliche Angelegenheiten kümmern. Falls ich aber etwas in Erfahrung bringen sollte, werde ich es Sie selbstverständlich umgehend wissen lassen.«

»Ich will diesen Mann, Philip.«

Der Anflug eines Lächelns spielte um Philips Mundwinkel. »Ich auch, das kann ich Ihnen versichern.«

Es war gegen zwei Uhr morgens, als Adrianne ihre Wohnungstür aufschloß. Die Silvesterparty, von der sie sich heimlich weggeschlichen hatte, würde angesichts der vielen ungeöffneten Champagnerflaschen sicherlich noch bis in die Morgenstunden dauern. Sie hatte Celeste in den Armen einer alten Flamme zurückgelassen. Adriannes Begleiter dürfte ihre Abwesenheit mittlerweile bemerkt haben, doch sie war sicher, daß er sich auch anderweitig unterhalten würde.

Es war ihr schwergefallen, den Juwelen, die an den Dekolletés der Damen funkelten, keine gesteigerte Aufmerksamkeit zukommen zu lassen. So viele Jahre lang hatte sie Halsketten und Armbänder immer nur unter dem Aspekt ihres Gegenwertes in Dollar und Cents betrachtet. Diese Gewohnheit mußte sie nun ablegen. Es gab noch einen einzigen Job für sie, und dieses Schmuckstück konnte sie Tag und Nacht sofort vor ihrem geistigen Auge zum Glitzern bringen. Sie konnte es auf dem Porträt ihrer Mutter betrachten, das sie nach einer alten Fotografie hatte malen lassen. Sie konnte es in ihren Händen fühlen, diesen Traum aus Feuer und Eis.

Nach ihrer Rückkehr aus Jaquir würde sie endlich die Frau sein, für die man sie schon all die Jahre über gehalten hatte. Ihr Leben würde aus Partys und Wohltätigkeitsveranstaltungen bestehen und aus Reisen in die Ferienorte, an denen man Frauen ihres Standes anzutreffen pflegte. Sie würde lernen, dieses Leben zu genießen, so wie eine Frau ihren Erfolg genießt, wenn sie ihr Lebenswerk vollbracht hat. Und sie würde dieses Leben allein genießen.

Ohne Bedauern. Erfolg hat seinen Preis; sei er auch noch so hoch, er mußte bezahlt werden. Mit ihrem Abflug von Cozumel hatte sie alle Brücken hinter sich abgebrochen. Vielleicht hatte sie schon Jahre zuvor damit begonnen.

Er würde sie vergessen. Höchstwahrscheinlich war er schon auf dem besten Wege dazu. Sie war doch nur eine Frau von vielen, trotz allem, was geschehen war. Sie war nicht die erste und gab sich auch nicht der Illusion hin, die letzte Frau für Philip gewesen zu sein. Er war ihr erster und ihr letzter Mann, und das akzeptierte sie.

Ihren Mantel über dem Arm, stieg sie die Wendeltreppe hinauf, die in den zweiten Stock führte. Sie konnte es sich nicht leisten, an Philip zu denken. Noch konnte sie es sich leisten, sich in Bedauern darüber zu ergehen, daß sie ihn geliebt und anschließend die Tür, durch die diese Liebe vielleicht in weitere unbekannte Gefilde geführt hätte, hinter sich geschlossen zu haben. In eine Sackgasse, dachte sie. Wenn eine Frau einen Mann liebt, führt dies unweigerlich in eine Sackgasse.

Im Moment wollte sie nur schlafen, lange und tief schlafen. Das, was vor ihr lag, erforderte ihre ganze Kraft, all ihr Wissen und vor allem einen klaren Kopf. Der Flug nach Jaquir war bereits gebucht.

Sie knipste das Licht im Badezimmer nicht an, sondern warf ihren Mantel über einen Stuhl und begann im Dunkeln, die Klammern aus ihrem Haar zu lösen. Draußen schwoll der Verkehrslärm wellenartig an und verebbte dann wieder, ein Geräusch, das sie an das Meer in Mexiko erinnerte. Sie konnte es förmlich riechen – die salzige Luft und den Hauch von Tabak und Seife, der Philips Bild sofort wieder in ihrer Erinnerung entstehen ließ.

Fröstelnd stand sie im Dunkeln und ließ die Finger durch ihr Haar gleiten, als plötzlich die Leselampe neben ihrem Bett aufleuchtete.

Wie sie so dastand, wie ihre Haut unter dem weißen, perlenbestickten Abendkleid golden schimmerte, sah sie aus wie eine kunstvolle, aus Alabaster und Bernstein gemeißelte Statue. Das Kleid umschmeichelte ihren Körper wie eine zweite, seidig glänzende Haut. Philip wandte seinen Blick von ihrem Körper ab und konzentrierte sich nur noch auf ihre Augen, während er ein Glas an die Lippen führte. Es gefiel ihm, darin erst einmal Schock, dann Freude und dann ein kontrolliertes Blitzen zu entdecken.

»Ein gutes neues Jahr, Darling.« Er prostete ihr mit seinem Champagnerglas zu, stellte es dann ab, um das andere bereitstehende Glas für sie zu füllen.

Er war ganz in Schwarz gekleidet, Rollkragenpullover, enge Jeans und weiche Lederstiefeletten. Während er auf sie wartete, hatte er es sich zwischen den Kissenbergen auf ihrem Bett bequem gemacht.

Adriannes Gefühle überschlugen sich – Verlangen, Freude und Schuld. Daher war ihre Stimme so kühl wie der Champagner, den er ihr anbot. Langsam ließ sie ihre Arme niedersinken.

»Ich habe nicht erwartet, dich wiederzusehen.«

»Hättest du aber sollen. Kein Neujahrsglückwunsch, Addy?«

In der Absicht, sich selbst und vor allem ihm ihr Desinteresse zu demonstrieren, ging sie erhobenen Hauptes auf ihn zu, um ihm das Glas abzunehmen. Ihr Kleid schillerte wie frisches Quellwasser. »Auf ein neues und das Begleichen einer alten Schuld.« Kristall klirrte gegen Kristall. »Ein weiter Weg, nur für einen Drink.«

Ihr unverwechselbarer Duft verwirrte seine Sinne. Er hätte sie dafür erwürgen können. »Dein Champagner ist auch eine Reise wert.«

Er kratzte wie Sand in ihrer Kehle. »Wenn du Wert darauf legst, werde ich mich für mein Verschwinden entschuldigen.«

»Mach dir keine Mühe.« Er horchte in sich hinein. Er war doch wütender, als er dachte. »Ich hätte wissen müssen, daß du ein Feigling bist.«

»Ich bin kein Feigling.« Sie stellte ihr Glas neben das seine.

»Doch«, begann er langsam. »Du bist ein erbärmlicher, zitternder, selbstsüchtiger Feigling.«

Noch ehe sie ihre Absicht realisierte oder er diese Absicht in ihren Augen erkennen konnte, gab sie ihm eine schallende Ohrfeige. Das klatschende Geräusch hallte von den Wänden wider. Philips Augen wurden vor Wut noch dunkler, bevor er dann betont langsam und ruhig sein Glas erhob. Doch seine Finger, die sich um den langen Stiel schlossen, waren an den Knöcheln ganz weiß.

»Das ändert auch nichts.«

»Du hast kein Recht, über mich zu urteilen, kein Recht, mich zu beleidigen. Ich bin gegangen, weil ich gehen wollte, weil ich glaubte, daß es so am besten sei, und weil ich kein angenehmer Zeitvertreib für dich sein wollte.«

»Ich kann dir versichern, daß ich sehr wenig Angenehmes an dir entdeckt habe, Adrianne.« Nachdem er sein Glas wieder beiseite gestellt hatte, legte er seine Hände aneinander und musterte sie über seine Fingerspitzen hinweg. »Glaubst du, mein Interesse für dich hat sich auf ein paar Ficks unter tropischer Sonne beschränkt?«

Seine Antwort ließ sie erbleichen, doch dann schoß ihr das Blut ins Gesicht, daß ihre Wangen glühten. »Es geht mir viel mehr darum, daß ich kein Interesse an einer Affäre habe.«

»Nenn es, wie du willst. Jedenfalls bist du diejenige, die das, was zwischen uns geschehen ist, zu einer billigen Affäre degradiert hat.«

»Na und?« Wut und Scham darüber, die Wahrheit zu hören, ließen ihre Stimme schrill klingen. »Was macht das schon?«

»Verdammtes Miststück.« Er packte sie an den Handgelenken und zerrte sie aufs Bett. Obwohl sie sich heftig wehrte, schob er seinen Körper über ihren und hielt ihre Hände fest. Aus ihrer beider Augen züngelten Flammen der Wut. »Es war nur Sex, ich habe ich nicht mit Gewalt genommen, und ich bin auch nicht dein Vater.« Adrianne blieb ganz still liegen und wurde leichenblaß. »Darum allein geht's, hab' ich recht? Jedesmal, wenn sich dir ein Mann nähert, jedesmal, wenn du in Versuchung geführt wirst, denkst du an ihn. Aber nicht mit mir, Adrianne. Niemals.«

»Du weißt nicht, wovon du sprichst.«

»Nein?« Sein Gesicht war nur eine Handbreit von ihrem entfernt. Er konnte förmlich sehen, wie wieder Leben in sie kam, wie sich ihre Wangen röteten, Wut und Ablehnung in ihr aufkeimten. »Hasse ihn, wenn du willst, das ist dein gutes Recht, aber ich werde es nicht zulassen, daß du mich mit ihm oder irgendeinem anderen Mann vergleichst.«

Sein Mund näherte sich dem ihren, jedoch nicht mit der Zärtlichkeit wie die letzten Male, nicht behutsam oder schmeichelnd, sondern mit wütender Forderung und einem Anflug von Gier. Sie wehrte sich nicht, doch ihre Hände, die er immer noch festhielt, ballten sich zu Fäusten, und ihr Blut geriet in Wallung.

»Was zwischen uns passierte, geschah, weil du es genauso wolltest wie ich, genauso sehr brauchtest wie ich. Schau mich an«, verlangte er, als sie die Augen schloß. Er wartete. Das Licht der Nachttischlampe fiel sanft über ihr Gesicht, als sie ihn wieder ansah. »Willst du das abstreiten?«

Sie hätte es gern getan. Ihre Lippen formten sich zu einer

Lüge, ergaben sich dann aber der Wahrheit. »Nein. Aber was geschehen ist, ist vorbei.«

»Es ist noch lange nicht vorbei. Glaubst du, es ist nur die Wut, die deinen Puls jagen läßt? Glaubst du, zwei Menschen können sich so nahe kommen wie wir und dann einfach auseinandergehen und vergessen?« Er ließ ihre Hände los und griff in ihr volles Haar. »Letztes Mal habe ich dir eine Art der Liebe gezeigt. Jetzt, bei Gott, wirst du eine andere kennenlernen.«

Seine Lippen waren heiß und hart und gierig. Als er sie auf die ihren preßte, blieb sie bewegungslos liegen, entschlossen, ihm nichts zu geben und nichts für sich zu nehmen. Doch ihr Atem ging schneller, ihre Lippen wurden warm und öffneten sich zaghaft. Sofort schlängelte sich seine Zunge dazwischen und kreiste lockend in ihrem heißen Mund.

Das war echte Verführung. Mehr als zärtliche Worte und sanftes Licht. Eine klare Herausforderung, ein hingeworfener Fehdehandschuh. Das war die Antwort auf Fragen, die zu stellen sie nie gewagt hatte.

Und dann klammerte sie sich an ihn, gab sich hin, antwortete seinem Drängen, aber nichts schien ihn zu befriedigen.

Rasend vor Leidenschaft glitten seine Hände über ihren Körper, zerrten das Kleid über ihre Hüften, um mehr von ihrer duftenden Haut zu spüren. Diesmal wollten seine Hände nicht entdecken, nein, diesmal plünderten sie. Sie schlossen sich um ihre Brüste, kneteten sie, seine Lippen saugten sich an ihren Brustwarzen fest, seine Zunge spielte mit ihnen, bis sie hart wurden und brannten, bis ihr Körper sich zitternd und aufbäumend unter dem seinen wand. Sie schlang die Arme um ihn und ergab sich ihrer Lust.

Sie rief seinen Namen, stammelte und keuchte unzusammenhängende Worte, die ihm das Blut in die Lenden schießen ließen, wo es mit jedem seiner Herzschläge stärker pulsierte. Bis der Verführer selbst zum Verführten wurde.

Adrianne war ein Schloß, das er öffnen würde. Er besaß die Fertigkeit, die Erfahrung und den Drang dazu. Die

Schätze, die ihn hier erwarteten, waren wertvoller und verführerischer als alle, die er jemals aus den dunkelsten Tresoren und tiefsten Schatzkammern geholt hatte. Allein mit seinen Händen und seinem Mund erweckte er ihre Leidenschaft und entflammte sie.

Die Dunkelheit, die sie umgab, war wie schwarzer Samt, die Luft dick und schwer. Adrianne mußte richtig darum kämpfen, sie in ihre Lungen zu saugen, um sie gleich darauf unter Stöhnen auszustoßen. Seinen Andeutungen von vorhin hätte sie entnehmen können, daß Lust einen Körper erbeben lassen und ihn in einen Taumel der Entrücktheit und unsäglichen Begierde versetzen kann. Die Entscheidung, zu geben und zu nehmen, anzubieten und zu empfangen, die hatte er ihr schon genommen.

Sie zerrte an seinen Kleidern. Die Vorsätze, die sie gefaßt hatte, verloschen wie der Docht einer abgebrannten Kerze. Sie hatte die Male zuvor sehr wohl ein gewisses Vergnügen empfunden, das jedoch keinen Vergleich mit den Gefühlen duldete, die jetzt über sie hereinbrachen. Diese Art von Lust und Verlangen stellte alle jemals erlebten Empfindungen in den Schatten. Noch nie zuvor war sie sich ihres Körpers so bewußt gewesen. Sie spürte jeden Pulsschlag, wo immer er sie berührte, wo immer sie von ihm berührt werden wollte.

Ein feiner, glänzender Schweißfilm bedeckte ihre Haut. Und die seine. Sie konnte das Salz schmecken, als sie über das Bett rollten. Der Duft der Liebe und der Leidenschaft wurde intensiver, schärfer, prickelnder, erregender. Wild und stoßweise drang sein Atem an ihr Ohr, als er sie wieder unter sich begrub. Ihre Blicke hielten sich gegenseitig gefangen. Sein Kopf bewegte sich im Takt mit seiner Brust, die sich unter seinem schweren Atem hob und senkte. Er spürte, wie sich ihre Nägel in seinen Rücken krallten, wie sich ihre Brüste ihm entgegenhoben.

»Ich werde dich dabei beobachten, wie du zum Höhepunkt kommst«, erklärte er ihr, und die Worte kratzten ihm dabei in der Kehle. »Und dann wirst du wissen, daß ich der einzige Mann bin, der dich dorthin bringen kann.«

Pumpend, stoßend drang er in sie ein, bis sich ihre Augen weiteten und ihr Blick glasig wurde. Ein erstickter Lustschrei entrang sich ihrer Kehle.

Er spürte jeden einzelnen Muskel in seinem Körper sich anspannen, nahezu zerreißen. Dann endlich zuckten ihre Hüften wie Blitze an einem Gewitterhimmel und bewegten sich Stoß für Stoß synchron mit seinen Lenden. All seine Sinne arbeiteten auf Höchsttouren. Er sah den Lichtschein auf ihrem Gesicht, hörte das Rascheln der Laken, spürte beinahe, wie sich die Poren seiner Haut öffneten. Ihr Duft, ihre Arme, ihre Beine, ihr Haar, alles umfing und umgarnte ihn. Die Welt um ihn herum reduzierte sich auf die Größe einer Nadelspitze. So mußte es sein zu sterben, dachte er noch, dann erlosch auch sein letzter Funken Fantasie. Ihr erlösender Schrei war wie ein Echo des seinen, als sich sein Samen in sie ergoß.

Adrianne wartete darauf, daß sie ein Gefühl von Scham und Selbstverachtung überkam. Aber nichts dergleichen geschah. Da war nur diese angenehm matte, gedämpfte Glut der Leidenschaft. Er hatte Dinge mit ihr getan, von denen sie nicht geahnt hatte, daß sie sie so genießen würde. Und sie hatte sie freudig angenommen. Darin geschwelgt. Selbst jetzt, nach Abklingen des Liebestaumels, wußte sie, daß sie sich wieder danach verzehren würde. Sie hielt ihre Augen geschlossen, denn sie spürte, daß er sie beobachtete.

Sie hatte ja keine Ahnung, wie schön sie aussah, dachte Philip. Nackt, ihre langen, schlanken Beine immer noch hingebungsvoll gespreizt, ihre Haut noch leicht gerötet von der verglimmenden Hitze des Liebesaktes, ihr zerzaustes Haar über die weißen Seidenkissen verteilt. Sie trug nichts an ihrem Körper als die zwei kleinen Diamantenohrstecker, die jetzt im Schein der Lampe aufblitzten.

»Die sind echt«, stellte er fest, während er mit ihnen spielte.

»Ja.«

»Wer hat sie dir geschenkt?«

»Celeste. Zu meinem achtzehnten Geburtstag.«

»Dann ist es gut. Wären sie von einem Mann gewesen, müßte ich eifersüchtig sein. Aber dazu fehlte mir im Moment jegliche Energie.«

Sie öffnete die Augen und lächelte scheu. »Ich weiß nicht, was ich jetzt sagen soll.«

»Zum Beispiel, daß dies ein besonders schöner Ausklang der Silvesternacht war.«

Sie wollte über sein Haar streichen. Es schimmerte golden und hing in wirren Strähnen in seine Stirn. Ihre Hände hatten dies kurz zuvor noch getan, doch jetzt hielt sie sie still. »Philip, du mußt verstehen, daß dies nichts an meinem Entschluß ändern kann. Es wäre am besten, du würdest nach London zurückkehren.«

»Hmmm, hmmm. Weißt du, daß du hier ein Muttermal hast?« Seine Hand tastete sich an ihrer Hüfte entlang. »Ich finde es sogar im Dunkeln.«

»Ich muß praktisch denken.« Während sie dies sagte, es auch wirklich meinte, rutschte sie dichter an ihn heran. »Und es ist wichtig für mich, daß du es auch tust.«

»Exzellente Idee. Darauf trinken wir einen.« Er langte über sie hinweg nach den Gläsern.

»Philip, ich möchte, daß du mir zuhörst. Die Art und Weise, wie ich mich in Mexiko davongeschlichen habe, mag vielleicht nicht ganz richtig gewesen sein, aber ich dachte, es sei einfacher so. Ich wollte mich dabei vor Dingen drücken, die gesagt werden müssen.«

»Dein Problem, Addy, ist, daß du auf deinen Verstand achtest, und nicht auf dein Gefühl. Aber schieß los, sag, was zu sagen ist.«

»Ich kann es mir nicht leisten, mich auf dich einzulassen, auf niemanden. Was ich zu tun habe, erfordert meine volle Aufmerksamkeit. Du weißt genausogut wie ich, daß es von entscheidender Wichtigkeit ist, seine Arbeit nicht von äußerlichen Problemen beeinflussen zu lassen.«

»Das bin ich also für dich?« Er war innerlich so zufrieden, daß er sich über diese Ausdrucksweise nur amüsierte und nicht darüber ärgerte. »Ein äußerliches Problem?«

Einen Augenblick lang schwieg sie. »In meinen Plänen

für Jaquir ist einfach kein Platz für dich. Und auch nachdem dieses Kapitel abgeschlossen ist, möchte ich allein bleiben. Ich werde es nie zulassen, mein Leben um einen Mann herum einzurichten, meine Entscheidungen auf die Gefühle zu einem Mann aufzubauen. Wenn das egoistisch klingt, so tut es mir leid. Aber ich weiß leider, wie schnell man sich selbst und das, was man darstellt, verlieren kann!«

Er hörte ihr aufmerksam zu, seine Augen blickten klar, sein Mund wirkte sachlich. »Das wäre alles recht und schön, bis auf ein klitzekleines Problem. Ich liebe dich, Adrianne.«

Ihre Lippen öffneten sich einen Spalt. Schockiert, wie er mit einem Anflug von Bitterkeit feststellte. Dann setzte sie sich mit einem Ruck auf und war schon fast aus dem Bett, bevor er sie zu fassen bekam.

»Nein, diesmal läufst du mir nicht davon.« Er zog sie aufs Bett zurück und achtete nicht auf das Glas, das sie dabei umgestoßen hatte, und den Champagner, der in den Teppich sickerte. »Und ich werde auch nicht zulassen, daß du vor dir selbst davonläufst.«

»Tu das nicht.«

»Schon passiert.«

»Philip, deine Fantasie geht mit dir durch. Du romantisierst, was zwischen uns gewesen ist, glaubst, der Himmel hinge voller Geigen und rosaroter Wolken.«

»Fühlst du dich sicherer, wenn du so denkst?«

»Darum geht es doch nicht. Das ist eine Frage des gesunden Menschenverstandes.« Aber das war nicht wahr, nicht, wenn sie gleichzeitig die Angst in ihrem Magen rumoren spürte. »Laß uns die Dinge nicht komplizierter machen, als sie ohnehin schon sind.«

»Gut. Dann machen wir doch Nägel mit Köpfen.« Er nahm ihr Gesicht zwischen seine Hände, ganz zärtlich diesmal. »Ich liebe dich, Addy. Du wirst dich daran gewöhnen müssen, denn du wirst mich so leicht nicht wieder los. Jetzt entspann dich.« Seine Hand tastete nach ihrer Brust und umfaßte sie. »Ich werde dir zeigen, was ich damit meine.«

21. Kapitel

Adrianne kuschelte sich in die Kissen, blinzelte ins schräg einfallende Morgenlicht und streckte sich. Philips Arm streckte sich ebenfalls. Metall schlug gegen Metall. In sprachlosem Erstaunen starrte sie auf die Handschellen, die ihr Handgelenk an seines fesselten. Philip brummte nur leise.

»Du Mistkerl!«

»Das haben wir bereits festgestellt.« Mit einer gekonnten Drehung zog er sie an seine Brust. Sie war warm, weich und nackt. »Guten Morgen, mein Schatz.«

Sie versuchte, sich von ihm wegzudrücken, kam aber nicht von ihm los. »Was zum Teufel soll das?« Adrianne schlenkerte ihren Arm hin und her, bis Philip vor Schmerz wimmerte.

»Nur eine kleine Vorsichtsmaßnahme – damit du dich nicht wieder klammheimlich aus dem Staub machst.« Mit seiner freien Hand packte er sie an den Haaren und zog ihr Gesicht zu sich herunter. Die Erinnerung an die vergangene Nacht hatte ihn wieder aufs neue erregt. »Ich liebe dich, Addy, aber ich traue dir nicht.«

»Mach sofort diese Dinger ab.«

Er rollte sich auf die Seite, so daß seine Beine die ihren berührten. »Ich hatte gehofft, du läßt mir Gelegenheit, dir zu beweisen, daß ich auch mit dir Liebe machen kann, wenn eine Hand auf den Rücken gefesselt ist.«

Sie unterdrückte ein Kichern. »Ein andermal.«

»Mach's dir bequem.« Er ließ sich wieder in die Kissen sinken und schloß die Augen.

»Philip, ich sagte, du sollst mich losmachen.«

»Werde ich auch, wenn es Zeit ist aufzustehen.«

Sie riß wieder an den Handschellen. »Ich weigere mich, mich wie eine Art Liebessklavin fesseln zu lassen.«

»Keine schlechte Vorstellung.«

»Und ich stehe jetzt auf.«

Er hob ein Augenlid. »Um diese Uhrzeit?«

»Es ist schon nach Mittag.« Entrüstet machte sie sich daran, das Schloß der Handschellen genauer zu inspizieren. Sie mußte irgendwie an ihr Werkzeug kommen. »Ich war eine ausgesprochene Frühaufsteherin, bevor ich dich kennenlernte.«

Daraufhin öffnete er auch sein anderes Auge. »Aber wozu denn, um alles in der Welt?«

Mit einem resignierten Seufzer schob sie sich über ihn. »Wo ist der verdammte Schlüssel?«

»Ist ja gut, werd bloß nicht ausfallend.«

Sich mit den Beinen abstützend, zog Adrianne mit einem beherzten Ruck an ihrem gefesselten Arm. Befriedigt sah sie Philip aus dem Bett segeln und mit einem dumpfen Schlag auf dem Fußboden landen.

»Autsch.« Ohne sich zu genieren, rieb sich Philip den Körperteil, mit dem er als erstes auf dem Boden aufgekommen war. »Warum denn so eilig?«

Krampfhaft das Lachen unterdrückend, strich sich Adrianne die Haare aus dem Gesicht. »Wenn du es genau wissen willst, ich will – nein, ich muß mal auf die Toilette.«

»Oh, warum sagst du das nicht gleich?«

Zwischen zusammengebissenen Zähnen ließ Adrianne zischend die angehaltene Luft entweichen. »Ich wußte nicht, daß ich solche Bedürfnisse ankündigen muß, bis ich merkte, daß ich an dich gefesselt bin.«

»Schönes Gefühl, nicht wahr?« meinte er frech grinsend, bevor er sich über sie beugte, um sie zu küssen.

»Philip.«

»Natürlich, der Schlüssel.« Er schaute sich suchend um und fand dann seine Jeans, die am Fußende des Bettes zusammengeknüllt auf dem Boden lagen. »Komm mit.« Adrianne im Schlepptau, die laut vor sich hin schimpfte, marschierte er zu dem Kleiderhaufen. »Ich habe ihn in der Hosentasche.« Er griff in die eine Tasche, dann in die andere. »Ja, wo ist er denn? Gehe ich richtig in der Annahme, daß du auf meine Begleitung keinen gesteigerten Wert legst?«

»Philip!« Sie durfte nicht lachen, sonst wäre ein Unglück passiert.

»Nein? Also dann.« Er ließ seine Jeans wieder auf den Boden fallen. »Hast du eine Haarnadel?«

Als er wenig später die Treppe herunterkam, hoffte er eigentlich nur auf eine Tasse Kaffee. Um so erstaunter war er, als er Adrianne in einem bequemen Jogginganzug in der Küche stehen und Speck braten sah. Dieser Duft allein war Grund genug, sie zu lieben.

»Was machst du denn da?«

»Frühstück. Der Kaffee ist schon fertig.«

Er ging zum Herd und starrte auf den Speck, der dort in der Pfanne brutzelte. »Du kochst?«

»Selbstverständlich koche ich.« Sie nahm den Speck aus der Pfanne und ließ ihn abtropfen. »Mama und ich hatten jahrelang kein Hauspersonal. Und ich koche immer noch am liebsten selbst.«

»Und du machst mir Frühstück.«

Beleidigt klappte sie den Eierkarton auf. »Um Himmels willen, ich opfere dir doch nicht mein Leben!«

»Du machst mir Frühstück«, wiederholte er, strich dann ihr Haar beiseite, um ihren Nacken zu küssen. »Du liebst mich also doch, Addy. Du weißt es nur noch nicht.«

Innerlich angespannt, auf den richtigen Augenblick zum Reden wartend, nahm er sein Frühstück ein und gönnte ihr etwas Ruhe. Was er nicht wußte, war, daß sie genau das gleiche tat. Schweigend saßen sie vor dem großen Fenster, das direkt auf den Central Park hinausging, und sahen versonnen den Schneeflocken zu, die gerade vom Himmel fielen.

»Die Stadt ist wunderschön, wenn Schnee liegt. Als ich es zum ersten Mal schneien sah, weinte ich, weil ich dachte, es würde nicht mehr aufhören, und wir alle würden im Schnee versinken. Dann ging meine Mutter mit mir in den Park und zeigte mir, wie man einen Schneemann baut.« Energisch schob sie ihre Tasse beiseite, als sie merkte, wie das Koffein ihr in die Glieder fuhr. »Ich wünschte, ich könnte dir in den nächsten Tagen die Stadt zeigen, aber ich habe leider eine Menge zu erledigen.«

»Ich habe nichts dagegen, dich zu begleiten.«

Sie räusperte sich und startete einen neuen Anlauf. »Wenn du in ein paar Wochen zurückkommen könntest, dann hätte ich Zeit, mit dir einige Museen, Galerien oder Shows zu besuchen.«

Er klopfte das Ende seiner Zigarette auf die Tischplatte, bevor er sie anzündete. »Ich bin nicht hergekommen, um unterhalten zu werden, Addy, sondern deinetwegen.«

»Philip, ich fliege Ende der Woche nach Jaquir.«

Er nahm einen tiefen Zug. »Darüber müssen wir uns noch ausführlich unterhalten.«

»Nein, müssen wir nicht, denn ich fliege auf alle Fälle. Es tut mir leid, wenn du das nicht verstehst oder gutheißt, aber unsere Beziehung wird – und kann – an meinem Entschluß nichts ändern.«

Philip sah weiterhin den Schneeflocken zu, die auf den Park herabsegelten. Ein kleiner Junge ging dort mit einer Horde Hunde spazieren. Eine hübsche Szene, dachte er bei sich. Er könnte ohne weiteres die nächsten Jahre seines Lebens auf diesem Kontinent, in dieser Stadt, in diesem Zimmer verbringen. Als er dann sprach, war er weder ärgerlich noch wollte er ihr drohen. Was er sagte, war eine ganz simple Feststellung.

»Ich kann einige Hebel in Bewegung setzen, Addy, die es dir sicherlich erschweren, wenn nicht gar unmöglich machen, das Land zu verlassen, geschweige denn in eine derart unsichere Gegend wie den Mittleren Osten zu reisen.«

Sie hob ihr Kinn nur einige Millimeter an, doch das genügte, um ihr ein majestätisches Aussehen zu verleihen. »Ich bin Prinzessin Adrianne von Jaquir. Wenn ich beschließe, mein Heimatland zu besuchen, wirst weder du noch sonst irgend jemand mich daran hindern können.«

»Das machst du nicht übel«, sagte er. Gut genug, um das Bild ihres Vaters vor seinem geistigen Auge erstehen zu lassen. »Wenn es nur ein Besuch wäre, hättest du vielleicht recht. Aber so wie die Dinge liegen, kann ich dich daran hindern, Addy; und ich werde es auch tun.«

»Das ist eine Angelegenheit, die dich nichts angeht.«

»Dein Leben zu schützen, geht mich sehr wohl etwas an.«

»Dann solltest du endlich begreifen, daß ich, wenn ich nicht dorthin fahren und tue, was ich tun muß, genausogut sterben könnte.«

»Jetzt übertreibst du aber.« Er nahm ihre Hand und zwang sie, ihn anzusehen. »Ich weiß jetzt eine ganze Menge mehr. Ich habe die letzten Tage nämlich damit zugebracht, alles verfügbare Zeitungsmaterial über deine Mutter, deinen Vater und deine Jugend durchzuforsten.«

»Du hattest kein Recht…«

»Das hat nichts mit Recht zu tun. Ich weiß jetzt, wie schwierig, wie schrecklich das alles für dich gewesen sein muß, aber das ist jetzt vorbei.« Er verstärkte seinen Griff. »Du klammerst dich an Dinge, die du schon vor Jahren hättest vergessen müssen.«

»Ich nehme mir, was mein ist, was mir nach Recht und Gesetz und kraft meiner Abstammung zusteht. Ich hole mir die Würde und die Ehre zurück, die meiner Mutter und auch mir gestohlen wurde.«

»Wir beide wissen, daß Juwelen noch nie jemandem Ehre und Würde verliehen haben.«

»Das verstehst du nicht. Das kannst du nicht verstehen.« Bei diesen Worten zuckten ihren Finger ein wenig. »Komm mal mit.«

Sie führte ihn in ihr Wohnzimmer, das bis auf einige rote und königsblaue Farbtupfer ganz in Weiß gehalten war. Über dem offenen Kamin mit der auf Hochglanz polierten Messingeinfassung hing das Porträt.

Dieses Bild zeigte Phoebe Spring in der ganzen Blüte ihrer Schönheit. So hatte Philip sie weder auf Bildern noch in ihren Filmen je gesehen. Ihr feuerrotes Haar, das zu ihrem Markenzeichen geworden war, fiel ihr in sanft glänzenden Wellen über die Schultern. Ihre Haut schimmerte wie Milch unter dem smaragdgrünen Abendkleid, das den Ansatz ihrer makellosen Brüste sowie ihre Arme und Schultern freiließ. Ihr Lächeln war beinahe ein fröhliches Lachen, so daß ihr üppiger, wunderschön geschwungener Mund noch voller erschein. Ihre veilchenblauen Augen verhießen reinste

Unschuld. Kein Mann konnte in diese Augen blicken, ohne davon hingerissen und verzaubert zu sein.

Um ihren Hals trug sie, wie auf den Bildern, die er schon früher gesehen hatte, *Sonne und Mond.*

»Sie war wunderschön, Addy. Die schönste Frau, die ich je gesehen habe.«

»Ja. Aber sie war nicht nur schön, Philip. Sie war so liebenswürdig, so unglaublich gut. Der Anblick eines Fremden in Not brach ihr das Herz. Und so verletzbar. Ein scharfes Wort, ein ärgerliches Blick allein genügte, um sie zu treffen. Sie wollte immer nur alle Menschen glücklich machen. Als sie starb, sah sie ganz anders aus.«

»Addy...«

»Nein, ich möchte, daß du dir das Bild ansiehst. Ich habe das Porträt nach einer Fotografie malen lassen, die kurz vor ihrer Hochzeit aufgenommen wurde. Sie war so jung, viel jünger, als ich jetzt bin. Und so verliebt. Du brauchst das Bild nur anzusehen. Damals war sie eine selbstsichere und glückliche Frau, die das Leben liebte.«

»Ja, das sehe ich. Die Zeit vergeht, Addy, und die Dinge wandeln sich.«

»Zeit oder naturgegebene Veränderungen zählten für sie nicht. Dieses Kollier – sie hat mir einmal erzählt, wie sie sich fühlte, als sie es zum ersten Mal umlegte. Sie kam sich vor wie eine Königin. Es hat ihr nichts ausgemacht, daß sie ihre gewohnte Umgebung hinter sich gelassen und in ein anderes Land gegangen ist, um dort nach anderen Regeln zu leben. Sie war verliebt, und sie fühlte sich wie eine Königin.«

Er strich sanft über ihre Wange. »Das war sie.«

»Nein.« Sie hob ihre Hand und legte sie auf die seine. »Sie war nur eine Frau, eine einfache, großherzige Frau, die sich vor den Schattenseiten des Lebens fürchtete. Sie hatte etwas aus sich gemacht, war eine Persönlichkeit geworden. Dann hat sie dies alles aufgegeben, um seinetwillen. Das Kollier war ein Symbol, ein Versprechen, daß er sich an sie gebunden fühlt wie sie an ihn. Als er es ihr wegnahm, bedeutete dies, daß er sich von ihr losgesagt hatte, und auch von mir.

Er nahm es ihr weg, weil ihm die Scheidung nicht genug war. Er wischte damit ihr Eheversprechen vom Tisch, als habe es nie existiert. Indem er dies tat, beraubte er sie ihrer Würde und brachte mich um mein Geburtsrecht.«

»Addy, setz dich einen Moment. Bitte.« Er nahm neben ihr auf dem Sofa Platz, noch immer ihre Hand haltend. »Ich verstehe dich. Es gab eine Zeit, da habe ich in jedem Mann, der mir begegnete, meinen Vater gesucht. In jedem Lehrer, den ich hatte, jedem Polizisten, dem ich ausgewichen bin, selbst in meinen Opfern. Meine ganze Kindheit über habe ich ihn dafür gehaßt, daß er meine Mutter im Stich gelassen und sich geweigert hat, mich anzuerkennen. Und dennoch suchte ich ihn weiter. Ich weiß nicht, was ich getan hätte, wenn ich ihn gefunden hätte. Aber heute weiß ich, daß einmal die Zeit kommt, wo man sich selbst genügen muß.«

»Du hast deine Mutter, Philip. Was passiert ist, hat sie nicht kaputt gemacht. Du hast nicht mit ansehen müssen, wie sie Stück für Stück stirbt. Ich liebte meine Mutter so sehr. Und ich schulde ihr so viel.«

»Was eine Mutter für ihr Kind tut, bedarf keiner Tilgung.«

»Sie hat für mich ihr Leben riskiert. Es war nichts Geringeres als das. Sie hat Jaquir in erster Linie um meinetwillen verlassen. Hätte man sie geschnappt und zurückgebracht, ihr Leben wäre keinen Pfifferling mehr wert gewesen. Nein, er hätte sie nicht umgebracht«, schränkte sie ein, als sich Philips Augen zu Schlitzen verjüngten. »Das hätte er nicht gewagt, aber sie hätte sich den Tod gewünscht. Das wäre besser für sie gewesen.«

»Addy, wie sehr du sie auch geliebt haben magst, und wieviel du auch glaubst, ihr zu schulden, wollen wir dahingestellt sein lassen. Aber das alles rechtfertigt noch lange nicht, daß du dein Leben riskierst. Frag dich selbst, ob sie das von dir erwartet hätte.«

Sie schüttelte den Kopf. »Nein, aber es ist mein eigener Wunsch. Ich will es so. Das Kollier gehört mir.«

»Selbst wenn es dir gelingen sollte, heil mit dem Kollier aus Jaquir herauszukommen, wirst du nie offiziell darauf

Anspruch erheben, es nie in der Öffentlichkeit tragen können.«

»Aber ich nehme es mir nicht, um es zu besitzen oder zu tragen.« In ihren Augen blitzte wieder ein Feuer auf, ein gefährliches Feuer diesmal. »Ich nehme es mir, damit er weiß, endlich weiß, wie sehr ich ihn hasse.«

»Glaubst du, daß bedeutet ihm etwas?«

»Daß seine Tochter ihn haßt? Nein. Eine Tochter bedeutet einem Mann wie ihm weniger als nichts. Eine Tochter ist für ihn eine Ware, die man verschachert, so wie er bereits seine anderen Töchter für politische Sicherheiten verschachert hat.« Ihre Augen wanderten wieder zu dem Porträt. »Aber *Sonne und Mond* bedeutet ihm alles. Es gibt nichts Wertvolleres in Jaquir, nicht nur vom materiellen Wert her gesehen. Sicher, das Kollier ist unbezahlbar, aber *Sonne und Mond* ist in erster Linie ein Symbol für seine Macht und seinen Stolz. Wenn dieses Symbol nicht mehr in den Händen der königlichen Familie ist, wird es Revolution und Blutvergießen geben, und seine politische Macht wird zu Staub zerfallen. Die Unruhen, von denen Jaquir bis jetzt noch verschont geblieben ist, werden dann auch von diesem Land Besitz ergreifen und es zerstören.«

»Willst du dich an deinem Vater rächen oder an Jaquir?«

Seine Frage riß sie aus ihren Gedanken. Ihre Augen waren verschleiert, als erwache sie gerade aus einem Traum. »Ich könnte mich an beiden rächen, aber das liegt in seinem Ermessen. Abdu würde niemals sein Land und seine Machtposition aufs Spiel setzen. Oder seinen Stolz. Doch am Ende wird es sein Stolz sein, mit dem er für alles bezahlen muß.«

»Das könnte aber auch auf dich zurückschlagen.«

»Ja. Aber dieses Risiko nehme ich gern in Kauf.« Sie stand jetzt, dem Porträt den Rücken zugewandt, vor ihm und reichte ihm die Hände. »Sag jetzt nichts mehr. Da ist noch etwas, das ich dir zeigen möchte. Willst du mitkommen?«

»Wohin?«

»Du wirst deinen Mantel brauchen. Ich führe dich.«

Es schneite nun ich dicken Flocken, die der Wind vor sich

her durch die Häuserschluchten trieb. In ihren Nerzmantel gekuschelt, den sie eilig über ihren Jogginganzug gezogen hatte, versuchte sich Adrianne in der Limousine zu entspannen. Keinem anderen Menschen hatte sie je so viel von sich erzählt, nicht einmal Celeste. Und sie hatte auch noch niemandem gezeigt, was sie jetzt Philip zeigen wollte.

Es war ihr wichtig. Und obwohl sie angestrengt versuchte, es zu leugnen, war es ihr wichtig, was Philip darüber dachte. Zum ersten Mal seit vielen, vielen Jahren brauchte sie die Unterstützung und die Bestätigung eines anderen.

New Yorks East Side war weitaus weniger vornehm als ihre Central-Park-Adresse. Die weiße Schneehülle machte einiges wieder gut, doch die häßlichen und teilweise ordinären Graffiti an den Häuserwänden stachen immer noch unangenehm ins Auge. Hier und dort sah man mit Brettern vernagelte Fenster, und von den am Randstein geparkten Autos waren einige so heiß wie eine Fünf-Dollar-Uhr. Man brauchte hier nur an die richtige Tür zu klopfen und bekam, ohne viel fragen zu müssen, von einem Briefchen Heroin bis zu einer gerade geklauten Stereoanlage alles, was das Herz begehrte – oder ein Messer in den Rücken. Philip war noch nie hier gewesen, aber Gegenden wie diese waren ihm nur zu vertraut.

»Ein seltsamer Ort für einen Neujahrsbesuch.«

Sie schlang ihr Haar zu einem Knoten und setze eine Nerzkappe auf. »Wir bleiben nicht lange«, informierte sie den Fahrer, der nickte und dies sehnlichst hoffte. Dann stiegen sie aus.

Im Rinnstein lag der für solche Viertel typische Abfall: eine zerbrochene Ampulle, benutzte Kondome, Glasscherben. Verärgert führte Philip Adrianne an diesem Unrat vorbei.

»Was zum Teufel machen wir an einem Ort wie diesem? Hier schlitzen sie einem schon wegen einem Paar anständiger Schuhe die Kehle auf, und du rennst im Nerzmantel rum.«

»Er ist warm.« Sie suchte in ihren Taschen nach den Schlüsseln. »Keine Sorge, ich kenne die meisten Leute, die hier wohnen.«

»Wie beruhigend.« Er nahm ihren Arm, als sie auf eine abgebröckelte, rutschige Treppe zusteuerte. »Dann wollen wir nur hoffen, daß sie nicht gerade irgendwelche Verwandten von außerhalb zu Besuch haben. Was, verdammt noch mal, ist das für ein Haus?«

Sie sperrte drei verschiedene Schlösser auf. Erst als sie die Tür öffnete, murmelte sie: »Es gehört mir.«

Obwohl er die Tür sofort wieder hinter ihnen zumachte, wehte ein eiskalter Wind durch den Hausflur. »Du hast mir nie erzählt, daß du stolze Besitzerin eines Abbruchhauses bist.«

»Es steht leer.« Adrianne führte ihn in einen großen, leeren Raum. Die Löcher im Fußboden ließen Philip sofort an Ratten denken. Zwei der Fenster waren zugenagelt, die anderen von einer dicken Dreck- und Staubschicht bedeckt. Das wenige Licht, das hereinfiel, war genauso grau und schmutzig wie die Wände. In einer Ecke standen ein paar Schränke und zerbrochene Tische. An den verschimmelten Wänden hatte sich ein lokaler Künstler mit Skizzen von Paaren in den verschiedensten Kopulationsstellungen verewigt und unnötigerweise noch erklärende Worte dazugekritzelt.

»Früher war dies einmal eine billige Absteige gewesen.«

Ihre Schritte halten in dem leeren Raum wider. »Ich würde dir ja gern die oberen Räume zeigen, aber die Treppe ist leider vor ein paar Monaten zusammengebrochen.«

»Zum Glück.«

»In jeder Etage gibt es zwölf Zimmer. Die sanitäre Installation und die elektrischen Leitungen müssen komplett neu verlegt werden. Eine neue Heizung braucht es natürlich auch.«

»Braucht es wofür? Scheiße!« Fluchend wischte sich Philip einige Spinnweben aus dem Gesicht. »Addy, falls du mit dem Gedanken spielst, ins Hotelgeschäft einzusteigen, dann überleg es dir gut. Du mußt schon mindestens eine Million hinlegen, nur um diese Bruchbude zu entrümpeln und das Ungeziefer loszuwerden.«

»Ich veranschlage eineinhalb Millionen für die Renovierung und eine weitere Million für die passende Einrichtung und das Personal. Ich will das Beste.«

»Das Beste findest du etliche Meilen von hier im Waldorf Astoria.« Ohne sichtliche Überraschung hörte er hinter einer Mauer nagende Geräusche. »Ich kann Mäuse nicht ausstehen.«

»Sind wahrscheinlich Ratten.«

»Na, dann ist es ja gut. Addy, ich liebe dich.« Er zupfte sich die klebrigen Reste von weiteren Spinnweben aus dem Haar. »Und falls du dich tatsächlich zur Ruhe setzen und mit dem Geld der St. Johns ins Hotelgewerbe einsteigen willst, auch recht. Aber dann glaube ich doch, daß sich ein geeigneteres Objekt als dieses hier finden läßt.«

»Das hier wird kein Hotel. Es wird eine Art Klinik. Die Phoebe-Spring-Klinik für mißhandelte Frauen und Kinder, ausgestattet mit den besten Therapeuten, die ich finden kann. Wenn sie fertig ist, wird sie 30 Menschen beherbergen können, die sonst nicht wissen, wohin.«

»Addy...«

Sie schüttelte den Kopf, um ihm Einhalt zu gebieten. In ihren Augen leuchtete jetzt eine neue Art von Leidenschaft auf. »Kannst du nachvollziehen, was es heißt, keinen Ort zu haben, wohin man sich flüchten kann? Bei einem Mann bleiben zu müssen, weil man keine andere Wahl hat, weil man sich im Laufe der Jahre so an die Schläge und die Erniedrigungen gewöhnt hat? So sehr daran gewöhnt, daß man anfängt zu glauben, sie sogar verdient zu haben?«

Darauf fiel ihm keine Antwort ein und auch kein tröstendes Wort. »Nein, das kann ich nicht.«

»Ich habe solche Frauen kennengelernt und auch solche Kinder. Geschlagen hat man sie, bis sie nicht nur überall blaue Flecken, sondern auch Narben hatten, Narben an Körper und Seele. Diese Menschen kommen aus allen Schichten, aber sie haben eines gemeinsam: Hilflosigkeit und Hoffnungslosigkeit.« Sie wandte sich kurz von ihm ab. Ihre Emotionen gingen bei diesem Thema immer mit ihr durch, aber sie mußte ihm einfach den realen Hintergrund schildern. »Dreißig weitere Frauen und Kinder sollten wir zudem auf ambulanter Basis behandeln können. Und noch mal die doppelte Zahl, falls es uns gelingt, die Klinik zu erweitern. Die Belegschaft wird sich aus Spezialisten und Volontären zusammensetzen. Die Honorare werden sich nach den finanziellen Möglichkeiten der Patienten richten. Aber es wird niemand abgewiesen werden, auch wenn er nichts bezahlen kann.«

Der Wind pfiff durch die zerbrochenen Fensterscheiben und unter den Dielen hindurch. Es war ein grauenvoller Ort in einer grauenvollen Gegend. Er wünschte, er könnte es dabei belassen, aber er machte sich so seine Gedanken. »Wie lange planst du das schon?«

»Das Haus habe ich erst vor sechs Monaten gekauft, aber die Idee geht mir schon seit Jahren nicht aus dem Kopf.« Wieder hallten ihre Schritte dumpf von den Wänden wider, als sie im Raum umherging. Die Decke über ihr war abgebröckelt und voller Wasserflecken. »Das Kollier zu holen ist eine Sache, die ich tun muß, um meinetwillen. Das Motiv ist ganz egoistisch.«

»Ist es das?«

»Oh, ja.« Sie drehte sich wieder um. »Verbinde damit keine noblen Gedanken, Philip, oder mit mir. Es ist Rache, schlicht und einfach Rache. Nicht mehr und nicht weniger. Ich will das Kollier nicht, ich brauche es nicht zu meinem Glück. Abdu kann es zurückhaben – zu einem angemessenen Preis.« Das schummrige Licht ließ ihre Augen noch dunkler erscheinen, als sie ohnehin waren. In dem schwarzen Nerzmantel sah sie wirklich aus wie eine Prinzessin. »Fünf Millionen amerikanische Dollar. Es ist nur ein Bruchteil dessen, was das Kollier tatsächlich wert ist, aber es reicht. Es reicht, um dieses Haus einzurichten, meiner Mutter ihre Würde zurückzugeben, und es bleibt auch noch genug, damit ich mich in einigermaßen gesicherten Verhältnissen zur Ruhe setzen kann. Diese drei Dinge muß ich erreichen. Ich habe sie in den letzten zehn Jahren meines Lebens sorgfältig geplant. Und es gibt nichts, was du sagen oder tun könntest, um mich davon abzuhalten.«

Er vergrub seine Hände in den Tiefen seiner Manteltasche.

»Wie kommst du darauf, daß er zahlen wird? Selbst wenn es dir gelingen sollte, das Kollier zu stehlen und lebendig aus Jaquir rauszukommen, so genügt ein Anruf von ihm bei der Polizei.«

»Soll er vielleicht offiziell erklären, daß er das Gesetz gebrochen hat, indem er meiner Mutter ihr Brautgeschenk vorenthalten hat?« Ihre Lippen verzogen sich verächtlich. »Öffentlich zugeben, daß er von einer Frau übers Ohr gehauen wurde und damit Schande über das Königshaus von Jaquir gebracht hat? Er wird *mich* in Schande versinken sehen wollen, vielleicht wäre es ihm sogar ganz recht, wenn ich tot wäre, aber er wird seinen Stolz bewahren wollen, und natürlich *Sonne und Mond*.«

»Es besteht die Möglichkeit, daß er Gelegenheit bekommt, sich alle drei Wünsche zu erfüllen.«

Sie erschauderte unter ihrem Pelz. »Es ist kalt. Laß uns gehen.«

Während der Fahrt sprach Philip kein Wort. Immer noch sah er ihren Blick vor sich, wie sie dort in dem verrotteten Gemäuer gestanden hatte. Jetzt verstand er, warum sie ihn dorthin mitgenommen und in ihre Pläne eingeweiht hatte. Sie hatte ihm auf diese Weise klargemacht, so klar, wie es Worte nie vermocht hätten, daß sie fest entschlossen war, ihren Weg zu gehen. Er konnte sie nicht mehr davon abbringen. Aber er konnte etwas anderes für sie tun. Jede seiner Entscheidungen hatte er in der Vergangenheit in Hinblick auf seinen eigenen Gewinn getroffen, was er auch nie bedauern mußte. Jetzt konnte er nur hoffen, daß er die Entscheidung, die er ganz selbstlos zu treffen bereit war, ebenfalls niemals würde bedauern müssen.

Sobald die Wohnungstür hinter ihnen ins Schloß gefallen war, wurde Philip geschäftsmäßig. »Hast du genaue Pläne vom Palast?«

»Natürlich.«

»Wie steht es mit Alarmanlage, Zeitplänen, Fluchtwegen?«

Sie zog den Mantel aus. Ihr Sweatshirt bauschte sich an den Hüften. »Ich kenne meinen Job.«

»Zeig sie mir.«

Sie nahm die Nerzkappe ab und schüttelte ihr Haar. »Wozu denn? Ich brauche keinen Berater.«

»Ich mache keinen Job, bevor ich nicht alles Notwendige darüber weiß. Komm, wir nehmen den Eßtisch.«

»Wovon sprichst du denn überhaupt?«

»Das sollte dir doch inzwischen klargeworden sein.« Er klopfte die schmelzenden Schneeflocken von seinem Mantel. »Ich komme mit dir.«

»Nein!« Sie hielt ihn am Arm fest, bevor er ins andere Zimmer gehen konnte. Ihre langen, schlanken Finger krallten sich wie Stacheln in seine Haut. »Nein, das wirst du nicht.«

»Ich versichere dir, daß sich mein Honorar im üblichen Rahmen bewegen wird.«

»Das ist kein Spaß. Ich arbeite allein. Ich habe schon immer allein gearbeitet.«

Er nahm ihre Hand von seinem Arm und hauchte ihr einen Kuß auf den Handrücken. »Gib nicht so an, Schatz.«

»Hör auf damit.« Sie wirbelte herum und rannte die Treppe hoch. Er ging ihr nach und fand sie, unruhig im Schlafzimmer auf und ab laufend. »Mein halbes Leben habe ich damit verbracht, diesen speziellen Coup zu planen. Ich kenne das Land, die Kultur und die Risiken. Das ist *mein* Ding, Philip, und *mein* Leben, das ich aufs Spiel setze. Ich will dich nicht dabeihaben. Ich will nicht, daß dein Blut an meinen Händen klebt.«

Er streckte sich auf ihrem Bett aus, so wie in der Nacht zuvor. »Mein liebes Kind, ich habe schon Schlösser geknackt, da hast du noch mit Puppen gespielt. Ich habe meine erste Million gestohlen, da bist du gerade deinem ersten BH entwachsen. Du magst gut sein Addy, du magst sogar sehr gut sein, aber du wirst nie halb so gut sein wie ich.«

»Du eingebildeter, egozentrischer Hurensohn.« Zu seinem Vergnügen wirbelte sie zu ihm herum. »Ich bin mindestens so gut wie du, wahrscheinlich sogar besser, als du je gewesen bist. Und ich habe die letzten fünf Jahre nicht faul auf meinem Hintern gesessen und Rosen gestutzt.«

Er grinste nur. »Ich habe mich nie erwischen lassen.«

»Ich auch nicht.« Als sein Grinsen breiter wurde, drehte sie sich fluchend von ihm weg. »Das war etwas ganz anderes. Du hattest nur einen Verdacht, bis ich mich entschloß, dir die Wahrheit zu erzählen.«

»Du warst nachlässig, als du in mein Zimmer eingebrochen bist, um dir dein Halsband zurückzuholen – und zwar, weil du wütend warst. Weil du dich von deinen Emotionen hast hinreißen lassen. Deine momentanen Absichten gründen sich auf Rache, aber Rache zählt zu den stärksten Emotionen überhaupt. Daher wirst du nicht allein nach Jaquir gehen.«

»Du hast dich zur Ruhe gesetzt.«

Er nahm eine kleine Dose Handcreme von ihrem Nachtkästchen, schraubte den Deckel ab und roch daran. »Dann steige ich eben zeitweilig wieder ins Geschäft ein. Du hast mich einmal gefragt, ob es mich nicht in den Fingern juckt, einen letzten, einen allerletzten, einmaligen Coup zu landen.« Er stellte die Dose wieder zurück und verschränkte seine Hände hinter dem Kopf. »Ich habe beschlossen, daß dies dieser letzte Coup sein wird.«

»Das ist mein Job. Such dir selbst einen.«

»Du gehst entweder mit mir zusammen nach Jaquir oder überhaupt nicht. Ich brauche nur den Hörer abzuheben. In London sitzt ein Mann, der wäre entzückt, deine Bekanntschaft zu machen.«

»Das würdest du tun?« Hin und her gerissen zwischen Wut und dem Gefühl, verraten worden zu sein, ließ sie sich am Fußende des Betts nieder. »Nach allem, was ich dir anvertraut habe?«

»Ich tue, was ich tun muß.« Er war schnell. Sie hatte beinahe vergessen, wie schnell. Seine Arme schossen wie Pfeile hinter seinem Kopf vor, packten sie und zogen sie zu ihm heran. »Ich bin verliebt in dich. Das ist ein ganz neuer Zustand für mich. Und ich habe nicht vor, dich zu verlieren. Ich besitze ein Haus auf dem Land, was schon mit dem Gedanken an dich erbaut worden sein könnte. Koste es, was es wolle, das Frühjahr werden wir beide gemeinsam dort verbringen.«

»Dann komme ich eben im Frühling nach.« Zu verzweifelt, um einen klaren Gedanken zu fassen, krallte sie sich an seinem Pullover fest. »Ich geb' dir mein Wort darauf. Aber ich könnte es nicht ertragen, wenn dir etwas zustößt.«

Seine Augen wurden schmal. Sein Griff fester. »Warum?«

Sie schüttelte den Kopf und versuchte, von ihm wegzurücken.

Er wollte wieder auf eine Antwort drängen, zwang sich aber dann, nicht weiter in sie zu dringen. »Nun gut, das kann warten. Hör zu. Ich werde dir keine Wahl lassen, nicht in dieser Angelegenheit. Entweder mit mir oder gar nicht. Ich versuche zu verstehen, warum dies alles so wichtig für dich ist, warum du es nicht seinlassen kannst. Und du mußt verstehen, warum es für mich genauso wichtig geworden ist.«

Als er sie freigab, lehnte sie sich zurück. Er sah jetzt genauso aus wie damals, als sie ihm zum ersten Mal auf der Straße im Nebel begegnet war – ganz in Schwarz gekleidet, das Haar streng zurückgebürstet, die Augen wachsam. Zum ersten Mal streckte sie, ohne sein Drängen, ihre Hand aus, um sein Gesicht zu berühren.

»Du bist ein Romantiker, Philip.«

»Offenbar.«

»Ich hole die Pläne.«

Sie breiteten Adriannes Unterlagen auf dem Tisch im Eßzimmer aus. Dieser Raum war sehr gediegen eingerichtet, Chippendale, Waterford, irisches Leinen. An einer lachsfarben gestrichenen Wand hing ein Gemälde von Maxfield Parrish, das eine Meerjungfrau darstellte. Philip konnte nicht umhin festzustellen, daß Adrianne viel romantischer veranlagt zu sein schien, als sie zugeben wollte.

Er stellte explizite Fragen, ging die Unterlagen Punkt für Punkt durch, beleuchtete jeden Aspekt von verschiedenen Seiten und fragte nach Alternativen, während es draußen unaufhörlich weiterschneite. Als die Dämmerung einbrach, schalteten sie das Licht ein und setzten frischen Kaffee auf. Das Rascheln der Pläne und Skizzen, das gelegentliche

Klicken eines Taschenrechners – all das verlieh ihrem konzentrierten Arbeiten die Atmosphäre einer Geschäftsbesprechung. Zum Abendessen gab es nur belegte Brote, und während sie aßen, machte sich Philip nebenbei eigene Notizen.

»Woher willst du wissen, daß das Sicherheitssystem zwischenzeitlich nicht modernisiert worden ist?«

»Ich stehe noch mit einigen Verwandten in Kontakt.« Sie rümpfte die Nase. Der Kaffeesatz schmeckte bitter. »Cousinen, Tanten. Als Abdus Sohn...«

»Dein Bruder?«

»Abdus Sohn«, wiederholte sie, um Abstand bemüht. Der Gedanke an den kleinen Jungen und daran, wie sehr sie ihn geliebt hatte, versetzte ihr noch immer einen Stich ins Herz. »Als er nach Kalifornien aufs College kam, haben wir uns dort getroffen. Dabei konnte ich ihm einige Informationen entlocken. Wie die meisten Mitglieder des Hofes, die ins Ausland gehen, gab sich auch Fahid sehr amerikanisch und fortschrittlich. Zumindest genoß er es, Levis Jeans zu tragen und einen Porsche zu fahren. Er hätte es gern gesehen, wenn Abdu einige politische und kulturelle Veränderungen in seinem Land vorgenommen hätte. Unter anderem kritisierte er, daß im Palast noch alles so geblieben ist wie vor hundert Jahren. Die Wächter tragen immer noch Waffen, erzählte er, obwohl eine elektronische Alarmanlage dies überflüssig machen würde.«

»Das bezieht sich auf die Sicherheitsmaßnahmen außerhalb des Palastes.«

»Ja. Die Wächter und die Lage des Palastes bieten ausreichend Schutz. Zumal es niemandem in Jaquir in den Sinn käme, die Probe aufs Exempel zu machen. Von einer Seite her ist der Palast durch einen hohen Schutzwall mit Zinnen geschützt, von der anderen durch das Meer, was einen heimlichen Zugang von außen sehr erschwert. Deshalb will ich ja versuchen, mich ganz offiziell im Haus aufzuhalten.«

»Erzähl mir noch mal alles über die Schatzkammer.« Er deutete mit dem Finger auf die entsprechenden Unterlagen.

»Also, die Schatzkammer ist über hundert Jahre alt. Sie ist

etwa sechs Meter breit und ebenso lang, absolut luft- und schalldicht. Kurz nach der Jahrhundertwende sperrte man dort eine Ehebrecherin der Königsfamilie ein, wo sie einsam und ganz langsam zwischen Bergen von Juwelen ihr Leben aushauchte. Seither nennt man die Schatzkammer auch Berinas Grab.« Sie rieb sich ihre übermüdeten Augen. »Nach dem Zweiten Weltkrieg wurde die Tür modernisiert. Es gibt jetzt drei Schlösser, zwei Kombinationsschlösser und eines, das sich mit einem Schlüssel öffnen läßt. Mit einem ganz gewöhnlichen Schlüssel. Der Herrscher von Jaquir trägt ihn stets an seinem Körper als ein Symbol seiner Macht.«

»Und die Alarmanlage?«

Sie seufzte und schob ihre Kaffeetasse beiseite. »Wurde in den Siebzigern installiert, als der Öl-Boom so viele Ungläubige nach Jaquir und in den Mittleren Osten lockte.«

»Ungläubige?«

Sie überging den amüsierten Unterton seiner Frage. »Amerikanische Geschäftsleute im besonderen. Wie in allen arabischen Ländern werden sie geduldet und gleichzeitig gehaßt. Ihre Technologien wurden dringend gebraucht, damit Jaquir von seinem Erdöl profitieren konnte. Das Geld floß in Strömen, und in bestimmten Gegenden hielt der Fortschritt Einzug: Elektrizität, moderne Straßen, Ausbau des Erziehungs- und Gesundheitswesen. Aber das Mißtrauen Fremden gegenüber blieb bestehen. Um sicherzustellen, daß keiner von ihnen ungesehen den Palast betrat, beziehungsweise daß niemand aus dem Palast mit den Fremden in Kontakt kam, wurde die Alarmanlage eingebaut. Noch mal: Sie dient hauptsächlich dazu, jemanden am Betreten des Palastes zu hindern. Man hat aber auch die Schatzkammer mit einer Alarmanlage gesichert.« Sie schob ihm die Skizzen hin. »Ein ganz simples Modell, wirklich. Schau, hier und hier kann man die Drähte ohne Schwierigkeiten abklemmen und den Strom unterbrechen.« Sie deutete auf die entsprechenden Punkte der Skizze. »Ich würde die Drähte jedoch nicht kappen, da ich das Land möglicherweise erst eine ganze Weile nach dem Einbruch verlassen kann.«

»Aber dieser Alarm sichert nur das Schloß und nicht den Innenraum.«

»Für die zweite Anlage habe ich eine Fernsteuerung bauen müssen. Sie arbeitet so ähnlich wie die Fernbedienung eines Fernsehers oder einer Stereoanlage. Ich habe fast ein Jahr dazu gebraucht.«

»Und du bist sicher, daß sie funktioniert?«

»Ich habe sie bei dem Barnsworth-Job letzten Herbst ausprobiert.« Sie schenkte ihm ein kühles Lächeln. »Elektronik ist mein Spezialgebiet.«

»Das habe ich gemerkt.«

»Mit diesem Gerät kann ich den Alarm aus einer Entfernung von rund 40 Metern ausschalten. Aber da ist noch ein menschliches Problem zu lösen. Auch im Palast selbst patrouillieren Wächter. Und bevor ich nicht drinnen bin, kann ich auch nicht ihren Zeitplan auskundschaften.«

»Überwachungskameras?«

»Keine. Abdu haßt Kameras.«

»Und was ist das?«

»Der alte, unterirdische Gang, der vom Gemach des Königs in den Harem führt. Durch ihn kann eine Frau den Harem verlassen, ohne gesehen zu werden.«

»Wird er immer noch benutzt?«

»Möglich. Kann sein, warum?«

»Ich suche nur nach Fluchtwagen. Wie hoch liegt dieses Fenster hier?«

»20 bis 25 Meter über den Klippen.«

»Dann bevorzuge ich doch eher den Harem.«

»Ja, wenn man dich dort erwischt, wirst du nur kastriert«, meinte sie ungerührt, als sie ihm ein Buch reichte. »Das ist ein exzellentes Werk über die Sitten und Gebräuche des Landes. Ich würde dir raten, es sorgfältig zu studieren, bevor du dich in einem dunklen Kerker wiederfindest, weil du eine Frau auf dem Markt am Arm berührt oder die falsche Frage gestellt hast.«

»Verbindlichsten Dank.«

»Jaquir ist ein Land, das du wahrscheinlich nie verstehen wirst, Philip. Du wirst ganz allein auf dich gestellt sein, wenn ich im Palast bin. Ich habe auch noch keinen blassen Schimmer, wie ich dich kontaktieren soll, wenn ich das Kollier habe.«

»Wenn du glaubst, daß ich in einem miserablen, stickigen Hotel Däumchen drehen werde, während du im Palast die Prinzessin spielst, dann hast du dich aber geschnitten. Ich komme selbstverständlich mit dir.«

Adrianne lehnte sich zurück und tippte mit dem Finger auf das Buch. »Du mußt wirklich dringend dieses Buch durchackern. Wenn ich erst in Jaquir bin, wirst du nicht einmal die Gelegenheit haben, mit mir zu sprechen, geschweige denn mich in den Palast zu begleiten. So verlangt es das Gesetz. Als Frau ist es mir strengstens untersagt, mit einem Mann, der nicht zur Familie gehört, zu sprechen. Nur wenn ich verheiratet bin, darf ich im Kreise der Familie einen Mann empfangen.«

»Wir müssen einen Weg finden, diese Vorschriften zu umgehen.« Er blätterte durch das Buch. »Und du mußt mir eine Einladung in den Palast besorgen.«

»Ich befinde mich kaum in der Position, Abdu um einen Gefallen zu bitten. Er muß mich zwar heimkehren lassen oder andernfalls Schande in Kauf nehmen, aber Gefälligkeiten erweisen muß er mir nicht.«

»Dann muß du mich eben heiraten.«

»Was soll der Unsinn?« Sie schnappte sich die Kaffeekanne und marschierte damit in die Küche.

»Nun, darüber können wir später noch verhandeln.« Er folgte ihr in die Küche und inspizierte den Kühlschrank in der Hoffnung, etwas Schmackhafteres als Butterbrote zu finden. »Vorher möchte ich dich aber meiner Mutter vorstellen.«

»Ich werde niemals heiraten.« Sie warf den Kaffeefilter in den Mülleimer und ließ den Deckel geräuschvoll zuklappen.

»In Ordnung, dann leben wir also weiterhin in Sünde zusammen, bis das erste Kind zur Welt kommt. Aber nun zurück zum Geschäftlichen.« Er entdeckte einen Karton Eiscreme im Kühlfach und löffelte sie direkt aus der Verpackung. »Wie wäre es dann wenigstens mit einer Verlobung – im Hinblick auf Abdu?« beendete er den Satz schnell, bevor sie etwas einwenden konnte.

»Wir werden uns auch nicht verloben, weder in Hinblick auf Abdu noch auf sonst jemanden.«

»Denk doch mal einen Augenblick darüber nach. Die Idee ist gar nicht so schlecht. Nach all den Jahren kehrst du nach Jaquir zurück, um vor der Eheschließung mit deinem Vater Frieden zu schließen. Um die Sache noch glaubhafter zu machen, sagst zu ihm, daß ich auf dieser Reise bestanden habe. Es würde mir Spaß machen, den arroganten Chauvinisten zu markieren.«

»Das würde dir auch sicherlich großartig gelingen.« Doch dann dachte sie tatsächlich über seinen Vorschlag nach, und während sie ihm das Eis aus der Hand nahm, sprach sie ihre Gedanken aus. »Das könnte tatsächlich klappen. Und es hätte zweifellos gewisse Vorteile. Er wird dich sicherlich im Palast wohnen lassen, um dich eingehend zu beäugen, in der Gewißheit, daß seine Zustimmung von großer Wichtigkeit ist. Wenn du sowieso unbedingt mitfahren willst, kannst du dich auch nützlich machen.«

»Sehr nett gesagt.« Er drückte ihre Nase in die Eiscremeschachtel. »Nun, warum übst du dich nicht schon mal in der Rolle der schweigsamen, unterwürfigen Ehefrau, während ich einige Telefonate führe?«

»Lieber freß ich eine Kakerlake.«

»Wie du willst, Liebes, aber es würde dein Schaden nicht sein, wenn du schon mal trainierst, ergeben zu nicken und zwei Schritte hinter mir zu gehen.«

»Ich beabsichtige nicht, länger als zwei Wochen dort zu verbringen.« Sie wischte sich das Eis von der Nase. »Also brauchst du dich gar nicht erst daran zu gewöhnen.«

»Ich werde mein Bestes tun.«

»Wen rufst du an?«

»Als erstes werde ich mich kundig machen, wie das mit dem Visum für Jaquir läuft. Und dann werde ich dafür sorgen, daß unsere Verlobung schnellstens die Runde macht. Wir müssen unsere Beziehung legalisieren, Eure Hoheit.«

»Ich werde dich nicht heiraten, Philip.«

»Gut, gut.« Er wollte ins Eßzimmer gehen, hielt dann aber inne. »Eine Frage noch. Wenn man mich in Jaquir in deinem Bett erwischt, welche Strafe habe ich dann zu erwarten?«

»Im günstigsten Fall die Kamelpeitsche. Aber wahrscheinlich wird man dich köpfen – und mich auch.«

»Hmmm. Das sollte einem Mann zu denken geben.«

Adrianne schüttelte den Kopf, als die Küchentür hinter ihm ins Schloß fiel. Ihr Blick fiel auf die Kaffeekanne, die sie nach kurzer Überlegung wegschob. Was sie jetzt brauchte, war ein Drink. Und zwar ein starker.

TEIL III
DIE SÜSSE

Früher oder später führt Liebe zu Rache.

Lord Byron

Je bitterer die Vergangenheit, desto süßer die Zukunft.

Shakespeare

22. Kapitel

Siebzehn Jahre waren eine lange Zeit, um sich Gedanken zu machen. Zu planen. Zu hassen. Das tiefe Saphirblau des Mittelmeers breitete sich wie ein Teppich unter ihnen aus, unterbrochen nur von einigen dahinziehenden, weißen Wolkenfetzen und einem kleinen Tüpfelchen Land, Zypern. Jaquir war nicht mehr weit, die Zeit des Wartens bald vorüber.

Adrianne lehnte sich zurück. Neben ihr döste Philip in dem weichgepolsterten Sitz des Privatflugzeugs. Sein Jackett, seinen Schlips und seine Schuhe hatte er abgelegt, um sich bequem ausstrecken und den letzten Abschnitt der Reise genießen zu können. Adrianne dagegen war voll bekleidet, hellwach und erlebte jede Minute, dic verstrich, ganz bewußt.

Sie hatten sich nach dem Start in Paris mit einer verzweifelten Heftigkeit geliebt. Oder vielleicht war es auch nur sie, die verzweifelt gewesen war. Sie hatte diese wilde, jeden Gedanken ausschaltende Ekstase, dieses Verschmelzen ihrer Körper genauso gebraucht wie die anschließende Entspannung und Ruhe.

Dieser Heimkehr hatte sie einen Großteil ihres Lebens gewidmet. Nun waren die langen Jahre zu wenigen Minuten zusammengeschrumpft, und sie hatte Angst. Es war keine Angst, die sie sich oder Philip hätte erklären können. Was sie jetzt empfand, war keine Angst, die feuchte Hände verursachte oder einen bitteren Geschmack im Mund zurückließ. Diese Angst wütete in ihrem Magen und pochte als dumpfer Schmerz hinter ihren Augäpfeln.

Das Bild, das sie von ihrem Vater hatte, war immer noch jenes, das sich in ihrer Kindheit geformt hatte, einhergehend mit der intensiven Liebe und der Furcht, die sie ihm gegenüber empfunden hatte. Wenn sie an ihn dachte, sah sie einen athletischen, schlanken Mann vor sich, mit einem nie lächelnden Mund und starken, schönen Händen.

Zwei Jahrzehnte war sie nun westlichen Gesetzen, Traditionen und Ansichten gefolgt. Daß sie eine durch und durch westliche Frau geworden war, daran zu zweifeln hätte sie sich nie gestattet. Doch die Wahrheit war – wenn sie diese auch lange unterdrückt hatte –, daß in ihren Adern Beduinenblut floß, und daß dieses Blut in einer Art und Weise reagieren könnte, die keine amerikanische Frau verstehen würde.

Würde sie sich verändern, wenn sie, nach Jaquir zurückgekehrt, im Hause ihres Vaters lebte, gebunden an die Gesetzte des Korans und an die gesellschaftlichen Vorschriften, die von Männern verfügt und überwacht wurden? Viel stärker als ihre Angst, ertappt, eingesperrt oder hingerichtet zu werden, war die Angst, ihre Persönlichkeit als Frau zu verlieren, für die sie so hart gekämpft hatte.

Diese Angst hielt sie auch davon ab, Philip gegenüber Versprechungen zu machen. Hielt sie davon ab, die Worte auszusprechen, die anderen Frauen so leicht über die Lippen kamen. Sie liebte ihn wirklich, doch diese Liebe hatte nichts mit der sanften Lieblichkeit gemein, mit der Dichter sie umschrieben. Diese Liebe mit ihren zwei Gesichtern war eine nicht zu bändigende Kraft, die Frauen schwach machte, sie dazu brachte, ihre eigenen Wünsche und Bedürfnisse hintanzustellen und sich ganz den Wünschen des Geliebten zu unterwerfen.

Der Pilot verließ die Reiseflughöhe. Immer schneller sanken sie dem blauen Teppich des Meeres entgegen. Die Nerven zum Zerreißen gespannt, tippte Adrianne auf Philips Schulter. »Ich muß mich fertig machen. Wir landen bald.«

Er war sofort wach und bemerkte die Nervosität in ihrer Stimme. »Du kannst es dir immer noch überlegen.«

»Nein, kann ich nicht.« Sie stand auf und öffnete ihre Reisetasche, die auf dem gegenüberliegenden Sitz stand. »Denk daran, nach dem Aussteigen wird man uns in getrennten Wagen zum Flughafengebäude bringen. Dort müssen wir den Zoll passieren.« Während sie sprach, verbarg sie ihr Haar unter einem schwarzen Kopftuch, bis keine Strähne mehr davon zu sehen war. »Das kann eine unangenehme

Prozedur werden, aber Abdus Einfluß wird die Formalitäten sicherlich vereinfachen. Bevor wir im Palast ankommen, werde ich dich nicht mehr sehen, und auch danach weiß ich nicht, wann. Außerhalb ist kein Kontakt möglich. In Hinblick auf mein gemischtes Blut und die Tatsache, daß ich einen Europäer heiraten werde, werden die Anstandsregeln im Palast wohl nicht ganz so streng gehandhabt werden. Aber du darfst unter keinen Umständen zu mir kommen. Wenn es irgendwie möglich ist, werde ich zu dir kommen.«

»Ich gebe dir achtundvierzig Stunden.« Während er seine Krawatte band, schaute er ihr zu, wie sie die schwarze *abaaya* anlegte. Dieser wie ein Sack geschnittene Umhang verhüllte ihren Körper vom Hals bis zu den Füßen und verwandelte sie augenblicklich in eine Moslime, was ihre Augen oder ihr dunkler Teint allein nicht vermocht hätten. »Wenn ich bis dann nichts von dir gehört oder gesehen habe, werde ich dich suchen gehen.«

»Und nur des Landes verwiesen werden, wenn du Glück hast.« Es war der Schleier, der sie am meisten störte. Anstatt ihn anzulegen, ließ Adrianne den feinen Stoff durch die Finger gleiten. Mit seinem gutsitzenden Jackett sah Philip sehr britisch und plötzlich sehr fremd aus. Sie ignorierte ihr Herzklopfen, das sie als dumpfen Schmerz in der Kehle spürte. Der Golf wurde immer breiter. »Du mußt mir in dieser Beziehung vertrauen, Philip. Ich beabsichtige, nicht mehr als zwei Wochen in Jaquir zu verbringen, und ich beabsichtige, Jaquir mit dem Kollier zu verlassen.«

»Es wäre mir lieber, du würdest *wir* sagen.«

»Also gut, wir.« Mit dem Ansatz eines Lächelns auf den Lippen wartete sie, bis Philip seine Schuhe angezogen hatte. »Ich hoffe, du wirst Abdu davon überzeugen können, daß du ein standesgemäßer Ehemann für mich bist. Ach, und vergiß nicht, über den Brautpreis mit ihm zu handeln.«

Er machte einen Schritt auf sie zu und nahm ihre beiden Hände. Sie zitterten nicht, aber sie waren eiskalt. »Wie hoch würdest du deinen Wert ansetzen?«

»Eine Million wäre eine angemessene Verhandlungsbasis.«

»Eine Million was?«

Daß sie immer noch herzlich lachen konnte, während sie ihren Sitz einnahm und sich anschnallte, war eine Erleichterung für beide. »Pfund Sterling. Jede Summe darunter wäre angesichts deiner gesellschaftlichen Stellung, die du vorgibst zu besitzen, eine Beleidigung.«

»In diesem Fall machen wir doch lieber gleich Nägel mit Köpfen.« Er holte ein kleines Kästchen aus seiner Jackentasche. Beim Anblick des Ringes darin zog Adrianne ihre Hand zurück, als habe sie sich verbrannt. Philip nahm den Diamantring und steckte ihn ihr an den Ringfinger. Ihre Reaktion war genau der Grund, warum er damit bis zur letzten Minute gewartet hatte. So hatte sie keine Zeit mehr, mit ihm zu diskutieren. »Du kannst ihn als Teil unserer Tarnung betrachten, wenn es dir so lieber ist.«

Adriannes Schätzung nach hatte der Stein mehr als fünf Karat und stammte der Farbe, die ein absolutes Reinweiß war, und der Qualität nach aus Rußland. Wie alle erstklassigen Diamanten strahlte auch dieser Leidenschaft und gleichzeitig Distanz aus. Die Funken, die der Stein vor dem pechschwarzen Hintergrund ihrer *abaaya* versprühte, erregten sie mehr als ihr lieb war. »Eine kostspielige Täuschung.«

»Der Juwelier versicherte mir, er würde den Ring liebend gerne wieder zurücknehmen.«

Auf diese Bemerkung hin schnellte ihr Blick hoch, und sie sah ihn noch grinsen, bevor er ihre Lippen mit den seinen verschloß. Sofort flackerte ihre Leidenschaft wieder auf und züngelte in heißen Flammen empor, als das Flugzeug auf der Rollbahn aufsetzte. Einen Augenblick nur wollte sie alles um sich herum vergessen – außer dem Versprechen an ihrem Finger und der Glut seiner Küsse.

»Ich gehe voraus.« Sie holte noch einmal tief Luft und löste den Gurt. »Sei vorsichtig, Philip. Ich könnte dein Blut auf *Sonne und Mond* nicht ertragen.«

»In zwei Wochen haben wir eine Verabredung in Paris mit einer Flasche Champagner.«

»Ich komme nur, wenn es eine Magnum ist«, grinste sie und legte den Schleier an.

Jaquir hatte sich verändert. Obwohl sie wußte, daß in den Siebzigern der Öl-Boom über das Land hereingebrochen war und westliche Einflüsse ihm ihren Stempel aufgedrückt hatte, war sie nicht auf den Anblick der modernen Hochhäuser mit ihren Glas- und Stahlkonstruktionen und die breiten, asphaltierten Schnellstraßen, auf denen nun dichter Verkehr herrschte, vorbereitet gewesen. Als sie Jaquir verlassen hatte, war das höchste Gebäude in der Hauptstadt Karfia der Wasserturm gewesen. Nun verschwand dieser Turm beinahe im Schatten der riesigen Hotels und Bürokomplexe. Dennoch kam es ihr so vor, als könnte die Stadt, trotz aller modernen Straßen und Glasfassaden, ebenso schnell wieder in der Wüste verschwinden, falls es Allah gefiele.

Dicke Mercedes-Lastwagen donnerten über die Schnellstraße. Frachter drängten sich im Hafen, während sich die auf Abfertigung wartenden Schiffsladungen in den Docks stapelten. Sie wußte, daß Jaquir sich politisch nicht festlegen wollte und es der Regierung bisher durch Einfühlungsvermögen, List und Geld gelungen war, ihre Nachbarn im Osten und auch die nervösen Hintermänner im Westen zu beschwichtigen. An seinen Grenzen wütete Krieg, aber Jaquir verhielt sich, zumindest nach außen hin, immer noch neutral.

Doch in gewisser Weise hatte sich das Land auch wieder nicht verändert. Als sie in die Stadt fuhren, erkannte sie, daß trotz der modernen Gebäude, trotz der Schnellstraßen und der nun zahlreich dort vertretenen Ausländer Jaquir immer noch Jaquir geblieben war. Sie hatte es schon am Flughafen bemerkt, wo Frauen, beladen mit Koffern, Bettzeug und Kinderwagen, in separate Busse gepfercht und durch spezielle, mit FRAUEN UND FAMILIEN beschilderte Ausgänge geschleust wurden, stets bewacht von Männern, die ihnen Befehle und Anweisungen entgegenbrüllten. Und auch die Minarette der Moschee, die sich in den stahlblauen Himmel erhoben, verkörperten das alte Jaquir.

Das Nachmittagsgebet war vorüber, die Geschäfte und Märkte waren geöffnet. Selbst durch die geschlossenen Fenster der Limousine vermeinte sie das Summen des geschäftigen Treibens draußen zu hören, die Kadenzen der arabischen Sprache, das leise Klicken der Gebetsperlen. Frauen schlenderten durch die Basare, in Grüppchen oder in Begleitung eines männlichen Verwandten. Wachsamen Blicks, gnadenlos über die Einhaltung der Gesetze wachend, patrouillierten die *matawain* mit ihren struppigen, hennagefärbten Bärten und den Kamelpeitschen durch die Straßen. Durch die getönten Scheiben beobachtete Adrianne, wie einer von ihnen auf eine Ausländerin zuschoß, die die Ungehörigkeit besessen hatte, die Ärmel hochzuschieben und ihre Arme zu entblößen.

Man mochte zwar die letzten Jahre des ausgehenden 20. Jahrhunderts schreiben, doch in Jaquir herrschten weiterhin die mittelalterlichen Sitten.

Dattelpalmen säumten die Straßen. Aber auch Mercedes- und Rolls-Royce-Limousinen. Sie fuhren am Modehaus Dior vorbei, das hier eine Dependance errichtet hatte, mit zwei Eingängen selbstverständlich, einen für Frauen und einen für Männer. Adrianne sah die kostbarsten Edelsteine in den Schaufenstern namhafter Juweliere glitzern, und gleich daneben einen alten Mann in einer weißen *throbe* und kaputten Sandalen, der einen staubigen Esel an der Leine führte.

Die Häuser in Jaquir wurden vorwiegend aus Lehm gebaut und waren daher nicht beständiger als der Wüstensand. Blumen rankten sich an den Mauern empor. Die Fenster waren vergittert, alle Fenster, um die Frauen dahinter zu verstecken – aber nicht, weil sie so hochgeschätzt und verehrt wurden, dachte Adrianne, sondern weil sie als törichte Wesen angesehen wurden, Opfer ihres eigenen, ungezügelten Sexualtriebes.

Mit *throbe* und Turban bekleidete Männer saßen auf roten Teppichen und aßen Fladenbrot. *Shwarma.* Seltsam, dachte Adrianne, daß sie den Geschmack des würzigen Lammfleisches auf den flachen Broten beinahe noch schmecken konnte.

Die Limousine verließ jetzt das Basarviertel, und die Straße stieg an. Hier standen im Schatten einiger Bäume die eleganteren Häuser. Eine oder zwei dieser Villen leisteten sich sogar den Luxus eines Rasens. Sie glaubte sich daran zu erinnern, schon einmal in einer dieser Villen zu Besuch gewesen zu sein, wo in einem schummrigen Salon grüner Tee serviert worden war, die Seidengewänder der Damen geraschelt und die schweren Düfte der Räucherstäbchen ihr den Atem genommen hatten.

An den dunklen, leeren Augen der Wächter vorbei rollte die schwere Limousine schließlich durch die Tore des Palastes. Auch dieser hatte sich wenig verändert, obwohl er ihr in ihrer kindlichen Erinnerung prachtvoller erschienen war, als er sich ihr jetzt darstellte. Im grellen Licht der Nachmittagssonne leuchteten die gekalkten Palastmauern wie frisch gefallener Schnee. Das grüne Ziegeldach bildete dazu einen beinahe überheblichen Kontrast. Die Fensterscheiben, hinter denen die Vorhänge zugezogen waren, um das Sonnenlicht auszusperren, glitzerten wie die Oberfläche eines stillen Sees. Die Minarette des Palastes ragten weit in den azurblauen Himmel, waren aber zum Zeichen der Ehrerbietung gegenüber Allah nicht höher als die der Moschee. Eine hohe Wehrmauer umgab den Palast, damit der im Falle eines Aufstandes oder eines Angriffs von außen verteidigt werden konnte. An den rückwärtigen Mauern des Palastes brachen sich donnernd die Wellen des Mittelmeeres. Seine üppig begrünten Gärten schützten ihn vor unliebsamen Beobachtern – beziehungsweise die Frauen des Hauses vor eventuellen Versuchungen, wenn diese in den Gärten spazierengingen.

Obwohl es ein Eingangstor für Frauen und eines für Männer gab, fuhr die Limousine nicht durch den Haupteingang, sondern durch den Garten. Adriannes Brauen hoben sich unmerklich. Also wurde sie direkt in den Harem gebracht, bevor sie Abdu sehen sollte. Nun, vielleicht war das ganz gut so.

Sie wartete, bis der Fahrer die Wagentür öffnete. Obwohl sie das Gefühl hatte, daß er ein wenn auch entfernter Verwandter war, bot er ihr beim Aussteigen nicht die Hand an und hielt seine Augen geflissentlich von ihr abgewandt. Sie raffte ihre langen Kleider und stieg aus dem Wagen. Die Hitze und die schweren Düfte raubten ihr den Atem. Ohne sich umzusehen, öffnete sie selbst das Tor zum Garten.

Dort sprudelte noch immer der Springbrunnen, den ihr Vater für ihre Mutter im ersten Jahr ihrer Ehe hatte bauen lassen. Die Karpfen, die darin schwammen, hatten die Länge eines Männerarms. Um den Brunnen herum rankten sich, angezogen von der Feuchtigkeit, die verschiedensten Blumen.

Bevor sie die verborgene Tür erreicht hatte, wurde diese von einer schwarz gekleideten Dienerin geöffnet. Die intensiven Düfte und Gerüche der Frauen, die ihr entgegenschlugen, versetzten sie augenblicklich zurück in ihre Kindheit. Nachdem die Tür ins Schloß gefallen war, tat sie das, wonach sie sich schon während der ganzen Fahrt gesehnt hatte. Sie nahm den Schleier ab.

»Adrianne.« Aus dem Halbschatten trat eine Frau auf sie zu. Sie roch streng nach Moschus und trug ein festliches, rotes Kleid, das in einem Ballsaal des 19. Jahrhunderts viel Beifall geerntet hätte. »Willkommen zu Hause.« Sie begrüßte Adrianne traditionsgemäß mit einem Kuß auf beide Wangen. »Du warst noch ein Kind, als ich dich zum letzten Mal sah. Ich bin deine Tante Latifa, die Frau von Fahir, dem Bruder deines Vaters.«

Adrianne erwiderte ihre Begrüßung. »Ich erinnere mich an dich, Tante Latifa. Ich habe Duja getroffen. Es geht ihr gut, und sie ist glücklich. Sie läßt dich ganz herzlich grüßen und ihrem Vater ihre Verehrung ausrichten.«

Latifa nickte. Obwohl sie vom Rang her unter Adrianne stand, hatte sie fünf gesunden Knaben das Leben geschenkt und wurde im Harem mit ehrerbietigem Respekt, dem bisweilen ein wenig Neid beigemischt war, behandelt. »Komm mit, hier stehen einige Erfrischungen bereit. Die anderen möchten dich ebenfalls willkommen heißen.«

Auch hier hatte sich wenig verändert. Wie damals mischte sich der Duft von gewürztem Kaffee mit den schweren Parfums und dem beißenden Qualm des Räucherwerks. Auf der mit einer goldbestickten Tischdecke verhüllten Festtafel türmten sich Kuchen und Leckereien, die nicht weniger farbenprächtig waren als die Gewänder der Frauen. Sie trugen Seide und Satin und trotz der unbarmherzigen Hitze sogar Samt. Perlen und Pailetten glitzerten im trüben Schein der Lampen. Da war der warme Schimmer von Gold, das eisige Glimmen von Silber und das allgegenwärtige Funkeln von Juwelen. Armbänder klingelten, Spitzen rauschten, als die traditionellen Begrüßungen ausgetauscht wurden.

Adrianne führte ihre Lippen an die Wangen von Abdus zweiter Frau, der Frau, die Phoebe vor langer Zeit so viel Unglück beschert hatte, doch sie grollte ihr nicht. Eine Frau mußte hier die Rolle ausfüllen, die man von ihr erwartete. Adrianne fand dies auch gleich bestätigt, da Leiha, obwohl schon siebenfache Mutter und bereits über Vierzig, offensichtlich wieder schwanger war.

Sie begrüßte Cousinen, an die sie sich noch erinnerte, und eine Schar jüngerer Prinzessinnen. Einige trugen ihr Haar kurz geschnitten, andere in Locken gelegt. Ausgefallene Frisuren und prächtige Gewänder, das waren Dinge, mit denen sie sich selbst eine Freude machten oder, wie Kinder mit einem neuen Spielzeug, voreinander brüsteten.

Dann war da Sara, Abdus letzte Frau, ein zierliches Mädchen mit großen Augen, höchstens sechzehn Jahre alt und ebenfalls schwanger. Der Wölbung ihres Bauches nach zu urteilen, mußte sie zur selben Zeit empfangen haben wie Leiha. Adrianne bemerkte, daß die Steine in ihren Ringen und Ohrgehängen nicht kleiner waren als die, welche Leiha trug. So verlangte es das Gesetz. Ein Mann konnte sich vier Frauen nehmen, aber nur, wenn er sie alle gleich behandelte.

Phoebe war nie wie die anderen Frauen behandelt worden, aber Adrianne wäre es nie eingefallen, dieses junge Mädchen deshalb zu verachten. »Herzlich willkommen hier«, wisperte Sara mit einer melodischen Stimme, die ein wenig über die englische Sprache stolperte.

»Das ist Prinzessin Yasmin.« Adriannes Tante legte ihre Hand auf die Schulter eines etwa zwölfjährigen Mädchens mit dunklem Teint, an dessen Ohrläppchen dicke, goldene Kreolenringe baumelten. »Deine Schwester.«

Adrianne zuckte unmerklich zusammen. Sie wußte, daß

sie hier Abdus andere Kinder kennenlernen würde, aber sie hatte nicht erwartet, in Augen zu blicken, die die gleiche Farbe und Form hatten wie ihre eigenen. Auf diese frappierende Ähnlichkeit war sie nicht vorbereitet. Entsprechend steif war dann auch ihre Begrüßung, als sie Yasmin auf die Wange küßte.

»Willkommen im Haus meines Vaters.«

»Dein Englisch ist sehr gut.«

Yasmin hob ihre Brauen auf eine Art, die Adrianne zeigte, daß sie bereits eine Frau war, obgleich sie noch keinen Schleier trug. »Ich besuche die Schule, damit ich nicht ungebildet ins Haus meines Ehemannes gehe.«

»Ich verstehe.« Adrianne legte ihre *abaaya* ab und faltete, eine Dienerin mit einer Geste zurückwinkend, diese selbst sorgfältig zusammen. Im Saum der *abaaya* war ihr Handwerkzeug eingenäht. »Du mußt mir erzählen, was du schon alles gelernt hast.«

Yasmin taxierte Adriannes einfache weiße Bluse und den Rock mit dem Blick einer Modekritikerin. Da Duja einmal Zeitungsfotos von Adrianne in den Harem geschmuggelt hatte, wußte Yasmin, daß ihre Schwester sehr schön war, und hatte eigentlich erwartet, sie in einer eleganten roten Glitzerrobe anzutreffen.

»Jetzt führe ich dich erst einmal zu meiner Großmutter.«

Die Frauen bedienten sich unterdessen bereits am Buffet. Essen, je reichlicher, desto besser, gehörte zu ihren Lieblingsbeschäftigungen, und die Gespräche waren schon wieder wie üblich bei Babys und der neuesten Mode angelangt.

Die alte Dame, die in einem Brokatsessel saß, war ganz in leuchtendes Smaragdgrün gehüllt. Zahllose Falten und Furchen durchzogen ihr Gesicht, doch ihr Haar leuchtete noch immer in einem tiefen Hennarot. An ihren von Arthritis gekrümmten Fingern steckten bestimmt ein Dutzend Ringe, deren Edelsteine im Schein der Lampen funkelten, als sie den etwa zweijährigen Jungen auf ihrem Schoß streichelte. Die zwei Dienerinnen, die rechts und links neben ihr standen, fächelten den Rauch aus einer bronzenen Räucherlampe in ihr Haar.

Fast zwanzig Jahre waren vergangen, seit Adrianne, damals gerade acht, diesen Ort verlassen hatte, aber die Erinnerungen an diese Zeit kehrten augenblicklich zurück. Tränen schossen ihr in die Augen und rannen über ihre Wangen, und nichts hätte sie aufhalten können. Anstatt sie angemessen zu begrüßen, fiel Adrianne vor ihrer Großmutter auf die Knie und bettete den Kopf in ihren Schoß. Ihre Großmutter, die Mutter ihres Vaters.

Ihre Beine fühlten sich jetzt knochig und dünn an unter dem steifen Satinstoff ihres Kleides. Doch sie roch noch genauso wie früher, nach einer Mischung aus Mohnsamen und Gewürzen. Als sie die Hand ihrer Großmutter über ihren Kopf streichen fühlte, lehnte sie sich dagegen. Die schönsten und süßesten Erinnerungen, die sie an Jaquir hatte, waren die an ihre Großmutter, wie sie übers Haar gestrichen und ihr Märchen von Piraten und Prinzessinnen erzählt hatte.

»Ich wußte, daß ich dich wiedersehen würde.« Jiddah, nun an die Siebzig, zwölffache Mutter und die einzige Frau, die sich König Ahmend je genommen hatte, streichelte den Kopf ihrer geliebten Enkeltochter und drückte gleichzeitig ihr jüngstes Enkelkind an die Brust. »Ich weinte, als du uns verließest, und weine, da du zurückgekommen bist.«

Wie ein Kind wischte sich Adrianne die Tränen mit dem Handrücken ab und erhob sich dann, um Jiddah zu küssen. »Großmutter. Du bist viel schöner als in meiner Erinnerung. Ich habe dich so vermißt.«

»Du kommst zurück als erwachsene Frau, und ich sehe deinen Vater in deinen Gesichtszügen.«

Sie versteifte sich ein wenig, brachte aber ein Lächeln zustande. »Vielleicht sind es deine Züge, Großmutter.«

Jiddah erwiderte ihr Lächeln und ließ dabei Zähne sehen, die zu weiß und ebenmäßig waren, um ihre eigenen zu sein. Das Gebiß war neu, und sie war ebenso stolz darauf wie auf das Smaragdkollier um ihren Hals. »Vielleicht.« Sie ließ sich von einer Dienerin Tee einschenken. »Pralinen für meine Enkeltochter. Naschst du immer noch so gerne?«

»Ja.« Adrianne ließ sich auf einem Kissen zu Jiddahs Füßen nieder. »Ich erinnere mich, daß du mir früher oft eine

Handvoll dieser Pralinen geschenkt hast. Um sie aus dem roten oder silbernen Staniolpapier auszuwickeln, brauchte ich immer so lange, daß sie mir in der Hand zerschmolzen. Aber du hast mich nie geschimpft.« Jetzt erst bemerkte sie, daß Yasmin immer noch neben ihr stand und sie – abgesehen von einem kleinen Blitzen in den Augen, das man als Eifersucht deuten konnte – mit unbeweglicher Miene betrachtete. Ohne nachzudenken, streckte Adrianne ihr die Hand entgegen und zog sie zu sich auf das Kissen. »Erzählt Großmutter immer noch Märchen?«

»Ja.« Nach kurzem Zögern entspannte sich Yasmin. »Willst du mir von Amerika erzählen und dem Mann, den du heiraten wirst?«

Ihren Kopf gegen Großmutters Knie gestützt, in der Hand eine Tasse Tee, begann Adrianne zu erzählen. Erst viel später wurde ihr bewußt, daß sie Arabisch gesprochen hatte.

Was Paläste anbetraf, so bevorzugte Philip nach eingehender Betrachtung doch eher die europäischen. Einen soliden Steinbau mit großen Fenstern, die mindestens zwei Flügel besaßen, und dicken, alten Holzbalken. Dieser hier war düster, da Jalousien, Vorhänge und die Gitter jegliches Sonnenlicht aussperrten. Sicherlich war es ein prächtiger Palast, wenn man die kostbaren seidenen Wandbehänge und die Mingvasen in den Wandnischen betrachtete. Und ausgesprochen modern. In dem Badezimmer der Suite, die man ihm angewiesen hatte, sprudelte heißes Wasser aus goldenen Wasserhähnen. Wahrscheinlich war er zu britisch, um die Gebetsteppiche und Moskitonetze entsprechend würdigen zu können.

Die Fenster seiner Räume gingen auf den Garten hinaus, was ihm sehr angenehm war. Trotz der gleißenden Sonne öffnete er die Fenster und ließ den schweren Duft der Jasminblüten hereinströmen.

Wo war Adrianne?

Ihr Bruder, Kronprinz Fahid, hatte ihn vom Flughafen abgeholt. Philip erschien der junge Mann mit dem Burnus über den untadelig geschnittenen Maßanzug, dem perfekten Englisch und den vollenden Manieren als der typische Vertreter eines im Westen erzogenen Orientalen. Fahid hatte Adrianne nur ein einziges Mal erwähnt, als er ihm mitteilte, daß man sie direkt in den Harem bringen würde.

Mit geschlossenen Augen rief sich Philip noch einmal die Grundrißpläne ins Gedächtnis. Der Harem lag zwei Stockwerke tiefer im Westflügel. Die Schatzkammer am entgegengesetzten Ende des Palastes. Heute nacht würde er auf Erkundungstour gehen. Aber jetzt – er klappte seinen Koffer auf – mußte er den perfekten Gast und respektablen Bräutigam spielen.

Er hatte ein ausgiebiges Bad in der im Boden versenkten großen Wanne genommen und seine Sachen ausgepackt, als er den Gebetsruf vernahm. Von weither drang die tiefe, kehlige Stimme des Muezzin durch die geöffneten Fenster herein. *Allahu Akbar*. Gott ist allmächtig.

Ein Blick auf seine Uhr sagte Philip, daß dies der dritte Gebetsruf des Tages sein mußte. Der nächste würde bei Sonnenuntergang ertönen, der letzte eine Stunde danach.

Die Märkte und Basare würden schließen, die Männer sich niederknien und mit der Stirn den Boden berühren. Im Palast, wie auch sonst überall, würden nach dem Willen Allahs sämtliche Geschäfte und Beschäftigungen ruhen.

Leise öffnete Philip seine Tür. Der Zeitpunkt war günstig, um eine erste Bestandsaufnahme zu machen.

Es erschien ihm am sinnvollsten, zunächst seine unmittelbare Umgebung zu erkunden. Der Raum neben seiner Suite war leer, die Vorhänge zugezogen und das Bett mit militärischer Präzision gemacht. Der Raum gegenüber war ebenfalls leer. Leise schlich er den Flur entlang und öffnete eine andere Tür. Dort kniete ein Mann, nein ein Junge, in Gebetshaltung am Boden, das Gesicht gen Mekka gewandt. Sein Gebetsteppich war mit Goldfäden durchwoben, der Baldachin über seinem Bett leuchtete königsblau. Philip zog leise die Tür zu, bevor er sich in den zweiten Stock aufmachte.

Dort mußten seiner Berechnung nach Abdus Büro und die Besprechungsräume liegen. Er hatte später noch genügend Zeit herauszufinden, ob sie bewacht waren. Jetzt ging er ins

Erdgeschoß hinunter, wo es still war wie in einer Gruft. Rasch, da die Zeit drängte, erkundete er den Weg zur Schatzkammer.

Die Tür war verschlossen. Er mußte nur eine Nagelfeile aus der Tasche ziehen, um sie zu öffnen. Ein kurzer Blick nach rechts und nach links, dann schlüpfte er hinein und zog die Tür hinter sich zu.

Die anderen Räume waren düster, doch in diesem hier war es stockfinster. Es gab kein einziges Fenster. Er bedauerte es, keine Taschenlampe mitgebracht zu haben, und tastete sich vorsichtig in Richtung Tresor. Die Stahltüre fühlte sich kalt an. Anstelle der Augen seine Fingerspitzen benützend, tastete Philip die Länge und Breite der Tür und die Position der Schlösser ab.

Wie Adrianne ihm berichtet hatte, gab es zwei Kombinationsschlösser. Sorgsam darauf bedacht, die Zahlenräder nicht zu berühren, maß er mit Hilfe der Nagelfeile das Schlüsselloch des konventionellen Schlosses ab, welches sich als sehr groß und altmodisch herausstellte. Die Dietriche, die er mitgebracht hatte, würden bei einem so alten Schloß nichts ausrichten können, aber es gab immer andere Mittel und Wege. Zufrieden trat er einen Schritt zurück. Er mußte noch einmal mit einer Taschenlampe wiederkommen, aber das hatte Zeit.

Seine Hand berührte gerade den Türknopf, als er draußen auf dem Gang Schritte hörte. Fluchen half ihm jetzt auch nicht weiter, dachte er, als er sich hinter der Tür an die Wand preßte.

Es waren zwei Männer, die arabisch sprachen. Einer von beiden war, zumindest dem Tonfall nach zu schließen, ärgerlich, der andere nervös. Philip hoffte, sie würden weitergehen. Dann hörte er Adriannes Namen. Zu dumm, daß er kein Arabisch sprach.

Sie diskutierten über sie. Dessen war er sich sicher. In der einen Stimme lag genug Gehässigkeit, daß sich Philips Muskeln anspannten und seine Hände sich zu Fäusten schlossen. Er hörte einen scharfen Befehl, auf den Schweigen folgte, dann das rasche Klappern von Absätzen auf den Fliesen, als einer der Männer davonging. Das Ohr an die Tür gepreßt, hörte Philip den verbleibenden Mann auf Englisch einen Fluch ausstoßen. Prinz Fahid, vermutete Philip. Und die wütende Stimme mußte Abdu gehört haben. Warum stritten sich Adriannes Vater und ihr Bruder über sie? Oder um sie?

Er wartete, bis auch Fahid weggegangen war, und schlich dann hinaus. Der Gang war wieder verlassen, die Tür geschlossen. Mit den Händen in den Taschen schlenderte Philip in Richtung Garten. Wenn man ihn hier finden sollte, konnte er sich immer auf sein besonderes Interesse an Flora und Fauna herausreden. Die Wahrheit war, er wollte raus, und er wollte nachdenken.

Adrianne hatte nicht damit gerechnet, daß sie das, weswegen sie gekommen war, so hart ankommen würde. Nicht technisch gesehen – sie vertraute auf ihre und Philips Fähigkeiten. Womit sie nicht gerechnet hatte, waren die vielen Erinnerungen. Wie Gespenster flüsterten sie ihr aus allen Ecken und Nischen zu. Den Harem empfand sie als einen tröstlichen Ort, die Gespräche, die Düfte und die Geheimnisse der Frauen taten ihr gut. Hier war es möglich, die eingeschränkte Bewegungsfreiheit für kurze Zeit zu vergessen und die Abgeschiedenheit zu genießen. Aber was auch immer geschah, sie würde nie mehr in der Lage sein, zurückzukehren.

Wie ein Bach plätscherten die Gespräche über Sex, Boutiquen und Fruchtbarkeit dahin, es gab aber auch neue Themen. Eine Cousine hatte ihren Doktor gemacht, eine andere ihr Lehrerinnenexamen bestanden. Es gab eine junge Tante, die als Verwaltungsbeamtin im Straßenbau tätig war, obgleich alle Kontakte mit den Männern, mit denen sie zu tun hatte, telefonisch oder schriftlich abliefen. Das Bildungssystem hatte sich nun auch den Frauen geöffnet, und die ergriffen diese Chance mit beiden Händen. Männliche Lehrkräfte lehrten mittels privater Fernsehkanäle, aber sie lehrten. Und die Frauen lernten.

Wenn es einen Weg gab, alte Traditionen mit Neuem zu verknüpfen, so würden sie ihn finden.

Adrianne hatte die Dienerin nicht bemerkt, die ins Zimmer

getreten war und sich nah an Großmutters Ohr gebeugt hatte. Als Jiddah sie am Kopf berührte, wandte sie sich ihr mit einem Lächeln zu.

»Dein Vater wünscht dich zu sehen.«

Adriannes Wohlbehagen verschwand so schnell wie eine Wasserpfütze im heißen Sand der Wüste. Sie legte sich zwar die *abaaya* um, verzichtete jedoch bewußt auf den Schleier. Er sollte ihr Gesicht sehen – und sich erinnern.

23. Kapitel

Wie Jaquir hatte sich auch sein Herrscher verändert und war im Grunde doch der gleiche geblieben. Er war gealtert. Das war das erste, das Adrianne auffiel, als sie ihn sah. In ihrer Erinnerung, die unterstützt wurde von den alten Zeitungsfotos, die ihre Mutter gehortet hatte, war er ein Mann gewesen, so alt wie sie jetzt, mit dem stolzen Gesicht eines Falken und pechschwarzem, vollem Haar. Der Falke war in seinen nun scharf hervortretenden Gesichtszügen noch sichtbar, doch Sonne und Alter hatten tiefe Falten in seine Haut gegraben. Besonders an den Winkeln seines Mundes, der selten lachte, und um seine Augen, die stets auf der Hut waren und alles und jeden taxierten. Sein Haar war noch voll wie in seiner Jugend, immer noch wie eine Mähne zurückgebürstet und immer noch ein Ausdruck seiner Eitelkeit. Hier und dort entdeckte sie einige graue Silberfäden. Er hatte nur wenig Gewicht angesetzt und sich die Figur eines Soldaten erhalten.

Seine *throbe* war mit Goldfäden bestickt, seine Sandalen mit Edelsteinen verziert. Die Jahre ließen ihn sogar noch attraktiver aussehen, wie das mitunter bei Männern der Fall ist. Er hatte ein Gesicht, das Frauen anzog, obwohl oder vielleicht auch weil es so wenig Mitgefühl ausstrahlte.

Adriannes Magen krampfte sich zusammen, als sie auf ihn zuging. Sie bewegte sich langsam, aber nicht aus Unsicherheit, auch nicht aus Respekt, sondern um diesen Augenblick, auf den sie so lange gewartet, den sie so sehr herbeigesehnt hatte, ganz klar zu erleben. Nichts war vergessen. Nichts wird je vergessen sein.

Wie im Harem atmete sie auch hier Gerüche ein, die in ihrer Erinnerung haften geblieben waren – Bohnerwachs, Blumen, ein Hauch von Räucherkerzen. Sie ging weiter, näherte sich einer Vergangenheit, die sie nie ganz losgelassen hatte. Sie war schon früher zu ihm gegangen oder geduckt von ihm weggeschlichen. Doch bis zu diesem Moment war ihr nie bewußt gewesen, daß sie sich an keine Gelegenheit erinnern konnte, da er zu ihr gekommen war.

Er hatte sie nicht in eines seiner Privatgemächer bestellt, sondern in die große, hellerleuchtete Halle, in der er seine wöchentlichen *majlis*, seine Audienzen abhielt. Die Vorhänge an den Fenstern waren aus schwerem königsblauem Stoff – eine Farbe, die er schon immer bevorzugt hatte. Der Teppich war sehr alt, sein Vater, sein Großvater und die Könige vor ihnen waren schon darüber gegangen. Er hatte ein dichtes blauschwarzes Muster, unterbrochen von wellenförmigen, golddurchwirkten Ornamenten, die wahrscheinlich Schlangen darstellen sollten. Rechts und links neben dem Eingangsportal standen zwei mannshohe Urnen. Der Legende nach wurden sie vor zwei Jahrhunderten von einem anderen Abdu in Persien erworben. In jeder von ihnen soll eine Jungfrau eingeschlossen sein.

Ein goldener Löwe mit Saphiraugen bewachte den Sessel aus blauer Seide, auf dem Abdu Platz nahm, wenn er die Abgesandten seines Volkes empfing.

Dieser Raum blieb normalerweise den Frauen verschlossen. Dies zeigte Adrianne, daß ihr Vater sie immer noch als ein Subjekt und nicht als seine Tochter betrachtete. Wie von den persischen Jungfrauen wurde auch von ihr erwartet, daß sie sich dem Willen des Königs beugte.

Sie bleib vor ihm stehen. Obwohl er kein großer Mann war, mußte sie das Kinn anheben, um ihm direkt in die Augen sehen zu können. Was immer er empfand, falls er etwas empfand, verstand er perfekt zu verbergen. Er beugte sich ihr für den traditionellen Begrüßungskuß entgegen. Seine

Lippen berührten dabei kaum ihre Wangen, und er ließ weniger Gefühl dabei erkennen als bei einem Fremden. Das schmerzte. Sie hatte dies nicht erwartet, war darauf nicht vorbereitet gewesen, und es tat weh.

»Ich heiße dich willkommen.«

»Ich danke Ihnen für die Erlaubnis, zurückkehren zu dürfen.«

Er setzte sich und deutete, nach einem langen Moment des Schweigens, auf einen Stuhl. »Bist du ein Kind Allahs?«

Diese Frage hatte sie erwartet. Religion stand in Jaquir über allem. »Ich bin keine Moslime«, antwortete sie ruhig, »aber es gibt nur einen Gott.«

Die Antwort schien ihn befriedigt zu haben, denn er winkte einem Diener, Tee einzuschenken. Der Anstand gebot es, zwei Tassen bereitzuhalten. »Es freut mich, daß du heiraten willst. Eine Frau bedarf des Mannes Schutz und Führung.«

»Ich heirate Philip nicht des Schutzes oder seiner Führung wegen.« Sie nippte an ihrem Tee. »Noch heiratet er mich, um seine Sippe zu vermehren.«

Sie hatte ganz entschieden gesprochen, so wie ein Mann zu einem anderen sprechen würde, aber nicht wie eine Frau zu einem König. Er hätte sie dafür schlagen können; das war sein Recht. Statt dessen lehnte er sich zurück, die Teeschale mit beiden Händen umfassend. Sie war aus feinstem französischem Porzellan. Seine Hände waren breit und mit Ringen bestückt. »Du bist eine Frau des Westens geworden.«

»Ich lebe dort, wie meine Mutter dort gelebt hat.«

»Wir wollen nicht von deiner Mutter sprechen.« Er stellte seine Teeschale ab, hielt dann eine Hand hoch, als ein Diener herbeigesprungen kam, um sie zu füllen.

»Sie hat oft von Ihnen gesprochen. Sehr oft.«

Etwas regte sich in seinen Augen. Adrianne konnte sich der Hoffnung nicht enthalten, es sei Bedauern. Aber es war Wut. »Als meine Tochter bist du hier willkommen und wirst mit der Ehrerbietung behandelt, die dir als Mitglied des Hauses Jaquir gebührt. Während deines Aufenthaltes wirst du dich an die geltenden Regeln und Vorschriften halten. Du wirst dein Haar bedecken und deine Augen niederschlagen.

Deine Kleidung sowie deine Rede wird bescheiden sein. Wenn du Schande über mich bringst, wirst du so bestraft werden, wie ich jede Frau meiner Familie bestrafen würde.«

Um das Zittern ihrer Hände vor ihm zu verbergen, hielt sie sich an der Teeschale fest. Nach all den Jahren, dachte sie, nach so vielen Jahren konnte er nur in Befehlen und Drohungen sprechen. Ihr Plan, sich als die Frau darzustellen, die er erwartete, wurde überflügelt von dem Drang, die Frau zu sein, die sie war.

»Ich werde keine Schande über Sie bringen, aber ich bin beschämt. Meine Mutter litt und starb einen elendigen Tod, während Sie nichts unternommen haben, um ihr zu helfen.« Als er sich daraufhin aus seinem Sessel erhob, sprang sie ebenfalls auf, so schnell, daß ihr die Teeschale aus der Hand fiel und klirrend auf dem Boden zersprang. »Wie konnten Sie sich nur so teilnahmslos verhalten?«

»Sie hat mir nichts bedeutet.«

»Nichts. Sie war nur Ihre Frau«, gab sie zurück. »Es hätte so wenig bedurft, aber Sie haben ihr nichts gegeben. Sie haben sie und mich im Stich gelassen. Sie sollten sich schämen.«

Jetzt schlug er sie, schlug sie mit dem Handrücken mitten ins Gesicht, daß ihr Kopf nach hinten flog und ihr die Tränen in die Augen traten. Dies war kein unbedachter Klaps, sondern ein wohlüberlegter, gezielter Schlag, wie ihn ein Mann seinem Feind beibringen würde. Wäre sie nicht gegen den Stuhl gefallen, an dem sie sich festhalten konnte, so wäre sie zu Boden gestürzt. Obwohl sie taumelte, gelang es ihr stehenzubleiben.

Ihr Atem kam stoßweise, wobei sie um Fassung rang und ihre Tränen unterdrückte. Langsam hob sie eine Hand, um sich über die blutende Schramme zu wischen, die einer der diamantenbesetzten Ringe ihres Vaters auf ihrer Wange hinterlassen hatte. Ihre Augen, den seinen so ähnlich in Form und Ausdruck, hielten seinem Blick trotzig stand. Es war nicht sie gewesen, die er geschlagen hatte, und das wußten sie beide. Es war Phoebe gewesen. Immer noch Phoebe.

»Vor Jahren«, brachte sie heraus, »wäre ich für soviel Aufmerksamkeit von Ihrer Seite glücklich gewesen.«

»Ich werde dir jetzt meine Meinung darüber mitteilen, und dann werde ich nicht mehr darüber sprechen.« Nachlässig bedeutete er einem Diener, die Scherben zu entfernen. Die Wut, die sie in ihm entfacht hatte, schickte sich nicht für einen König. »Deine Mutter hat Jaquir verlassen und damit alle Rechte, jegliche Loyalität und Respekt verwirkt. Ebenso die deinen. Sie war so schwach, wie Frauen sind, aber sie war auch durchtrieben und käuflich.«

»Käuflich?« Selbst auf die Gefahr hin, wieder geschlagen zu werden, sagte sie, was sie sagen mußte. »Wie können Sie so von ihr sprechen? Sie war die freundlichste, warmherzigste Frau, die ich kenne.«

»Sie war eine Schauspielerin.« Er spuckte diese Worte aus wie Unrat. »Sie stellte sich vor Männern zur Schau. Die einzige Schande, die ich mir zugestehen muß, ist die, daß ich mich von ihr blenden ließ, sie in mein Heimatland brachte und sie gebrauchte, wie ein Mann eine Hure gebraucht.«

»Sie haben sie schon früher so genannt.« Diesmal bebte ihre Stimme. »Wie kann ein Mann so von der Frau sprechen, die er geheiratet und mit der er ein Kind hat?«

»Ein Mann kann eine Frau heiraten, kann seinen Samen in sie pflanzen, aber er kann ihre Natur nicht ändern. Sie weigerte sich, zum islamischen Glauben überzutreten. Als ich sie hierhergebracht hatte und mein Blick sich klärte, erkannte ich, daß sie ihre Stellung und ihre Pflichten nicht akzeptieren wollte.«

»Sie war krank und unglücklich.«

»Sie war schwach und sündig.« Er hielt eine Hand hoch, wie ein Mann, der nichts weiter zu tun brauchte, um Gehorsam zu erzwingen. »Du bist das Resultat meiner früheren Blindheit und nur hier, weil mein Blut in deinen Adern fließt und Fahid sich für dich eingesetzt hat. Dies ist eine Sache der Ehre, meiner Ehre. Du hast nur ein Recht zu bleiben, solange du das respektierst.«

Sie wollte es ihm ins Gesicht brüllen, schreien, daß er keinerlei Ehre besaß. Ein Teil von ihr hatte sich immer noch nach seiner Liebe gesehnt, die er ihr versagte. Kein Dieb der Welt hätte jetzt noch dieses Schloß aufbrechen können. Adrianne legte die Hände ineinander und schlug die Augen nieder – beides Gesten der Unterwerfung. Wenn er sie wieder geschlagen hätte, hätte sie dies akzeptiert. Er hätte ihre Mutter beschimpfen und beleidigen können, und sie hätte es geschehen lassen. Soviel Macht besaß Rache.

»Ich bin in meines Vaters Haus und respektiere seinen Willen.«

Er nickte gnädig. Von einer Frau seiner Familie hatte er nichts anderes erwartet. Er genoß seine Stellung als König. Als er vor vielen Jahren mit einer Königin nach Jaquir zurückgekehrt war, einer Ungläubigen, war er verhext gewesen. Er hatte seine Wurzeln, seine Pflichten, seine Gesetze wegen einer Frau vergessen.

Die Strafe dafür war, daß sein erstes Kind eine Tochter war und seine Königin ihm keine weiteren Kinder mehr gebären konnte. Nun stand die Tochter aus dieser schändlichen Verbindung vor ihm, den Blick gesenkt, mit verschränkten Händen. Da es Allah gefallen hat, sie ihm als Erstgeborene zu schenken, würde er ihr das geben, was ihr zustand, aber nicht mehr.

Mit einem gezischten Befehl winkte er einen Diener heran, der ihm ein Kästchen reichte. »Dein Verlobungsgeschenk.«

Adrianne hatte sich wieder unter Kontrolle und streckte die Hand danach aus, klappte den Deckel auf. Das dunkle Purpurrot von Amethysten funkelte ihr entgegen, die in einer schweren, aufwendig gearbeiteten Fassung saßen. Der Mittelstein war quadratisch geschliffen und so groß wie ihr Daumen. Ein Kollier, das einer Prinzessin zur Ehre gereichte. Der Preis dieses Geschenks, hätte sie es vor Jahren erhalten, hätte ihrer beider Schicksal verändert.

Jetzt war es nur ein farbiger Stein. Sie hatte stets bessere gestohlen.

»Sie sind sehr großzügig. Ich werde stets an meinen Vater denken, wann immer ich das Kollier trage.« Das war ein Versprechen.

Er gab wieder ein Zeichen, bevor er zu ihr sprach. »Ich werde jetzt deinen Verlobten empfangen. Während wir über die Hochzeitsformalitäten sprechen, magst du dich in deine Gemächer zurückziehen oder im Garten spazierengehen.«

Sie verbarg das Kästchen in den Falten ihrer *abaaya*, so daß er nicht sehen konnte, wie sich ihre Finger darum schlossen. »Wie Sie wünschen.«

Als Philip dem Diener in den Empfangsraum folgte, war er nicht darauf vorbereitet, Adrianne zu begegnen, schon gar nicht, sie immer noch in Schwarz gekleidet vorzufinden, den Kopf gesenkt und die Schultern eingezogen, als erwarte sie einen Schlag. Das strahlende Weiß von Abdus *throbe* bildete einen harten Kontrast zu ihrer schwarzen *abaaya*. Sie standen dicht nebeneinander, so dicht, daß sich ihre Überwürfe beinahe berührten, doch von Versöhnung oder Familienbanden war nichts zu spüren. Abdu blickte über ihr Haupt hinweg, als sei sie gar nicht vorhanden.

»Mit Ihrer Erlaubnis«, murmelte sie.

»Ja.« Abdu gewährte sie ihr, ohne sie dabei anzusehen.

»König Abdu ibn Faisal Rahman al-Jaquir, Herrscher des Hauses Jaquir, Scheich der Scheichs, darf ich Ihnen Philip Chamberlain vorstellen, den Mann, den ich, Ihre Zustimmung vorausgesetzt, heiraten werde.«

»Mr. Chamberlain.« Abdu kam mit ausgestreckter Hand auf ihn zu. Er konnte sich sehr wohl nach westlichen Regeln benehmen, wenn es ihm gefiel. »Willkommen in Jaquir und in meinem Haus.«

»Danke.« Philip ergriff Abdus Hand. Sie war weich, der Händedruck kräftig.

»Sind Sie mit Ihren Räumen zufrieden?«

»Mehr als das. Ich stehe tief in Ihrer Schuld.«

»Sie sind mein Gast.« Er warf Adrianne einen raschen Blick zu. »Du magst gehen.«

Er sagte dies in einem Tonfall, mit dem man eine Dienerin entläßt. Philip bemerkte ihn, ärgerte sich darüber und war schon geneigt, sich statt dessen darüber zu amüsieren. Da hob Adrianne ihr Gesicht. Es sah sie nur ganz kurz an, doch das genügte, um die Wunde, die quer über ihr Jochbein lief, zu bemerken. Rasch senkte sie wieder ihren Kopf und verließ, begleitet vom Rascheln ihrer Röcke, den Raum.

Philip mußte einige Male langsam und tief durchatmen. Um ihretwillen würde er nichts Ungehöriges tun oder sagen. Vielleicht täuschte er sich auch. Höchst unwahrscheinlich, daß Abdu seine Tochter beim ersten Treffen nach über zwanzig Jahren geschlagen hatte.

»Möchten Sie Platz nehmen?«

Philip nahm sich zusammen und wandte sich an Abdu. Der Blick, der sich auf ihn heftete, war sehr hart und sehr taxierend. »Vielen Dank.« Mittlerweile war frischer Tee gebracht und eingeschenkt worden.

»Sie sind Brite?«

»Ja, ich wurde in England geboren und habe dort die meiste Zeit meines Lebens verbracht, obgleich ich sehr viel reise.«

»Geschäftlich.« Den angebotenen Tee ignorierend, verschränkte Abdu seine beringten Hände. »Sie handeln mit Edelsteinen.«

Mit dieser Tarnung arbeitete er schon seit Jahren, und dank Interpol war sie hieb- und stichfest. »Ja. Dieses Geschäft erfordert einen sicheren Blick und ein Gespür fürs Handeln. Ich liebe Edelsteine.«

»Wir Araber sind geborene Händler und verstehen etwas von Steinen.«

»Gewiß. Der Rubin an Ihrem Ringfinger. Erlauben Sie?«

Abdus Brauen hoben sich ein wenig irritiert, aber er streckte Philip seine Hand entgegen.

»Sieben bis acht Karat, schätzungsweise burmesischer Herkunft – exzellente Farbe, Taubenblut-Rot, wie sie genannt wird, mit dem glasklaren Glanz, den man von einem hochwertigen Stein erwartet.« Damit lehnte sich Philip zurück und griff zu seiner Teeschale. »Ich erkenne Kostbarkeiten und weiß sie zu würdigen, Eure Hoheit. Deshalb möchte ich auch Ihre Tochter zur Frau nehmen.«

»Sie sind sehr offen, aber bei einer derartigen Hochzeit spielen noch andere Dinge eine Rolle als Ihr Wunsch allein.« Abdu schwieg danach eine Weile. Er hatte sich über Adriannes Hochzeit einige Gedanken gemacht, von der Art, die er normalerweise an untergeordnete gesellschaftliche oder politische Angelegenheiten verschwendete. Wäre sie reinen Blutes gewesen, hätte er einer Verehelichung mit einem Europäer niemals zugestimmt, ganz zu schweigen mit einem bleichgesichtigen, britischen Edelsteinhändler. Ihr Blut war aber nicht rein, und für ihn war sie daher von geringerem Wert als ein gutes Rennpferd. Wenigstens konnte sie als Bindeglied zwischen Europa und Jaquir fungieren. Aber was ihm viel wichtiger war, er wollte sie weit weg von Jaquir wissen.

»Ich hatte nur wenig Gelegenheit, Ihren gesellschaftlichen Hintergrund zu überprüfen, aber was ich in Erfahrung gebracht habe, stellt mich zufrieden.« Und vielleicht wird sie sogar, anders als ihre Mutter, Knaben zur Welt bringen. Enkelsöhne in England könnten sich in der Zukunft als ganz nützlich erweisen. »Wäre Adrianne in meinem Hause geblieben, so hätte man für sie eine andere Verbindung gewählt, eine, die ihrem Rang angemessen gewesen wäre. Nun, da dies nicht der Fall ist, bin ich geneigt, Ihnen meine Zustimmung zu erteilen – wenn wir uns über die Bedingungen einig werden.«

»Ich wage nicht, mich als Experte Ihrer Kultur zu bezeichnen, aber ich weiß, daß finanzielle Vereinbarungen gebräuchlich sind.«

»Der Brautpreis, ein Geschenk, das Sie meiner Tochter anbieten werden. Dieses bleibt in ihrem Besitz, jetzt und zukünftig.« Er dachte dabei sicherlich nicht an *Sonne und Mond*, aber Philip. »Es wird zudem von Ihnen erwartet, ihrer Familie ein Geschenk anzubieten, als Ausgleich für den Verlust der Tochter.«

»Ich verstehe. Und welches Geschenk würde Sie für Adrianne entschädigen?«

Er beabsichtigte mit Philip ein wenig zu spielen. Seinen Erkundigungen nach war der Engländer ein wohlhabender Mann, aber es gab Dinge, die Abdu viel wichtiger waren als Geld. An erster Stelle sein Stolz. »Sechs Kamele.«

Obwohl seine Brauen einen Satz nach oben machten, gelang es Philip einigermaßen, seine Belustigung zu verbergen. Nachdenklich trommelte er mit einem Finger auf die Stuhllehne. »Zwei.«

Abdu freute sich über dieses Angebot mehr als über eine schnelle Zustimmung. »Vier.«

Obwohl Philip nicht die geringste Ahnung hatte, wie er an ein Kamel kommen sollte, geschweige denn an vier, nickte er. »Einverstanden.«

»So soll es niedergeschrieben werden.« Philip nicht aus den Augen lassend, bellte er einem Diener eine Anordnung zu. »Mein Sekretär wird die Verträge vorbereiten, einen in Englisch und einen in Arabisch. Ist Ihnen das recht?«

»Ich befinde mich in Ihrem Land, Eure Hoheit. Wir werden selbstverständlich nach Ihren Regeln vorgehen.« Er setzte seine Teeschale ab und sehnte sich nach einer Zigarette. Dem Tee waren Gewürze beigemischt, die seinem britischen Gaumen gelinde gesagt unangenehm waren. »Als Adriannes Vater werden Sie sicherlich dafür Sorge tragen, daß sie gut versorgt sein wird.«

Abdus Miene blieb ausdruckslos. Es mochte eine Spur Sarkasmus in Philips Stimme mitgeklungen haben, oder vielleicht war es auch nur sein britischer Akzent. »Selbstverständlich.«

»Selbstverständlich. Ich habe an eine Million Pfund gedacht.«

Es passierte Abdu nur selten, daß ihn etwas überraschen konnte, aber noch seltener kam es vor, daß man ihm die Überraschung auch ansah. Dieser Engländer war entweder verrückt oder absolut besessen von ihr. Vielleicht besaß Adrianne wie ihre Mutter die Gabe, einen Mann zu verhexen. Doch das Schicksal dieses Engländers lag ihm genausowenig am Herzen wie das seiner Tochter, die ihn durch ihre Anwesenheit an einen seiner größten Fehler erinnerte. Er würde ihr nicht die Ehre zuteil werden lassen, um sie zu handeln.

»So soll es niedergeschrieben werden. Wir werden heute abend ein Essen geben, um Sie meiner Familie vorzustellen und die Verlobung bekanntzugeben.« Er erhob sich, um ihn zu entlassen.

»Es wird mir eine Ehre sein.« Er hatte erwartet, daß Abdu ihm gegenüber eine gewisse Kälte zeigen würde, aber die

Reaktion war viel starrer, viel nüchterner, als er sich dies vorgestellt hatte. »Werden Sie bei der Hochzeit im Frühling anwesend sein?«

»Im Frühling?« Zum ersten Mal spielte um Abdus Lippen eine Regung, die wohl ein Lächeln darstellen sollte. »Wenn Sie eine Zeremonie in Ihrem eigenen Land abhalten möchten, so betrifft mich dies nicht. Die Hochzeit wird auf alle Fälle hier stattfinden, nächste Woche, so wie es die Gesetze und Traditionen in Jaquir verlangen. Sie möchten sicher bis zum Abend noch etwas ruhen. Ein Diener wird Sie in Ihre Räume begleiten.«

Philip blieb fassungslos stehen, als Abdu ihn verließ. Am liebsten hätte er laut gelacht, aber er bezweifelte, daß Adrianne die Neuigkeit lustig finden würde.

Der Abend war eine Mischung aus alten Traditionen und neuen Einflüssen. Adrianne band sich das Haar, trug aber keinen Schleier. Sie war bescheiden gekleidet, ihr hochgeschlossenes Abendkleid mit langen Ärmeln, das bis zu ihren Knöcheln reichte, entsprach dem *aurat*, bedeckte alle Körperteile, die eine Frau nicht zeigen durfte. Aber es war von Yves Saint Laurent. In den Frauengemächern hatte sich rasch die Kunde verbreitet, daß Philip der Familie vorgestellt werden sollte. Daher wußte Adrianne, daß Philip es geschafft hatte. Nun, da Philip und die Verlobung akzeptiert waren, war die erste Hürde ihres Plans genommen.

Es war zu spät für eine Umkehr. Es war immer zu spät gewesen.

Der Diamant an ihrem Finger blitzte im Spiegel, während sie die Verletzung an ihrer Wange mit Make-up zu kaschieren versuchte. Die Symbole zweier Männer, die ihr Leben verändert hatten.

Zurücktretend musterte sie sich mit einem letzten Blick. Sie hatte freiwillig Schwarz gewählt, in der Gewißheit, die anderen Frauen würden in allen Regenbogenfarben glänzen. In Schwarz würde sie nur noch bescheidener und unterwürfiger erscheinen. Widerwillig legte sie das Amethystkollier um. Abdu erwartete es so. Sie hatte beschlossen, Abdus Erwartungen auch weiterhin in allen Punkten gerecht zu werden, bis sie Jaquir verließ.

In einer Beziehung hatte Philip recht behalten. Wenn sie ihre Emotionen die Überhand gewinnen ließ, wurde sie nachlässig. So wahr die Worte auch sein mochten, die sie Abdu heute nachmittag entgegengeschleudert hatte, waren sie dennoch unbesonnen gewesen. Die Wunde würde sie immer daran erinnern, daß Abdu nie ein Mann war, der zuhörte, wenn eine Frau mit ihrem Herzen zu ihm sprach.

Noch einmal fuhr sie mit dem Finger sacht über die Wunde. Sie war nicht wütend über den Schlag, nicht einmal ärgerlich. Der Schmerz war ein kurzer gewesen, und die Wunde selbst half ihr, sich zu erinnern, daß hier in Jaquir, trotz aller neuen Gebäude, Straßen und Freiheiten, immer noch die Männer nach ihrem Gutdünken herrschten. Sie war für Abdu weniger eine Tochter als eine unliebsame Person, die er verheiraten und außer Landes schaffen mußte, damit die Fehler, die er begangen hatte, nicht seine Ehre beschmutzten.

Dies alles bedauerte sie nicht. Was sie aber zutiefst schmerzte, war, daß sie während all der langen Jahre nie die Hoffnung auf Liebe, Verzeihen und Versöhnung ganz aufgegeben und dafür stets einen Platz in ihrem Herzen freigehalten hatte.

Diese Hoffnung war nun gestorben. Adrianne drehte sich zur Tür, als es klopfte. Jetzt gab es nur noch ein Ziel.

»*Yellah.*« Yasmin, in grell gestreiften Satin gewandet, nahm ihre Hand. »Komm schon. Beeil dich«, wiederholte sie auf Englisch. »Mein Vater hat nach uns schicken lassen. Warum trägst du Schwarz, wo dir doch Rot viel mehr schmeicheln würde?« Mit zuckenden Lippen ließ sich Adrianne zu den anderen Frauen ziehen.

Die Männer waren bereits im Salon versammelt. Abdu, drei seiner Brüder, seine zwei Söhne und diverse Cousins. Adrianne warf einen Blick auf den Jungen, der ihr jüngster Bruder war. Obwohl erst vierzehn, zählte er schon zu den Männern. Einen Augenblick lang musterten sie sich gegenseitig. In seinen Augen spiegelte sich die gleiche Neugier, die sie empfand, aber auch Ablehnung. Diesmal unterdrückte sie ihr Lächeln nicht und wurde dafür mit einem kurzen Anheben seiner Mundwinkel belohnt. Sein Lächeln erinnerte sie an Großmutter.

Und da war Philip, der so wunderbar europäisch aussah. Wie eine Oase, dachte sie, erfrischend und tröstlich. Am liebsten hätte sie ihre Hand nach seiner ausgestreckt, um sie auch nur für einen kurzen Augenblick zu drücken. Eine Verbindung herzustellen. Statt dessen hielt sie ihre Hand demütig vor sich gefaltet.

Er wünschte, er könnte nur fünf Minuten mit ihr allein sein. Seit dem Verlassen des Flugzeugs hatten sie keine Gelegenheit gehabt, auch nur ein einziges Wort miteinander zu sprechen. Er hätte ihr gerne von der Fußangel erzählt, die Abdu ausgelegt hatte. Fünf Minuten nur, dachte er, den Konventionen entfliehen, die Schutz und Einschränkung zugleich bedeuteten. In ihr brodelte ein Vulkan. Heute nachmittag hatte er ihn in ihren Augen kurz auflodern sehen. Wer konnte sagen, ob Abdus Ankündigung ihn nicht zum Ausbrechen bringen würde?

Eine nach der anderen wurden ihm die Frauen vorgestellt, in einer umständlichen Zeremonie, die dem Buckingham Palace alle Ehre gemacht hätte. In ihren opulenten, farbigen Cocktailkleidern zogen sie wie ein Regenbogen an ihm vorüber, dunkelhäutige Frauen mit dunklen Augen und leisen Stimmen. Manche der Roben waren elegant, andere protzig, einige sehr modisch und wieder andere lächerlich. Aber die Frauen darin zeigten alle das gleiche Benehmen. Sie hielten den Kopf gesenkt, schlugen die Augen nieder, und ihre kostbar beringten Finger falteten sich am Ende ihrer langen Ärmel.

Er beobachtete, wie Adrianne auf den Wink ihres Vaters hin vortrat, um ihre Brüder zu begrüßen. Fahid küßte sie auf die Wangen und drückte dann kurz ihre Arme. »Ich freue mich für dich, Adrianne. Willkommen zu Hause.«

Es war ihm ernst damit, hatte sie den Eindruck. Obwohl sie sich nie in Jaquir zu Hause fühlen könnte, empfand sie eine gewisse Behaglichkeit. *Ich liebe Adrianne.* Das hatte er oft zu ihr gesagt, einfach, ehrlich, in seiner kindlichen Art. Sie waren keine Kinder mehr, und doch war etwas aus dieser Zeit in der Art verblieben, wie sich ihre Blicke trafen und nicht voneinander ließen. Wie hätte sie, die so lange allein gelebt hatte, ahnen können, daß ihr ihre Familie doch etwas bedeuten würde?

»Ich freue mich, dich wiederzusehen.« Und auch ihr war es ernst damit.

»Unser Bruder Rahman.«

Sie wartete, wie es der Anstand gebot, bis er sie küßte. Es war keine Abneigung, was sie empfand, als er ihre Wangen streifte, sondern Scheu.

»Willkommen, Schwester. Wir danken Allah, daß er dich zurückgebracht hat.«

Rahman. Seine Augen waren die eines Dichters, und er trug den Namen ihres Urgroßvaters, des Kriegers. Adrianne wollte gerne mit ihm reden, eine Verbindung zu ihm knüpfen. Aber Abdu beobachtete sie.

Philip beobachtete indessen weiterhin, wie sie der übrigen Familie vorgestellt wurde. Ihren jüngeren Bruder erkannte er als den Jungen wieder, der in dem Zimmer nahe seinen Räumen gebetet hatte. Was war es wohl für ein Gefühl, einem Bruder gegenüberzustehen, den man noch nie gesehen hat? Sicherlich ein seltsames, aber bislang hatte er noch nie darüber nachgedacht, daß er möglicherweise auch Geschwister haben könnte. Er dachte an die Kluft, die zwischen Adrianne und ihren anderen Geschwistern lag. Vielleicht war es gar nicht so schlecht, nichts darüber zu wissen.

Sie sprach arabisch, sehr flüssig und melodisch. Mehr als alles andere ließ dieser fremde Klang ihrer Stimme die ganze Szenerie wie einen Traum erscheinen. Obwohl er wortlos darum flehte, sah sie kein einziges Mal in seine Richtung, sondern stellte sich auf einen Wink hin an Abdus Seite.

»Heute abend haben wir einen Grund zur Freude.« Mit Rücksicht auf Philip sprach er in klarem, präzisem Englisch. »Ich vertraue diese Frau meiner Familie diesem Mann an. Nach dem Willen Allahs und Ihm zur Ehre sollen sie verheiratet werden.« Damit nahm er Adriannes Hand und legte sie in Philips. »Möge sie ihm eine fruchtbare und bescheidene Frau sein.«

Adrianne hätte darüber lächeln können, aber dann sah sie ihre Großmutter und mit ihr einige jüngere Frauen sich die Tränen aus den Augenwinkeln tupfen.

»Die Dokumente sind unterschrieben«, fuhr Abdu fort. »Der Preis ist festgesetzt. Die Zeremonie wird heute in einer Woche stattfinden. *Inshallah.*«

Philip spürte, wie sich ihre Finger in seiner Hand verkrampften. Ihr Kopf schoß hoch, und für die Dauer von zwei Herzschlägen brodelte der Vulkan in ihren Augen. Dann senkte sie wieder ihren Blick und nahm die gutgemeinten Wünsche für eine glückliche Ehe und reichen Kindersegen entgegen.

Sie hatten immer noch kein Wort miteinander gewechselt, als sich Adrianne zusammen mit den anderen Frauen zurückzog, um in der Abgeschiedenheit des Harems und außer Blickweite der Männer ihre Verlobung zu feiern.

Adrianne hatte schlechte Träume und warf sich unruhig im Bett hin und her. Die Träume waren unklar. Einer blendete sich formlos in den anderen ein und ließ sie mit einem Gefühl von Unwohlsein und Schmerz zurück. Sie hatte gehofft, erschöpft in einen tiefen Schlaf sinken zu können. Nach all den Plaudereien über Hochzeitskleider und Hochzeitsnächte *mußte* sie völlig erschöpft sein. Aber ein Schlaf, in dem sie schlechte Träume verfolgten, war keine Erholung.

Als sich eine Hand über ihren Mund legte, fuhr sie im Bett hoch; eine Hand umklammerte einen Arm, die andere suchte verzweifelt Halt.

»Ruhig«, flüsterte ihr Philip direkt ins Ohr. »Wenn du schreist, werden mich deine Verwandten bei lebendigem Leib zerstückeln.«

»Philip!« Eine Woge der Erleichterung durchflutete sie. Ihre Arme schlangen sich um seinen Hals. Er ließ sich mit ihr aufs Bett niedersinken und erstickte ihr Murmeln mit seinen Lippen. Das war es, wonach er sich den ganzen Abend gesehnt, wonach er sich verzehrt hatte. Er hatte nicht gewußt, daß sich sein Verlangen binnen weniger Stunden derart steigern und die Sorge um sie wie ein Mühlstein auf seinen Schultern lasten könnte.

»Ich bin beinahe verrückt geworden«, raunte er ihr ins Ohr. »Hab' mich gefragt, wann ich dich endlich sprechen und dich berühren kann. Ich will dich, Addy.« Er knabberte zärtlich an ihrem Ohrläppchen. »Jetzt.«

Mit einer gewisperten Zustimmung vergrub sie ihre Finger in seinem Haar. Im nächsten Moment stieß sie ihn von sich weg und setzte sich auf. »Verdammt noch mal. Was machst du hier? Weißt du nicht, was passiert, wenn sie dich hier finden?«

»Ich habe dich auch vermißt.«

»Das ist kein Scherz. Gleich neben den Suks finden immer noch öffentliche Hinrichtungen statt.«

»Ich habe nicht vor, wegen dir meinen Kopf zu verlieren.« Er nahm ihre Hand und zog sie an seine Lippen. »Auf jeden Fall nicht mehr, als ich davon ohnehin schon verloren habe.«

»Du bist ein Dummkopf«, hauchte sie, und ihr Puls wurde schwach.

»Ein Romantiker.«

»Das kommt aufs gleiche raus.« Die Laken von sich werfend, kroch sie aus dem Bett. »Du mußt von hier verschwinden, und zwar schnell.«

»Zuerst werden wir ein paar Takte miteinander reden. Adrianne, es ist drei Uhr morgens. Jeder hier im Palast liegt, mit Lammbraten und Granatäpfeln vollgestopft, in tiefem Schlaf.«

Sie ließ sich wieder aufs Bett plumpsen. Fünf Minuten nur, davon würde die Welt schon nicht untergehen, beruhigte sie sich. Und es tat so gut, ihn neben sich zu wissen. »Wie bist du in die Frauengemächer gelangt?«

»Durch den Tunnel.« Er hatte recht. Er konnte ihr Muttermal im Dunkeln finden.

»Großer Gott, Philip, wenn man dich gesehen hätte…«

»Hat man aber nicht.«

»Willst du mir bitte zuhören?«

»Bin ganz Ohr.«

»Und Hände.« Sie schlug sie weg. »Es ist schon dumm genug, deinen zugewiesenen Flügel zu verlassen, aber hier…« Sie unterbrach sich, um seine geschickten, flinken Finger abzuwehren, die an den Knöpfen ihres Nachthemdes nestelten. »Wie hast du mein Zimmer gefunden?«

»Ich hab' da so meine Methoden.«

»Philip.«

»Ein kleiner Peilsender an deinem Kosmetikkoffer.«

Mit einem empörten Zischen stand sie auf und baute sich vorm Bett auf. »Du bist zu lange bei Interpol gewesen. Wenn du diese Angelegenheit wie einen Spionageroman handhabst, wirst du tatsächlich deinen Kopf verlieren.«

»Ich mußte dich einfach sehen. Mußte mich versichern, daß es dir gutgeht.«

»Das weiß ich ja zu schätzen, aber es war ausgemacht, daß du wartest, bis ich dich kontaktiere.«

»Willst du unsere kostbare Zeit mit langweiligen Diskussionen darüber verschwenden?«

»Nein?« Die Lampe anzuknipsen wollte sie nicht riskieren, doch sie zündete zwei Kerzen an. »Ich glaube, in Anbetracht von Abdus Kabinettstückchen sind einige klärende Worte tatsächlich angebracht.«

»Es tut mir leid, daß dich diese Neuigkeit wie ein Blitz aus heiterem Himmel getroffen hat. Es war leider unmöglich, dich zu warnen.«

»Laß uns lieber überlegen, was wir in dieser Sache unternehmen können.«

»Was können wir schon dagegen tun?« Die Spur von Selbstgefälligkeit in seiner Stimme entging ihr nicht. »Ich habe bereits unterschrieben. Ich bezweifle ernsthaft, daß es uns gelingen wird, in weniger als einer Woche das Kollier zu stehlen und ungesehen das Land zu verlassen.«

»Da magst du recht haben.« Sie setzte sich wieder hin und versuchte noch einmal, wie schon den ganzen Abend, die Sache zu durchdenken. »Ich frage mich schon die ganze Zeit, ob er einen Verdacht hegt und deshalb die Hochzeit so schnell wie möglich über die Bühne bringen will?«

»Ob er vermutet, daß seine Tochter einer der Meisterdiebe dieses Jahrhunderts ist?«

Fragend runzelte sie die Stirn. *»Einer?«*

»Ich bin schließlich auch noch da, Liebling.« Er hob ihren Schleier auf und ließ den duftigen Stoff durch seine Finger fließen. »Ich kann mir nicht vorstellen, daß Abdu dir auf die Schliche kommen sollte, wenn du Interpol all die Jahre so erfolgreich hast an der Nase herumführen können. Ist es nicht wahrscheinlicher, daß er bei den Hochzeitsvorbereitungen mitmischen möchte?«

»Aus rein väterlicher Gefühlsduselei? Wohl kaum.«

»Nein, Addy, denk doch mal nach.« Er sagte dies betont freundlich, denn ihre Stimme hatte einen gereizten Klang angenommen. »Ich vermute, es ist eher eine Frage von Stolz und Image.«

Sie blieb eine Weile ruhig sitzen und versuchte das Gefühl der Bitterkeit zu unterdrücken. »Ja, das klingt glaubhaft. Beides ist ihm enorm wichtig.« Sie drehte den Diamantring an ihrem Finger. »Und was machen wir jetzt?«

»Sag du es mir.« Er warf den Schleier beiseite. »Das alles war doch deine Idee.«

»Du läufst aber Gefahr, in eine mißliche Lage zu geraten.«

»Eine Lage, in die zu bringen ich mich bereits entschlossen hatte, falls du dich erinnern möchtest. Ich habe ohnehin vor, dich zu heiraten. Ob hier oder in London, ist mir völlig, gleichgültig.«

Noch nie in ihrem Leben hatte sie sich so umzingelt gefühlt. »Du weißt, was ich darüber denke.«

»Das weiß ich sehr gut. Also?«

Adrianne drehte weiterhin an ihrem Ring und grübelte über ihre Situation nach. »Eigentlich ist es nichts weiter als eine Zeremonie. Keiner von uns beiden ist Moslem, also brauchen wir sie auch nicht ernst zu nehmen.«

»Eine Hochzeit ist eine Hochzeit.«

Das hatte sie sich auch schon gesagt. »Sicher, aber wir können das Spiel getrost mitspielen. Eine moslemische Ehe kann auch nach moslemischen Gebräuchen wieder aufgelöst werden. Sobald wir wieder zu Hause sind, kannst du dich von mir scheiden lassen.«

Amüsiert setzte sich Philip neben sie aufs Bett. »Und aus welchen Gründen?«

»Du bist ein Mann, du brauchst keine Gründe zu nennen. Alles, was du tun mußt, ist, dreimal *Ich verstoße dich* zu sagen, und die Scheidung ist vollzogen.«

»Wie praktisch.« Er suchte nach einer Zigarette, ließ es dann aber bleiben. »Und danach bin ich nur um vier Kamele ärmer.«

»Das hat er für mich verlangt? Vier Kamele?« Mit einem gezwungenen Lachen verschränkte sie die Arme vor ihrer Brust.

»Ich habe hart verhandelt, wie du gesagt hast, aber ich habe keine Ahnung, ob er mich übers Ohr gehauen hat.«

»Oh, nein, das war ein gutes Geschäft für dich. Für eine lahme Drittfrau hättest du mehr bezahlt.«

»Adrianne...«

»Er hat *mich* damit beleidigt, nicht dich.« Sie schüttelte seine Hand ab. »Das ist mir egal oder wird mir egal sein, wenn ich *Sonne und Mond* in Händen halte. Vier Kamele oder vierhundert – Tatsache ist, daß ich verkauft und gekauft wurde.«

»Wir müssen uns doch nur seinen Regeln beugen, solange wir hier sind.« Zärtlich strich er ihr eine Haarsträhne hinters Ohr. »In einigen Wochen werden wir...« Im Schein der flackernden Kerzen trat ihre Wunde noch sichtbarer hervor. »Wie bist du dazu gekommen?«

»Durch Aufrichtigkeit.« Sie versuchte ein Lächeln, doch das gefror ihr in den Mundwinkeln. Der Ausdruck seiner Augen ließ ihr den Mund trocken werden.

»Er hat dir das angetan?« Er sprach jedes Wort so langsam und vorsichtig aus, als könnte es zerbrechen. »Er hat dich geschlagen?«

»Ach, ist nicht so schlimm.« Verzweifelt versuchte sie ihn festzuhalten, als er vom Bett aufstand. »Philip, es ist nichts. Er hat das Recht...«

»Nein.« Er entzog sich ihrem Griff. »Nein, bei Gott, das hat er nicht.«

»Hier schon«, stieß sie hervor und verstellte ihm den Weg zur Tür. Heftiger Zorn vibrierte in ihrer Stimme, die zu erheben sie sich nicht traute. »Seine Regeln, erinnerst du dich? Genau wie du gesagt hast.«

»Aber nicht, wenn diese Regeln Narben in deinem Gesicht verursachen.«

»Blaue Flecken vergehen wieder, Philip, aber wenn du jetzt zur Tür hinausgehst und das tust, was ich in deinen Augen lesen kann, dann ist es aus mit uns beiden. Es gibt bessere Wege, deine Ehre zu rächen – und die meine. Bitte!« Sie hob eine Hand, um sein Gesicht zu berühren, aber er wandte sich brüsk von ihr ab.

»Gib mir eine Minute.« Sie hatte recht. Er wußte, daß sie recht hatte. Er hatte seine Vorhaben immer ganz nüchtern betrachten können, aber diese Welle von Gewalttätigkeit, die in ihm hochschwappte, war ihm unbekannt. Bis zu diesem Augenblick hatte er nicht gewußt, daß er fähig sein könnte, einen Menschen zu töten. Und daß ihm dies sogar Spaß machen würde.

Er drehte sich um und sah sie im sanften Kerzenlicht dastehen, die Hände ineinander verschränkt, die dunklen Augen weit aufgerissen. »Er wird dir nicht mehr weh tun.«

Der Atem, den sie angehalten hatte, kam nun säuselnd zwischen ihren Lippen heraus. Jetzt war er wieder Philip. »Das kann er auch nicht. Nicht so, daß es mich schmerzen würde.«

Er kam auf sie zu und strich mit seinem Daumen sanft die Wunde entlang. »Überhaupt nicht.« Er gab ihr einen Kuß auf die Stirn und dann einen auf die Lippen. »Addy, ich liebe dich.«

»Philip.« Sie drückte sich an ihn, ihre Wange lag an seiner Schulter. »Du bedeutest mir mehr als je ein Mann zuvor.«

Er strich über ihr Haar und versuchte, nicht die Fassung zu verlieren. Noch nie hatte sie sich so nahe an die drei kleinen Worte herangewagt, die er so gerne von ihr hören wollte. »Ich bin in der Schatzkammer gewesen.« Als sie sich von ihm loszumachen versuchte, hielt er sie fest. »Keine Gardinenpredigt, Addy. Das hatten wir schon. Es ist alles genau so, wie wir es besprochen haben, aber ich glaube, es ist sinnvoller, uns noch einmal gemeinsam dort umzusehen. Was den Schlüssel betrifft…«

»Der Schlüssel, den ich angefertigt habe, müßte passen. Ansonsten kann er später noch nachgefeilt werden.«

»Mir wäre es lieber, wenn wir uns schon vorher darum kümmerten.« Wohlweislich trat er einen Schritt zurück, denn er wußte, daß es schwierig werden konnte, Adrianne den folgenden Vorschlag zu unterbreiten. »Wenn du ihn mir gibst, dann kann ich ihn morgen nacht ausprobieren und mich um diesen Teil kümmern.«

Sie dachte kurz nach. »*Wir* werden uns morgen nacht gemeinsam um diesen Teil kümmern.«

»Es ist doch nicht nötig, daß wir beide gehen.«

»Gut, dann gehe ich alleine.«

»Du bist dickköpfig, Addy.«

»Genau. Ich habe nicht vor, mich auch nur von einem kleinen Teil dieses Jobs ausschließen zu lassen. Den Schlüssel schon vorher anzupassen, ist keine schlechte Idee. Wir machen es gemeinsam, oder ich mach' es allein.«

»Wie du meinst.« Noch einmal berührte er zärtlich die Wunde auf ihrer Wange. »Es wird eine Zeit kommen, wo ich nicht mehr nach deiner Pfeife tanzen werde.«

»Möglich. Ich habe mir inzwischen Gedanken über unsere Hochzeitsnacht gemacht.«

»Tatsächlich?« Frech grinsend hakte er einen Finger in den Ausschnitt ihres Nachthemdes und zog sie zu sich heran.

»Das natürlich auch, aber ich habe meine Prioritäten.«

»Als da wären?«

»Wie es aussieht, gibt es keinen günstigeren Zeitpunkt für unser Vorhaben.«

»Erst die Arbeit, dann das Vergnügen? Du trittst mein Ego mit Füßen, Addy.«

»Du machst dir ja keine Vorstellung, wie endlos, wie ermüdend und wie langweilig Hochzeitsfeiern hierzulande sind. Das Ganze zieht sich über Stunden hin, und jeder ißt, bis er halb ohnmächtig ist. Dann erst können wir uns zurückziehen. Niemand käme auf die Idee, uns zu stören.

Nach einem Tag – oder maximal zwei Tagen – können wir Jaquir verlassen, ohne die Familie vor den Kopf zu stoßen.«

»Eigentlich ist es schade, daß du nicht romantischer veranlagt bist, aber was du da sagst, klingt plausibel. Und ich empfinde es eigentlich als gar nicht so abwegig, wenn zwei Diebe ihre Hochzeitsnacht in einer Schatzkammer verbringen und die kostbarsten Juwelen der Welt stehlen.«

»Wir stehlen nicht nur einfach Juwelen, Philip. Wir stehlen eine Legende.« Sie küßte ihn flüchtig und ging dann zur Tür. »Jetzt mußt du gehen. Es ist zu gefährlich für dich hier. Wenn alles gutgeht, dann treffen wir uns übermorgen früh um halb vier im Tresorraum.«

»Sollen wir unsere Uhren vergleichen?«

»Ich glaube, das ist nicht nötig.«

»Aber das.« Bevor sie noch die Tür öffnen und nachsehen konnte, ob die Luft rein war, hatte er schon die Arme um sie geschlungen. »Wenn ich schon Kopf und Kragen riskiere, dann aber für mehr als nur ein paar Worte.« Damit hob er sie hoch und trug sie zurück zum Bett.

24. Kapitel

»Sie werden eine bezaubernde Braut sein.« Dagmar, eine bekannte Modeschöpferin, die man eigens aus Paris hatte einfliegen lassen, drapierte schneeweißen Satin um Adriannes Schultern. »Die wenigsten Damen können reines Weiß tragen. Hier kann es ruhig noch etwas mehr Spitze sein.« In gebückter Haltung, da sie gut einen halben Kopf größer war als Adrianne, hantierte sie mit den Stecknadeln. Ihre Hände waren alles andere als schön, doch sie arbeiteten flink und geschickt. Die Schneiderin duftete nach dem Parfum, das sie gerade unter ihrem Namen auf den Markt gebracht hatte. »Wir lassen die Spitze vom Halsansatz zum Mieder hin auslaufen.«

Adrianne stand vor dem Spiegel und betrachtete sich nachdenklich. Ihr Vater hatte prompt reagiert. Ihr Hochzeitskleid von einer der Pariser Top-Designerinnen binnen einer Woche entwerfen und anfertigen zu lassen, mußte ihn ein Vermögen kosten. Doch auch diese Investition war für ihn in erster Linie nur eine Frage seiner Ehre. Seine Tochter in einem Hochzeitskleid von der Stange zu verheiraten, wäre für König Abdu undenkbar. Es mußte schon alles vom Feinsten sein.

Ihre Finger, die sich ganz unwillkürlich verkrampft hatten, begannen zu schmerzen. Sie versuchte sich zu entspannen. »Ich hätte das Kleid gern so schlicht wie möglich.«

Dagmar steckte die langen Ärmel noch etwas enger ab. »Sie können sich auf mich verlasssen. Ich verstehe, was Sie meinen. Schlicht und unaufdringlich, dabei jedoch elegant, ohne langweilig zu wirken. Die Braut soll bestechen, nicht das Kleid.« Sie sah auf, als zwei ihrer Assistentinnen mit einem Berg Kleider über dem Arm hereinkam. »Für die Damen der Hochzeitsgesellschaft. Man hat mir eine Liste zukommen lassen.« Sie zog eine Stecknadel aus dem Nadelkissen, das an ihrem Handgelenk klemmte, und steckte die Taille ab.

»Aha. Und wie viele werden es sein?«

Dagmar, überrascht, daß die Braut darüber nicht Bescheid wußte, sah Adrianne erstaunt an. »Zwölf. Dieses Petrolblau ist eine wunderbare Farbe. Sehr kräftig.« Auf ihre Zeichen hin wurde eines der Kleider hochgehalten. Es hatte einen festlichen, halsfernen Ausschnitt und einen knöchellangen, mit Spitzen besetzten Rock. »Man hat mir bei der Wahl der Kleider freie Hand gelassen. Ich hoffe, sie sagen Ihnen zu.«

»Aber gewiß.«

»Bitte umdrehen.« Eine so ernste und unsichere Braut war ihr nur selten begegnet. Dagmar kannte Prinzessin Adrianne und hatte sich schon immer gewünscht, einmal für sie zu arbeiten, aber daß sich dafür in Jaquir die Gelegenheit bieten sollten, und noch dazu anläßlich einer so kurzfristig anberaumten Hochzeit, damit hatte sie wahrlich nicht gerechnet. Ob die Braut wohl schon guter Hoffnung war? überlegte sie. Wenn dem so war, so verrieten ihre schlanke Taille und ihr flacher Bauch nichts davon. Wie dem auch sei mochte, Dagmar jedenfalls war viel zu diskret, um Gerüchte über ihre Kundinnen in die Welt zu setzen – besonders dann nicht, wenn ein Auftrag wie dieser noch etliche andere nach sich ziehen mochte. Sie war Französin, und sie dachte praktisch.

»Die Schleppe werden wir hier befestigen.« Sie tippte auf eine Stelle unterhalb Adriannes Schultern. »Sie wird hier quasi wie eine Quelle entspringen und sich dann auf den Boden ergießen.« Dabei verdeutlichte sie das Bild mit ihren häßlichen, schmalen Händen. »Sehr imposant. *N'est-pas?*«

Zum ersten Mal lächelte Adrianne. Die Frau gab wirklich ihr Bestes. »Klingt wundervoll.«

Ermutigt wirbelte Dagmar um Adrianne herum, zupfte hier und steckte dort. Seit Jahren schon kleidete sie die Damen der ersten Gesellschaft ein, wobei sie stets darauf achtete, die kleinen Schönheitsfehler ihrer Kundschaft wirkungsvoll zu vertuschen. Die Prinzessin hatte einen makellosen Körper, schmal, aber dennoch wohlgeformt, und was sie für eine Figur wie diese entwarf, würde Aufsehen erregen. Schade, dachte sie, daß man keine Aussteuer für sie in Auftrag gegeben hatte.

»Ihr Haar, wie werden Sie es tragen? Offen oder hochgesteckt?«

»Ich weiß nicht. Darüber habe ich mir noch keine Gedanken gemacht.«

»Dann wird es aber höchste Zeit. Ihre Frisur sollte unbedingt zum Kleid passen.« Sie probierte ein wenig mit Adriannes Haaren und trat dann einen Schritt zurück. Sie war eine hagere Person mit schmalen, hausbackenen Zügen, aber wunderschönen grünen Augen. »Geflochten, würde ich vorschlagen. Französisch. Schlicht wie das Kleid, aber keinesfalls streng. Sehr weiblich, auf alle Fälle.« Zufrieden ließ sie ihr kritisches Auge über ihr Werk schweifen. »Werden Sie Schmuck tragen? Etwas Spezielles?«

Sie dachte daran, wie *Sonne und Mond* auf dem Hochzeitskleid ihrer Mutter gefunkelt hatten. »Nein, keinen Schmuck.« Vom Flur hörten sie plötzlich ein aufgeregtes Geschnatter und Gekicher.

»Die Damen der Hochzeitsgesellschaft.« Dagmar rollte mit

ihren grünen Augen. »Nach dieser Woche werden wir erschöpft zu Boden sinken, aber alles wird perfekt sein.«

»Madame, wieviel berechnen Sie für dieses Kleid?«

»Eure Hoheit!«

»Ich möchte wissen, was dieses Kleid kostet.«

Achselzuckend kniete sich Dagmar hin und zupfte den Saum gerade. »250 000 Franc in etwa.«

Adrianne nickte und berührte die Spitze am Halsausschnitt. Ihre Kommission für die St.-John-Juwelen lag noch über diesem Betrag. Es schien ihr angebracht, wenn es auch nicht einer gewissen Ironie entbehrte, dieses Geld für ihr Brautkleid zu verwenden. »Die Rechnung geht an mich, nicht an den König.«

»Aber Hoheit!«

»Die Rechnung geht an mich«, wiederholte Adrianne. Sie würde niemals ein Kleid tragen, das er bezahlte.

»Wie Sie wünschen.«

»Die Hochzeit findet in Jaquir statt, Madame.« Adrianne lächelte wieder. »Aber ich bin Amerikanerin. Es ist nicht leicht, mit alten Gewohnheiten zu brechen.« Adrianne betrachtete das Thema als erledigt und wandte sich um, als die Tür aufging. Die Damen der Hochzeitsgesellschaft und mehr als ein Dutzend anderer Frauen drängten schnatternd herein. Letztere waren mitgekommen, um Tee zu trinken, bei den Anproben zuzusehen und dabei über Hochzeiten und Mode zu plaudern. Adrianne schätzte, daß Dagmar am Ende der Anprobe mindestens sechs neue Aufträge in der Tasche haben würde.

Die Frauen zogen sich bis auf die Unterwäsche aus. Da Wäsche bei ihnen mindestens ebenso hoch im Kurs stand wie Schmuck und Juwelen, reichte die Palette der Modelle von bezaubernd bis frivol. Rote Strapse und schwarze Spitze, weißer Satin und durchsichtige Seide. Unter lautstarkem Palaver wurden die Kleider dann anprobiert und entsprechend bestaunt, wobei Dutzende Fragen nach Blumenschmuck, Geschenken und Plänen für die Flitterwochen aufgeworfen wurden. Die ganze Situation hätte Adrianne eigentlich amüsieren oder sogar anrühren können, wären da nicht die bohrenden Kopfschmerzen gewesen, die sie quälten. Die Hochzeit mochte ja nur eine Farce sein, eine zeitlich begrenzte, notwendige Maßnahme, die zweifellos Vorteile mit sich brachte, doch die Vorbereitungen dazu waren bitterer Ernst.

Sie beobachtete, wie ihre kleine Schwester in ein Kleid gezwängt wurde, das von der Machart her einer älteren Dame geschmeichelt hätte. »Nein«, bedeutete Adrianne der Frau, die gerade das Oberteil abstecken wollte. »Das steht ihr nicht.«

Yasmin raffte den weiten Rock mit beiden Händen. »Mir gefällt es aber sehr gut. Keri und die anderen tragen doch das gleiche.«

»Du siehst aber darin aus wie ein kleines Mädchen, das heimlich die Kleider seiner Großmutter anprobiert.« Auf Yasmins enttäuschte Miene hin winkte sie Dagmar zu sich. »Ich wünsche etwas Besonderes für meine Schwester, etwas Passenderes für ihr Alter.«

»Ihr Herr Vater hat aber angeordnet, daß alle Damen die gleichen Kleider tragen.«

Adriannes Blick und der der Schneiderin trafen sich im Spiegel. »Und ich sage Ihnen, daß meine Schwester dieses Kleid nicht tragen wird. Ich stelle mir für sie etwas Schmeichelnderes vor, etwas…« Sie verkniff sich das Wort jugendlich und sagte statt dessen: »Etwas Zeitgemäßeres. In Rosé vielleicht, so daß es sich von den anderen Kleidern abhebt.«

Yasmins Augen leuchteten auf. »Oder in Rot?«

»Rosé«, wiederholte Adrianne.

Da Dagmar sich von Adrianne eher einen Folgeauftrag erhoffen konnte als vom König, zeigte sie sich kooperativ. »Vielleicht habe ich ja noch etwas Passendes in meinem Pariser Salon, das ich kommen lassen könnte.«

»Ja, ich bitte darum. Und diese Rechnung geht ebenfalls an mich.« Sie strich Yasmin über die Wange. »Du wirst bezaubernd aussehen. Wie eine Rose unter Farnkräutern.«

»Aber dieses hier steht mir doch auch sehr gut.«

Adrianne stellte sich neben Yasmin vor den Spiegel. »Das andere wird noch schöner sein. Es ist so Sitte, daß die Brautjungfer ein anderes Kleid oder zumindest eine andere Farbe trägt als die übrigen Damen der Hochzeitsgesellschaft, um sich von ihnen abzuheben.«

Yasmin überlegte kurz und freundete sich dann mit dem Gedanken an. Sie würde mit Freuden den Schleier nehmen, wenn die Zeit gekommen war, aber bis dahin wollte sie es noch auskosten, die Aufmerksamkeit auf sich zu ziehen, wann immer dies möglich war. »In Seide?«

Adrianne mußte daran denken, wie sie sich als kleines Mädchen nach einem Seidenkleid verzehrt hatte. »In Seide also.«

Zufrieden betrachtete Yasmin ihr Spiegelbild. »Wenn ich einmal heirate, möchte ich auch so ein Brautkleid wie deines tragen.«

»Du kannst dieses tragen, wenn du möchtest.«

Yasmins Brauen zuckten empört. »Ein getragenes Kleid?«

»Es gibt auch die Sitte, das Brautkleid seiner Mutter, seiner Schwester oder das einer guten Freundin zu tragen.«

Während sie über diese Ungeheuerlichkeit nachdachte, strich Yasmin versonnen über den seidigen Stoff von Adriannes Brautkleid. Ein seltsamer Brauch, dachte sie, aber einer, über den man – solange das Kleid so bildschön war – ohne weiteres nachdenken konnte. »Das Hochzeitskleid meiner Mutter würde ich nicht tragen wollen«, überlegte sie dann laut. »Es ist bestimmt nicht so schön wie dieses. Sie war die zweite Frau. Warum trägst du denn nicht das Kleid deiner Mutter?«

»Ich habe es nicht. Nur ein Bild davon. Wenn du mich einmal in Amerika besuchen kommst, werde ich es dir zeigen.«

»Dich besuchen?« Mit einer ungeduldigen, ja beinahe gebieterischen Handbewegung, so kam es Adrianne vor, lehnte Yasmin den Tee ab, den ihr eine Dienerin anbot. »Wann denn?«

»Wenn es dir erlaubt ist.«

»Essen wir dann in einem Restaurant?«

»Wenn du das gerne möchtest.«

Für einen Moment sah Yasmin aus wie jedes andere junge Mädchen auch, dem man ein besonderes Vergnügen in Aussicht stellt. »Einige Frauen in Jaquir essen auch in Restaurants, aber mein Vater erlaubt es seiner Familie nicht.«

Adrianne nahm ihre Hand. »Wir werden jeden Abend in einem Restaurant essen.«

Philip bekam den König nur selten zu Gesicht, wurde aber ansonsten überaus zuvorkommend behandelt. Er kam sich vor wie ein ausländischer Diplomat, als man ihn unter strenger Bewachung durch den Palast führte. Man zeigte ihm jeden Raum, mit Ausnahme der Frauengemächer, wobei ihm der Kronprinz einen detaillierten, mitunter etwas langweiligen Abriß der Geschichte Jaquirs gab. Während er höflich den Ausführungen lauschte, prägte er sich sorgsamst die Positionen aller Fenster, Korridore, Aus- und Eingänge ein und beobachtete das Kommen und Gehen der Wächter und Diener in Hinblick auf den zeitlichen Ablauf.

Und er stellte eifrig Fragen. Das Buch, das Adrianne ihm ans Herz gelegt hatte, erwies sich als sehr hilfreich in bezug auf die Fragen, die er stellen konnte, ohne indiskret oder kritisierend zu wirken. So fragte er nicht, weshalb man die Frauen hinter vergitterten Fenstern und hohen Mauern versteckte. Ebenso erkundigte er sich nicht nach den Sklavenmärkten, die immer noch, gleichwohl im Verborgenen, existierten. Oder die Hinrichtungen, die nach wie vor in aller Öffentlichkeit stattfanden.

Zum Lunch, den sie in einem Raum mit einem riesigen Springbrunnen in der Mitte einnahmen, wurden Kaviar und Wachteleier gereicht. Bunt gefiederte exotische Singvögel in Käfigen, die von der Decke hingen, trällerten dazu ihre Liedchen. Man unterhielt sich über Kunst und Literatur und verlor kein Wort über die *matawain* mit ihren Kamelpeitschen. Rahman leistete ihnen für kurze Zeit Gesellschaft. Nachdem er seine anfängliche Scheu überwunden hatte, bombardierte er Philip mit Dutzenden von Fragen über London und sog die Antworten begierig ein.

»Wie ich gehört habe, gibt es in London eine große Moslemgemeinde.«

Philip nippte an dem gewürzten Kaffee und sehnte sich

heimlich nach einer guten Tasse englischen Tees. »Ja, das stimmt.«

»Ich möchte unbedingt einmal nach London reisen, schon allein der interessanten Sehenswürdigkeiten und der zahlreichen Museen wegen. Aber im Winter, wenn Schnee liegt. Ich möchte es zu gern einmal erleben, wenn es schneit.«

Philip erinnerte sich, wie Adrianne ihm von ihrer ersten Begegnung mit Schnee erzählt hatte. »Dann kommen Sie doch nächsten Winter. Adrianne und ich würden uns freuen, wenn Sie unser Gast wären.«

Rahman stellte sich vor, wie schön es wäre, diese große Stadt zu besuchen und eine Zeit mit seiner Schwester, deren wunderschöne Augen und offenes Lächeln er bewunderte, zu verbringen. Es gab soviel Neues zu lernen in London. Und er wollte so gerne lernen. Er warf seinem Bruder einen raschen Blick zu. Sie beide kannten die Einstellung ihres Vaters zum Westen nur zu gut.

»Das ist sehr freundlich von Ihnen. Wenn es Allah gefällt, werde ich Ihre Einladung eines Tages gerne annehmen. Und jetzt entschuldigen Sie mich bitte, ich muß zurück zu meinen Büchern.«

Später fuhren sie in einer klimatisierten Limousine durch die Stadt. Auf die großen Frachter deutend, schwärmte Fahid von den exzellenten Handelsbeziehungen zwischen Jaquir und den westlichen Staaten.

Jaquir war eigentlich sehr schön; die dunkle Silhouette der Berge und das azurblaue Meer hatten schon etwas Bestechendes. Trotz des dichten Straßenverkehrs mit seinen hupenden Taxis und dröhnenden Lastwagen lag ein Hauch von Altertümlichkeit über der Stadt, die aber gleichzeitig auch als Verweigerung allem Neuen gegenüber gewertet werden konnte.

Sie kamen an einem Gerichtshof vorbei, in dem noch vor weniger als fünf Jahren eine Prinzessin und ihr Liebhaber wegen Ehebruchs hingerichtet worden waren. Direkt dahinter erhob sich ein hohes Bürogebäude, auf dessen Dach eine riesige Satellitenschüssel prangte.

»Wir sind ein Land voller Gegensätze«, sagte Fahid, während er beobachtete, wie ein Mitglied des Komitees zur Überwachung und Einhaltung von Sitte und Anstand eine Frau, die ohne Begleitung unterwegs war, resolut am Arm packte. »Es hat in den letzten 20 Jahren viele Veränderungen in Jaquir gegeben, doch wir sind ein islamischer Staat und werden das auch immer bleiben.«

Auf dieses Stichwort hin erlaubte sich Philip, ein wenig nachzuhaken. »Stellt Ihre westliche Ausbildung ein Problem für Sie dar?«

Fahid dachte über die Frage nach, während er weiterhin beobachtete, wie der *matawain* die unbegleitete Frau anbrüllte und sie ziemlich unsanft aus dem Suk zerrte. »Nun, manchmal ist es nicht ganz einfach, einen Konsens zu finden zwischen den Vorteilen Ihres und unseres Wertverständnisses. Da nun der Fortschritt Einzug in unser Land gehalten hat, sind zwangsläufig auch mehr Kompromisse zu schließen. Die Gesetze des Islam sind unabänderlich, aber die Traditionen werden sich verändern müssen.«

Auch Philip war der Vorfall im Suk nicht entgangen. »Meinen Sie damit auch die strenge Behandlung der Frauen in Ihrem Land?«

Fahid rief dem Fahrer einen knappen Befehl zu und lehnte sich dann wieder bequem in die Polster zurück. »Die Religionspolizei ist sehr engagiert. Sie müssen wissen, daß es immer noch der Islam ist, der unser Land regiert.«

»Ich würde es mir niemals anmaßen, andere Religionen zu kritisieren, Fahid. Aber es ist für mich als Mann nicht einfach, tatenlos zuzusehen, wie eine Frau, verzeihen Sie mir den Ausdruck, mißhandelt wird.« Dabei dachte er in erster Linie nicht an die Frau im Suk, sondern an Adrianne und Phoebe.

»In manchen Punkten werden Sie und ich niemals einen gemeinsamen Nenner finden.«

»Was würden Sie verändern, wenn Sie eines Tages an der Macht sind?«

»Es geht nicht so sehr darum, was ich verändern möchte, als vielmehr darum, was das Volk an Veränderungen erlaubt. Wie die meisten Europäer glauben Sie sicherlich auch, daß die Regierung das Volk zu dem macht, was es ist. Es unterdrückt oder befreit. In vielen Beziehungen, ich möchte sogar sagen in den meisten, ist es das Volk selbst, das Veränderungen verhindert. Das Volk stellt sich im gleichen Maße gegen den Fortschritt, wie es ihn bejubelt.« Fahid lächelte. Im Wagen stand ein Krug mit eisgekühltem Fruchtsaft bereit, den er nun in zwei Kristallgläser füllte. »Würde es Sie überraschen zu hören, daß viele Frauen den Schleier aus voller Überzeugung tragen? Er ist nicht vom Gesetz vorgeschrieben. Den Schleier haben die höhergestellten Frauen schon vor vielen Jahrhunderten eingeführt. Was zu Mohammeds Zeiten Mode war, hat sich bis heute als Tradition erhalten.«

Als Philip eine Zigarette aus der Packung nahm, bot ihm Fahid mit seinem goldenen Feuerzeug Feuer an. »Sie sollten wissen, daß es einer Frau in Jaquir nicht verboten ist, Auto zu fahren. Daß sie es dennoch nicht tun, ist ebenfalls nur eine Tradition. Es steht nirgends geschrieben, daß es für eine Frau unschicklich sei, ein Auto zu lenken, doch ist... wie soll ich sagen... davon abzuraten, da ihr kein fremder Mann helfen darf, wenn sie eine Panne haben sollte. Würde sie dennoch darauf bestehen, selbst zu fahren, würde sie die Polizei nicht daran hindern. So ist also die Tradition viel einflußreicher als das Gesetz.«

»Sind die Frauen Ihres Landes zufrieden mit ihrer Situation?«

»Wer kennt schon die Gedanken einer Frau?«

Philip mußte unwillkürlich grinsen. »Zumindest was diese Frage angeht, dürften sich Ost und West einig sein.«

»Hier ist es, was ich Ihnen zeigen wollte.« Die Limousine hielt an, und Fahid deutete aus dem Fenster. »Die Ahmad Memorial Universität. Das Frauen-College.«

Das alleinstehende Gebäude war aus guten, amerikanischen Ziegeln gebaut. Die Fenster waren vergittert, um das einfallende Sonnenlicht, aber auch neugierige Blicke abzuhalten. Philip sah drei Frauen in traditionellen Gewändern die Treppe hinaufeilen und im Eingangsportal verschwinden. Unter der *abaaya,* und das entging ihm nicht, trugen sie Nike- und Reebok-Turnschuhe.

»Die Familien in Jaquir werden ermutigt, ihren Töchtern eine gute schulische Ausbildung zukommen zu lassen. Traditionen können sehr wohl flexibel sein. Jaquir braucht weibliche Ärzte, Lehrer und Bankangestellte. Dadurch wird es unseren Frauen erheblich erleichtert, medizinische Behandlungen in Anspruch zu nehmen, sich weiterzubilden und ihr Geld selbst zu verwalten. Doch das wird vielleicht nicht immer so sein.«

Philip wandte seinen Blick von dem Gebäude ab. »Sie unterstützen das?«

»Aber sicher. Ich arbeite eng mit dem Arbeitsminister zusammen. Es ist mein Ziel, dafür zu sorgen, daß die Menschen meines Landes, Frauen wie Männer, Jaquir durch ihr Wissen und ihre Fachkenntnisse mit aufbauen helfen. Ausbildung bewirkt Wissen, doch damit verbunden auch Unzufriedenheit und das Bedürfnis, mehr zu erfahren, mehr zu sehen, mehr zu besitzen. Jaquir wird gezwungen sein, sich diesen Konsequenzen anzupassen – aber das geistige Erbe wird sich dadurch nicht verändern. Frauen werden weiterhin den Schleier tragen, weil sie sich freiwillig dafür entscheiden. Sie werden auch an ihrem Harem festhalten, weil sie dort Behaglichkeit und Abgeschiedenheit vorfinden.«

»Daran glauben Sie?«

»Ich weiß es.« Er gab dem Fahrer ein Zeichen und faltete dann seine Hände im Schoß. Er war ein kultivierter, belesener Mann von knapp 23 Jahren, der einmal als König über dieses Land herrschen würde. Das hatte man ihn seit der Stunde seiner Geburt keinen Augenblick vergessen lassen. »Ich bin in Amerika zur Universität gegangen, habe eine amerikanische Frau geliebt und viele der westlichen Errungenschaften zu schätzen gelernt. Aber in meinen Adern fließt beduinisches Blut. Adrianne hat eine amerikanische Mutter und ist im Westen groß geworden. Doch auch sie besitzt beduinisches Blut. Und das wird in ihren Adern fließen bis zum Tage ihres Todes.«

»Das macht sie zu dem, was sie ist. Aber es verändert sie nicht.«

»Adriannes Leben ist kein einfaches gewesen. Wie sehr haßt sie meinen Vater?«

»Haß ist ein hartes Wort.«

»Aber das passende«, entgegnete Fahid. Dies war eine wichtige Frage – und der eigentliche Grund, weshalb er auf dieser Fahrt allein mit Philip bestanden hatte. »Leidenschaftliche Liebe oder leidenschaftlicher Haß sind keine oberflächlichen Gefühle. Wenn Sie sie lieben, dann bringen Sie sie nach der Hochzeit schnellstens fort von hier. Halten Sie sie von Jaquir fern, solange mein Vater lebt. Auch er vergibt nie!«

Von draußen her erschallte der Ruf zum Gebet; ein tiefer, kehliger Gesang. Ohne Hektik schlossen sich überall die Türen, und die Männer knieten sich nieder und senkten ihre Häupter auf die Erde. Fahid stieg aus dem Wagen. Seine *throbe* war aus Seide, doch er kniete sich wie die anderen Männer auf den staubigen Boden, um Allah zu würdigen.

Auch Philip trat in die nachmittägliche Hitze hinaus. Er sah den Muezzin auf der Treppe der Moschee stehen, von wo aus er die Gläubigen zum Gebet rief. Es war eine ergreifende Szene, die sich Philip hier bot; die brütende Hitze, die scharfen Gerüche, eine Mischung aus Schweiß und Gewürzen, die Männer in den wallenden Gewändern, die Stirn dem Boden zugeneigt. Die Frauen zogen sich in der Zwischenzeit diskret in den Schatten, so vorhanden, zurück. Sie mochten im stillen beten, doch es war ihnen nicht gestattet, dem Aufruf zum Gebet in der Öffentlichkeit zu folgen. Mit ihnen warteten auch einige europäische Geschäftsleute ergeben das Ende der Prozedur ab.

Während Philip die Szene auf sich wirken ließ, begann er Fahid zu verstehen. Die Menschen hier ergaben und unterwarfen sich nicht nur den herrschenden Traditionen. Sie machten sie sich bereitwillig zu eigen und hielten sie aufrecht. Das Leben in diesem Land kreiste um Religion und um die – männliche – Ehre. Wolkenkratzer mochten sich in den Himmel erheben, Bildung jedem Bürger zugänglich gemacht werden, doch am grundsätzlichen Wesen dieser Menschen würde sich nichts ändern.

Philip drehte sich um und ließ seinen Blick zum Palast schweifen. Die Gärten waren nur als diffuse Farbtupfer in der Ferne sichtbar. Die grünen Dachziegel leuchteten in der Sonne. Irgendwo hinter diesen Mauern war Adrianne. Würde der Ruf zum Gebet sie ans Fenster locken?

Das Gerät, das Adrianne in der Tasche trug, war hochempfindlich. Für dieses kurze Treffen hatte sie ihr übriges Werkzeug gut versteckt im Zimmer zurückgelassen und nur den kleinen Verstärker, den bronzenen Schlüssel und eine Feile mitgenommen. Aus Gründen der Vorsicht hatte sie auch auf ihre schwarzen Hosen und den Pullover verzichtet. Sollte man sie heute nacht hier ertappen, dann zumindest in ihren langen Gewändern.

Sie benutzte den unterirdischen Tunnel, den Weg von den Frauengemächern zum Hauptpalast, den schon Generationen von Frauen vor ihr genommen hatten. Einige vielleicht freudig und freiwillig, andere, weil sie mußten. Aber immer mit einem bestimmten Ziel vor Augen, so wie jetzt auch sie, dachte Adrianne. Ihre Sandalen huschten geräuschlos über den abgenutzten Boden. Wie in alten Zeiten wurde der Gang auch heute noch mit Fackeln erleuchtet. Ihre kleinen, im Luftzug züngelnden Flammen und die herumwandernden Schatten entbehrten nicht einer gewissen Romantik.

Zu einer anderen Stunde mochte ihr hier vielleicht ein Mann begegnen, ein Prinz oder der König selbst. Aber um diese Stunde lag der Palast in tiefem Schlummer, und sie war allein.

Adrianne machte sich Sorgen um Philip. Es war gut möglich, daß seine Räume bewacht wurden. Entdeckte man ihn zur falschen Zeit am falschen Ort, so konnte es sein, daß man ihn fortbrachte, noch ehe sie ein Wort miteinander hätten wechseln können. Sie selbst mußte damit rechnen, geschlagen oder in die Frauengemächer verbannt zu werden, doch war dies ein verhältnismäßig geringer Preis, gemessen an dem Ziel, das sie verfolgte.

Der Gang endete in den Privatgemächern des Königs, der jetzt in einem der Räume schlief. Mit Sicherheit allein – denn welche Frau er auch immer für diese Nacht gewählt haben mochte, sie war bereits in ihr eigenes Bett zurückgeschickt worden, nachdem sie ihre Pflicht erfüllt hatte.

Adrianne konnte ihren Vater förmlich riechen; es war der schwache Duft nach Sandelholz und Räucherwerk, den sie stets mit seiner Person verbunden hatte. Und sie fragte sich, wie oft wohl ihre Mutter in die Gemächer zitiert worden war, wie eine Hündin, die man zum Decken bringt.

Einen Augenblick lang war sie versucht, die Tür zu seinem Schlafzimmer aufzureißen, ihn aus seinen süßen Träumen zu wecken und ihm all das zu sagen, was ihr auf der Seele lastete, alles, was in all den langen Jahren als bittere Saat der frühen Erlebnisse in ihr aufgegangen und gewachsen war. Aber die Befriedigung, die sie daraus ziehen mochte, würde nur eine momentane sein, würde verfliegen, sobald das letzte ihrer Worte verhallt war. Und sie wollte mehr, viel mehr als nur augenblickliche Vergeltung.

Der Schichtwechsel der Wächter fand erst eine Stunde vor Sonnenaufgang statt. Adrianne warf einen Blick auf die Leuchtziffern ihrer Uhr und schätzte ab, wieviel Zeit ihr noch blieb. Genügend, stellte sie fest. Mehr als genug.

Der endlos lange Flur lag still und dunkel vor ihr. Den Grundrißplan vor Augen, suchte sie sich den Weg in den anschließenden Gebäudeflügel. Vor der Tür zur Schatzkammer angekommen, kniete sie nieder und begann mit ihrer Arbeit am Türschloß. Ihre Hände zitterten zwar nicht, waren aber schweißnaß. Ärgerlich über sich selbst, wischte sie sie an ihrem Rock ab, bevor sie das Schloß endgültig öffnete. Ein rascher Blick nach rechts und links, dann schlüpfte sie in den dunklen Raum und zog die Tür leise hinter sich zu.

Da preßte sich eine Hand über ihren Mund. Adriannes Herz setzte einige Schläge lang aus. Sekunden später hatte sie sich wieder gefaßt und zischte leise einen Fluch in die Dunkelheit. Mit einer eleganten Seitwärtsbewegung entwand sie sich dem Griff, knipste ihre Taschenlampe an und leuchtete Philip mitten ins Gesicht.

»Tu das noch einmal, und ich hacke dir die Hände ab!«

»Freut mich ebenfalls, dich zu sehen«, flüsterte er und

küßte sie. »Hatte etwas Probleme mit dem Schloß. Du auch?«

»Nein.« Sie wollte schon an ihm vorbeigehen, besann sich dann aber und schlang ihre Arme um seinen Nacken. »Philip, ich hätte nicht geglaubt, daß ich dich so vermissen würde.«

Er vergrub sein Gesicht in ihrem Haarschopf und atmete ihren Duft ein. »Nun, es wird immer besser. Was hast du denn den lieben langen Tag getrieben? Ich habe eine Stadtrundfahrt gemacht.«

»Eine Tasse Tee nach der anderen getrunken, Vorträge über Fruchtbarkeit und Geburten über mich ergehen lassen und mein Hochzeitskleid anprobiert.«

»Hört sich nicht so an, als ob du den Tag sonderlich genossen hättest.«

»Es kommt mich furchtbar hart an, meine Großmutter zu belügen. Und es ist nicht gerade ein Vergnügen, sich für eine Hochzeit in weißen Satin hüllen zu lassen, die nichts weiter als eine billige Schmierenkomödie ist.«

»Dann machen wir doch einfach mehr daraus«, meinte er leichthin, doch Adrianne konnte in seinen Augen keinerlei Amüsement entdecken.

»Du weißt, wie ich über diese Angelegenheit denke, und dies ist wirklich nicht der geeignete Moment, um darüber zu diskutieren. Hast du dir den Tresorraum genauer angesehen?«

»Von oben bis unten.« Er leuchtete mit seiner Taschenlampe auf die Stahltür. »Den Plänen nach ist jedes Schloß alarmgesichert. Das ist zwar zeitaufwendig, aber kein großes Problem. Wir werden die Kabel abklemmen, wie du vorgeschlagen hast. Ich habe ein gutes Händchen für Kombinationsschlösser, also sollte es nicht allzu lange dauern.«

»Das hier wird uns dabei helfen.« Sie reichte ihm ein etwa daumengroßes Kästchen. »Ein Verstärker. Habe einige Zeit daran getüftelt. Hefte ihn an die Tür dort, und du kannst jemanden drei Räume weiter husten hören.«

Philip nahm das Gerät im Schein seiner Lampe genauer unter die Lupe. »Du hast das Ding konstruiert?«

»Umgebaut, genauer gesagt. Ich wollte es noch kompakter und empfindlicher machen.«

»Für jemanden ohne Schulabschluß hast du ein erstaunliches Geschick für Elektronik entwickelt.«

»Naturtalent, würde ich sagen. Ich schätze, wir brauchen eine Stunde, um die Stahltür zu öffnen.«

»40 Minuten. Maximal 50.«

»Sagen wir 60.« Sie lächelte und streichelte zärtlich über seine Wange. »Nicht, daß ich an deinem Talent zweifle, Liebling.«

»Ich wette 1000 Pfund, daß ich es in 40 Minuten schaffe.«

»Angenommen. Also gut, vor drei Uhr morgens kannst du nicht mit der Arbeit beginnen. Um halb drei werde ich anfangen, den Alarm auszuschalten. Es wäre günstiger, wenn du direkt hierherkommst. Ich stoße dann sobald wie möglich zu dir.«

»Mir behagt die Vorstellung, daß du diesen Part allein übernimmst, ganz und gar nicht.«

»Du scheinst vergessen zu haben, daß ich den Job ursprünglich ganz allein machen wollte. Fang mit dem oberen Schloß an und arbeite dich dann nach unten.«

»Das hatten wir doch schon, Addy. Ich habe auch so meine Erfahrungen, was das Knacken von Tresoren anbelangt.«

Sie ging an ihm vorbei und zog den Schlüssel aus ihrer Rocktasche. »Laß dein Ego lieber aus dem Spiel.«

»Keine Sorge, ich bin viel zu sehr damit beschäftigt, deinem Ego aus dem Weg zu gehen. Woher weiß ich denn, daß du den Alarm auch wirklich pünktlich unterbrochen hast?«

»Reine Vertrauenssache.« Auf seinen verblüfften Gesichtsausdruck hin hob sie selbstbewußt ihr Kinn. »Ich habe zu lange daran gearbeitet, die Sache viel zu sorgfältig geplant, um einen Fehler zu machen. Entweder du vertraust mir, oder ich mach' es allein.«

Er sah ihr dabei zu, wie sie den Schlüssel professionell mit der Feile bearbeitete. »Verzeih, ich bin es nicht gewöhnt, mit einem Partner zu arbeiten.«

»Ich auch nicht.«

»Dann ist es wohl vernünftig, wenn wir uns beide nach

diesem Coup zur Ruhe setzen. Addy, ich würde mich um einiges wohler fühlen, wenn du nicht so nervös wärest.«

»Und ich, wenn ich dich in London wüßte!« Ihre erhobene Hand wehrte seine Antwort ab. »Das ist wohl die letzte Gelegenheit, um noch etwas Wichtiges zu besprechen. Wenn irgend etwas schiefgehen sollte oder wenn es nur so aussieht, als ob es Probleme gäbe, dann möchte ich, daß du aussteigst. Versprich mir das!«

»Du wirst bestimmt nicht aussteigen, hab' ich recht?«

»Ich kann nicht. Das ist der maßgebliche Unterschied.«

»Du verstehst immer noch nichts, wie?« Er hielt ihr Kinn fest. »Es ist wohl immer noch nicht in deinem Köpfchen angekommen. Du kannst mir noch so viel erzählen, daß du nicht an die Liebe glaubst, daß du nicht in der Lage bist, Liebe zu empfinden oder sie anzunehmen, aber das ändert trotzdem nichts an meinen Gefühlen für dich. Es wird die Zeit kommen, Addy, da dies alles hier hinter uns liegen und es nur noch um uns beide gehen wird. Und spätestens dann wirst du dich auch mit diesen Dingen auseinandersetzen müssen.«

»Dies hier ist ein Job, Philip, und hat nichts mit Liebe zu tun.«

»Ach, nein? Warum glaubst du wohl, bist du jetzt hier? Weil du deine Mutter genauso sehr geliebt hast, wie du deinen Vater haßt. Vielleicht sogar noch mehr. Und ich bin hier, weil alles, was du bist und was du fühlst, mir unglaublich viel bedeutet.«

»Philip.« Sie hielt ihn ganz leicht am Handgelenk fest. »Ich weiß nicht, was ich dir darauf antworten soll.«

»Das kommt schon noch.« Philip, ein Mann, der nie eine Gelegenheit ungenutzt verstreichen ließ, zog sie an sich. »Soll das eine Einladung in dein Schlafgemach sein?«

»Nur zu gerne.« Sie schloß die Augen und gab sich seinem Kuß hin. »Aber im Moment ist es etwas ungünstig. Darf ich später darauf zurückkommen?«

»Wenn es nicht allzu spät ist.«

Adrianne wandte ihre Aufmerksamkeit wieder dem Schloß zu und probierte nochmals den Schlüssel aus. Ihr Gehör war darauf geeicht, jedes metallene Kratzen genau zu orten und herauszuhören, an welcher Stelle der Schlüssel noch nicht paßte. »Ich kann es nicht riskieren, jetzt schon aufzusperren. Mit dem endgültigen Zurechtfeilen müssen wir warten, bis der Alarm ausgeschaltet ist. Aber ich denke...« Sie führte den Schlüssel ein und zog ihn dann wieder heraus. »Es fehlt nicht mehr viel.« Sie hielt plötzlich inne und starrte, den Schlüssel schwer und warm in ihrer Hand fühlend, auf die Stahltür. »Es liegt hinter dieser Tür verborgen, nur wenige Zentimeter von hier. Ich wundere mich, daß wir das Feuer nicht spüren.«

»Hast du jemals daran gedacht, das Kollier zu behalten?«

»Als ich jung war, ja. Da habe ich mir vorgestellt, wie es wäre, es eines Tages um den Hals meiner Mutter zu legen und zuzusehen, wie das Leben wieder in ihr erwacht. Ich habe mir auch vorgestellt, wie es wäre, es mir selbst umzulegen, und überlegt, wie ich mich dann fühlen würde.«

»Wie denn?«

Mit einem zaghaften Lächeln sagte sie: »Wie eine Prinzessin.« Dann steckte sie den Schlüssel zurück in den kleinen Beutel. »Nein, das Kollier ist nicht für mich bestimmt. Doch nach all den Tragödien, die es ausgelöst hat, wird es nun vielleicht doch noch etwas Gutes bewirken.« Sie zuckte die Achseln. »Das klingt ziemlich idealistisch und töricht, nicht wahr?«

»Ja, das stimmt.« Er führte ihre Hand an seine Lippen. »Aber weißt du, ich habe dich erst dann aus ganzem Herzen begehrt, als ich wußte, daß du idealistisch und bisweilen töricht sein kannst.« Er hielt noch ihre Hände, als sie zur Tür gingen. »Addy, sei vorsichtig. Ich meine, mit deinem Vater.«

»Ich begehe selten zweimal den gleichen Fehler, Philip.« Sie hielt den Verstärker an die Tür und wartete. Er zeigte nicht das leiseste Geräusch an. »Mach dir keine Sorgen um mich. Die Rolle der Prinzessin spiele ich schon seit vielen Jahren.«

Er bekam sie gerade noch zu fassen, ehe sie durch die Tür verschwunden war. »Adrianne, was du bist, brauchst du nicht zu spielen. Du brauchst die Prinzessin nicht zu spielen, du bist eine, und zwar eine wunderschöne.«

25. Kapitel

So ganz war sie nicht davon überzeugt, daß er recht hatte. Während der folgenden Tage mußte sie ihre ganze Selbstkontrolle und Beherrschung zusammennehmen. Teilweise mochte diese Fähigkeit von ihrem königlichen Geblüt herrühren. Doch für Adrianne war es das Erbe eines Mädchens aus Nebraska, das einst die Herzen Hollywoods im Fluge erobert hatte. Sie nahm an unzähligen Partys teil – Mittagessen und Einladungen zum Kaffee, die ihre zahlreichen weiblichen Verwandten für sie gaben und bei denen die Gespräche immer und überall um die gleichen Themen kreisten. Artig hörte sie sich gutgemeinte Ratschläge an und beantwortete die immer gleichen Fragen, die an jede zukünftige Braut gestellt werden. Philip sah sie nur ganz sporadisch und dann auch nie allein. Ihre Tage waren ausgefüllt mit Anproben und immer neuen, notwendigen Einkaufstouren mit Tanten und Cousinen.

Täglich trafen Geschenke aus allen Teilen der Welt ein, ein Aspekt ihres Täuschungsmanövers, den sie zwar nicht bedacht hatte, sich aber zunutze machen würde. Goldene Teller, silberne Kannen und Sung-Vasen, alles Geschenke von Staatsoberhäuptern und verbündeten Königshäusern. Ihre Rache, die sich bislang nur auf eine einzige Person konzentriert hatte, schloß nun auch Freunde und Feinde mit ein. Ohne deren Wissen wurden nun auch Prinzen und Präsidenten Teil ihres Spiels.

Wie man es von ihr erwartete, bedankte sie sich persönlich für die eintreffenden Hochzeitsgeschenke. Sie verbrachte viel Zeit damit, Briefe zu schreiben und die ankommenden Gäste zu begrüßen, die man zur Hochzeit hatte einfliegen lassen.

Unter all den vielen Geschenken gab es eines, das aus New York geschickt worden und für sie von größter Wichtigkeit war. Es war Philips Aufgabe gewesen, Celeste anzurufen und sie zu bitten, diese chinesische Lackschatulle zu besorgen. Es war eines dieser Zauberkästchen mit versteckten Öffnungsmechanismen und Geheimfächern. In nur wenigen Tagen würde Adrianne darin *Sonne und Mond* verstecken und diesen Schatz zusammen mit den Vasen und Tellern nach Hause schicken.

Damit war der unverfrorene und zudem sehr gefährliche Plan, das Kollier an ihrem Körper aus dem Palast zu schmuggeln, überflüssig geworden. Abdu selbst hatte ihr durch seinen Stolz den Weg für ihre Rache geebnet.

Bis zum Tag ihrer Hochzeit sah sie Abdu noch ein einziges Mal, und das auch nur gezwungenermaßen. Um den Palast zu verlassen, benötigte jede Frau die schriftliche Einwilligung eines männlichen Familienmitglieds, Prinzessin oder nicht.

Adrianne stand vor ihm, die unter langen Ärmeln verborgenen Hände artig gefaltet. Sie trug nur Philips Diamantring und die Ohrringe, die Celeste ihr geschenkt hatte. Den Amethyst hatte sie bereits eingepackt. Sein Erlös sollte die Installationsarbeiten für die Klinik decken.

»Danke, daß Sie mich empfangen.«

Die Büroräume ihres Vaters waren eine Symphonie aus Kardinalrot und Blautönen. Hinter ihm an der Wand hing ein Schwert mit einem diamantenbesetzten Griff. Abdu saß an einem Schreibtisch aus Ebenholz und trommelte mit seinen beringten Fingern ungeduldig auf die Schreibunterlage.

»Meine Zeit ist sehr begrenzt. Und du solltest dich auf morgen vorbereiten.«

Der Stolz, den sie von ihm geerbt hatte, flammte auf. Die Kunst der Beherrschung, die sie von ihrer Mutter geerbt hatte, zügelte ihn, so daß ihre Stimme ganz ruhig blieb. »Es ist alles bereit.«

Bevor sie zu sprechen anhob, zwang sie ihre Hände, sich zu entkrampfen. »Ich habe an nichts anderes gedacht und möchte Ihnen dafür danken, daß Sie alles so vortrefflich arrangiert haben.« Sie beide wußten, daß in diesem Land ein Mann unter anderem auch an den Ausgaben für die Hochzeit seiner Tochter gemessen wird.

»Ist das alles?«

»Ich bin auch gekommen, um Sie um die Erlaubnis zu bitten, mit Yasmin und meinen anderen Schwestern einige

Stunden an den Strand fahren zu dürfen. Ich hatte nur wenig Zeit, sie richtig kennenzulernen.«

»Zeit war dazu genug; doch du hast es vorgezogen, diese woanders zu verbringen.«

»Sie sind doch immer noch meine Schwestern.«

»Sie sind Frauen von Jaquir, Töchter Allahs; du nicht, du bist es nie gewesen.«

Jetzt ihren Blick gesenkt und ihre Stimme ruhig zu halten, war mit das Schwierigste, was sie je vollbracht hatte. »Weder Sie noch ich können unsere Blutsverwandtschaft verleugnen, sosehr wir dies auch wünschten.«

»Aber ich kann meine Töchter vor deinem verderblichen Einfluß bewahren.« Er breitete seine Hände auf dem Schreibtisch aus. »Morgen wirst du in einer Zeremonie verheiratet werden, die deiner Stellung gerecht wird. Danach wirst du Jaquir verlassen, und ich werde keinen Gedanken mehr an dich verschwenden. *Inshallah.* Für mich warst du von dem Augenblick an gestorben, als du Jaquir verließest. Es ist also nicht nötig, etwas zu leugnen, was gar nicht existiert.«

Sie machte einen Schritt auf ihn zu, und es war ihr in diesem Augenblick völlig gleichgültig, ob man sie dafür auspeitschen oder ihr noch Schlimmeres antun würde. »Es wird der Tag kommen, da Sie an mich denken werden«, zischte sie leise. »Das schwöre ich.«

In der Nacht vor ihrer Hochzeit träumte Adrianne nichts. Sie weinte.

Der Ruf des Muezzin weckte sie. Adrianne machte die Fenster weit auf und ließ die Hitze und das Sonnenlicht hereinfluten. Dieser Tag würde der längste und vielleicht gefährlichste ihres Lebens werden. Ihr blieb nur wenig Zeit, bis die Frauen und Dienerinnen in ihr Zimmer stürmen und mit der Tortur des Ankleidens beginnen würden.

Um ihre trüben Gedanken zu verscheuchen, ließ sie sich ein heißes Bad einlaufen und gab reichlich Badeöl dazu.

Wäre es eine richtige, ernstgemeinte Hochzeit, würde sie dann aufgeregt, glücklich oder ängstlich sein? fragte sie sich. Alles, was sie jetzt empfand, war ein dumpfer Schmerz über das, was nicht sein konnte. Die Zeremonie würde eine Lüge sein, genau wie die Versprechen, die bei solchen Anlässen überall in der Welt so oft nur Lügen waren.

War die Ehe für eine Frau denn nicht eine andere Form von Gefangenschaft? Sie nahm den Namen des Mannes an, büßte ihren eigenen ein und damit auch das Recht, jemand anderes als eine Ehefrau zu sein. Sein Wille, seine Wünsche, seine Ehre waren es dann, die zählten, niemals die ihren.

In Jaquir nannte man dies *sharaf*, die Ehre des Mannes. Gesetze und Traditionen gingen daraus hervor. War diese Ehre einmal verloren, dann unwiderruflich und für immer. Deshalb wurden die Frauen in der Familie so fanatisch bewacht – besser gesagt ihre Keuschheit –, denn ein Mann war für das Benehmen seiner Frauen und Töchter verantwortlich, solange sie lebten. Anstelle von Freiheit umgab man sie mit Dienerinnen, entband sie von jeglicher körperlichen Arbeit und bescherte ihnen dadurch ein sinnloses, leeres Leben. Diese Versklavung in einem goldenen Käfig ging unaufhörlich weiter, solange Frauen sich als Ehefrauen verkaufen ließen, so wie sie es gerade tat, als Preis für ihre Rache.

Doch was ihr Vater gesagt hatte, entsprach der Wahrheit. Sie war keine Frau Jaquirs, und Philip besaß kein Beduinenblut. Es war nichts als ein Täuschungsmanöver, alles nur Maskerade. An diesem Tag, dem wichtigsten Tag ihres Lebens, auf den sie seit ihrer Kindheit gewartet hatte, durfte sie das keine Sekunde lang vergessen. Es mochte Abdus Blut in ihren Adern fließen, doch sie war nicht seine Tochter.

Am Ende dieses Tages, wenn die endlosen Feierlichkeiten vorüber waren, würde sie das tun, weswegen sie gekommen war. Was zu tun sie sich geschworen hatte. Diese Rache, die nach all den Jahren noch immer wie ein Feuer in ihr loderte, würde verheerend und süß zugleich sein.

Mit dieser Tat würde sie alle Verbindungen zu ihrer Familie unwiderruflich abbrechen. Und sie würde darunter leiden. Das wußte Adrianne schon jetzt. Aber alles hatte nun mal seinen Preis.

Die Frauen des Hauses kamen in ihr Zimmer, als sie gerade aus dem Bad stieg. Sie kamen, um ihre Haut zu parfümieren, ihre Augen mit Kajal schwarz zu umranden und ihre Lippen rot zu färben. Die Szene geriet für Adrianne zu einem Traum, das unaufhörliche Schlagen der Trommeln, die Finger auf ihrem Körper, der Klang der unentwegt murmelnden Frauenstimmen. Ihre Großmutter saß in einem vergoldeten Sessel, überwachte die Vorbereitungen, gab Anweisungen und trocknete sich dabei die Augen.

»Erinnerst du dich an deinen Hochzeitstag, Großmutter?« Sie ließ einen Seufzer hören, schwach und dünn wie ihre alten Knochen. »Eine Frau vergißt niemals den Tag, an dem sie zur Frau gemacht wurde.«

Sie hüllten Adriannes Körper in weiße, hauchdünne, mit weißen Spitzen besetzte Seide. »Wie hast du dich damals gefühlt?«

Jiddah lächelte. Für eine Frau ihres Landes war sie schon recht alt, doch sie erinnerte sich noch genau an die Zeit, als sie ein junges Mädchen war. »Er war sehr schön, aufrichtig und noch so jung. Du siehst ihm ähnlich, genau wie dein Vater. Er war mein Cousin, aber älter als ich, wie es sich geziemt. Ich fühlte mich geehrt, für ihn ausgewählt worden zu sein, und gleichzeitig fürchtete ich, ihm nicht zu gefallen«, erzählte sie lachend, wobei etwas in ihren Augen aufblitzte, was Adrianne als pure, unverhüllte Weiblichkeit erkannte. »Doch nach unserer ersten Nacht fürchtete ich mich nicht mehr.«

Kichernd wurden dann Scherze über die bevorstehende Hochzeitsnacht gemacht, teils amüsiert, teils aber auch mit neidvollem Unterton. Etliche Hände machten sich an Adriannes Haar zu schaffen, kämmten und flochten es, legten es in Locken, während andere Räucherstäbchen anzündeten und den duftenden Rauch in ihr Haar wedelten. Adrianne brachte es nicht übers Herz, Einwände dagegen zu erheben.

Als die Schneiderin mit dem Hochzeitskleid kam, wurden die meisten Frauen höflich, aber bestimmt aus dem Zimmer gescheucht. Anerkennend mit der Zunge schnalzend und leise Anweisungen murmelnd, half Dagmar Adrianne in den weißen Traum. Sie hatte die Nase voll vom Paradies und sehnte sich nach Paris zurück, wo das Schlimmste, was einer

Frau bei einem nachmittäglichen Bummel passieren konnte, ein paar Pfiffe und unanständige Anträge waren. Unter anerkennenden Ohs und Ahs knöpfte sie zwei Dutzend winzige Knöpfe zu.

»Sie sind eine wunderschöne Braut, Eure Hoheit. Warten Sie.« Ungeduldig verlangte Dagmar nach dem Kopfschmuck. »Ich möchte, daß Sie sich damit im Spiegel betrachten.«

Hauchdünner Tüll wurde vor ihren Augen drapiert. Ein Schleier, selbst heute. Der Alptraum nahm kein Ende, dachte Adrianne, als sie ihre Umgebung wie durch eine Nebelschicht wahrnahm. Der Spiegel wurde so gedreht, daß sie sich in voller Größe darin betrachten konnte, eingehüllt in eine Wolke schneeweißen Satins und steifer Spitze; die Schleppe glitzerte wie ein Wasserfall im Sonnenlicht und reichte bis ans Ende des Raumes. Mehr als hundert Stunden hatten Näherinnen damit zugebracht, die Schleppe über und über mit Perlen zu besticken. Eine Krone aus Perlen und Diamanten bildete den Kopfschmuck, aus dem dann die meterlange Tüllflut entsprang.

»Sie sehen hinreißend aus, fantastisch. Das Kleid ist ein Traum, wie ich es versprochen habe.«

»Ja, mehr als das. Ich danke Ihnen.«

»Es war mir ein Vergnügen«, entgegnete sie, offenbar erleichtert, die Arbeit hinter sich zu wissen. »Ich möchte Ihnen viel Glück wünschen, Hoheit. Mögen all Ihre Wünsche heute in Erfüllung gehen.«

Adrianne dachte nur an *Sonne und Mond*. »Das werden sie, gewiß.«

Dann nahm sie das Brautbouquet aus Orchideen und weißen Rosen entgegen.

Sie war eine Braut, aber es würde keinen Hochzeitsmarsch geben, keine zusammengebundenen Schuhe und keinen Reis. Aber vielleicht wurde es ihr dadurch sogar leichter gemacht, das ganze nur als Show anzusehen, als Teil des Spiels, das zu spielen sie gezwungen war.

Ihre Hände waren kühl und ruhig, ihr Herzschlag ganz normal, als sie ihren Begleiterinnen in den Saal folgte, wo sie dem Bräutigam und den männlichen Familienmitgliedern präsentiert werden sollten.

Ihr Anblick verschlug ihm buchstäblich den Atem, anders hätte es Philip nicht beschreiben können. Gerade noch hatte er ganz ruhig geatmet und sich wie jeder andere Mann hier im Saal gefühlt, und im nächsten Augenblick blieb für ihn die Welt stehen. Sogar aus seinen Fingern wich jegliches Gefühl. Seine Knie wurden weich. Eine Nervosität und Beklemmung, die er an sich nie gekannt hatte, stieg in ihm hoch und schnürte ihm die Kehle zu.

Reihum wurde die Braut von den männlichen Verwandten geküßt, teils mit feierlicher Miene, teils mit offen gezeigter Freude. Und sehr förmlich von ihrem Vater. Dann nahm Abdu ihre Hand und legte sie in Philips. Damit war er mit ihr fertig.

Sie wurden gesegnet. Die entsprechenden Abschnitte aus dem Koran wurden verlesen, jedoch in Arabisch, so daß Philip kein Wort davon verstand. Er spürte nur Adriannes eiskalte Hand, die in der seinen zu zittern begann.

Sie hatte nicht damit gerechnet, daß er eine weiße *throbe* und die traditionelle Kopfbedeckung tragen würde. Das hätte die ganze Angelegenheit noch unrealistischer erscheinen lassen können, doch irgendwie wurde ihr dadurch auch klar, daß, sosehr sie sich auch verstellen und das Ganze als Spiel betrachten mochten, die Eheschließung dennoch eine unleugbare Tatsache war. Zwar nur auf Zeit und leicht aufzulösen, aber zumindest heute real.

Bis zur Prozession sollte noch eine Stunde vergehen. Sie wurde durch einen Schrei angekündigt, dann folgte das traditionelle Zungenschnalzen der Beduinenfrauen, die im Hochzeitssaal warteten. Philip hörte die Trommeln und die Musik, dann begann der lange Marsch.

Heute nacht würden sie noch einmal durch diese Hallen schreiten, aber dann ganz heimlich, still und leise.

»War's das?«

Philips Flüstern ließ sie beinahe zusammenzucken, half ihr jedoch, nun auch die komische Seite ihres Spiels zu sehen. »Bei weitem noch nicht. Die Hochzeitsgäste möchten unterhalten sein. Zuerst kommen die Musikanten und Tänzer. Du darfst sie nicht sehen.« Sie warf ihm ein schnelles Lächeln zu. »Sollte nicht länger als zwanzig Minuten dauern.«

»Und dann?«

»Das Hochzeitsfest. Wir werden durch die Gästeschar schreiten. Irgendwo wird ein mit Blumen geschmücktes Podest stehen. Dort werden wir während der Zeremonie sitzen und anschließend etwa zwei Stunden lang Glückwünsche entgegennehmen.«

»Zwei Stunden – wie reizend«, brummte er. »Geben sie uns wenigstens was zu essen?«

Dafür hätte sie ihn am liebsten geküßt. Statt dessen lachte sie. »Später, beim Hochzeitsmahl. Warum hast du das angezogen?«

Weil ihr Vater es so gewünscht hatte, aber das wollte er ihr nicht sagen. »Bist du in Rom…«, meinte er leichthin. Dann wurden sie wieder anderweitig in Anspruch genommen.

Mit den Blumen hatte sie nicht übertrieben. Üppigste Arrangements aus bunten Blüten rankten sich vom Boden bis an die Decke. Das einzige, was diese Pracht noch übertraf, waren die Geschmeide der Damen. Auch was die Zeit anbelangte, hatte sie nicht übertrieben. Über zwei Stunden lang saßen sie unter einer Art Baldachin, schüttelten Hände, tauschten Küsse aus und nahmen Glückwünsche entgegen, während Philip glaubte, sein Kopf werde jeden Augenblick zerspringen. Der intensive Duft der Rosen und die unerträgliche Mischung der schweren Parfums setzten ihm schwer zu.

Doch das war noch längst nicht alles. Anschließend wurden sie in einen riesigen Saal geleitet – oder eher getrieben, wie es Philip vorkam –, in dem sich auf endlosen Tischreihen alle Arten von kandierten Früchten, Desserts und scharf gewürzten Fleischgerichten türmten. In der Mitte thronte zwanzig Schichten hoch die Hochzeitstorte.

Einer der Gäste hatte verbotenerweise eine Polaroidkamera mitgebracht. Sehr zum Vergnügen der Damen, die sich begeistert in Pose stellten und dann rasch die Bilder in ihren Taschen verschwinden ließen. Philip bat um ein Foto von

Adrianne und sich und steckte es dann ebenfalls schnell weg.

Acht Stunden, nachdem sie ihr Hochzeitskleid übergezogen hatte, wurden Philip und sie zu den Gemächern geleitet, in denen sie ihre erste Nacht als Mann und Frau verbringen sollten.

»Nun«, brachte sie heraus, als sich die Tür hinter ihnen geschlossen hatte und das letzte Kichern draußen verstummt war. »Das war vielleicht eine Show.«

»Etwas habe ich allerdings dabei vermißt.«

»Was denn? Schlammschlachten vielleicht?«

»Zynikerin, du.« Er nahm ihre Hände, bevor sie ihren Kopfschmuck abnehmen konnte. »Ich habe die Braut noch nicht geküßt.«

Sie brachte ein Lächeln zustande. »Dafür ist noch Zeit.«

Sie beugte sich zu ihm, drückte sich an ihn. Dieses eine Mal, sagte sie zu sich. Nur dieses eine Mal wollte sie an ein Happy-End glauben. Auch in diesem Raum duftete es süß nach Blumen. Der Stoff ihres Kleides raschelte leise, als er sie in seine Arme zog. Dieser Kuß, so warm und fest, war alles, was sie sich im Augenblick wünschte.

»Du bist so wunderschön, Addy. Als du heute vormittag in den Saal geschwebt kamst, ist mir wirklich die Luft weggeblieben.«

»Ich war ganz ruhig, bis ich dich sah.« Sie legte ihren Kopf an seine Schulter. »Für das, was du heute für mich getan hast, werde ich mich niemals revanchieren können.«

»Für das, was man aus purem Eigennutz tut, erwartet man keine Wiedergutmachung. Wir reisen morgen ab.«

»Aber…«

»Ich habe bereits mit deinem Vater gesprochen.« Er nahm ihr den Perlenkranz aus dem Haar und legte ihn beiseite. Es kribbelte ihn in den Fingern, diese in ihrem Haar zu vergraben. »Er hat nichts dagegen, daß ich mit meiner Frau gleich morgen auf Hochzeitsreise gehe. Ich habe ihm erzählt, daß wir zwei Wochen in Paris verbringen und dann nach New York fliegen werden.«

»Du hast recht. So ist es am besten. Je weniger ich von meinen Brüdern und Schwestern sehe, desto leichter wird es mir fallen, sie nie wiederzusehen.«

»Das weißt du doch gar nicht.«

»Nach dieser Sache wird er mir jeglichen Kontakt mit ihnen verbieten. Ich weiß das, und ich akzeptiere es auch. Ich habe nur nicht gedacht, daß es mir so schwerfallen würde aufzugeben, was ich nur für so kurze Zeit besessen habe.«

Sie hob ihre Hände hinter den Kopf und begann, ihr Kleid aufzuknöpfen. »Wir sollten uns ein wenig ausruhen, Philip. Wir haben eine lange Nacht vor uns.«

Sanft löste er ihre Finger von ihrem Nacken. »Ja, hinterher.« Er bedeckte ihr Gesicht mit Küssen, während er sich die lange Knopfleiste hinunterarbeitete. »Ich habe dich vermißt, Addy. Ich habe dich so sehr vermißt.«

Sie schob die *throbe* von seinen Schulter. »Heute nacht gehöre ich dir.«

Den fleißigen Näherinnen wäre das Herz gebrochen, hätten sie gesehen, wie dieser Traum aus Satin und Spitze achtlos zu Boden fiel.

Als er erwachte, war es stockfinster im Raum. Er blieb still liegen und genoß den Druck von Adriannes Körper, der sich dicht an seinen preßte. Sie schlief, aber er wußte, wenn er sich bewegte oder ganz leise ihren Namen flüsterte, würde sie sofort hellwach sein. Doch dafür war noch Zeit.

Es kam nur ganz selten vor, daß er sich vor einem Job schlafen legte. Das Problem bei einigen Berufen war, daß sie nie zur Routine, nie so langweilig oder normal wurden, um sie als selbstverständlich zu erachten.

Sonne und Mond. Vor nicht allzu langer Zeit hätte ihn der bloße Gedanke, diese Kostbarkeiten in Händen zu halten und sie an sich zu nehmen, wochenlang zufrieden gestimmt. Jetzt wünschte er sich nichts sehnlicher, als diesen verdammten Job erledigt zu haben und mit Adrianne gemütlich in seinem Landhaus in Oxfordshire vor dem Kamin zu sitzen, eine Meute Wolfshunde zu seinen Füßen.

Offenbar wurde er alt.

Alt und, Gott bewahre, bürgerlich.

In Wirklichkeit aber war er verliebt, und daran hatte er schwer zu beißen.

Nachdenklich fuhr er mit seinem Zeigefinger über den Brillantring, den er ihr während dieser Maskerade, die eine Hochzeit hatte darstellen sollen, übergestreift hatte. Und doch bedeutete dieser Ring etwas, bedeutete viel mehr, als er erwartet oder diesem gewöhnlichen Symbol an Bedeutung beigemessen hatte. Sie war jetzt seine Frau, die Frau, die er heimführen, die er seiner Mutter vorstellen und mit der er seine Zukunft planen wollte.

Die Zukunft planen. Er strich sich mit der freien Hand die Haare aus der Stirn. Ein beachtlicher Sprung, den er da in allerkürzester Zeit nach vorne getan hatte, überlegte er. Quasi gestern noch hatte sein Hauptinteresse der Gestaltung des nächsten Abendvergnügens gegolten, und heute machte er sich bereits Gedanken um Kinder und Familienfeste. Doch er hatte auch schon früher große Sprünge unternommen und war, bis jetzt, immer sicher auf beiden Beinen gelandet. Balance und Geschicklichkeit waren für ihn unabdingbare Voraussetzungen, ohne die er heute nacht einpacken konnte.

Zu schade, daß dies keine gewöhnliche Hochzeitsnacht war. Champagner, Musik und Tollheiten bis in die Morgenstunden. Obwohl er sich über mangelnde Tollheiten, bevor sie eingeschlummert waren, nicht beklagen konnte. Adrianne war wie ein gefährlich rauchender Vulkan gewesen, dessen gewaltiger Ausbruch ihn hatte erzittern lassen wie einen Jüngling, der sich zum ersten Mal auf der Rückbank von Vaters Auto vergnügte. Die Bedenken und Ängste, die sie in ihrer ersten gemeinsamen Nacht geplagt hatten, waren von der leidenschaftlichen Begierde vertrieben worden, die er in ihren Augen hatte auflodern sehen. Die Anspannung, unter der sie beide seit ihrer Ankunft in Jaquir gelitten hatten, war mit einem Mal verschwunden – wenn auch nur für kurze Zeit.

Sie hatten gemeinsam das Bett geteilt, und nun würden sie, was auch immer geschehen mochte, Seite an Seite Rache üben. Er berührte sie sanft an der Wange und flüsterte ihren Namen. Adrianne war sofort hellwach.

»Wie spät ist es?«

»Kurz nach eins.«

Sie nickte, sprang aus dem Bett und begann sich anzuziehen. Diesmal ganz in Schwarz. Fragen oder Worte erübrigten sich, als sie ihr Werkzeug zusammensuchten und die Gürtel anlegten. Adrianne hängte sich eine kleine Tasche quer über die Brust, in der sie Kabelklemmen, die Fernbedienung, ein ausgepolstertes Kästchen, ihre Feilen und den Schlüssel verstaut hatte.

»Gib mir 30 Minuten Zeit.« Sie überprüfte ihre Uhr und drückte dann den Knopf an der Stoppuhr. »Verlaß die Suite nicht vor zwei Uhr dreißig, sonst kann es sein, daß du den Wächtern im Ostflügel direkt in die Arme läufst.«

»Wenn wir uns beeilen würden, bräuchten wir nicht getrennt zu arbeiten.«

Wie er zog sie sich Operationshandschuhe über. »Philip, wir haben das doch x-mal durchgesprochen. Du weißt, daß ich recht habe.«

»Das heißt aber nicht, daß mir das recht ist.«

»Konzentrier du dich auf die Kombinationen.« Sie stellte sich auf die Zehenspitzen, um ihm einen Kuß zu geben.

»Mach's gut.« Er zog sie ganz dicht an sich heran und küßte sie innig.

»Mach's besser.«

Wie ein Schatten glitt sie aus dem Zimmer und war verschwunden.

Sie mußte diesen Job genauso angehen wie alle anderen vorher auch, ruhig und beherrscht. So hatte sie ihn geplant. Doch nun, da der Zeitpunkt gekommen war, auf den sie ihr ganzes Leben gewartet hatte, war sie so aufgeregt wie ein kleiner, ungeübter Kaufhausdieb. Sie bewegte sich schnell, hielt sich immer dicht an der Wand und lauschte, lauschte, lauschte.

Ihre Augen gewöhnten sich rasch an die Dunkelheit, die hier und da von helleren Flecken durchbrochen war, wo das Mondlicht durch ein unvergittertes Fensterchen schien. In den Fluren und kleinen Salons standen etliche kostbare Kunstschätze – indische Elfenbeinschnitzereien, chinesische

Jadefiguren und französisches Porzellan. Doch diese Dinge interessierten sie noch weniger als der Plunder auf einem Flohmarkt. Sie hatte nur Augen für die Wächter. Ohne das geringste Geräusch zu verursachen, huschte Adrianne über die Treppe hinauf in den ersten Stock.

Auch hier herrschte tiefstes Schweigen. Es war so still, daß sie ihren eigenen Pulsschlag hören konnte. Die Blumen, die man für die Hochzeit aus Europa hatte einfliegen lassen, verströmten ihren süßen Duft. Ein weißes Taubenpärchen döste inmitten Tausender Blüten in seinem goldenen Käfig. Adrianne schlich sich an ihnen und weiter an den Salons, dem großen Saal und den Büros vorbei. Die Tür zum Sicherheitsraum war diskret plaziert, in einer Ecke des Flurs. Die Gäste sollten zwar beschützt werden, ohne sich jedoch durch aufdringliche Sicherheitsvorkehrungen wie Alarmanlagen und Waffen gestört fühlen zu müssen. Mit angehaltenem Atem schob Adrianne die versteckte Tür zur Seite.

Sie wartete ab, fünf Herzschläge, zehn – doch es geschah nichts. Es blieb weiterhin still. Ihre gummibesohlten Schuhe verursachten keinen Laut, als sie durch die Tür trat und sie wieder zuschob. Die Treppe dahinter war steil und gut einsehbar. Wenn sie ihr Zeitlimit überschreiten und entdeckt werden sollte, gab es keine Möglichkeit, sich zu verstecken, noch irgendeine Ausrede für ihr Hiersein. Ohne Licht und ohne ein Treppengeländer, an dem sie sich orientieren konnte, war ein rasches Vorwärtskommen unmöglich. Vorsichtig und viel zu langsam für ihr Empfinden tastete sie sich die Treppe hinunter.

Unten angekommen klopfte ihr Herz derart heftig, daß sie erst einmal stehenblieb und tief durchatmete. Ein Blick auf die Uhr sagte ihr, daß sie noch zwanzig Minuten Zeit für die Alarmanlage hatte, bevor Philip das erste Schloß berühren würde. Zeit genug. Mit ihrer kleinen, aber sehr starken Taschenlampe leuchtete sie den Raum ab.

In einer Ecke stapelten sich Holzkisten bis unter die Decke. Der Staubschicht nach zu urteilen, standen sie schon länger hier. An einer anderen Wand entdeckte sie eine große Glasvitrine mit zwei Schlössern und darin, aufgereiht wie Soldaten, eine Sammlung Gewehre. Auf den Läufen glänzte Waffenöl. Die Alarmanlage war an der gegenüberliegenden Wand installiert. Adrianne machte sich an die Arbeit, wobei sie versuchte, sich durch die Gewehre hinter ihrem Rücken nicht aus der Ruhe bringen zu lassen.

Das Überwachungssystem für außen ließ sie unangetastet. Fünf schweißtreibende Minuten brauchte sie, um die Abdeckplatte der für sie interessanten Anlage abzuschrauben, sie zu inspizieren und den ersten Draht abzuklemmen. Insgesamt waren es zwölf, vier Drähte für jedes Schloß. Präzise, den Verkabelungsplan der Anlage genau vor Augen, arbeitete sie sich durch das Gewirr der Kabel, wobei sie exakt die richtige Farbfolge der einzelnen Drähte einhalten mußte. Erst Weiß, dann Blau, dann Schwarz, dann Rot.

Sie warf einen Blick zur Decke hoch und fragte sich, ob Philip schon an seiner Position war. Zwei Alarmvorrichtungen waren schon ausgeschaltet, doch ihre Nervosität hatte sich noch nicht gelöst und lag wie ein Felsblocken in ihrem Magen. Ein klitzekleiner Fehler jetzt, und der Plan, an dem sie ein Leben lang gearbeitet hatte, war mit einem Schlag zunichte gemacht.

Gerade als sie das letzte Kabel gefunden hatte und es eben abklemmen wollte, hörte sie die Schritte. Für Panik war jetzt keine Zeit. Sie befestigte die Abdeckplatte provisorisch mit einer Schraube, die sie mit den Fingern hineindrehte, und war dann auch schon hinter den Holzkisten verschwunden.

Sie waren zu zweit, jeder von ihnen mit einer Pistole bewaffnet, die in einem Halfter über ihrer *throbe* steckte. Ihre nicht übermäßig lauten Stimmen hallten wie Böllerschüsse in Adriannes Ohren. Sie ringelte sich ganz klein zusammen und wagte nicht zu atmen.

Einer der Wächter beklagte sich über die zusätzliche Nachtschicht, die er wegen der Hochzeit und der vielen Gästen einlegen mußte. Der andere nahm es gelassener und prahlte mit seiner kürzlich unternommenen Türkeireise und den aus Budapest stammenden Huren, mit denen er sich vergnügt hatte. Seine Frau, so erzählte er seinem Kollegen, habe nun die Syphilis, die er von dieser Reise mitgebracht habe.

Keine zwei Schritte von der Stelle entfernt, wo Adrianne versuchte, sich hinter den Kisten unsichtbar zu machen, blieben sie stehen und schalteten die Deckenbeleuchtung ein. Mit einem selbstgefälligen Lachen zog der zweite Mann ein Magazin unter seinem Gewand hervor. Auf dem Titelblatt war eine nackte Frau abgebildet, die sich mit den Fingern zwischen ihren weit gespreizten Beinen zu schaffen machte. Ganz gleich ob Palastwache oder nicht, wenn der *matawain* dieses Heftes habhaft geworden wäre, hätte sie das eine Hand oder ein Auge gekostet. Heiße Schweißperlen rannen Adrianne über den Rücken. Unaufhaltsam verstrichen die kostbaren Minuten.

Eine türkische Zigarette wurde gedreht und angezündet, während die beiden über dem Magazin brüteten. Der süßliche Rauch der Zigarette wehte zu Adrianne herüber. Was immer sie dem Tabak beigemischt haben mochten, machte sie ganz schwindlig. Ausgiebig befingerte sich der eine im Schritt, bevor er die Zigarette an den anderen weitergab.

Adrianne konnte nicht anders, sie mußte das Stöhnen und die zotigen Bemerkungen mit anhören, die selbst eine abgebrühte Prostituierte zum Erröten gebracht hätten. Einer der beiden suchte sich einen bequemen Platz, noch näher an den Kisten, so daß der Saum seiner *throbe* beinahe Adriannes Fuß berührte. Sie konnte seinen Schweiß riechen. Dann begannen sie um das Heft zu feilschen, anfangs noch freundschaftlich, kurz darauf immer hitziger. Sie wagte nicht, sich zu bewegen, nicht einmal, auf die Uhr zu sehen. Philip war jetzt bestimmt schon im Raum über ihr, begann vielleicht gerade mit seiner Arbeit am ersten Schloß. Jeden Augenblick konnte der Alarm losheulen. Dann wäre alles verloren.

Geldscheine wechselten den Besitzer. Das Pornoheft verschwand. Die Zigarette wurde ausgedrückt und der Stummel sorgsam versteckt. Durch das Hämmern des Pulses in ihrem Ohr hörte sie noch das Lachen der Männer. Sie verließen den Raum, und unter Höllenqualen wartete Adrianne darauf, daß das Licht ausging.

Sobald es wieder dunkel war, sprang sie auf. Für Vorsichtsmaßnahmen war jetzt keine Zeit mehr. Der Zeiger auf ihrer Uhr verriet ihr, daß ihr noch genau 90 Sekunden blieben, um den letzten Draht zu kappen.

Ihr Mund war trocken. Das und die Übelkeit, die sie befallen hatte, waren ganz neue Erfahrungen. Als sie die Deckplatte wieder abnahm, fiel ihr diese beinahe aus den tauben Fingern. Noch 45 Sekunden. Sie klemmte die Platte zwischen ihre Knie und tastete nach dem Kabel. Ihre Hand war ruhig, so ruhig, als gehörte sie gar nicht zu der Frau, die von oben bis unten in Schweiß gebadet war. Mit der Fingerfertigkeit eines Chirurgen machte sie eine Schlinge in das Kabel. Noch 20 Sekunden. Sie schob die Erdungsklemme über die Schlinge und zog sie fest.

Adrianne wischte sich mit dem Handrücken über die feuchten Lippen, bevor sie wieder auf die Uhr sah. Zwei Sekunden. Sie wartete und zählte. Dann stellte sie sich aufrecht hin und zählte noch einmal langsam bis sechzig. Keine Sirene brach die Stille um sie herum. Ein kurzes Stoßgebet, dann schraubte sie die Abdeckplatte wieder fest.

Philips ganze Konzentration war auf seine Fingerspitzen und sein Gehör gerichtet. Er arbeitete mit der Geduld und Umsicht eines Edelsteinschleifers. Oder eines Diebes. Während er auf das Klicken der Zuhaltungen des Zahlenschlosses lauschte, stellte er sich immer wieder dieselbe Frage. Wo blieb sie nur?

Die geplante Zeitspanne, die sie benötigen sollte, um zu ihm zu stoßen, war bereits um 15 Minuten überschritten. Aus dem Verstärker drang das beruhigende Klicken, das bedeutete, daß das erste Schloß offen war. Sie hatte also den Alarm ausgeschaltet. Ein Trost, wenn auch nur ein schwacher. Vorsichtig machte er sich an das zweite Schloß, blickte dabei aber immer wieder in Richtung Tür. Noch fünf Minuten, sagte er sich. Wenn sie binnen fünf Minuten nicht aufgetaucht war, dann würde er sich auf die Suche nach ihr machen. Zum Teufel mit dem Kollier. Er lockerte seine Finger wie ein Pianist vor dem Arpeggio. Die erste Zuhaltung rastete ein, da hörte er das Drehen des Türgriffs. Er stand bereits, dicht an der Wand gepreßt, hinter der Tür, als Adrianne hereingeschlichen kam.

»Du hast dich verspätet.«

Das alberne Kichern, das ihr entfuhr, zeigte ihr, wie angespannt ihre Nerven waren. »Verzeih mir, ich konnte kein Taxi bekommen.« Sie streckte ihre Hand nach ihm aus, hielt ihn fest, und das alleine half ihr schon, sich wieder zu fassen.

»Schwierigkeiten?«

»Nein, nicht wirklich. Nur zwei Wächter mit einem Pornoheft und türkischem Dope. Eine richtig nette Party.«

Unendlich zärtlich nahm er ihr Gesicht in beide Hände und hob es ein wenig an. Ihre Augen waren klar und ruhig, doch sie war blaß wie die Wand. »Ich muß dich darauf aufmerksam machen, daß du jetzt eine verheiratete Frau bist. Das nächste Mal gehst du nicht mehr ohne mich zu einer Party.

»Abgemacht.« Seltsam, dachte sie, wie schnell sich ihre Angst verflüchtigt hatte. »Und, hat bei dir alles geklappt?«

»Was für eine Frage. Nimm du dir schon mal den Schlüssel vor, Darling. Ich bin so gut wie fertig.«

»Mein Held.«

»Hoffentlich erinnerst du dich auch noch später daran.«

Sie arbeiteten Seite an Seite; Philip an dem letzten Schloß, Adrianne an dem Schlüssel. Zweimal mußte er sie dabei unterbrechen, da ihn das Geräusch der Feile störte.

»So, das war's«, sagte er und trat einen Schritt zurück.

»Ich hatte schon ganz vergessen, welch ein Ohrenschmaus das Einrasten der Zuhaltungen ist.« Nach einem raschen Blick auf seine Uhr stellte er schmunzelnd fest: »39 Minuten, 40 Sekunden.«

»Herzlichen Glückwunsch.«

»Du schuldest mir tausend Pfund, mein Liebling.«

Sie wischte sich ein paar Schweißperlen von der Stirn.

»Setz es auf meine Rechnung.«

»Oh, Madame sind knausrig. Das hätte ich vorher wissen müssen.« Seufzend beugte er sich über ihre Schultern. »Bald fertig?«

»Gleich. Rücksichtsvoll, wie ich nun mal bin, habe ich dir die einfachere Arbeit überlassen«, murmelte sie. »Ganz schön kompliziert, dieser Schlüssel. Wenn ich zuviel wegfeile, war die ganze Arbeit vergebens.«

»Ich könnte ja versuchen, das Schloß mit der Hand zu knacken. Das spart uns bestimmt eine Stunde.«

»Nein, ich bin gleich fertig.« Sie führte den Schlüssel wieder ein und drehte ihn vorsichtig nach rechts und links. Er hakte noch etwas, sagte ihr ihr Fingerspitzengefühl. Sie schloß die Augen, konzentrierte sich und wußte dann genau, an welcher Stelle er noch nicht ganz paßte. Sie zog den Schlüssel wieder heraus, feilte hier und dort noch ein wenig, tropfte etwas Öl auf den Bart und gab ihm dann mit Sandpapier den letzten Schliff. Ihre Finger schmerzten, so verkrampfte sie sich bei dieser diffizilen Arbeit.

Dreißig weitere Minuten vergingen. Schließlich steckte sie den Schlüssel ein letztes Mal in das Schloß und drehte ihn herum. Jetzt gab es nach. Einige Augenblicke lang kniete sie regungslos vor der Tür, den Schlüssel noch immer in der Hand. Ihr ganzes Leben hatte sie auf diesen Moment gewartet. Jetzt, da er gekommen war, war sie unfähig, auch nur einen einzigen Muskel zu bewegen.

»Addy?«

»Weißt du, es ist irgendwie ein bißchen wie sterben. Plötzlich am Ziel seines Lebens angekommen zu sein. Zu wissen, daß, ganz gleich was man danach noch unternimmt, nichts auch nur annähernd die gleiche Wirkung auf einen haben wird.« Sie zog den Schlüssel heraus und steckte ihn wieder in ihre kleine Tasche. »Aber, noch ist es nicht geschafft.« Sie nahm die Fernbedienung zur Hand und gab den Code ein. Das Kontrollämpchen blinkte rot. Der Diamantring an ihrem Finger reflektierte das Licht, als sie die Bypass-Leitung anschloß. Das rote Lämpchen verlosch, und statt dessen leuchtete nun das grüne Licht am Überbrückungskondensator auf.

»Das sollte genügen.«

»Sollte?«

Mit einem zufriedenen Lächeln wandte sie sich an Philip. »Eine Garantiekarte lag dem Gerät leider nicht bei.«

Er begriff, trat einen Schritt zurück und ließ sie selbst die Tür zur Schatzkammer öffnen. Heiße, stickige Luft schlug ihnen entgegen. Adrianne vermeinte beinahe, ein Rauschen zu hören. Vielleicht war es ja auch der Geist der längst verstorbenen Königin. Sie ließ den Lichtkegel ihrer Lampe durch den Raum schweifen, der angefüllt war mit Gold, Silber und Edelsteinen.

»Aladins Schatzkammer«, flüsterte Philip ergriffen. »Der Traum eines jeden Diebes. Mein Gott, und ich dachte, ich hätte schon alles gesehen.«

Goldbarren, zu hüfthohen Pyramiden gestapelt, glänzten neben ebenso hohen Bergen von Silberblöcken. Dahinter türmten sich goldene und silberne Vasen, Teller und Schüsseln, manche davon über und über mit Edelsteinen verziert. Neben einem Diadem aus blutroten Rubinen prangte eine Krone, die nur aus Diamanten zu bestehen schien. Eine Truhe, die Adrianne geöffnet hatte, war mit ungeschliffenen Edelsteinen angefüllt, so hoch, das der Arm eines Mannes bis zu den Ellenbogen darin eintauchen konnte.

Neben Gold- und Edelsteinschätzen fanden sich in dem Raum aber auch unbezahlbare alte Gemälde, wie Rubens, Monets und Picassos. Die Art von Kunstwerken, die Abdu niemals im Palast zur Schau gestellt hätte, in die zu investieren er aber keine Bedenken hatte. Angesichts dieser Gemälde hatte Philip kein Auge mehr für die kostbaren Juwelen. Langsam ließ er den Schein seiner Lampe über die alten Leinwände gleiten und überlegte.

»Der Schatz des Königs.« Dumpf hallte Adriannes Stimme von den düsteren Mauern wider. »Einiges davon mit Öl bezahlt, anderes mit Blut, manches aus Liebe erworben und manches durch Verrat. Mein Gott, und meine Mutter starb mit leeren Händen, lebte nur von dem, was ich für sie stehlen konnte.« Philip richtete sich auf und drehte sich zu ihr um. »Und das Schlimmste dabei ist, daß sie ihn bis zum Schluß geliebt hat.«

Zärtlich streichelte er mit seinen Daumen über ihre Wangen und wischte ihr dabei die Tränen ab. »Er ist es nicht wert, Addy.«

»Nein.« Mit einem letzten Aufseufzen machte sie sich von ihrem Kummer frei. »Ich werde mir nehmen, was mir gehört.«

Sorgfältig leuchtete sie die gegenüberliegende Wand ab. Als sie *Sonne und Mond* entdeckt hatte, schien es, als erwache dieser Schatz in eben diesem Augenblick wieder zum Leben.

»Da ist es.«

Ganz langsam ging Adrianne auf das Kollier zu, als werde sie von einem unsichtbaren Magneten angezogen. Jetzt zitterten ihre Hände deutlich, aber nicht aus Angst, nicht vor Kummer. Sie bebten vor Erregung. Das Kollier lag unter einer Glasglocke, doch die konnte das Feuer, das es ausstrahlte, nicht dämpfen. Liebe und Haß. Krieg und Frieden. Versprechen und Verrat. Man brauchte dieses Juwel nur anzusehen, um dessen Freuden und Leiden zu erspüren.

Alle Juwelen besaßen einen persönlichen Charakter, aber kein Schmuckstück der Welt besaß soviel Ausstrahlung wie dieses.

Versonnen ließ Philip nun auch den Strahl seiner Lampe über das Kollier gleiten, wobei sich ihre beiden Lichtkegel überkreuzten und miteinander verschmolzen. »Gütiger Himmel, das übertrifft bei weitem alle meine Vorstellungen. Nichts, was ich mir in meinen kühnsten Fantasien je ausgemalt habe, kann sich damit messen. Es gehört dir.« Er legte seine Hand auf ihre Schulter. »Nimm es.«

Unendlich behutsam holte sie das Kollier unter dem Glassturz bevor. Ohne zu atmen, hielt sie es eine Weile in ihren Händen. Es war schwer. Sein Gewicht überraschte sie, denn irgendwie beschlich sie plötzlich die Vorstellung, das Kollier sei nur eine Illusion und würde jedem, der es für sich beanspruchte, augenblicklich aus den Händen gleiten. Aber es blieb schwer in den ihren liegen, schien zu leben und die geheimsten Hoffnungen endlich wahr werden zu lassen. Im Schein der Lampe glaubte sie beinahe, das Blut zu sehen, das vor so vielen Jahren über diese Steine geflossen war.

»Es scheint, als sei es nur für deine Mutter gemacht worden.«

»Vielleicht war es so.«

Sie lächelte, denn sie merkte, daß er sie verstand. »Ich habe mich immer gefragt, was ich in diesem Augenblick wohl empfinden würde.«

»Und?«

Sie drehte sich zu ihm um, das Kollier wie eine Opfergabe vor sich haltend. »Wenn ich jetzt in mich hineinhöre, so höre ich sie lachen. Es tut mir unendlich leid, daß ich ihr dieses Schmuckstück nicht zurückgeben kann.«

»Du tust doch viel mehr als das.« Er dachte an das Rattenloch in Manhattan, aus dem Adrianne ein Hospiz machen wollte.

»Sie wäre sehr stolz auf dich, Addy.«

Nachdenklich nickend holte sie das eingerollte Samttuch aus ihrer Tasche und legte das Kollier hinein.

»Er wird es sich zurückholen.« Sorgfältig wickelte sie die Perle und den Diamanten darin ein. Ihre Augen hatten denselben leidenschaftlichen Glanz wie das Kollier. »Und das weißt du auch.«

»Was ich mit Sicherheit weiß, ist, daß das Leben mit dir nie langweilig sein wird.«

Ein letztes Mal leuchtete sie mit ihrer Taschenlampe durch den Raum. Dabei fielen ihr einige in die Mauer geritzte Schriftzeichen ins Auge. Sie ging darauf zu, um sie genauer zu betrachten. Obgleich schon sehr alt, waren die Schriftzeichen noch gut leserlich. Möglicherweise hatte man sie einst mit einem Diamanten in die Mauer geritzt.

»Was steht da?«

»Die Zeilen stammen von Berina. Sie schrieb: ›Ich sterbe für die Liebe, nicht der Schande wegen. *Allahu Akbar.‹« Adrianne griff nach Philips Hand und drückte sie. »Vielleicht kann auch sie jetzt endlich in Frieden ruhen.«*

26. Kapitel

Der Abschied fiel ihr unendlich schwer. Adrianne fuhr fort, ihre Koffer zu packen, während Yasmin durch ihr Zimmer schlenderte, hier an einem Fläschchen Parfum roch, dort abgefallene Blütenblätter einer verwelkten Blume zwischen ihren Fingern zwirbelte. Breite Sonnenstrahlen, die sich durch die vergitterten Fenster schoben, brachen sich glitzernd an Yasmins goldenen Armreifen, ihren Ringen und den großen Kreolenringen, die sie an den Ohren trug. Adrianne wünschte, es wäre die Sonne, weshalb ihre Augen brannten und sich mit Tränen füllten. Auch damals, vor langen Jahren, war es schmerzlich gewesen, Jaquir zu verlassen, aber sie hatte es überwunden.

Diesmal nahm sie das Kollier mit, ließ aber gleichzeitig mehr zurück, als sie je für möglich gehalten hätte.

»Du könntest doch noch einen Tag länger bleiben«, meinte Yasmin, als sie zusah, wie Adrianne einen langen Rock zusammenfaltete und in den Koffer legte. Es schien ihr ungerecht, daß sie eine so schöne und faszinierende Schwester bekommen hatte, um sie nach wenigen Tagen schon wieder zu verlieren. Ihre anderen Schwestern langweilten sie, wenn auch nur aus dem einfachen Grund, weil sie sie schon ihr Leben lang kannte.

»Es tut mir leid, aber ich kann nicht.« Der Abschied wäre ihr gewiß leichter gefallen, wenn sie nicht ganz plötzlich erfahren hätte, wie einfach es war zu lieben. Sie verstaute ein Kästchen, in dem ein breiter, gehämmerter Goldreifen lag, ein Geschenk Rahmans. Er wollte Ingenieur werden – zum Ruhme Allahs. War es Zufall oder Bestimmung, daß er denselben Zukunftswunsch hegte wie sie damals? Adrianne nahm das Kästchen wieder aus dem Koffer und legte den Armreifen an. Den Panther mit den feurigen Edelsteinaugen befestigte sie am Revers ihrer Kostümjacke. »Philip muß sich wieder um seine Geschäfte kümmern. Er ist ohnehin schon zu lange fortgeblieben.« Und sie ebenfalls, dachte sie mit einem Seufzer das Bedauerns. Dann klappte sie den Koffer zu. Am liebsten würde sie den Koffer samt den langen Röcken und hochgeschlossenen Blusen aus dem Flugzeugfenster ins Meer werden. »Wenn du einmal nach Amerika reisen darfst, wirst du bei mir wohnen.«

»Und den Ort sehen, von dem du mir erzählt hast – Radio City?«

Adrianne mußte lachen, obwohl sie gerade die *abaaya* anlegte. »Ja, und noch vieles mehr.«

»Bloomerdale's.«

»Bloom*ing*dale's«, korrigierte Adrianne ihre kleine Schwester und steckte ihr Haar unter das Kopftuch.

»Ist dieses Kaufhaus wirklich größer als der Suk?«

Es war nicht schwer zu erraten, wofür Yasmins Herz schlug. »Dort gibt es alle Kleider, die du dir nur vorstellen kannst, und alles unter einem Dach. Und natürlich Theken mit allen erdenklichen Parfums und Cremes.«

»Und ich kann kaufen, was immer ich möchte, mit dieser Plastikkarte?«

Mit einem amüsierten Kopfnicken hob Adrianne den Schleier auf. »Die Verkäuferinnen werden dich dafür lieben.« Eines Tages würde es dazu kommen. Der Glaube daran tat ihr gut.

»Ich möchte so gerne nach Amerika reisen und all diese Dinge sehen, die Untergrundbahn und den Trump Tower.«

»Die Trumps werden ebenfalls sehr erfreut sein, deine Bekanntschaft zu machen.«

»Es ist schön, daran denken zu können, während du so weit fort bist. Aber du kommst doch wieder einmal nach Jaquir.«

Sie hätte sie anlügen können. Gut zu lügen, das hatte sie gelernt. Sie drehte sich um und sah ihre Schwester an, die inmitten eines großen Kissenberges auf einem Sofa saß.

»Nein, Yasmin, ich komme nicht wieder nach Jaquir.«

»Erlaubt es dein Gemahl nicht?«

»Doch, Philip hätte nichts dagegen, wenn ich es wollte.«

Yasmin schob die Kissen beiseite. »Du möchtest mich also nicht wiedersehen?«

Müde und traurig setzte sich Adrianne neben Yasmin und zog sie dicht zu sich heran. »Als ich nach Jaquir kam, kannte ich dich gar nicht, und Rahman auch nicht; und Fahid hatte ich nur als kleinen Jungen in Erinnerung. Ich dachte, es würde mir nichts ausmachen, nur so kurze Zeit zu bleiben. Nun aber bricht mir schier das Herz, euch verlassen zu müssen.«

»Warum bleibst du dann nicht noch ein wenig? Ich habe gehört, Amerika ist ein schreckliches Land, mit ungläubigen Männern und Frauen, die keine Ehre besitzen.« Bloomingdale's und Radio City erwähnte sie klugerweise nicht. »Besser, du bliebest hier, wo mein Vater weise und großherzig regiert.«

Möge er dich immer beschützen, dachte Adrianne. »In Amerika ist es nicht schlimmer und bestimmt auch nicht besser als anderswo. Die Menschen dort sind wie die Menschen überall auf der Welt. Es gibt dort gute und es gibt auch schlechte. Aber Amerika ist meine Heimat, so wie Jaquir die deine ist. Mein Herz gehört dorthin, aber ich lasse dir ein Stückchen meiner Heimat hier.« Sie zog einen Ring vom Finger, mit einem einfachen, eckig geschliffenen Aquamarin in einer schlichten Goldfassung. »Dieser Ring gehörte der Mutter meiner Mutter. Den möchte ich dir gerne schenken, als Andenken an mich.«

Yasmin hielt den Ring so, daß Licht auf den Stein fiel. Ihr geschultes Auge stellte rasch fest, daß er nicht sehr wertvoll war. Aber sie fand ihn hübsch und war schon Frau genug, um sentimental zu sein. Ganz spontan nahm sie ihre goldenen Ohrringe ab. »Und die sollen dich an mich erinnern. Wirst du mir schreiben?«

»Ja, gewiß.« Die Briefe wurden sicherlich kontrolliert, aber sie zählte da auf ihre Großmutter, die Yasmin die Post bestimmt auf die eine oder andere Weise würde zukommen lassen. Zu Yasmins Freude nahm Adrianne ihre Perlenohrringe ab und steckte sich die goldenen Kreolenringe an. »Eines Tages werde ich dir all die Plätze auch zeigen, aber zunächst werde ich dir viel schreiben.«

Yasmin ließ sich umarmen. Sie war immer noch ein Kind, und »eines Tages« war für sie ein Zeitbegriff, der in ebenso greifbarer Nähe lag wie »nächste Woche«. »Du hast recht gehabt mit dem Kleid«, sagte sie. »Darin habe ich wirklich ganz besonders ausgesehen.«

Adrianne drückte sie noch einmal. Sie fragte sich, ob Yasmins Leben ihr wohl weiterhin keine größeren Probleme bescheren würde als die Qual der Wahl eines passenden Kleides. Sehr wahrscheinlich würde sie Yasmin nicht wiedersehen, bevor diese eine erwachsene Frau mit eigenen Söhnen und Töchtern war. »Ich werde nie vergessen, wie hübsch du darin ausgesehen hast. Komm mit, ich muß Jiddah auf Wiedersehen sagen.«

Sie wollte nicht weinen, wollte das bittere Gefühl des Abschieds und des Verlusts verdrängen, das sich wie eine Schlinge um ihre Kehle legte. Doch als sie ihrer Großmutter zu Füßen kniete, kamen die Tränen. Dies war ein Abschnitt ihrer Kindheit, den sie für kurze Zeit noch einmal erleben durfte und der schon morgen unwiederbringlich hinter ihr liegen würde.

»Eine junge Braut sollte nicht weinen.«

»Ich werde dich schrecklich vermissen, Großmutter, aber ich werde dich nie vergessen.«

Jiddah vergrub ihre Finger in Adriannes Handflächen und küßte sie auf beide Wangen. Sie kannte ihren Sohn so gut wie sich selbst. Sein Herz würde sich niemals so weit öffnen, um Adrianne aufzunehmen. »Ich liebe dich wie alle Kinder meiner Kinder. Wir werden uns wiedersehen. Nicht in diesem Leben, aber in einem anderen.«

»Wenn ich einmal Kinder habe, werde ich ihnen all die Geschichten erzählen, die du mir erzählt hast.«

»Du wirst Kinder haben. *Inshallah.* Geh nun zu deinem Mann.«

Es gab noch etliche Verabschiedungen, bevor sie schließlich durch die kleine Tür des Gartens trat. Mehr als eine der Frauen beneidete sie um die Freiheit, von hier weggehen zu dürfen. Und mehr als eine Frau bedauerte sie, weil sie die schützenden Mauern des Harems verlassen mußte. Sie küßte Leiha, dann Sara. Beide trugen Leben in sich, das sie an Jaquir band. Sie würde weder sie wiedersehen noch die Kinder, die sie unter dem Herzen trugen. Als Adrianne ihnen den Rücken zuwandte, fragte sie sich, ob sie jemals wieder so ein starkes Zusammengehörigkeitsgefühl erleben würde.

Dann lag der Harem mit all seinen Gerüchen und Symbolen hinter ihr. Das lustige Plätschern der Springbrunnen begleitete sie, als sie durch den Garten zum Tor ging. Der Palast und die Erinnerungen, die er beherbergte, das alles würde sie nun endgültig zurücklassen.

Der Wagen wartete bereits. Neben ihm sah sie Philip und ihre beiden Brüder stehen.

»Ich wünsche dir viel Glück.« Fahid küßte sie auf die Wangen. »Und ein langes, fruchtbares Leben. Ich habe dich immer geliebt.«

»Das weiß ich.« Sie legte ihre Hand an sein Gesicht. »Wenn du nach Amerika kommst, dann steht dir mein Haus offen. Euch beiden.« Dann stieg sie in den Wagen.

Auf dem ganzen Weg zum Flughafen sprach Adrianne kein Wort. Philip überließ sie ihren Gedanken, wissend, daß diese jetzt nicht bei dem Kollier waren, das sich bereits zusammen mit ihren Hochzeitsgeschenken auf dem Weg in den Westen befand, sondern bei den Menschen, die sie zurückgelassen hatte. Sie schaute weder rechts noch links, als sie durch die Stadt fuhr, noch warf sie einen einzigen Blick zurück auf den Palast, der mit zunehmender Entfernung immer kleiner wurde und schließlich ganz verschwand.

»Geht es dir gut?«

Sie starrte weiterhin geradeaus, legte aber eine Hand auf die seine. »Ja, bald.«

Am Flughafen angekommen, hielt Philip erfolgreich die wortgewandten türkischen Gepäckträger in Schach, die sich blitzschnell Taschen und Koffer schnappten und zu Taxis und Ausgängen schleppten, ob die Besitzer es nun wollten oder nicht. Mit Drohungen und eindeutigen Gebärden brachte er sie dazu, daß sie die Gepäckstücke brav an Philips Seite zu der kleinen Privatmaschine trugen, die auf sie wartete. Der Pilot stand schon oben auf der Treppe und half Adrianne beim Einsteigen.

»Guten Tag, Sir. Madam. Hoffe, Sie hatten einen angenehmen Aufenthalt.«

Philip mußte an sich halten, um den Mann nicht wegen seines wohltuenden, britischen Akzents direkt auf den Mund zu küssen. »Wie ist das Wetter in London, Harry?«

»Miserabel, Sir, einfach hundsmiserabel.«

»Wie angenehm.«

»Ihr Zimmer in Paris ist bereits bestellt, Sir. Erlauben Sie mir, Ihnen zu Ihrer Hochzeit zu gratulieren.«

»Vielen Dank.« Er warf einen letzten Blick über die Schulter auf Jaquir. »Und nun nichts wie weg von hier.«

Adrianne hatte sich bereits ihrer *abaaya* entledigt, als Philip an Bord kam. Darunter trug sie ein himbeerrotes Kostüm. Ihr nun unbedecktes Haar fiel in einem französischen Zopf über ihre Schulter. Ob sie wohl wußte, daß diese Art Frisur sie noch exotischer als sonst erscheinen ließ? fragte er sich.

»Fühlst du dich jetzt besser?«

Wie er starrte sie auf die abgelegten Symbole des Islam, die *abaaya,* das Kopftuch und den Schleier. »Etwas. Wann starten wir?«

»Sobald wir die Starterlaubnis erhalten haben. Möchtest du einen Drink?«

Den Eiskübel mit der Flasche Champagner hatte sie bereits bemerkt und brachte ein Lächeln zustande. »Sehr gerne.« Sie wollte sich eigentlich setzen, doch ihre innere Unruhe zwang sie, in der kleinen Kabine auf und ab zu gehen. »Warum bin ich jetzt bloß viel nervöser als bei unserer Ankunft?«

»Das ist doch ganz verständlich, Addy.«

»Findest du?« Mit zitternden Händen spielte sie an der Anstecknadel an ihrem Revers. »Du bist die Ruhe selbst.«

»Ich lasse ja auch nicht alles hinter mir.«

Sie ließ ihre Hand sinken und verschränkte dann die Finger. Eigentlich wußte sie nicht genau, ob sie sich über die Tatsache, daß er sie so genau durchschaute, freuen oder ärgern sollte. »Wir haben eine Menge Arbeit vor uns, Philip. Nicht zuletzt müssen wir uns überlegen, was wir mit den Wagenladungen an Hochzeitsgeschenken anfangen sollen.«

Wenn sie nicht über den wahren Grund ihrer inneren Unruhe nachdenken wollte, so konnte er gut warten. Mit einem leisen Plopp zog Philip den Korken aus der Flasche. Schäumend stieg der Champagner bis zum Flaschenhals hoch und senkte sich dann wieder. »Ich dachte, der ganze Kram ist bereits als Tarnung für das Kollier per Schiff nach New York unterwegs.«

»Das stimmt. Aber wir können ihn doch nicht behalten.«

Er streifte sie mit einem warmen Blick und schenkte den

Champagner ein. »Für eine Meisterdiebin bist du eine erstaunlich ehrliche Haut.«

»Stehlen ist auch etwas ganz anderes, als Geschenke für eine Hochzeit anzunehmen, die nur eine Schmierenkomödie war.« Sie griff nach ihrem Glas. Er prostete ihr zu und beobachtete sie über den Rand seines Glases hinweg.

»War die Zeremonie denn nicht legal?«

»Doch, nehme ich schon an, aber es geht doch mehr um die Absicht, oder?«

Was seine Absicht war, das wußte er genau. Deshalb lächelte er. »Ich würde sagen, wir konzentrieren uns lieber auf *Sonne und Mond* als auf Garnituren von Bettwäsche und Tischdecken.« Er bemerkte, wie sie, über seine Geringschätzung des offensichtlichen Wertes dieser Geschenke indigniert, die Stirn runzelte. »Eins nach dem anderen, Addy.«

»In Ordnung. Die Geheimschublade in der chinesischen Zauberbox wird das Kollier schon sicher behüten.«

»Sicher. Zumal sie mit Blei verkleidet ist.«

»Leider gibt mir dieser Weg längst nicht die Befriedigung, als wäre ich mit dem Kollier um den Hals aus dem Palast spaziert, dafür ist er praktischer.« Sie brachte ein Lächeln zustande. »Es ist außerdem höchst unwahrscheinlich, daß der Zoll allzu penibel in den Hochzeitsgeschenken von Prinzessin Adrianne herumschnüffelt. Da ich die Alarmanlage wieder ordnungsgemäß installiert habe, kann es Wochen dauern, bis Abdu den Verlust bemerkt.«

»Macht dir das Kopfzerbrechen?«

»Was?« Adrianne versuchte verzweifelt, die Vergangenheit abzuschütteln. »Nein. Nein, ich hätte zwar gerne an Ort und Stelle meine Karten aufgedeckt, aber andererseits wäre ein offener Kampf auf seinem Territorium ein äußerst törichtes Unterfangen gewesen.« Sie richtete ihr Augenmerk jetzt bewußt auf die Zukunft. »Er wird zu mir kommen.«

»Darüber zerbrechen wir uns aber erst den Kopf, wenn es soweit ist.«

Durch die Lautsprecher kam die Ansage des Kapitäns: »Wir haben die Starterlaubnis erhalten, Sir. Bitte nehmen Sie Ihre Plätze ein, und schnallen Sie sich an.«

Die Motoren heulten auf, und das kleine Flugzeug raste über die Startbahn. Adrianne spürte genau den Moment, als die Räder vom Boden abhoben. Sie hatte Jaquir verlassen. Die Schubkraft des Flugzeugs drückte sie wie eine unsichtbare Hand in den Sitz. Adrianne schloß die Augen, dachte an ihre Mutter und an eine andere, lange vergangene Zeit.

»Als ich das letztemal von Jaquir abgeflogen bin, war unser Ziel auch Paris. Ich war furchtbar aufgeregt. Zum ersten Mal sollte ich fremden Boden betreten. Ich dachte nur an das neue Kleid, das mir meine Mutter versprochen hatte, und daran, in einem Restaurant zu essen.« Unwillkürlich kehrten dabei ihre Gedanken zu Yasmin zurück, und sie schüttelte den Kopf. »Mutter hatte da bereits die Entscheidung zu fliehen getroffen und muß schreckliche Angst ausgestanden haben. Und doch lachte sie, als wir übers Meer flogen, und zeigte mir Bilder vom Eiffelturm und von Notre-Dame. Wir haben es nie bis auf den Eiffelturm geschafft.«

»Wir fahren hinauf, wenn du möchtest.«

»Ja, das möchte ich gerne.« Erschöpft rieb sie sich die Augen. Hinter den geschlossenen Lidern sah sie das Kollier vor sich, das sie im Morgengrauen versteckt hatte. Die ersten Sonnenstrahlen hatten es zum Leben erweckt. Feuer und Eis kämpften den ewigen Kampf, einen Kampf, der niemals entschieden werden würde.

»Sie hat es zurückgelassen. Sie hat alles zurückgelassen, außer mir. Erst als wir sicher in New York angekommen waren, wurde mir klar, daß sie ihr Leben riskiert hat, um mich mitzunehmen.«

»Dann stehe ich genauso in ihrer Schuld wie du.« Er nahm ihre beiden Hände und führte sie an seine Lippen. Er spürte ihren Pulsschlag und auch die Kraft, die in ihr steckte. »Sie war eine ganz außergewöhnliche Frau«, sagte er leise. »So außergewöhnlich wie ihre Tochter und das Kollier, das sie für sie zurückgeholt hat. Niemals werde ich deinen Blick vergessen, als du es in der Hand hieltest. Du hast dich getäuscht, und das weißt du auch. Es ist für dich.«

Sie erinnerte sich an das Gewicht. Sie erinnerte sich an die erhabene Pracht. Und sie wurde unendlich traurig. »Liebe mich, Philip.«

Er öffnete seinen Sicherheitsgurt, dann den ihren, reichte ihr die Hand und half ihr beim Aufstehen. Als sie sich in dem schmalen Gang gegenüberstanden, streifte er ihr die Kostümjacke von den Schultern und ließ sie auf den Boden fallen. Als seine Lippen die ihren berührten, spürte er die Nervosität, gegen die sie beständig angekämpft hatte. Ihre Lippen waren weich und geöffnet und unendlich verletzbar. Ihre sonst so geschickten Finger machten sich umständlich an seinen Hemdknöpfen zu schaffen.

»Das ist komisch«, flüsterte sie und ließ ihre Hände sinken. »Ich komme mir vor wie beim ersten Mal.«

»In gewisser Weise ist es das ja auch. Es gibt so viele Wendepunkte im Leben, Addy.« Er knöpfte ihr die Bluse auf, dann den Rock und ließ ihn über ihre Hüften zu Boden gleiten. Jetzt trug sie nur noch ein dünnes Hemd und die Ringe, die er ihr geschenkt hatte.

Ganz langsam, jeden Augenblick auskostend, öffnete er ihr Haar und ließ es über ihre Brust fallen. Sie kam einen Schritt näher, drückte ihren Körper gegen den seinen.

Er nahm sich Zeit, ihretwegen und auch seinetwegen. Lange Küsse, zärtliche Berührungen. Ein Stöhnen. Ein Seufzer. Während das Flugzeug über das blaue Meer dahinschwebte, ließen sie sich in inniger Umarmung auf das schmale Sofa sinken.

In Philip steckte soviel Stärke, eine Stärke, die sie erst nach und nach endeckt hatte. Er war nicht nur ein Mann, der bei Mondenschein eine Frau mit Rosen und Champagner verwöhnte. Nicht nur ein Dieb, der im Dunkel der Nacht durch Fenster stieg. Er war ein Mann, der zu seinem Wort stand, der voll und ganz zu ihr hielt, wenn sie es ihm gestattete. Ein Mann, der zwar immer für eine Überraschung gut war, andererseits aber auch Beständigkeit und Stärke besaß.

Sie hatte nicht sagen können, wann genau sie ihre selbstgesteckten Grenzen überschritten, wann genau sie sich in ihn verliebt hatte. Sie hätte nicht sagen können, warum dies, trotz ihrer festen Entschlossenheit, eben das zu verhindern, dennoch passieren konnte. Vielleicht geschah es schon in der ersten Nacht, da sie sich als Fremde im Nebel begegnet waren. Mit Bestimmtheit wußte sie nur, wann sie es sich schlußendlich eingestanden hatte. In eben diesem Augenblick. Er spürte die Veränderung, konnte sie aber nicht beschreiben. Ihr Körper erschien auf einmal wärmer, weicher, ihre Haut prickelte wie Champagner unter seinen Händen. Ihr Herz schlug wie wild. Sie zog ihn näher zu sich heran, ihr Mund öffnete und preßte sich über seine Lippen. Der Geschmack der Leidenschaft übertrug sich auf seine Zunge, diesmal jedoch gewürzt mit etwas Dunklerem, Tieferem. Ihre Haut bedeckte eine feuchte Wärme, die beständig glühender wurde, als seine Hand über ihren Körper glitt – die Brust, die Hüften, die Schenkel. Sie erbebte. Als er ihr in die Augen blickte, sah er, daß auch diese feucht waren.

»Addy…«

»Nein.« Sie legte einen Finger auf seine Lippen. »Liebe mich. Ich brauche dich.«

Bei diesen Worten verdunkelten sich seine Augen. Ein Anzeichen für rasende Wut, ebenso wie für rasendes Verlangen. Sein Mund näherte sich ganz behutsam dem ihren, obwohl er den Drang, das zu nehmen, was ihm angeboten wurde, lebhaft in Zaum halten mußte. »Sag mir das noch einmal.«

Bevor sie noch sprechen konnte, verschaffte er ihr soviel Lust, daß sich ihre Fingernägel in seine Schultern bohrten, bevor sein feuchtheißer Körper an ihr herabglitt. Wie eine Flutwelle brach die Leidenschaft aus ihr heraus, ließ sie keuchend, aber noch lange nicht erschöpft zurücksinken. Er sah, wie ihre Augen sich weiteten und starr wurden, als ihr Körper sich unter dem seinen zusammenkrümmte und dann langsam entspannte. Mit stockendem Atem registrierte sie ein erneutes Aufglühen ihrer Lust. Jetzt waren ihre Gedanken nur noch bei ihm, ihr Körper wie Wasser, fließend, wallend, aufschäumend. Gleißendes Sonnenlicht durchflutete die Kabine und drängte wie ein roter Nebel gegen ihre geschlossenen Lider.

Sie veränderte ihre Position, entschlossen, ihm dieselben

uneingeschränkten Liebesfreuden zu schenken, die er ihr bereitet hatte. Sein Körper war die reinste Freude, fest und schlank, seine Haut nur Nuancen dunkler als die ihre. Zum ersten Mal erforschte sie diesen Körper genauer, bedeckte ihn mit feuchten Küssen, bis er vor Lust glühte. Durch ihre Lippen spürte sie das dumpfe Pochen seines Herzens; mit ihren Fingerspitze brachte sie dieses zum Rasen. Einige Liebkosungen kamen ganz instinktiv, andere hatte er sie gelehrt. Zusammengenommen war ihre Liebeskunst alles, was er sich nur wünschen konnte.

Sie fühlte seine Finger an ihrem Arm heruntergleiten. Ihre Handflächen berührten sich. Sie schlug die Augen auf und sah, daß er sie beobachtete. Ihre Finger umschlangen sich, wie ein Versprechen.

Sie erschauderte, als er in sie eindrang. Preßte sich dann an ihn, bewegte sich mit ihm, Stoß für Stoß.

Das Flugzeug schaukelte durch dichte Regenwolken. Ineinander verschmolzen, spürten sie nur ihre eigenen Turbulenzen. Schon war Paris unter einem dichten Nebelschleier in der Ferne zu erahnen. Sie rief seinen Namen, sagte ihm all die Dinge, nach denen er sich so verzehrt hatte.

»Wir fliegen morgen nach New York.« Philip nahm das Telefon mit ans Fenster und sah hinaus. Über Paris ging ein naßkalter Graupelschauer nieder, der Himmel war grau verhangen. Philip wünschte, er hätte Adrianne nicht allein gehen lassen.

»Verflucht nett von Ihnen, sich zu melden.«

Philip ließ Spencers Sarkasmus ungerührt über sich ergehen. »In den Flitterwochen, denke ich, hat ein Mann das Anrecht auf ein gewisses Maß an Privatleben.«

»Was das betrifft…«, brummelte Spencer und kaute an seiner Pfeife. »Herzlichen Glückwunsch.«

»Danke.«

»Sie hätten mich ja in Ihre Pläne einweihen können.«

»Nun, es war – sozusagen – eine Blitzhochzeit. Was aber nicht heißen soll, daß Sie um ein Geschenk herumkommen, alter Freund. Etwas Geschmackvolles, kann ruhig teuer sein.«

»Wenn ich von einem Vermerk in Ihrer Personalakte Abstand nehme, ist dies Geschenk genug. Ohne Erlaubnis hinter meinem Rücken einfach in ein gottverlassenes Königreich abdampfen und uns hier bis zum Hals in diesem verfluchten Fall stecken lassen.«

»Die Liebe geht seltsame Wege und zwingt einen Mann bisweilen, seltsame Dinge zu tun, Stuart. Ich nehme an, Sie erinnern sich noch daran. Und was den Fall betrifft«, fuhr er fort, während Spencer sich mißbilligend räusperte. »Ich habe ihn nicht völlig vernachlässigt. Wie ich aus sicherer Quelle erfahren habe, hat sich unser Mann tatsächlich zurückgezogen. Ist momentan sozusagen von der Bildfläche verschwunden.«

»Verflixt und zugenäht.«

»Ja, ganz Ihrer Meinung. Aber vielleicht kann ich Sie dafür anderweitig entschädigen.«

»Wie?«

»Sie erinnern sich sicherlich an den Rubens, der vor ungefähr vier Jahren aus Van Wyes' Sammlung verschwunden ist.«

»Vor dreieinhalb Jahren, um genau zu sein – ein Rubens, nebst zwei Corots, einem Wyeth und einer Tuschezeichnung von Beardsley.«

»Sie haben ein phänomenales Gedächtnis, Captain, das muß der Neid Ihnen lassen. Es ist der Rubens, bei dem ich Ihnen behilflich sein könnte.«

»Inwiefern?«

»Ich habe da eine heiße Spur.« Philip lächelte bei dem Gedanken daran, wie der Lichtstrahl seiner Taschenlampe in Abdus Schatzkammer über das Gemälde geglitten war. Ja, es gab viele Wege, sich zu rächen. »Es ist gut möglich, daß uns der Rubens auch zu den anderen gestohlenen Bildern führt.«

»Ich erwarte Sie morgen in London, zu einem ausführlichen Report.«

»Tut mir schrecklich leid, aber ich habe schon eine Verabredung für morgen. Aber…«, beeilte er sich anzufügen, bevor Spencer losbrüllen konnte, »ich bin gerne bereit, Ihnen in wenigen Tagen alles persönlich zu erzählen, was ich weiß, und das ist eine ganze Menge. Vorausgesetzt, wir kommen zu einer Einigung.«

»Was für eine Einigung, zum Teufel? Wenn Sie Informationen über ein gestohlenes Gemälde besitzen, so ist es Ihre verdammte Pflicht, mich darüber in Kenntnis zu setzen.«

Philip hörte die Tür aufgehen. Sein Lächeln wurde noch breiter, als er Adrianne hereinkommen sah. Ihr Haar war naß vom Schneeregen. Im Moment bereitete es ihm schon ein ungeheures Vergnügen, ihr nur beim Ausziehen ihrer Handschuhe zuzusehen.

»Captain, ich weiß genau über meine Pflichten Bescheid. Sehr genau.« Er schlang einen Arm um Adriannes Taille und küßte sie auf die Stirn. »Wir werden einen langen, gemütlichen Plausch machen. Richten Sie es so ein, daß wir uns in New York treffen. Ich möchte Ihnen gerne meine Frau vorstellen.«

Er legte auf, um Adrianne richtig zu küssen. »Du bist ja total durchgefroren.«

»War das dein Captain Spencer?«

»Er hat uns seine Glückwünsche übermittelt.«

»Aber sicher doch!« Sie stellte eine Einkaufstüte ab. »Ist er sehr sauer?«

»Und wie. Aber ich habe etwas, das ihn aufheitern wird. Hast du mir was Hübsches mitgebracht?«

»Ja, habe ich. Dieser Hermes-Schal ist für Celeste, und das ist für dich.« Sie zog einen Kaschmirpullover aus der Tüte, der dieselbe Farbe hatte wie seine Augen. »Du hast für Paris nichts Warmes eingepackt. Ich fürchte, du hast Dutzende von der Sorte daheim im Schrank liegen.«

Vielleicht war es dumm, so gerührt zu sein, aber er war es nun mal. »Aber keinen von dir. Durfte ich deshalb nicht mitkommen?«

»Nein.« Sie zupfte ihm den Kragen zurecht, nachdem er den Pullover angezogen hatte. »Ich mußte nur einmal eine Weile allein sein, um in aller Ruhe nachzudenken. Übrigens habe ich mich bei Celeste gemeldet. Alles ist in mein Apartement geliefert worden. Sie hat die chinesische Box ausgepackt.«

»Und das Kollier?«

»Befindet sich genau da, wo ich es versteckt habe. Ich sagte ihr, sie solle es dort lassen. Ich möchte mich selbst darum kümmern, wenn wir zurückkommen.«

»Du scheinst alles unter Kontrolle zu haben.« Mit einem Finger hob er ihr Kinn an. »So, und nun erzähl mir einmal, was dich wirklich beschäftigt.«

Sie holte tief Atem. »Philip, ich habe meinem Vater einen Brief geschrieben und ihn wissen lassen, daß ich *Sonne und Mond* gestohlen habe.«

27. Kapitel

»Ich muß dir sagen, ich bin zutiefst gekränkt, daß du ohne mich geheiratet hast.«

»Celeste, ich habe dir doch schon erklärt, daß das ganze nur ein Trick war.«

»Trick oder nicht, ich hätte dabei sein sollen.« Celeste drapierte den neuen Schal um ihre Schultern und betrachtete das Ergebnis im Spiegel. »Abgesehen davon wirst du einige Anstrengungen unternehmen müssen, um von einem Mann wie Philip Chamberlain loszukommen.« Grinsend strich sie mit den Fingern über den weichen Stoff. »Vor zwanzig Jahren hätte ich nichts unversucht gelassen, ihn dir auszuspannen.«

»Sobald das alles vorbei ist, werden wir wieder getrennte Wege gehen.«

»Meine Liebe...« Sie wandte sich von ihrem Spiegelbild ab und sah Adrianne direkt in die Augen. »Du bist nicht annähernd die Schauspielerin, die deine Mutter gewesen ist.«

»Ich weiß nicht, wovon du sprichst.«

»Du bist verliebt in ihn. Und zwar bis über beide Ohren, wenn ich dich so anschaue. Aber ich muß gestehen, ich freue mich für dich.«

»Gefühle ändern nichts an Tatsachen.« Sie drehte den Ring an ihrem Finger. »Philip und ich haben eine feste Abmachung getroffen.«

»Mein Liebling.« Sie küßte Adriannes Wange. »Gefühle ändern alles. Möchtest du darüber reden?«

»Nein.« Sie seufzte und ärgerte sich gleichzeitig, daß dieser Seufzer so traurig klang. »Eigentlich möchte ich im Augenblick nicht einmal darüber nachdenken. Ich habe genug anderes im Kopf.«

Dieser Satz genügte, um Celestes Lächeln zum Verschwinden zu bringen. »Ich mache mir ernsthafte Sorgen um dich und darüber, was er jetzt unternehmen wird, da er weiß, daß du das Kollier hast.«

»Was kann er schon tun?« Zum Gehen gewandt, nahm Adrianne ihren Mantel. »Ich schätze, er würde mir am liebsten den Hals umdrehen, aber dadurch bekommt er das Kollier auch nicht zurück.« Sie warf noch einen letzten Blick in den Spiegel und knöpfte ihren Mantel zu. »Glaub mir, ich weiß, wie sehr ihn der Verlust ärgert – und daß er zu jedem Kompromiß bereit sein wird, um es zurückzubekommen.«

»Wie kannst du nur so ruhig darüber sprechen?«

»Weil genug beduinisches Blut in meinen Adern fließt, um mein Schicksal zu akzeptieren und es damit aufzunehmen. Darauf habe ich mein ganzes Leben lang gewartet. Mach dir keine Sorgen, Celeste, er wird mich nicht umbringen – er wird bezahlen.« Ihr Blick verhärtete sich. »Vielleicht ist es mir möglich, mein Leben klarer zu sehen, wenn die Sache mit Abdu endlich erledigt ist.«

»Addy.« Celeste nahm Adriannes Hand, um sie zurückzuhalten. »War es das alles wert?«

Sie dachte an die Wege, die sie eingeschlagen hatte, die sie schlußendlich zu der Schatzkammer in einem uralten Palast geführt hatten. Ganz unwillkürlich berührte sie die goldenen Ohrringe. »Es muß es wert sein. Und das wird es auch.«

Sie verließ Celeste und beschloß, den kurzen Weg zu ihrem Apartment zu Fuß zurückzulegen, anstatt ein Taxi zu nehmen. Die Straßen waren wie leergefegt. Es war Ende Januar und eigentlich noch viel zu kalt, um spazierenzugehen. Sie würde höchstens ein paar hartgesottenen Joggern begegnen, die, kleine Dampfwölkchen ausstoßend, durch den Park rannten, und den dick eingemummten Portiers, die vor den Türen stehen mußten. Die Hände tief in den Manteltaschen vergraben, machte sich Adrianne ohne Eile auf den Weg.

Sie wußte, daß sie verfolgt wurde, hatte ihre Verfolger schon am Tag zuvor bemerkt. Das Werk ihres Vaters, dessen war sie sich sicher, obgleich sie gegenüber Philip nichts davon erwähnt hatte. Das Kollier war ihre Lebensversicherung.

Philip traf sich gerade mit Spencer. Offenbar ging es um irgendwelche geheimen Unterredungen. Er war mit seinen Gedanken ganz woanders gewesen, als sie sich am Nachmittag getrennt hatten. Genaugenommen machte er schon seit Spencers Ankunft in New York einen so abwesenden Eindruck.

Das ging sie nichts an, ermahnte sie sich. Hatte sie nicht gerade erst vorhin Celeste erklärt, daß sie und Philip eine strikte Abmachung getroffen hatten? Wenn er also Geheimnisse hatte oder Probleme mit seinem Vorgesetzten, so war das wirklich seine private Angelegenheit. Und doch hätte sie sich gewünscht, daß er sich ihr anvertraute.

Die lange, schwarze Limousine vor ihrem Apartmenthaus stach ihr sofort ins Auge. Obwohl dies kein ungewöhnlicher Anblick war, begann ihr Herz wie wild zu klopfen. Irgendwie wußte sie, noch bevor die Tür aufging, wer aus dem Wagen steigen würde.

Abdu hatte seine *throbe* mit einem Geschäftsanzug vertauscht, seine Sandalen mit eleganten, italienischen Lederschuhen, trug jedoch dazu die typische Kopfbedeckung seines Landes. Schweigend standen sie einander gegenüber.

»Komm mit.«

Sie musterte den Mann neben ihm und wußte, daß er bewaffnet war, wußte auch, daß er fraglos jeden Befehl seines Königs ausführen würde. Abdus maßlose Wut mochte den Wunsch in ihm wachrufen, sie hier auf offener Straße niederschießen zu lassen, aber er war kein Narr.

»Nein, du kommst zu mir«, entgegnete Adrianne knapp, wobei sie bewußt ihren Vater zum ersten Mal mit *du* ansprach. In dieser Situation erübrigten sich Höflichkeitsfloskeln. Sie drehte sich um und hielt den Atem an, als sie das Haus betrat. »Laß den Mann draußen«, sagte sie, ohne sich umzudrehen. Er folgte ihr tatsächlich. »Dies geht nur uns beide etwas an.«

Sie betraten den Aufzug. Jeder, der ihnen begegnet wäre, hätte einen gepflegten Herrn in einem dunklen Chesterfield-Anzug gesehen, und eine junge Frau im Nerzmantel, offensichtlich seine Tochter. Manchen wäre vielleicht noch aufgefallen, was für ein attraktives Paar die beiden abgaben, bevor sich die Türen des Fahrstuhls schlossen.

Adrianne schwitzte. Doch das lag weder an der überhitzten Luft im Inneren des Gebäudes noch an dem Nerzmantel. Sie schwitzte auch nicht aus Angst, obwohl sie wußte, das seine Hände stark genug waren, um sie zu erwürgen, bevor sie noch die oberste Etage erreicht hätten. Und es war auch nicht der Triumph, noch nicht, der sie zum Schwitzen brachte, sondern höchstens die Vorfreude auf den Augenblick, auf den sie so lange gewartet hatte.

»Du hast meinen Brief erhalten.« Obwohl er nicht antwortete, drehte sie sich zu ihm um und sah ihn direkt an. »Vor Jahren habe ich dir schon einmal einen Brief geschrieben. Damals bist du nicht gekommen. Offensichtlich ist dir dieses Kollier mehr wert als das Leben meiner Mutter.«

»Ich könnte dich nach Jaquir zurückbringen. Und du könntest froh sein, wenn man dir nur die Hände abhackte.«

»Du hast keine Macht mehr über mich.« Sie ging voraus, als sich die Fahrstuhltür öffnete. »Nicht mehr. Einst habe ich dich geliebt – und noch mehr gefürchtet. Jetzt ist selbst die Furcht verblaßt.«

Sie schloß die Tür zu ihrem Apartment auf und sah, daß seine Männer bereits dort gewesen waren. Polster waren aufgeschlitzt, Tische umgekippt, Schubladen herausgezogen. Das war keine gewöhnliche Durchsuchung gewesen, sondern hatte eher den Charakter eines persönlichen Racheakts. Wut stieg in ihr auf und spiegelte sich in ihren Augen.

»Hast du wirklich geglaubt, es hier zu finden?« Langsam stieg sie über die am Boden verstreuten Sachen hinweg. »Zu lange habe ich auf diese Gelegenheit gewartet, als es dir jetzt so einfach zu machen.« Sie war auf den Schlag gefaßt gewesen und wich noch rechtzeitig aus, so daß er nur flüchtig ihre Wange streifte. »Rühr mich noch ein einziges Mal an«, sagte sie mit tonloser Stimme, »und du siehst das Kollier nie wieder. Das schwöre ich.«

Seine Hände ballten sich zu Fäusten. »Du wirst zurückgeben, was mir gehört.«

Sie zog den Mantel aus und warf ihn achtlos beiseite. Die chinesische Box lag jetzt zerbrochen zu ihren Füßen, aber sie hatte ihren Zweck bereits erfüllt. Das Kollier befand sich wieder in einem Tresor. Diesmal jedoch in einer New Yorker Bank. »Ich besitze nichts, was dir gehört. Was ich besitze, gehörte meiner Mutter, und jetzt gehört es mir. Das ist das Gesetz des Islam, das Gesetz Jaquirs, das Gesetz des Königs.« Ihre Augen waren ein Spiegel der seinen. »Willst du dieses Gesetz anfechten?«

»Ich bin das Gesetz. *Sonne und Mond* gehört Jaquir und mir und nicht der Tochter einer Hure.«

Adrianne ging auf das Porträt ihrer Mutter zu, das man von der Wand gerissen und auf den Boden geworfen hatte. Sie hob es auf und stellte es so hin, daß es in Abdus Blickrichtung stand. Dann wartete sie, bis er hinschaute, es ansah und sich erinnerte.

»Das Kollier gehörte der Gemahlin eines Königs, vor Gott und dem Gesetz.« Sie kam wieder zurück. »Du bist derjenige, der etwas gestohlen hat – ihren Schmuck, ihre Ehre und am Ende auch ihr Leben. Ich habe mir geschworen, es zurückzuholen, und ich habe es getan. Ich habe mir geschworen, daß du dafür bezahlst, und das wirst du auch.«

»Die Gier nach Edelsteinen ist typisch für euch Frauen.«

Er packte sie am Arm. »Du hast keine Ahnung von ihrem wahren Wert, ihrer wahren Bedeutung.«

»Was Edelsteine anbelangt, weiß ich ebensoviel wie du«, konterte sie und entwandt sich seinem Griff. »Vielleicht sogar mehr. Glaubst du, mir geht es um den Diamanten oder die Perle?« Mit einem verächtlichen Schnauben trat sie einen Schritt zurück. »Es war das Geschenk als solches, das für meine Mutter zählte, und der Betrug, als du es ihr wegnahmst, es dir widerrechtlich angeeignet hast. Ihr ging es nicht um das Kollier, um Schliff, Farbe oder Gewicht der

Steine. Es ging ihr einzig und allein darum, daß du es ihr in Liebe geschenkt und im Haß genommen hast.«

Der Anblick des Porträts, wie es ihn anstarrte und seine Erinnerungen wachrief, machte ihn rasend. »Ich war verrückt, als ich es ihr gab, und gesund, als ich es wieder an mich nahm. Wenn dir dein Leben lieb ist, dann gibst du es mir zurück.«

»Willst du noch ein Leben auf dem Gewissen haben?« Sie zuckte die Schultern, als bedeute ihr ihr Leben nicht mehr als ihm. »Wenn ich sterbe, stirbt das Kollier mit mir.« Sie wartete, bis sie sicher sein konnte, daß er sie verstanden hatte. »Ja, du siehst, ich meine, was ich sage. Ich bin in der Tat darauf vorbereitet, dafür zu sterben. Und wenn ich wirklich dafür sterben sollte, dann mit der Genugtuung, mich an dir gerächt zu haben. Aber ich ziehe es vor zu leben. Du kannst das Kollier wiederhaben und es nach Jaquir zurückbringen, doch ich verlange einen Preis dafür.«

»Ich werde es nach Jaquir zurückbringen, und den Preis wirst du bezahlen.«

Sie wandte sich ihm zu. Dies war ihr Vater, und doch empfand sie nichts. Gott sei Dank empfand sie jetzt nichts. »Die meiste Zeit meines Lebens habe ich dich gehaßt.« Sie sagte es mit ruhiger, gelassener Stimme, die ihre Emotionen widerspiegelte. »Du weißt, wie sie gelitten hat, wie sie gestorben ist.« Sie wartete, beobachtete seine Augen. »Ja, du hast es gewußt. Schmerzen, Qual, Kummer und Verwirrung. Ich habe zusehen müssen, wie sie jedes Jahr ein bißchen mehr gestorben ist. Und da du das weißt, wirst du auch verstehen, daß du mir nichts mehr antun kannst, was mich auch nur im geringsten berühren könnte.«

»Vielleicht nicht. Aber du bist nicht allein.«

Jetzt wich jegliche Farbe aus Adriannes Gesicht. »Wenn du Philip etwas antust, dann bringe ich dich um. Ich schwöre es. Und *Sonne und Mond* wird für alle Zeiten auf dem Grund des Meeres verschwinden.«

»Also bedeutet er dir doch etwas.«

»Mehr als du zu verstehen fähig bist.« Ihre Kehle schnürte sich zusammen, als sie ihren letzten Trumpf ausspielte.

»Aber selbst Philip weiß nicht, wo sich das Kollier befindet. Nur ich allein weiß es. Du verhandelst mit mir, Abdu, mit mir ganz allein. Und ich verspreche dir, daß der Preis, den ich für deine Ehre angesetzt habe, weit unter dem liegen wird, den ich für das Leben meiner Mutter als angemessen erachten würde.«

Diesmal erhob er seine Faust. Adrianne duckte sich gerade in dem Augenblick, als eine Tür krachend ins Schloß fiel. »Wenn Sie sie auch nur mit einem Finger berühren, bringe ich Sie um.« Während Adrianne noch zurückstolperte, hatte Philip Abdu schon an den Jackettaufschlägen gepackt.

»Nein, tu's nicht.« Erschrocken griff sie nach seinen Händen und zog sie weg. »Laß ihn. Er hat mich nicht geschlagen.«

Er streifte sie mit einem schnellen Blick. »An deinen Lippen klebt Blut.«

»Ach, das ist nichts. Ich…«

»Nein, diesmal nicht, Addy«, sagte Philip ruhig, aber bestimmt, und rammte im nächsten Augenblick Abdu seine Faust mitten ins Gesicht. Der König ging zu Boden und riß ein Queen-Anne-Tischchen mit sich. Der stechende Schmerz in Philips Fingerknöcheln gab ihm mehr Befriedigung als eine Handvoll seltener Edelsteine. »Das war für den Bluterguß, den sie von Ihrem letzten Schlag zurückbehalten hat.« Er wartete, bis sich Abdu auf die zerfledderte Couch geschleppt hatte. »Für den Rest, den Sie ihr schulden, müßte ich Sie töten, aber soviel Aufhebens wünscht Adrianne nicht um ihre Person. Deshalb nur so viel: Es gibt etliche Mittel und Wege, einen Mann zum Krüppel zu machen, die Ihnen, wie ich annehme, nicht unbekannt sind. Denken Sie daran, denken Sie sehr gut daran, bevor Sie noch einmal Ihre Hand gegen Adrianne erheben.«

Abdu wischte sich das Blut aus den Mundwinkeln. Er atmete schwer, aber es waren nicht die Schmerzen, sondern die Erniedrigung, die ihm die Luft nahm. Niemand hatte ihn seit dem Tag, da er König geworden war, geschlagen oder auch nur ohne seine Erlaubnis berührt. »Sie sind ein toter Mann!«

»Das wage ich zu bezweifeln. Ihre zwei Schergen draußen werden just in diesem Augenblick von meinen Kollegen wegen unerlaubten Waffenbesitzes befragt. Captain Spencer von Interpol. Ich glaube, ich vergaß zu erwähnen, daß ich für Interpol arbeite.« Er blickte sich um. »Wie sieht es denn hier aus? Die Haushälterin wird zum nächsten Ersten entlassen. Adrianne, ich könnte einen Brandy vertragen. Meinst du, du kannst irgendwo eine Flasche auftreiben?«

So hatte sie Philip noch nie erlebt. Auch seinen messerscharfen Tonfall hörte sie jetzt zum ersten Mal. Abdu hatte ihr keine Angst einflößen können, doch vor Philip hatte sie in diesem Moment wirklich Angst. Und um ihn. »Philip…«

»Bitte.« Er berührte sie sanft an der Wange. »Tu mir den Gefallen.«

»In Ordnung. Bin gleich wieder zurück.«

Er wartete, bis sie das Zimmer verlassen hatte, und setzte sich dann auf eine Stuhllehne.

»In Jaquir würden Sie den Sonnenuntergang nicht mehr erleben und Gott danken, wenn Er sie rasch sterben ließe.«

»Sie sind ein Schwein, Abdu. Selbst die Tatsache, daß Sie königlichen Geblüts sind, ändert daran nichts.« Er atmete tief aus. »Nun, da der Höflichkeiten genug gewechselt sind, sollen Sie wissen, daß mich Ihre Methoden einen feuchten Dreck interessieren, nicht hier in diesem Land. Auch was ich Ihnen gegenüber empfinde, ist im Moment völlig belanglos. Hier handelt es sich um eine reine geschäftliche Angelegenheit. Und bevor wir damit beginnen, möchte ich Ihnen die Regeln erläutern.«

»Ich wüßte nicht, was ich mit Ihnen für Geschäfte zu tätigen hätte, Mr. Chamberlain.«

»Was immer Sie sonst sein mögen, dumm sind Sie jedenfalls nicht. Ich brauche Ihnen die Gründe, warum Addy das Kollier gestohlen hat, nicht näher darzulegen. Sie sollen nur wissen, daß es ihr alleiniger Plan gewesen ist. Ich bin nur während der letzten Phase dazugekommen, und selbst wenn es meinem Ego nicht sonderlich schmeichelt, muß ich doch eingestehen, daß sie ihn auch ohne mich erfolgreich zu Ende geführt hätte. Sie war es, die Ihnen das Kollier unter der Nase weggeschnappt hat, und deshalb werden Sie auch an sie bezahlen.« Er unterbrach sich für einen Moment. »Doch mir werden Sie Rede und Antwort stehen, wenn ihr irgend etwas zustoßen sollte. Und falls Sie mit dem Gedanken spielen sollten, das Geschäft zunächst einmal abzuwickeln und uns hinterher die Kehlen durchschneiden zu lassen, möchte ich Sie der Fairneß halber darauf hinweisen, daß Interpol über die ganze Transaktion genauestens unterrichtet ist. Unser Tod, ob beabsichtigt oder rein zufällig, wird eine Reihe von Ermittlungen gegen Sie und Ihr Land nach sich ziehen, die Ihnen sicherlich höchst unangenehm sein werden. Adrianne hat sie schlicht und einfach über den Tisch gezogen, wie wir es hier auszudrücken pflegen. Folgen Sie also meinem Rat, und tragen Sie die Schmach wie ein Mann.«

»Was wissen Sie denn schon von einem Mann? Sie sind doch nichts weiter als ein Schoßhündchen.«

Philip lächelte, doch selbst dieses Lächeln war tödlich. »Ziehen Sie es vor, unsere Auseinandersetzung draußen auf der Straße fortzusetzen? Von meiner Seite aus bestehen dagegen keine Einwände.« Er blickte zu Adrianne hinüber, die gerade wieder ins Zimmer kam. »Danke, Liebling.« Er nahm ihr den Brandy ab und deutete auf Abdu. »Ich denke, wir fahren mit den Verhandlungen fort. Abdu ist ein vielbeschäftigter Mann.«

Adrianne nahm ganz bewußt zwischen Philip und Abdu Platz. Das Zittern ihrer Hände hatte nachgelassen. »Also, wie ich schon sagte, das Kollier ist mein Eigentum. So will es das Gesetz, auf das man sich auch in Jaquir berufen würde, wenn die Sache an die Öffentlichkeit gelangte. Ich für meinen Teil kann sehr gut auf Publicity verzichten, doch falls nötig, würde ich, ohne zu zögern, die Presse im Westen wie im Osten einschalten. Für mich hätte dieser Skandal so gut wie keine Konsequenzen.«

»Die Geschichte dieses Diebstahls und heimtückischen Verrats würde dich ruinieren.«

»Ganz im Gegenteil.« Jetzt lächelte sie. »Mit dieser Geschichte könnte ich bis an mein Lebensende jede Abendgesellschaft in Entzücken versetzen. Aber das ist keineswegs meine Absicht. Ich werde dir das Kollier zurückgeben und niemals mehr einen Anspruch darauf erheben. Ich werde darüber, wie du meine Mutter behandelt hast, Schweigen bewahren, und auch über deine Unehrenhaftigkeit. Du kannst *Sonne und Mond* und deine Geheimnisse mit nach Jaquir zurücknehmen – zum Preis von fünf Millionen Dollar.«

»Du setzt den Preis für deine Ehre recht hoch an.«

Hart und unbeugsam traf ihr Blick den seinen. »Nicht für meine Ehre, für die meiner Mutter.«

Es wäre ein leichtes für ihn, seine Tochter töten zu lassen. Für einen Moment gab sich Abdu der befriedigenden Vorstellung hin, wie eine Autobombe sie zerfetzen, eine leise Kugel sie niederstrecken, ein Cocktail auf einer dieser vornehmen amerikanischen Partys sie vergiften würde. Er besaß die Macht und die Mittel dazu. Die Genugtuung wäre grandios. Doch ebenso die Konsequenzen.

Sollte man den Auftrag für diesen Mord bis zu ihm zurückverfolgen, könnte er den Aufschrei der Entrüstung nicht unterbinden. Sollte es bekannt werden, daß man ihm *Sonne und Mond* gestohlen hat, könnte sein Volk in Rage geraten und ihn verachten. Er wollte das Kollier unbedingt zurückhaben und konnte sich doch nicht für die erlittene Schmach rächen.

Er haßte seine Verbindungen zum Westen, und doch waren sie notwendig. Jeden Tag wurde eine immense Summe an schwarzem Gold aus der Wüste gepumpt. Fünf Millionen Dollar würden sein Vermögen nicht nennenswert schmälern.

»Du wirst dein Geld bekommen, wenn das alles ist, was du verlangst.«

»Mehr will ich nicht von dir.« Indem sie sich erhob, öffnete sie ihre Brieftasche und entnahm ihr eine Visitenkarte. »Meine Anwälte«, sagte sie und reichte Abdu die Karte. »Sie werden die finanzielle Transaktion abwickeln. Sobald der Betrag meinem Schweizer Konto gutgeschrieben ist, werde ich *Sonne und Mond* dir oder einem von dir Bevollmächtigten übergeben.«

»Ich verbiete dir, je wieder nach Jaquir zu reisen oder mit einem Mitglied meiner Familie in Kontakt zu treten.«

Das war der Preis, den sie bezahlen mußte, und dies schmerzte sie mehr, als sie angenommen hatte. »Das werde ich auch nicht. Nicht solange du lebst.«

Seine letzten, in Arabisch gesprochenen Worte ließen Adrianne erbleichen. Dann drehte er sich um und ließ sie ohne ein weiteres Wort in ihrer verwüsteten Wohnung stehen. »Was hat er zu dir gesagt?«

Sie wollte und durfte sich nicht davon beeindrucken lassen und zuckte daher betont lässig die Schultern. »Er sagte, er werde noch sehr lange leben und daß ich für ihn und die Mitglieder seiner Familie hiermit gestorben bin. Er will zu Allah beten, daß ich mein Leben unter Schmerzen und in Verzweiflung beenden werde, wie meine Mutter.«

Philip war unterdessen ebenfalls aufgestanden, faßte sie nun am Kinn und hob es ein Stück an. »Na ja, eine Lobeshymne konntest du ja auch von ihm nicht erwarten.«

Sie zwang sich zu einem Lächeln. »Nein. Aber jetzt, da die Sache erledigt ist, hätte ich eigentlich erwartet, daß eine Woge von Glück, wenn nicht gar Befriedigung über mich hereinbricht.«

»Und was fühlst du?«

»Nichts. Nach all dem, was gewesen ist, fühle ich überhaupt nichts.«

»Dann sollten wir vielleicht in die Stadt fahren und nach deinem Haus sehen.«

Jetzt spielte ein ehrliches Lächeln um ihre Lippen. Dann lachte sie sogar und fuhr sich mit den Händen durchs Haar. »Das ist eine gute Idee. Ich muß wissen, daß ich richtig gehandelt habe.« Als sie zum Porträt ihrer Mutter hinübersah, entkrampfte sich ihr Magen. »Das Geld bedeutet ihm nichts, aber ich will sicher sein, daß er begriffen hat und sich erinnert.«

»Er hat begriffen, worum es geht, Addy. Und er wird sich erinnern.«

»Philip.« Sie berührte seine Hand, ließ sie aber gleich wieder los. »Wir müssen uns unterhalten.«

»Brauche ich dazu noch einen Brandy?«

»Ich möchte dir nur sagen, wie dankbar ich dir für alles bin, was du für mich getan hast.«

»Mmmm-hmm.« Er beschloß, sich wieder zu setzen.

»Tu es nicht so ab. Du hast mir geholfen, die wichtigste Hürde meines Lebens zu nehmen. Ohne dich hätte ich es vielleicht auch geschafft, aber es wäre nicht das gleiche gewesen.«

»Oh, da möchte ich aber Zweifel anmelden. Ich glaube nicht, daß du es ohne mich geschafft hättest«, erklärte er. »Aber wenn du dich in dem Glauben besser fühlst, nun gut.«

»Ich weiß genau, was…« Sie hielt inne. »Ach, vergiß es. Ich wollte dir einfach nur für alles danken.«

»Bevor du mich aus deinem Leben komplimentierst?«

»Bevor wir beide wieder zu unserem eigenen Leben zurückkehren«, korrigierte sie ihn. »Willst du mich ärgern?«

»Aber keineswegs. Ich versuche nur herauszufinden, was du wirklich willst. Bist du mit deinen Danksagungen am Ende?«

»Ja.« Sie drehte sich weg und stieß mit dem Fuß eine zerbrochene Vase beiseite. »So weit schon.«

»Nun, du hättest deinen Dank vielleicht ein wenig inbrünstiger vortragen können, aber ich muß mich wohl damit zufriedengeben. Und jetzt möchtest du, falls ich dich richtig verstanden habe, daß ich aus deinem Leben verschwinde.«

»Ich möchte, daß du das tust, was für uns beide am besten ist.«

»Wenn das so ist.« Als er seine Hände nach ihr ausstreckte, wich sie zurück.

»Es ist vorbei, Philip. Ich habe ganz bestimmte Pläne, und die will ich auf alle Fälle in die Tat umsetzen. Die Klinik, meinen Rückzug aus dem Geschäft, mein – gesellschaftliches Leben.«

Er beschloß, daß er noch einen Tag oder zwei warten konnte, um ihr zu sagen, daß sie für Interpol arbeiten würde. Dann würde er sie auch wissen lassen, daß auf Abdu noch einige unangenehme Fragen warteten, die den Besitz eines gestohlenen Gemäldes betrafen. Doch vorher hatten sie noch andere Dinge zu besprechen, wichtige, persönliche Dinge.

»Und bei all dem hast du keine Verwendung für einen Ehemann?«

»Die Hochzeit war ein notwendiger Teil das Plans.« Das zu regeln, sollte eine Kleinigkeit sein, dachte sie, während sie sich zu ihm umwandte. Etwas, worüber sie beide noch einmal herzlich lachen mochten, bevor sie wieder getrennte Wege gingen. »Es mag vielleicht ein wenig unangenehm werden, dies der Presse und den wohlmeinenden Freunden zu erklären, aber zwischen uns beiden kann die Angelegenheit doch ganz einfach geregelt werden. Es gibt keinen Grund, warum sich einer von uns gebunden fühlen sollte, nur wegen eines…«

»Versprechens?« beendete er ihren Satz. »Es ging dabei doch um eine ganze Reihe von Versprechen, wenn ich mich nicht täusche.«

»Nun, mach es doch nicht so kompliziert.«

»Also gut. Bis jetzt haben wir das Spiel nach deinen Regeln gespielt. Und so werden wir es auch beenden. Was muß ich tun?«

Ihr Mund wurde plötzlich trocken. Bevor sie ihm antwortete, nahm sie einen tiefen Schluck von seinem Brandy. »Es ist ganz einfach. Du mußt nur dreimal *ich verstoße dich* sagen.«

»Das ist alles? Ich muß dabei nicht bei Vollmond auf einem Bein stehen?«

Adrianne stellte das Glas so heftig ab, daß es klirrte.

»Ich finde das nicht lustig.«

»Nein, du hast recht. Es ist absolut lächerlich.« Er nahm ihre Hand, wobei sich seine Finger fest um die ihren schlossen, damit sie ihm nicht wieder entkam. Chancen auszurechnen, darin war er geübt, doch diesmal war er sich nicht sicher, ob er nicht den kürzeren ziehen würde. »Ich verstoße dich«, sagte er, beugte sich zu ihr hinunter und hauchte ihr einen Kuß auf den Mund. Ihre Lippen zitterten. Ihre Finger verkrampfen sich. »Ich verstoße dich.« Mit seiner freien Hand zog er sie noch enger an sich heran und küßte sie härter. »Ich…«

»Nein!« Adrianne schlang ihre Arme um seinen Hals und fluchte: »Nein, verdammt noch mal.«

Die Erleichterung ließ seine Knie weich werden. Für einen

Moment, einen kurzen Moment, vergrub er sein Gesicht in ihrem Haar. »Du hast mich unterbrochen, Addy. Jetzt muß ich wieder ganz von vorne anfangen. Aber erst in fünfzig Jahren.«

»Philip...«

»Jetzt bin ich dran.« Er schob sie von sich weg, so daß er ihr Gesicht sehen konnte. Es war wieder kalkweiß geworden. Sehr gut. Er hatte gehofft, daß sie sich zu Tode erschrecken würde. »Wir sind verheiratet, da beißt die Maus keinen Faden ab. Wenn du willst, können wir hier oder in London noch eine Zeremonie veranstalten, eine, wozu man Anwälte braucht und einen Haufen Geld.«

»Ich habe nie gesagt, daß...«

»Zu spät.« Er knabberte an ihrer Unterlippe. »Du hast deine Chance verwirkt.«

Sie schloß die Augen. »Ich wüßte nicht, warum.«

»Doch, doch, das weißt du genau. Sag es laut, Addy. Deine Zunge wird dabei schon nicht abbrechen.« Als sie versuchte, sich von ihm loszumachen, verstärkte er seinen Griff. »Komm schon, Liebling, du bist doch noch nie feige gewesen.«

Auf diese Worte hin weiteten sich Adriannes Augen. Er bemerkte ein Funkeln in ihnen und grinste. »Vielleicht liebe ich dich«, hörte er sie flüstern.

»Vielleicht?«

Sie atmete nur ganz flach. »Ich glaube, ich liebe dich.«

»Versuch's noch ein einziges Mal. Du schaffst es.«

»Ich liebe dich.« Nur mit größter Anstrengung brachte sie diese Worte über die Lippen »So. Bist du jetzt zufrieden?«

»Nein, noch nicht ganz«, flüsterte er und zog sie auf die demolierte Couch.